人間の進化シリーズ

紺碧の磔刑

伊吹龍彦

明窓出版

卓也くんへ

【目次】

［第一部］

[第二部]

〔第一部〕

（一）三十才の弔辞

まもなく、僕は死ぬ。

工事用資材置場に横たわり、崩れ落ちる巨大な鉄パイプの下敷きになって。

三十年前の今日、死ぬために生まれてきたのではなかったが、生が生きるに価いするなんて誰にも言わせない。

髑髏の丘まで引き廻され、唾を吐きかけられ、飛礫を浴び、血を流しながら十字架につけられる栄光と取引できる時間も生きず、太陽が光を失って闇が全地を包む兆しもなく、亜熱帯の空が弓なりの青から光を射続ける三十才最初の午後、僕は僕自身を大地に磔にして、ヒンノムの谷間に落ちたユダのように、全く形のない塊となって死んでいこう。


僕は今、磔刑の準備を全て終え、肉体という小舟の狭い船底に横たわり、病んだ小舟を労る優しい心臓の残り少ない鼓動を聞いている。頼みにならない小舟を操りながら、塵と偶然と虚無の灰色で逆巻く大海原を、悲しみに濡れ、羅針盤も持たず、あてどなく彷徨うことにすっかり疲れてしまった。とめどなく襲いくる波に苦しみながら、懸命に小舟を操る人々の空しい努力はもう見えない。

人々は、昨日も今日も、僕のいない明日も、漁を続けるに違いない。果てしない苦悩と矛盾撞着を湛えているだけの迷宮の海に、どんな獲物が隠されているのだろうか。黄金も地位も名誉も、家庭や友人や恋人でさえ、肉体の小舟には決して積み込むことはできない。少しでも長く、少しでも揺れないように漂い彷徨うために、ありったけの獲物を、精一杯船縁にくくりつけたとしても、いつかは必ず、ひょっとすると、今、この瞬間にも、闇の海溝に深く沈んで行かなければならないというのに。

僕は小舟に執着し、それを沈めないために、船縁（ふなべり）にくくりつけてきたすべての荷物を、もうとっくに切り棄ててしまった。濃い悲しみを含んで太い縄の切り口が皮膚を刺し続け、眠れぬ夜を重ねたこともあった。しかし、肉体という小舟の底は、長く養ってきたいくつかの病（やまい）で、あちこちに穴が穿（うが）たれ、すでに死の泥水がぶくぶくと湧き始めていた。

だが僕は、生がなし崩しに死にまで貶（おと）められていくことに我慢ならなかった。たとえそれによっていくらか永らえられるとしても、麻痺も昏睡もスクラップも、生と妥協できる代物（しろもの）としては認めたくはない。

溢れる光が揺れ、風が遠くのサイレンの音を運んできた。救急車がもうひとつの死を大仰に運んでいくのだろう。よしんばオディッセウスのように耳に蝋（ろう）の栓を詰め、船のマストに身を縛りつけたとしても、美声で魅惑し、死に到らしめるという半人半魚の魔女サイレンは、舟人達を見逃しはしまい。たとえ、突然やってくる死だとしても、企てられた死だとしても、あるいはなし崩しにじわじわと生を蝕（むしば）みながらやってくる死だとしても、死の無慈悲さに変わりはない。色彩も、意味も、悲しみも後悔も、ありとあらゆる生にまつわる一切を忘れさせて海に飛び込ませ、辿り着くやいなや、魔女（サイレン）の鋭い爪で滅茶苦茶に引き裂かれてしまうこと、それが死であり、ただそれだけなのだ。

だから僕は、大地に拉がれて横たわる僕の無惨な死を見つけて、同僚達が仕事の手順が狂ったことに嘆き腹を立て、もしや流してくれるかもしれない涙で、僕がより孤独でないことを感じたいような贅沢な望みなど持ってはいない。

いや、孤独で死んでいく以外、死すらまともに死んでいけない気がする。三十才の今日、崩れ落ちる巨大な鉄パイプの下敷きになり、頭蓋骨を潰し、心臓を破裂させて見るもむごたらしくくたばる死も、親類縁者の叫び声に囲まれて、七十年のみみっちい生を後悔しながら息を引き取る死も、死ぬことに変わりはない。ただ、いつまでも執拗に纏わりついて、薄汚れたヒューマニズムをひけらかすだけで、心臓の鼓動をポンコツのモーター音ぐらいにしか考えない社会で、生命の尊厳とそれゆえに引き換えられてもいいはずの死の厳粛さなど微塵もない。いついかなる時も医者の聴診器に聞こえる心臓の停止の両側には、人間の生もなければ死もなく、ただ社会の家畜の飼育と屠殺が存在しているだけだ。

だが、昨日でも良かった。しかし、明日にはしたくない。明日にしたところで世界は今日と寸分も違わないだろう。僕という人間がもう一日、死を猶予されるにすぎない。それが三十才の今日であっても、三十年後の六十才であろうと、僕はやはり、いつかは死んでいくのだから。

朝ごとに太陽は新しい光を運んできてはくれない。ただ、生を死に向けて、ダラダラと蝕み続けるだけだ。

太陽がぎりぎりに引き絞った円弦に番えた矢は、滝のように降りかかる。熱と光で鍛え上げた鋭い矢尻が絶え間なく僕を撃ち、穿ち、貫く。僕は僕自身の磔刑の前に、眼球を鉄パイプで潰され脳漿(のうしょう)を大地に垂れ流す前に、生きながら光に埋葬されそうな気がする。せめて自らの形を十字架に似せて、僕の生を大地にクロスで封印しようと、両の手を大きく広げた。そうして、全身に最後の血を漲(みなぎ)らせるために、指先にまで意識を運んで精一杯伸ばしてみた。

するとと指先に何かが触れた。菫(スミレ)の花だ。鉄パイプの山の隅に可憐な紫があった。根元を踏みにじられ、葉をもがれ、細い茎は今にも折れそうだった。今朝ここに運び込まれた鉄パイプに傷つけられたのか、瀕死の状態だった。タブン、明日の朝の光を浴びることはないだろう。しかし、まもなくやってくるに違いない死の影を、紫の輝きにみつけることはできない。折れそうな茎の先端で紫の花弁は精一杯手を広げて、懸命に咲き続けている。それはまるでどこから生まれ、どこへ帰っていくかを充分に知り、しかも今、死と競いながらも、この瞬間だけに生き続けようとしているみたいだった……

僕は今日まで、一本の菫をこんなにもいとおしく見つめたことはなかった。

だが僕は、たとえ一瞬にしろ、この小さな花ほどにも光を浴び、大地と調和し、自分の生きてきた世界を知っていたことがあっただろうか。肉体や器官の働きについて、機械の部品のように知っているだけで、僕の意味や価値については、全く何も知らないと言うべきだろう。たとえ僕があの知ったかぶりした医者の勧めで、病巣を摘出するという名目のために、傲慢のメスで肉体を切り刻ませることを許したとしても、僕の存在の病について、一枚のカルテさえ手にすることはできまい。もちろん、その手術によって、生の只中に復活できる望みは、皆無なのだ。

もし、肉体が迷宮の海を彷徨うための小舟だったとしても、海図も羅針盤も定かな時刻表もなく、また、たとえ小舟が時化と闘いながら漁を続けるためのものだったとしても、混乱と無秩序の海からは、生の浮力を奪う獲物しか取れはしない。死の港に曳航されるだけの渡し舟に「ＢＯＮ　ＶＯＹＡＧＥ！」の声を聞く至福は遠い。聞こえるのはただ、シジフォスの労役を嘲笑う魔女の弔い唄だけだ。

だから僕は、この菫ほどにも咲くことはなかった。たとえ人々が生の只中で、華麗に春を謳歌するために、命賭けである行為をなし、血を素材にして何かを創作したとしても、社会という無責任で移り気な吹き溜まりに咲く徒花に似た評価を得ても、世界の海では波間に浮かぶ泡沫にすぎず、死と言う淀みに捕らわれて沈み果てる。菫の根毛ほどにも次の春を待つ宿根を残せず、一粒の芥子種すらも残すことなく消えていかねばならないものが、どうして咲きえたと言えよう。

ブーゲンビリアが薄い花弁と葉を陽に透かれて、赤と緑のシースルーを纏っている。彼らもまた、いかに豪華に着飾っても、いつかは必ず大地に帰っていかねばならない。

鳥葬の民は、死期の近づいた人を戸外に運び出す。ヒマラヤから吹きおろす聖なる風に抱かれて生を閉じる者だけが、死して大地と調和できるという。人は死んで大地に帰る、そう言い慣れている。だが、孤立し、対立し、矛盾し、混乱する世界で生きていて大地と調和できなかった存在が、どうして死によって調和できるというのだろう。死んで大地に帰る、それはひとつの慰めにすぎない。

だから、僕の最後の望みは、巨大な鉄パイプの山から落下させる鉄塊の下で、粉々に砕け、大地の瘡蓋（かさぶた）みたいに血だらけで形を失うことだけだ。死を定着させる哀悼を、顔を背（そむ）ける惨（むご）たらしさで台無しにし、運び出すこともできず、焼くこともできない肉体が太陽に干涸び、塵となって風に舞い、跡形もなく消え失せるならば、僕はひょっとすると大地に帰っていくことができるかもしれない。そしてそう思いたい。

もし、僕に最後の祈りがあるとすれは、それは僕の肉体が充分に粉砕されずに、いくらかの形をとどめてしまった時だろう。生がすっかり脱け出た形骸を荼毘（だび）にふすことで厄介払いなどしてほしくない。僕を今日まで生き延びさせてくれた琉球（ウチナー）の同僚達よ、どこでもいい、あなた達が美しく鎮まる海を指さして歌う、あの『咲いている』海の、陽盛り、潮洗う浜辺まで僕の死骸（むくろ）を引きずって、人気のない岩陰にでも捨ててくれ。

僕に叶（かな）えられない願いが残るとすれば、それは名護浦の茜（あかね）に染まる風葬が望めない時だ。その時は、この島人（シマンチュー）が悲しまないといって哮（たけ）り狂うおぞましい嵐よ、お前の空しい力で僕の肉体を限りなく遠く西方に吹き飛ばしてくれ。そしてヒマラヤを望むチベットの岩場に思い切り敲（たた）きつけてほしい。僕の骨が大腿骨を残して存分に砕かれ、群がる禿鷹がそれを啄（ついば）み、彼の翼に乗って至純の雪を抱くヒマラヤの奥深く運ばれていきたい。鳥葬の鳥を呼ぶという、人間の大腿骨で作った骨笛（ミルカン）の曲（しらべ）を、血生臭い胃袋に入ってしまった僕の耳は決して聞くことがないだろうが、それだけが僕の望む唯一の死の儀式なのだろう。

もし僕が心安らかに死んでいくために夢を見ることが許されるとしたら、僕の大腿骨で作ったミルカンに、愛が成就できなかった処女の唇が優しく触れる夢を見たい。
たとえ僕の血走っていた眼球が禿鷹についばまれて、ミルカンをそっと唇にあてる悲しい瞳を見ることができないとしても、あと数秒、夢見ることはできるのだから……。

燦爛（さんらん）たる日輪が司祭する燔祭（はんさい）。
生命（いのち）の泡立つ亜熱帯の加速度の枯死、風化。
滾（たぎ）る光に孕（はら）まれる影。
今、青い天鵞絨（ビロード）の輪奈から
絶えざる執行猶予の鞍をつけた
巨大に青ざめた馬が
新たな、しかし、
ありきたりの死を乗せるために舞い降りて、
駈歩（ギャロップ）する。
僕は、花々のシースルーの喪服に囲まれ、
菫色（スミレ）の没薬（*もつやく）を苦々しく味わいながら、
今、静かに死んでいこう。

没薬*＝「残酷なユダヤ人達は鎚（つち）と釘を持っていたが『縄でない釘だ。
しっかり釘を打ちつけろ。十字架にかけるのだ』と叫んだ。

そこで兵士どもは、釘をとって足や手にこれを打ちつけた。
彼らは鎮静剤として、一杯の酢と没薬をのむように勧めたが、
イエスはこれを断った」

（二）三十三才、毛虫と蝶の狭間

朝の光が、漆黒の夜を淡い緋色の雲母に変えた。大地は、空に近い山の端から一枚一枚光の層を重ね、すべてが新しい今日を生きるために、露を刺繍したスパンコールを纏って目覚め始めた。美しい朝だ。永遠から永遠に向けて、尽きることのない光をたずさえ、世界をあまねく照らす太陽が、今、東の空に昇る。

私もまた、光の中に目覚めねばならない。

『三十才の弔辞』を書き終えた私は、これを書いている今朝も、まだ生きている。いや、光を全身に浴びて充分に生きている。あの光とともにやってきた三十才最初の午後は、三十年の短い人生の最後の午後になるはずだった。初夏などと呼ぶ北緯三十五度の薄められた五月の青空ではなく、透明の限界にまでぎりぎりに煮詰められた濃いブルーを、生の棺の煌めく被にして。

私はその午後、死ぬ予定だった。生の最後の意志で死を確実に招くだろう動作をなし終えた直後に、もし、あのことがなかったならば、今、ここで三十三才の爽やかな霊気を肺一杯に味わいながら生きていることはなかった。

しかし、いかなる生においても、過去形の仮定などありはしない。『もし』という言葉を自分の過去のある時期に思いついて、現在を脚色し直すことは、無力感にうちひしがれて死に瀕した寂しい負け犬がやる空しい慰めにすぎない。過去形の仮定をやってみること、それだけでもう世界の神秘は限りなく遠ざかってしまう。すべてがその瞬間にあるべき位置を全体の中で占めながら、確固として生きているのに、どうしてもう一つの違った生が始まるというのだろう。しかも世界はいつでもベールを剥ぎ取られ、無垢の聖女の柔肌を露にして、強く抱き締められる時を待っていてくれる。私はただ、その薫り高い豊満な胸に、すべてを投げ捨てて飛び込んでいけばいいだけなのだ。

だから私は、今日を精一杯生き、歌うために死にはしなかった。確かにあの日、三十才の『僕』は完璧に死に絶えたのかもしれないが、あの午後から三年を経て、今日これを書くために死を許されはしなかった。いや、今日これを書くために、『私』は三十三才に近い新しい一日に初めて誕生したと言える。

朝は極めて美しく、花や、太陽の輝きや、優しい肩を愛することができるのだろう。通りすがりの誰にでも『*コアハ・エ』と声をかけたいとも思う。

太陽でさえ位置を変えれば光は溢れる。ここは北回帰線に近い。生きとし生けるものを最高に炎上させるまで、決して容赦はしない。日陰のもやしはたちどころに枯渇してしまう。花は調和の中で内なる秘められた力を得ていよいよ咲き匂い、優しい肩は、天使の羽のように柔らかな透が入っている。

光、水、空。赤、緑、黄色。花、太陽、娘達の笑い。濃いミルク、したたる厚い果肉、蜜蜂の羽音。すべてが鮮やかにダイナミックだ。私もまた、朝日の中に咲き匂うために書いてみよう。

『*コアハ・エ』＝『我が愛をあなたに』（第二部　三章参照）

『最初は、なにもかもが混沌としていた。そこへ理性がやってきて、秩序を創造した』なんて言うギリシャ人を私は軽蔑しよう。それがうすら寒く野蛮な温帯という気候に属していない、陽光溢れ、地中海が光にさざめくギリシャで語られていたことを、私は決して信じようとは思わない。

　混沌から鎮まりが、無秩序から調和の世界が生まれてきたのではない。無から有を作り出しうる何か、言わば創造主が存在するとすれば、万能の彼がどうして地球を沸騰させる混沌から着手するほど無能であったのだろうか。静かな鎮まりを人間の傲慢が乱し、調和の世界に君臨できるという愚かで虚しい野望が世界に争いを持ち込んだ。

　今、この瞬間に、なにものにも妨害されず、光が溢れ満ち、透明にまで醸成し蒸留されているワインが、昨日の午後、濁り饐え、虚しい苦汁でしかなかったなんて、とうてい私には考えられない。幼い日々にも、私の生まれなかった時代にも、世界はきっと今日のように静かに充溢を湛えていたのだ。たとえ三十五億年の昔であっても、百億年の昔であっても、混乱と無秩序に沸騰した地球など私は考えもつかない。無から有が生まれ、無機物から有機物に、それがコアセルベートに変わり、原生動物から人間が生まれてきたという気の遠くなるような話を、もはや私は信じはしない。

　もしも、世界が時化の海のように混乱と無秩序だけを広げ、『僕』がその迷妄で荒れ狂う海を漂う惨めな小舟だったとしたら、『僕』は花園に掘られた地獄の運河を、花々や鳥達の嘲笑を受けながらパレードする愚かな裸の王でしかなかった。しかも傲慢を着たつもりの愚昧の王は、小舟を乗り捨て運河を出ようとする直前までは、その河が、光溢れた野や、風薫る草原にできる逃水だったことに気づきはしない。遠くの水に追いつき、ようやく近づいてみると、必ずその水はもっと遠くへ逃げてしまう。

あてどなく明日の蜃気楼の逃水を追い求める者に、大地の芳しい息づかいは見えない。それは、生が常に処女航海だとしても、何の慰めにもならない。

『僕』は幼い頃に実在の岸を離れ、教えられるままに自意識の帆柱を立て、虚妄の熏習の風を受けるために知識の帆をあげ、観念のかたくなな櫓で、体を硬くして時化の運河に迷いこんだにすぎなかった。櫓さばきの智恵などろくすっぽなく、区別を学び、分離を教えられ、敵対を知り、一つひとつの存在が自己の生を確保するために争い、他者を屠るために鬩ぎあい、殻を固め、身を締め、窒息寸前の顔をして血走り、すべてが混乱と無秩序に生起し、無駄に生まれ、無意味に死んでいく世界しか見ることはなかった。

それは大気のせいでも、太陽のせいでも、林立するビルのせいでも、臭い息を吐く商人や驕慢の目をした政治家のせいでも、まして宿命という魔神の笛のせいでもない。すべてが、明日を思い、今日を闘うために昨日を嘆き、逃水の運河が実在し、『僕』にどうすることもできない生の航路であると思い込んで、ひたすら小舟を操ろうとしたこの私自身の、いや迷妄にくらまされていた私自身でなかった『僕』のせいだったのだ。どんな鏡のように静かな水面であったとしても、船頭の櫓さばき一つで鎮まりは破れてしまうというのに。

私はもうすぐ三十三才だ。今日が私の一生で一番美しい日でなかったとしたら、いつ私は咲けるというのだ。今、この瞬間にすべてが実在し、真実であり、私は全てを愛するためにただ一歩を踏み出せばいいだけだ。過去を腑分け（ふわけ）して悲しみ、未来を幻想して思い悩み、人は今生きることを避けて通ろうとする。世界はこの瞬間にしか実在せず、この瞬間だけに心を開いてくれると言うのに。

三十三才と言えば、イエス・キリストが十字架を背負った年令だ。ようやく私にもゲッセマから香るオリーブの芳香は嗅げる。だが、キッパリと断言できる。ゲッセマに通じる道が、陽のあたる登り坂の道ではなく、曲がりくねってどこまでも下る闇の向こうにしかないことを。三十六才のゴーダマ・仏陀が、畢鉢羅（ビバラ）の根元から光明の世界に立ち上がれたのは、長い雨期の洞窟で飢えに耐え、乾期の灼熱荒野を彷徨い歩く三十才があったからだ。

影は来るべき光のために、あくまで暗い。

だから、今日書き始めてしまったこの章は、焼き過ぎて黒く、航路さえ定かでなかった一枚の海図の中に、私の今日を確実にしていた過去を探り当てることから始めねばならない。書くことで私の過去に愛惜を見出すためではなく、書くことでもう一度過去を生き直し、もう一度『僕』と『僕』を包んでいてくれた人々や自然や、ありとあらゆる過去を愛し直したいと思う。見せ掛けの混乱と無秩序の奥に、しかもそれを包んでいた虚無のベールの裏に、限りない豊穣と透明の調和が、紛れもなく『僕』を支えていてくれたと信じ始めたからだ。

今、私は当時の『僕』にとっての『神』のように書いてみたい。あの地獄の何年間かを蠢（うごめ）いていた自分を、羊を見守る羊飼いの優しい眼で見つめてみよう。そこから私は、現在の生の意味をより深く認識し、この光の神秘に満ちた世界の謎に一歩でも近づきたいからだ。

だが、過去を書くことは、ただ単に過去を生き直し、愛し直すだけではない。幻滅は煮詰められ、傷口は押し広げられ、虚無は物質化するほどに凝集され、闇はあらゆる灯を遠ざけられ、すべての過去がベールを突き破るためにより一層鋭く研ぎ澄まされる。その苦汁に満ちた行為だけが、私の今を限り無く高揚させてくれるに違いない。

しかし、すべては結果ではない。結果は行為の終焉でしかなく、経過だけが、いや、この一瞬一瞬だけが、価値と呼ぶものに価する喜びを与えてくれる。だから、これを書き終えた時、私はまるで昆虫が脱皮したようにこの結果を脱ぎ棄て、振り向きもしないだろう。

今、私は全身全霊をよじり始めた。春の光に輝く新しい身体はもうできあがっている。いや、それは私が気づく以前よりあったに違いない。他ならぬこの私の内部に生来備わっていて、いつでも顕現しようと待ち続けていたものなのだ。私はその光輝く自分自身に気づかず、幾重にも硬い殻で拒否しつづけていたに過ぎなかった。果てし無い恐怖、おぞましい欲望の群れ、虚しい知識や観念、ありとあらゆる羇絆、社会的慣習や熏習、未来への幻想と過去への後悔、ちょっとした自意識、癌細胞のように増殖する利己心、本能、遺伝、心理学的特徴、社会学的態度、精神医学的分析、性癖、病気、信仰、友情……。まるで霊長類の姿をしたアルマジロみたいにビクビク、オドオドして、硬い皮膚を甲質板で護り、その上にまだ時代遅れの鎧兜さえつけて、しなやかな筋肉と美しい透明の血で作られた至高の肉体を包み隠し、それが本来もっていた輝きの光源を消し尽くし、脱皮などとうてい思いもよらない有り様だった。

いや、アルマジロほどにも進化していたとは言えないかもしれない。もし、アルマジロであったとしたら、少なくとも危険を感じた時、身を丸くして助かるすべぐらいは持っている。おそらく節足動物以下の惨めで無力な存在に過ぎなかったのだろう。ウジウジと陰湿を好み、どうにでも逃げを打てるように脊髄を持たず、ウネウネと身体をくねらせながら、組織という組織に一つでも多く足を突っ込むためにでたらめに草鞋（わらじ）を履き、弱い虫を見つけては毒液をふりかけ、同類でさえ食うことを躊躇せず、大地を這いずりまわりながら、ある日突然さしたる理由もなく巨大な足に踏み潰されてくたばる。違いと言えば、泥を嘗（な）めながら這いずりまわることと、大気の底に淀んだ地上二メートルの饐（す）えた臭気を呼吸していたことぐらいだ。

　今すぐ、生と生活をすっかり変えられること、それが人間だけに許された人間性の重大な証拠だと言うのに。

　もし、書くことで報酬があるとすれば、それは他でもない私自身の変態であり、しかも完全変態による大空への飛翔なのだろう。だから逡巡（しゅんじゅん）しながら、ゆっくりと恐る恐る脱皮するつもりはない。すべての殻を完璧に脱ぎ棄てるために、ありったけの力で書いてみたい。今の一語一語が、地を這う醜い芋虫の体内で密かにホルモン分泌を変え、一文一文で細胞のレベルにまで解体し、一章一章で確実に蛹（さなぎ）の皮と節を作りあげていこう。

　私は今、失うべき一切の物、金や財産や家庭や、地位や名誉やありとあらゆる社会的な価値を持っていない。人はそれを失敗者を憐れむ目付きで見てくれる。それらのどの一つも幻覚の海を漂い彷徨う時でさえ、生の浮力を妨げるように船縁（ふなべり）を下げる邪魔でしかなく、まして死の暗黒の淵までは誰ひとりとして持っていくことができないというのに、まるでそれを知らないふりをして忠告してくれる。もっと真面目（まじめ）に生きなさいと。

しかし、失うべき一切の物が無いこと、それはたとえ豪奢な棺の中に金銀財宝の山を死とともに入れることができても、決して死者が持ち続けることができないと言うような、消極的な意味だけではない。もちろん、それでも灰に変わった死者の中から、金歯をくすねる火葬人を喜ばすことぐらいはできるかもしれない。だが、世界の構成が物質によっているという迷妄が蔓延し、物質文明がその迷妄をしたたかに保証している今、失うべき一切のものを持たぬことは、文明がやりとげようとする人間の意味と生の価値への殲滅（せんめつ）戦に対する最前線の塹壕（ざんごう）なのだろう。しかも世界は、瘀血（おけつ）色した旗ふりまわすしたり顔の『革命家』のお題目のように、物質の経済的構造だけを変えるだけでは寸分も変わりはしない。まして芥子（からし）種の意味も知らず、聖書をかざして信仰を説いたとしても、山は微動だにすまい。人間に纏（まつ）わるすべてのものを失ったとしても、丸裸で荒野に飢え続けたとしても、あるいは、たとえ維摩（ゆいま）やソロモンのように豪華絢爛たる生の営みをなしえたとしても、決して変わることも色褪せることもない何か、それこそが生きる価値であり、すべてを持たぬことは、この不可視の夢への一つの出発点なのだ。

芋虫は蛹（さなぎ）に変わるために、まず食料の摂取を止める。そして見せ掛けの動きを全く鎮めて休眠状態に入る。それだけが体内で変態の条件を作ることができる。地を這う醜い形状を殺し、観察とか知識の獲得などという外からの摂取を止め、内部で細胞のレベルにまで解体する作業、それはいわば一つの創造行動のプロセスなのだ。大空に舞い、花から花に渡って蜜を味わう蝶は、今ひたすら内部でおのれ自身を解体し、沸騰させる。それは孤独な営為かもしれないが、決して孤立した悲しいそれではない。おのれの内部を沸騰させることによって、創作者は目に見えないフェロモンを分泌する。きたるべき春に歓喜の絶頂で交わるべき相手は今、冬日の下でじっと身を硬くしてフェロモンを発し、どこからかやってくる愛しいフェロモンを感じながら生きている。

　だから私にとって書くことは、「闇の世界で蜃気楼の幻光を探し出す」作業ではなく、「存在の本質が永遠に苦悩し矛盾撞着に満ちたものである」と錯覚し、そこから「しばし救済するために、心を魅了する幻像や、心楽しい仮象を創作すること」でもない。それはすべての世界を内部に取り込んで、新たなるもう一つの生を目指す蛹の期間なのだ。蛹のままで来たるべき光の野を、飛翔する紺碧の天空を予見する作業だ。しかも、私の硬い殻を通してさえ、その輝きがわかるほどに陽光は溢れ満ちている。

　しかし、この休眠状態としての書く作業は、二重に困難で無謀な企てかもしれない。それはまず、過去を現在の光で投影して自らの体験を浄化し、そこから一つの真の自己の糸を紡ぎ出すことから始めねばならない。一つの真の自己の糸、それは花々が自然現象の現れの一つであるように、自己が何の現れであるかを認識することを可能にしてくれる導きの糸でもある。自己の糸の紡ぎ出しは、いわば蚕（かいこ）が絹糸を吐きだしながら繭（まゆ）を作り、中でひそかに脱皮して蛹（さなぎ）になる段階に似ている。蛹たるためには、まず真の自己の絹糸を吐き出し、蛹化の準備をしなければならない。

　ところが、この真の自己の糸を吐き出すためには、蚕蛾（さんが）として忌み嫌われみすぼらしく生を終える蛾の未来ではなく、蝶として花々を渡ることを、確実に、しかも今、この瞬間に感じなければできはしない。自己の外の世界を一切遮断して、自らの内へ深く深く掘り下げる作業と、心を拡大して蝶のように大空を舞い、宇宙のすべてを見渡し、それが見せ掛けの混乱と無秩序でなく、秩序と調和の中で創造機能を永遠に増殖する神秘なものであることの体感を同時に要求される。

それはすでに、蛹以前の段階で、蛹をへて羽化にいたる段階の予見と体感、しかも蚕蛾の蛹として自分の絹糸を紡ぎ出しながら、同時に、蛾ではなく蝶であろうとする無謀な企てだろう。

だが、私は蝶でも蛾でもない。至高の状態を許される人間なのだ。やってみる価値は充分にある。

まず私は強力なホルモンを分泌して、私自身を原生細胞のレベルにまで解体することから始めねばならない。私自身を私から隔て、宇宙から注ぎ内奥から呼応する光を拒んできた自己限定の殻を、甲質板を、硬い皮膚を、硬直した筋肉と弛緩した脂肪を、歪んだ骨格と腐乱した臓器を、動脈硬化の血管と弾力を失せた神経を、そして愛を忘れ果てた魂のすべてをドロドロの液状にまで分解してしまうのだ。

私はクンバクし、断食しよう。私の呼吸していた空気は鶏糞の臭気に染まり、胃袋を宥めてきた飼料はでたらめに調合された人工飼料だった。二人寄れば自分達を飼育させるために、ありとあらゆる場所に組織の金網を張り巡らせ、まるで飢えた鶏みたいに、物質という物質すべてを貪欲に啄(ついば)むことを止めにしよう。

そして三十年の宿便を一気に排泄してしまわなければならない。ブロイラーのためのホルモン注射を拒み、金の卵どころか、無精卵一つだに産むことを拒否しよう。解体のためのホルモンは燦々(さんさん)とした陽光を浴びながら、自らの意志で、この肉体の中に分泌するのだ。それだけが自己限定の組織と骨格を分解し、自己実現にいたる金色の絹糸を紡ぎ出す第一歩だろう。

試みに自己の絹糸を紡ぎ始める次章の蛹の皮をむいてくれたとしても、そこには黄金や白でキラキラと光る美しい絹糸の繭（まゆ）はなく、生臭く淀んでドロドロと不快に粘つく液体が、手を気味悪く汚すだけかもしれない。

しかし、その中にも、天鵞絨（ビロード）の天空を知っている人は、蝶の美しい羽根の芽生えを見てくれるに違いない。毛虫が終末と思う、その時こそ蝶と名付けられる生の誕生なのだから。

（三）地獄門、二十七才

ドレスの裾をからげても、
底は通れない。
ドレスなどかなぐり捨てて、
剥(む)き出しの裸で通り抜ける覚悟の貴婦人だけが、
三年間の地獄の伴侶だ。

その日は、いつものように惨めたらしく過ぎるはずだった。夜の霊気に漲(みなぎ)り詰めた海綿体を慎重に去勢する朝の儀式も、とりたてて悪くはなかった。信管を抜く手つきで精神の予震を宥(なだ)めすかし、感情の竪琴(ハープ)の弦を弛め、濃いグレーのシャツに手を通し、一日を有無を言わさず締め殺すためにネクタイを結び、スリーピースのスーツを着込んだ。スーツの色は黒。葬列の日々に弔意と弔慰を示してくれる黒以外を着る気はしない。灰色のシャツで、大気と肉体との間に緩衝地帯を作っておけば滅多なことで爆発することもないだろう。アスファルトジャングルを歩けるように纏足(てんそく)した足に、順応の靴下をはいて無理やり革靴に押し込める。講義用の『社会学入門』のテキストと、その軽薄な活字に足を掬(すく)われないように背嚢(はいのう)を背負う。黎明の兵站(へいたん)線で注意深く選びだしたものだ。今日は、昨日取り寄せたばかりのＢｌａｓｅ　Ｃｅｎｄｒａｓ「Ｓｅｌｅｃｔｅｄ　Ｗｒｉｔｉｎｇｓ」に決めておいた。カバーをかけないでおこう。表紙だけで充分バランスはとれる。サンドラスの優しい眼と灰の落ちそうな煙草をくわえた口元が実にいい。ヘンリー・ミラーの序文も凄い。すべてが血で書かれている、しかし、その血はスターライトで満ち溢れている、と。これで今日はよろめかずに歩けるだろう。膿（うみ）でくっつけられた活字と鮮血で印刷された書物を手に重ねて持った。どうせ火花も飛ぶことはない。サンドラスの言葉が、そのひとかけらで社会学の全領域を漂白してしまうに違いない。存在の底まで降りる錘（おもり）さえ持てば、なんとか歩ける。町は絶え間なく増殖する黒点のせいで、でたらめに磁場を狂わせているからだ。だが、すでに朝の色彩は変わり始めていた。曙（あけぼの）は淡紅色の皮膜に包まれた透明な羊水を溢れさせて春の大地のように孕（はら）んでいる。その色彩が今日を結晶させる子宮の色だったのかもしれない。朝駆（あさが）けるために東雲（しののめ）の目覚めが、じわじわと戦局を変え始めてきたのかもしれない。孕んだ大地を傷つけないように馬の蹄鉄を外（はず）してやるメキシコ農夫の優しさで、密（ひそ）やかに朝に出陣する目覚めが、一日の全ての色調を変え始めていたからに違いない。しかし、言い古された戦陣訓一つ学ぶのに、徒（いたずら）に遅い朝を累々（るいるい）と積み上げてしまった。「攻撃こそ最大の防御である」、このひとことが朝を変え、一日を次第に塗り替え、新たな旅立ちを確実にしてくれるというのに。だから、太陽が風景を古びた写真のようにすっかり黄ばませ、くすんだ不透明に淀んでしまった遅い朝にノコノコと起きだすことで、全てを昨日と同じ屈辱の中に凍結させ、みるみる一生を無駄に流してしまうことに気づくまでに、長い湯灌（ゆかん）の日々を費やさねばならなかった。不注意な目覚めが、眠りをもう一つの巨大な取り返しのつかない眠りの中に、ズルズルと引きずり込でしまう。無様（ぶざま）ながらくたで飽和状態をとっくに超えて、ひとつの麻痺にまで希薄化した世界の中に目覚める時、眠りの海溝をゆっくりと游泳していた深海魚は、一日を充分に駄目にする潜水病に襲われてしまうことは必至だ。肺一杯で霊気を呼吸することもできず、細かく神経を痙攣させながら、観念で膨大に腐爛している頭を譫妄の日常の中に横たえるだけだ。そうすると、オタオタとカメレオンの自在の眼を黄ばんだ風景に走らせ、機関銃の掃射を避けるために、オズオズと迷彩服を着込むよりなかった。しかし、それでも十分に遅すぎるのだ。目覚めた世界が一日を蜂の巣みたいに空虚を穿とうと、手ぐすねひいて待ち構える敵の包囲網の唯中なのだと身構えるより先に、社会の連合軍を率いてたたみかける妻の先制攻撃に殺られてしまう。いつまで眠ったら気が済むの、早く起きてくれないから一日の調子が狂っちゃうじゃないの……眠っているのはどっちだ、君は目覚めているのではない、ただ立って歩いているだけだ、これ以上一日が狂うことなんかあるものか……だが、決して思ったことを口に出しはしない。いかにもぐうたらでだらしなく、モゾモゾと動くこと、これが不必要に執拗な銃弾を浴びないで済ます唯一の方法だったからだ。無条件降伏だけで一日を始めてしまい、捕虜の卑屈さで一日を捕らわれの身で過ごすふりをしながら、精神の領土をこっそりと夜に運び込んでしまう。これは社会の正規軍相手に、精神の撃鉄を上げながら銃火の煖もとれずに、卑小に凍えた肢体を引きずって蜂起してみた青春と呼ばれる生臭い時期の後に、闇雲に自分自身に押しつけた休戦休暇みたいだった。だが、これも永くは続かなかった。家庭という塹壕はたかだか占領区内に建てられた難民収容所の匂いしかない。たとえ人々が、明日のよりくだらない戦いのために眠りの営倉に戻った後で、夜の堡塁に潜み、その日の一日の惨敗戦を立て直そうと言葉の薬莢に血を埋め込もうとしても、夜明けまでの充填で次の日の物量攻撃に耐えられるはずがなかった。武器は敵が持ってはこない。じりじりと退却するより他なかった。その頃、家庭という塹壕は二年もたっていなかったのに、すっかり裏返しにしたように社会を取り込み、社会に取り込まれてしまっていた。子供が生まれ、彼によってもう少し深く掘り込むことができるかもしれない、もう一度土嚢を積み上げ直すことで、スモッグの上の成層圏の青空を囲い込むことが出来るかもしれない、などという甘い希望は、子供を中心にしてすっかり逆転してしまった。人々は教養溢れる理想的な家庭として祝福していてくれた。中身と言えば、畑に置き去りにされたスイカみたいに蛆虫を涌かせ汁を垂らしながら腐り果てていたというのに。もちろんスイカはどれもこれも同じように腐り果ててただ外面だけを取り繕っていたとしても、スイカ畑が二千年も続いた旱魃のせいで、草一本生えず、ミミズ一匹蠢くこともできない不毛の地でしかなかったのに、妻にはそれが豊穣の黄金溢れる沃土に見えたに違いない。不毛の地を呆然と眺める農夫の眼と、金鉱を探し当てようとする山師の血走った眼、これが天文学的な距離で睨み合っていた。だが、子供という新たな種子がまるで腐爛の培養基の中で育つようにスクスクと成長し始めると、二つの眼は斜視のまま一つの焦点を持ちえたように見えた。しかし、それはただ視線を向き合わせただけで、全く倒立した像を脳髄の中に造りだしていたに過ぎなかった。妻にはそれが攻撃の最強の援軍になり、こちらには、彼をより美しく育てるために輝く光と清明な水を補給してやらねばならないという焦りのパニックに襲われる羽目を作ってしまった。腐ったスイカを内部からぶち破り、不毛の地を沃土に耕し直すなんて、どう戦線を組み直しても不可能としか思えず、天よりの落雷がスイカを真っ二つに分け、不毛に緑を生む慈雨を降らせてくれるのを待つより他なかった。覚悟を決めて雨乞いをするために不毛の世界に飛び出し、見よう見真似でさんざん踊りまくっても、甘露の一雫さえ落ちてこなかった。やけくそで苛立ち、眠るのを忘れて夜明けまで不毛を呪い、天を怨む呪詛に耽っているうちに、ようやく天の慈悲を嗅ぎ出せることに気付いた。たとえ中身が臭気を放つほど腐り果てていても、夜明けまでじっとスイカの外側を飽かず眺めていると、まるでそれを優しく包むように霊気が舞い降りて露を結晶することを知ったからだ。永遠に雨を知らない砂漠の地でも、朝露は砂を真珠のように濡れた光で包む。そう気が付いた日から、人々が汗臭い夜具を剥がれ死籠(しにごもり)の朝に起きだすよりずっと先に、霊気が露点にまで降下する以前に飛び起き、サン・テグジュペリが不時着した砂漠でやったように、そっと原稿用紙を広げて、朝露を集めることに精を出した。この朝から砂漠に訳も判らず不時着させられたアルミニウムの翼に浮力を作るために、露を少しずつガソリンタンクに貯え始めた。錬金術のイロハならとっくに知っていたから、露をガソリンに、あるいは血にまで変性させることなど造作もなかった。翼はアルミニウムでもジュラルミンでも、天使の透かしが入っている羽毛でも良かった。ただ、スイカ畑を離陸して、輝く国に再び飛んで行きたかった。今、「再び」と書いてしまった。しかし、それは紛れもなく「再び」なのだ。人間が元々今みたいだとしたら、何が霊長目の王を自称できるというのだ。もし、人間が神に似せて作られたとしたら、とっくに神は自分の創造の不手際を悔やむ涙に溺れ死んでいるに違いない。不毛の地に不条理にも不時着させられてしまったのは、翼を忘れ、ウジウジと地上二メートルの腐った大気の滓(かす)を呼吸し、石ころに躓(つまず)きながら、不毛の地に根をおろせると妄想している人間達に、もう一度翼を、輝く肉体を、霊気溢れる大脳を、愛で破裂しそうな心臓の時代を思い出させるためなのだろう。そうすれば人は、どうしても浮力を得るために、あらゆることを棄てて飛ぶことに専念する、そう創造主は計画されたに違いない。ただ唯一のしかも致命的なミスは、人間の頭脳と心臓(ハート)を過大評価したことだろう。ゴキブリみたいにどんな糞溜でも、尊厳や自由や情熱や品位を忘れ果てて這いずり回ることはあっても、飛び立つべき成層圏に一瞥(べっ)すら与えないなんて想像もしなかったはずだ。朝露を零さずに貯蔵し始めると、そんな思いが全身に潤滑油を与えてくれた。「再び」飛ぶのだ。じっと停止したままで心臓をトルク一杯にまで回転させて、一気に不毛の地を離陸するのだ。風は強ければ強いだけ揚力を与えてくれる。しかも逆風なら一層好都合だ。一旦そう思い始めると朝が色合いを変えた。そうして朝露に濡れた滑走路を太陽に向かって充分に疾走しておけば、微かながら浮力を得て、地べたを這いずり回る人間の頭上を掠め飛び、一日を以前ほどには無駄に消していかなくとも良くなってきた。だから、その日も明けの明星が消えない前に、眠りの格納庫から勢いよく飛び出し、朝の滑走路でエンジンを思い切りふかせておいた。そして密かな発進を、管制官の顔をして理不尽に停止させようとする妻が起きる前に家を出てしまった。朝一番の講義のために人々の出勤時間に出掛けることは、一日を二重に駄目にしてしまう。充分にエンジンをふかせておいたとしても、出掛けに妻と一言二言交えてしまうと、発進は敵前逃亡のうしろめたさで濁る。しかもラッシュアワーは、春の大地のように孕んでいた朝を根こそぎ流産させてしまう。ラッシュアワーに巻き込まれて不毛の地に出掛けること、それだけで充分に何日分かのガソリンをくだらなく浪費することになり、ましてそれを毎日毎日繰り返してやれるなんて、どうしても考えられない。屠殺場に向かうトラックの豚でさえあんな風に詰め込まれはしない。もしあの人間圧搾機の中で股間がムクムクと生のアリバイなど主張し始めでもしたらやばいことになる。うまいぐあいにスカートの襞に向き合うような時は、事態はさほど深刻ではない。天地創造の神々のように「なり余る所となりあわぬ所」にうまく逃げ場を求めればいい。たとえ化学繊維を通して蒸れた恥毛がけしかけるようなことがあっても、安物の香水とヘアーリンスのむかつくブレンドが鼻から退潮を促してくれる。万が一、小皺に囲まれた潤んだ眼と向き合ったり、見上げられたりしたら、もう心配はいらない。極彩色に色刷りされた虎魚が一日の全てを萎縮させてしまう。だが、血を滲ませた髭剃り後の顔に向き合ったり、痔瘻に決まっている弛んだ尻に密着してしまった時は、もはや救う手だてはない。折りたたんだスポーツ紙を読んで頭を薄め、豚以下の状態を考えようともしない顔を隠している男の方はいい。だが、ちょうど裏面に常套語ばかりででっち上げた色話や、ポルノ映画の誇大広告を見せられてしまう方こそ災難だ。巨大な乳房から意識をそらそうとして、陳腐な言い回しや、背筋の寒くなる情事の会話や、それを書いた作家の卑猥な顔、淫乱な検閲、割礼のカット、むさ苦しい市民運動、定着液の洪水のように世界を黄ばませる情報の氾濫、官僚的なマスメディア、奇を衒うだけの芸術家など浮かんでくる文化状況をひとわたり腐してみても、憤念は凝血を促進するだけで、いよいよ哮り立つ。後ろに回ってスプーンみたいに張り合わされることにでもなれば、事態は一層暴力的な色彩を加える。強姦することが存在の証明だの、革命への転回などとわめきちらすアメリカ黒人運動家の春先の猫の声帯は持ち合わせてはいないが、重なってしまった糞だらけの穴にぶち込んで、生のゴナドトロピンを思い切り刺激してやりたくなってしまうからだ。皆の衆、こんなことはもう止めようぜ、傲慢な人が蔑み食い散らす豚の運搬よりひどいじゃないか、なんて大声で叫び出して、いくらかでも血を発散させることしか残されてはいない。だが、そう叫んでみたところで事態は寸分も変わりはしない。どこかで一人二人鼻でせせら笑う人間でもいればまだ上等で、誰も見向きもせず、何か動いて反応しようとしても無理ではあるが、一匹の蟄居動物、善良で勇気ある市民がしゃしゃり出て車掌を呼び、次の駅で鉄道警察に引き渡されるのがおちだ。多数者が狂気などという人間的な属性も忘れ果てて痴呆症に安住している時、一人の「まとも」な人間は精神病院に護送される。これがいわゆる民主主義の真髄たる多数決の論理だ。まして自分だけがこの連中と違った生を持ち合わせているなんてことを、人間並に考えたりしてはいけない。ムラムラと生命への欲情が爆発し、肉体はスッキリと硬化してしまう。すると今度は警察の方が落ちつく先だ。あなたのように良識もあり、社会的な職業をお持ちで、しかも妻子まである方が、またどうして「痴漢」などという破廉恥な所業をしでかさ……とんでもない、思わず手の出るようないい女がいるはずないでしょう、良識あるからああなっただけで、少しも破廉恥だとは思えませんが、マ、男を襲ったと言われるなら思い当たるふしもないことはないのですが、強いて言えばラッシュアワーの電車すべてに、いやそれから始まってしまう今日一日に、できることなら世界全体にぶちこんでやりたいとは思っています、するとなんですか、全身をくっつけるのはいいが、部分的に意志を集中したのが犯罪的なのですね……なんて笑ってもいられない。こんなことにならないために、一滴も漏らさないように朝毎にネクタイで精管を力一杯縛っておかねば。あるいは眠りから剥がされて、もう一つの眠りへ、夢も安らぎもなく、幻想と焦燥で魘（うな）される質の悪い眠りの中にすっぽりと潜り込んでしまうことだ。しかし、一等賢明なことは、その時間を避けて、人々と違った生を持ち合わせていることを具体的に肉体で確認することかもしれない。そう思ってエンジンを始動させたままで、夜明けには家を出た。子供はまた眠ったに違いない。出掛ける前に子供を起こしトイレに連れていく。朝、彼の目覚めが尿まみれの孤独の中にやってくることは避けさせてやりたい。濡れてしまったシーツとパジャマの上に呆然と坐り込んで、妻に口汚く罵（ののし）られることはたまらない。眠ったままの彼を抱き上げ、額にキスをしてやる。このしばらくの触れ合いだけが、妻に邪魔されずに子供とつきあえる唯一の時間になってしまった。育児のルールだの、栄養のバランスだの、成長のグラフだの、英才教育だのと、読み漁った育児書片手に、四六時中彼女が信奉する父親としての態度を強制され、それから少しでも逸脱しようものなら、こっぴどく抗議される。もし妻が、誰でもいい、真に賢者と呼ぶにふさわしい人々の著した書物を、あんな風に十冊ほど読んだとしたら、彼女はきっと自殺するしかないだろう。しかもそれらを読み終えて、いそいそと自分の首に縄をかけ始めた時に、「でもね、真の賢者の中の至上者とも言うべき人は、書物など書きもしなかったのだよ」と優しく諭(さと)してやれば、たちどころに心臓麻痺も起こしかねない。子供は明らかに賢者の胚芽なのだ。それを寄ってたかって光を遮り、水を濁し、精霊の大気を毒して駄目な大人に飼育しているだけだ。子供に教えられることはあっても、真の人生からはぐれ切った大人が、何を教えることができるというのか。聖体にするように、静かに額にキスしてやると、腕の中で眼を開けてニッコリと笑ってくれる。この笑顔さえあれば今のままで大学教授にでもなって、一生を台無しにしてもいいようにさえ思える。そう生きることが息子を駄目にしてしまわないとしたら、ヨセフのように鑿(のみ)を握ったままで一生を慎ましく終えたとしても構わないと思う。ところが彼は日に日に目ざましく成長している。やがては青春という間怠(まだる)っこしい、しかし、普通の人生が迎える最後の人間らしい時期に辿り着いてしまう。女を愛することを知り、性の花蜜を嘗め、破れ、傷つき、生の意味や自分の意味、あるいは世界の意味やひょっとすると神についてさえ、いわばありとあらゆる世界的な思索が彼をとらえ始め、夢中にさせる。人々はこれに「青春」という都合のいい名前を与え、括弧(かっこ)付きでがんじがらめにし、まるでニキビみたいにすぐ消えてしまうと高をくくる。この時だけが、最後の、しかも重大なチャンスだということを忘れたふりをして。崇高な千の花弁をつけるべき蓮華の蕾(つぼみ)は毟(むし)り取られ、泥濘を地衣類(ちいるい)みたいに這いまわることで一生をふいにさせようと懸命に潰しにかかる。彼は咲きだすべき空間がどこにも無いことを骨の髄まで知らされ、鬱積した開花のためのホルモンを投げつける相手を探す。たとえ棒切れを振り回したとしても、弦を狂ったように掻き鳴らしたとしても、二千年かかって築きあげられた社会という墓石はしっかりと泥濘に根を広げ、地衣類に保護され、たかだか二〇年の経験では微動だにしない。そうなると、彼が自分の力量に合う敵を身近に見つけ出すことに時間はかからない。彼のために一生を棒に振ろうと覚悟していた父親は、世間で言う中年の油乗り切った時期に、他でもない自分の息子によって犬よりも軽々しく足蹴にされることは避けられない。息子にとって一人の落伍者としてではなく、真の意味の人生の先輩として、一つの偉大さであり未知であり、希望の雪を戴き神秘にそそり立つ山のような存在でない限り、父親であり続けることは困難だ。しかも、父親というのが、人間という存在を生きている上での、一つの尊称として呼ばれることを望みたいとしたら、父親である前に一人の人間として、自分の生を自分自身で編み上げねばならない。そうしない限り、老衰でくたばる老人の皮膚のように皺だらけの巨大な脳髄を、脂肪過剰の脆弱な肢体でヨタヨタと引きずり、口ばかり達者で、心臓を縮み上がらせ、筋肉を硬直させて何もできない、人間性に不自由する子供たちが量産されるだけなのだ。すでに覚えてしまった子供の狡猾な眼に睨まれ、役所に出した出生届けの父親欄には確かに自分の名前を書いたことを思い出しながら、息子の泥足の下でぜいぜいと臭い息を吐き、今にお前だってわかる時がやって来るぞと怨めしさを噛みしめて耐え忍ばねばならない。ゴキブリよりも不潔で卑しい日々を分からせるために、ゴキブリよりも不潔に卑しく生き死んでいかねばならないなんて、どう考えても割に合う生き方だとは思えない。しかも息子はこちらの躊躇の分だけ決して待ってはくれず、今もなお刻々と成長している。昨夜もそうだった。風呂に一緒に入ろうとしたら、いきなり握りしめてきて、「パパのは大きい」と言ってしょげてしまった。あの可愛い一物が隆々と弓なりに尖立する日もそう遠くはないだろう。トイレに立たせながら昨日の夜のことを思いだして、摘まみ出した物を懸命に褒(ほ)めてやる。ようし、今朝のは大きいぞ、毎日大きくなるぞ、実に立派になってきた、それぶっ飛ばせ、いい女を見つけろよ、女だけじゃない世界にぶちかませ、天に向かって爆発させろ、しかし、ママみたいな女は止めろ……最後の言葉は当然止める。しかし、それこそ言いたかったことだ。それがどんな女にしろズルズルと関係を粘つかせたままで結婚したり、子供と共に家庭を作ったりする時は、もう一度自分と相手の戦略をつぶさに検討すべきなのだ。自分の方がすっかり武装放棄して、家庭と膣の両方にすっぽりと呑み込まれることで一生を不能に終わらせるつもりになってしまうか、あるいは自分の戦略を全面的に展開して、唯一人の共闘者として、大空に飛翔するための両翼の一葉となって、飢えも貧しさも、いかなる試練にも二馬力のエンジンとなって共に生きる覚悟があるかどうかを、心底確認しなければならない。だが、男が一生を不能で終えてもいいと考え、それに素晴らしい女が合意した時、いや素晴らしい女がそんなくだらない男との結婚を承諾するはずがないのだが、万が一、恋は盲目とかで眩(くら)んで結婚を合意してしまったとしても、生活を始めるやいなや、一切が、新たな生命の誕生までが、価値と呼ぶべきいかなるものからも見捨てられることは間違いのないことだ。と言っても、それは二つの世界、二つの文化、二つの宗教、二つの生き方が交錯して生まれる苦悩よりは楽かもしれない。ヘルマン・ヘッセが、脳を気持ち良くシャワーしていた一五歳の春に出会い、文学を愛を革命を共に語り続けていた女が、「あれはちょっとした青春の間違いなのよ」と臆面もなく口走る前にスッパリと手を切ってしまうべきだった。双翼機で滑走を始め、上昇しようとしていた得意絶頂の時に、気がついてみたら片肺どころか左半分しか翼がなかったなんて。それはもう不時着という洒落たランディングではなく、呆然とした失速と墜落が残されているだけだった。もし妻ほどに、しかも恋人や夫にさえ知られずに密かに変身できたとしたら、人間はとっくに空を飛んでいただろうに。菫(すみれ)は虫捕り菫に、人魚は人食い鮫に、桜貝はアンモナイトに、きっと食うためだったら、いやお金になることだったら巨大なゴキブリになることだって厭(いと)いはしなかっただろう。彼女にとって具体的に眼に見えないものは世界中のどこにも存在するはずがなかった。身体を動かせて忙しく走り回らないことは労働ではなかった。その二つを一緒に、眼に見えないものを、机に向かってか、ベッドに横になってじっと考え続けるようなことは、それはしょせん怠惰の表現としか理解しようとはしなかった。精神の内奥まで掘り進んで、そこにあるものが一体何なのか、単なる肉塊か繊維質か、それとも宇宙に通じている金脈なのかと、ゴールドラッシュ時代の荒くれ男達を凌(しの)ぐほどに汗と油で鶴嘴(つるはし)を振りかざしていたとしても、あるいは宇宙の縁まで思念の衛星を飛ばしながら、自己の存在の意味をズームアップするために、太陽系から地球というちっぽけな惑星に、北半球の中途半端な緯度で今にも太平洋に飲み込まれそうですこぶる危なっかしいいじけた島々を見つけ、その島々のスイカ畑に、とりわけ外形が整い極めて内部が腐り果てた一個のスイカを見つけ出すために、宇宙飛行士の緊張と感動を感じながら旅していたとしても、そんなことは全く金(かね)にならない無駄以外の何物でもなかった。しかし、もし夫である立場を思い出し、スイカの内側で甘い香りを放つべきだったにもかかわらず、とっくに雲散霧消してしまった「愛」などという見えないものの代わりに、そっと近づいて身体に触れようものなら、一夜がかりのしっぺ返しを覚悟しなければならない。「愛」なんてものは野壺(のつぼ)の蓋(ふた)ほどにも役立ちはせず、肉体の交わりは糞そのもののように穢わしいものだった。充分に愛し合っているでしょう、これ以上セックスしたところで何になるの、そんなに精力を持て余しているのなら、裏に生ゴミの穴でも掘ってよ、きっと今のあなたのやっていることより有意義だわ、お金に換算しても、あなたの収入よりずっといいはずよ。たぶん妻は金と結婚すべきだった。世界文学全集が簿記入門に変わり、革命と福祉が配当と利息に変わってしまった。まだしも、性だけが唯一の絆として残っている間はよかったが、性の欲望さえ金には負けるのだろうか、という疑問は束の間に断定の答えとなった。やがて全身で押さえつけ、刺し殺したつもりでぶちまけるような交わりになり、あてどない怒りだけが残った。婚約すれば、結婚すれば、母親になってくれれば、もっともっと理解し合えるに違いない。そんな希望を薄紅の花弁に求めたが、彼岸花の毒根を突き返されるようになった。十五歳の指、十七歳の唇、十九歳の処女膜、二十一歳の膣の充血、二十五歳の子宮、二十五歳十か月目の後産、血は酸化し次第に凝固しながら斥力を加速度で増し、内部に向かって近づけば近づくだけ遠ざかっていく女。ラッシュアワーでくっついてしまう見知らぬ女でさえ、もっともっと近しいだろうに。だから息子よ、お前のペニスは、虚空に宙ずりにされた月と太陽の絶対の距離を測り、永久に底に辿り着かない亀裂に降ろしてみる錘のように使ってほしくはない。ご褒美にもらえる額のキスのために急いでパジャマのズボンをあげていたお前の後ろで、そそり立つ山になるためには、腐りかけた土台からやり直さねばならない、アンモニアの臭気以前に饐えた空気に風穴を開けねばならない、そう思わずにはいられなかった。もうすぐお前の包茎の先に、勃起した亀頭が頭を出すというのに、パパは陰核のように生命の交わりができないままで、ジリジリと時間を焼き消しているだけなのだ。綿毛、真綿、海綿、スポンジ、絨毯、何でも柔らかな手触りの物があれば、お前は飽かず撫でていた。輸入幼児食の缶詰をあてがわれ、腹一杯食べ、保健所の身体測定から戻るたびに、優良児に成長していると言って眼を光らせている妻を見て、土台を蝕んでいる白蟻がお前まで食い荒らし始めていることがわかり愕然とした。発育最高の肉体の中で、まるでそっくり比例してお前は愛の欠落を労咳みたいに増殖させているのだろう。お前の飢えがただただ外にだけ向けて、旦那方が仲違いしちまったアフリカやアジアの子供達のように、母親の腕の中で一かけらのパンを求めて泣きわめく子供の飢えだったら、お前はどんなに救われただろう。いっそ父親が居なければ、どこかに消えて無くなれば、自分の内部増殖のマイナスの愛を外に向けることで納得できるのかもしれない。今朝、再びベッドに戻してやると、そんな思いで見詰められていることも知らずにニッコリと笑いながら、もう一度額に「チュー」してほしいと訴えたお前。思わず絞め殺すほどに強く抱いてやったら、本当に嬉しそうに声を出して笑ったお前。だが、その声を聞きつけて妻が起きだし、子供のベッドの周囲をフランツ・カフカの「K」みたいに彷徨くところを見つからないように、急いで出掛けてしまった。斜頸とヘルニアという二つの傷を持って生まれ出てきたお前。そのヘルニアの手術の跡をこじ開けて、たとえ死と引換えにでも、お前の空漠を抉り出してやりたい。斜頸とヘルニア、それは明らかに虚偽の文明の知識に毒され、歪んだ食生活をまるで子供への愛だと取り違えていた母体と、力づくでも止めさせないで母体をそうさせてしまったパパのせいだ。肉食、糖分摂取、化学調味料、これらの誤った食生活が肝臓の機能を弱め、お前にヘルニアを結果してしまったのだ。今日に先立つ二つの不幸を二人の生の怠慢と生命への無知に対する悔恨として、首をかたげ、幻のメスの痛みを持ち続けるより、お前へ償いの方法を見つけることはできない。未熟児で生まれ、保育器の酸欠で失明したとしても、小児麻痺で大地にスッキリと立つことができないとしても、あるいは無残にも手や足を持たないままで生まれたとしても、それは管理の悪い病院のせいでも、小児ワクチンの不足のせいでも、ましていわんやそんな危険な薬品を許可した厚生省の責任でもない。未熟児しか生めなかった胎盤の、母体の免疫をたっぷりと貯えている母乳を疑いもなく捨てて、喜々として粉ミルクを与えた母親の貧弱な脳の、眠れぬ夜を薬品で誤魔化そうとしたひ弱な精神の、そんな母体の傲慢を許す男の無知の、保護され管理されることに慣れきってしまった人間達の、その時代を同じくするすべての人間という種族の、余りにも高慢すぎる物質文明の一つの歯車を回すことで生きている「私」と「あなた」のせいなのだ。悲痛が巨大に地球的規模で蔓延している時代、もう、自分以外の誰かに頼ることを止めにしよう。無知を恥じ、たとえ担いきれないとしても、聖者のごとき赤子から肉体の完全さを奪ってしまう、時代の責任を感じよう。たとえ暴力を振るってでも、物質文明の傲慢をただ口真似しているだけの女を従わせるのだ。軽薄な女が信奉してやまない科学の大半はしょせん男どもが作ったのだから。物質文明の非情さも知らず、現（うつつ）を抜かしている愚かな男どもの股間を蹴り上げ、振り向きもせず捨て去るのだ。それだけがあてどなく膨張する怒りを生み出してしまうもう一つの惨忍な、より悲しい暴力への、遅れすぎた防壁になるのかもしれない。祝福されるべき新たな生命の誕生が、取り返しのつかない忌むべき悲痛で始まってしまう、これだけでも充分に大地は不毛で、人間はゴキブリ以下に退化した証拠ではないか……、そう思いながらお前のベッドを離れた。妻が起きだして、教本通りにお前を操る時間を無力に眺めているのは恐ろしい。ペットでさえ理屈抜きの盲目の愛にしかなびきはしない。お前の悲しみの労咳も、妻の傲慢な手つきも、二つながらに治癒しえるもの、それを求めて飛び立たねばなるまい。だが、決して逃げるのじゃない。もう一度お前に近づきたいのだ。もちろんお前を捨てる訳ではない。もっともっと抱き締めてやりたいのだ。その離陸の時がいつになるのか、今はまだ言うことはできないが、そう遠くないだろうことはわかる。すでにガソリンタンクは朝露をたっぷり孕んでいる。世界は日毎に逆風をたたきつけてくれる。今日にしろ明日にしろ、遅すぎることはあっても、決して早すぎることはない。しかし、頭の中にギッシリと詰め込まれた計器は、光の方向を示してはくれない。だから、翼がパリの灯を見つけるまでは、頬をつねり、平手打ちを喰わせ、血の出るほど唇を噛み、ピンのような鋭利な先端で喉を突き、眠らないようにして飛び続けねばなるまい。それだけが、今約束できるパパの責任の一つ、しかも唯一つのものなのだ。今朝ももっと抱いてやりたかった。抱くことで少しでも飛行機の積み荷が軽くなるのであれば。だが急がねばならなかった。一刻でも先まで朝を胎内で醸成して、一日のエネルギーを確保しておきたかった。いぎたなく眠る妻にも、やがて起き出し人の足を引っ張る町にも、ゴキブリにも劣る精神状態を強要して鉄の箱に積み重なるラッシュアワーにも邪魔されたくはない。それにいつも下車する駅から女子大までの道も一気に駆け抜けて、少しでも朝を孕んでいたい。朝の霊気で舗装されている大学への道も、遅い朝には女達の幽閉された子宮から立ち昇る、熟れて酸味のある臭気で掘り返されしまう。女子大、そこは何千年かかって貯えられたはずの樹液を、青臭い嘴（くちばし）が少しばかりついばみ、残されているたかだか四、五〇年の空蝉の生を鳴き散らすために通りすぎるだけの場所。早朝のキャンパスはまだ無駄口で沸騰していないから、ただ蝉の脱け殻みたいに空洞を広げている。木陰のベンチに腰をかけても、サンドラスのページを繰っても、朝のエネルギーが一気に霧散していきそうだ。生協の学生食堂に出掛けて、自動販売機からコーヒーを買う。空漠を先回りして濁してしまわないと、今にこの中で蒸発してしまいそうだ。神経を社会化するために、ニコチンとカフェインは有効な麻酔剤だ。体液をトップリと琥珀色にして、爆発しそうな信管を濡らしてから教務課に立ち寄る。入口でぐっと息を止めて冷やかな表情を作る。ゆっくりとドアを開けて低い調子で挨拶する。ここで華やいだ精気は禁物だ。それを知らずに失敗したことがある。K大学の初講義の日、大学前の喫茶店でルイス・フェルディナンド・セリーヌの『夜の果ての旅』を時間まで読み、意気揚々と教務課の講師控室に入った。すると女性の事務員が情事の現場を見つけられたように顔を引き攣らせて立ち上がり、「ここは学生の入るところじゃありません。用件は事務室を通しなさい」と吐き捨てる。その剣幕に慌てて外に出る。どの教授もちょっかいを出してくれずに、膣に蜘蛛の巣が張っているだろう中年の女が、顔が見えない暗闇で間違って抱かれていた有頂天の時に、突然ライトで照らされたようじゃないか。君の最後の砦である権威を侵しそうになったのだろうか。それ以外あの怒りの理由が読めない。あの居丈高な分だけ教授には猫撫で声で擦り寄るのだろう、と思いつつ、そうか、ここは大学なのだ、と反省した。営倉に入る顔つきが必要だったのだ。笑いを殺し、肩をすぼめ、眉の間に縦皺を作って入り直した。彼女の顔つきが変化する前に手で制して、あの、今年からここで社会学を担当させていただきます講師ですが、そう言うと二重面相は慌てて立ち上がり、失礼を詫びながらお茶を勧め、名簿を手渡す。「世の中に醜い女は一人もいない。ただ、どうすれば可愛らしく見せられるかを知らない女はいる」とはラ・ブリュイエールだったか。もし満面の笑みでにこやかに迎え、優しく言ってくれれば、その「こってい牛」のケツや乳牛の乳房だって抱きしめたくもなる。今さら態度を変えようが、醜い肉の塊でしかなく、菜食主義者でよかったと思ってしまう。膣にもハートにも蜘蛛が巣くっていても、誰のせいでもない。そう思うと、いやいやこちらこそ死に切れずにやってきまして、と非を詫びておかねばとも思ってしまう。一切の息づかいを殺すこと。感情、希望、感動、顔の艶、眼の光、笑い、筋肉のバネ、勃起する性器、欲情、生命の滾り、意欲、これらをすっぽりと脱ぎ捨てるか殺すしかなかった。はっきり言えば無能になれば良かったのかもしれない。名簿を受け取り、時間きっかりに教壇に立つ。早すぎるという非難の眼が一斉に注がれる。サンドイッチとコーヒーのペーパーカップがゴソゴソと机の下に入る。君々、唇のまわりにケチャップがついているよ、そう言ってやりたいが、人食い人種に構わずどんどんしゃべる。どうせ共有できる価値などないに決まっている。十八歳と十九歳、ひょっとすると二十歳の女もいたかもしれない。だらしなく弛みっぱなしは膣だけではなかった。生活も服装も肉体も、たぶんあるのだろう頭脳の内部も、永い間太陽に晒されていた生ゴムのように緊張も弾力も失せている。女の一人として妻を見直したぐらいだ。ゾロゾロ、ゾロゾロとひっきりなしに学生が入ってくる。構うもんか、ぶっ飛ばせ。眼を合わせはしない。向き合って非難されるのはこっちだ。彼と朝のコーヒーでも飲んでりゃいいものを、それもできず、中途半端な化粧のように、すべてがいい加減に塗りつぶされる。目覚めた爽やかな顔は一つもない。野菜でさえ朝露にくるまって爽やかに目覚めるだろうに。中途半端に受験し、中途半端に大学を選び、中途半端な決意をして、中途半端な彼を探し、中途半端な生活を始めてしまう。だから、昨夜からぶっ通しで抱かれ、足腰も立たないままでベッドに横たわっている欠席した学生に向かって語るべきだ。妻の方がはるかに偉い。彼女は常に徹底している。徹底し過ぎているのかもしれないが、中途半端よりは闘い甲斐があるというものだ。育児、料理、商売、株、テレビのメロドラマ、スターのスキャンダル、いつも彼女は懸命である。少しばかり世界が違っているだけだ。物質文明を全身で吸収している女と、物質文明の先に何があるかを考えようとしている男の間には、たかだか数千年の距離しかない。しかし、ここで机と教壇を隔てている距離は全く見えない。何でもいい、ぶちまけ続けるのだ、社会学とは、社会の学である、あの弛みっぱなしの穴に、ありったけをぶちまけてやれ。今日のテーマは「大衆社会」……「大衆社会」とは、一種の家畜化した社会で、人間と呼ぶに値する属性、例えば叡知、至高の目的、真の愛、魂などのほとんどを失って、操作の対象でしかなくなる社会、大量生産、大量消費が社会の経済的特徴となり、その中で消費文化への志向や都市化という鶏舎、そうですす鶏の小屋のことです、この、完備と、新中間層というブロイラーの増大と、マス・コミュニケーションという無精卵産出促進曲で、画一的な、外部志向型の人間、いや家畜を作りだします。高度な科学技術という黒魔術の発展、そのシンジケートぶりを次第に明らかにしてくる組織の巨大化は、人間を分散、孤立化させ、一部の指導者、言い直せば家畜飼育人によってありったけの嘘と幻想で操作、管理されるような社会となる。このような社会で、人間は「孤独な群衆」「砂のような人間群」として、もっと学術的にスッキリと言えば、去勢された家畜として社会的無力感に陥り、瞬く間にこれが人間の生き方だと自己納得するようになります。今や物質文明国は、洋の東西を問わず、イデオロギーの毛並みの違いなど関係なく、巨大な鶏舎と考えたほうがいいでしょう。チョークを取って黒板に「大衆社会＝家畜化した社会」と書く。手が妙に匂う。そうだ、まだ洗っていなかった。子供をトイレから戻し、前をはだけて眠っている妻を見て、ひとしきり弄くってきたままだった。起きていて交わることは恥だといわんばかりに、いつも眠ったふりをしている。なのに決して抗いもせず、まるで自然に寝返りをうつように足を開ける。もう永い間交わりはない。随分昔に、下着をつけていない朝を見計らって襲ったこともあった。去勢の儀式を済ませたあとで、再び上着を脱いでのしかかったこともあった。そんな時も妻は眼を開けずに迎え入れる。自分は眠っていて知らなかったふりをする。たとえ暴力的に腰を動かせても、必死で喜悦を内に閉じ込める。恍惚の表情も懸命に氷漬けにしたつもりの妻から離れ、上着をつけて出掛けようとする。そんな瞬間を決して逃さない妻は、矢継ぎ早に軽蔑と怒りを背中に投げつけてくる。あなたの生き甲斐はこれしかないのネ、こんな風にどうして世の中にも立ち向かおうとしないの、眠っている私を襲っておいて、それで満足なの、恥ずかしいとは思わないの。数十年の溝に糸みたいな細い性の橋を渡そうとして、見返りは氷の刃での惨殺だけだ。性の交わりが精神の愛の結果として、より新たな深い愛の始まりとして、もう一つの希望溢れる生の誕生を創造しえるものとして求められ、結婚の初夜から一つの愛のほころびの糸口として亀裂を深めるパワーシャベルとして、潤いを失せ干涸びてできた生活の罅の強力接着剤として出発し、今一つの暴力として、決して結び付けることのできない二つの距離のメジャーとして、悲哀と孤独の外形として存在している。ペニスは文明の悪汁が女の内部に穿ってしまった鍾乳洞を埋めはしない。精神と感情の双方から突き出た石筍は充溢を宥めもせず、鮮血で漲っていたはずの愛情らしきものは、蠕動のたびに傷つけられ黒く濁った生理の血のように無駄に流されてしまう。怒りをポンプにして乳白色の不透明を放出し、死よりもあっけらかんとした虚無を抱かされる。虚無、そう呼ばれるものは単なる無などではない。そこは悲しみや怒り、そういった一切の感情が芽を出すことが不可能な不毛の地なのだ。だから門歯ですっかり噛みしだいた後は、眠りの無抵抗を装う開け放たれた洞には、ペンを持つこともできる指という分身よりも、フォークナー流にアメリカ南部のトウモロコシの根か、H・セルビー・ジュニア流にブルックリンの箒でもぶち込む方がいいのかもしれない。彼女はすっかり目覚めているはずだ。三本もの指で引っかき回され、洞が作る大音響に共鳴しているに違いない。だから眠っているふりから目を覚ますふりをする前に、彼女の声が届かないあたりまで一目散に逃げださねばならない。しかし、それでも彼女の視線はドアの外までついてくる。今朝はやってもいいのに、本当に女の気持ち一つわからないのだから、と。だが、もう御免だ。自分だけが楽しみ、優しさの代わりに怒りを、快い疲労の代わりに猛獣の咆哮を投げつけられるのは耐えがたい。いや、それでもいい、もしもその怒りが夫だけに向けられて、子供にまで粘ついて及ばないとしたら。樹液と精液のバランスの欠けた量だけ、たっぷりとあたり散らされるのは苦痛この上ない。液体のバランスを回復させるために、女は優しさを零(こぼ)してくれればいいのだ。もう絶対にいやだ。彼女が何よりも価値を認める金をうずたかく積んだとしても、決して抱いてなんかやるものか。欲望は増大し、満足は欠落し、膣は弛緩し、性的刺激剤は洪水となって……希望の化学的置換、生の価値のナフタリン的昇華、趣味という誤魔化しの氾濫、精神の分散、行動の乱数表、生活の集合論化、魂のジュールトムソン効果の消滅、肉体のエントロピー理論による定義、心理におけるエンゲル係数の増大、犯罪のシュールレアリスム化、組織の核分裂と爆弾化、政府の管理的毛細管現象、国家のマニピュレーター化、マスメディアのスピロヘーター化……黒板一杯に書き続ける。これが大衆社会と呼ばれる状況で、これに対してはもはやいかなる抗議も反抗も、革命的武装蜂起でさえ、システムをより補強し、固定化するようにしか作用しません。ノイズはきっちりとシールドしてアースしてありますし、それでも駄目な時は、ノイズはさんざん増幅されたあとで簡単にフィルターで除去されてしまいます。残されている道で最も手っとり早いのは、素子(エレメント)であることを止めることです。が、これも注意深く慎重に計画されねばなりません。そうして一見唐突に見える瞬間の行動が必要です。と言うのも、こういった全体主義的管理社会では、すでにその可能性もプログラミングされ、メモリーされていると考えた方がいいからです。しかも少しぐらいの回路離脱は、マスメディアというレーダーによって確実に把握され、連れ戻されます。このような時代、「蒸発」というのも単に神経症的な一種の現代病として片づけてしまうわけにはいきません。「社会の仕組みが複雑に入りくんできて人間疎外が起こり、情緒的な飢餓状態が精神の錯乱を招く」なんて分析は、コンピュータの恋人占い程度にしか役には立ちません。情緒的な飢餓状態は稀に精神の錯乱を招くことはあっても、その飢餓状態こそ、人間のさらなる段階への推進力にほかならないのです。「蒸発」と黒板に書いてからクラスの方に向き直ると、大きな欠伸(あくび)が見えた。無理もないだろう、口を開けて臓腑の全てを吐き出したところで、眠りからスッキリと醒めることはないのだから。欠伸をした生徒を見ながらそう思った瞬間、予期せぬ言葉が欠伸もしないのに腹の底から吐き出された。今日で最終講義にします、まだ時間数は残っていますが、ゼロに何を掛けてもゼロですから、今日で止めます。リポートでも出してください、ええ、自宅宛で結構です。一瞬クラスがどよめく。チョーク塗(まみ)れのスーツをハンカチで拭きながら外へ出る。事務所にも寄らず喫茶店に入り、名簿の全ての欄に不合格の点数を書き込む。一身上の都合により本日にて講義を終わらせていただきます。そうメモを書いて同封した。あの気取ったポン引きみたいな学長がどんな顔をするのだろう。戦後民主主義は青年達に責任ということすら教えなかった、我々の世代は死してもラッパを放さなかったではないか、全くナッチョラン、そうやけくそに宣(のたま)って祇園で軍歌など歌いながら飲み、自分達の世代を合理化するのだろう。祇園でさえ精舎(しょうじゃ)から遊里に変わった。釈迦が聞いたら心臓麻痺を起こしかねない。しかし、ラッパを放さないなんてことのどこにも、人間の責任という香り高いものはありはしない。責任、何に対しての。責任、どんなスケールの。責任、誰が誰に対しての。ポン引きが言うかもしれない責任は、押し込まれた穴から出てきてはいけないという責任だ。気が変わること、もっと大きな責任に気付いた時、小さな責任を踏みつぶしても前進すること、これは人間だけにしかできない。戦場における最上の、人間として最も香り高い人道上の責任でさえ、それ以前に戦争を回避しなければならないという責任より軽い。戦場において与えられた任務で他者を殺戮（さつりく）する責任は、人間として最も無責任で、持ち場を離れて戦場を後にする勇気に比べれば臆病としか言いようがない。責任というものは一方が他方に押しつけるものではない。だが、ポン引きとの間でやり取りされた「責任」は質が高いものではない。教えろと言われ、承諾したと言っても、それは大学と呼ばれうる所を最低の前提としていたはずだ。だが、ここはビニールハウスみたいに安直な花嫁栽培畑にすぎない。しかも、知的人間的な生活どころか、健康で文化的な最低の生活すら支えきれない報酬しか与えられない。自分への「責任」他者への「責任」そんな責任を丸ごと返すために、カバンから切手を出してベットリと唾をつけて貼った。喫茶店を出て、ポストに責任を放り込んでホッとしたのも束の間、一人の女子学生に捕まってしまった。先生、どうしてお止めになるのですか、毎週楽しみにしていましたのに、とってもおもしろかったんです、それに先生の授業だけです、あんなに元気にやって下さるのは……そうですかそうですか、とそればかりを繰り返す。今日で本当に来てくださらないのですか、もっとお話が聞きたかったのですが、ネ、先生、お茶でもご一緒させていただけませんか、私に奢（おご）らせてください。いや、ありがとう、しかし、今日はちょっと急いでいますから。じゃ先生、お手紙書いてもいいですね。そうですね、そうすればまたお会いできるチャンスも作れます。本当ですね、約束していただけますか。いいですよ、何かお役に立つことでしたら。お役に立つなんておっしゃらないで下さい、先生に個人的にお話したいんですから、先生、今夜早速書きます、お返事下さいね。女子学生は婀娜っぽく笑う。甘い視線を避けようとして通りがかったタクシーを止める。じゃ、これで。乗り込みながら手を軽く挙げてそう言う。ドアが閉まる。もう二度と会わなくて済む。あんな授業を本気で聞いていたとしたら、先生、あなたはどうなのですか、あなたもやはり家畜の一匹でしょう、って聞くべきではないか。そう思いながら手を振っておく。熱い眼差しでじっと見送ってくれる。いいぞ、すごいぞ、いっそのっけからラブレターを書いてくれ。妻が無断で開封して怒り狂うようなやつを。二人の間に何かあったような卑猥な言葉を連ねておくれ。そうして、決してこない返事を待ちながらじっと悲しみや幻滅が醸しだされるまで待ってほしい。もっともっと幻滅を繰り返し、もっともっと絶望してみてください。これがあなたへの餞別の言葉です。どちらへ行きますか。そうですね、四条河原町のあたりまで頼みます。大学の先生ですか。ええ、今日まではそうでした。それじゃお止めになるのですか。ええ、今度こそはそうしようと思っています。惜しいですね、あんな若くてピチピチした女の子が相手のお仕事でしょうに、私なんかは学問がないからやりたくても出来ません、こんな仕事するしか能がありませんが、ま、食うためにはしょうがないですよ。食うための仕事なら何でもいいのですよ、と言いかけて飲み込む。食うために働き、食うために生きる。妻の生き方もその論理からは正しい。しかし、ひょっとすると、食い物の方が夫よりずっと値打ちがあり、子供は食べてくれるから価値があるのかもしれない。ミルク、乳酸飲料、プリン、アイスクリーム、果物ジュース、レバーの磨り潰し、骨粉、ミカン三袋、ビスケット二枚半、ウエハース三枚、ミニハンバーグ一個……もし子供が断食でもしてカロリーブックに反抗したとしたら、彼女の世界観はガラガラと崩れ落ちるに違いない。食うため、生活のため、これが社会を貫いているパリサイ人の律法なのだ。生きるために食うのであって、食うために生きているのではないというのに。しかし、もしもこの律法に楯突こうものなら、人々は石をぶつけ、迫害し、イエスみたいにみせしめに十字架に吊るしかねない。この律法が、口から肛門につながる一本の肉管が、あらゆる生活の全面に万能の法として常に機能している。この一本の肉管を守るためなら人は何でも出来る。耐えることも、悲しみを忘れることも、侮辱されることも、欺くことも、結婚することや反抗することや、そして戦争のように人を理由（わけ）もなく殺すことでさえ、いつもこの肉管を満足させるためだ。文学や哲学でさえこの裏付けがない時、権威を失いかねない時代だ。この言葉を吐く時、人は一切の後ろめたさを捨てることが出来る。すべては一本の肉管によって合理化され、常にこれは優先される。たとえそれが酒池肉林のための汚職、詐欺、悪徳商法であっても、人は決してそうは言うまい。最も日常的に信じられ、最も巨大に組織され、すべてに免罪符をばらまいて世界の色を変えている黄金の嘘、それが「生活のため、食うため」である。もし、この律法が真実ならば、比喩でも仮定でもなく、鶏みたいに各人が金網で仕切られ、四六時中、目の前にベルトコンベアが動き、ステーキやハンバーグ、コロッケやカレーやラーメンが、何なら食前にシャンパンでも飲んで、ムール貝のサラダやブイヤベースでもいい、キャビアでもトリフでもかまうもんか、とにかく食料が不自由なく運ばれれば問題は解決する。当然労働はやらされる。足に自信のある者はペダルを踏み続け、手に自信のある者はハンドルを回し続け、気のきいた言葉を吐ける者は終日原稿用紙を埋めていればいい。そうすると鶏どもは一斉に吠える。人はパンのみに生きるにあらず、と。人権無視だの、恐怖政治だのとさんざんわめき始めるのだろう。しかし、今と一体どこが違うというのだ。大脳からアキレス腱までが口と肛門を助ける補助器官に成り下がっている間は、人間はゴキブリよりも低い進化に止まっていることを知るべきだ。犬は病気の時は食事を止める。人間だけが病床にあっても口を動かし続け、口が動かなくなった重病人でさえ点滴して栄養補給を受ける。器官という器官が食料と薬品の残渣でゴテゴテになり、それが原因となって機能低下、あるいは麻痺してしまっているというのに。人間は断食できるが、水さえ飲んでいればそう簡単に餓死できるはずがない。ことに肥満した人間ならば、三ヵ月や四ヵ月は自分の肉を血球に逆分解させて、結構生命を保つことができるだろう。二十日鼠でさえ三日、モルモットになれば一週間、ウサギまでになれば十日間は餓死しない。食料がなくなって三日で死ぬことが出来る人間は、飢えのために死ぬのでなく、愚かな不安による酸毒症か、心理的恐怖による脳波の極度の乱れによって死ぬという。生きるために食うのであって、食うために生きることを犠牲にしたくはない。さらによりよく生きようとしたら、釈迦やイエス、マホメットのように、三十日や四十日の断食を試みてみるべきなのだろう。そうだ、よし、やめにしよう、食うことと生きることを天秤にかけることを。運転手さん、悪いけれど四条烏丸にしていただけませんか。あの銀行にはいくらかの金がある。妻に内緒で雑文を売って稼いだものだ。少なくとも第一回の脱出はできる額だ。素子（エレメント）を回路から引っこ抜いてみよう。周囲の回路がしばらくは乱れるかもしれない。しかし、自分のエレメントが壊死して、周囲の組織や新しく芽をだしたエレメントまで腐爛させるよりはましだ。妻はしばらくは乱れるだろう。子供も尿まみれで目覚め、午後の散歩ができなくなるだろう。近所のお節介から、ご主人の姿が見えませんがと聞かれて一瞬困惑するかもしれない。しかし、事態はそれ以上でも以下でもないだろう。再び組織はより強固に回復する。もはや機能麻痺でしかないと決めていた男から全くノイズがやってこなくなると、むしろシステムはキリッとパワーアップするかもしれない。あ、そこで結構です。どうもありがとう。タクシーを降りて、カバンから妻の知らない預金通帳を出す。残高を確かめてからおもむろに銀行に入る。と同時に、いらっしゃいませ、いらっしゃいませ、とあちこちから声がかかる。すでにその空疎な掛け声に嫌な感じを持っていたところへ、女子行員が慇懃無礼に食い下がる。ええ、そうです、解約します。何かこちらに手違いでもございましたのでしょうか。いや、手違いなどありません。全く間違っていたのです。しかし、少しでも残しておいていただきませんと、次回最初から……。いいんだから、とにかく全額引き出したいのだ、と声の調子を変えてから口を噤む。この女には人間など見えはしない、ただ紙幣が口を利いているにすぎないのだろう、返せ、泥棒、たかが数万の金じゃないか、と心で叫びながら女の顔を睨み付ける。諦めた女のかわりにキイがカチャカチャと押され、電子が金を引出しに走る。忙しく立ち働く銀行員。まるで首をチョン切られたばかりの鶏が周章狼狽、発作的に駆け回っているように。机に釘付けの首は、時々痙攣したように、いらっしゃいませ、ありがとうございました、と鳴く。支配者は常に店長でも頭取でもない。それは算用数字だ。ただ単なる数字。意味も価値も人間臭さも漂白されてしまった数字である。もちろん彼らに給料を支払うのは株主達でも経理部でもなく、コンピュータなのだ。結婚する。子供が生まれる。そうすると扶養料の項目が打ち込まれ保存される。本籍、姓名、生年月日、年齢、現住所、家族構成、役職、勤務年数、営業成績、これらが彼の価値を決め、そこからは一ビットだに逸脱は許されない。就職願書には趣味も読書もあった。だがそれはデータバンクで眠り続け、もしそれが再利用される時は、彼にとっての一つの不祥事の前兆や結果を意味する。変わること、思想的にでも人間的にでも、たとえ生活のレベルであっても、決して歓迎されることのないデータ。人生はたった一つの記号に向かって限りなく収束していく。退職、あるいは本格的で後戻りできない死。この項目が打ち込まれると、すべては終わってしまう。たったひとつの記号が打ち込まれるために、今必死で札束を数える。客が背を向けて出口へ歩く。それを目敏く見つけた行員がありがとうございましたと声をかける。一斉にあちらこちらから、首のない、あるいは首だけの鶏が鳴きわめく。何グロスの新しい靴下を履きつぶせば、こんな風に働き続けることができるのだろうか。どれほど死に切れれば、あんな風に我慢して生きていけるのだろうか。大学卒業間近になって一人の友人が訪ねてきた。就職が決まったという。聞けば大手の銀行なのだ。信じがたかったが事実だ。ドストエフスキーでは『白痴』が秀抜だと言っていた男だ。頭の中のパニックを押さえこんで冷やかに聞いてみる。また銀行なんかにどうして。いろいろ考えてみたのだが、コネもあったし、安定しているし、食うには事欠かないと思って。パニックをようやく抑えたつもりが、彼のパリサイ人の律法に愕然とする。ニコス・カザンツァキスもエリック・ドルフィーも教えてくれた男だというのに。さあ、一人が脱落するぞ、進化種族から。四年間がバックリと口を開け、二人は地球と冥王星の距離をはさんだ。何が彼をそう変えてしまったのだろう。せめて彼に、一目見るだけで性器と心臓が火を噴くような女がいるとすれば納得もしよう。女のために全てを投げ出して死ぬ、これぐらいのことができる男だった。だが、今でもそんな男だったら銀行などに就職するはずはないし、もしそんな女がいたとすれば銀行などに就職することを認めはすまい。次から次へとブルータスがやってきて、ヘドの出そうな会社名ばかりを並べ、食べるためなのだというオブラートに包んで飲み込んでくれと頼む。いいだろう、あの娘を幸せにするならば。すでに友人より先に妻の結婚に向けた金縛りの術に身動ききかなくなっていたから、一、二度紹介された女の優しい雰囲気が羨ましかった。あの人の瞳は、男の内部に力を視る光を持っていた。二人で世界から孤絶した巣を作り、甘い蜜に浸って生きるのもいいじゃないか、そう思ってくだらない社名を忘れてやる。二、三年もするとブルータスから結婚式の招待状が舞い込む。人が二重に埋葬されるのを見に出掛けるのも馬鹿らしい、と欠席の○印を囲んで送り返す。すると必ず電話がかかる。どうしても来てほしい、と。で、あの娘と結婚するのか、と羨ましがってみる。いや、あいつとは別れた。するとそんなにいい女なのか、そうだろうな、あんな企業に就職してくたばるのだから、せめて女ぐらいは極上でないとやり切れないだろう、いいだろう、その女を見物に行こう。ところがどうだ、学生時代に紹介された女達は一人も新婦として登場してこなかった。それどころか、ご丁寧にいい女を捨てて、大学の机で女性週刊誌だけを読んでいたような、どうしようもない女ばかりがくっついている。隠しおおせない落胆に、抜け目なく小声の弁解が耳元で囁（ささや）かれる。上司の紹介でアイツは学歴もあって家柄もいいんだ。聞き終わる前にもう悲しく寂しくなるばかりだ。マホメットみたいに、やつらが捨てた女の全部を妻にしたい。かつて紹介してくれたどの女も、たとえ娼婦まがいの生活をしていた女でさえ、あんな風に卑猥に笑いはしなかった。もうそうなると、この距離はどう足掻いても埋めることはできない。そればかりか、こちらの人生の貴重な部分まで根こそぎ倒されてしまいそうになる。アルコールで向こうを酔いつぶしてしまえ。じゃ、飲むか、就職祝いだ。だが本当は人の札束に埋められるお前の埋葬のためだ、そう思いながらついでやる。そうか、喜んでくれたみたいだなあ。あー、自分だけが若気の至りのままで取り残される栄誉な喜びはあるさ。その思いを酒で胃に戻しておく。ありとあらゆる文学と思想をすっかり卒業証書と引き換えられる友人達。いや。こちらから友人と呼べる男など一人もいなかったのだろう。勝手にやってきてはぶちまけ、慰められ元気づけられて帰っていった男ばかりだ。貴重な友人のストックと思っていた書架から無理やり本を抜き出しては借りていき、自分もその友情に加わりたいと願った奴ばかりだ。人が新しい世界を垣間見るために、必死で活字のメッセージを読んでいる時に、どかどかと土足で上がり込んで来て、竹竿を人の胸に突きつけて、薄汚れたヘルメットの下から血走った目をのぞかせ、お前は反動だとか、反革命だとかほざいた奴ばかりだ。誓ってもいい、大学紛争に指一本でも触れられるような鈍重な精神など持っていなかった。あの種の騒動は、自分の存在一切、世界史全巻ことごとく葬り去る覚悟がない限り、しかもそれをたった一人でやる勇気がない限り、一種の反乱のお遊戯のお稽古のように退屈極まりない。いいだろう、くたばるばならくたばるがいいさ。しかし、他人を道連れにして無理心中しようというのは虫がよすぎる。ところで君はどうするのか、とお節介が始まる。誰が口を開くものか。まだ就職は決まっていないのだろう、と就職だけが栄光への唯一の道のように言う。そうだ大学院に進むのだろう、マ、お前はよく勉強していたからな。これは明らかに軽蔑で言われている。すべての誘いにノーを言い続けてきた学生時代、クラスメートは、人生の味が判らない男だと言って哀れんでくれた。いいだろう、三〇歳、四〇歳、五〇歳、六〇歳、停年まで勤められたら、大声で笑って褒めてやろう、君の頭蓋骨内部の完全な機能麻痺を。人生の味、そんなものが今わかったらどうにでも生きてゆくさ。わからないから決めたくないんだ。真の味が見えないから、まだまだ全力では生きられず、大学という隔離病棟から一歩も出られないのだ。だが、受験時代という鬱屈したトンネルを抜けた時、人はそれぞれにその人特有の価値があるように見えていた。それが四年間という学生生活の選別機にかかると、どれもこれも同じ色の同じ粒状の同じ貧弱さで出てきてしまう。たぶん、学問の屑や想像力の欠如や、感性の鈍化やくだらない趣味が同じように頭に詰まっている女としかやっていけなくなったに違いない。だから、学校などにはろくすっぽ行けず、優しい肩と清楚な襟足を持ち、美しく笑うことができた女達を棄てたのではなかった。彼女らに逃げられたのだ。乾杯のたびに友人達の埋葬が進み、気がついてみると住所録には一人も残りはしなかった。だが、やつらにもしつこさだけは残った。ことあるごとに電話をよこし、話したいから出てこいとか、行くから待っていてくれと言う。片っ端から断る。あの乾杯の日に、めでたくも有頂天になって、こちらの憐れみの、しかも、心から呆れ果て馬鹿にしていた気持ちがわからないほどに鈍化したやつらに、二度までも騙されてたまるもんか。学生時代にも友人として心底付き合わなくて良かった。例えば誘われて仕方なく飲む。すると最後は必ず愚痴だ。お前は氷みたいなやつだ。酔うことも知らず、俺達に胸襟を開こうともしない。面倒くさいなら、そうハッキリ言ってくれればいいんだ。言っただろう、今夜は嫌だ、今は忙しい、今は必死だと。それを、本は逃げないからと取り上げて強引に引っ張りだしたのじゃなかったか。その上、冷たいだの、友人甲斐がないだのとわめき泣き叫ぶ。その答はやはり卒業の時に出たではないか。もし胸襟を開き、炎みたいに燃え上がる思いで抱き合っていたら、誰よりもこちらが惨めではないか。君達が悲しみを他者と共有できると誤解して、アルコールに滲ませて散らし、怒りを表現しようとしてスクラムを組んで警官とやり合っていた頃、こちらは部屋に鍵をかけ、悲しみや怒りを一滴も零さないようにフラスコに入れ、何度も何度も煮詰め、冷却し、ある時は蒸留し、時には愛のエリキジールを加えてみて、何かを結晶させようと必死だった。鉛色のそれが少しでも黄金色に輝き始めないかと、錬金術師の忍耐を友としていた。君らはそれを無駄だと笑った。決して鉛から金など生まれはしないと否定した。だが、かの錬金術師にとってさえ、金の製造は単なる個々のケースにすぎなかった。彼らが最も重要視したことが、金属の変質ではなく、実験者自らの変質だったことを知ろうともしなかった。君達が油染んだ安酒場のカウンターに並べた手軽な肉体の友を、遠い時間と空間から運ばれてきた言葉に求め、君達がパックされて集団で出掛けた観光地やスキー場への旅を、一人閉じこもることで、脳（ヘッド）と宇宙に旅し、君達が現在の自分の中で少しでも延長したがっていた自由を、もうひとつの高い次元の自分に変わりえる自由に求め、君達が怒りをぶっつけていた外部の共同幻想が敵ではなく、自分の内部に巣くう幻想的なものが当面の唯一の克服すべき敵であり、君達が革命と新世界の近づきを聞いたゲリラの靴音に、正規軍の反革命的軍靴の響きを聞き、組織にアナーキズムを、規律に絶対の自由を、君達が失うことに頓着しないものに執着し、狭めようとしていたものを広げようとし、諦めようとしていたことに正面から対応し、躊躇し逃げだし始めていたことに全力で立ち向かおうとしていた。どこに友人と呼べる共通の世界があったのだろう。かつてあなた方にも、筋肉の躍動や心臓の高鳴りや眼の光があって、大海原を順風満帆で走りだそうとしていた時代が存在していたと信じる。それらの日々を忘れ、悲しいほどに自分を縮め、個性を消してひたすら眠り続けようとする現在の自分が、同じ個体史の延長上にあるとは決して信じられないような時代が。銀行マン諸君、今日も自分の給料の何万倍かの紙幣に手を汚して、一日を虚しく終えるがいい。運命のせいにするな。自分のせいなのだ。君の方が逃げを打ったからだ。運命とは自らが命を運ぶことであり、革命とは命を革（あらた）めること。誰の力も借りず、自分が独力でそうするより他のない道だってある。それができないなら、決して眼を覚まさずに、ボーナスか退職金の皮算用でもして、安らかに永眠されたし。名前を呼ばれ、十枚の紙幣を受け取りポケットに入れる。さあ、今にくるぞ。走って出てやろうか。姿を消せないものだろうか。足音を忍ばせて出口に向かう。だが、接客係が抜け目なく送りだそうと近づいてくる。一足早く飛び出そうとしたが、自動ドアが音をたててしまう。来たぞ、一斉に。ありが、ありがとうござ、とうご、ありが、ざいます、ありがとうござい、ざいました……自動ドアが後ろで閉まる。振り向いて見ても一人としてこちらを見てはいない。揉み手して次の客をあしらう接客係の前に、もう一度立ってみても、それが今帰ったばかりの客とは決してわかりはしない。さようなら、死人（しびと）達よ、あなたがたの臭い息よりは、排気ガスの方がよほど肺には快い。

さあ、用心するのだ。歩道に人間の洪水が渦巻いている。なぜこんなに人間が涌き出るのだ、どこへ行くためにそんなに急いでいるのだ、そう思いながら自分もまた同じように流されてしまうからだ。彼らにはすべて愛に輝く家庭があり、優しさの子宮を天使の衣で包んでいる妻がいる。あのダークスーツの男達には神と対峙しえる仕事が待っている。あの艶やかな女性は女性の感性一杯に生かせる仕事に生きている。あらゆる人々とあらゆる物が宇宙の中に必然の価値を持って生きている。

デパートには錬金の器具があり、喫茶店は炎の会話を交わせる聖なる椅子を持ち、ブティックは絹の光沢でイエスの衣のように継ぎ目のない衣装をふんだんに並べ、花屋はソロモンの栄華に優る野の百合を売り、パン屋は血と肉をふんだんに供給し、この京都は鞍馬のサナートクメラ以来六五〇万年、着実に人間の魂を涵養してきた世界に誇る文化都市なのだ。なのに自分だけが去勢の衣装を纏い、ヨタヨタと大学などに通い、今日まで真に生きることも知らずに眠り続けていたに違いない。

そうだ、そうに違いない。そう思って歩かない限り、ズルズルと流れに引き込まれてしまう。だから、この去勢用スーツを脱ぎ捨て、ライフ・ジャケットに着替えよう。まずメンズウエアの店に入り、ジーンズと夏用の上着を買う。靴屋で大地に密着できるブーツを見つける。デパートのトイレに入り、コソコソとスーツを脱ぎ、シャツを剥ぎ取り、買ったばかりの衣装を胸を張って着込む。

靴を脱ぎ纏足の足を思いきり広げてブーツに包む。脱いだ物をペーパーバックに押し込んでそのままトイレのゴミ箱に捨てる。チョークでピカピカに光ったスーツも、バックリと口を開けはじめている靴も質屋さえ取ってはくれまい。『社会学入門』もついでに突っ込み、印鑑を窓から放り投げ、通帳を細切れにしてトイレに流す。さあ、こっそり歩くのだ。遅れをとった男を人々が嘲笑い、石もてぶつことを避けるために。今度は人々のように心臓を燃え上がらせ、愛を爆発させる信管を取り付けねば。手っとり早く近くの旅行社に飛び込む。すみませんが信管を買いにきたのですが。どんな種類をお望みですか。寒い所では作動困難でしょうから、できれば酷熱の太陽に誘爆されるようなものが有り難いのですが。とおっしゃいますが、その金額ではいささか……ええ、わかっています。だから片道でいいのです。パスポートをお持ちですか。もちろんいつも肌身離さず持っています、ちょっとした魂の護符ですから。パスポートが魂の護符とはおかしなことをおっしゃいますネ。これを持っているだけで、明日には今日と違う自由が手に入りそうな気がするのです。国外に逃げだせるような自由ですか。そう思われても仕方がないのですが、単に逃げだすだけの自由は人間存在の新しい次元に向かう自由とは何ら関係がないと思っています。人間存在の新しい次元、哲学者みたいなことをおっしゃって、もっと具体的に話していただかないと、目的地が選べませんが、例えば、今あなたがやりたいことが何であるかのように。それがわかればわざわざ家を出て海を渡ろうなんて考えません。大変失礼な言い方かもしれませんが、少し気がふれておられるのじゃありませんか。よくお分かりですネ、すっかり狂っているのです。治る見込みはないのですか。タブン行き着くところまで行かないことには無理でしょうネ。どこへ行き着くのですか。さあ、それはよく分かりません。やっぱり狂っておられます。いいんですよ、狂ったままで。狂わないとわかりっこないんです。何がですか。そうですね、人間教とでもいいましょうか、ひとつの信仰が。人間教ですって、今度は宗教ですか、そんな宗派は聞いたことがありませんが、聖地とか本部とかはどこにあるのですか。ここです。どこですか。この胸の中です。冗談ばかりおっしゃって。いや、本当に真剣です、祭壇も神殿も皆完備しています、しかも生まれつきに。それじゃその教義なんてものは何ですか。少し気障に聞こえるでしょうが、「愛」ですね。アイって何ですか。愛情ですよ、ラブですよ。それならば私にだってあります。妻を愛し、子供を愛し、友人を愛し、あなたのようなお客様を愛し……。いや誤解されちゃ困ります、それぐらいの愛ならゴミ箱に棄てるほどあります。ゴミ箱とはひどいですが、じゃ、どんな愛ですか、あなたのおっしゃる愛というのは。でたらめな愛です。目茶苦茶な愛です、世の中の全て、宇宙の全てを愛するような愛です。わかりませんね、もっと具体的に言えないのですか。言えませんね。じゃ、私には信じられません。そうです、信じられないと思われたら信じられません。じゃ、信じられますか。そう思われたらできます。あなたのお話はさっぱり要領を得ませんが、私を折伏されるおつもりですか。とんでもない、あなたがお聞きになるから答えているだけで、人をお誘いしようなんて全く考えていません。そうしますととても寂しい宗教ですね。そう思えばそうでしょう。教典のようなものはありますか。いくらでもあります。手に入りますか。どこにでも売っています。どんな表紙ですか。こんな表紙です。へんな顔ですね、寂しそうな老人ですよ、煙草の灰ぐらい落とせばいいのに、こんなしみったれたのじゃなく、他にもっといいのがありませんか。いくらでもあります。世界文学全集の中にも、聖書にも、お釈迦様の仏典にでも。それじゃ聖書ならキリスト教だし、お釈迦様なら仏教徒でしょう。そうでしょうね、ただひとつ違う点は、そのいずれかひとつではなく、その全部なのです。マスマスわからなくなりました、わからないついでにもうひとつお聞きしますが、それじゃ教会にも行き、南無阿弥陀仏ともアーメンとも祈るのですか。いやどちらもしません、釈迦やイエスの生き方、生活が教典といえば言えるかもしれません。聞かない方が良かった。まるで今生きていらっしゃるみたいな言い方をされて。そう……。もう答えてくださらなくともわかります。生きていると思えば生きていらっしゃるし、そう思わないと生きていらっしゃらない、こうでしょう。いいですね、大分おわかりくださったようです。じゃ、もっとわかる質問をします。世界文学全集とおっしゃいましたが、どんな本でしょうか、どこが出版したものですか。いや違うのです、世界文学全集と言っても、どこかの出版社から出された豪華全集のことではないのです。と言いますと。自分で見つけ出すのです。何をですか。人間の存在を越えようとして闘ってきた人々の魂の記録を繙くわけです。自分の言葉をいわば神の言葉に一致させようと望み、そのために生きた人々を探しだすのです。そんなものはたやすく手に入らないでしょう。たぶん、お宅の応接間に並べてある全集の中にも注意深く読めば見つかりますよ。え、本当ですか、あれはてっきり暇な時に読む贅沢品かと思っていました。とんでもない、唯一とは言いませんが、我が人間教に至る有効な手段です。あなたは文学者ですか。文学がどんなものかは今のところよく分かりません。でも、随分と読まれたでしょう。読みましたが、書いてもいます。え、どこから出版されたのですか。それは当分無理でしょう。今のところ、書いては燃やしていますから。それじゃ随分と無駄なことに必死になっておられる訳ですね。そうです、あなたにとっては、しかし、書いている本人は違います、書いて書いて書きまくって、自分を磨き上げているのです。磨き上げてどうなさるのですか。光り輝きたいのです。光り輝くって何ですか。文字通り光り輝くのです。やっぱりあなたは狂っています、救急車を呼びましょうか。いいえ、いいんです、全く健康です。その頭で大丈夫ですか。この頭だから行かなければなりません。しかし、外国にでかけることはお勧めできません。むしろ……ああ、そうだ、那覇行きのキップはありませんか。あると思いますが、しかし、沖縄はすでに日本領土ですから、パスポートは不要です。もちろんそれは先刻承知です、ただ、あそこは日本の異土です。イドって水を汲む井戸ですか、そうかもしれません、生命（いのち）の水を汲める異土でしょう。そこへ行けば私も信者になれるのですか。いや、どこに行かなくても、いつでもなれますよ、自分自信の信仰を作る職人みたいになれば。しかし、いつでもとはいつですか。今、この瞬間ですよ。それじゃ沖縄に出掛ける必要もないわけですね。そうです、ただ頭でわかっているだけで、本当はわかっていません、そしてそれをしようとしてもなかなかできないのです。それじゃ、どこでもいつでも出来るというのは嘘ですか。嘘じゃないのですが、生きる前に死んでしまいそうなのです、出掛けないと、窒息するか、首をくるか、あるいは生きたまま埋葬されてしまうのです。ひどい脅迫観念ですね。とにかく出掛けないと、で、あるのですか切符が。えーと、二等なら残っているようです。もちろん二等で結構です、それをください、これで改めて生き始められそうだ。死んでおられるわけじゃないでしょう。もっともっと生きたいのです。長生きしたいのですか、じゃもっともっと食べればいいでしょうに……そう確かに飢えている。気が狂うほどに飢えている。胃も腸も肛門も臓腑全部を、いや肉体ごと食料倉庫にどっぷりと漬けても、漬ければ漬けるだけ飢えは深くなる。優しさに、愛に、人間に、神に、理想に、希望に、闘いに、血に、樹液に、精液に、感動に、涙に、笑いに、苦悩に、不幸に、至福に、光に、空に、海に、花々に、輝く太陽に、娘達の肩に、微笑に、さりげない挨拶に、心からの接吻（キス）に、脊髄を蕩けさせる抱擁に、絶対の自由に、永遠の開放に、至上の愛に、言葉に、歌に、狂舞に、生の祭りに、詩に、世界に、星々に、月に、宇宙に、ありとあらゆるものに飢えすぎているのだ。世界から剥離（はくり）されて生まれたままの姿で放り出されたように、精神が、感情が、心（ハート）が、魂が飢え渇き寒さに震えている。今日まで確かに呼吸し、食物を摂取し、多くのことを学び、人々と出会い、泣き、わめき、笑い、叫び、怒り、悲しみ、そんな日々を何年も重ねては来た。しかし、どうしてもできなかったことが一つあった。いかに読み、いかに教えられてもどうしても学ぶことができなかったことがある。それは自分自身に心から満足することだ。自分の感情に、自分の精神に、自分の仕事に、自分の学問に、自分の家庭に、自分の妻に、自分の子供への愛に、自分がかかわってきたどれ一つといえども満足できなかった。胃を潤す食物に、時間を忘れる読書に、神経を愛撫してくれる音楽に、新しい世界に酔わせてくれる映画に、すべてを引き換えても構わないと思えるいくつかの甘美な恋に、存在までがその人と融合するような激しい接吻に、抱擁に、セックスに、筋肉が磨滅してしまいそうな肉体の酷使に、確かに一時的な充足と陶酔はあった。だが、自己の存在が時間を消してくれるほどに煮詰まれば煮詰まるだけ、そのあとに、より一層剥き出しにされてしまった自分が呆然と立たされるだけだった。欲望の衣を一枚一枚脱ぐたびに飢え、身が細る寂寥を纏（まと）わされて放り出されてしまう。怒りや悲しみも、光り輝くための錬金のきっかけにもならず、一気に生理的に編みなおされて、涙や震えとなって噴出しても、噴出すればするだけ肉体の内奥には、より巨大な怒りと悲しみが沈殿して、より苦しい飢えを孕んでしまう……それは誰だってそうだ。だから青春というんだ、それがこの時期の精神的特性なのだ、いつまでも社会に出ないで大学なんていう隔離病棟をうろついているからだよ、ちょっとした病気、いわば青春症の延長なんだ、そんなものはすぐに癒（いえ）るさ、軽い神経症だと思えばいい。そうかもしれない、思い当たる節がないでもない。やっぱりそうだろう、小児的傾向から離脱してないんだ、たぶん乳離れさえ済んでいないのだろう、いわゆる幼児体験における心理的外傷かもしれない、確かに知能も悪くはないし、これといって精神病の兆候も見当たらない、しかし、明らかに周囲の環境に適応できていない、トラブルにまで到ってはいないが、精神病質ではある。そうそう、フェノチアジンか、アミトリプチンが初期症状には有効だよ、それに幻覚とか妄想はあるのか。いや、極めて醒めているつもりさ。じゃ、分裂病だな、きっと、あれは十四、五歳から始まり、二十歳前後が頂点で、初老期を過ぎるとほとんどが消滅する、年齢から言ってもそれが妥当だと思うのだが、少しそれが長いのだよ、君の場合は、ブラブラしているからだろう、仕事を始めるべきだ、結婚もすべきだ、子供も沢山作ってみるんだな。いいだろう、結婚もしよう、掴み所の無くなった愛から逃げださずに、もう一度輝く綾に織り直してみよう、生活の織機に感情の糸をほぐしてつなぎ、肉体の杼を縦横に走らせてみよう。子供も作るんだ、たとえその織物が惨めにほつれ、艶を失い始めたとしても、新しい金色の布で包み隠せばいいんだ、織り直すために杼を通すことを拒んだとしても、光沢の絹布が二つに引き裂かれる羽目になったとしても、力ずくで杼を通してみよう、仕事もいいだろう、社会に順応し、社会的価値を判断され、幾ばくかの紙幣を握りしめてみよう……。だが、その実験の結果はどうだったか。結果だって、たかだか二年や三年の短い期間で結果なんてどうして言えるのか、それこそ青春の病的傾向の一つである性急さというものだ。じゃ、いつ結果がでるというのだ、三十年も四十年も決して出ない結果のために人生を、この貴重な人生を丸ごと棒に振れとでも言うのか。そうは言っていない、ただ余りにも短すぎるのだ。それじゃ、どの位我慢すればいいのか、十年か、十五年か、二十年か、そしてどうなるのだ、その結果が何であるかを考えないのが、分裂病でも青春病でもない証明になるのか、このままで分裂病が消滅する初老期までじっと我慢して、今度は老人性痴呆症にでもなればいいのか、それともひとおもいに心不全や肝硬変でくたばってしまうのが結果なのか、しかも、その間ずっとずっと労働という石臼（いしうす）で砂みたいに味のない屑にまで碾（ひ）き回され続けるのを我慢しろというのか。たとえ、碾き回す側になったとしても、駑馬（どば）みたいにあくせく回し続けるのを楽しめとでも言うのか、それが人生というものなのか、さらに肝心なことは、それが青春症より少しでも価値があることなのか、ということだ。もう少し言わせてもらえれば、人間として、神に最も近いとされる人間として、それが充分に価値があったと言えるようなことなのか。しかし、君の言い方は実に極端だ、誰だってそうは思っていない、だが、止むを得ずそうなってしまうのだ。どうして止むを得ないのだ。誰だって食べていかねばならないだろう。真に人間らしく生きることを犠牲にしてまでか。いや、そうじゃないのだが、食べるために働くことに忙しいんだ、それが人間の人生というものだよ。しかし、烏（カラス）が種を播き肥料を施して、刈り入れしたところを見たことがあるだろうか、それでもやつらは充分生きているじゃないか。あれは動物だからだ、人間はもっと高等に、いわば創造的に働いていかねばならないんだ。ホホウ、創造的にネ、じゃ、今の社会一般の人々がやっている労働は、すべて人間にふさわしい創造的な仕事とも言えるのだろうか。どう言えば君はわかってくれるのだ、確かにすべての人が創造的な仕事をしているとは思えない。いやいいんだ、決してわかりたいとも思わない。ただ、二年や三年という短い期間でも、人々が退職前や死の間際になって考えるだろうことを考えただけさ。とにかく結果ははっきりした。君の言う青春症はますます高（こう）じてしまったし、二十歳代前半をとっくに過ぎてしまって、今さら初老期までこのままズルズル待ち続けるつもりはない。眠気を助長するトランキライザーなど一錠も飲まずに、情動は月面のように冷え切っている。煙草で鎮静しなければならないほど神経も苛立ってはいない。アルコールの力を借りずとも酔う自信はある。幻覚剤で逃げを打つこともない。そのかわりに石みたいに表情を内に閉じて、じっと忍耐することも覚えた。分裂するどころか、精神はますます深く煮詰まってきた。食うために諦めようとも思わない。生きるために闘い直してみようと思う。だが、君が短いといった期間でさえ、人が一生かかって学ぶかもしれないことを知るには充分だった。それは社会に順応する時、駑馬（どば）みたいに働く肉体を優先して精神から病んでいく人間と、精神が余りにも健康でどうしても駑馬みたいになれないまま肉体から病んでしまう人間がいるということだ。極めて乱暴に頭を空っぽにすることができる人間は、三〇年や四〇年、価値も真に人間的な報酬もない生き方を続けることができる。しかし、それが人間の本質に全く順応しないことは、新聞の死亡広告をみるなり、通りがかりの病院に飛び込んだり、近所の老人を訪問するなりすれば、すぐさまハッキリとわかる。精神を病みっぱなしで肉体を酷使してきた人間達は、おちおち自分の人生を振り返る間も無くくたばってしまう。心臓病、肝臓や腎臓の機能停止、うまくいったとしても癌か脳溢血で苦しみながら死ぬか、より激しい、より淀んだ眠りのままずるずる死んでいくかしなければならない。ところが頭を空っぽにしたり、眠り込んだままで生き続けるなんて芸当が出来ない愚直な人間は、三年もたてば充分に肉体を傷つけてしまう。たとえば社会的順応が出来なくなってしまった人々、精神異常者とか犯罪者とか呼ばれる人々がそうだが、彼らは頭を空っぽにしたり、眠り込んだりするほどに低級な人種ではないのかもしれない。耐え難かった重圧を一方は暴力的に内に潜め、一方はそれを外的世界に誤ってぶっつけてしまっただけだろう。だから、うっかりすると自ら命を絶ってしまうことだって起こりうる。しかし、より強靱な精神力のある場合には、事態はいくらか屈折して、精神の歪みを肉体が引き受けるようなことになる。例えばこの足だってそうだ。最初、何の外的原因もなく足首が重くなり、次に甲に移り、とうとう親指のつけ根が赤く腫れ上がり、鉛をぶちこんで攪乱するような激痛が始まった……これは捻挫ですね、いや神経痛かもしれません、ひょっとするとリウマチでしょう、椎間板ヘルニアの疑いも消せません、とにかく湿布しましょう、腰からきているかもしれません、レントゲンも撮ってみます、トランコオパールを処方しておきます、イルガピリンに変えてみましょう、だめですか、それじゃモルヒネぶちこむよりしょうがないですね。どの病院に出掛けても、年齢の低さと痩せた体躯がカルテにベールをかけ、その場限りの治療しかやってはくれなかった。社会的順応を三〇年も四〇年もやってしまい、いわば初老期、生のもはやどうにもならない雪崩の時期に起こるべき病気を、分裂病からようやく脱しえる若年に認めることができなかったようだ。しかし、血液が社会的塵芥で腐ることが三〇年もかけないとわからないほど精神のフィルターが鈍っていなかったから、自分で医学辞典を引き回すことで病気の真相を追い求めた。年齢も社会的順応の期間も、個体特有の精神と肉体のバランスから考えねばなるまい。もしも、精神に可能な限りの覚醒を強制して眠り惚ける人々に立ち交わって生きたとしたら、三〇年の眠りも三年ばかりに短縮することもできるだろう。だから成人病の見出しを探し、その中から精神的原因が多大である病名を拾いだしてみる。あった。紛れもなくピッタリの病気があった。『痛風』＝ノイローゼとは別であるが、一種の神経の病である。中年以上の肉食・美食家で精神的疲れの多い男性がよくかかる病気で、千年前英国の国王が罹ったことから帝王病とも言われる。足の親指のつけ根の関節が激しく痛み、数カ月、数カ年も続くことがある。肉食をする人々に多いのは、肉の蛋白質の中にあるプリン体の作用で、体内に尿酸が大量に生産され、それが尿から排泄されずに、体内、特に関節付近に蓄積し、時に針状の結晶として沈着するために起こると言われている。なるほど、症状は寸分違わず肉体に刻印されている。病院にそう申し出て血液検査をすると、確かに痛風に違いなかった。ただ状況は全く違う。肉食・美食が原因だというが、発病前から肉類は滅多に口にすることはなかった。肉食獣が徐々に滅んでいくこの惑星上で、人間だけが牛や豚を屠り続けて生き残ろうなんて全く虫がよすぎると思っていた。それに幼い日々に聞いた牛の断末魔の叫び声が食欲の大半を殺いでしまうからだ。故郷の町の近くに屠殺場があった。駅で降ろされ隣村まで牽かれる牛達の眼は、幼い心にも悲しすぎた。その悲しみの理由が知りたくて、牛の後をつけていったことがある。生まれて初めてここに運ばれて来るはずの牛は、それでも屠殺場に近づくと次第に歩みを遅らせ、ついには座り込んで動こうとしない。そうすると大勢の大人が牛を棒切れで叩きまくる。牛はまるで苦痛を死と引き換えることができるように、じっと耐え続けている。何人もの大人が前を牽き後ろを押して引きずりながら、ようやくにして屠殺場に運ぶ。低く重い泣き声が一瞬途絶えたかと思うと、牛は人間が最悪残忍な野獣であることを訴えるように、空を裂く叫び声をあげて斃れた。その声を聞いて慌てて後ずさりして逃げようとしても、足がガタガタ震え思うように歩けなかった。日溜まりで煙管をふかせながら一部始終をみていただろう老人が、笑い顔で呼び寄せて横に座らせた。老人は屠殺場に続く最後の道を指さした。そこは町々をつなぐ道路がまだ砂利や赤土のままだった時代でさえ、石畳やコンクリートで舗装してあった。あいつらは賢いもんでな、土のままにしておくと蹄の跡を見て動かなくなるんだ、どの跡も行ったきりで戻った様子がないじゃろう、だから殺されることがわかるらしい、だがな、石にしてもコンクリートにしても同じじゃ、畜生ゆうても恐ろしいもんで、どこかでそれを感じとるらしい。だからわしはここに座って牛に一生懸命祈っとる、今度生まれてくる時は人間になって来い、と。老人はそう言い、幼い心は牛の悲しい眼の理由を知った。だからその日以来、牛も豚も胃を安らかに潤すことはなく、淀んだ嘔(むかつ)きしかもたらしてはくれない。どうしても食べなければならない時は老人と同じように祈ることにしてきた。だから、肉食のせいでないとすると、一種の神経症ではなく、完全な神経症だったのだろう。分裂病から神経症、この方がカルテは論理的だ。青春病から痛風、生き急ぐ精神が肉体の病を編み上げる。これこそ順応の結果だろう。しかし、そう思いながらも、自分で作ったカルテを持ってノコノコと病院に出掛けてしまった。ただ順応を止めようとすること、そして自らの内面の声に肉体を従わせること、それだけが痛風という業病の唯一の治療だったというのに。今日、これを書いている今、静かに我が痛風史を振り返ってみると、病院は明らかに生を短縮させ、死を無理やり押しつけるためにだけ処方箋を書いてくれた。まだお若いのに、随分と厄介な病気になりましたネ、このまま放置しておくと、いずれは尿毒症か心不全、あるいは腎不全ということになってしまいます。二〇歳を過ぎたばかりだというのに、もう老衰の忠告らしい。それではどうすればいいのでしょうか。それだけ痛風のことをご存知なら食事のことはおわかりでしょうから、発作時にこの薬品を服用してください、しかし、これはコルヒチンと言って、種なしスイカやブドウのための薬品です、この服用期間のセックスは厳禁です。え、セックスですって。そう、普通これは精力減退の初老の人が罹る病気ですから、この種の注意は不要ですが、あなたのように若い方はくれぐれも気をつけてください。これを服用してセックスすれば余りに刺激が強いのだろうか、そう思っていたら、とんでもないことを医者は最後に平然と付け加えた。この薬では奇形児が生まれます。まさに人間大屠殺場は何から何までシステム化している。精神の眠りを肉体の激痛が揺り起こしてくれても、そこには新たなより巨大で深く淀み、二度と浮かび上がってこれない死が待ち受けているだけであり、たとえ永い徒労の旅路の終着点近くでようやくにして得た生の意志をありったけの力で伝えようとしても、性器は用をなさず、辛うじて伝達しえる精子はすでに傷ついてしまっている。発作時にはコルヒチンかイルガピリン、コーチゾンなどを服用してください、痛みが止まればベネマイド・プレキシンを服用し続けてください、ではお大事に。激痛で社会的順応を鈍化させ、精子を壊し、あまつさえ薬物で肉体をなし崩しに死に収束させていく。これが二〇年、三〇年の眠りの唯一の報酬だなんて。とにかく痛みが取れればもはや悪魔の粒なんかいるものか、とベネマイド・プレキシンをポイと捨てた。拒否し続け、鉄棒で力一杯打ちつけられ、足をコンクリートに擦りながら引きずり込まれ、ひと思いに屠(ほふ)られる方がよほど人間的だ。それみろ、やっぱり病気じゃないか、しかし、また厄介なものになったものだ、無理せず養生して直ったらボチボチ復帰するんだな。フッキするって何にさ。まだそんなこと言っているのか、当然だろう、シャカイにさ、そうそう松葉杖も買っておいた方がいい、コルヒチンは常時携行すべきだ。松葉杖ついて遺伝子破壊する薬品を持ちながらなら社会復帰だってできるかもしれない、全身全霊をぶちまけずに、どこかを欠落させ、意識を薬でがんじがらめにしておけば可能かもしれない、そんなことを痛みに苦しみながら考えてみた。と言うのも、実に奇妙なことが起こり始めていたからだ。病の床に横たわっていると、健康な肉体に戻った時に復帰すべき社会との関係が、不思議にしっくりといき始めたからだ。その上、発作そのものが社会への復帰とか順応とかいうジレンマを忘れさせてくれて、家庭という幽閉地で初めて得た貴重な休息のような気がした。妻が後楯にしていた社会そのものが二人の間に割って入り、ひとつの緩衝地帯を作ってくれた。ある朝突然、結婚後最初の発作が始まって激しい痛みにのたうち回った時、妻はまずそれがあまりに大仰だったから嘘だと思うふりをした。たぶん彼女が何よりも恐れていたことは、これが本当の病気だった時に、彼女の一日のスケジュールが目茶苦茶になってしまうということだっただろう。しかし、彼女のあからさまな罵倒にも一切反応せず、歯を食いしばって転がり回り、油汗を流しながら苦しむのを見て、ようやく諦めて近所の医者を呼んでくれた。四〇度という体温が病気を証明し、血圧計が援護してくれた。ただ原因も病名もはっきりしないことが彼女をパニックに陥らせた。ものごとを性急に単純化して白黒をつけたがる彼女にとって、それは反撃の願ってもないチャンスだった。気持ちがシャンとしていないからだと口火を切り、ゴロゴロしている罰が当たったのだと責め継ぐ。さらに悪いことは、彼女に苦痛の量がとんと見当がつかないことだ。病気など罹ったことがなく、歯痛も頭痛も知らない彼女には、その痛みの合計の何倍も激しい痛みといっても、精神力のなさ以外のなにものでもなかった。だが、ひょっとすると痛みに託(かこ)つけて、初めて訪れた平安を貪る秘密を嗅ぎつけたのかもしれない。人を苛立たせることは天才的だったから、その呪縛をスッポリと脱ぎ捨てた夫が無性に腹立たしかったからかもしれないが、とにかくこちらはどうでも良かった。見舞いに訪れる人々がやんわりと間に入り、病人はどんな不機嫌な顔をしていても、たとえ応対を一切拒否しても全ては許されてしまう。めんどうがる妻に口を歪めて頼み、あちこちに断りの電話をさせ、終日発作の波に翻弄されていればよかった。医者が見かねて鎮静剤(モルヒネ)でもぶち込んでくれれば、ただ完璧な眠りに身をゆだねていればいいだけだった。死が行く手にすぐさま待ち構えてはいなかったが、かといって生が体内に躍動しているはずもなかった。鼓動に同調した痛みが一日をゆっくりと気の遠くなるほどの遅さで刻み過ぎてゆくのに耐えながら、ありとあらゆる思いをズタズタに切り裂く。生でもなく、かといって死でもない、妙にあっけらかんとした虚界に宙吊りにされたままの日が、ノロノロ、ノロノロと過ぎてゆく。これが社会に順応する時の極意に違いなかった。枕辺に集まってくれた人々とは、痛みが唯一の、しかも完璧なコミュニケーションの媒体になり、妻の通りがかりの罵りでさえ、いつもの形の定かでない怒りよりも、きっちりと攻撃目標としての病体をさらけ出している分だけ快く響いた。だから、処世術もすぐさま身についた。誰かが訪ねてきてくれたり、妻が通りがかったりする時は、激痛が去った後でさえ、顔を極端に歪めて病気のアリバイを示せばよかった。しかし、ただ一人だけ、この愚かしい休息を許さないものがいた。ヨチヨチ歩きの息子だった。彼はアリバイを崩すどころか、生の怠慢を激しく告発しているようだった。彼が近づくと苦痛の表情を内に隠すのはもちろんだが、それ以上に、自由のきかない体をベットから床に叩きつけたいような衝動に襲われるのだった。と言うのも、彼だけは破れほころびた愛の形骸の中に、正真正銘の黄金として登場していたからだ。妻に咎められてもなかなか離れようとせず、心配そうにパパ、パパと言って額に手を当てたり、自分がやってもらうようにキスしてくれたりする。これは何よりも気持ちを和ませてくれもしたが、痛風の痛み以上に全身を刺し貫く心の激痛でもあった。今度起き上がる時こそは倒立した順応を断固として拒否し、真に順応すべき何かを求めねばならない。彼のキスはそう告発し続けた。十日もして激痛が去り始めると、今度は妻の刺々しい目つきにいたたまれずにベッドを捨てねばならない。しかし、足をかばいながらゆっくりと脊椎動物にカムバックする時期だけは、どんな時よりも豊かで平安な気持ちに浸ることができる。もちろん、痛みが去った、ただそのことだけで世界は灰色のベールをかなぐり捨てたように美しく見える。どんな季節であっても、たとえ冬枯れの木立の中でも、一切が激しく満たされて生きているように思える。たとえ屠殺されるだけの豚であっても、腐ったスイカの内部ででも、なんとしてでも生きていけるような気になってしまう。その上まだ体調は充分でなく、人々の駑馬のペースにはとうていついていけず、それをあらゆる人々が認めてくれて責めることもなく、精神は軽い痛みの間隙をぬって精一杯膨張する。スッキリと歩けるようになれば、あれとあれをやり始め、あの男とあの大学にはおさらばし、こう生き始めてみよう。肉体のマイナスと精神の過剰のプラスが微妙に埋め合わせしてくれるから、ゆっくりと動く黄ばんだ風景でさえ、どこか新鮮な香りを放つように思える。だが、足をかばわなくても歩け、革靴が履けるまでに回復すると、順応は発作以前よりも厳然と倒立し、精神は大きく膨らんでしまった量だけバランスを崩してしまう。たぶん、どこかが痛み続けないと、どこかが狂いっぱなしでないと、どこか人間性の重大な部分が欠落していないと、社会というものは順応できないように作られてきたのだろう。おそらくモルヒネ中毒か、トランキライザーを過度に服用するかして、譫妄状態でない限り、「まとも」に立って歩くことは出来ないに違いない。しかし、それぐらいはなんとでも誤魔化せたかもしれない。多くの人間達がやるように、青春の出口で頭を激しく左右に振って中身をひとつ残らず捨ててしまうか、朝の目覚めを必死で拒み一日中を眠りでぼやけさせるかしてみても良かった。だが、予後の平安が精神をゆったりと養生させればさせるだけ、次にやって来る日々は、釜茹での地獄のように存在の根底から精神をグラグラと煮立ててしまう。歩けるようになった父親が嬉しくてはしゃぎ回る子供を連れ、裏山や神社の境内に散歩に出掛ける。子供とのこの久々の時間が、もはやいかなる順応にも甘んじることを許しはしない、ひとつの明らかな煽動と成りかねなかった。順応の皮膚も、適応のために穿とうとした精神の気泡も、下からこみ上げてくる火で焼き爛れ、ただ飛び出して走り出す他は、一切の道が狂気につながってしまうように思えた。十日間の冬眠から覚めた炎の麒麟（キリン）となって、スイカ畑を蹴上げ、新しい世界に向けて飛翔する以外、あの病床での頬ずりに応えることができない、と言う自らへの煽動がグラグラと煮立ち始めるのだ。抱き上げ、頬ずりし、重みを手に感じながら、妻に向かうべき愛まで独占してしまった子供への愛は、彼一人に向けるべき量をはるかに超え、やすやすと向こう側に突き抜けてしまう。たとえ今ここで彼を全部食い尽くすことができたとしても、決して満たされぬ愛への飢えが刻々と増殖し始める。強すぎる抱擁にキャッキャッと声をあげながら嬉しそうに身をよじる息子を見ていると、彼への真の愛情が大きく翼を広げて、彼をも連れ、より高い天空に飛び立って行けと責め続けているように思う。パパ、何をしているんだ、パパ、飛ぶんだよ、パパ、思いきり高く、パパ、思いきり広く、パパ、僕は大丈夫だよ、パパ、心配しないで、パパ、眠っちゃいやだ、パパ、死んじゃいやだ、パパ、僕のためにも飛んで、パパ、飛べ、パパ、さあ走りだすのだ、パパ、さあ走れ、パパ、思いきって走れ。ようしわかった、さあ、走ろうか。うん。ヨーイ、ドン。全速力で走る。子供は泣きべそをかきながら、それでも必死でついてくる。よしんば途中で倒れたとしても、パパの位置にやってくるまでは決して迎えにいかない。倒れ、一瞬泣きだしそうになるが、それでもがんばって起き上がり、膝小僧を擦りむいてどうにかやってくる。ようし、偉いぞ、と両手で迎え、そのまま精一杯高く抱き上げてやる。いいか、こうして頑張るのだ、もう痛くないね。コックリと頷（うなづ）きはするが、血が滲んでいる。水で洗ってやり、妻が戻らないうちに手当てをしてやる。だが、必ず見つかってしまう。どうして眼を放したの、見ていたって？それじゃ、どんな眼をしていたの、あなたには子供のことなんかどうでもいいのでしょう、これぐらいで良かったけど、大怪我でもしたらどうするの、ちゃんと消毒してくれた？バイ菌でも入ったら大変よ、明日から気をつけてくれないと、何度言ったら分かるのかしら。子供はシャギーの絨毯を必死で撫でている。もういいだろう、息子よ、走らせてくれ、飛ばせてくれ、このままでは三人一緒に腐ってしまう。どこかでじっと待っているから、傷つきながらでいい、大怪我をしてでもいい、じっと走ってくるのを待っているから……。そう、逃げだすのじゃない。飛び始めようと思うのだ。君が追いかけても追いかけても、どうしても先に立って待っていてやるために、今、走りはじめよう。全力疾走でスタートを切ってみよう。もちろん、飛びそこねることだってあるだろう。大空に届くまでに失速してしまって、大地に思いきり叩きつけられるかもしれない。しかし、いつの日にか君が、焼き焦げたイカロスの翼を見つけ出してくれるように祈りたい。その時は、昔お前がやってもらったように、少しでも高く青空に向けて持ち上げてほしい。そうして、あの紺碧に少しでも染められることにでもなれば、父親として存在した意味があったと思えるだろう。さあ、これだけ頼んでおけばもういいだろう。今夕五時には間違いなく出発できる。今、一枚の二等切符が行く手を阻んでいた紅海を二つに分けた。もはや歩き始めるだけでいい。向こう岸に辿り着けば、分かれた海は再び閉じてくれるだろう。あたかも何事もなかったように。亀裂に雪崩込む海水がしばし波を立てるかもしれない。だが、彼女の生活は常に幾重にも陸地に囲まれた内海にすぎない。二、三日もすれば、より爽やかな季節風が宥めてくれるだろうし、そう祈りたい。たぶん、内海に居座っていた不精者の鯰（なまず）がヨタヨタと逃げだしたことに気づくだけだ。といっても彼女にとってこのことは想像もつかなかっただろう。自分がいなければ何もできず、まともな社会で働くことさえできない男が、よもや逃げだすようなことはあるまい、そう信じて疑わなかったに違いない。彼女が経営するブティックに出掛ける時刻になっても、午前中に帰るはずだった鯰が帰ってこない時、彼女は子供にあたり散らすのかもしれない。今夜こそギューと言わせてやろう、そう思うのだろう。あの薄馬鹿がどこをウロウロしているのかしら、まともに稼ぐこともできない半人前が何をやっているのでしょう、今日は誰が子守をするの、私の仕事の方があなたのやっていることより、ずっとずっと社会に役立っているわ。あなたもくだらない本ばかり読んでいないで、売れるような論文のひとつも書いたらどうなの、私は文学部だったからわかるけど、あなたの読んでいる人は有名で無い人ばかりで、私一人も知らないわ、アメリカやフランスから本取り寄せても、いつも文学書か恐ろしい革命の本ばかりでしょう、あんなもの読んでどうするの、文学をやりたいらしいけど、あなたみたいな口下手な人には文学は無理よ。手紙だってまともに書けないのに、夢みたいなこと考えないで、早くオシメを換えたげて、もう随分換えてないのよ……。それにしても今日はどこへ行ったのかな、まあいいわ、お母さんの所に預けて出かけましょう、また、言いだすのだわ、きっと、別れてくれって。別れる別れると言っても大変なのよ、子供はどうするの、私に支払う慰謝料持ってないでしょう、端金（はしたがね）じゃ絶対いやよ、私を愛しているのでしょう、ならいいじゃないの、頑張ってくれればいいのよ、今度は本気ですって、もう何度聞いたかしら、今だって別れたことと一緒でしょう、部屋も別だし、あなたの病気に悪いからセックスもしてないわ、このままでいいじゃない、第一別れたらカッコ悪いわよ、あなただって好きに生きればいいでしょう、今、お店一番大事なところなの。それに今日は月末でしょう、昨日の夜も帳簿をつけていたからあまり眠ってないのよ、じゃ、行ってくるわ、ぼく、バイバイ、お利口さんでいてネ、ぼく、バイバイ。ぼく、バイバイ、ぼく、バイバイか……そうさ、バイバイさ、すっかりバイバイするのだ。この黄ばんだ都にも、くすんだ人々にも、卑屈な笑いにも、淀んだ悲しみにも、無駄な忍耐にも、焦点を失った痴呆症にも、四六時中のいぎたない眠りにも、お節介な手紙にも、傲慢な電話にも、給料明細書にも、銀行預金にも、バスの回数券にも、すべてバイバイしてみるのだ。そうして精神が味わい続けた剥き出しの飢餓に、肉体と生活をすっぽりと放り込んでみるのだ。あの飢えに比べれば何だって出来る。回教のラマダン月のように、不飲不食で真鍮の太陽で焦げつく砂漠を歩き続けてきたではないか。いや、太陽や砂漠のような激しさはなかった。温帯という野蛮で悲惨な湿原をヨタヨタと痛風病みの足を引きずって漂っていただけだ。身の回り一杯に腐った水はあったが、どうしても渇きを癒すことが出来なかった。何をかじっても飢えすぎた胃は受け付けようとはしなかった。太陽に焼けたいと望んでいた肌は凍傷で萎縮し、頭は観念で溺死しそうに膨張し、感情は電子化してコンパクトになり、故郷で武装解除された蛮族として恐縮し、人が目を開けながら眠る昼間、輝く夢をひたすら貪るためにデスマスクをつけた一匹の貘。さあ夢を食む貘よ、鎖は解かれた。社会の家畜も家庭のペットももう止めにして、故郷へ、生の源へお帰り。そこがたとえ旱魃の地であっても、腐り果てるまで飼育され、死んでから蛆虫とハイエナに内と外から食いちぎられる温帯の島国よりましだ。太陽が極限にまで乾燥させて、せめて一枚の毛皮ぐらいは残してくれるだろう。そうしたら息子よ、それを敷いて眠ってほしい。貘の毛皮は人の悪夢を食い、邪気を殺すと言われている。無防備なお前が、父無し子と罵られて泣き帰ったとしても、お前の好きな毛皮があれば、少しは慰められるだろう。貘の毛皮、それだけが残してやれるすべてだ……もう妻は出掛けてしまったのだろうか。子供は一人でパパの帰りを待っているのかもしれない。「たちつてと」がまだうまく言えないお前の声をもう一度聞いておきたい。電話ボックスに入り、ダイヤルを回す。呼び出し音が彼の耳を探す。ハイ、モシモシ、妻だ。出掛けなかったのだろうか。あの、と言えば、あなたでしょう、何しているの、こんな時間まで、早く帰って来てくれないと仕事に行けないじゃないの、ガシャ……だが、女よ、運命のせいにはするな、薄幸を泣くな。妻が出ればせめて一言言っておこうと、必死で言葉を編んではみたが、すべてはいつもこうなのだ。一刻を軽視すること、それはもはや取り返しのつかないことなのだ。食うこと、生活すること、金を稼ぐこと、そのために一刻一刻が、一分一分が、一時間が、一日が、六〇年がただ徒に零れ落ちて戻りはしない。明日のために今日が、午後三時のために午前十一時が、午前九時のために朝の七時が、翌朝のために今夜が、決してやって来はしない未来のために、すべてが空しく犠牲にされる。胃が受けつけもしない食物を無理やり押し込み、ボロボロの雑巾みたいになってしまう老年を横たえる家のために預金し、なるだけ苦しまず、なるだけ危険を冒さず、なるだけ疲れず、いつかやってくるはずの幽霊の軍隊に向けて、備えを万全にしようとする。未来の幽霊軍団は一度だって攻撃をしかけてくることはなく、「いつか」はいつもやってこない。ただひとつ確実な未来は死だけなのだ。明日は次の明日のために、午後三時は午後六時のために、午前十一時は午後三時のために、午前九時は午前十一時のために、午前七時は九時のために、誰よりも自分を欺き続け、永遠に闘いを回避することだけにあくせくする。フト立ち止まる一刻は昨日の後悔で底辺を崩し、明日への煩悶で頂点を見失い、一刻一刻が花崗岩となって天空に向かって絶え間なく積み上げられてできる巨大な生のピラミッドとなることもなく、昨日も今日も明日も、世界の砂漠に風化し続ける日々。そこにどんな価値が秘められているのだろうか。そこに人間のいかなる喜びが隠されているのだろうか。たとえ砂の上であっても、数十万の奴隷や苦役によらずに、自らの力で刻一刻を緻密に積み上げたとしたら、ギゼーのピラミッドのように確固として生の大地に足を踏みしめることが出来るに違いない。そうすれば命の錬金炉を王の墓地と見紛うこともなく、琴座のヴェガ星から光を受け、闇の通路は聖火で満ち、体内に七つの星輪が輝き、龍を目覚めさせ、冠石に自らの足で仁王立ちして、宇宙の力を全身から放射しえるかもしれない。

さあ、出発しよう、精神が宇宙の磁場に適合するために、北極星を凝視し、肉体の羅針盤を正確に南に向けてみよう。悲しみに色づいた風を寂寥（せきりょう）のふいごに呼び込み、創造の鉄を精錬して、愛という黄金を錬金するのだ。砂に風化しそうな今日までの日々は、ただ巨大なオベリスクのための大地としてあった。今日までの過去をさらなる時の風化に委ねよう。想像の死を幾千回となく完了し、自我の痕跡をことごとく抹殺し、それを愛の粘土にこね合わせてみよう。礎石を置くことを拒み、過去の大地に居座る岩石を涙で溶かしてしまおう。それが鏡のような平面を得るまでに粉砕された時、オベリスクの底辺と過去の大地は、悲しみの隙間風が決して通り抜けられないように密着しえる。それだけが過去に意味を見いだし、未来の頂点を仰ぎ見ながら、心臓の鼓動に合わせて花崗岩を錬磨し、いつの日にか生のオベリスクを構築しえる唯一の方法だろう。さらば過去よ、さらばくすんだ人々よ、さらば最後の野蛮よ、さらば眠れる森の吸血鬼達よ。

さあ、息子よ、パパの車輪を点検しておくれ。充分にスピードは出るだろうか。もしもフル回転できなかったら、すぐさま後悔や躊躇に追いつかれてしまうに違いない。さあ息子よ、パパの翼を点検しておくれ。大空に充分広げられるだろうか。精一杯広げないと希望という揚力を得ることが出来ないだろう。さあ息子よ、上空の天候はどうだ、雲は厚いか、乱気流が待っているか。大丈夫さ、パパを信じておくれ。パパのエンジンはお前が点火してくれた愛の炎で燃え上がっている。乗りきれる自信はあるさ。さあ息子よ、整備点検は終わったか。ウン、わかっているよ、積み荷が重過ぎることとぐらい。だからその分だけ燃料を減らしてくれたのだろう。往復できそうにないって。大丈夫さ、お前が整備してくれた機体なら、どんな砂漠でも荒野でも不時着してみせる。万が一、巨大な魔の山に激突してしまっても、ボイスレコーダーはパパの生きざまを残らず記録しているさ。よし、投げキッスだな、それがお前のＯＫのサインだろう。とっくに誘導路は走り抜けた。今、機首を正確に南に向けた。向かい風、烈風。上空、暗雲。目的地、不明。積み荷オーバー。ガソリン不足。だがエンジンだけは吠えつづけている。赤い炎が見えるだろう。離陸の要領だって、今のところ皆目見当がつかない。滑走路にも車輪の跡がないって。いいんだよ、心配しなくても。ここからは微かではあるが、数少ないけれど、すでに未来の世界に向けて飛び立った先人達の摩擦の跡は見える。その跡を力一杯走ってみて、ギリギリの限界まできてしまったらあとは上昇するしかないだろう。だが、やってみるだけの価値はある。もしも、離陸に失敗して死の海底に没してしまったとしても、ボイスレコーダーだけは放り出そう。それぐらいの余裕はあるさ。そうしたら今度はお前の番だ。パパの失敗から慎重に学べ。そして、どんな暗雲でも、どんな乱気流でも突き抜ける巨大なエンジンを搭載してみるのだ。過去の重量が銀翼の浮力を奪わないように、とてつもなく広い心を大空に向けてみるのだ。

息子よ、ＯＫサインだな。よし、行くぜ。フルスピードで滑走路を走る。行く手に何が待ち受けていようとも、もう後戻りはできない。キッチリと滑走路を走り抜けて一気に上昇しよう。確かに機体は重い。向かい風は予想以上だ。エンジンが泣き、わめき、吠え始めている。翼をたたんでしまいたい気持ちだ。でも、君は精一杯手を振っていてくれる。唇に手を当てては離し、顔をくしゃくしゃにしながらも投げキッスを続けている。もっと、もっと、もっと、真っ赤な燃料をたたき込もう。エンジンの命懸けの馬力アップだ……。

スタート……機体が慟哭している、左の車輪に鋭い痛みが走る。過去の重みが何としてでも浮力を遮ろうとしてのしかかってくる。だが、だが、ここだ、ここがチャンスなのだ、飛ぶのだ、さあ飛べ、もう目の前には暗黒の死海しか残されてはいない……。

雑踏が消え、黄ばんだ風景が後ろに逃げる。エンジン全開、痛風病みの車輪なんかどうなったって構うものか。もしも、もしも、駄目だとしたら、その時は機体ごと爆発させても大地から離れるのだ……もう駄目だ、滑走路が消える、これ以上は走れはしない、存在の全てを意志に編み上げて、操縦桿をグーと引いてみる……ヨタヨタ、ヨタヨタと息子が走るように左右に揺れながら、それでも翼は自重を越え、フラフラと暗雲の中に舞い上がりはじめた……。

（四）朝はもういらない

梯梧（あかゆら）という花は、
亜熱帯の青に向けて、
血の瞬発力で舞う。
空に向かって伸びきった枝の先端に、
まるで太陽への讃歌を歌うように花をつける。
それは、光に恵まれた大地への心からの献花に違いない。
だから梯梧は、開花期という燔祭が近づくと、
血の花弁を形作るために、
瀝（したた）る緑の若葉を落とす。
ありったけの力を花弁に凝縮させるために、
新緑でさえ犠牲にして。
その花弁の血の色が一段と燃え上がる春は、
秋の不作を託宣されるという。
身を削り、大地を食らって咲く梯梧は、
年に一度の燔祭のために、
死を孕んで生きる。

朝が僕の一日を運び込まなくなって、もう三日になる。いや、ひょっとすると四日目かもしれない。乾いた空気の匂いがゆっくりと部屋を横切っていくたびに、一日が消え去っていくのを朧気に知らされただけだ。厚手のカーテンの向こうで、どんな爽やかな音色の朝が始まり、何のリズムの昼間が沸騰し、いかなる調べの夜がそれを宥めているのか見当もつきはしない。ただ、靄や霧雨に煙る湿っぽい朝の柔らかな響きは聞こえなかった。もちろん、冷たくて凍りつきそうな耳と、暖かい毛布の中の体が分離して感じられる雪の朝のように、金属質の静けさなど決してなかった。朝の匂いが完璧に違っていることだけは確かだ。

　新たな生を始めるためにやって来たはずの那覇だったが、港からタクシーでこのホテルに着くと、まるで待ち受けていたかのような、仮初めの死の中に潜り込んで、じっと耐え続けるより他なかった。痛風の発作が朝をからげ、締め切って薄暗い部屋の中で昼を滲ませ、夜を完璧な闇に引きずり込んでしまったからだ。三日分の宿泊代金を前払いし、病気のことを告げ、部屋に案内されるとすぐ大量の薬を服用して発作が遠のくのを待った。カーテンを開けることを拒み、食事も取らず、医者を呼ぼうという支配人の言葉を斥け、呻きながらベッドにしがみついていた。足から全身を穿つ痛みは、僕を奇妙な果実のように宙吊りにしてしまった。朝も昼も夜もなく、一日の終わりと始まりを告げる眠りも覚醒も定かでなく、痛みのリズムが三日間のすべての時間を、一刻も容赦せずに切り刻んだ。生は辛うじて親指のつけ根でくくられ、かといって生のためのいかなる行為も出来ず、頭は遥か遠くの死までの距離の中空にぶら下げられ、ただ虚空を手と足で激しく掴もうとするだけだった。周囲からは日常生活とそれが必要とするだろう社会的なものの全てが消え、僕と関係していた家族も友人も知人も、医者や看護婦でさえ、宙吊りされたままで死を拒まれて死んでいる僕という死骸を知ることもなかった。外気と光を窓と厚手のカーテンで遮り、それでも外からやってくるだろう音を絶え間なく動いている冷房装置が消した。

旅の始発で痛風が暴力的に与えたくれた虚空の宙吊りは、最初僕を当惑させた。ベッドに横たわり、痛みに耐えかねてベッドのシーツをありったけの力で掴みながら、いささか快適でもあったからだ。この僕をホテルの数人の従業員しか知らず、しかもそれは僕の外形とでたらめに書いた名前や住所だけだった。だから、痛みの刻一刻が、僕にまとわりついていた虚色を次第に漂白していくような気がしていた。僕は一人の観光客として、しかも一冊の本を手にしているだけの胡散臭い客として投宿し、発作が激化してそれがルームサービスから支配人に伝えられると、一人の肉体を病む面倒な客として一夜を過ごし、食事も掃除もカーテンを開けることさえ拒否し続けると、とうとう精神の病人の位置まで押しつけられそうになっていた。

僕は今、このホテルでただそれだけの人間でしかなかった。胡散臭い客、しかも精神と肉体の病人、これだけが他者から見た僕の全てであり、それ以外は誰だって知ることはできまい。今、幸か不幸か足の親指からぶら下げられている光のない生の空間から、心臓発作でも起こして死の奈落まで蹴落とされるとしたら、僕は行き倒れの旅人として、警察の検死官の手から、どこかの病院の解剖医の手に渡されてしまう。隠し持ったパスポートから家族が呼び寄せられたとしても、それはもう僕のあずかり知らぬことで、僕は今、面倒を持ち込むかもしれない一人の病気持ちの客でしかなかった。

しかし、もしも今のように足の親指を我慢ならない強さで括られていなかったとしたら、こんな状態を待ち望んでいたとも思える。周囲から社会的空気が消えて真空のような空間ができ、その中で僕自身も一切の社会的価値を脱ぎ捨てた丸裸にでもなれば、存在の価値というようなものがフィラメントみたいに輝くかもしれない、そう思っていたからだ。もし、肉体にしろ精神にしろ、その双方で編まれた存在にしろ、幾ばくかの光を放たなかったとしたら、旅立ちの意味などどこにもありはしない。それよりは、他者からそうだと認められている「自分」というものの中にスッポリと順応して、その価値に合わせて演技し続けることの方がよほどましだろう。問題は他でもない、僕自身であり、丸裸になった僕そのものの価値なのだ。

　だが、痛風の発作が遠のいたとしても、金が残っている間はこの部屋で同じように生活してみようと企ててはみたが、それはたった今、無惨に壊されてしまった。何度もやってきて容体を尋ねてくれる支配人は、面倒くさくなって返事もしなくなった僕に、吐き捨てるように最後通牒を叩きつけて出ていったところだ。聞いていない振りをしていた僕に彼はこう言った。今日、何らかの処置を私どもがさせていただけない時には、警察を通じて家族の方に連絡させていただきます、と。もちろん彼が知っている住所氏名はまるででたらめではある。しかし、僕を着色していた家族や住所や職業や年齢や、ありとあらゆる社会的な色調が漂白しかかると、再び無理やりに着色しなおそうとする。観光客、病人、ひょっとすると精神病者かもしれないし、犯罪者かもしれない、それ以上何も分からない人間、しかもじっと苦痛に耐えて口も開かない人間、ただどうやら生きているだけの人間は、たとえ支払いを済ませ、何も犯罪を構成するような気配もなく、あらかじめこの状態を断っておいたとしても、三日間のベッドでさえあてがわれることはないのだ。支配人を安心させるためには、彼に泣きつき医者に連絡させ、家族に居所を知らせ、出来ればここに迎えに来てほしいと伝言を頼むようなことをしなければならないのだろう。あるいは僕自身の色を、脱色したあとの生来持つスッキリした色ではなく、あることないことをゴテゴテと塗りたくってくすみ、光を失せさせたドロドロの色に着色しておかねばならないのだろう。

とにかく、今日ここを出なければならない。自分を色づけていたすべてのものをひとつ一つ丁寧に脱ぎ捨てようとする作業の前に、より不名誉な色までお仕着せられて後戻りするわけにはいかない。僕という個人が妻という人間との関係を作り、二人一体で家族というひとつの細胞を作る。それは選んだにしろあてがわれたにしろ、もうひとつ大きな地域や職場の細胞の中に組み込まれている。そしてそれらの無数の細胞が文化や習俗を含めた国家という巨大な有機体の中で蠢いている。もし、これがただこのように組織化されているだけなら、何もわざわざここまでやって来て、痛風の痛みの間隙を縫って、薄暗い部屋でひとつ一つ枠組みをはずし、光を拒んだままで自らの内側から脱色するために苦渋の液など絞り出すことはないのだ。しかし、すでに妻との関係、あるいは友人との関係の中にさえ、その細胞を包んでいるもうひとつ大きな細胞の特徴や意志が拒みようもなく入り込んでしまっている。僕は僕自身であるのは、彼女の夫として、友人の友として、ある種の職業や宗派に属している構成員として、一人の国民としてでしかなく、本来の、たぶんありうべき僕の生きる余地はどこを見渡しても探しだせないのだ。

その証拠は支配人の滑稽なまでのお節介だ。もし、観光客だとしたら団体で来なければならないし、一人旅なら小綺麗なスーツケースのひとつも持っていなければならない。病人なら病人らしく医者を呼ぶなり入院するなりしなければならない。だから、もし僕が強盗殺人犯だと名乗り出もしたら、彼はさぞかし救われたに違いない。誰もあてにせず、皆目得体の知れない一人の客、これが彼をパニックに陥れているのだ。すみませんが家族に連絡していただけませんか、とか、あるいは架空の友人の名前を言ってその人に連絡してもらえないかと頼みでもしたら、彼は小躍りしてフロントに戻り、喜々として電話をかけるのだろう。どこの枠組みにも放り込めず、どんな細胞液にも全く染められていない人間、それだけでもう充分に彼の思考は狂ってしまったようだ。

　どうやら歩けそうな気配だ。今日、いや今すぐにここを退散しないことには、面倒なことになってしまう。ベッドに起き上がり、シャワーを浴びるために立ってみる。痛みが薬品で麻痺している分だけ歩けるようだ。シーツには汗と薬品の副作用による嘔吐と、ひょっとすると激痛のさなかの遺尿のシミなどがついているかもしれない。だからベッドごとシャワーしてやりたいと思う。そうすると三日間の客は、まるで幽霊みたいに、ものも言わず横たわっていたかと思うと、行き先も告げずに、つと消えてしまうことになる。たぶん僕がチェックアウトするやいなや、支配人は慌てて部屋にやってくるに違いない。何かひとつ、客の理解しがたい三日間の滞在の証拠を探すために嗅ぎ回るのだろう。もしもシーツが汗や汚物や尿でぐっしょりと汚されていたとしたら、彼は笑顔で苛立ちを鎮めるだろう。その時、彼は僕を狂った病人として位置づけることで満足するに違いない。

　ゆっくりと歩いてみた。ヨタヨタとすると、たちまち三日間がひとつの痛みに凝縮されてしまった。三日間は心臓の鼓動をひとつも間違えずに数えられるほどに永かったのだが、狂った病人という言葉が時間を消した。ほとんど眠らず、食事を全くとっていないせいか、頭がクラクラする。たぶん朝に違いない。いや、僕はどうしても今を朝にすべきなのだ。しかも決定的に今までと違った朝にしないことには、このままオメオメと生きていくことなどできない。ようやく辿り着いたシャワーで、水のコックだけを開けた。頭上から冷水が一気に降り注ぐ。肉体に朝を教えてやるにはこれが一番だ。痛みは残っていたが、冷水は三日間を跡形もなく流し去って、肉体には朝の爽やかさが沁(し)みこんだ。

シャワーから出てカーテンを開けてみる。光が機関銃のように僕を撃った。通りを渡って窓を叩くクラクションや、白く乾いた屋根屋根を越えて流れてくる船の汽笛が、体の底から湧きだしそうな睡魔を押し止めた。太陽はとっくに朝を食い散らして、大気をカラカラに干上がらせているように見える。又、朝に置いてきぼりを食ってしまった。明日の朝のために、本当に生を始発し直せる朝のために、慎重に今日の夜に潜り込まねばなるまい。

僕はシャツとジーンズをつけて、支配人に丁寧に挨拶をしてホテルを出た足をひきずりながら歩くこともできず、通りがかったタクシーを止めて再び港に向かった。

もっともっと南へ、もっともっと文明の灯に薄められない漆黒の夜を求めて、八重山(やえやま)行きの船に乗った。朝に置いてきぼりを食わないで、体ごと朝の中に生まれ変わってみたかった。

痛みが和(やわ)らいだせいで、眠り込んでしまったようだ。耳慣れぬ言葉にそっと目を開けてみた。二等船室は人間を満載して小刻みに揺れている。すでに出航したらしい。僕は起き上がり、横に座っていた女性に場所を空けた

「いいんです、そんなに譲っていただかなくても」

「いや、良く眠りましたから大丈夫です。そのカバンをこちらに置きましょう。これで横になれます」

「助かります。昨夜は夜勤でしたから。じゃ、お言葉に甘えて眠らせていただきます」
これがその女(ひと)と交(か)わした言葉のすべてだった。沖縄の人にしては訛(なまり)がなかった。耳に飛び込んでくる方言に比べたら、それは味気のないはずだったが、その人の言葉は円(まろ)やかに薫った。彼女のスーツケースを壁に立て、それにもたれて坐った。彼女は周囲の人に触れないように気遣いながら、やっとのことで身を横たえた。その人は僕と並ぶような恰好になり、ちょうど僕の顔の下に頭を置いて毛布を被った。よほど疲れていたらしく、間もなく静かな寝息が伝わってきた。

僕は不思議に思った。妻でさえこんなに打ち解けて横に眠ることはなかった。まるで永い歳月を一緒に過ごし、寄り添い合って生きてきた夫婦のように、彼女は静かに眠り、その寝息が僕をも安らぎに浸してくれた。僕はぼんやりと船室を見回した。思い思いの形で横たわる場所を見つけ、船底の二等船室は床に敷かれている緑の絨毯(じゅうたん)がどこにも見えないほどに人間で詰まっていた。だが、その光景は決して不快ではなかった。エンジン音の合間に時々聞こえてくる耳慣れぬ言葉や、あちこちから伝わってくる寝息や笑い声でさえ、この船室を包んでいる和(なご)やかな空気を破るようには思えなかった。

僕は人々の乗船より早く乗り込み、一番奥まったあたりに陣取り、壁を背にして眠っていた。しかし、こんなにも乗り込んでくるとは思ってもみなかった。もはや歩き回ることはできないだろう。奴隷船と見紛う人々の群れをゆっくりと眺め回した。がここには息苦しい雰囲気はなく、一夜限りの集いのさまは、一種微笑ましくさえあった。一人で書斎という穴蔵に閉じ籠もっている時よりも、那覇のホテルで光も音も人間も拒んでベッドに横たわっている時よりも、心は鎮まりと和みを味わっていた。誰も僕を知ることがなく、僕もまたこの人々のどの一人も知ることがないせいだろうか。

同じタラップを昇り、明日の朝、同じタラップを降りてはいくが、散り散りに別れていくはずの束（つか）の間の集い、それゆえに人々は自分の悲しみや苦しみを見せることなく、折り重なって眠っているのかも知れない。

確かに人々には、同じ目的地があり、今、波の上の揺蕩（たゆと）う夜をともにしている。もし、巨大な波が死を運んで来るようなことになれば、人々は骸（むくろ）を同じ海底に横たえねばなるまい。今夜の静かな海はそんな予感をすっかり沈めてはいるが、潜在的な死が人々から一切のこだわりを取り払ってしまうのだろうか。ここで人々は体を横たえる以上のいかなる場所も持っていない。肩が触れ合うことで人々の日常を閉じ込めていた重く冷たい軛（くびき）が解かれ、揺れが人々の纏っていた陋劣（ろうれつ）さを解いてしまうのかもしれない。それとも啀（いが）み合い、無闇に競い合っていた日々の生き方を、乗船券の半券とともにもぎり取られてしまったからだろうか。僕は人々の眠る姿を見ながら、ゆっくりと息を吸い込んでみた。

この船底に閉じ込められた気体は、人々の吐息で汚れ、汗臭さの上に紛れ込む潮風の辛味を含んだ重く苦いものに違いなかった。だが、僕は微かに残っていた痛風の痛みまでが慰められるような甘い気体を吸い込んでいた。故郷の島に戻る人々すべてが、はち切れる喜びで乗船したとは思えない。むしろ、泥のように眠っている人々の昨日が、悲しみや寂しさに染まっていたと考える方が自然だろう。この甘さはそんな心の濁（にご）りで醸成されたものだろうか。波が、憤（むずか）る運命や意固地な絶望を細かく揺り動かすことで、人々を揺籃（ゆりかご）の安らぎに横たえているのかもしれない。

例えば、僕自身が否応なく社会や人間関係や情報や習慣に染まってしまっている時は、たった一人でヒマラヤ奥地の洞窟に坐り続けたとしても、決して満たされた存在感も平安も訪れることはないに違いない。僕自身が変化しないことには、いかに社会と孤絶した所に存在したとしても、全く同じ感情や魂しか持つことはできないだろう。だが、今は逆だ。身動き出来ないほどに人に囲まれ、とっくにラッシュアワーのような苛立ちに襲われてもいいはずだったが、心は平安と呼んでもおかしくない静けさを抱いていた。エンジンルームからの振動と、ローリングとピッチングが僕の体を人々と同じようにあやし、痛風の痛みも遠のき、ただ坐っているだけで充分に安らいでいた。これは周囲の人々のせいだけだろうか。そんな思いが過(よぎ)っても、波が瞬く間に持ち去っていき、絶え間なく僕を宥(なだ)めてくれた。

　横に眠っている女性をそっと見下ろした。先程は目覚めたばかりで気がつかなかったが、彼女の顔は僕がかつて知らなかった柔らかさで息づいている。これが「優しさ」と呼ぶものだろうか、薄化粧しかせず、じっと動かずに眠っている顔は決して華やかな美を装っているわけではなかったが、薄っぺらな思春期の浮ついた華麗さとは別の、人の悲しみや怒りや寂しさでさえ、静かに包み込んでくれるような落ち着きと淑(しと)やかさが匂っていた。

　美しい。僕にはこの名も知らぬ女(ひと)が、今日まで出会ったどんな女性よりも綺麗だと思わずにはいられなかった。毛布の上で組まれた指は、繻子(しゅす)で一本一本包まれているような滑らかな光沢を持っていた。爪は磯触(いそふり)で透明にまで磨かれた桜貝のように、美になよやかな色を添えている。しかし、毛布の上からでも充分に感じられる豊かな胸でさえ、清楚な寝ずまいにのせいで淫らな欲情を誘いはしない。どんな生活がこの女性を創り、どんな優しい男がこの人を大切にしているのだろうか、そんな想いに揺れながら、もう一度彼女の顔に見惚れた。

僕はすっかりこの夜に満足していた。船底の甘い空気、僕が慣れ親しんでいた人々とは違った種類の人間達、僕が見、恋し、愛し、仲違いし、別れてきた女達になかった優しさを匂わせる女性、これらに和みながら時間を忘れられることが何よりの救いだった。ようやく今、旅が始まったのかもしれない。もしそうだとしたら、たとえ朝が二度とやって来なくてもいい、このまま海底深く沈みこんでしまっても構わない。たぶん、今なら静かに微笑みながら死んでいけるのだろう。そう思いながら、人々をもう一度眺め、美しく眠っている女性の形のいい艶やかな唇に、心でそっと口づけをしてゆっくりと眼を閉じた。船の微かな振動に快くあやされながら、壁にもたれたままで、人々と同じ柔らかな眠りの中にゆったりと抱かれていった。

船室のざわめきが重い瞼(まぶた)をこじ開けた。眼の前に澄んだ大きな瞳があり、僕をじっと見詰めている。僕は眠りの壁を急いで取り除いて、昨夜の情景の中にその瞳を探した。

確かに美しく眠っていた女(ひと)だった

「おはようございます」

彼女が先に挨拶をした。僕も慌てて返した

「おはようございます」

「もう着きましたよ。あまり良く眠っておられましたから、起こさなかったのですが」

「そうですか、ここ三日間、ほとんど眠っていませんので。しかし、ここで降りないのですか」

「降りますが、別に急ぎませんし。それに昨夜のお礼を言いたいと思いましたので」

「お礼ですって」

「ええ、本当に助かりました。あなたは坐ったままで眠っておられたというのに、私はゆっくりと横になって眠らせていただいたなんて。本当に申し訳ありませんでした」

「とんでもないです。お礼と言えば僕の方こそ言いたいぐらいです」

「何のお礼ですか」

僕はウッカリ口にした言葉を後悔した
「いいえ、別に大したことじゃありません。それじゃ、降りましょうか」

慌てて立ち上がった。今の言葉を打ち消すためと、大きな瞳が昨夜の揺れを一層大きくしないように。

僕は後ろのスーツケースを持った。彼女はそれを受け取ろうと手を出した
「いや、僕がお持ちしましょう。どうせ何も持っていませんから」

「すみません。眠る場所を譲ってもらって、その上荷物まで持っていただくなんて」

もう乗客の大半は下船していた。甲板に出ると港は沸騰していた。出迎えの人々、リヤカーやトラックで運び込まれたパイナップルやパパイヤを売る商人達、観光客めあての旅館の客引き、忙しく動き回る港湾労働者達、その間を下船した人々の列が通り、ゆっくりと人々の群れが散らばり、車が次々と町に向かって走り去り、まるでタラップの下は大輪の花火が破裂したように賑わっていた。僕はスーツケースを持って彼女に続いた。彼女は荷物で一杯のペーパーバックを両手に下げている。まとわりつく客引きに適当に言葉を返しながら、彼女を見失わないように人垣を分けた。足はすっかり回復しているようだ。花火の外円が届かないあたりまで歩くと、彼女は立ち止まって振り向いた
「どうもありがとうございました。ここで結構です」

「しかし、誰も来ておられないでしょう」

「ええ。でも大丈夫です。親戚を訪ねるのですが、バスが近くまで行きますから」

「じゃ、そのバス停留所までお送りします」

今度は横に並んで歩いた。太陽が真後ろから二人を焼き付け、濃い影が陽に焼けて白いコンクリートの上を先に進んだ。何も話さなかった。いや、話さずともいいように思えた。激しい太陽が見知らぬ男と女の気まずさを溶かし、彼女の柔らかな雰囲気は僕をも包んだ。

僕は彼女の影を追っていた。彼女は時々すまなさそうに僕を見やった。僕は影の頭が動くたびに彼女の方を向いた。彼女の横顔をまともに強い光がとらえ、僕は眩しさを微笑で見詰めた。横から光に刺された顔は、昨夜の優しい眠りの顔にひとつの強さを加えている。大きな理知的な眼は一層眩しさを増した。

僕は道路の窪みに崩れ込む影のように揺れていた。この女(ひと)をもっと知ってみたい。どんな生き方をしているのだろうか。そんな思いが頭を過りはしたが、言葉に編み出すことは不謹慎に思えた。彼女の眩(まばゆ)い魅力が世腐れした言葉を拒んだ。拒まれた言葉は新たな興味を膨らませ、次々と湧く言葉を否定の思いが打ち返し、揺れは一歩ごとに大きくなり始めていた。

だが、バス停留所は期待に反して近かった
「ここで結構です。本当に助かりました。ありがとうございました」

「はあ……」

ただそう答えただけで、改めて向き合うと、ふと、時間が陽炎の中で凍った。感情の雪崩(なだれ)を彼女が阻んだ

「内地の方ですね」

「ええ、そうです」

今度は僕の方が感情をからげる言葉を吐かねばならないように思った
「それじゃ、これで……」

「ええ……」

彼女は一旦視線を落とし、思いきったように顔を上げた。僕は彼女の輝きにいたたまれずに、

「お元気で」

そう言ってスーツケースを置いた
「さようなら」

その言葉を聞きおわらないうちに、僕は踵を返し、真っ直ぐに元の通りを港に向かった。理由はなかった。彼女の磁場からの斥力だったのかもしれない。いや、昨夜から満たされていた心が、突然空虚になってしまったことを認めたくなかったからかもしれない。港に戻ることで、もう一度出発し直し、昨夜の充実感も、今の空虚さも一挙に過去として追放してしまいたかったからだろう。だが、それが何のためなのかを考えることを必死で避けていた。避けようとしながら、そんな自分を苦笑し、愚かしく思った。

　人けのない岸壁を見つけ、足を海に投げ出して腰をおろした。太陽がみるみる熱い光の膜で包んだ。太陽の溶鉱炉で溶かされたばかりのサファイアが空に敷かれ、海に満ち、透明な足下には、コバルトスズメやチョウチョウウオの原色のブルーとイエローが戯れ、ここではすべてが強烈な太陽に拮抗しようとして色鮮やかに生きている。一人、ここに坐る僕だけが、「内地の人」でしかない僕

だけが、くすんで色褪せた色調で孤立していた。

僕は永い間坐っていた。まるで僕を包んでくれた熱い光の膜が、原色の生々しい僕を孵(かえ)してくれでもするように。だが、波のように寄せては返す想いの中で、眩い光とすすけた影が、永い間絡み、戯れ続けただけで、僕の色調は変わることはなかった。何かを変えないと、何かを両手に握りしめないと、僕は干涸びた内地の人としてくたばるより他にない。たとえあてのない旅でも歩きださねばならない。

僕は立ち上がってバス停留所に向かった。どこでも良かった、ただ歩き続けないと太陽に殺(や)られてしまう気がしてならなかった。

あの梯梧(あかゆら)という花があんなに赤くなかったら、その村に降りはしなかった。その村が僕を断固として拒否しなかったとしたら、あの天使のハープの砂浜を見ずにこの村を通り過ぎてしまっただろう。その天使のハープの砂浜で波の妙なる調べに聞き入り、その演奏を飾りつけていた白百合や、巨大な鈴蘭に似たエンジェルス・トランペット——何という魅惑的な名前だろう——という白い花弁に魅せられなかったら、僕は次第に広がる憂鬱の青の中で、惨めに一日を噛みしだくより他はなかったに違いない。その青が濃く鮮明に思い出せれば思い出されるだけ、梯梧の赤は血の色を滲ませて蘇ってくる。

僕は港のバスターミナルから島を一周するバスに乗り込んだ。島は周囲百キロ余りだと聞いた。町を出たバスは、焼けた道路に耐えられないように車体を震わせてデコボコ道を一目散に逃げ回りながら、パイン畑や砂糖黍(さとうきび)畑の間を縫って走った。車輪が巻き上げる埃(ほこり)は窓外の景色を汚すだけでなく、車内にまで容赦なく侵入し、バスは時々大きな穴を避け損なって前輪を食い込ませてエンストし、また狭い道路で時折出会う車のために急ブレーキをかけ、自分が巻き上げた土埃の中に何度も止まった。それは一種の闘いだった。客を乗せていることなどすっかり忘れ去って汗だくで奮闘する運転手と、老朽を訴えるバスの悲鳴がひとつの惨めな闘いを運んでいるだけだった。乗り合わせた人々はその闘いに巻き込まれていても、ただ傍観している役割に甘んじるより他なかった。十数人の土地の人々でなる乗客の間にフラリと迷い込んだ野良犬に過ぎない僕もまた、同じ役割を運んでいるだけだった。だが、僕の方はより一層苦痛だった。硬い座席や舞い上がる土埃への反応を注意深く停止して、座席にじっと表情を括(くく)りつけていなければならなかったからだ。ターミナルで乗り込んだ時に一斉に注がれた人々のあからさまな好奇の眼は、その闘いの間でさえずっと僕の上に固定されていた。

　バスが岡を登るためにスピードを落として喘(あえ)ぎ始めると、村が近づいてきたのか、人々は自分の荷物をまとめるために僕から眼を剥(は)いだ。僕も人々の眼から開放されて窓外を眺める余裕を取り戻した。岡を回り込んだバスは一気に村に突入した。狭い道路を一目散に駆け降りながらバスはあくまで闘いの勢いを示そうとしたが、運転手を呼ぶ人々の声でバスはしばしばつんのめった。乗客は自分の家の近くで遠慮なくバスを止めた。

　角毎に乗客を吐き出しながら、バスは村の中央広場にまでやってきた。方向を変えるために運転手は広場の隅に向かって大きくカーブを切った。フロントグラスにどこよりも濃い青空が駆け抜け、半転した所でブレーキをかけて停止した。その瞬間だった。フロントグラスを塗り込めていた空の青の中に、あの梯梧の花が真紅の炎となって燃えた。僕は思わず席を立ち、後先も考えず、眼を赤に呪縛（じゅばく）されたままバスを降りてしまった。

　広場から出ていったバスが巻き上げた土埃が鎮まると、運び込まれた一瞬間のドラマは嘘のように消えた。一緒に降りたはずの村人達はすでに村の襞（ひだ）にもぐり込み、僕は梯梧の木の下に一人残された。広場は光だけがふつふつと滾（たぎ）り、白茶けた土は身を固くして太陽の威圧に耐えている。僕は小石を拾い上げた。太陽で熱くなったそれを広場の中央に向けて放り投げた。石は乾いた大地に撥（は）ねつけられて転がり、真ん中あたりで止まると、そのままそこにすべてが停止してしまった。周囲の家々は死を囲う柩（ひつぎ）のように静まりかえり、板壁や板塀は光に洗われた白で、今にも静けさに崩れ込もうとしていた。

　ここではあらゆる色彩が空と海の青に圧倒されて、無惨に薄汚く剥げているように見える。滾（たぎ）る光、それを宥めるようにそよぐ風。もしも、風が遠くから牛の間延びした啼（な）き声を届けなかったとしたら、この村は光に窒息しているとしか思えないだろう。日曜日にでも出掛けて来れば良かった。そうすれば子供が一人二人、仲間はずれにされてこの広場を横切り、泣き泣き家に帰っていくかもしれない。犬がトコトコと少女の後ろをついてここを横切るかもしれない。だが、今は広場は一切の人間の匂いを光に昇華させて、大気を沸点にまで煮詰めようとしているだけだった。

　僕は風にそよぐ乾いた葉の音に誘われて、梯梧（でいご）の木を見上げた。豊かな緑の下葉が太陽の直射光線を遮ってくれたから、梯梧に鏤（ちりば）められた真紅の花弁をゆっくりと眺めることができた。奇妙にもその真紅は梢の頂点に鏤められているにもかかわらず、見る方向さえ変えれば木の真下からでも見ることができる。それは、花を血の色に咲かせるために、枝々が豊かな緑を犠牲にしたからに違いない。

葉は枝々が梢の真紅に近づくに従って次第に少なく疎になり、垂直に蒼穹に突き刺さる勢いで伸びてきた太い枝は、葉を落とすことで得たエネルギーをかりて蒼穹とは水平に五、六本の細い真っ直ぐな枝を出し、それを少し撓めながら一気に五、六個の花を爆発させる。四方に手を広げている力強い枝は、下から見上げるとまるで天の青を支えているように見える。

この枝が爆発する真紅をつけていない図を想像してみると、この梯梧と呼ばれる花の深い秘密が分かるような気がする。もし、真紅をつけなかったとしたら、梯梧は葉の先の枝が力強さだけを誇示したままで枯れ、みすぼらしさと醜悪さだけを感じさせるかもしれない。しかし、ポプラに似た葉は柔らかく濃い緑を装っていたから、たとえその花を付けなかったとしても、亜熱帯の自然の中で調和しうる場を見出すに違いない。現に僕らは湿っている温帯の風土の中で、そのような木々の緑そのものを味わうことには慣れている。ところがこの花は違う。その梢に向かうにしては太すぎる枝と、それを一気に等分して天と地に水平に広がっている枝は、ただ真紅の花をつけるためだけの骨でしかない。もし、この瞬間に、大地が血に飢えてその真紅を吸い取るために花々を奪ってしまったとしたら、その放射状に力を誇示している枝は、奇怪に手を広げたままで、最も惨めな死を太陽に向かって晒すだけになる。それは太陽の激射の下の、あからさまな死と言えるだろう。

この梯梧という不思議な木は、人の生きざまを煽る血に咲こうとする。大地から生の養分を摂取しつつ、太陽に向かって死を育みながら枝を伸ばし、その頂で緑と梢の柔らかさを犠牲にして、死を一気に生の炎として爆発させる奥義を知っている。それは花の美を構成する萼のような柔らかい緑に守られてひっそりと花を咲かせはしない。まるで剥き出しの性器そのもののように激しく咲いている。「淫(みだら)」とさえ思えるほど突然、赤みがかった茶色の枝先に真紅をぶちまけている。花の麗しさを演出する萼(うてな)が、爆発の残響のように付いている奇妙な房だとしても、あるいは枝から不躾(ぶしつけ)に開いている大きめの幾つかの花弁だとしても、いずれも血と見分けがたい赤である。だが、下からじっと見上げていると、その激しさはこれ以外のありようでは咲けない気がしてくる。死へのエネルギーを上昇させて、突如、性器そのもの、生命の剥(む)き出しの形を太陽に誇るという激しさが、梯梧の花弁を血の色に染めているに違いない。

しかし、梯梧の花が見事に血色に咲く年は飢饉(ききん)だと伝えられている。石灰質の痩(や)せた土地に好んで咲く梯梧は、乾燥を好み、乾燥の強い年ほど赤く咲くとも言われている。だが、人々は飢饉や痩せた土地や異常な乾燥が、血の色をして咲く花のせいだとは言わない。自らを傷つけて咲く花のために、大地の養分を根が一人で吸い上げ、葉が大気の湿りを奪ってしまうことを誰も咎(とが)めはしない。大地が血の紅を咲かせるために枯渇し、人々が飢饉に苦しんでも、恨みの眼でこの花を見上げ、悲しい声で泣くこともない。人々は梯梧の木の下に三弦(さんしん)を持ち出して、血雫(しずく)を浴びながら、ただ歌い踊るだけだという。

「赤ゆらぬ花や、二、三月ど咲ちゅる。
ばがけらぬ花や、いちん咲ちゅさ……」

梯梧の花は一年に一度しか咲けず、俺達は咲こうと思えばいつでも咲ける。そう歌える人々の優しさが、その真紅に輝く血の色かもしれない。

　僕は立ち上がってこの村の中に入っていこうと思う。この花を見て、そう歌える人々に出会うことができれば、と思う。

　だが、そう思って広場から一歩村の通りに入っていくと、村は一瞬にして異様な雰囲気に変わった。最初はそれが村全体を包んでいるものだとばかり思っていた。だから、見知らぬ土地に馴染まぬ神経のせいにして、村人に気軽に話しかけようとしてみた。しかし、次の角で立ち話をしていたはずの女達に近づこうとすると、女達は忽然と消えた。しかも、通りを過ぎたあとには、必ず僕を追う眼がついてきた。そればかりか、僕が近づくと両側の家で何かが動く。それは死以上に緊張を張らせているような静寂を破っただけのこともあったし、床に臥している老人が、皺くちゃの手で半分開いていた雨戸をそっと閉める動きである時もあった。村の通りを半分ほど歩いてみて、それが僕の周囲だけにあることに気づいた。いわば透明の寒天のような物質、港で包まれた熱い光の膜とはまるで違う、冷たく肌を刺すような何か、それが僕と村人の間に見えない壁を作っていた。しかも影みたいにつきまとい、どれほど奥まったあたりに入り込んでも、その分だけ遠ざかっていくそれは、フランツ・カフカの「K」と城を隔てていた城壁のように僕と村を遮っていた。

　道を尋ねようとして丁寧な口調で声をかける。女は頑に表情を殺して体を避ける。声をかけられる隙を与えたことを後悔して、できるだけ早くこの「かかわりあい」から逃げようとするように。それは男達が出払った昼下がりに、村の通りを犯して歩く得体の知れない男への当然の警戒なのだろう。村に迷い込んだ野良犬は、いつでも村人の優しさを喰い千切るだけの狂犬だったからに違いない。

日盛りの坂道は言葉の最も簡単な機能までも氷結してしまう。ここで僕の言葉は、お互いの肉体を違う世界に引き戻すためにだけ使われる。どんなに強烈な太陽も氷結した言葉を溶かすことはないだろう。もしそれが二つの世界を結ぶために溶ける瞬間がくるとすれば、それは言葉そのものが跡形もなく消えてしまう時に違いない。

空疎な言葉が下水にまで溢れている都市から逃亡してきた男が、逃亡したはずの世界から引きずってきた顔や言葉や服装で、この村人の優しさが貝のように頑（かたくな）に閉じてしまうことを嘆く理由などない。ただ、寒天に包まれた野良犬となって村を無闇に犯して歩くことを止めればいい。この村に降り立ったのは、ただ梯梧があんなに燃え上がっていたからにすぎない。

広場に戻った僕は、バスの時刻表を探した。白茶けた板切れにようやく判読できる数字を見つけた。確かに次のバスは二〇時と読める。一日に数本しかないのだろうか。だが、誰かに聞くことはよそう。これ以上、あの透明の寒天に纏（まと）いつかれるのは耐え難い。

僕は永い午後を過ごすために海岸に出ることに決めた。誰にも会わずに、誰にも見られずに、この梯梧の赤だけを心に焼き付けておけばいい、そう思いながら村はずれの道を海辺に向かった。僕は歩くはずだったが、なぜか泳ぐよりしょうがなかった。荷物もなく足の痛みもなかったが、僕を押し止めようとする熱と光の液体に浸っているようだった。だから、体全体で光を後ろにかくようにして進まなければならなかった。陽炎や草いきれが光の溶液をさらに濃くして僕の前に立ちはだかってしまう。今、ようやくバスの走行のあの乱暴さが理解できる。あの運転でしかこの光の中を掘進することができないのだろう。剥き出しの敵意でエンジンを精一杯ふかせて喘(あえ)ぎ喘ぎ走るか、泳ぐように体を溶液に浸して流されるしかないような気がする。それ以外は、太陽の暴虐(ぼうぎゃく)の昼間をひっそりと死を仮装して耐え、屋根屋根を這(は)いつくばる太陽の横暴に任せるより仕方がないようだった。僕はゆっくりとパイナップル畑に挟まれた道を泳ぎながら、太陽に拮抗(きっこう)する梯梧の炎上を本気で嫉妬していた。

パイナップル畑の彼方に広がっていた紺青の海が、一歩ごとに僕を包囲しながら近づいてくる。台地にあるパイナップル畑が終わると、なだらかな斜面の向こうに海辺が煌(きら)びやかに息づいていた。砂浜は天使が持つハープの形をして純白に輝き、波は絹糸のように黄金を鏤(ちりば)めた弦となって静けさを奏(かな)で、ハープはマングローブの濃い緑や、鉄砲百合の黄色や、エンジェルス・トランペットの大きな花弁のレリーフをつけて、太陽の讃歌を華やかに歌っているように思えた。

僕は一度立ち止まって泳ぐ勢いを消し、それから足音を忍ばせて砂浜に近づいた。村で味わった拒絶をハープの奏者に投げつけられたくはなかった。そっと砂浜に降り立ってみると、そこは処女雪の感触があった。砂はまるでアスピリンに近い。それを直接皮膚に感じたくなって靴を脱いだ。一足ごとに指先から乾いた砂が零(こぼ)れ、振り向くと足跡の窪(くぼ)みにサラサラと砂が帰っている。もしもこのまま波打ち際まで歩いていくとしたら、足跡は砂地に無数の窪みを作り、そのすべてで一粒一粒の砂が懸命に流れ落ちて窪みを元に戻そうとするのだろう。

僕は引き返すことにした。ハープの曲(しらべ)は波打ち際まで行かなくとも聞ける。処女雪を穢(けが)されたくないような砂粒の拒絶も辛い。僕は斜面に影を作っているマングローブの繁みを見つけ、その下に足を投げ出して坐った。昨夜感じた静かな気持ちを今さら波立たせて何になるというのだ、ここでこうして柔らかな砂と円（まろ）やかな影に抱かれて、海と空のパノラマを眺めているだけで充分ではないか、僕は港で感じた心の空白と、今、村で味わってきた寂寥（せきりょう）を宥め、消そうとした。手のひらに砂をすくい上げ、指の間から落とし、何度も何度もすくい上げて落とした。潮騒と砂の音が、遠くと近くで消し合っては重なり、サラサラ、サラサラと砂の緊張が零れ、紫外線がいつしか感情の濁絵（にごりえ）を漂白してしまったのだろうか、僕は砂を手にしたまま、午後の穏やかな眠りに移絵（うつしえ）されていった。

どれほど眠ったのだろうか、再び眼を開けると、自然は木立の間や、マングロープの奇怪な根の間や、ゴムやフクギの厚い葉の裏や、波の音を残している巻き貝の中や、岩影や、小さな波の洞などをパレットにして、世界の襞（ひだ）に濃紺を巧みに彩色し始めていた。張り詰めた高音部の色調は和（やわ）らぎ、空は和（なご）み、大地は影を濃くしていた。それは壮大で華麗な太陽のシンフォニーが終わり、興奮と充溢がまだ一杯に広がっている海辺で、あちこちから次の細やかで優しい夜の室内楽の準備のために、小さな夜の調律音が聞こえてくる時間だった。砂浜に打ち上げられた白い珊瑚のかけらは、太陽の終曲のトレモロを巧みにとらえ白砂に影を落として白と黒のコントラストを奏で、木立の厚い葉に混じって見失ってしまいそうなエンジェルス・トランペットは、白い大きな鈴蘭のような花で太陽の昼間の情熱を夕暮れの優美さに編曲し、ミュートのトランペットのように繊細な白を浮かび上がらせている。波は大地の過熱を冷（さ）ますために、風に共鳴してひたひたと打ち寄せ、ハープの浜辺は夕暮れの調律音で満ち始めていた。

僕は太陽が演奏を終え、海の群青色の緞帳（どんちょう）の後ろに引き下がる前に浜辺を離れた。バスまでに時間はあったが、百合の常夜灯以外に何の明かりもないこの浜辺で夜を迎えてしまうことは出来なかった。ここで夜は大地をベッタリと覆う。それは人間の作る光が薄めることのない濃い夜の溶液なのだ。星々はすさまじく輝いても足下を照らしはしない。悠久を輝きの一辺にしたダイヤモンドの多面体に自らを結晶して、夜空一杯に振りまかれる星のひとつ一つは、今の僕の卑小な肉体を照らすには余りに崇高すぎる。星は少女の悲しみに濡れる瞳に、詩人の頑に閉じて冷えきった心に最後の微かな光を投げかけるかもしれない。だが、僕のように病んだ虚弱体質が必要とするものは、焦げつく太陽の光の刃だけだろう。

　窓に灯が入り始めた家々に近づくと僕は足をゆるめ、寄り添う家々を遠巻きにして村はずれの岡に向かった。人々が夕餉の語らいに笑いさざめき、また新たな悲しみにひっそりと戸を閉ざそうとしている村に、一匹の野犬の生臭い息が、不幸な困惑を撒き散らすことはない。充分に傷つく貧しさを煮立てている野菜の鍋に、これ以上の新たな災いの種子を入れることはない。

　薄闇が木立から家に浸透し、海からの風が寂寥を吹き上げてくる夕暮、僕は村を見下ろして今ひとつの黒い隆起に変わろうとしている岡の上に立っていた。突っ立つ僕の脇を山羊の群れが駆け抜け、一瞬鈴の音が風に乗ってやってきたが、それもすぐさま掻き消され、風の音だけがあたりを支配し始めていた。耕運機のエンジン音が風のヒューヒュー鳴る音を破って村に帰っていき、枯れ草を荷台に山のように積み上げた小型トラックが、坂をモタモタと走り降りる。男達は陽なた臭い体を女達と重ねるために家路を急いでいる。

　太陽があたりの色彩をすべて引きずって海の群青の底に沈んでしまうと、大地は黒衣を羽織って太陽の喪に服する準備を始め、風は昼間とうって変わって冷たく肉を刺した。昼間のあの酷熱も、あの眩い光もすでに遠く、太陽の専制を煌(きら)びやかに飾り立てていた花々も木々も大地の喪服の裾(すそ)にもぐり込んで消えた。吹きつける強く冷たい風が、僕の中で重く濃いこの島の夜のように寂しさを作り始めていた。僕はこの村に降りてしまったことを後悔し、また歩いてでも町の雑踏に辿り着いておかなかった自分の迂闊(うかつ)さを責めた。町へ戻り、港の近くに宿をとり、商人相手の馬鹿話に高笑いする女主人の声でも聞いていた方が良かった。この高みで一人突っ立ち、闇に纏いつかれ、風に刺され、村人の営みを眺めるべきではなかった。たとえ貧しくとも、男は女をいたわり、女は子供をあやしながら男に気づかい、この時間には充分安らいでいるに違いない。そう思わせる窓々の灯は、僕の心を冷え冷えとさせる冷房装置のパイロット・ランプになってしまった。

　バス停留所に戻ろう。あの広場の隅に腰掛けていれば、夕餉の支度を整えるために、村に一軒しかないだろう雑貨店に使い走る子供ぐらいは見かけるだろう。夫にせき立てられて島酒を買いに走る女が暗闇に踞(うずくま)る僕を見つけ、あの冷たい眼を投げてくれるかもしれない。いや、今度はあからさまな敵意だろう。夫が待っている今は、僕を叩き出すための眼を持つことだってできる。そうすれば、ここに居て抱かされてしまう茫漠(ぼうばく)とした寂しさよりは幾らか慰められるだろう。

　僕は村をよけて広場に通じる道を探しながら、ゆっくりと歩いた。バスを待つ人が一人でもいればどんなに救われるだろう、そんな淡い期待さえ抱き始めていた。こんな時間に村を出る人は、村々を巡る行商人ぐらいしかいないだろうから、たぶん僕をあんな風に拒みはしない。うまくすれば、僕のことをいろいろ聞いてくれるかもしれない。そんな時はどんな話をすればいいのだろう。逃げてきた内地の生活を話すのだろうか、闇に溶け込んでしまってる梯梧について語るのだろうか。

岡の上に突っ立っていた時の寂しさを伝えようとするのだろうか。しかし、こんな時間に村人の誰も知らず、幽霊のようにバスに乗る人間など信じるのだろうか。そんなことを考え始めるとすぐ、僕はバス停留所に誰もいないことの方を望むようになっていた。

この土地で人々は二つの言葉を使い分ける。僕が使う言葉でこの土地の人々が語る時、人々は自らのすべてを括弧の中に閉じて脇によけてしまい、僕は一種類の言葉の中からおそるおそる僕を伝える言葉を選ぶ。人々は拒否を確認するためにだけ語り、僕は寒天をより硬く固めるためにだけ語らされる。誰もいない方がいい。あからさまな敵意が広場を横切る方がよほど快い。そう思いながら息を殺して広場に向かった。

寄り添う家々は少しでも多く喪服の裾に潜り込もうと低く低く踞り、窓の灯は家々を囲むフクギの厚い葉で幾重にも隠され、まるで太陽の下の仮装から、夜の闇の棺の中で本当の死を死んでいるように静かだった。あの家の中でも、貧しさの鍋を囲みながらでさえ、男は女の言葉に罵倒を投げ、女は男を蔑みの眼で見ながら生きているのだろうか。いや山羊や牛馬はたびたび襲う台風から守るためにコンクリート造りの畜舎をあてがわれ、人間達は慎ましく陽を遮り風を防ぐだけの家々に住んでいる。そこで人々はたとえ貧しさを繕うためだけだとしても、細やかな優しさを精一杯重ね合わせるよりないだろう。僕は家に残してきた妻と子供のことを思った。もし、僕らがここに住んでいたとしたら、一体どんな生活をしたのだろう。たぶん一日といえど妻にとっては我慢ならないに違いない。家畜の匂いに耐えがたいと言うのだろうか。貧しい食卓が妻の肉体を蝕むと言うのだろうか。おそらく彼女の要求するどの一つのことも、男と女の生活には真に必要ではないだろうに。

僕は彼女の顔を思い浮かべながら、今立っている場所の遠さを改めて感じていた。旅立ってから一週間にしかならないというのに、僕は何億光年も旅をしたような気持ちになっていた。だが、その時間は徒に流されてしまっただけで、今なお旅立ちの意味について一つといえども手掛かりはなかった。

僕は暗澹たる気持ちだった。こんな夜の次にどんな朝がやってくるというのだ。たとえ町に戻ったとしても、やって来る朝は僕を奮い立たせはすまい。ただポケットの金を減らし、また一日を敵意の唯中で潰してしまうに違いない。そこからどんな離陸を、どこに向けてやり直せるというのだ。朝ごとに給油したガソリンは涸渇してしまったのだろうか。僕は重い足がいっそ痛風にでもなればいいとさえ思った。そうすれば野良犬は自らで傷つき、広場で叫び、のたうち回ることで、人々の憐れみの眼を集めることが出来るかもしれない。

重い足を引きずって広場に通じる大通りに出た。追い立てるように後ろから吹いていた風が、今度は横手から吹き始めた。僕は向きを変えた風の中に不思議な音を聞いた。気のせいかもしれない。そう思って立ち止まり、風の中に耳をそばだててみた。確かに蛇皮線の響きが聞こえて来る。時折太鼓の音さえ混じっていた。僕はじっと耳をすまして風の中の三弦に聞き入った。それは広場の方向から運ばれて来るらしい。歩みを早めて音の方向にすべての感覚を集中した。今僕は自分の周囲に自分で作った寒天状の緊張を纏っていた。昼間人々から投げつけられたそれを、再び投げつけられることでこれ以上重い寂寥を運ぶ自信がなかったからだ。しかし、その緊張の寒天体は、三弦の音によって方向を持ち、今、糸状に分解し、それは蛇皮線の弦につながり始めていた。

広場に通じる最後の角を曲がると、風は通り一杯に三弦を流し、太鼓と人々のざわめきを乗せてぐいぐい僕を引っ張り始めた。広場が見えるあたりまでやってきて足を止めた。広場は濃い南国の夜の底で、まるで水中花のようにしっとりと花開いていた。広場の中心に火が焚かれ、四方から大きなライトが照らし、梯梧の木は巨大な黒真珠みたいに光沢ある夜空に嵌(は)め込まれて赤珊瑚の色を浮かべていた。僕は急いで分解した緊張を編み直し、大通りをよけて細い路地に入った。

　足音を忍ばせて広場に近づける道を選びながら、突如幻出してきた蜃気楼に狼狽(うろた)えていた。それは巨大なストロボ光が定着させようとしていた沈黙の砂漠に、原色に彩られたオアシスを垣間見たようだった。マグネシウムの炎の白、銀粉で後退した青の透明、眩惑の光が音まで消してしまうような昼間に比べ、今、夜は像嵌(ぞうがん)や七宝のように漆黒(しっこく)に熔着(ようちゃく)された存在感のある色に飾られ、無言(しじま)を地にして染められる三弦の虹色と重なって僕を魅惑した。

　幻覚だろうか。いや、罠(わな)かもしれない。僕は広場のあまりの変わりようにどぎまぎして正気さえ失いそうだった。しかし、野良犬に過ぎない僕がノコノコと入っていけるような場所ではなかったから、広場が見通せるあたりで足を止め、木の影から村人に気づかれないように眺めてみた。

　それは祭りと呼ぶものだろうか、盆踊りや民謡大会、あるいは祖霊神への祈願の踊り、魔物祓(はら)いのような宗教的儀式、そのすべてのようでもあり、どれでもないような気もした。男達は手に手に三弦や太鼓を持ち、女達は蓙(ござ)を運び火を遠巻きにして敷き、その上に島酒の一升瓶や肴の重箱を広げた。子供達や娘らが浴衣(ゆかた)に似た着物を着て、広場に通じる村の道から次々と現れ、蓙の上に坐り始めた。昼間見た村にこれほどの人が住んでいたとは思いもよらなかった。死を仮装し、じっと息を密(ひそ)めていた屋根の下に、こんなに艶やかな娘達が生きていたのだろうか。僕は広場の変化以上に、村そのものの妖変(ようへん)に一種警戒に似た緊張を感じ始めていた。

夜の村は、広場を中心にしてくるりと裏返しにされたように、光に威圧されていた生を、今、剥き出しにしそうだった。猛る火、匂やかな女達、夜叉と見紛う逞しき赤銅の男達、手をたずさえた老人と子供、背を貸してもらった幼児と病人、村人が、いや村中の生の一切がここに集まっているように思えた。僕の後ろには死としか呼びようのない闇と静寂が迫り、広場は緊張しきった鬼燈の実のように何かを孕んで輝いていた。僕は固唾を呑んで見守った。

一人の老人が大声で何かを叫ぶと、広場は爆ぜた。僕は思わず顔をよけた。夜を裂く男達の口笛と、女達の拍手、太鼓、三弦、それを待ちきれなかった響動が僕を襲ったからだ。その一瞬、飛び散った鬼燈の果汁が頬を包んだ。それは僕を終生褪せない紅に染めた。そして夜の広場が孕んでいた甘酸っぱくほろ苦く酔わせた夢の始まりだった。

まず、マイクを手にした老人が歌い始めた。リズムは重く静かに夜の底からそっと掬い上げる優しさの砂金で、旋律は揺蕩う波となって荒くれの手の中の鉛色の心を洗い流すようだ。意味は良く分からなかったが、しかし、何かが確実に伝わり、三弦と太鼓がぐいぐいと僕の内部にまで熱いものを押し込んでくれる。僕の中の寂寥の凝りが弛み、緊張の糸が一本一本夜の中にほぐれていった。

次に老婆が立ち上がって踊り始めた。人々は拍手と口笛で老婆に和し、老婆の体はまるで月の表面で踊るようにピョンピョンと跳びはねている。一人の若者が飛び出して老婆の踊りに滑稽な仕種で相手し始め、三弦の音がひときわ高鳴り、手拍子が広場を沸騰させた。あの巧みな手は僕を拒むためにそっと雨戸を閉めた皺だらけの手なのだろうか。確かに手だけでなく、足も顔も陽に焦げついたほど黒く皺だらけだったが、老婆の表情には一枚の光の膜がかかり、それが炎を受けて妖しく輝いている。

二人に煽られて次々に踊り手が増え、広場は瞬く間に村の老若男女で一杯になってしまった。花蕊となって舞う炎、火の粉と星々の花粉、夜の柔らかな風になびく女達の裾、島歌の艶く言葉、広場は大輪の芥子の花となって咲いた。

僕は身を隠すことを忘れ、木の影から乗り出すように人々の踊りを見ていた。いや、見ていたというよりむしろ、広場に咲く芥子の魔性に憑依されていたのかもしれない。まさに、一個の存在が踊る行為によって自己放棄しながら集団の中に埋没し、しかも確実にその一人一人が集団を構成し、他者の存在に鼓舞され交わり重なり合いながら、新たな存在を創りあげている。自らの肉体を表現の媒体として昇華させながら、広場そのものをひとつの表現物に変性することができる神秘。

僕は熱狂の輪から限りなく遠く離れてはいたが、次第にこの人間の神秘に酔い始めていた。この島にやってくる船の中での安らぎはこれだったのだろう。ただ、同じ人間達が表現の種類を変えただけに違いない。ここでそれは、他者をもう一人の自分と感じながら、多くの人間の中に没し去ることで自分を表現し、慰め、歓喜させる神秘の陽性の表現が集合し、船底では、同じものが陰性の表現として集合していたと言えるのだろう。そこにこの華麗さがなかったのは、人々が同じように他者の中に感じていたものの中に、自分の疲労や悲しみのようなものがあったからだろう。

踊りの輪は、梯梧が昼間太陽に向けて咲き誇っていたように、夜の精霊に和しながら、天空に向けて咲き誇っている。自分の肉体を表現物にしえる人間達、いわば神秘的な芸術にまで存在そのものを高めることができる人間達、それは今の僕にとって最も遠い存在だった。たとえあの踊りを習い覚えたとしても、あのように踊ることはできまい。あんなにして踊ることができないで、どうして「生きているために骨をおった」なんて言えよう。僕はまだ人間の持つ神秘のひとつでさえ成長させることはできなかったのだ。決定的に何かが欠落しているために、肉体と精神が別々でしかない病を病み続けているに違いない。

自分と世界との背理をいともやすやすと乗り越えて、世界と自分を交合させることができる人々と自分の距離、それを実感できた今、僕はようやくにして旅の入口にさしかかったのだろう。

太鼓がひとつ激しく打たれると、人々は恍惚から醒め、口笛を鳴らし手をたたきながら花を閉じ、思い思いの蓙の上に戻った。僕も我に返り、木の影に隠れようとした。しかし、その瞬間、後ろから突然、「ニイサン」という声がしたかと思うと、太く逞しい腕が僕の脆弱な腕を掴んだ。体から血の気が失せ、背筋に悪寒が走った

「ニイサン、こんな所にいないで、一緒に行きましょうや」

この琉球独特のアクセントで言われた標準語と彼の腕力は、僕の緊張と恐怖を、昼間の拒絶された悲しみと今の不安を暴力的に蹴散らしてしまった。僕は明らかに引きずられていた。蓙の上の人々が気配に気づいて一斉にこちらを見た。僕は力ずくで引っ張っている男の腕にすがりながら、どうか僕の体が消えてくれますように、と祈った。たぶん、青ざめて震えていたのだろう、男はそれに気づいてか、一層腕に力を入れて人々に向かって大声で何かを言った。人々の間からどっと笑い声が起こり、僕は腕を放された蓙の上にヘナヘナと坐ってしまった。強引に持たされた茶碗に島酒が満々とつがれた。人々の眼があらゆる方向から僕を串刺しにしているのだろう。それがどんな気持ちを表しているかを見て取る余裕などなかった。僕はどうでもいいような気になり、眼をつむって茶碗をあげ、一気に飲み干した。それはまるで火を飲むように熱く、胃から全身が今にも発火

してしまいそうだった。フーと息を吐きながら眼を開けた。すかさずあちこちから口笛と拍手と声が飛んできた。僕は顔をあげて人々に笑いかけた。それは意識してそうなったわけではなかった。僕の体内に点けられた火と人々の火が一瞬炎を交えたようだった。

三弦が再び鳴り始め、先刻と違う老婆が踊りだし、僕の前までやってきて僕をじっと見詰めながら踊った。僕は胃の底でフツフツと滾(たぎ)りだした酒の酔いを感じながら、人々が決して僕を拒否しているわけではなく、今、この集いに加わったことを歓迎していてくれることを老婆の眼に読んだ。老婆は踊りながら近づくと、僕に向かって手を差し出し、一緒に踊るように誘った。僕はその手がまるで少女のように柔らかく、しかも恋をしている女のように熱(ほて)っているのに驚いた。しかし、僕は立つことが恥ずかしかった。

人々の眼が再び僕に集まっている。木陰から僕を引きずってきた男がもう一方の手を引っ張って立たせようとした。覚悟を決めた。立とうとしたところへ、一人の若者がやってきて老婆と男を制した。僕の手に茶碗を握らせて島酒をついでくれた

「ニイサン、グイとやって踊れ。ワッターも踊るから」

僕はその言葉のままに一気にあおった。二杯目の酒は僕にとって生まれて初めての「魔女の秘酒」となったようだった。意識を固めていた無機物が泡をたてて溶けだした。若者は僕を立たせ、踊り方を教えてくれた。彼のしぐさに体を合わせてみると、自分の体がいつもとまるで違うことに気がついた。今までにこれほど強い酒を、しかも一気に飲むことなどなかった。もし、二杯もたて続けに飲んだとしたら、完全に酔っぱらってしまって、とうてい踊ることなどできないはずだった。だが、酒は体の中の腐っていた重い澱(おり)を流し去っただけのように思え、頭はいつになく透明で、耳慣

れぬはずの民謡のリズムが正確に筋肉を支配し始めていた。最初、僕の踊り方に腹を抱えて笑っていた人々の一人が立ち、二人が立ち、とうとう先刻木の影から見ていたように踊りの大輪が花開いてしまった。

僕は老婆と向き合って踊りながら、いつしか完全に老婆に操られていた。彼女が飛べば、いや飛ぼうとすると僕も自然に飛ぼうとし、同時に人々も大きな花を一揺れさせて飛んだ。老婆が回転しようとするとまた僕も回転し、ちょうど回転し終わると老婆の優しい、火照りに映えて艶めかしくさえある顔が待っていた。僕の筋肉は今までになくしなやかに人々の間を流れ、肉体は重力を忘れたように軽く舞い上がった。

ふと、老婆の眼が色を変えた。それは僕の憑依(ひょうい)を解いた。老婆は柔らかに微笑みながら、何か合図をした。そして老婆は近づくと両手で僕をそっと後ろ向きにした。僕は踊りの輪をゆっくりと見回しながら、老婆にされるままになっていた。

老婆の手で回りおえた僕の前には、踊りの唯中で踊ろうともせずじっと立っている女性がいた。微笑みをのせていた唇が開き、一つひとつの何でもない言葉が僕を雷鳴のように打ちつけた

「やはりお会いできましたね、私はそう信じていました。私と踊って下さいますか。今夜は私があなたを……」

彼女の言葉が霞(かす)んだ。いや、言葉じゃなく、彼女の姿も、周囲の世界も、内に沸き上がってきた音と光を綯(な)い交ぜたような潮が消した。船室、寝顔、朝、バス停留所、その時々の顔が銀幕に閃光となって浮かんでは消えた。

そうか、この村だったのか、という思いの中に三弦と民謡の切々たる声が耳元に戻った。踊るし

かなかった。僕はすでに今朝の僕ではなかった。しかし、ゆるゆると生き、うじうじと感情を表現することに慣れすぎた僕には、もどかしい精神と感情の反応は、踊る以外に表現できないような気がしていた。もはや何の考えもなかった。すでに本来の強張(こわば)った肉は島酒で蕩(とろ)けていたから、僕は筋肉に送られてくるリズムにまかせて踊った。

　夢を見ているのだろうか。もし夢だとしたら、どこの眠りがまだ醒めていないのだろう。那覇までの重苦しい船の中、それとも痛風に蠢(うごめ)いていたホテルの仮死、いや、ハープの浜辺でまだ眠り続けているのかもしれない。だが、もし夢だとしたら、その眠りは昨夜の船の中に違いない。横たわる女神(ミューズ)、人々の甘い息、波の子守歌(ララバイ)、揺籃(ゆりかご)の船、それらが煌(きら)めく色彩を得て夢幻の時間を作っているのだろう。

　神秘的な忘我、聖なる自己主張、もし、このまま踊り続けることで、この二つに編まれた存在にまで舞い昇れたとすれば、どうか夢よ醒めないでおくれ。踊り続けることで夢を見続けられるなら、僕は永遠に踊っていたい。

　だが、肉体は確実にリズムに反応して踊り続けていたのだろうが、感情や思考やありとあらゆる思いは、すべて彼女に搦(からめ)とられ、今にも天空に翔け去っていく心地がしていた。雅(みや)びやかな舞姿、ふくよかな肢体、官能的な指、優優(やさやさ)しい唇から漏れる甘い吐息、濡れて熱い瞳、彼女に奪われた魂は肉体を置き去りにしたままで飛翔しようとし、表現を失いそうな肉体は聖体に見せる信仰の証のように彼女に拝跪(はいき)したい衝動に襲われていた。それは新たな緊張を生み、三弦に合わせて躍り狂う肉体が微妙に変化し始め、僕は次第に大きくなる心臓音が、胸に、首筋に、こめかみに激しく打つ音を聞いた。鼓動は三弦のリズムを受けつけないほどに高鳴り、もうこれ以上踊り続けるとしたら、一瞬にして生の向こう側に飛び出してしまいそうになっていた。

彼女の眼はそれを見逃しはしなかった。恍惚の表情を一瞬に払拭（ふっしょく）して踊りを止め、太陽の下で見た冷たいほどに澄みきった強い顔に戻った

「気分でも悪いのですか……」

そう彼女は聞いてくれた。僕は答えようもなく、ただ首を横に振るだけで、じっと彼女を見詰めていた。夢ではなかった。しかし、彼女の言葉は、二人が遠い昔より同じ夢に生きていたような親しさで響いた。

二人が踊りを止めるとすぐ、二人に向かって口笛と叫び声が凄（すさま）じい量で降ってきた。いつの間にか夢中になり、二人だけで踊らされていたのだ。若者から鋭い声がして、人々がどっと笑い拍手をしてはやし立てた。その言葉は彼女の顔に炎のような色を点けた。彼女は慌てて僕の手を取り、広場の中央から蓙の円陣の後ろに走った。人々は笑いさざめき、時折、口笛が投げてよこされ、それが新たな笑いと拍手を生み、何度か繰り返され、再び静かなリズムの三弦が広場を元通りに作り直した。人々は酒を酌み交わし、肴に箸を運んで談笑し始めた。

僕と彼女は逃げだした勢いのまましっかりと手をつないでいた。僕は手をはなすべきかどうか迷っていた。彼女の顔から羞恥の色が消えるのを待って聞いてみた

「何か悪口を言われたのですか」

「違うの、大丈夫、でも恥ずかしいから後で教えるわ」

彼女は四つ目の顔を見せて笑った。それは先刻の妖しさを流した少女のようにあどけない透明の

顔だった。どこからか声がして、彼女も大声で答えた

「あのおじいさんが、いらっしゃいって言ってるわ」

彼女は僕の顔をチラッと見て、悪戯(いたずら)っぽく笑い、下唇をすこし噛んで手をはなした。

僕は招かれた莚に坐り、彼女は老人と方言で語り合っていた。しかし、彼女の手は茶碗を取り、箸を置き、広げられた重箱から肴を取って僕に勧めることに忙しかった。老人はしきりに頷(うなず)いていた。彼女の話に二度三度大きく首を振ると、老人はゆっくりと口を開いた。癖はあったが日本語(やまとぐち)だった

「えらく世話になったそうだが、ワシからも礼を言う。今夜はゆっくりしていきなさい。サー、グーと飲んで」

「ありがとうございます。しかし、お礼を言っていただくようなことは何も……」

彼女が小さく首を振ってウインクした。僕はもう完璧に酔っぱらっていた。島酒の酔いは踊りの熱狂で蒸発してしまったようだが、体はジンジンと滾(たぎ)っていた。彼女が先程まで握りしめていた手も疼(うず)くように熱かった。茶碗の酒に少し口をつけ、肴に箸を運んだ。

旅に出てから一週間、ほとんど何も食べていなかった。胃が裏返しになって大きく手を開いて口に運ばれる物を待っていた。鼻が香りの宴(うたげ)を運び、舌が蜜のように柔らかく蕩(とろ)け、食べることでさえこの熱狂の中ではひとつの神聖な儀式になるように思えた。

僕は人々の会話に、ひとつでも理解できる言葉がないだろうかと耳をそばだてた。どこか懐かしい響きではあったが、言葉として意味を伝えてくれることはなかった。彼女は夢の中で話し込んでいるように思えた。しかし、僕が皿に盛られた肴を食べ終わるやいなや、すぐに新しい物をのせて

くれた。しかも、僕の好きになった食べ物が妙にうまく運ばれてくる。そのことを考えていると、彼女は話を止めて僕に向きなおって聞いた
「おいしくないの」

「いや、違うんだ。どうして僕の好みがわかるのだろうって、考えていたんだ」

「最初、一通り食べたでしょう。あの時の顔を見てたの。そしたら、どれが好きなのかわかったからよ」

僕は好悪の表情をあからさまにしたつもりはなかった。そう思うと、昼間人々に対して持った考えを後悔した。いつも人々はこのように気を配っているのだろうか。それともこの祝祭がそうさせるのだろうか。しかし僕は今日のこの集いの意味を知らない。かといって今さら彼女に聞くことは馬鹿げている。理由なんてどうでもいいのだ。何のためであろうと、あんな風に燃え尽きるまで踊ればそれで充分だ。梯梧に、緑の葉まで落としてどうして咲くのかと聞くことなど思いもよらない。この瞬間に咲きさえすれば、昨日も明日もどうなってもいいじゃないか、そう思いながら太陽に咲いていた昼の梯梧について考えていると、白茶けた時刻表の板が梯梧の赤に覆いかぶさってきた。

もうとっくに時間は過ぎているはずだった。バスは広場にまでやってこないで、引き返していったのだろうか、そう心配しながらも、バスのこと以上に野良犬に違いない自分のことが気になりだした。いつまでもこんなにして村の秘祭を邪魔しているわけにはいかない。そう思う僕の変化を、彼女は目敏（めざと）く読んだ
「どうしたの、おもしろくないの」

「いや、バスのことを考えていたんだ」

とっさにそう答えはしたが、彼女は僕の本当の心配を見抜いていた
「今夜は大丈夫よ。ゆっくりしたらいいわ。でも、何か急ぎの用事でもあるの」

「そんなものはないけど、ただ、邪魔じゃないかと……」

「心配しなくていいのよ。みんな歓迎しているのだから」

彼女がそう言い終わらないうちに向こう側から声がして、彼女は大声で返事を返した。

「向こうからお呼びがかかったわ。もしよかったら行きましょう」

僕はついていくことにした。もう何でも彼女に任せておこう。僕は正座をし直して両手をつき、老人に丁寧（ていねい）に頭をさげた。それ以外に感謝の方法を思いつかなかった。老人はニコニコ笑いながら、またここに戻ってこいと言って肩をたたいた。

僕は踊りの後ろを回り込んでいる彼女を追い、呼ばれた場所に出掛けた。そこは僕を木の影から連れだしてくれた人の所だった。まず茶碗を持たされ、島酒を一杯つがれた。僕は先刻の礼を言い、彼の頷（うなず）く顔を見ながら口をつけた。陽に焼けた手が肴を山盛りにした皿を手渡してくれた。彼の奥さんらしかった。礼を言うと彼女もまた優しそうに笑った。この人々に敵意を編んだ自分に後ろめたさを感じていた。その女（ひと）は、彼女を訪ねて来たのかと聞いてくれた。僕はそんなつもりでもなく、またこの村に彼女がいることを知らなかったことを告げ、バスでこの島を一周しようとして、ここの梯梧があまりに見事だったから思わずバスを降りてしまったと正直に話した。ここで会えるなんて思ってもみなかったと付け加えた。その女（ひと）は聞き終わってから梯梧を見て何か方言で言った。僕は彼女の顔を覗（のぞ）き込んで意味を聞こうとしたが、その仕種に気づいて奥さんは、自分で僕にわかるように日本語（やまとぐち）で言い直してくれた。梯梧という花は人の気持ちがわかる、そういう意味だった。彼

女がたぶん僕の話をしているのだろう、奥さんは大きく頷いていた。
話に区切りがついたのか、僕を連れ出した人は手に三弦を持って、誰も歌っていないマイクの所に出掛けた。そこで人々に向かって何かを話し、梯梧の方に坐り直して、梯梧の歌を歌った。誰かが向きを変えたのか、スポットライトが梯梧をとらえ、その生々しい真紅は夜空に燃えた。

僕はあちこちに呼ばれ、酒と肴をふんだんに振る舞われた。僕という存在を構成するすべて、肉体、精神、あるいは生理、魂、心、神経、どう呼んでもいいが、そのすべてがひとつに重なり合い、夕暮れまであんなに遠く冷たかった村が、今、僕のまわりで僕を包み、梯梧の花を歌う人々に囲まれ、言葉が溶け去って跡形もなくなる時間に浸ってもいた。目の前にようやく開き始めた世界の入口で、僕は身震いし、酔い痴れていた。

僕は梯梧の根元に坐り、木に寄りかかって踊り続ける人々を眺めていた。彼女は村の青年に誘われて大輪の花弁の中でも一際艶やかに、花の滴のように匂い、花弁に愛撫されて舞う蝶のように翔んでいた。彼女は今、僕に見せてくれた女神のように人を憑依し魅了する美しい輝きの顔をしているに違いない。彼女が僕に好意を持っていてくれるとしても、ただそれだけでは、彼女はあのように美しく気高く舞うことはできないだろう。僕と踊った時、彼女にとって僕は男のすべてであり、いや、彼女が注ぐに違いないすべての人間や花々や虫や鳥に向けての愛のすべてであったのだろう。しかし、僕は彼女にとって僕でしかなく、しかも僕は村の男達のすべてであり、彼女もまた僕にとって彼女以外の何者でもなく、同時に村の女達、僕が愛を感じるすべての女達でもあった。彼女の目眩く憑依は、僕を越えて広がるもう一つの大きな性愛の焦点として僕が位置していたからだろう。僕の陶酔もまた、僕の好意や性愛のすべてを彼女にだけ向けていると思いながらも、彼女を越えたもう一つ大きな広い愛をひしひしと感じていたからに違いない。

今、踊りの輪から離れ一人座っていても、木の影からそっと眺めていた僕とはまるで違っていた。明らかに広場というフラスコの中で、踊りの強烈な炎に熱せられて体液の組成と色を変性してしまった。かつてこのような人々の集いを、あのような恍惚とした眼を、自我をもうひとつ別の存在に置き換えてしまった人々の行為を数々見ることはあった。しかし、それが沸点に近づいていけばいくだけ、僕の内部はその輻射熱に反発するように、冷やかに褪めてしまうのだった。祭礼での神輿の担ぎ手の顔、ジャズ・コンボの顔、聴衆を忘れてただただファナティックに演説するアジテーター、舞台狭しと踊り狂うフラメンコ・ダンサー、これらの輝く顔に引きつけられ、感動し、嫉妬しながらも、自分は彼らとは別の人間であり、彼らより幾らか複雑であるとさえ思っていた。それは資質の差であり、個々の人間の強い個性化や分化を許さない民族だけに可能であり、自分だけにしかありえない自我を棄て去ることなどできない、そう思いこんでもいた。しかし、今、そのことごとくが人間を限定した浅薄な思いでしかなかったことを思い知らされた。

棄てることではない。より強く自分自身を表現しようとすることなのだ。受けることではなかった。すべてに向けて限りなく放射することだった。単純な存在に自己を貶めるのじゃなく、ひとつの高揚に向けてありったけの力で自己を有機的に編み直すことだった。僕は今ならはっきりと言える。闘牛のスタジアムで、誰よりも興奮し、誰よりも高揚し、誰よりも感動と恍惚に浸れる者は、観客席のいかなる人でもなく、牛に立ち向かっている闘牛士その人でしかないと。

だが、その闘牛士でさえ、ここで踊り続ける人々ほどの輝く時間を持つことはないだろう。それは闘牛士が孤独に死と直面することで高揚しているのに対し、この村人が集団で生の高揚に向かっているということだけではない。ここで観客は、ただ椅子に坐って闘牛士が猛牛を倒す場面を待っている人々ではない。まして、意地悪く猛牛の角が闘牛士の内臓を穿つことを秘かに望んでいるような人々でもない。彼らは、次のより一層の高揚のエネルギーを充填している闘牛士の分身そのものである。しかも殺戮とは正反対にある愛のためにである。三弦の奏者もまた次の踊り手でありながら、三弦を奏でている間は、踊りの高揚を煽り、それによって踊りの高揚から煽られ、少しでも多く自己を三本の弦に表現しようとしている。

　僕は耳慣れぬ民謡に体で拍子を取っていた。中央の火は夜空を焦がすほどにメラメラと燃え上がり、時々、踊りの坩堝の中で、人々に圧倒されて炎を小さくしてしまうようにも見えた。炎は注意深い男達によって火勢を弱めることはなかったのだが、僕の眼には人間の方が夜空に解き放たれたように大きく輝いて見えるのだった。

　ひとつの歌が終わり、人々は花を崩した。彼女は上気し汗に光る顔で近づいてくると、何も言わずに僕の手を取り、広場から海辺に通じる細い道に連れだした。彼女は手を握ったままずんずん歩き続け、僕は引っ張られるようについていった。手に力を入れ、彼女を止めて何か聞こうとすると、彼女の温かい手がそっと質問を押し止めた。

　三弦の音が遠ざかり、波の音がそれにかわった。彼女は浜辺に降りても口をきこうとはしなかったから、僕は浜辺で薄まっていた夜を借りて、彼女の表情を盗み見ようとした。一瞬早く彼女の方が僕を見た。僕らは立ち止まった。

薄闇の中で懸命に星屑を拾い集めたように、砂粒の光が涙にまぶされていた彼女の瞳は、僕の中の何かを動かせた。今日までの生が広場を通って濾過され、ひとつの純粋さを結晶し始め、それは僕自身にも信じられない行為となって噴出した。僕はじっと僕を見詰めている彼女を横様に抱き上げてしまった。その行為が唐突だったせいか、彼女は小さく声を出した。が、胸の高さにまで抱き上げられると、首に手を回し、少しでも僕の胸にもぐり込もうと顔を押しつけた。

僕は彼女を抱いたままで、昼間歩くことのできなかった処女雪の絨毯をゆっくりと踏みしめた。二人分の重さの深い足跡が砂達を驚かせているに違いない。その思いを甘い髪の香りがさらい、熱った彼女の体が僕の中で純粋結晶を熱して、より強固なものにし始めていた。

彼女が顔を上げた。今しがた出た月が、濡れた頬をキラキラと淑やかに光らせている。彼女は僕の顔をじっと見ながら、沫のような言葉を零した

「抱いてほしいの」

僕はゆっくりと首を横に振った。月の光をシャボン玉の膜のように乗せていた顔が曇った

「私みたいな女は嫌い……」

僕は再び首を振って、今度は僕が口を開いた

「僕があなたを抱かせてほしい……」

そう言って彼女の反応を見る前に、立って彼女を抱いたままで唇を重ねた。

僕は彼女にとって未知であり、彼女は僕にとって名も知らぬ一人の女性でしかなかったが、二人もまたこのハープの浜辺で波やエンジェルス・トランペットのように、夜の甘美な室内楽を奏でればよかった。

波の音が二人の間に蘇った。僕らは二人が奏で始めた室内楽をシンフォニーにまで高め、その抒情的な余韻に浸っていた。クライマックスのアレグロ・コン・ブリオの激しく高揚した芳醇な旋律が体を離す気持ちにさせなかった。彼女の下に手を回し、そのまま横に倒れ、もう一度静かに唇を重ねた。

二人の宴は僕自身を至上の芸術作品と化すことのできた二番目の行為だった。しかも、固体の束縛を振り切り、踊りという表現で成しえた一番目の芸術表現が、そのまま今の演奏を高揚させる序曲として存在していた。

今二人は、あたかも広場の踊りから性の饗宴に至るまで共振してきた楽の音を一人一人の内部に取り込んでしまうことで、その崇高な調子と充溢した響きを失うことを恐れているかのように、体を密着させたままで見詰め合っていた。

だが、僕は何かを言わなければならないように思った。言葉の橋を架けて何かを確かめたい気がしていた。そうしようと口を開く前に、彼女の熟れた唇が僕をふさいでしまった。永い、しかも濃密な口づけは、僕と彼女をひとつに蕩けさせてしまっていた感覚の中に新たな緊張を呼んだ。彼女もそれに気づき唇を離した。僕は言葉に出さず、その饒舌な眼に合意を読んだ。彼女は僕のシャツを取り、僕は彼女のはだけた着物を脱がせ、船の中で毛布の下に息づいていた豊かな胸と、なよやかな肢体を夜の精気に浸した。

僕らはハープの浜辺で再び二重奏を奏でながら、夢幻の空を飛翔した。彼女と僕はもはやひとつの楽器だった。神秘さと獣性を、神秘さには血の輝きを、獣性には霊明の光を、激しくうねり、優しく愛撫しながら、二つの体がひとつの溶液に溶け合い、砂の中に消えていくに任せた。
　僕は彼女を上にして、永い間その滑らかな背を宥(なだ)めた。手を伸ばし、着物を取って彼女の上にかけた。彼女は死んだように動かなかった。だが、その横顔は船の中で眠っていた時の顔よりも静かだった。彼女の鼓動が僕の体内を穏やかに打ち、波の音が二人を水の上に浮かべているように感じさせた。
　僕は彼女の静けさが心配になってきて、着物をよけて彼女を膝の上に坐らせた。それでも彼女は僕の頬に上気した顔も持たれかけさせて、じっと眼を閉じていた
「疲れたの？」
　僕の問に彼女はゆっくりと首を横に振りながら、ポツリと言葉を零した
「もう、死んでもいいわ……」
　僕は何も聞こうとは思わなかった。旅立ちから編んできた運命の糸の先に何が待ち受けていたとしても、今こうして満たされた平安の中で彼女を抱いているだけで充分だった。いや、もし波が二人をさらい、死の淵まで沈めようとしたら、僕は彼女の背に手を回したままで死んでいくだろう。
　波が何度か寄せては返してから、彼女は僕に聞こえないような小さな声で、「やっぱり神様はいらっしゃるのネ……」と呟(つぶや)いて僕の手を握りしめた。僕は手を離さないまま、あごに手をあてて彼女の顔を上げた。彼女の瞳にようやく光が戻った
「ネエ、私のことは何も聞かないって約束してくださる」
　僕は額に唇を押し当てて約束をした
「じゃ、私の質問に何でも答えてくださる」

それには唇に軽いキスをすることで応えた

「あのね、船の中で私に場所を譲ってくださったでしょう、あれはどうして……」

どうして、と聞かれても答えることは出来なかった。ただ、前日までの痛風のこと、内地から飛び出してきて初めてホッとした夜だったこと、船の中の人々を眺め、彼女を見て感じたことなどを話してみた。彼女は一言も漏らさないようにと、眼を見開いて聞いていた

「じゃ、私の荷物を持って下さった時に、一言も口を利いてくださらなかったのは、どうして」

今度は歩きながら考えていたことを正直に答えるより他なかった。どうしてそんなことばかり聞くの、と尋ねてみようと思ったが、彼女はそれを感じてか、僕の口を柔らかな手で押さえ、自分が口を開いた

「本当に梯梧（あかゆら）の花がきれいだったから、この村に降りたの」

「そう、それだけだった。まさかあなたに会えるなんて、夢にも思っていなかった。本当に偶然……」

「違うの、偶然じゃなかったから、こんなことばかり聞いているの。今度会ってくださったら、この話はすっかりわかってもらえるわ。だから、もう少し聞かせて……でも、これは聞き辛い質問なのだけど……いいわ、あなたになら……あのネ……私みたいな女を抱いてみたいと思ったことはなかったの」

彼女の大胆な質問は僕を当惑させた。しかし、彼女の眼はそれが決して軽はずみなものではなく、何か深い意味があることを訴えていた。僕は答えるために、彼女から眼を剥いだ。海は静かに月光を受け、銀鱗（ぎんりん）を広げていた

「うーん……あのね、ヘンリー・ミラーという僕の好きな作家が言っているのだけれど、愛が欲しい時に、肉体など交えて何の意味があるのか、ということに近いと思う。正直いって僕はあの船の中であなたのような人が横に眠っているだけで充分だった。こんな女性が生きている世界があると思っただけで、それ以上の欲望はなかった、と言ってもいいでしょう……」

そう言うと彼女は、僕をじっと見詰めたままで大粒の涙を零した

「本当にそう思ってくれたの」

僕は大きく頷いて涙を拭いてやった。彼女は僕の上に坐り直し、あらん限りの力で僕を抱きしめて泣いた。僕は彼女の体を無理やり離して、何か悪いことを言ったかどうかを聞いた。彼女はひとしきり泣きじゃくってから、ゆっくりと口を開いた

「ううん、違うの。この村にどうして帰ってきたかったか、その理由がわかったの。ただ、あなたに会うためだったの……私は船の中でいつの間にかあなたの側に坐っていたでしょう。でもあなたはとっても恐い顔をして眠っていたわ。だから眼を開けて場所を譲って下さった時は本当にびっくりしたの。そして横になると何かとても安心して眠れたわ。でも、朝、目が覚めてみると、あなたは坐ったままで眠っておられたでしょう。その顔が夜とまるで違っていたの。今度は、何かすべてのことを許している、というような優しい顔だったわ。だから一緒にこの村に来て踊りませんか、と誘ってみようと思ったのだけど、あなたは私みたいな女には全然興味がないって顔をしていたでしょう」

僕は大声で笑った。彼女はより真剣な顔になった

「だから、何も聞かずにそのまま別れたの。でも、広場に遅れて出掛けてみると、信じられないこ

とが待っていたわ。間違いなくあなたがいて、しかも昔からずっとこの村に住んでいたように気持ち良さそうに、とっても楽しそうに踊っていたでしょう。私はもうこれは夢に違いない、もしそうでなかったら、この人こそが私が望んでいた人なのだ、と思ったわ。だから飛んで行きたい気持ちを抑えて、もう一度考えてみたの。船の中でのこと、バス停留所までの道、それにここでの再会、もしもあなたが私と踊って下さったら、きっとここに誘ってみよう。そう決心して踊りの輪に入ったわ。今日のような夜は、もし男の人と女の人が意気投合したら、今みたいになってもいいって昔から言われているの。でも、あなたに抱いてくれるって聞いた時、あなたは首を横に振ったでしょう。あの時はもうどうしようもなかったわ。体中がキュンと縮まってしまって……だけど、自分の方が抱かせてほしいって唇を重ねてくれたでしょう。あの時は……」

彼女は再び泣きじゃくり、僕はただ背を優しく撫でた

「嬉しかったの。キュンと縮まったものが、世界一杯に爆発したみたいだったわ。あの言葉聞いただけで充分だと思ったの。抱いてくださらなくてもいいと。そう、あなたがさっき教えてくださったでしょう、えーと……」

「愛が欲しい時に、肉体など交えて何の意味があるのか、でしょう。でも、僕は今それを訂正したいですね。こんなに愛に燃えているのに肉体を交えないで、どうして生きている意味があるのかって」

「ねえ、もう一度会ってくださらない」

「一度だけならいやですね」

僕は悪戯っぽく笑いながら言った

「でも駄目なの、もう決めてしまったから。一度だけにして」

「何を決めたの」

「私には何も聞かないって約束してくれたでしょう」

「じゃ、とにかく次はいつなの。それにどこで」

彼女は那覇のアパートを教えてくれた。日時もきっちりと守ってほしいと言った。今から三日後だ。そして、もし留守だった時は、勝手に入ってほしいと言って、鍵の隠し場所を教えた。僕は住所と道順と鍵のある場所を間違いなく暗記できるまで繰り返し言ってみた。

それが終わると彼女は人が変わったように明るくなり、まるで永い間一緒にいる恋人みたいに甘え始めた。そして僕のことをいろいろ聞いた。僕はすべてをありのままに答えた。じっと僕の答えを聞いていた彼女は、僕が言葉を編むことに一生懸命だと言った時、体をビクッと震わせた。眼を異様に輝かせて、永い間じっと見詰めていたが、自分で自分に納得するように二度三度頷いて大きな息を吐いた
「やっぱりあなたは私のために来てくださったのね」

彼女は確信に満ちた口調でそう言い切り、僕はますます彼女の思いがわからなくなってしまった。どうして字を書くことがそんなに彼女にとって重大であるかを知りたかった。これだけは教えてほしい、そう聞いてみたが、三日後にはすべて教えるからと拒まれてしまった。ただ彼女はそれ以上何も聞かなくなってしまった。そして何もかも忘れ果てた、いや、何もかも解き放った無邪気な天使となってはしゃぎ始めた。彼女は波打ち際を駆け、僕はその全裸の精霊（ニンフ）を追いかけ、後ろから抱きとめて両手で高々と持ち上げ、そのままそっと砂浜に降ろして体を重ねた。

僕は彼女の、彼女は僕の存在に流れ込み合いながら、波が二人を海に漂わせ、陶酔は世界を温かい水に変えた。その水底から微かに夜が揺らぎながら、朝のプランクトンがそこここで受精し始めた。

彼女が動いた。表情は朝の気配に強張(こわば)り始めていた。朝が来る前に親戚に帰るという。僕は着物を取りに立ち、自分の服をつけ、近くの茂みからエンジェルス・トランペットの花を三つ摘んだ。

彼女の所に戻り、着物を着せながらそれがくしゃくしゃになってしまったことを詫びた

「いいのよ。どうせこうなるって村中の人が知っているから。二人で踊っていて誰かが大声で叫んで、私が真っ赤になったでしょう。あれはこのことを言われたの。だから平気。でもあなたは一番のバスで町に戻って。そうして那覇に帰ってほしいの。ここではもう会いたくないわ」

彼女は僕にアパートの場所をもう一度言わせ、日時を確かめた。僕はエンジェルス・トランペットを渡した。彼女はそれを受け取り、じっと顔を見ていたが、瞳はみるみる涙で溢れ、頬を銀の筋が走った。僕は耳元に近づいて、そっと言った

「愛している」

そして、せめて名前だけは聞かせてほしいと頼んだ。しかし、彼女は名前を言うことを拒み、三日たったらその時に教えると逃げてしまった

「じゃ、三日たったら会いましょう」

「ねえ、あなたの名前は知っておきたいの。教えてくれます」

「いいですよ。名も知らぬ愛する人よ」

僕は微笑みながら自分の名を告げ、彼女は何度かそれを噛みしめてから、握手をするために手を出した。僕はその手を引き寄せて強く抱いた

「もう駄目なの、朝がくるから……」

彼女は一度抱きしめ返したが、自分に言い聞かせるようにそってと呟くと、

「さようなら、ありがとう」

そう叫んで駆け出し、浅い夜に消えて行った。

僕は約束通り一人で砂浜を出てバス停留所に向かった。夜がじわじわと退潮を始め、朝が露にくるまって大地に降り始めていた。明日の、いや今日の朝は僕にとって本当の朝になるのだ。そう確信して大きく深呼吸してみた。

僕の中で何かが朝に向かって出発し始めている。永い間内にこもって僕を飢えさせようと、刻一刻内部増殖していた病が癒えたように、僕は清冽で爽快な大気を胸一杯に吸い込んでいた。何かしらもう一人の僕自身が、広場からハープの浜辺の一夜をへて、彼女と出会い彼女の中に僕の愛を見つけ、僕が彼女を心から愛することができるようになったことで、今猛烈な勢いで噴出してくるようだった。

僕は梯梧の木の赤信号を見つけ不時着し、今、新たな翼を得て黎明の青信号に向けて飛び立つことができる。僕の銀翼は朝の光の中で、夢に溢れる世界に飛び立つために、夜明けの大空一杯に広がっていくに違いなかった。

朝が、まぎれもない朝が、ようやく今やって来るのだ。

那覇に戻り、約束の三日目の朝を迎えた。この三日間の間、護符のように大切にしてきた住所のメモを持って、彼女に会いに出掛けた。国際通りから平和通りに入り、彼女が教えた目印に沿って路地を曲がりアパートを目指した。

僕の視界には、通りに並ぶ商店街や家々はすべて色を失っていた。亜熱帯の太陽より激越な愛の光が建物の色を消した。目印の建物だけが角角で燦然（さんぜん）と光を放ち、黄金さえまぶしていた。目標のアパートが見えると心臓は胸一杯に広がり、階段から彼女の教えた部屋に近づくと、鼓動は全身を打ち、手が震え始めた。

あった、ここだ。この扉の向こうに彼女が待っていてくれる。僕は逸（はや）る心を鎮めて一呼吸飲んだ。ノックをしようと拳（こぶし）を作った。だが、あの広場の夜からハープの浜辺までを思い返すと、錆（さ）びた鉄の扉はどうも似つかわしくなかった。僕は力を籠（こ）めて叩く量だけ強く拳を握りしめ、静かにノックしてみた。二つの音が僕と彼女を再びつないでくれる。じっと返事を待った。しかし、中からは何も聞こえなかった。今度は力一杯ノックしてみた。扉についている小さなレンズの穴を見詰め、微笑んでみようとしても、顔はぎこちなく引きつりそうで、僕と彼女の間に再び愛の本流を流す運河は開かれそうになかった。

静けさが燃え上がり続けていた彼女への想いを凍らせそうになる。熱い思いが胸騒ぎに変わるのがわかった。僕は慌てて鍵を捜した。ガスのメーターの後ろに紐（ひも）で吊るされた鍵があった。僕はそれをギュッと握りしめて、もう一度大きく息を飲んでから鍵穴に差し込んだ。鍵の冷たさが模様のようにてのひらに残っている。鍵の開くガシャという音は再び僕の鼓動を煽（あお）った。だが、アパートの階段を昇ってくる時とは違い、心は華やぎを忘れ、ただ怒濤のように騒ぐだけだった。

重い扉を力一杯開けた。中に向かって挨拶しようとして愕然とした。部屋はまるでガランとして、家具らしき物は何一つなかったからだ
「おかしいな、間違えたのかな」

気を取り直し、声に出してそう言ってみたが、この部屋に違いなかった。住所、部屋番号、それに鍵の隠し場所、鍵そのもの、どれもこの部屋が彼女の言ったものに違いないという確実な証拠だった。だが、六帖一間の部屋には彼女の匂いすら残っていなかった。すべてが運び出され、きちんと掃除されていた。僕はどこかに彼女の影を捜し出そうと、何もない部屋を見回しながら靴を脱いだ。

部屋の隅に新聞紙の小さな包みがあった。それがこの部屋にあったすべてで、閉め切っていたせいだろうか、部屋は寒々としていた。だが、その寒さは、最初気にも留めなかった包みの上に僕に宛てた手紙を見つけた時、異様な悪寒となって僕を襲い、手紙の一字一字を読み進むにつれて、全身の震えを止めることが出来なくなってしまった。手紙を読み終え、震える手を宥めて包みを開き、中にあった百枚程の原稿を一気に読みおえた時、僕は六帖のアパートで完全に氷結してしまって、立ち上がることさえできなくなっていた。

愛するあなたへ

今私はあなたに向けて、あなたが私に与えてくださった愛の分だけ冷静にこれを書くことができ

ます。もしあなたがあれほど優しく、しかも全身全霊で愛してくださらなかったとしたら、私はこんなに静かにこの手紙を書くことはできなかったでしょう。

　もう充分に生きてきた価値がありました。あの夜だけで私の生の価値は精一杯花開く事が出来たのでしょう。でも、それは私だけの幸せです。もう一人の私、そうです、私の中で芽を出し始めていた私の分身にとっては、たった一夜の幸せすらありませんでした。新聞紙の中にある私の書いたものが、すべてを語ってくれるでしょうが、私はあなたに会う前にこのことを決めてしまったのです。許してください。でもこうするより他になかったのです。いいえ、こうしようと決めたからこそ、神様はあなたに会わせてくださったのです。どうか、ここのところを本当にわかってください。

　私の中には院長との間にできた子供がいます。どうか、この子のために、新聞紙の中の拙（つたな）い書き物を読んで下さい。私はもう何の心残りもありません。せめて、この子のために何かを残しておきたい、そう思って書いてみたのです。でもそれがあなたのような人に会えて、しかも読んでいただけるなんてことは夢にも思っていませんでした。ただ、何もしてやれない私の中のもう一人の私に、精一杯書くことで詫（わ）びたかっただけです。私はあなたが無条件で無限と思えるほどに注いでくださった気持ちで、これを読んでくださると確信しています。

　私は本当に幸せでした。私は自分の体がどうしても許せませんでした。もう一度だけ初恋の人のような男の人に抱かれてみたい、そうして私の穢（けが）れを清めてから死んでいきたい、そう思って母の里であるあの村に、最後にもう一度だけ出かけたのです。歌い踊り、そして誰か心優しい若者に抱かれてみたかった。でもあなたを利用したなんて決して思わないでください。あなたが私の初恋の人の代わりだなんて思わないでください。お会いした瞬間にあなたに恋し、あの一夜は何にも代えがたくあなたを愛していました。

本当言うと、決心を変えようかとも思いました。でも、それは駄目でした。私がこう決め、そして村に戻ったことで神様が私を憐れんでくださったとしか考えられないからです。もしあなたが船の中で声をかけてくださって、バス停留所までの道で普通の男と女がするように私を誘ってくださったとしたら、私は決心を変えていたはずです。でもあなたはそうしてくれませんでしたし、私もまたそれ以上をあなたに望みませんでした。

船の中でもそうです。船室に入ってもどこにも眠れそうな場所がなく、あなたの眠っているあたりまで歩いて行ったのです。あなたは苦しそうに眠っておられました。内地の人だわ、そう思いながらいつの間にかそばに坐ってしまいました。眼を開けたあなたは当然のように私に場所を譲ってくださいました。自然と引かれるように側に坐ってしまったので、この人は私の会うべき人なのだろうか、そうだとしたらきっと私たちの間に何かが起こる、そんな淡い希望を心秘かに持って、いろいろ考えている間に眠ってしまいました。　次の朝、私はあなたより早く起き、あなたが坐ったままで眠られたことを知りました。でも眠っているあなたは、前夜とは別人のように静かなお顔でした。そのままそこであなたに抱きついて離れないでいたい、そう思わせるほどに優しい顔つきでした。しかし、そんな思いもバス停留所まででした。荷物を持って送ってやろうと言ってくださった時、私の胸はどんなに高鳴り、私がどんなに期待したか、今思っても自分が哀れに思えるほどです。そんな期待をまるで踏みにじるように、あなたは一言だって口を利いてくださいませんでした。私は諦（あきら）めました。どうせ内地の人だ、私のことなんか気に入るはずがないって。

今のあなたには、踊りの人々の中にあなたを見つけた時の私の驚きがわかっていただけると思います。信じられませんでした。夢に違いない、そんなことってあるの、私はボーとして倒れそうになったくらいです。どうしてここに、そう考えるとあなたには私の気持ちや私のしようとしていることのすべてが、わかっているように思えました。

私はあなたに近づくために、ただ必死で踊りの中に飛び込みました。あの時あなたと踊っていた老女も、私の凄(すさ)まじい形相で私の気持ちをわかってくれたようです。本当に考えられないことと、考えられない夜が始まってしまったのです。でも、夢中で踊った後で、あなたが私の親戚に村にやって来た理由を話した時、私は眼の前がクラクラとしました。もし、私の後を追いかけてあの村にやって来てくださったとしたら、でも、それは何も知っておられないあなたには不可能なことでしたが、もしそうなら、私は決心を翻(ひるがえ)そうと思っていたからです。

あなたは偶然といいました。でも、私にとってそれは起こるべくして起こったのです。その証拠にあなたはまるで神様のように優しかった。あんな風に私を愛していてくださるのなら、私はもうそれだけで何もかも失っていいように思えました。しかし、そう思っても私の中には、もう一人の私が息づいているのです。あなたへの思いが募(つの)れば募るだけ、私はおなかの子供を疎(うと)ましく思い始めました。

だから私は三日間がほしかったのです。今夜は何も考えずにこの人に命の限り愛され、私のすべてで愛そう、そうして三日間ゆっくりと考えてみよう、そう思いました。確かにあなたは私の初恋の人に似ています。彼と同じことを私にやってくださったあなたが不思議でした。でも、信じてください、あなたは彼とは違います。あなたは今の私にとって、何よりも大事な、誰よりも大切な存在です。その思いは永遠に変わらないでしょう。

あなたは自分のことをすっかり話してくださいました。内地に残してこられた子供さんのこと、そしてもう戻ろうとされていないこと、私は三日間でそれがよくわかりました。あなたは自分の能力にあった仕事を見つけておられないのです。どんなに凄まじい困難や、例えば、私が今日あなたに与えてしまうかもしれない悲しみもそうですが、いかなる障害に遇(あ)われても、それは今のあなたに必要だからです。

　私が決心を翻し、あなたのそばにいたいと望んだとしても、たぶんあなたはいつの日か私のそばから離れていくに違いありません。それは私が嫌いになったり、私を愛せなくなったりしたからではなく、私に向けてくださる愛に、私一人で充分に答えることができなくなるからに違いありません。

　どうか悲しまないでください。そうしてご自分の道をはっきり見詰め直してください。そうあなたに申し上げることで、私はただひとつの恩返しをさせていただけるようです。あなたは強い人です。すべての困難を、すべての悲しみをひとつ残らず引き受けて生きていける強さを持っておられます。ただ、それに気がついておられないのです。あなたは常に一人の人に向ける愛の向こう側に、もうひとつ大きな愛を見てしまうのです。お子様にだってそうです。そうして、それがどんなものか、そして、どうしたらそれが手にすることができるのかを、それだけを考えておられるのです。

　この三日間、私はあなたのことばかりを考えました。それがどんなに私を勇気づけ、私を慰めてくれたか、本当にわかってください。そうしないとあなたは自分の生き方を誤ってしまいます。あなたのような人のそばで生きられたら、どんなに幸せだろう、そう何度も思い直してみました。でも、あの一日は私がすべてを投げ出して、生きていくすべての力を失ってしまったからこそ、天が私に与えてくださった最後の贈り物だったのです。

どうか、偶然だなんて思わないでください。あなたは私のために、あの広場に自分でも気づかずにやって来られたのです。そして、私もまた、あなたにあなたの本当の素晴らしさを教えるためにこれを書いているのです。

三日間でもう一度自分の書いたものを読み直してみました。でも、心は少しも騒ぎませんでした。書き終えて捨てなくて良かった。たった一人のあなたに読んでいただけるだけでこれを書いた価値は充分にありました。あなたの書かれたものを読ませてほしかった。でも、そうしたらこれを見せなくなるかも知れません。たぶん、あなたみたいには書けていないでしょうが、どうか、我慢して読んでください。

もしあなたが約束の時間に来てくださったとしたら、この手紙を読んでおられる今、私はもう生きてはおりません。でも、決して私を捜さないでください。私にしてくださる私への最高の愛の表現は、これを読んでくださって、それから自分の本当の旅に向かって力強く出発してくださることです。

これを書いている私でさえ、心は少しも乱れてはいません。部屋は今夜返すことになっています。鍵をどこかわかる場所、ノヴの内側にでもかけておいてください。

すべては終わってしまいました。私にとってはそうです。でもあなたには、今からすべてが始まるのです。いいえ、始めてほしいのです。私のために、そして私の子供のためにも、と言わせてください。

本当に夢のような一夜でした。今、その一つひとつを思い出しても、もはや悲しみの涙は流れません。幸福に色づいた満たされた涙です。自分でも信じられないくらいに静かで安らかです。

新聞紙の包みを開けてください。でも本当はあなたとのことを書きたかった。そして、死ではなく生を、しかも愛に満ち溢れた生を書いてみたかった。信じてください、今は優しい気持ちで死んでいけます。私が言葉に編んでしまったような気持ちは、あなたによって美しく清められてしまいました。

今も尚、死が訪れるその時でさえ、いいえ、死んで後、魂が残っているとしたらその時も尚、私と私の子供はあなたを本当に愛しています。

もう一度会いたい、そう思います。そう思うと胸が張り裂けそうです。でも、それがあの一夜を曇らせてしまうのが恐ろしいのです。梯梧（あかゆら）の花が好きなあなたです。この私の気持ちは充分にわかってくださるはずです。

最後に民謡をひとつだけ書いておきます。そして、それが私のあなたへのお詫びにならないものかと祈っております。

花と知りなぎな
心尽すしん
ときの間の縁ぬ
暗さあてど

しょせん散っていく花であると知っているからこそ、心を尽くすのです。まこと、束の間の縁(えにし)の先は、暗闇であるからこそ。

心より、生命をかけて、
あなたに愛を捧げ、
感謝いたします、ニヘーデービル（ありがとうございました）。

さようなら

「幸せ」という言葉に寄り添えた女より。

追伸　名前も聞かず大切にしてくださった人に、その思いのために、名を記しません。

日曜の朝はいらない　　名もなき女

「明日の朝まで、隅に……」

　ドクターの声はマスクの下で淀んでいる。聞き違えたのかな、そう思ってドクターの眼に言葉を漁った
「隅において置きなさい。邪魔にならないように……。人目につかない方がいい。必要ないそうだから」

　私の躊躇を読んだドクターは繰り返した。彼の眼には、朝に和む海の光は無かった。長い手術や難しい分娩の終わりで、縫合を済ませた私を労るように包むドクターの眼が好きだ。いや、好きなどという軽い言葉では不充分な、もっと深く重い、一種厳かな感情だった。朝に和む海の光を湛える眼が、私の一日の残りすべてを我慢させていたのだから。

　今、その澄んだ柔らかい和みの海は、厚い氷の意志の下に閉じ込められている。感情のどんな小さな波も死に絶えている。ドクターは私をじっと見詰めてはいたが、その冷たい光は私に届く前に消えていた。それとも、眼の一切の光が、完璧に凍ってしまっているのかもしれない。

　私は沸騰しそうになっていた疑問と困惑を、肉体もろとも氷結させてしまう寒さに耐えていた。危うく、今、娩出したばかりの血だらけで蠢く新生児を落としそうになった。

　ドクターは第二助手に命じて、私の前に大きな膿盆を差し出させた。氷片で作ったように鈍い白を放つ膿盆は、分娩室の沈黙を載せた。無影灯、ドクターの眼、白衣、ホルマリンの匂い、強すぎる冷房、このままでは私も凍る、白い魔女が一瞬に氷柱に変えようと、杖を振り下ろしてしまう、

私はドクターの眼を避けながら、ゴムの手袋に伝わっていた血の温かみと、硬直している私の手から今にも零(こぼ)れ落ちそうな激しい蠢動(しゅんどう)を移してしまった。

第二助手の持つ膿盆を受け取ってから、畏(おそ)る畏るドクターの眼を求めた。彼はすでに分娩室の隅に眼を向けていたから、その方向に歩き出すしかなかった。隅の悪露交換車の後にまわって、そっと膿盆を置いた。が、床のタイルは重みを拒むように、ガシャと音をたて、私は新生児の泣き声を聞いたように思った。クラクラとして、目の前が暗くなり、膿盆に自分が載るようにつんのめって、タイルに手をついてしまった。手に粘つく感じが光を返してよこし、私はタイルから手のひらを引き剥ぐように、慌てて立ち上がった。貧血らしかった。

手足を動かせて空を掴(つか)もうとしている新生児から懸命に眼をちぎりとった。妙に泣かない子だ。振り向くとドクターの姿は、もう分娩室にはなかった。

陣痛は夜明け前にきた。分娩室に運ぶとすぐさま破水があった。分娩は軽かった。いつもの分娩と違うことといえば、ドクターが産婦に小声で何かを確認していたことだけだ。たぶん、新生児の処置のことだろう。昨日も産婦人科の病棟で、ドクターとこの産婦が口論に近いやりとりをしていたそうだが、私は何も知らない。手術室主任の私が分娩室に呼ばれて、分娩の第一助手につく時はいつもこうだ。何か面倒なことを背負いこんだ場合に決まっている。それは、ドクターとの「あの日」からだ。

しかし、手術室や分娩室に勤務する看護婦は、いつも、何も知らない。ドラマは受付と診察室でとっくに始まっている。ストレッチャーに乗って運び込まれて来る患者は、過去のすべてを、笑いや涙や怒り、時には苦痛すらも消されてしまって、ただ破損し、故障した肉体でしかない。悲しくて鈍く、微かに鼓動している心臓と、寂しく胡乱な呼吸が、まだ使用しえる肉塊か、もはや棄てられるだけの肉瘤かの判断をさせるにすぎない。その頼みにならない心臓と肺がドクターの絶対権力を保証し、私達はひたすら奴隷たることに甘んじなければならない。もちろん、容赦なく拷問は続く。ちょっとした不注意や器具の手渡しの遅れが、ドクターの手のキンコウやセッシを鞭にしたり、焼鏝に変えたりして、激しい痛みを指に運ぶ。

　縫合が終わり、異常がなければ、肉塊に魂が戻るまでに手術室から回復室に運ばれてしまう。私の肉体は患者の流した血や膿に塗れ、切除された部分とともに、心の無い肉体を切り刻んだ空しい疲労を抱かされて残る。

　縫合が終わって顔をあげた瞬間に、ドクターのあの眼が優しく見詰めている時は違う。生と死が限りなく薄められる無影灯の下で、もはや消えてしまいそうな私の影を、ドクターの眼の中に見つけられるからだ。

　と言っても、大きな手術のあとは、その程度の自分の発見では何の役にも立たない。無影灯が私のすべてを消し尽くしてしまったように感じるからだ。そんな時は、自分の影が無性に欲しくなる。黒々と大地に影を落としている自分を何が何でも確かめたくなってしまう。私を締め殺すように抱いてくれる太く逞しい腕が欲しくなる。臓腑を突き破る衝撃に飢える。

　もちろん、その気持ちは好意や恋のような感情、まして愛などと呼ばれるものとは何のかかわりもない。人を食いちぎった獣の欲望が血を濁してしまうから、ただ、人間というものに抱かれている自分の肉体を感じたいだけだ。

今、産婦は眠っている。青白い顔が壊れやすいガラスの若さにのっている。脈拍、呼吸、血圧、どれもさして異常ではない。これがこの女について私が知っているすべてだ。私はその淫らな寝息がうっとおしくなって、産婦を回復室に運ぶように指示した。

産褥の後始末を終えて、分娩室のブラインドをあげた。那覇の街に精一杯広がっていた朝の気配が、一気に分娩室に雪崩込もうとした。苛立つ亜熱帯の太陽が水族館のピラニアのように、ガラスの底から音もなく街の眠りを噛み砕き始めている。しかし、私と朝は音と熱を阻む分厚くて大きな一枚ガラスに隔てられていた。太陽はガラスで熱をもぎ取られてしまい、鎚打ちした真鍮の煌びやかさに閉じ込められ、場末のキャバレーのミラーボールより軽薄に光を放っているだけだった。

その惨めな光でさえ、あの隅には届くまい。私はブラインドをおろして、太陽の空しい輝きを消した。どうせ、ここには無駄なのだから。

冷房が強くなった。私は殺菌灯だけを残して電灯のスイッチを切った。分娩室の自動ドアは、私と新生児をひきちぎるために、私の後でキッパリと閉じた。

病院は束の間の朝を微睡むつもりなのか、音もなく動かなかった。外は容赦ない酷熱の一日が蔓延し始めているというのに。

私は仮眠室で交代時間まで眠ることにした。夜明け前に起こされたこともあって、横になるとすぐさま眠りの海溝への斜面を下った。しかし、エイのようにゆったりと眠りを遊泳するつもりが、救急車のサイレンで突然浮上させられてしまった。交通事故の急患だという。頭蓋骨折の疑いがあり、第二手術室に運びこまれた時には、血圧は低く危険な状態だった。深い眠りの底からむりやり浮上させられた私は、潜水病のように世界と自分が馴染まないままに、新たな緊張にすべてを縛られてしまった。

　執刀医の大城先生に従って手術室に入った。ドアが私の後で閉まり、一瞬開いたドアから手術室を見ようとしていた青ざめて落ち着きのない人々の心配を切り離した。廊下に広がっていた緊張を手術室が独占するために、「手術中」という赤いランプがつけられた。手術室に封じ込められた緊張は、手術台の周囲に刻々と煮詰められ、外部の世界は次第に遠のいて私達の意識から消える。新しい時間を患者の心音が刻み、手術室と世界をつないでいた時間は、壁で律儀に動く時計に退却する

「よし、終わった」

　ドクターからその声が出るまで、私達は時間から遠く放れた国に運ばれてしまう。時も影も無いその荒涼たる国は、きっと私を激しい悪寒で包む。そればかりか、手術中の患者から流れる血は、銀白色に晒（さら）されてしまった意識の中に、ドクドク、ドクドクと溢れ、私を内側から窒息させて、あげくはドス黒い血の海に溺（おぼ）れさせてしまうような恐怖すら与える。

　それは見習い看護婦として、初めて手術に立ち会った時の恐怖とは違う。血と蠢（うごめ）く臓器を見て、胃を絞る嘔気に襲われ、目眩（めまい）を覚え、気を失いそうになって座り込んでしまった時代は今は遠い。あの頃はただ、夥（おびただ）しい出血と、臓器の醜悪さに慣れていなかったせいだ。

　しかし、最近の私は違う。恐怖は日々比重を増し、悪夢に金縛りされるように、私のすべてに憑（つ）き始めている。血を見るたびに、何か取り返しのつかない私刑（リンチ）に手を貸しているような気になって

しまう。そんな私は、もはや手術室主任に相応(ふさわ)しくない、血を見ることがおぞましいのだから、そう思って婦人科のドクターでもある病院長に転科を願い出た。院長は不機嫌そうに、あとで部屋に来るようにと言っただけで、まともに取り合ってもくれなかった。院長に理由を問いただされても、たぶん言えないだろう、いや、彼には判ってもらえそうにない、そう思って転科の申し出を自分で取り下げてしまった。

　この人には判ってもらいたくない、その夜、彼のヌメヌメした唇を感じつつ、はっきりそう思った。

　私はいくつかの病院で数多くの手術を見、助手として直接手術にかかわってきた。手術の助手ならば誰にも負けないつもりだし、事実、ドクターの間でも評判はいい。そればかりか、手術というひとつの儀式は、私にも必要な時代があった。手術の緊張は私にすべてを忘れさせてくれた。しかも、患者の体から悪い部分を摘出して、患者を元通りの健康体にできるという誇りは快かった。手術前と手術後では、私自身が生まれ変わるような気さえするのだった。まだ見たことはないが、キリスト教の弥撒(ミサ)は、きっとこのようなものだろうと思っていた。神に紛(まが)うドクターの威厳、祈りが鼓動に支配されて手術室に漲(みなぎ)り、患者が懺悔(ざんげ)するように悪物を棄て、復活していく儀式、あとに残る柔らかい疲労とカタルシス……

　そんな日の私は肌さえ艶やかに匂った。小舟(サバニ)で時化(しけ)に遭い海に逝(い)ってしまった恋人は、私がその日手術をしたかどうかを、ピタリと当てることができた。手術をした日の私はいつもより一層美しく（チュラカーギに）見えるというのだ。

前の病院での、あの手術まではそんなだった。手術は私の喜びであり、傷つき病める人々を助けることは、生き甲斐そのものだった。もちろん、医学の総てを信じ、ドクターを神のごとく崇（あが）めてもいた。

だが、ひとつの手術が一切を変えてしまった。というのも、以前に勤務していた病院が、一人の少女を殺してしまったからだ。その少女は、泥酔の恋人が運転する車の助手席で事故に遭い、両大腿部骨折の重傷で運ばれてきた。脳に異常が認められなかったから少女はすぐさま手術された。手術は何の不手際（ふてぎわ）もなく無事終わった。そう私は信じていた。

ところが、その確信は縫合箇所の異変で揺らぎ始め、膿が滲み出した日、ガラガラと崩れ落ちた。大腿部は抜糸の時期がきても膿を出し続け、少女は日とともに衰弱していくのがわかった。膿は抗生物質の投与を嘲笑（あざわら）うかのように次第に量を増し、遂には縫合箇所がバックリと口を開けてしまった。まるで地獄で死肉を食（は）み腐り果てた柘榴（ザクロ）のように暗紅色に爛（ただ）れ、悪臭は病室から溢れた。ガーゼを取り換えに行っても、清楚な少女の一部とはどうしても信じられない醜悪を見なければならなかった。そして、とうとうその病院では手に負えなくなり、総合病院に移されることになった。その日少女は見る影もなく痩せ衰え、生きている屍（しかばね）同然だった。

二週間も過ぎていただろうか、私は買い物に出掛け、その病院の近くを通りがかった。ふと、少女のことが気にかかり、カーネーションを買って見舞うことにした。看護婦詰所で彼女の名を告げ、病室を尋ねた。看護婦のぶっきらぼうな返事は、いきなり私の鼻柱を襲って、危うく昏倒（こんとう）しそうに

させた

「その方は地下の安置所に移されました」

私は弾かれよろけ、フラフラと階段にたどりついて、手すりにすがるように地下に落ちた。安置所は大きな悲しみが通り過ぎた後の乾いた静けさに包まれていた。その静寂の中心に真新しい棺がおかれている。私は静けさにまで濾過された悲しみに竦んだ。壁際に座っていた五、六人の人が一斉に私を見た。私は慌ててハンドバックと花束を置いて棺に進んだ。肉親は葬儀の準備のためか、それとも悲しみに疲れ果てて自宅に戻ったのか、私の病院で付き添っていた人は誰もいなかった。私は幾らかほっとして、ただ黙って棺に向かい手を合わせた。眼を閉じると、線香の匂いに混じって、あの忌わしい腐爛の異臭が鼻をかすめた。看護婦詰所から続いていた動悸が、外から私を打擲するように思えた。身を固くしてそれに耐えようとしたが、異臭が足を掬ったように思えると、私は足元を失ってその場に座り込んでしまった

「大丈夫ですか」

私という未知の人間の出現に注目していた人々の中から、若い男が走り寄ってきて抱き上げようとしてくれた

「すみません、大丈夫です」

私はそう言いながら、人々の心配と好奇心の入り混じった怪訝な視線の焦点の中に懸命に立ち上がった

「失礼ですが、どちら様でしょうか」

私は返す言葉を探した

「いえ、ちょっと、あの、聞いたものですから……」

そうしどろもどろに答えつつ後ずさりして、安置所を逃げ出した。誰かに追跡されているような気配に押され、地下の通用門を全力で駆け抜け、一気に外へ出た。

しかし、外に飛び出しても、亜熱帯の夕暮れが濃密な光の包囲網をしき、むかつく炎暑が異臭を炙(あぶ)り出して私をたじろがせた。じっと立ち止まっていると、通りがかる人すべてが私を非難しているように思え、私は執拗な光と熱の奔流に逆らって、重い肢体を運ぶより他になかった。

バス停留所も避けた。バスに乗れば、きっと乗客が私を詰(なじ)るに違いない。私はじっと押し黙るより仕方がないだろう。説明しようとしても、誰も耳を貸してはくれまい。私はそう思って、太陽の容赦ない刃(やいば)に傷つけられ、汗を吹き出し、黙々と、無慈悲に白く焼けた坂道を登った。気が付くと片方の手に花束を握り締めていた。汗に濡れ、太陽を拒み疲れて膿(う)んだカーネーションの花弁は、彼女の血のように重い赤に死んでいた

「私のせいじゃないわ」

私はそう叫びながら花を力一杯道路に叩きつけて、一目散に走った。

その手術の失敗は私の不手際のせいになっていた。ドクターは大腿部の骨髄を穿(うが)って入れるキュンチャ釘の消毒が悪かったからだと言う。私は定められた通りの消毒をしたつもりだった。この問題について私はドクターと何度も話し合った。ドクターの一方的な断言に感情的になってしまった私は、

「手術の時と同じように消毒をしてみますから、間違っていたかどうか判断して下さい」と語気を荒げて申し入れた。ドクターはしぶしぶやって来て、一通り見終わると、

「そうやっていてくれれば、間違いはなかったんだが」と冷やかに結論づけて、私の弁明には全く耳を貸さなかった。

私は手術の時と寸分違わない手順を繰り返したつもりだったから、悔しさと悲しさで体を震わせて泣いた。親友の同僚が消毒の後片づけを手伝いながら、

「そんなことより、彼女を元の体に戻すほうが大事なのだから、さあ元気を出してガーゼを取り換えに行きましょう」と私の肩を抱きかかえて慰めてくれた。

だが、少女は私達の願いとは逆に、日に日に悪化し衰弱していった。激しい臭気を放ち、最後には周囲の組織まで崩れ始めた。総合病院に移されて、いくらか心をやすめたのも束の間、少女は腐り果てて二度と帰りえない世界に消えた。

その夜、辿り着いた私のアパートの窓際に彼女の美しい肢体が立った。悲しげで寂しげな眼が、ガラス越しにじっと私を見詰めていた。その気泡のように潤んで虚ろな眼を今も忘れることはできない。友人達は光線の具合だと言い、窓際に干してあった洗濯物のせいだとも言った。しかし私は決して譲らなかった。とうとう数人の同僚が、その夜と同じ時刻に、同じ洗濯物を干し、同じ光線を使って実験をしてくれた。友人達は口を揃(そろ)えて、洗濯物と光線と風の悪戯(いたずら)だと言い切った。皮肉にも私は、その実験によって、少女が私を訪ねてきたことに一層確信を持ってしまった。

実験の夜、同僚達が帰った後で、一掴(つか)みの塩を頭からかぶって、ゴシゴシと頭に擦り込んだ。幼い頃、これが怨霊(おんりょう)を祓(はら)う方法だと教えられていたからだ。

少女が亡くなってから幾日もたたない間に、私は病院を止め、アパートも移った。しかし、新しい職場を求める気にもなれず、他に特技とてなかったから、貯えを小出しにしながら二ヵ月ほどぼ

んやりと過ごした。当時、どんな生活をしていたのか、今は皆目思い出すことができない。ラジオを聞いたり、本を読んだりしていたはずだが、内容の記憶はまるで無い。ただ、そんな私の生活の中にも、朝が新しい一日を運び込み、夜がそれを眠りの彼方に引き揚げていったことは確かなのだろう。

　アパートが路地の奥にあったせいで、セールスマンさえノックすることがまれな鉄の扉は、棺の蓋のように私を世間から葬り尽くす気がした。時折、買い物に出掛けることはあっても、幽霊みたいに街を過るだけで、すぐさま部屋に籠もった。

　もしも、前の病院の同僚が重い棺の蓋を開け、霊媒師のように世間と死者を通わせる話を持ってこなかったとしたら、私は生きながらミイラになっていたに違いない。

　同僚が私の住所を探しあてて二ヵ月ぶりに訪ねてくれた時、はじめ私は、彼女の訪問にあからさまな嫌悪の表情を見せた。どんな慰めの言葉も月並みに思われ、どうせ私の生活など変えられるはずがない、そう決め込んで彼女にノックされた扉を恨めしく眺めていた。扉の錆が鍵まで飲み込んでしまえば、私は二度と誰にも会わずに済んだのに、とも思いながら錆の模様をとりとめもなく眺めていた。褪せたペンキの青を犯しきるために、光の無い灰色が茶をひき連れて扉全体に進攻している。もう間もなく錆ついてしまう頃だったのに、そう苦々しく思った瞬間だった。灰色の上に白い薄衣がかけられたと思うやいなや、スーとあの少女の姿が浮かんだ。それは同僚が前の病院での同じ手術のことを話し始めた時だった。私は慌てて弛みきっていた眼の焦点を絞って少女を追った。

　少女は同僚の背後で錆に飲み込まれるようにつと消え、そこには同僚の優しい顔だけがあった。

　同僚は生気なくぼんやりとしていた私の顔に異様な光が走ったことに気付いて、身をのりだして話を続けた。同じケースの手術があり、大腿部骨折をキンチャ釘で固定し、縫合をした。今度はドクターが自分で消毒したにもかかわらず、前と同じように化膿し、縫合箇所がバックリと口を開け、膿が泉みたいに湧き出していると言う

「前の時はきれいな娘さんだったでしょう。でも、今度は四十八才の男の人なの。こんなこと言っちゃ悪いのだけど、同じように臭くても男の人の方が、体中が腐っているみたいにすごいの」

だから、あの少女が死んだのはあなたのせいじゃなかったのよ、と同僚は言い切った。

私の生活はこの日から元に戻ろうとした。いや、二度と元に戻れない生活に入っていった、と言うべきだろう。医学への疑問、ドクターへの不信という看護婦にとって致命的な背信に傾斜しながら……。

次の日、今の病院が看護婦を募集していると知って、再び同じ仕事についた。最初の日、昼の休憩時間を利用して、病院にある外科手術の資料を調べてみた。数冊の本を並べ、慎重に大腿部手術の一部始終を思い出しながら、細部にいたるまで本と照らし合わせた。私は納得した。キュンチャ釘の挿入法が微妙に違っていた。そのために不必要な刺激が重なり、骨髄炎を起こしてしまったのだろう。病院の資料を見る限り、私の消毒法は正しかった。そして、そう信じたい。それに、たとえ判ったとしても、私に何ができるというのか。しかも、何ができようと、あの美しい少女は二度と帰ってはこない。

私はその日まで執拗に追いかけられていた少女を、ようやく棺の中に納めることができた。私の底部で流砂のように渦巻いて私を脅かしていた不安が、ひとつの外形を得て鎮まり始めた。しかし、外形を得て鎮まった不安は、私の医学への信仰を浸蝕し始めた。新しい職場で再び手術の助手の位

置に立つ時、私は以前より一層慎重になった。臆病になったと言うべきかもしれない。ひとつの手抜かりもなく助手を務めることに異常に緊張した。手術が終わった瞬間、動悸は激しくなり、軽い嘔気さえ覚え、濁った疲労感に襲われた。何か取り返しのつかない企てに加担したような後悔すら感じて……。

私は数多くの手術を見、第一助手につき始めてからでさえもう五年近くたっている。その間、明らかに失敗だったと思うのはあの手術だけだったかもしれない。常にメスは確実に患者の病巣を切除し、鋼線は骨折を繋ぎ、バックリと口を開けた傷口はきちんと縫合された。それらは完全な処置であり、間違いなどあるはずがなかった。

しかし、それはあくまで手術室においてのみそうなのだ。麻酔をかけ、肉塊を切り刻み、縫合して病棟に送り返すまでのことだ。腹部を切り開き、消化器のほとんどが癌腫に犯されていることがわかった時ですらそうだ。小さな組織を切り取って再び縫合し、患者は死の床に戻される。切除した組織は保管され、あるいは癌研究所に送られ、呼び出した家族に専門語をひけらかした後で、「手遅れです」と言う証拠になればいい。そう宣告すれば、すべては無事終了する。もちろん失敗などありえない。

私は病棟にあまり出向かない。主任になってから多忙なこともある。しかし、本当のところは、私が助手を務めた手術患者の予後を見たくないからだ。まして、その患者が笑ったり、悲しんだり、怒ったりできる人間であることを確認するなんて、とうていできない。手術室の看護婦は、ストレッチャーで運ばれてくる患者について、カルテ以上のことは何も知らない、そう言ったが、だからこそ助手を務められるのかもしれない。もし私が患者についてカルテ以上のことを知ったとしたら、手術の助手はとうてい務められないだろう。生きている人間を仮死の状態にして、本人が知らないままに勝手に切り刻んだりする普通のことが……。

手術後に見るドクターのあの眼だってそうだ。たぶんそれは人間の眼の中でも一等恐ろしい手術中の眼の反動に違いない。手術の間、私達看護婦は、疑いと不安をひた隠しにした暴君の眼に操(あやつ)られる。縫合が終わった時、この絶対不可侵の関係も閉じる。その時、色が幾重にも重なって煌めきを錯覚するように、ドクターの安堵、悔恨、疲労、それに一種絶望の光が重なり打ち消しあって、朝に和む海の光に見えるのかもしれない。人間が人間を切り刻むことで人間を支配できると錯覚したドクターが、人間の司祭の傲慢(ごうまん)な椅子から追われる安堵、魂のない肉塊を切り刻むことでは決して人間の司祭たりえないという悔恨(かいこん)、再び普通の人間に戻らされてしまう絶望の匂い、それらが相乗して寄せてくる疲労の波……

「よし、これでいいだろう」

長い緊張で固体に変わりかけていた手術室の空気が、大城先生のひと声で弛(ゆる)んだ。文字盤に閉じ込められていた時間が、一挙に疲労の量として押し寄せる。患者を回復室に運び、後片づけの指示を与えた。

今日は本当に疲れてしまった。そう思いながら見やった時計で疲労を納得する。もう八時だ。とっくに勤務時間を過ぎていた。若い看護婦が帰りを急いでいる。誰かと待ち合わせでもしているのだろうか、妙にいそいそと振るまっている。

突然誰かが膿盆を落とした。金属と床のタイルが激しくぶつかる「ガシャ」という大きな音が手術室に散乱した

「すみません……」

そんな声を耳にしたように思うやいなや、床に飛び散った音が私の足下まで転がってくると、私の中に秘められていたもうひとつの「ガシャ」という音に引火して、凄まじい音が頭蓋一杯に爆ぜた。それが床の音に共振したかと思うと、巨大な津波となって私を襲ってきた。

音の波紋が体内で隈なく響きわたると同時に、ドクターの低い声が波紋を中央の膿盆に向かって押し返すように唸り始めた

「必要ない……」

「必要ない……」

「必要ない……」

書き始めていた報告書がボーと霞み、霧の向こうから黒い点が弾丸のように飛び出すと、みるみる巨大な物体となって私に迫ってきた。悪露交換車だ、そう思った時には、私は危うく轢き潰されそうになっていた。身をかわそうと体を捩じっただけて、「アー」と叫びつつ倒れ込んでしまった。

「主任さん、主任さん」

「大丈夫ですか、しっかりして下さい」

「きっと疲れておられるのよ。ドクターに知らせましょうか」

そんな声が私を取り巻き、私はその声の中心で自分を見つけなければならなかった

「ごめんなさい、心配をかけてしまって。そう、ちょっと疲れているだけよ。もう大丈夫、本当にありがとう」

若い看護婦に抱き上げられて椅子に座った

「遅くなりますから、もう帰って下さい。あとは私がやっておきます。ごくろうさま」

「じゃ、お願いします」

「お疲れさま」

若い看護婦達は、華やかな声を残して帰っていった。私は力一杯、椅子をうしろに倒した。そうしてようやく立ち上がった。それ以外、どうしても私の世界を取り戻すことができないように思えたからだ。

「必要ない、必要ない、必要ない……」

この言葉を深い眠りの底に戻って探った。眠りという闇の記憶の中に幽(かそけ)き光でも見つけたかった。懸命な手探りにひっかかる何かがあれば、私は闇を一気に押し開いてその言葉を夢の中に捩(ね)じり込んでしまうつもりだった。しかし、早朝から手術前までの眠りは幾重にも闇を重ねるだけで、その闇の襞(ひだ)に何も見出すことはできなかった。

いや、眠りは闇というよりむしろ光源のない薄明だったとも思える。乳白色とも、透明とも、あるいは絹糸が綾なす光の模様、そのどれかであり、そのいずれでもない、それが眠りと呼ぶものなのかもしれない。ただ確かなことは、眠りだけが断固としてあり、まさぐる手は無そのものを掻き乱しているにすぎず、私の一切は完璧に存在し、一切はまるで無でしかなかった。

たとえ徒労に終わろうと、できれば眠りの国に這入(はい)り込み、どうしてでも記憶の園に希望の鍬(くわ)を振(ふ)るって、あの言葉の種子を植え込んでしまいたかった。過去に播(ま)かれている種子が現在の私の世界に芽を出すことは、どうしても拒みたかった。そのために、今の私の存在までが夢の中に紛れ込んでしまって、二度と現実に戻れなくなったとしてもいいとさえ思い始めていた

「必要ない、必要ない、必要ない……」

その言葉が私を追いたて、分娩室の前まで走らせた。このまま分娩室に入らないことで、私を追いたてている言葉が単なる言葉だけで終わるとしたら、私はやはり入らない方を選びたい。もし私が「必要でない人間」になることで、すべてが夢のままで終ってしまうとしたら、こんな安らかなことはないだろう。

分娩室のドアの前に立って、もう一度口ずさんでみた

「必要ない、必要ない、必要ない……」

私はやはり分娩室に踏み込むよりしかたがなかった。それはドアの向こうで「必要ない」状態で、確実に残されているに違いなかったからだ。眠りの中への逃避も、分娩室そのものの否定も、私自身の抹消も不可能だったこともある。しかし、それ以上に、分娩室の奥からドアを突き抜けて感じる目に見えない力に引かれ始めていた。奇妙な力は一刻でも早く入れと言わんばかりに、ジリジリと私を引っ張った。私はその力に抗しきれない気がして、恐る恐る分娩室に一歩踏み込んだ。

分娩室は、殺菌灯の青白い光でジェリーのように透明な静けさに凝固(ぎょうこ)していた。部屋は今朝のままで誰も入った様子はなかった

「そう、今日は誰も分娩しなかったのね」

思わず声に出してつぶやいた。殺菌灯と冷房があらゆる生き物の命を踏み躙(にじ)るこの部屋で、私は生き物の気配を放ちたかった。そう思いつつ私は分娩室の入口で立ち竦(すく)まってしまった。私の気配以外に何かが妙に動いている気がしてならないのだ。しかし、防音装置のこの部屋には物音ひとつなく、私は鎮まりの只中に立っているはずだった。ところが物音こそなかったが、周囲が怪しく動いている。

最初私は呼吸のせいだと思った。すべてが死に絶えるこの部屋では、人間の呼吸は嵐に似た騒乱を引き起こしているに違いない。私は息を止め、動悸を聞くように静止した。確実に何かが動いている。急いで後を振り返ってみた。分娩室のドアは閉じ、何も動くものはなかった。顔を元に戻して部屋の中央を見ても、そこにも動くような物は何もなかった。

私は二、三歩踏み出してから、息を殺して素早く振り返ってみた。中央の分娩台や周囲の消毒棚が動いているのかもしれない。私はとうていありえないことを考えながら、幼いころの遊びを思い出していた。眼を閉じて板塀に顔をくっつけている鬼が、後の数人の子供達の動く気配で素早く振り向いて、動いた子供をあてっこするように、私を嘲笑(あざわら)いながら踊り出していた器具が、振り向くと同時に元の場所に戻って、そ知らぬ顔をしているような気がしてならなかった。

ふと私は、その得体の知れない動きが、ひとつの方向を持っているように思った。私は分娩室を洞窟にし、私自身を一本の蝋燭(ローソク)の炎に見立てた。洞窟の迷路で出口を失ってしまった人が、炎のゆらめきで風穴を知ろうとするように、私は真剣そのものだった。

私という炎は洞窟とは逆に、全身が引きつけられる異様な力の方向に傾いた。それはまぎれもなく自分の体内で逆巻く風の源に向かった。

分娩室の……悪露交換車の……膿盆の……必要ない……。

風は私の祈りから湧き上がっていた。

「やっぱり生きていてくれたのね。私を待っていてくれたのね。だから私を呼んでいるのでしょう。もう大丈夫、二度と棄てないわ。私と一緒に生きましょうね。私が育ててあげるからもう心配ないわ。あなたは私には必要なのだから」

自分の言葉に血が一度に燃え、私は悪露交換車の所に走り寄った。交換車は新しい生命の世界を守っていたかのように、朝と同じ位置にあった。私は交換車を後に押し退け、今朝私に「ガシャ」という音を突き刺した膿盆の場所を窺(うかが)った
「必要ない」ものはそこにあった。小さな手を力一杯伸ばして。私は交換車を強く押し放し、膿盆の前にかがみこんだ。手をそっと握ってみた。灼熱に焼けた手に触れたのではなかったが、掌(て)に握りしめた熱の非在は、希望の一切を焼き尽くすために衝撃で伝わった。そこには、ただ、ずっしりと重い冷たさだけがあった
「ああ……」

言葉が凍り、希望が灰の涙となって迸(ほとばし)り落ちた。冷気は青白い光を受けた粉雪のように舞いながら、しんしんと屍体(したい)に降り積もっている。希望の蝋燭の炎を揺らせたのは、まさしく私の祈りにすぎなかった。

私は上に伸びた小さな片方の手を、自分の両手に包み込んだ。それは空しく伸びきり、何かを求めているように精一杯開けられていた。幼児の手は握りしめられていることが多い。しかしそれは、

温かい母親の胸が幼児を充分に包み抱ける時だけなのだろう。確固とした人間のひとつの生命が、誰にも助けられず、何も与えられずに生きた十数時間は、生後間もない幼児を一匹の動物に変えてしまうのだろうか、新生児にふさわしい優しい赤ら顔は土色にまで貶(おとし)められ、老醜の引き攣(つ)りが獣の相貌(そうぼう)さえ匂わせている。

勢いを失った悪露交換車がゆっくりと部屋を横切り、それでも反対側の器具棚にまで辿り着いてぶつかった。鈍い音が部屋の静けさを破り、私は我に返った。手の中に包み込んでいた指を赤子のように握らそうとしてみた。最初はそっと、そして次第に力を入れた。だが、赤子は断固として指を曲げようとしなかった。私は慌て、ますますその小さな指にてこずった。まるみを帯びた形と、淡雪(あわゆき)のように柔らかだっただろう肉の中に、そんな頑固さが潜んでいたことに驚いた。私は力を入れた。驚きが腹立ちに変色していくのがわかった。小さな指は、折れること以外は断じて曲げることを許さないように思えた。それは生後数時間で輪廻(りんね)を潜(くぐ)り抜けさされた赤子の、唯一の意地のような気がして、私は曲げることを諦(あきら)めた。

今度は虚空に突き上げられている腕全体を体にくっつけようとして、ゆっくと体重をかけてみた。鈍い音をして腕は少し下がったように思えたが、手を離すとすぐさま虚空にはね上げられてしまった。

これまで何度か屍体に触れることはあった。湯灌(ゆかん)するような事もあった。死後、時間のたってしまった手足を動かすことが容易ではないこと位は知っている。しかし、今日ほど硬い手足は初めてのような気がする。私には赤子の断固さが死後硬直とは違うようにさえ思えた。そう思ったとたん、冷房が急に強くなって、冷気が霧雨のように降り始め、体の芯(しん)まで冷え冷えとしてきた。私は急いで立ち上がり、赤子をひとまず分娩台に置いた。

汚物処理用の大きなナイロン袋に入れるほかなかった。だが、腕はどうしてもくっつかない。腕を上げたままで袋に入れ、新聞紙で幾重にも包んで上から紐をかけた。力を入れて紐を締め上げれば包みを小さくすることもできただろう。しかし、私はどうしてもそうする気になれず、大きな包みのままにしておいた。彼が生きた唯ひとつの空間は、大きいと言っても長さ三十センチほどの膿盆の上だけだった。彼をさらに小さく処理することなどとうていできない。せめて彼の大きさだけは壊さずに残しておきたかった。

私はそっと包みを抱いた。眼を閉じて動きを嗅いでみた。今、分娩室は死体安置所よりも死んでいる。死体安置所には悍しく動く気配はある。ここには陣痛の妊婦でもいない限り、何の動きもなく、夜の墓地以上に荒涼と死を孕んでいる。私は抱き締めている赤子に殺菌灯の青白い経帷子が我慢ならなくなって、分娩室を出た。

死体安置所の所定の位置にそっと包みを置いた。彼はしばらくここに居て、数日中にこの病院から出ることになるだろう。他の組織や不要な肉塊や汚物とともに焼却炉に放りこまれ、短い一生を終えてしまう。たぶんそれが今から予想されるすべてのことだ。私の仕事も今終わった。この分娩の報告書はすでに作ってある。「死産」として。私はもうここを立ち去ればいい。どうせ「必要がない」ものの処理なのだから。

私はくるりと向きを変えれば良かった。そうすればこの件のすべてが終わってしまう。だが、思いとは裏腹に、足がどうしても動いてくれない。私には一切の責任はない。この子供を作った責任もなければ、処理をする責任者の位置にもいない。ただ助手として手伝い、ここに運んできただけだ。私には「必要ある」ものなのか「必要ない」ものなのかすら関係なかった。病院では常に、最高の価値は人間の生命などではない。今回もまた、ただ妊婦の意志とドクターの命令があっただけだ。私に関わり合う必要も、余地もないのだ、この件のすべてに。

立ち去る口実を必死で見つけようとしていた。この場を離れるきっかけを探し出したかった。周囲を見回しても殺風景な室内には何もなく、エアーコンディションの微かな音しかなかった。私はなすすべもなく呆然と突っ立っていた。

気がつくとある宗派のお題目を口ずさんでいた。それは幼い頃、今はいない母親によって無理矢理に信徒にされた宗派のものだった。子供だった私への信仰の強制は無駄だったが、その宗派の子供会に出席させられて覚えたお題目が口をついて出てきたのだった。私は知らぬ間に口から漏れていたお題目に戸惑い、気恥ずかしさで一瞬体が熱るのを覚えた。

しかし、戸惑いと気恥ずかしさは、すぐさまそのお題目のすべてを思い出そうとする意志に蹴散らかされた。私は懸命に思い出し、包みを凝視しながらいつの間にか合掌していた。疎覚えでつなぎつなぎのお経が、お題目の後を受けた。私はお経の一つひとつの言葉がどんな意味をもっているのかは皆目知らない。ただ懸命に思い出して唱えることだけが、この場でしなければならない一番大切なことのように思えてきたからだ。私の声は次第に大きくなり、最後の一句を結ぶ時には、声はコンクリート造りの安置所一杯に響きわたっていた。

終わった。合掌していた手がじっとりと汗ばんでいた。私は手の汗をハンカチで拭い、もう一度静かに合掌して踵を返した。

三階にある第二手術室に戻り、書きかけの報告書を記入し、着替えを済ませて帰ることにした。エレベーターの前まできて、またいつものように立ち止まってしまった。アップとダウンのボタンに手を出して一瞬迷った。どちらを押すべきか私には判らなかった。どちらを押したいとも思わなかった。

ダウンのボタンを押せば、エレベーターに乗ってから①と記された丸いボタンを押す。私は一階に運ばれ、そのまま夜間通用門から外へ出て、アパートに帰ることになるだろう。通用門の近くで守衛さんに会えば「お疲れさま」と声をかけられて、すっぽりと病院を脱ぎ捨てることもできる。ただ、街はこんな時間でも、日本（ナイチ）の観光客の汚臭で濁っているだろうから、私はいつものように心の襞をすべて絡（から）げて、小走りに通り抜けるに違いない。

辿り着くアパートの鉄扉の向こうでは、コンクリートに抱かれてすべてが眠っている。時折、冷蔵庫のモーターが眠りを揺すぶり、それが再び静けさに呑み込まれて消えると、私の部屋はもう何も動かない。そこは門中（ムンチュー）の巨大な古墓の中よりも侘（わび）しく、じっと死を貯えているようだ。だから、ダウンのボタンは、私を私自身の内部に潜伏させてしまう夜に向かって底知れず落ち込むためのものだ。

もし、アップのボタンを押せば、いつものように⑤の上に指が乗ってしまう。五階は産婦人科のドクターでもある病院長の住宅になっている。院長には日本（ナイチ）留学中に知り合った日本人（ヤマトンチュー）の奥様と二人の子供がある。しかし、子供の教育のためという理由で家族は東京に住み、院長は土曜日の午後の飛行機で東京に飛び、月曜日の朝の便で沖縄にやってくる。

一年前のことだ。ある夜、子宮外妊娠の手術が終わってから、ドクターはその手術の報告書を住宅まで届けるように命じた。時間も遅く、書類が急を要するものだとは思えなかったから、私は幾分奇妙に感じた。しかし、ワンマン経営者の院長の機嫌を損ねることは、この病院ではタブーだった。私は帰り支度を整えてから、エレベーターのアップのボタンを押した。

住宅のインターホンで書類を持ってきたことを告げると、すでにホームウェアに着替えた院長が出てきた。院長は受け取った書類をそのまま入口の飾棚の上に置くと、急ぐかどうかを尋ねた。私はどう返事したか覚えていない。新築時に贅を尽くしたと聞いている私邸の豪華さにただただ眼を奪われていたのだろう。テレビのホームドラマで見るような部屋を目のあたりにして、一種感動に似た気持に襲われていたのかもしれない。気がついた時には、広い客間のソファーに腰をかけて、キョロキョロと室内を眺め回していたのだった

「飲むかい」

コニャクのボトルとグラスを二つ持ってソファーに腰をおろした院長は、病院で見る厳しく冷やかな院長とは別人だった。私は勧められた洋酒に対してより、いつもと違う院長に対して、

「いいえ、結構です」と、はっきり断った。

院長の零すオーデコロンの渋く甘い香りと、私の返事を待たずして注がれた洋酒の芳香が混じりあって、私の慣れ親しんできた世界、いや、私の幽閉されている脱色された世界に淡いセピアカラーをのせた。

「今日は少し話したいことがある。君は組合を作るという噂だが……」

院長は病院でのいつもの口調に戻り、言葉を早めて断定的にそう言うと、グラスをぐいと飲み干した。

「他のものならまだしも、君がそういったくだらないことをやりだすとは心外だ。すぐ止めなさい。決して悪いようにはしない」

院長は激しく一気にそう言うと、ソファーを立ってステレオ・セットの所に出掛けた。ハイドンが好きだと言う。話しはこれだけだった。院長の言うように組合のことはいくらか本当だった。しかし、私に労働争議などできるはずもなかったから、私のできる範囲で動いて、私達の病院の労働条件を他の病院並にしたかっただけだ。

労働条件の悪さは、病院が新築されてよけい目立った。というのも、新築を期して、日本の医療器具や外国の最新のものが設備されて、人間より機械の方が大事だという院長の思いが、今まで以上に露骨に見えてしまったからだ。機械の方はといえば、院長が自慢するだけのことはあって、手術室などには器具に熟知していると思っていた私にさえ、扱いの判らないものばかりだった。一方、私達の労働条件といえば、お粗末な旧病院のままで、タイムレコーダーもなく、だらだらと居残りをさせられても給料に変わりはなかった。それだけではない。最大の悩みが日給月給という制度だ。それは休んだ日数だけ基本給から削られていくという奇妙なシステムで、院長の狡猾さを見事に表わしていた。

同僚が一ヵ月半ほど病休した時などは、そのシステムの悪弊が百名近い看護婦の全員に及んだ。病休し、基本給の全額を差し引かれてしまった同僚に収入は全く無く、かといって、八重山の離島で貧しく暮らす両親に頼る訳にもいかず、とうとう私達全員が少しずつお金を出し合うことになってしまった。そんな不満をまとめて事務長に伝え、改善を願い出るつもりだった。

院長は「止めなさい」と言ったことですべてが解決したかのようにハイドンに聞き惚れている。

私は私を包囲しているローズウッドの華麗な家具や高価な装飾品の豪奢（ごうしゃ）さに圧倒され始めていた。だんだん息苦しくなり、今にも窒息しそうな気分になってテーブルの上のグラスをとり、そっと口をつけた

「そうか、飲めるんだな。じゃ、ゆっくりしていきなさい」

私がグラスに口をつけたのを目敏（めざと）く見つけた院長は、そういって近づいてきた

「君はこの家は初めてだったね。いい機会だ、案内しておこう。ついてきなさい」

相変わらずの急込（せきこ）んだ命令口調でそう言った。私はその日くたくたに疲れていたこともあって、どうでもいい気持で聞き流していた。

その日の午後、二階の病棟で身寄りのない老婆が息を引き取った。事務所に報告に行くと、事務長が私を詰（なじ）った。滞（とどこお）っていた入院費の支払いがだめになってしまったことと、引き取り手のない遺体の引き渡しの事務が煩雑（はんざつ）なことなどが、まるで私のせいでもあるかのように憤懣（ふんまん）をぶちまけた。私は訳もなくただただ謝っていた。いや、理由はあった。もちろん事務長に謝っていたのでもない。褥瘡（じゅくそう）が背中一面に広がっていたにもかかわらず、一度も苦痛を訴えずに、じっと死を待っていた老婆に謝っていたのだろう。そして、四階のあの看護婦にも謝っていたのかもしれない。彼女は見舞い客の決して訪れない老婆の相手を、暇を見つけてはやっていてくれた。

沖縄本島の北部から来ている彼女は、若者にしては珍しく上手に方言（ウチナーグチ）を話せた。しかも老人に対して使うべき敬語さえ操（あやつ）れた。幼い頃、両親に死別して里子に出された彼女は、義理の両親に対して方言の敬語で話すように強制されたという。彼女は幼い頃からの苦労にもかかわらず、いや、暗

い日々ゆえに逆に頑是（がんぜ）ない智恵でそうして生き抜いてきたせいか、明るく陽気な人で、彼女の周囲には笑いが絶えなかった。老婆にもよほどおかしな冗談を言うのか、老婆が彼女の話に耳を傾けて笑っていることさえあった。時折、ベッドのそばで琉球民謡（しまうた）を歌って聞かせていることもあった。彼女の歌う民謡が遠い日々を思い出させるのか、老婆はいつも枕を濡らして聞き入っていた。

　その看護婦を知るまで、老婆は決して口を開こうとしなかった。朝夕の検温や回診の時でさえ、ドクターや看護婦の質問に曖昧（あいまい）に頷（うなず）くだけ、虚空の一点に目を固定したままで横たわっているだけだった。しかし、私は時たま目撃することがあった。世界に対して死を宣告したように頑（かたく）なに閉じていた重い口を開いて、老婆がその看護婦だけに聞こえるように、小さな声で話している場面を。

　私はそんなことを見聞きしてから、努めて方言（ウチナーグチ）を使うようにしていた。しかし、それを院長や事務長に見つからないようにしなければならなかった。彼らはこの近代的な病院に方言は不釣り合いと決め、使うことを禁じていたからだ。体の故障を日本語（ヤマトグチ）で訴えねばならない老人の不都合は、離島の片隅に棄てられて顧（かえり）みられない。

　老婆の死んだ日、その若い看護婦だけが泣いた。私は事務長の怒声をやりすごしつつ、涙でくしゃくしゃになっていた彼女の顔を思い浮かべて懸命に謝っていたのだろう。

　そんな日だったこともあって、口に含んだコニャクはみるみる疲労一杯に広がってしまった。院長にしつこく促されてしぶしぶ立ち上がり、彼に従った。毛足の長い絨毯（じゅうたん）に慣れない私の足取りは、酔いも手伝って覚束（おぼつか）ないものだった。広い応接間を横切って、奥に繋（つな）がる廊下に足を踏み入れて、私はフラフラとよろめいた。毛足の長い絨毯が薄手の硬い絨毯に変わってつんのめったからだ。院長はふらついた私に手を貸したと思うやいなや、腰に手を回してひょいと抱き上げてしまった。私のおろして下さいという絶叫と身悶えを力ずくで搦めて、院長は廊下の突き当たりの寝室まで運んでいった。

その夜私は、暴力的にのしかかってきた院長への抵抗を途中で止めて、言ってみれば院長の求めるままに抱かれてしまった。もちろん院長を愛していたわけではない。手術が終わった時に見る院長のあの眼のせいなんかでもない。あれは私の残りの一日と差し引かれて終わってしまう。ただ疲れていたことは確かだった。疲労一杯に広がっていた酔いが私の存在を滲ませて、私自身を不確かなものにしていたからかもしれない。それともアパートに戻って錆びた重い鉄扉を開け、部屋の中のすべてを目覚めさせ、そして再び、私とともに眠りの中に滑り込ませることが億劫だったのだろう。たぶんそれだけに違いない。それ以上の理由を探し出すほど、私は院長について考えていたわけではなかったのだから。

その夜以来、院長は占領軍のように驕慢に振る舞い始めた。勤務を終える直前の私に、全く必要のない書類を届けさせるために電話をよこした。それは、診察台の上で大股開きに曝けだされた性器と違った性器を、大理石の浴場まで届けさせることでしかなかった。あの台の上で大股開きになった性器は、医者を嘲笑っているように見えるそうだ。そういえば私にもいくらかは推測できる。ある日あの台の上にのって、腹部の上でカーテンを閉められ、私を二人に分断してから足を開けさせられた時、私は取り返しのつかないことをしてしまったと思った。足を開いて医者に見せた瞬間、私の内部で最も大切なものが、白昼やにわに引き出されたフィルムのように、空しく感光してしまった気がしたものだ。その空しさは、恥を無視した自嘲の笑いか、真剣さを装う医者の淫猥な眼を想像して、嘲笑することでしか慰められそうにもなかった。

しかし、院長との夜は私にも次第に好都合になってきた。大手術の日や、死人の出た日などは、私の肉体は勤務時間の終わるまでに、すっかり干涸らびてしまうからだ。手術室のタイルの床に流れる血が、まるで自分の血のように思え、精神の血友病に罹ってしまうのかもしれない。それとも、死体安置所の強い冷房が、感情を凍傷に犯してしまうのかもしれない。そんな日には、疲労に包まった血の欲望を抑え切れなくなってしまう。もちろん愛などという白い花など咲くはずもない。欲望の仏桑華の黒ずんだ血色の花が咲くだけだ。


院長の住宅は私のくすんだアパートとはまるで違って、すべてが生き生きと輝いているようだった。その中でも私との情事の場になっている浴室は、一等豪華なものだった。私の部屋とほぼ同じ大きさを大理石が囲み、どこからか音楽が流れ、ハーフミラー式の一枚ガラスの窓は、那覇の艶やかな夜の装いや、慶良間の島々の煌めく蛍火を写していた。

その浴室で私は、院長の後からの愛撫に翻弄される自分と、その肉体をじっと見詰めているもう一人の私を発見する。院長の腕の中で二つの自分は永遠の隔たりで向き合わされ、翻弄される私を見詰めるもう一人の私は、冷やかに無関心を精一杯保とうとするのだった。しかし、その二つは次第に近づき始め、互いに別々に存在しょうとして懸命に抗うのだったが、私の中で私ともう一人の私の区別を見失う瞬間は必ずやって来てしまう。その区別を見失う瞬間が次第に頻繁になってくると、私は呻きと叫びの中で必死に日本語を編んで、拒絶の言葉を投げつけるのだった。院長の行為を拒むというよりむしろ、私と私が一人の私に重なってしまおうとする瞬間を拒もうとしていた。院長は私の拒絶の言葉を待っていたように息を荒立て行為を一層激しくして、私の拒絶の意志そのものを穿ち、貫いてしまう。内部から外に向かって広がろうとしていた私と、それを外から見詰めていた私が、周囲の世界そのものを押し流してしまう潮に呑み込まれる瞬間がやってくると、私は世界のすべてを裏返しに失せる。

頬に冷んやりとした大理石を感じ、浴槽の中に流れ込んでしまったような、あやふやな身体の温もりを回復すると、私は一日が院長の腕の中でだらしなく奪われてしまったことを、やるせなく思い知らねばならない。そんな時院長は、私の不透明な表情を見ないふりをして、いつもの院長に戻り、私に帰らないことを勧める。いや、そう断定するのだ。ジントニックを飲み、私にブランデーコークのグラスを押しつけておいて、好きだと言うハイドンを聞く。私は何も話さない。身体が話し過ぎたせいもある。それにうっかり話をすると、院長は私の言葉を直そうとする。日本語のアクセントと私の使うそれが少し違うと言う。言葉を直されるたびに、院長に抱かれて熱っていた身体が冷えていくのが判る。三度も訂正されたりすると、私の肉体はすっかり冷え、大理石よりも硬くなって、すべての表情を失って屍となってしまう。

浴室から出ると、院長は欲しい物はないかと必ず聞く。何でも買ってやるから言えとも言う。それが院長の私への愛だと誤解させようとしているみたいだ。私は、孤独に死んだ老婆のように曖昧に頷くだけだ。

こうして、今では週末以外のほとんどの夜を院長宅で眠っている。院長は外へ出掛ける時は、いちいち帰宅時間を看護婦詰所まで知らせてくる。私の返事などには一切耳を貸さず、私が院長の家で帰りを待つことが当然のように。

私はすっかり困ってしまった。病棟のないこの階は誰もいないからいいようなものの、先程からずっとエレベーターの前に立ったままだった。

今日は止めよう、今日だけはアパートに帰ろう。そして、鉄の扉を開け、眠っている家具達を起こさないように、私もそっと眠り込もう。

そうだ、今日はよそう。この建物から出よう。地下で眠っているあの子供から離れたい。私は背後の静けさが襲ってくるような気がして振り返った。殺菌灯使用中の青い灯と、消火栓の赤い灯だけがあった。

私は人指し指でエレベーターのボタンを押した。静けさの底を揺るがせながらエレベーターが昇ってきた。ドアが開き、私は乗り込んだ。いつものように⑤のボタンを押してしまう自分をまるで他人の動作のように無感動に眺めていた。

「日曜日の朝、早くやろう。俺一人で大丈夫だから」

院長の言葉は私のすべてを堕胎させてしまった。いつもの行為の後で、生理が三ヵ月ないことを告げると、院長はすぐさまあっさりとそう言った。

私は後悔した。院長に告げなければ良かった。前の時のように一人でコザに出掛け、そっと堕ろしてしまえば良かった。妊娠中絶の承認書の夫の欄に、初恋の人の名前を書いた。一人で出掛けることも、手術の苦痛にも、その後の肉体の底から絞り上げる数日間の腹痛にも耐えられた。ただ、無性に寂しかった。骨の髄まで疼くように寒かった。回復室の米軍払い下げの錆びた鉄のベッドを軋ませ、軍用毛布に包まって手術の後の悪寒の直撃を避けた。痛みと寒さの合間を縫って訪れる何度かの眠りを貪ると、ようやく歩けるようになり病院を出た。外で待ち受けていた八月の太陽はアスファルトを掘り返す刃で、私の寂しさを哀しみにまで切り裂いた。

今、院長は浴槽の中で私のそばに居る。私の頭は院長の腕の上にある。すべてが昨夜と寸分違わなかった。院長は私の顔を自分の方に向けさせた。静かに遠のこうとしていた全身の熱りが、一気に蘇るような気がした。消えかかっていた肉体の熱狂が、先程、体の中心にあった爆発点と違う中心を求めて、精神のあらゆる縁から加熱し始めるようにも思えた。

私は明らかに何かを待っていた。全身を浸す浴槽の湯が沸騰するような全身の熱りから、一気に体と心が短絡して爆発してしまう何かを待っているのだった。それさえあればどんな肉体の苦痛にも耐えられる、そんな何かを待っていた。身体の芯から涌き上がるあの悪寒に比べれば、どんな加熱や爆発で傷つき、滅んでしまっても、決して悔いることはない。

私は気がついた。心が初めて院長に向かって開いていこうとしていることに。わたしは欲しかった。あの悪寒を温めてくれるものが。もちろん、院長の愛などというだいそれたものでも、院長との本当の生活でもない。ただひととき、私の悪寒を温めてくれるものでさえあればよかった。欠片の榾火でいい、院長が投げ掛けてくれる星火のような言葉さえあれば、すべてを失ってもよかった。

一切を爆発させ、炎上してしまおうとする私は、短絡を待つ体と心の接点に居て、院長のどのひとつの表情も逃がさないように、じっと眼を見開いた。私は待った。息を殺し、全神経を眼に集めて、祈る気持で待った

「日曜日がいいだろう、手術の予定はなかったはずだ」

院長はそう言うと、私の頭の下から腕を抜いて浴槽から出た。

私は膿盆の上の子供となって残された。すべてが一瞬に彼のように死んでしまった。もはや悲しみも寂しさも、悪寒の予感さえなかった。※キューロットは私の肉体からそんな贅沢(ぜいたく)のすべてを掻(か)き出してしまった。喜びの胎盤は二度と孕(はら)めないようにごっそりと抉(えぐ)られ、私は空洞だけを抱かされている一体の死骸(むくろ)となって、浴槽というホルマリン槽に漂っているだけだった。涙だけが、あらゆる感覚の死んだ無機物から水分を絞り出すために溢れ出て止まらなかった。

院長がこちらを向いた。私は慌てて顔を隠した。涙なんかみせたくない。私は熱いお湯に顔を浸(ひた)した
「月曜日に俺の手術(オペ)はなかったかな」

耳は聞いていたが、私は返事をしなかった
「もしなければ、日曜日の午後の便で東京に出掛ける」

熱いお湯がもっと熱ければ良かった。そしてそれを全身に浴びれば良かった。全身の皮膚が焼け爛(ただ)れて、ここにバッタリと倒れてしまいたかった。そうすれば院長はいつもと違う私を見つけて、優しい言葉のひとつも放り投げてくれるかも知れない。

しかし、すべては昨夜とすこしも変わらなかった。私は羽化の終わった蛹(さなぎ)の脱け殻になって、身を固くして院長の胸で眠った。せめて夢の中だけでも蝶になりたいと思った昆虫の私は、羽根をもがれて蠢(うごめ)くことしかできず、金曜日の夜が、虫けらのように潰されてしまった。

※キューロット……掻爬用器具・人工流産に用いる

土曜日の夜も遅かった。予想通り脳外科の手術が長引いてしまった。執刀医の伊波先生はすこぶる不機嫌だった。事務長との口論のせいだ。午前中、二人は事務長の部屋で激しくやり合っていた。偶然その場に居合わせて聞いた事務長の言い分はこうだ。脳外科の手術は点数も良く病院としては歓迎すべきだが、いかにも時間がかかりすぎる。そのために看護婦から苦情が出るし、他の失費も多い。今週のように二度も手術をやるとなると出費も馬鹿にならない。病院の経営についても考えてもらわねば困る、と言うのだった。私は聞くに耐えず、そっと席をはずしたが、ふだん物静かな伊波先生の激しい声が後から聞こえていた。

手術室の後始末を終え、看護婦を帰らせるともう十二時近かった。私は手術室を出て、エレベーターと反対側の非常用階段に向かった。意志を確実に足に伝えることで、エレベーターの安易さが私をだめにしてしまわないように。

明日は日曜日だ。土曜の夜はいつもアパートに帰る。院長が日本(やまと)の女を抱くために東京に帰ってしまうからだ。が、今夜は違う。明日の早朝にやる私の手術のために、院長は部屋に居る。先刻電話があった。遅いことに苛立っているらしく、いつもより早い口調で今日の報告に来るように命令した。しかし、今夜だけはどうしても行く気になれない。今夜出掛ければ、院長は私をその女のつもりで抱くに違いない。代わりを務めるのは真平御免だ。それに明日の朝、私の子宮は同じ院長の手で造作なく掻き回されてしまう。今夜だけはひとりで眠りたい。

外に出て足早に病院から離れた。深夜の国際通りは、週末とあって葬列のように空しく賑わっていた。ショッピングセンターの巨大なビルの下には、日本(やまと)の若者が大勢群れ淀んでいた。彼らの標準語が、あてのない存在が、淫(みだ)らな哄笑が、一夜の義理で通夜する上辺(うわべ)だけの読経のように私をむかつかせる。私は私の夜を汚す日本人に耐えねばならなかった。

牧志のバス停留所近くで平和通りに入ろうとして、揃(そろ)いのホットパンツをつけた若いカップルとすれ違った。新婚旅行に来ているのだろう、いやらしく手を繋いでいる
「沖縄の人って、何か汚らしいのね」

私は珍しく声の方を振り返った。赤く日焼けしすぎて浮腫(むく)んでいる女の白い顔が、耐え難く醜いと思った。あれほど憧れていた白い皮膚が一度に疎(うと)ましく思われた。男が軽くあいずちを返した。男の女への安易な同意が、二人の愛を薄めていくに違いないというのに。

すでに平和通りの両側の店はすっかり閉められていた。戸板がたてられ鍵がおろされているのだが、陽に白く洗われている戸板には、いつも座っている老婆(オバー)達が見えるようだ。戸板が倒され、その上に店が出され、その奥に老婆達の顔が見られる時刻にここを通らなくなって、もう何年になるのだろう。この戸板に芭蕉餅(ムーチー)が並び、ここに端布(はぎれ)が広げられ、ここは苦瓜(ゴーヤ)を売り、ひじきと昆布はここだったし、ここが小間物で、この店が駄菓子と甘蔗(きび)ジュース……私は次々と戸板を乾板にして現像されてくる日焼けして黒い女達をいいようなく懐かしく思った。芭蕉餅をとって袋に入れてくれる手に入墨(ハジチ)がしてあった老婆達はまだ生きているのだろうか。

方言しか話すことのない老婆達は、店に座って隣の女達に大声で話し掛け、古いトランジスターラジオから流れる島歌に合わせて大声で歌いだすこともあった。聞くともなく聞く彼女達の話には、顔の赤らむようなものも多かった。大声で語る亡き亭主との秘事(ひめごと)や、甘蔗畑での浮気の話は、底抜けに明るく、艶(つや)やかで、陽の香りがした。甘蔗畑でいきなり倒されて背中を傷つけたと言っては笑いころげ、マングースが飛び出してきて驚いてやめたと言って笑いころげ、それに隣の老女が合の

手を入れ、終日、太陽を伴奏にして開かれる華やかな宴（うたげ）は、老いたる若者達の歌垣（モーアシビー）の一日なのだろう。

時々、買い物のために老婆達の前に立っても、彼女らの話は途切れることはなかった。むしろ顔を赤らめる私を快くからかいながら、私の片意地な悲しみをほぐしてくれることもあった。恋人が海に逝ってしまってから、知らず知らずにのめりこんでいく悲しみの深みを、水面からそっと撫でてくれるような柔らかな笑いだった。

曲がり角の電柱の所に来て、ふと立ち止まった。ここは小さな野外音楽場だったからだ。一人の盲目の男性がアルミの弁当箱を前にして、三弦を弾（ひ）き、島歌を歌い、終日電柱を背にしゃがみこんでいる場所だった。禿げ上がった頭に太陽は光と熱の瀑布となって降りかかる。だが、島歌は充分に力強く、三弦は光の海に突き進む音を弾（はじ）きだしていた。その光景は決して哀れでも惨めでもなかった。いや、そればかりか、膿盆の上の赤子のように世界と馴染まないうちに冷えきってしまいそうな侘しく辛い日でも、日盛りを焚（た）く彼の曲は、私を羊水の中で孵（かえ）すように抱き慰めてもくれた。

今、島歌と三弦の聞こえない彼の幻影は、電柱の下に力なくうずくまっているように見えてしまう。私は明日ここに来てみようと思った。老婆達の笑いに揺れ、芭蕉餅の匂いを嗅ぎ、甘蔗ジュースを飲んでみよう。彼の島歌や三弦に濡れれば、ひまわりのように太陽の温（ぬく）もりに体を向き直せるかもしれない。

アパートに通じる路地に入ろうとした時、足下を大きなゴキブリが素早く走り抜けた。向こうからやって来た若者が目敏（めざと）く見つけて、ゴム草履（ぞうり）で踏み潰して通り過ぎた。ゴキブリは潰されてもまだ死ねないのか、もぞもぞと白い粘液を引きずって動こうとした。それは私に激しい嘔吐を感じさせ、私は口に手を当て、路地の隅に逃げた。三度ほど全身を搾り上げる嘔吐が襲ったが、手の中には唾液しかなかった。息を吸い込んだ瞬間、体が再び内部から搾りあげられるように震えた。私は次の角に見える溝に走り寄った。

　脊髄を芯にして内臓を巻きつけてしまう力が、胃のあたりから食道を突き破って口腔に達してくる。五度ぐらいだろうか、胃から口に駆け上る嘔気が、足から頭上に向けて内部のすべてを押し流し破壊しようとする津波となってようやく止まった。涙が溢れた。苦痛で立っていることが辛かった。たぶん悪阻だろう。前の時もひどかった。病院には旅行すると嘘を言って一週間ほど休んだ。何も食べられず、水ばかり飲んで、くすんだブリキの洗面器に吐き続けた。

　涙で路地が歪む。前の時、こんなに辛く悲しいことはきっと他には無いだろうと思った。でも、前の時はたぶん今夜よりはましだった気がする。あの時は院長は知らなかった。院長に理由を言ってアパートまで来させようとも思ったが、彼がアパートにやって来て、あの重く錆びた鉄扉に手を触れて、死の眠りに凝固しょうとしている部屋に入ってくるところを想像すると、今度は精神がむかついてその思いを吐き出してしまった。くすんだブリキの洗面器に、ひとりで何もかもぶちまけている方がずっと楽だった。今度のように院長に話したところで、私の内部が掻き回されることに変わりはない。どちらにしても、巨人に穿たれる私の内部に、二度と溶けない重い氷塊を移植されてしまうだけだ。

　今夜もまた、輝きを失った洗面器を相手に、魔女のように悪魔の汁を吐き続けるのだろうか。それが今夜だけはどうしても我慢できないような気がする。今夜ほどではないにしても、何もかもが嫌になって、耐え難い夜が年に何度かはある。そんな時は、アパートの近くの雑貨店（マッチャグワー）で泡盛の三合瓶を買い、それを茶碗になみなみと注いで一気に流し込む。蒲団の上でやるこの精神の自殺は、何よりも私を救う。鼻を裂き、舌を刺し、咽喉を焼き、臓腑を煮立てる泡盛の業火は、磔刑（はりつけ）に処せられた精神を跡形も無く焼き尽くしてくれる。炎の上の魔女と化す私は、磔刑に無視をきめこんでいた部屋と家具が火を囲んで踊りだすやいなや、抗（あらが）う間もなく忘我に投げ込まれてしまう。やがて眠りがすべての感覚をおおい包んでくれる時がやってくると、私は翌日の日曜日の正午までを仮死の泥酔に横たわったままで過ごすことができる。

　強烈な渇きが目覚めを無理強いし、私はよろめく足で立ち上がって水を飲むことで一日を始め、渇きと焼け爛（ただ）れた咽喉と臓腑の鉛色の不快が、微睡（まどろみ）と半覚醒で格子模様に編まれる宿酔（ふつかよい）の一日を塗り潰してしまう。精神の磔刑の種火となった昨日の苦痛は灰色に燃え尽き、精神のへりに瘡蓋（かさぶた）となってこびりついているだけで、爪をたてて引っ掻かない限り苦汁の血はもはや流れはしない。

　しかし、今夜はそんな風に内部で燃え盛る火によって焼き尽くすことすら出来そうにない。ブリキの洗面器に向かうことが我慢ならない。たとえ吐気を催したところで、これ以上何も吐き出せはしまい。明日の朝、私のすべてを流してしまうだけで、もはや悲しみの涙さえ零れることはないだろう。

　そんな気がしてくると、アパートで待ち構えている今夜の時間が巨大に呪（のろ）わしい忌むべき物体のように思えてきた。私はスカートの中に手を入れた。ポケットにひんやりとした金属を探しあてる。この小さな冷たさが、私の心に安堵の灯をつけた日々もあった。指でその冷やかさを確かめながら、路地を抜け、アパートの階段を昇る時間は、私の世界へのささやかな儀式に費やされた。半分までできた刺繍の続きにしようかな、部屋の模様替えでもしてみようか、それともラジオを聞きながらお菓子でも食べるかな……そんな風に小さな冷んやりとした金属は、あの錆びて縮んだ部屋にさえ、一杯の優しい時間を開いてくれる魔法の鍵でもあった。だが、院長の部屋で眠るようになってから、私の部屋は次第に私と疎遠になってきた。錆びた鉄の扉は日毎に重く軋み、静けさを閉じ込めておくだけになった部屋で、時折冷蔵庫が物憂げに唸るだけだ。死にまで脱色されそうな部屋にもうゴキブリさえ居つかない。

　私は小さな冷たさを取り出した。すぐ目の前を足に蕎麦の屑を引っ掛けた鼠が横切った。醜く太ってよたよたとした腹は、再び私の吐気を誘った。私はその衝動を手に移して、力一杯鍵を鼠に投げつけた。アパートの鍵は一度鈍い音を発し、キラリと街灯の灯を掬って光ると、路地の隅にチャリンという音を残して消えた。

　私は路地を引き返した。アパートに帰る気にはなれない。平和通りを戻って国際通りに出た。タクシーを止めて乗り込み、恩納村までやってほしいと頼んだ。運転手は振り返って露骨に嫌な顔をした。彼が何か言いだそうとして口を開く一瞬先に、母が危篤だから家まで帰るという嘘と、料金をはずむことを方言で伝えた。運転手は機嫌を直したのか軽く言葉を返し、ハンドルを大きく切って車の流れに突っ込んだ。

　行手には私の生まれた小さな村がある。私を決して堕ろしてしまわない私の世界がある。院長が私からアパートの生活を奪ったように、私から故郷を奪うことは誰にもできない。アパートの鉄扉の錆が心を腐蝕させて、六帖一間の狭さが私の心を仕切ってしまったようには、故郷は私を閉じ込め、腐らせはしまい。

しかし、アパートはいつの間にか私以外の誰かを待っているようによそよそしくなってしまった。土曜日の一人の部屋で、私はいつも炎熱の那覇の夜に凍えそうだった。冷房装置などないアパートの夏は、狭い隣家との隙間をこじ開けて斜めに差し込む夕陽に焚(た)きつけられても、日没とともに体の芯から凍えさせる寒さが纏わりつき、深夜、桜坂あたりから帰る酔っぱらいの騒ぐ声が、私の寒さすらしゃぶり尽くす。

だから私は、明け方の一時(ひととき)の静寂を待って、寒さのがらだけを重さにして、ようやく眠りの底に沈み込んでいくのだ。たとえ泡盛の火を借りて早い夜に潜り込む土曜日にしても、酔いの残りが日曜日の遅い朝を正午まで引きずり、一気に午後の陽盛りが待つ倦怠に滑(すべ)り込むようにしている。アパートで一人迎えねばならない日曜日の朝は、爽やかに惨めすぎるから。

タクシーは週末の那覇の空しい賑(にぎ)わいを捨てて一号線に入った。信号をひとつ待って、北へ向かう赤いテールランプの河に合流した。深夜に北に向かう三車線の河は、犇(ひしめ)きあい、澱(よど)み、渦巻いて低く吠え狂っていた。

これほど多くの車が、こんな時間に走っていることが不思議でならなかった。しかも、その一台一台がそれぞれの世界を運んでいることが信じ難かった。車を駆りさえすれば、運命を思いのまま操縦できると錯覚する一瞬があるのだろう。一週間、いいように操られていた人々が、週末を迎え、ハンドルを握ることで自分の生そのものを運転しているかのように信じているふりがおかしかった。たとえピカピカに磨き上げられた鉄の箱といえど、あの赤子を載せた膿盆と同じで、自らの生を思うように操る場にも道具にもなりえないというのに。

そう腹立たしく思うと、河は膿盆の流れに見えた。排気ガスが腹立ちを濃くして胸を締めつけ、再び食道を駆け昇ろうとする力が加わりはじめた。吐気を宥めようとシートに深く座り直すと、視界からすべての車が消え、一号線沿いの寝不足ですっきりしない夜空が窓外を走り始めた。

私だけが今、北に向かって運ばれている。その思いがようやく吐気を宥めたようだった。寒いのは私一人で充分なのだから、私はそう自分に言いきかせて静かに目蓋を閉じて車の振動にすべてを漂わせた。

行手に、夜が木々に纏わりついて闇を際立たせているあたりが見えると、私は慌ててタクシーを止めた。あの濃い夜の下に私の生まれ育った村がある。そう思い始めると矢も盾もたまらず、村のずっと手前で車を止めさせてしまった。訝しがる運転手に急いで支払いをすませて車を降りた。

クーラーの利いた車内から外に出ると、冷気に幽閉されていた皮膚がのびやかな夜気を貪るように思える。人工の冷気はどうも苦手だ。酷熱の那覇の街中でもそう思う。病院から外に出るとむっとする暑さの中でさえ、皮膚が和らぎ体全体が安らいでいくのがわかる。巨大なコンクリートの塊とこの人工の冷気が、私達の青空を分割し、島々を冷やし萎縮させてしまった。昼間、帝王の座に君臨し、絶対権力をほしいままにしていた太陽の失墜が、木陰の涼を奪い、夜気の清冷さを穢してしまった。甘蔗畑を渡る風が濁り、白く赤茶けた道々がアスファルトの下に死んだ。光と風と水のリズムは狂い、三弦の旋律は乾ききってしまった。だから私は台風が好きだ。空と海が暴風雨で祓われ、天の猛意がすべての人間の営みを抑圧するからだ。私のちっぽけな悲しみや苦しみが風に散乱し、飼い馴らされた五官の隅々までが解き放たれたような気がする。

私は故郷の村に向かって数歩歩き出したが、タクシーのテールランプが闇に呑みこまれてしまうと、しばし立ち止まった。村の入り口の電柱に危なっかしくくっついている裸電球の光は、道路までは充分に届かず、周囲で夜に滲(にじ)み出している覚束(おぼつか)ないものだったが、それでも私の思い出を写し出し始めたからだ。

電灯から四方に広がる丸い光の輻(や)にぼんやりと浮かんだ思い出は、みるみる色と形を蘇らせ、まるで完璧な青空に鮮やかな色彩を染め抜いたように私の前に広がってきた。褐色に焼けた母の微笑や幼な友達の美しい顔は、青い乾板に現像された写真であり、祭りや婚礼の行列や、哀しみで縁どられたはずの母の葬列でさえ、切絵模様となって青い回燈篭(まわりどうろう)を廻(めぐ)る。雑貨店(マッチャグワー)で買った駄菓子や飲料、玩具の赤、黄、緑の着色料も、時に磨かれた今、ブルーの絨毯に鏤められた宝石のように輝いて見える。大地もまた、青いキャンバスに広げられ、芭蕉は風にまかせて筆をふるうように緑を流し梯梧の花は真紅で舞う。夕陽に映えていたはずのアダンの赤い実でさえ、青の中に掲げられて思い出されてしまう。

しかし、故郷という一枚の型紙から、多彩な模様を染め分けている紅型(びんがた)のような思い出の中にも、空の青と競うべき海の青が欠けていた。というのも、海は村はずれで深く切り立った崖の下にしかなく、遊べるような浜辺は幼い足には遠く、子供時代、海はいつも恐ろしい淵に死を広げている地獄でしかなかったからだ。中学に入るまでは、村を海の方向に出ることさえなかった。村では子供達が海を見に行くことを禁じていたためだ。

だが、「万座毛(まんざもう)」と呼ばれる地獄の淵に出掛けることは、子供達に禁止されていたにもかかわらず、毎日沢山の大人がやってきて海の方向に出掛けていった。あの地獄の淵に何があるのか、私はそれを友人に聞いてみたが誰も知らなかった。私達の好奇心は次第に募り、とうとう好奇心が大人達の禁止の言葉をひきちぎってしまう日がやってきた。

三人の友人と連れだってこっそり村を出て、その崖まで辿り着いた。四人でしっかりと手を繋ぎ、一番先の者が恐る恐る地獄の底を覗き込んだ。先の二人は覗き終わっても別段驚いた様子もなかった

「海よ、ただ海が見えるだけよ」

そう言われても、私は自分の眼で確かめるまでは納得できなかった。私は友人と手をつなぎ、崖の端に足をかけて身をのり出した。目も眩む崖の下には確かに海しかなかったが、それは私がかつて一度も見たこともない世界だった。厳しく削がれた大地から剥き出している黒い岩、濃い透明の青、その青から銀波を集めてみるみる巨大になって打ち寄せる波、泡立ち沸騰する純白。私の生まれるはるか彼方から、私が知りえない未来にまで、絶え間なく繰り返されるだろう大地と海の息詰まる愛撫。

そこは地獄などではなかった。私はうっとりとその神秘に見惚れていたから、友人が力一杯私を引っ張って草原に投げ出してくれるまで、自分がどこにいるのかをすっかり忘れていた

「危なかったわ、足をはずそうとするんだもの」

友人達は本当に腹を立てていた。私は謝りながら言った

「でもこんなに素敵な場所が私達の村にあるって知らなかったわ」

私は友人達が先に帰ってしまったあと、草原に寝っころがったままで空の青をじっと眺めていた。

中学のこの日まで、海はただ恐ろしくて遠いものでしかなかった。父が戦死して海に出る者とてなく、海の幸を口にする機会が少なかったせいもあるが、私は海が好きになれなかったように、魚介類も苦手だった。しかし、友達が大きな魚をぶら下げて帰ってきた父親に縋(すが)りついているのを見たときなどは、父親に対して叶えられなかった願いを魚に託して願ってみることはあった。せめてあの魚でも食べられれば、と。

そんな私を見たのだろうか、それとも母から聞いたのだろうか、隣の家の若者が不憫(ふびん)に思って、いつの頃からか魚を届けてくれるようになった。最初私は地獄から取れる魚が不気味だったが、次第にその味に親しんでいった。といっても、中学のその日まで、魚は空腹を満たす以上のものではなかった。

ところが、地獄と言われていた淵を見てしまって以来、すべてが変わった。私はあの青と白を持っている海に近い私の村が世界一素晴らしいものに思え、あの海に棲(す)む魚達が急に近しいものにもなった。いつものように彼が届けてくれる魚が食卓にのぼっても、不気味さは消え、むしろ美しいとさえ感じ始めていた。事実、魚は私の一等大好きな食べ物に変わった。

それ以上に、海は私の心までをその鮮やかな青に染め始めた。あの海に漕ぎ出てみたいという望みが次第に大きく脹(ふく)らみ、それはいつの間にかその海に毎日出て、海と交わりながら漁をしている隣家の若者への憧(あこが)れに変わっていった。海を知り村を愛し始めたように、海を背景にした村の中心に、彼の存在が大きな位置を占め始めた。陽焼けした彼の顔は眩しく輝き、家の薄暗い土間に太陽と潮の香りを従えて立つ彼は、琉球の英雄オヤケアカハチのように逞(たくま)しく美しかった。

彼が魚を届けるために土間に立つ時間が近づくと、私は次第に落ち着きをなくしていった。そわそわとして土間に用事を作りながら、彼が入って来ることがわかると急いで奥に入り、私の後姿に声でもかけてくれようものなら、心臓が破裂しそうだった。言葉を交わすことなど到底できず、目が合いでもしようものなら、全身は火のように熱くなった。

私が高校に進学してからは通学に時間を取られ、夕方のその時間に出会うことはなくなってしまった。週末に彼の姿を時々見掛けるだけで、出会いそうになると私の方で避けるようになっていた。食卓にのぼる魚だけは欠かされたことがなかったから、私は彼が取ってきてくれた魚に大切に箸を運んだ。それを食べることだけが彼との結びつきのすべてだったからだ。

高校三年に進級して一ヵ月ほどたった頃だった。五月の濃い太陽が炎熱の夏への序曲に相応しい激しさで村を震撼させて、海の向こうへ引き上げていった。その日は土曜日で早く帰り、母は近所に出掛けていなかった。いつものように魚を届けてくれる彼の声がしたが、私は出ていかなかった。最近の彼は戸口で挨拶をして、母が礼を言うために出ていく前に帰ってしまうということだった。私は母のように大声で礼を言った。再び彼の声がして私を呼んでいるような気がした。しかし私は一瞬戸惑った。彼に名前を呼ばれることが初めてだったせいかもしれない。それに呼ばれる理由などあるはずがなかった。私はそう思って返事をしなかったが、それでも夕餉(ゆうげ)の支度の手を止めて土間の方に耳を傾けた。もう一度彼の声がした。私の名前がはっきりと聞こえた。私は慌てて飛び出して行ったが、彼の姿を見た瞬間、金縛りにあったように硬直してしまった。小さな震えが足元から立ち昇って、全身をガタガタ震わせるまでに三秒とかからなかった。

震えるなんて、そう思って震えを止めようとしている間に、彼は私に向かって言葉を投げつけるようにして帰ってしまった

「明日、もし良かったら二人で小舟（サバニ）で出掛けたい。朝七時に大田の浜で待っている……」

彼は確かにそう言い、私も頷（うなず）いていたはずだった。手にした魚が確かな証拠なのだから、と思いながら今自分に起こったことを理解しようとしても、そして、たった今帰ったばかりの彼の顔や服装を思いだそうとしても、頭はまるで憑物（つきもの）にあったようにぼんやりとしたままで焦点を失っていた。ただ、明日は彼と一緒だという想いだけが刻々と大きくなり始め、私は魚を手にしたまま民謡（カチャーシー）を踊りだした。自分で三弦を口真似して、私だけの祭をするために翔（と）ぶように舞い狂った。

日曜日の朝は、静かに澄んだ水色だった。世界が花の露の中に生まれ変わったように瑞々（みずみず）しかった。私は夜明けとともに起きて二人分の弁当を作り、待ち合わせの場所に出掛けた。舟の準備をしていた彼は、ただ「やあ」と言っただけだった。しかし、その短い一言でも、昨日の出来事を証すに充分だった。私は彼に会うまで心の片隅に疑いを持っていた。ひょっとすると待っていないかもしれない。願いが高じて私が勝手に描いた夢だったのかも知れない。何度かそう思い、その方がいいとさえ思うようにもなっていた。だが、朝は決して裏切らなかった。

エンジンの音が朝の和（なご）みを静かに揺り始めると、朝は小舟に花粉のような光を撒いて二人の船出を祝ってくれた。五月の、しかし、充分に激しい太陽が伴奏してくれる島の一日は、永遠のように豊かに優しく、線香花火のように金色に凝集する一瞬の輝きでもあった。彼と昼食を楽しみ、木陰で午睡をし、青空が一点の翳（かげ）りも無く太陽に支配される頃、私達はその熱に気詰まりを焼かれてしまったのか、短い眠りが二人を青の世界に馴染ませてしまったのか、遠い昔から二人だけで生きてきたようにうちとけていった。

人気が無いのを幸いに、シャツをとり海に飛び込み泳ぎ始めた彼に真似て、私もシャツをとって続いた。二人して海の中ではしゃぎまわり、沖に向かって泳ぎ、波打ち際を走り回った。彼は私を先に走らせておいて、後から追い掛け、私が疲れて止まっている所に後から追いつくやいなや、私を軽々と抱き上げた。私は潮の香りに噎(む)せるような彼の厚い胸に顔を押しつけた。彼は午睡を楽しんだ木陰まで運んで私を下ろそうとしたが、私は彼の背に回していた手をはずそうとしないで、彼にしっかりとしがみついていた。彼は抱いたままで座り、濡れた私の髪を撫で、私は木の葉から零れる陽の眩しさに眼を閉じていた。眩しさが遮られて、緋色に煌めいていた世界が消えた。眼を開けようとしたその一瞬、彼の熱い唇が私の存在を緋色に染めた。

　午後の太陽は、海を光の底に沈めた。じっと見詰め合っていると青に滲んでしまうように思え、はしゃぎまわると、光が金粉となって舞い上がって二人を包んだ。青が溶け、光が沈澱し、やがて椰子の影が砂浜に長く伸び始めると、彼は太陽が染み込んで日向臭(ひなたくさ)い服を着せてくれた。

　二人で流れ着いた木々を集めて火をつけた。炎が太陽の残り火と競い合いながら、周囲の色彩を自分の中に集めて焼き尽くすように、あたりに彩(いろど)りが消えると、二人の顔は炎の筆先で夜空にあかあかとデッサンされるように思えた。じっと火を見詰めていた彼が口を開いた。自分の未来を日本語(やまとぐち)でポツポツと語り始め、私への想いを方言でメラメラと炎上させた。自分の船を持った時結婚してほしいと言った。それまで待っていてくれるかと聞いた。私は感動し、彼と焚き火の熱気に圧倒されてはいたが、彼の眼に輝く光を一層眩しくするために必死で頷(うなず)いていた。

　それから三年して、彼は突然消えてしまった。村の人々は死んだのだと言った。私はそうは思わなかったが、彼は二度と戻ってはこなかった。時化続きで漁に出られず、私達に魚を届けられないと詫びにきていた。そしてその次の日、少し収まりかけた風雨をついて船を出し、午後になって再び激しくなった嵐が彼を帰らぬ人とした。彼の亡骸はどこにも上がらなかった。船の破片だと思われる木片が万座毛の崖の下に打ち上げられた、そう村人は言った。それは彼の魂だけが帰って来た証拠だとも言った。

彼が船出して帰らないままに一週間がたってしまった日、私は家で待ち続けることに我慢ならなくなって、ひとり万座毛の突端に出掛けた。海は視界一杯に広がって私を待ち、波は青を一瞬不透明にまで凝縮して一気に純白を吹き上げながら、大地の傷口を嘗めるように打ち返していた。足下に深く湛えられた青は、私の不安を宥め、海の平和を教え、じっと青に魅せられて眺めていると、彼が逝ってしまった世界の安らぎさえ感じさせた。青は悲しみを濾過し、感情の起伏を底に沈めてしまい、私はそれ以来、死に隣合わせた海底の無彩色を装うようになってしまった。

ぼんやりとした街灯の光の中に、炎に焼かれそうな彼の顔が浮かんだ。待っていてくれるかい、そんな声が聞こえそうにも思えた。だが、この光の向こうに出掛けても、もはや彼はいない。その気持は急に足を重くしてしまった。しかし私は、夜風に紛れている微かな潮の香にひかれて、ゆっくりと足を運んだ。

村の入り口の家にさしかかると、犬が猛然と吠え始めた。私は思わず道の端に寄ってその家を避けた。ここは私の村だ、お前なんかに吠えられてたまるか、そう思うと無性に腹が立った。石を拾いあげてその犬めがけて投げつけようとしたが、犬の遠吠えが村のあちこちで起こるのを聞いて止めた。私は足早に村の中に進んで、遠い日々幼な友達と遊んだ広場まで出掛けて、村中に張り廻(めぐ)らされた犬の警戒網をはぐらかせた。

広場に辿り着いてしばらくじっとしていると、犬の遠吠えは消え、村は再び静けさに潜り込んでしまった。子供の頃、村中の家々に繋がっていた広場は、今、不意の訪問者を敬遠するかのように、ポツンと寂しく空虚を囲んでいるだけだった。周囲の木々の濃い影さえも、私を疎(うと)んじるために黙々と色を隠している。この広場に溢れていた甘美な色彩は、みるみる黒々とした時間の影に変わってしまった。

私は広場を捨て、比較的家並の少ない岬への道を辿った。通り慣れたはずの村の道は、どこかよそよそしく私を苛立たせた。進むにつれて、両側に裂けてしばらく途絶える虫の音が一層苛立ちを煽(あお)る。

帰るべき家が無くなってしまったからだろうか、それとも、私が愛し、また愛されてもいた人々がいなくなったせいだろうか、村は闇の羽根の下に家々を抱き込んで、身寄りの無い帰省者を固く拒んでいる。垣根にともる仏桑華(アカバナー)の常夜灯は、私を憎むどす黒い赤で威嚇(いかく)して、家々は頑(かたく)なに眠りを守ろうとしていた。村のすべてが眠りを装いながら、貪婪(どんらん)な眠りをとっくに忘れてしまった異邦者を追い払おうとしている。

私は次第に居たたまれなくなって、村をすっぽりと脱ぎ捨てることにした。空と海の青で染められ、梯梧やポインセチアや向日葵(ひまわり)をあしらい、潮の香が焚(た)き染められていた私の一帳羅(いっちょうら)だった心の晴れ着を脱ぎ捨てよう。ほつれ、擦り切れ、破れるまでに着古して何になるというのだ。夜明け前、世界に色が蘇るまでに起きて海や畑に出掛け、夜、世界が色を失うやいなや番（つがい）と足を絡ませて泥のような眠りにころげ落ち、朝、再び起き出して同じ一日を生き続ける村人達が着古してくれるに任せればいい。私は今さら繕うことなどしたくない。たとえ繕えたとしても、もはや、あやなす錦は望めない。

私は走った。草原めざして走り、円を描いて踊り、星々と花々の茵（しとね）を舞い紡ぎながら草に倒れ込んだ。

こうして土曜の夜は、虫達の奏でる輪舞曲（ロンド）に紛れ込んで優しく消えた。今日が忌むべき週末だったなんて、私には信じられなかった。

眠ってしまったようだった。滑（なめ）らかな冷気が繻子（しゅす）の衣のようにそっとかけられる気配に目覚めた。空一面に輝いていた星々が、ずいぶんと遠ざかっている。夜の底で結晶し始めた朝が、蛙の卵のような小さな水滴に包（くる）まって光を孕み始めていた。

もしも、今、目覚めなかったとしたら、私は草花となって朝が孵化する瞬間をじっと待っていたに違いない。世界はそんな私を大地のすべての存在と同じように露に包み、夜と朝の間に架けられる束の間の和みと静寂（しじま）に浸してやろうとしているようだった。その思いが長く凍りついていた心を嘘のように溶かし始め、私は溶け柔らかになっていく全身を感じていた。

和み、溶け、柔らいでいく私の中に、私はもう一人の私を感じ始めてもいた。今、私が夜の最後の優しさに抱かれ、朝の孵化を促す安らぎに浸されているように、私の中で和み始めた優しい血に抱かれ、安らぎの羊水に浸っている子供を感じていた。

私は眼を閉じた。こんなにもありのままで抱き締めてくれる世界の温もりを、感覚の和毛(にこげ)でそっと確かめたかった。そして、私でしか作りえない世界を与えている生命の鼓動と、私そのものを共鳴させたかった。その二つの世界の中心に私が居る、ただそれだけの思いが、私に「幸せ」というまるでそぐわない言葉を零させた。

そしてその言葉を洗うように涙が止めどなく流れ始めた。が、泣くことはなかった。声を上げて泣いたところで誰も来てはくれない。いや、来てほしくない。ただ、今、この瞬間に、空と海が、空と大地が、ひとつの朝に繋がろうとする世界の唯中にいて、私が私の子供の宇宙として存在している瞬間、これ以上の何も、何ものも、私は決して欲しいとは思わない。私はそっと眼を開けた。清冽な世界の狭間に生きている私を、遠くの夜の端で走る救急車のサイレンが壊そうとした。私は身を固くして優しさの結晶を逃がさないようにした。朝を一気に運び込むために、きっと誰かが死ぬのだろう。だが、誰が死に、誰が生まれたところで、私には一切関係の無いことだ。ただ、ひとつの世界が消え、ひとつの世界が新たに作られようとしているだけで、いつでも、誰でも、自分で自分の世界を作るしかないのだから。

あの妊婦にしたってそうだ。誰も子供を棄てた彼女を責めることなど出来はしない。殺されたのは「必要ない」新生児ではない。取り出され、放置され、凍え、死に、焼却されたのは、新生児を抱いていた世界そのものの妊婦なのだ。まして、生の闇から死の闇にあまりにも簡単に移されてしまったからといって、それだけで幼気な生命を悲しむことなどすべきではない。生きることが生きるに値するかどうか、誰にも決して言い切れはしまい。瑞々しい生命なんて、もはやどこにもありはしない。始められるのは希望に満ちた生ではなく、だらだらと死にまで続くだらない習慣だけなのだ。

私にしたところでそうだ。今日、私が朝を迎えたなら、私はドクターの所へ出掛けてしまうに違いない。理由などない。ただ、いつもそうしているからだ。それはドクターの所へ行きたくないからエレベーターのダウンのボタンを押そうとして、いつもアップのボタンに指が行ってしまうように、きっと当然のことなのだろう。朝に連れられ、ドクターの前に運ばれ、私の中からごっそりと私の世界を引きずり出されてしまう羽目になるのだろう。

そうすれば私は今まで以上に干涸び、色をなくして生き伸びていくのだ。エレベーターの前でいくらか躊躇い、ダウンのボタンを押そうとして、アップに触れ、ドクターに抱かれ、しゃぶられ、厭きられ、棄てられ、そして世界の冷房装置の中で、私が作った狭く冷たい膿盆の上で、無惨な夢を掴むために、手を一杯広げたままで凍え死んでいくのだろう。しかも、ただそれだけに違いない。

私はサイレンに破られた世界を繋ぐために立ち上がった。大地はすぐさま私を解き放ち、黎明の大気が慎ましく抱擁してくれた。朝が近い、朝が近すぎる。朝がまた耐え難い一日を運んでくる。

私は岬の突端に立った。大地が海に削ぎ落とされているあたりには、夜がまだ執拗に淀んでいた。眼下の海面は夜と融合したままで、深い青と黒を見紛う闇が広がっていたが、それでも足下から沖に出、沖から水平線に向かって、闇は次第に朝に薄められ始めている。岸壁に打ち寄せられている波は、朝の和みを湛えるために、微かにヒタヒタと闇の中を駆け昇る音を伝えているだけだ。

私は身に着けているものをすべて剥ぎ取った。海も空も大地も、大気さえも、私をすっぽりと抱いてくれる今、これ以上何を身に纏う必要があるのだろう。

私は自分の両手で自分の肉体を抱くように包んだ。ひんやりとした肩、平和を刻むだけの穏やかな鼓動、そして温かい腹部。私は生きている。今、大地に世界とひとつになって、しかも、私の中にもうひとつの生命を宿しながら、私は確実に生きている。

私は両手を大きく広げた。それは私と世界をより一層深く交合させた。私は今、全身全霊で世界と交わっている。大きく広げた指の一本一本が世界の襞に抱かれ愛撫されて生きている。

私は大地と海の妥協の無い接点に立っていたが、恐怖は全く無かった。今、かろうじて立っている大地の端も、紺碧を闇に溶かされてしまっている海も、私の全身を包んでいてくれる大気も、すべてが私の世界だと知ったからだ。いや、世界はそこに生きている私がいないことには存在しえないことに気付いたからかもしれない。

私は空を仰いだ。夜の退潮が紛れもなく始まっている。阻止しえない朝の潮が夜空一杯に寄せてきている。やがて私は無理矢理に朝を認めさせられる時間を迎えてしまう。太陽の尖兵たる光に足下の闇が壊滅される時、私は一歩退き、草原をうなだれて村に帰り、村の道を疫病神のように忌み嫌われて歩かされ、バスが太陽に煽られて急ぎ、エレベーターが確実に手術室に運んでしまう。不機嫌そうにやってくるドクターは、まるで太陽に命じられたように、その血生臭い穢れた手で、私と世界を引きちぎるサバタの宴を司祭する。

朝がすべてを同じように今日に持ち込み、太陽がそれを決定的に定着させてしまう。すべては決められ、すべては押しつけられ、すべてはいつも惨敗に終わる。私が私の世界の主宰者だというのに。

地平と水平が、大地と大気が、大洋と大空が引き剥がされる時刻だ。白んできた空は闇の彼方に海を描き始め、刻一刻と私の立つ突端に向けて攻め寄ってくる。

私にはもう待てない。白々しい朝が、足の下の闇を食いちぎり始める時刻までは、とうてい待てない。まして朝に向かって歩くために退却するのは御免だ。胎児が子宮から無理矢理剥離されるように、私の世界から剥がされて、他者によって私の世界を牛耳られ、血を滲ませ、束の間の生を膿盆の上で生きていくなんてまっぴらだ。

私は一歩踏み出すことに決めた。朝の完璧な勝利より先に、確実に踏み出してしまうことを決めた。だから私に朝は来ない。そう、日曜日の朝は、他の誰にでもなく、この私には決してやって来ない。そして世界のすべてが私とともに消える。世界は私なしにはどこにも存在しなくなる。よしんば私が認めない朝がやって来ることがあったとしても、それは好奇心が認める朝の遺骸だけに違いない。

というのも、世界中で誰一人として私が美しく死ぬことを願ってはくれないから、私は酷たらしく水脹れに腐乱した私を見つけられるように、私の溺死体を送って返したい。醜く、鼻を押さえる臭気を放つ水死体であればあるだけ、好奇の眼で眺める人々の心に、私の醜悪さの記憶がそれだけ長く残るに違いない。そしてうまくすれば、私が「必要ない」ベイビーを包む一層悲しい新聞紙であったことを認めてくれるだろう。

それが、世界と私ともうひとりの私が、破れゆく夜の橋頭堡(きょうとうほ)に立って、迫り来る朝に向かい、世界を巻き添えにしながら死んでいくために、「必要ない」はずのベイビーをしっかり抱き締めて、大地を今、蹴り放つ前の唯一つの望みと言えるのかもしれない。

必要ないのだから……。

(五) 鮟鱇(あんこう)は空翔(と)ぶ鴎(かもめ)を知らない A

俺はただ歌ってみたいだけだ。
歌にも詩にもロマンにも拒まれ
三弦の音階にものらないだろう
鎮魂歌を！

俺は彷徨(さまよ)った。烈火の太陽に凍え死なないようにポケットに手を突っ込み、燭台にともされた愛の幽(かそけ)き灯を消さないように肩をすぼめ、厭(いや)な匂いの路地裏を好んで徘徊した。憂鬱(ゆううつ)の青の眼球を焼かれ、ポインセチアの赤に心臓を射貫かれ、よろよろ、よろよろとしょぼくれた雑貨店に辿り着き、生温(ぬる)くなった日向(ひなた)臭い飲み物を仰(あお)いだ。

甘蔗を噛み、阿檀(あだん)の実で胃袋を宥(なだ)め、泡盛(しまざけ)で背骨を蕩(とろ)けさせ、俺という列島居留地から敗走したインディアンは、殲滅戦(せんめつせん)の落武者の旗印に、哮(たけ)り立つ太陽で燻(いぶ)された髑髏(しゃれこうべ)を、南十字星に突き刺して掲げ、予後の悪い凍傷を病む足を引きずって、生命の沸き立つ蟻地獄を求めた。

崩れた城塞の石段に腰を掛け、魂色の暮れ泥(なず)む海を望み、名も知らぬ女の吹いたエンジェルス・トランペットの曲(しらべ)に聞き入り、沈みゆく太陽に向かって飛ぶ銀翼の最後の閃光に、幼気(いたいけ)な息子の天真爛漫の希望を読んだ。

無窮から撒き散らされた星々に、天の言葉を探るため、巨大な墳墓を茵(しとね)にし、波を枕に珊瑚の眠りを貪り、シャボン玉のように俺に色づいた世界を写すために、朝毎に黒潮で眼を洗い、忌(いま)わしい顔をして俺を呪縛してきた時計と、不渡りの過去と約束手形だけの未来とを、俺の体から引き剥がして悠久の波にさらわせ、俺の影が大地に刻む陽時計の現在を選んだ。

優しい肩と潤んだ乳房が恋しくなって、夜の巷(ちまた)を這いずり回り、言い寄るポン引きと煙草を分け合い、裾を引く花車(かしゃ)婆から遠い島の天草(てんぐさ)の塩を嗅ぐ。閉ざされたスナックの入口に坐り、なよやかな花蜜の香りと、けだるい酒がせわしく行き交う時をやり過ごす。

すべてが早すぎ、すべてが遅すぎる薄暮に浸り、彷徨う気力も失せ、俺自身にも見捨てられた眠りの中に放擲(ほうてき)される。

すみません、こんな所で眠ってしまって。いや、いいんですよ、中に入りませんか。でも一銭も持ってないんです。構いません、さあ、どうぞ、すぐにコーヒーぐらいたててあげますから。今から開店ですか。そう、朝までやりますから。何か手伝いましょう。いや、気にしないで、そこに坐っていればいいですよ、音楽は何がいいですか、そこからいいのを選んでかけてください。マスターですか。ま、そんなところです。あの、本当に一銭も持ってないのですよ。心配しないでください、どうせこの店のお客さんですから。客と言いましてもお金を払わなければ儲けにならないでしょう。お金にはなりませんが、でも、この店の客にはなってもらえそうです。と、言いますと。ここは二種類の客が来るんです、ここに来て、お茶を飲み、恋人と話をし、雑誌を読んだり、音楽を聞いたりして帰る客と、お金があってもなくてもやってきて、何かを置いていってくれる連中がいます。僕のように何も持たなくてもですか。そうですよ、今にわかります、私が紹介をしてあげる連中は、皆、そんなやつばかりです。やっぱり何か手伝います、マスターが忙しそうにして、僕はここでコーヒーを飲ませていただいていては、どうも落ちつきません。ま、飲み終わったら何か考えましょう。ありがとうございます、でも、どうして僕がマスターの友達と同じ種類の人間だとわかるのですか。まず、あなたの顔です、自分がどんな顔をしているか分からなくても、タブンここにやってくる連中の顔を見たら、あなたにもわかってもらえます。そんなに簡単に分かるのですか。ええ、言ってみれば、何かに飢えている顔ですよ、それがお金とか財産とか物とか、普通の客が飢えているものと違ったものです、タブンあなたは何かを創っているか、創ろうとしているはずです、私はマルキストじゃないけれど、やはり人間には二階級、いや二種類といった方がいいでしょうが、二つの存在があると思ってるんです、物の多少とか、生産手段の有無を基準にするのじゃなく、マルクス流の二階級でさえ二つに色分けできるものがあると思います、じゃ、その皿洗ってくれますか。いいですよ。その二階級分別の基準は、たぶん魂とか精神とかいったものです、例えばあなたは今何も持っていなくても少しも惨めな顔をしていないでしょう、そればかりか、言わば「最良の精神」を持とうとしているはずです。ギンスバーグですね。そうでしょう、私とあなたはたった一言で同じことを考えられるわけでしょう、私の友人達と同じ階級に属している証拠は、今あなたが皿を洗っていることですよ、タブン、あなたはそうしないと一杯のコーヒーさえただで飲めない、今日まであなたが何をしてきたのか、私は全く知りませんが、皿の洗い方であなたがわかります。そんな風に言われるとこわいですね、何か全部を見透かされているみたいで。いや、連中は皆そうですよ、他人が自分と同じだと考えられる連中ばかりですから、他人のことがよくわかるんです、それにこんな客商売していますと、おもしろいほど人がよくわかります、さあ、誰か来ましたよ。お早う、マスター、サンドイッチできる。できるよ、しかし、キンちゃん作ってくれないか。またか、ま、マスターのためや、うまいの作るよ。そうそう三人分頼むよ。三人分も。そう、ここにお客様がいるから。OK、任してください。なるほど、あんな風ですか。キンちゃんはジャズのベース奏者だけど、この近くのクラブでロック演奏している、彼はジャズがやりたいらしくて、今、メンバー集めているんです、後で紹介しましょう、ここで軽く食事して、仕事の帰りにもう一度寄ってくれます。最近奥さんと別れて目下一人なんだけど、二才になる子供がいたんだけど。あー、そうですか、僕と一緒ですね。えーと、名前何てったかな。あ、すみません、伊吹龍彦と申します。そんな長い名前はいいです。じゃ、ヒコと呼んでください。マスター、出来ましたよ、ハイ、三人分。ありがとう、キンちゃん、ここで一緒に食べろや、紹介しよう、この人ヒコさん。僕は金城です、ベースやってます。僕はペン持っています。よろしく。温かい手ですね、僕の手見てください、爪なんかボロボロですよ。僕はペンダコだけです。マスター、どこで知り合ったの。いや、ここの入口で眠ってたらしくて。さすが、マスター、いい眼している。キンちゃん、ヒコさんも同病や、別れたらしい。ええ、しかし僕は蒸発してきたという方が正確です、どうしても話し合いがつかなくて、子供は二才です。そうか、じゃ、同盟結びたいですね。キンちゃん、コーヒーがいいか。そう、濃いやつください。ヒコさんも。すみません。マスターに拾われたということは文無しでしょう。よくわかりますね。マスターの勘は天才的だから、ここは僕が払っときます。じゃ、いつかお返しします。OK、但し、高い利子を取るよ、そうや、まず利子払ってもらいます、ウチに飲みに来ませんか、今夜連れていきますよ。ヒコさん、気をつけた方がいいですよ、ここの連中はすぐ自分の仕事場に連れていきたがるから、そら、また来た。オース、マスター、コーヒーは自分で入れますから入ってもいいでしょうか。どうぞ、ターちゃん、ちょっと紹介したい、この人ヒコさん、タブン物書き、こちらはマスコミの寵児、放送局のカメラマン、伊波正。よせ、マスター、まだ本採用と違うんだ。だけど、この間のドキュメント、おめでとう。え、もう知ってるの。昨日、ディレクターの大城さんに道で会ったら感心していたよ。いや、他の局の連中は腰が軽いから、じっくりと取り組んだだけだ、そしたら賞くれて、マ、本採用決定のパスにはなった。そうだ、ターちゃん、放送局でバイトないか。バイトか、美術で何か言ってたな、ちょっと待って、聞いてみよう。マスター、僕時間だから行くよ、バイトの件決まったらターちゃんと一緒にお出でよ。私がターちゃんにそう言っておく。じゃ、マスター、三人分ここに置くよ。今日はいいよ、キンちゃん。いや、ある時ぐらいは払わせてください。バイトあるそうだから、明日連れていこう、美術でトンカチやったらいいだけだから。ありがとうございます。ターちゃん、キンちゃんがバロンに連れて来いって。いいよ、ちょっと休憩してから行くよ、ところで、ヒコさん、寝る所はあるのか。今夜は未定です。今日まではどうしてたの。金の残っている間は安ホテルで、その後は門中の墓の前や、波の上の海岸や、風流なものでした。そうか、俺の所は彼女が来るし、そうだ和雄に頼んでみよう、あいつの所は汚いけど、墓の前よりはましだろう、マスター、和雄が来たら俺が帰って来るまで待たしておいて。わかった、はい、いらっしゃいませ、じゃ、ちょっと。マスターいろいろとありがとうございました。いいって放っておけば、どうせマスターの道楽だから。え、何か言った。いや、マスターは神様みたいな人だと言っただけです、ここに来てマスターの眼鏡に叶ったら、当分は生きていけるから、昔はあれでも相当に暴れたらしい、映画や演劇や言って、沖縄中走り回ってたらしいけど、今は貧乏芸術家のゴッド・プロデューサーみたいに思っている、しかし、いい人です、何でもいいやとは言わない、でも、誰でもというわけではないのだ、あれでも結構厳しいんだよ、一目でヒコさんを選ぶあたりはたいした眼力だ。いや、僕なんか見掛け倒しですよ。いらっしゃいませ。わかっただろう、マスターがああして声をかける人は普通の客、マスターが声かけずに入って来た方が声かける連中は、僕らの仲間と思ったらいい、変な連中ばかりだけど、みんないいやつだから、安心してつきあったらいいですよ。本当に助かりました、地獄に仏みたいです。いや、それは違う、地獄歩いていても仏みたいな顔していないと、マスターはここに入れなかったはずや、地獄と言えば、荷物はどこに。何もありません。今、着ている物だけです。それだけ。ええ、本一冊持っていましたが、万座毛である人に捧げてきました、海に花束みたいに投げ込んで。へえ、その話聞いてみたいな。まだちょっと立ち直っていませんから、いつか話します。でも僕の持っていた物はバス代以外には、その本一冊だけでしたから、僕の全財産を海に捧げたつもりです。だけど、着たきり雀にしてはそんなに汚れていないね。ええ、人のいない所で素っ裸になって洗っていましたから、ちょっと塩辛いのですが、ま、清潔は清潔でしょう。髭も剃ってある。これは苦労しました、ビール瓶、上手に割って剃ったのですが、最初は血だらけになりました。マスター、ヒコさんはおもしろい男ですよ、こんな顔して、ドブ鼠みたいに生きていける男です。そんなことは一目見てわかった。あー、そうです、マスターの眼は神様の眼です。ヒコさん、わかったでしょう、あなたはやっぱりお客です。そうマスターに言ってもらいますと、涙が出そうです。ここで泣くことはタブー、涙もろくて、すぐ泣く馬鹿ばっかり揃っているから、そら、折り紙付きの馬鹿登場。いよ、ないけど、今日は新顔の馬鹿も混じっているね、俺、オサム、何でも屋です。マスターに馬鹿って言われたく初めまして、と言われるとそんな気もするけど、どこかで会ったように思うね。初めましてヒコです。サム、何でも屋営業の時、ヒコさんも使ってくれないか。いいですよマスター、同じ馬鹿なら使わな損ですから、エート、三日したら民謡の音楽会の照明の仕事が入っているけど、やりますか。えぇ、よろしくお願いします。いや、こちらこそ。オサム、白タク儲かるか。白タクと違います、小型荷物運送業と言ってください、マーマーてとこかな。マスター、今日はジャンキー来た。いや、今日はまだ顔を見ていない。そうか、じゃ、今日は来ないね。オサム、何か飲むか。いいよ、マスター、自分でやるから、おい馬鹿三人は何か飲むか、俺がおごってやるから。オサムにおごらせると後が怖いが、じゃ、コーヒー。私もコーヒーで。OK、四つね、毎度ありがとうございます。オサムのコーヒーの方が私のよりずっとおいしいのですよ、オサムは元コーヒーのプロだったから、同じ豆使っても、どうしてもああは煎れられない。オサムは本当に器用だ、人のすることなら何でもやってきた。えーと、宇宙物理学専攻未遂。未遂ってどういう意味ですか。勉強の前に東京が馬鹿らしいからって戻ってきたから、それから旅行社、焼鳥屋、コーヒーのカップティスター、コールドパーマ普及員、タクシー運転手、新興宗教のナンバーツー、プッシャー、映画制作、演劇、照明屋、レコード店経営、喫茶店マスター、ボーイ、これぐらいかな。いや、あと十や二十はあるはず、三日や一週間の仕事を加えたら、もう幾つあるか見当もつかない。マスター、それは失礼ですよ、最短就労期間二十分というのがあります。何だそれ。東京でボーイに採用されてレモンの切り方が厚いと文句を言われ、あーそうですかと言って止めてきました、それからセールスマン、電気工事、農業、不動産屋、陸送運転手、ビラ配り、ビルの清掃、サンドイッチマン、自分でも数えきれませんね、そうそう質屋の番頭もやりました。それであの仏さんみたいな顔ができる。そうだ、マスター、オサムが桜坂で焼鳥屋していた時の顔、覚えていますか、世界の苦悩はすべて串刺しにするという顔してたでしょう、あれこそ実存焼鳥屋。いよー、お揃いで。来たぞ来たぞ、あれが一番賑やかな御仁、古屋元。呼ばれなくとも参上いたします。あ、この人、またマスターの網にひかかったな、気をつけろ、マスターはホモだから。ゲン、お前はどうだ。俺はもちろん、精神的ホモですな、俺はゲン、仕事は道楽息子、マスターはその師範、マスターご機嫌いかがですか、綺麗な奥様お元気ですか。ははーん、今日は金ないのだろう、適当に食って飲んで散ってしまえ。いやいや、そうはいきません、網にかかった魚をじっくりと。魚はヒコと申します。ヒコさんですか、いいぞ、この男なら抱いても。ゲン、いい加減にしなさい。あ、いらっしいませ。マスター、いい、俺がやる。ゲン、きちんと頼むよ。大丈夫です、とにかくオサムのコーヒーの方がうまいのだから勧めないと、あのお客様、今日はマスターがコーヒーをいれませんから極上のものがサービスできますが、はい、オサム、コーヒー二つ。マスター、頼みがあるのだけれど。そらきた、お世辞は言うわ、お客様はやってくれるは、やっぱり金か。いや、今日はもっと政治的な話です、来月の第一日曜に琉球共和国の映画会やるんだけれど、切符さばいてもらいたいのです。そんなことならお安い御用、えーと、ここに三人、ヒコさんも当然来てくれるからとりあえず四人、それに五十枚ほど置いていってよ。毎度ありー、お金はあとでいいです。いや、今払っておくよ、いつも直前にごっそりカンパやられるから、今のうちに清算を済ませておいた方が無難や。オサム、民謡ショウーの打合せ済んだか。一応終わった。だけどせっかくやるのだから向こうの予算オーバーしてもいいステージにしたいし。それはそう、宮古の民謡なんかなかなか聞けないから。私もカンパしますよ。マスターがそう言ってくれるのなら、やっぱり機材増やそう。国吉さんは控えめな人だから内緒にして、素晴らしいステージにした方がいいよ。じゃ、あのホリゾントの色、もう一枚重ねるか。宮古の夕暮れと夜をどうしても表現したいし、スポットの光量あげて、その分ホリ落として。ヒコさんも助っ人に来てくれるし、大丈夫だと思う。僕はまるで素人ですが。大丈夫、オサムの指示通りやってくれれば。それに宮古島の民謡聞いたことありますか、ないでしょう、あれは骨の髄まで痺れますよ、いい機会ですから、是非聞いておいた方がいいですよ。マスター来てくれますね。ここはユキちゃんに頼みますから、しかし私がいくといささかうるさいよ。マスターのセンスは古いって、老兵は消えた方がよろしい。なにか飲もうか、ヒコさんの大漁祝いに。いや、止めとこう、今からキンちゃんの所へ出掛けるから。じゃ、俺も行こう、しかし、遅い方がいいよ、キンちゃんの所へ行ったら絶対に帰らさないよ、この間も演奏の途中で出ようとしたら、ステージから怒鳴るんだ。まるで、チャーリー・ミンガスみたいなつもりだから。そうそうゲン、あの件はうまくいっているのか。そりゃもう最高ですね、いよいよ琉球は独立しますよ、三星天洋旗ひるがえして。国歌は決まったのか。今、委員会で検討中ですが、『朝日のあたる家』『海のチンボーラ』、ジャニス・ジョップリンの『サマータイム』、俺が作詞作曲した『ブラウン・レヴリューション』、それはそうと、ヒコさん、何かスポーツできますか。ええ、バスケットなら少し。これで二人目のオリンピック選手は決まった。一人は誰だ。そりゃ、このゲンさん、琉球共和国情報相が言っていることですから確かです。頼り無い国家だねえ。あ、言いましたね、マスター、国家は頼り無いほどよろしい、そうでしょう、この琉球国は、頼り無いほど人間的でした、そこへ島津や、大和や、アメリカがやってきて、ガッチリ締め上げただけですよ、唐ぬ世から大和の世、大和の世からアメリカの世、ひるまさ変たる此(く)の沖縄ですよ、今、この時に武装蜂起せずしていつできるのですか。ゲン、武器はあるのか。ありますとも梯梧があります、ブーゲンビリヤがあります、仏桑華(アカバナー)があります。それは花ばかりじゃないか。そう、花を武器とするのです、この国のこれが武器でしょう、琉球の人間に銃が持てますか、持てるのは蛇皮線(サンシン)か花でしょう、アジる必要がありますか、歌うんです、ピケする必要がありますか、モウアシビーするんですよ、ヒコさんモウアシビー、知ってますか。よくは知りませんが。これこそ琉球が世界に誇る文化ですよ、一夜、民謡に煽られて踊り狂い、そして心にとめた人と浜辺で、原っぱでメーク・ラヴするのです、これはもう至上の愛ですよ、ジョン・コルトレーン狂いは、今ステージか、俺の演説の後ろでキンちゃんがやってくれれば、それでもう革命は一発で始発するんだが、とにかく、このモーアシビーは家族制度、いや家族の共同幻想を無視して、ところが、ここが大事なのです、家族という共同幻想を破る、これはもう国家権力にとっては許すべからざる行為なのです、モーアシビーは遊びですが、単なる遊びじゃないのです、一種の神聖極まりない遊びです、だからこれに生命を賭けた女もいた、そのまま村から永遠に消えてしまった男女もいた、そして、モーアシビーこそは、人間が人間らしく生きようとした琉球人の生命なのですよ、神に見守られた、いや神とさえ可能な、神聖な交(まじ)わりだったのです。

　俺は太陽に向かって蝶を求め、天使の透(す)かしをつけた黒い揚羽蝶(あげはちょう)は光に塗(まぶ)されて見えず、虹彩は淡い緋色の薄紗(うすぎぬ)の残像だけを捕らえ、優しさの昼顔の浜は、繚乱(りょうらん)の蜜槽を得られず、毒の上澄み掬(すく)った螺旋(らせん)のトランペットの悲痛な響きを寄せては返す。白無垢(しろむく)の砂は、神に嫁ぐために打ち棄てられ、憔悴の涙に滲み、名も聞かず、絶対の愛を花弁に匂わそうとした我欲の薊（あざみ）は、その棘で狂い舞う黒繻子（くろしゅす）の翅（つばさ）を引き裂き、希望の鱗粉は俺の肺を殺し、憧れの鱗毛は俺の心房を縛る

「毛遊び（モーアシビー）、南の島の歌垣、火祭りの宴、憑依と祓いの秘儀、筋肉の大饗宴のさなかでの悪魔祓い、踊り、禊（みそ）ぎ、洗い、清め、蓄積されたリビドー、妨げられた攻撃性が熔岩のように溶かされ、びりびりと緊張しきっていた魂の平安の中への孵化……」と書いても、どの言葉も俺のように卑小で、言葉の網は彼女を追えず、黒揚羽は天空高く舞い上がる

「花を持つ手に銃を、三絃ひく手に背嚢（はいのう）を、歌をアジ演説に、神話を戦術に、踊りを武装蜂起に、広場を開放区に、祭りを革命に、安らぎの褥（しとね）に血と硝煙の匂いを……」というどの化学式も錬金の秘法に遠く、愛の火床はくすぶって消える。

　花は淀んだ重みを充填（じゅうてん）しない。三絃は銃の陰鬱な響きを奏ではしない。歌はアジ演説の怒りに転調しない。神話は戦術に穢（けが）されはしない。

　たとえ広場の魔女の美酒が、俺に薊（あざみ）の棘を、彼女に黒揚羽の喪服を着けさせたとしても、鬼神と亡霊と精霊と神が、二人の交合のリズムを作ったとしても、歌が、お伽話（とぎばなし）が、ファンタスティクな作り話が、神話が俺の言葉を殺し、彼女の唇に媚薬のなまめかしい色をのせ、肌にぬめぬめとした欲情の艶沢を纏（まと）わせたとしても、蝶は舞い、エンジェルス・トランペットは俺の花蜜に酔いしれ、俺は今、淡い緋色の薄紗（うすぎぬ）から、ともされた燭台の灯に注ぐ油を絞る。俺が彼女を抱き、波を神が抱きしめる。俺が彼女を愛し、彼女が俺を愛し、俺が女を愛し、彼女が男を愛し、俺が人々を愛し、彼女が人々を愛し、俺がもう一人の俺を愛し、もう一人の俺が俺を愛す。隊列を組むな、銃身を磨

くな、会議をするな、踊れ、踊れ、踊り狂うのだ。
ひとつの惨めさをもうひとつの惨めさに売り渡すな。花は銃口に咲け、三絃は銃声を破れ、歌は演説を掻き消せ、陶酔を太陽に沸騰させよ、恍惚は梯梧のように血色に吠えろ、人間的願望から、人並みの憧れから、蝶よ、経帷子をかなぐり捨てて大空に自由に翔べ、永遠を目指せ、絶対を食え、喉笛に短刀突きつけられても歌え、性器に電極をあてられても酔え、愛を撒け、花弁を振り撒け、悲しみの砂袋を落とし、怒りの重みを放り出して、シャボン玉の気球を天空に向けて放て、歌え、狂え、愛とすべてを交換してしまうのだ。

オサムさん、昨夜はお疲れさまでした。いや、どうもありがとう、助かった、しかし、バイト料少なくて悪かったね。いや、いいんだ、オサムさんは一銭も入っていないのだろう。そうだけど、僕は『トウガニーアヤグ』聞いただけでも損はしていない。確かにそうかもしれないな、僕なんかバイト料もらって悪い気がする、しかし、言葉が分からないからはっきりは言えないけれど、あの宮古の歌はどんな喜びを歌い上げても実に切々と重く響いてくるね。そうなんだ、あれは喜びの歌でも、祝いの歌でもないんだ、そうあってほしかった、そうあってほしいという切実な願いと祈りの歌なんだ。だろうな、そうでなかったら初めて聞く僕にああまでショックは与えなかっただろう。そこなんだ、この間ゲンちゃんがぶっていた演説覚えているか。覚えているどころか、耳について離れないよ、いやちょっとしたことがあって、歌と踊りと祭りと毛遊びのことなんか考えさせられていたから。よかったら話してくれないか。個人的な事件は今ちょっと話したくないが、ただあの種のことが、あるべき人間の生に至る最も近道じゃないかなと考えていたんだ。と言うと。実は生まれて初めて僕も踊ってみたんだ、いや正直に言えば踊らされたのだが、しかし、踊っているうちに自分の中で今まで眠っていたもう一人の自分がぐんぐん芽を出してきたように思えたんだ、言い換えれば、今まで他者の方向を向かないことで自分を表現しようとしてきた自分があり、もう一方に自己を完全に他者に向けることで、いわば集団の構成要素たろうとすることで、自分を表現しえるような力が感じられたんだ、外から見ていると、それは集団への埋没とか、自己放棄とか、何とでもマイナスに色づけすることはできる、しかし、たとえそれがフランツ・ファノンの言う悪魔祓いの秘儀にしたところで、それは彼の扱ったいわゆる「原住民」の悪魔祓いと違う悪魔祓いの秘儀になってしまったんだ、何というか、自我、それも決して自分そのものであるような豊かな個性を意味するものじゃなく、家族や文化や習慣や、言ってしまえば観念やイデオロギーに毒されたエゴイスティックな自我という悪魔が、物の見事に祓われてしまったんだ、だから僕は名も知らぬ女(ひと)を、生まれてこの方あんな風に純粋無垢に愛したことがないほどに愛することができたんだ、もっと正確に言えば、砂浜でセックスした時、このまま死んでもいいとさえ思ったほどに恍惚としていたんだ、しかし、その女(ひと)は死んでしまった、僕にでっかい荷物、いや贈り物残して自ら命を絶ってしまった、だから彼女のためにも、例のゲンちゃんの演説をもっともっと深めてみたい気がしているんだ。大体はわかった、ファノンを出してくれると非常に話がしやすい、僕にしろゲンちゃんにしろ、ファノンのあの位置から一歩も二歩も前に出ないと何もできない、いやしてはいけないと思っているんだ、確かにここは貧しい、しかし、永い歴史が示すように、琉球の人々は実に心豊かに生き、歌い、踊り、女を愛し、女を抱き、男を愛し、男を抱いて生きてきた、それはもうひとつの違った生活、いわばより物質的に恵まれた生活だったり、より苦しくない生活だったりするものに取り替えることができるとしよう、ところが問題は実にこの取り替え方なんだ、民謡は歌うな、踊りをするな、毛遊びのような野蛮な風習は止めろ、そのようにひとつ一つ何かの価値で善悪をつけて禁止したり、制限したりしていったとしても、そこには僕らが夢見るような世界は一秒だってあり得ないと思うんだ。そうそこなんだ、僕も実際自分が踊ってみて、人間が一体いかなる存在かをもう一度一から考え直さねばと思ってきたんだ、ひとつの価値基準で物事を判断することは実にたやすい、が、それが生の価値そのものまで切ってしまえるかどうか、ここのところが最大のポイントのような気がする、結論から先に言わせてもらうと、例えば踊り、例えば歌、例えば憑依、それが本当は人間の最も人間らしい何かを表現しえるひとつの糸口であって、これらの先にしか望むべき、夢見るべき世界なんかあり得ないし、いや、あったところで何も変わりはしない、そう思い始めてきたんだ。ヒコさん、よほどその女が好きだったんだろう。いや、ところが……。ちょっと待って、ヒコさん、先に僕に言わせてもらおう、その女への愛が今までと色合いが違う、もっと俗に言えば、その女が美しいからとか、その女の胸がかっこいいとか、いやらしく言えば性器が素晴らしいとか、そんなレベルじゃないのだろう。そう、全くその通りなんだ、皺だらけの婆さんだって、それはそれで実に美しかった、キザに言えば存在そのものが輝いて見えたんだ、だからファノン流に言えば、あそこにしか開放区も、砂漠の前線も、武器庫もないのじゃないかと思い始めたんだ。この話はおもしろいし、ゲンちゃんとも一緒にやりたい。あいつと二人でいつも言ってたことはこのことだし、まさか内地のヒコさんまでが同じように考えているとは思わなかった。いや、同じように考えていたとは言えない、ただ、何を見ても、何を聞いても、何を読んでも、いつも、ＯＫ、よしわかった、しかし、と常に「しかし」と言いたくなってしまうんだ、まだ足りない、まだ満足できない、そう考えてすべてに「ノー」と言い続けただけだった、だから革命の例がわかりやすいから極めて乱暴に言えば、ゲリラを正規軍に止揚するところからは、僕の夢みる世界なんかは生まれはしない。チェ・ゲバもフランツ・ファノンも倒立させたかった、正規軍をゲリラに、武装蜂起を祭りに、なんて風に、そうしない限り、人間なんて全く同じことを繰り返すにすぎないって気がしていたんだ。そう、全くそうだ。もっと厳密に言えば、ゲリラからゲリラで、どこにも正規軍の組織されるような余地のない革命的な何かだろう。そうなんだ、それ以外、たぶん人間はより物質的な生活をすることができても、より人間的には生きられない気がする、しかも、人間的とは何か、そこんとこが重大なんだ、歌とか、踊りとか、祭りとか、セックスとか、これを一度にやってしまう毛遊びは野蛮だと文化人はおっしゃる、しかし、これを一度にやれるのは獣じゃなくて人間だけだ、ましてヒコさんが体験してきたように、個人的に卑猥な感情を浄化してもなお抱き合えるというのは、これはもう人間だけにしかできないことだろう。だから僕も彼女を抱きながら、自分が生まれ変わったように思えたんだ、今まで生きてきた自分が何とくすみ、何と不能で、何と束縛されてきたかと、惨めに思えたくらいだ。ゲンちゃんともよく言うのだが、例えばひとつの革命が起こる、極めて熱狂的かもしれない、だが、例えば魂とか、生理とか、感性とか、そんなレベルで本当に自由で開放的な革命が持続したことはなかった、ところがそれこそ、革命の目的であり、結果であり、革命のエッセンスであるべきで、革命の手段ではないはずなのだ、だからゲン達は花を武器に、と歌うことから始めているのだろう、あれはあれで出発点としてはすごい、だがそれからどうするのか、毎日毎日踊り狂うのか、町中で蛇皮線掻き鳴らし、辻々で相手かまわずやりまくるのか、ここんとこがどうしても展望できない、苦しいから歌う、悲しいから踊るのかもしれない、だが、それを踊りに、歌に翻訳できる人間のどこをどう……いや危ない、ここが罠なんだ、組織化なんかどうでもいいんだ、どこをどうもっと大きく表現できるか、生活の全般、生の全域に広げられるかなのだろう。そう組織というのはひとつの罠だ、あの詩人が言っていたが、火のない所に組織があり、いや逆だった、組織のあるところに火がなく、火のある所に組織がないと言ったけど、あれは違うと思う、火があるから組織なんていらないんだ、ただ、それをもっと大きくできるかどうかの問題なんだ。だと思う。ここまでくれば話はでたらめになってくるけど、組織なんて言葉が持つもどかしさではどうしょうもないものがあるのだと思う、組織化するスピードが決して追いつけないような、あるいは組織化という固定化の中には決して「おさまり」のつかないような何かがあると思うのだ。それがたまたま歌や踊りや祭りの中で顕在化するだけで、決して潜在的な、ファノン流に言えば抑圧的な状況の昇華といった風な消極的なものでないことは確かだ。いや、消極的な動機だと認めても構わない、認めるかわりに、その顕在物が動機の消極性をはるかに凌駕（りょうが）して光り輝いてしまうこともまた認めてもらいたい気がする。たぶんそうだろう、あのコザ叛乱の時に、基地ゲート破って外国人の車をひっくり返して焼き、そのあとで群衆はカチャーシーを歌い踊った時だってそうだが、普通は叛乱が終わったあとで狂い踊ったというように言われているけれど、あれも逆転して考えた方が僕らには状況はわかる、車をひっくり返したのも、それに火をつけたのも、それは全く踊り狂うためだったと考えてみるわけだ、そう考えを逆転させると、人間の何たるかが少しは見えてきはする、そうして人々がどうして歌や踊りにあれほど陶酔できるかも少しはわかってくる。ちょっと話を変えるけれど、その踊りや歌が、どうして僕自身を変え得たのか、少し考えてみたいのだが、もっと言えば、その後でどうしてあのようにあの女（ひと）を抱けたのか、ということでもあるのだが。たぶんそれは、ここまでくるとしゃーしゃーと言ってしまいたいのだが、愛の種類が違ってしまったんだと思うね。じゃ、自己分析してみよう、僕は踊りを通して村の人々と交わりながら、同じ踊りの仲間への愛というか、相互に感じられる何かをまず身に帯びてしまった。隣の男の女にも、老いた女にも、まず複数の愛を感じたのだろうな。その上で、僕は個人的に知り、個人的に好意を持っていた女が出てきた、すると彼女への愛は、その複数に感じていた人々の愛まで集めてしまった。たぶん、そうだろう、その人はヒコさんがそうまでいう人だから、きっと美しかったに違いないが……。そう、だけどその美しさや優しさが人々への愛を集中し収斂するレンズになったわけだ。美しければ美しいだけ、優しければ優しいだけ、レンズの集中、収斂力が増すのだろう。じゃ、やっぱり愛だな、しかも一対一の、日常的にゴソゴソとやって、いたわり合いながらかばい合いながら、もっと言えば社会から他の人から少しでも離れて二人だけでチマチマとやる愛では、あれほどに熱く純粋な愛に集中できないだろうな。いやらしく言えば、女への独占欲はその分だけ純粋さを濁してしまうのだろう。かといって手当たり次第のセックスは、それはそれで純粋さとはさらに遠くなってしまうだけだろうけど。そうなるとゲンちゃんじゃないけれど、毛遊びこそ一種神聖な、生命賭けの遊びなのだな。ゲンちゃんはだんだん神がかってきたから、言い方も大袈裟だし、あいつは東京で舞台に立っていたから、ドラマティックに話をするが、本質はやつの言う通りだ。一夫一婦の対極に一夫多婦とか、一妻多夫とか、乱婚とか、いろいろあるにはあるだろうけど、今言いたいのは、もう一次元レベルアップした男と女の関係だろう。ゲンちゃん流に言えば、家族制度が国家制度を補完するために、占有し、取り込み、隔て、囲い込む方向から、世界への愛の収斂場として、外に向かって広がっていくベクトルを持っていない限りダメなんだろうな。だが、今の社会の中で、これはよほどのことがない限り、男と女は悲劇として関係を持ったり、終わらせたりしてしまうだろう、どちらか一方がそう感じていたとしたら、まず相手は間違いなく逃げだすに違いない、あるいは世間的な理由をこじつけて別れる口実にするだろうな、意識しているかどうかは別にして。バランスが全く崩れてしまうのだから。一方は夫婦の性生活ですら自己の表現であったり、自己発見に至る道であったり、ペニスの向こうに子宮を突き抜けて見えてしまう世界があったり、受け入れているペニスによって世界に抱かれていると感じたりして、全力投球するだろうし、一方は欲情に限った肉欲であったり、義務であったりするだけだったら、ぞんざいで、その場限りで褪めてしまうだろうし、そのあたりで実に困難だろうな。そう考えると、ようやくこの島々の民謡の激しさがわかるように思う、セックスだけをあんなに露骨に歌っているわけではないんだ、あれぐらい激しく歌わないことには二人だけの愛を語れないのかもしれない、いい意味で愛が広がりすぎるから。踊りは逆なのかもしれない、大きな愛を感じてしまってから二人の愛に投影すれば、それは激しすぎる、だからあのように永い時間、徹底して踊り狂って、二人の男と女だけで交わっても大丈夫な程度に愛が鎮まるのだろう、僕だってそうだった、飲みつけない泡盛ガブ飲みして、とっくに酔っぱらって、とっくに踊り疲れて足腰も立たないはずだったけど、少しも疲れたという気がしなかった、むしろ彼女を壊さないぐらいでちょうど良かった。しかし、燃えただろうな。想像に任せるけれど、もう夢中だったね、無我夢中という意味でも、わからないという意味でなくて、頑な自分がいなくて、しかし明晰で、本当に夢の中のように素晴らしかったね。となると、これから大変だね、うかうか女を愛せないし抱くわけにもいかないだろう。いや、逆さ、もう誰でも抱けるように思えるね、こちらの愛の種類で、本当にそうなんだ、最初に一緒に踊った老婆を抱きたいと思ったね、事実、綺麗だったんだから、今日会ってそう思うかどうかは別だけど、少なくともあの瞬間はそうだった、だから僕自身の心にも、また老婆にも日常を越える何か神秘な部分があるということが分かったね、今、オサムと話してみてハッキリ言えることは、人間の二つの側面、対物質的と言ったらいいのか、とにかく外に向けての自己の側面と、精神的側面、内に向けての自己の側面が、決して片方から片方を決めることも、変えることもできないということだ。それはいずれか一方だけでは駄目だということでもあるんだろうな、例えば今度紹介するジャンキー・アーキーなんかもそうだが、あいつなんかは全くその一点でのみ突破しようとして、自分の身体を目茶苦茶にしてでも投企し続けているんだが、生理的変化から、感情や感性、精神や魂、あるいは神に至るまでの側面から、もっと人間的側面というか、肉体存在の健全さを中心に人間自身の革命に光を当てないと駄目だと思う。革命とは命を革(あらた)めることだろう、そうすると一方的に物質的諸関係や、それによる政治的な諸関係の変革だけを追求しても、どこかで人間がごっそり脱落していくに違いない。ここ何千年か知らないけれど、生活や生にかかわる物質的な諸関係や政治的なそれは変わってきた、しかし、生理的変化も含めて、人間のもう一方の側面、いや、人間の本質的なことに関しては、全く未開の状態だろう。いや、退化しているのかもしれない、だからこの島は、そういった意味でも重大なテーマを抱えているのだと思う。そのひとつの表現が歌であり、踊りであり、毛遊び的集団行為なのだろう、アーキーが聞いたら泣いて喜ぶだろうが、ＬＳＤやヘロインでさえ、一方の側から考えるマルクス的発想と登り口だけが違うのだ。そう、生産手段どうのこうのと、それさえ変えれば何でも変わるという発想は今に破綻(はたん)する。人間存在の重大な因子の一方をまるで知らぬ存ぜぬ、知っていても未来の宿題として放りなげる、これはもう、語本来の意味で反革命的。明日の革命は今日の生きざまから、何てとこだろう。すべて一点を変えれば済むように考えられるなんてやつは、やっぱり同じ種類の人間とは思いたくないね。女との関係にしたってそうだ、ヒコさんが毛遊びで得た愛の原初的かつ未来的形態へのヒントを、今日もまた女に対して貫いていくべきなのだろう。だと思う、今日女との関係に身悶えしながら全力で対応し、全身全霊で愛せなかったとしたら、未来の今日もまた、何も変わりはしないし、変えたって無駄だろう、愛なんてものもまた、組織化できないスピードを持っているものだから。昨日の古い愛を今日新たな愛を創造しながらぶっ壊していかないことには、愛は愛たりえなくなってしまう、至上のそれに向けての永久革命こそ愛なのだろう。だからたとえ闘うにしろ愛がすべての始発にあり、すべての日常を色づけていないことには、まともなことはできはしない。じゃあ、ルイ・アラゴンの話も転倒させよう、闘いの最も困難な日に黄金の髪を梳くエルザを見詰めていたのじゃなく、エルザに収斂できる愛があったからこそ、闘いは困難でも真に困難ではなかったと。さらに付け加えると、エルザに収斂できる愛があったから世界を愛せた、と。話がはずんでいるね、コーヒー二人にサーヴィスするよ。すみませんマスター、いつもいつも。いや、ヒコさんはまだ一週間そこそこだろう、しかし、民謡に対する洞察から始まって実におもしろかった、ここの連中の中でもオサムは凄い男だ、だから、二人の話に口を挟む余地もなかった。マスター、今度は三人で、いやゲンちゃんも入れて、連中みんなとやってみたい気がする。今日はずっと聞かしてもらったが、是非そうしたいね、ヒコさん、最初の日に私が言ったことわかってくれただろう、やっぱりあなたはこの店のかけがえのない客なんだ。こんにちわ、マスターお元気。いよー、ユキちゃん。オサムさん、お元気そうだし、何か光ってる。さすがユキちゃん、ヒコさん、この女は稀にみる愛すべきいい女だよ。何とオサムさん、開口一番、ま、悪い気はしないけど。ユキちゃん、紹介しておく、この人、ヒコさん。よろしく。こちらこそ。ヒコさん、この人、正男の妹。正男さんというと山原（やんばる）の奥地で一人畑耕している人。そう、あいつは東京でサラリーマンやってたけど、こちらに帰ってきて、琉球辺境にもぐっちゃって、随分会っていない、ユキちゃん、兄貴がんばっているか。やってるみたいよ。僕も一度会ってみたいね。ええ、今度、山原に連れていきますよ、マスター、私もコーヒーください、いいえ、自分でやります。ユキちゃん、今日少し金があるからコザへ民謡聞きにいかないか。いいわ、じゃ、この人、エート……。ヒコです。そうヒコさんも一緒に行きませんか。待て、私も行く。マスター、お店は。ここにコザの店の名前書いておいて連中にそこに移動させればいい、どこに居たって同じさ、ただ、自慢のコーヒーを飲ませてやれないだけだ。

俺は黎明（れいめい）の堡塁（ほるい）に立って、太陽が攪拌（かくはん）を始めない世界に向け、言葉の投網（とあみ）を広げ、動詞の網の目が優しさを逃がさないように、形容詞の網の目に沈朱（ちんしゅ）がひっかかってくれるように、修辞の沈子（おもり）は軽すぎないか、網は地獄の底をさらい、手綱は神の手に握られているか、と太陽に煽られ、浅葱（あさぎ）の風に唆（けしか）けられ、日がな一日、飢え渇き汗もふかずに奮闘する。頽陽の気配に逸（はや）る心を宥めすかして、ゆっくりとたぐり寄せてみる。

網は言葉で溢れ、膨大に溢れ、底を地獄の珊瑚が引き裂き、神の手綱は重みでずたずたに綻（ほころ）び、ゴロゴロ、ゴロゴロと死語だけが水揚げされる。人魚の華奢な首は折れ、鮟鱇（あんこう）は間抜けな面して潜水病でふやけ、阿古屋貝は優しさの真珠を吐いて泥を食（は）み、観念の人食い鮫は凶暴に網を破り、太陽で蒸（ふか）されたびくには、ひとつとして収穫するものもなく、惨めに冷えた指先で網を繕う気力も失せ、夕闇の浜に、言葉を山にして火を放ち、一条の紫煙をあげて暖を取る。

消耗戦の潰滅を肉体の底から補充するために、夜に広げられた兵站線に潜入し、豚の足をしゃぶり、粟の蒸留酒を呷る。言葉でオーバーヒートした大脳を冷ます清楚さを遊猟し、インクの染料とタンニン鉄で濁った血を濾過してくれる処女の薄紅の皮膜を托鉢し、勃起した天尻は蜆色した欲情に射出され、虚空の鉄鉢は、苦汁の粥飯で盛られ、萎びた乳首を口に含み、闇の無言に耳をそばだて、小熊座のエーター星に明日の漁を占う。

寂寞を被う毛布とてない極寒の寝つけぬ夜の縁で、東雲の休戦ラインが束の間の眠りを運び、夜の歩哨の金星が立ち去ると、光と熱で重装備した日輪の戦車が、キャタピラー響かせて容赦なく戦場拡大にやってくる。

間怠っこしい投網を捨てて、時代遅れの火縄銃構え、天空舞う天使の心臓狙撃作戦に変えてみても、銃座は固定せず、照準は狂い、血糊で固めた薬莢は銃口に合わず、引き金にかかる指は凍傷で崩れ、愛の火はくすぶって、ぶすぶす、ぶすぶすと火縄を焦がすだけで、汗と涙が点火を拒む。

きっぱりと、すっぱりと、体液の湿りを拭い、額の奥の聖火を頼み、自律の肩に銃座を呪縛し、全霊を銃口にねじ込んで放ってみても、弾はヒョロヒョロと虚空に流れ、幻覚の虹が弾道を描き、陽炎の刃が瞬時に漂白してしまう。

淡い緋色の薄紗だけが、ヒラヒラヒラヒラと俺を嬲り、名詞も副詞も、暗喩も直喩も、果てなき天空に届きもせず、暗雲に谺して雷鳴となって俺を穿つ。

永遠は、太陽と番った海は、陶酔のその時は、絶対の希望は、練絹の組紐は、不死の水精は、銀嶺の女神は、巨大な竪琴は、金色にふくらむ乳房は、アスランのたて髪は、ヴィルジリオは、波の上を駆けるフレジー・グラントは、チュダーターの一杯のミルクは、オリーヴの山々は……
そして、おお、あのまなざしはどこに。

キンちゃん。ヨー、ヒコさん。この間、コザの民謡クラブで見かけて、声かけようと思ったのだけど、凄い目つきして舞台に食らいついていたから、そのまま帰ったんだ。どうして、声かけてくれたらよかったのに。しかし、あの目つきだと、邪魔すれば噛みつかれそうだったよ。いや、悪かった。しかし、キンちゃんはジャズだろう。ウン、そうだけど、あそこはよく出かけるんだ。飲みに。いや、自分で、練習しまくって、どうしょうもない壁に突き当たると、あそこでじっくり民謡聞くことにしているんだ。やっぱりね。やっぱりって。僕の好きなジャズメンの一人だが、アーチー・シェップが韓国と沖縄の民謡について本気で勉強しているって聞いたことがあるから。そうだと思うよ、蛇皮線のリズムを骨の髄まで染み込ませて帰ると、不思議と指の動きが変わるように思えるんだ。キンちゃんはいつもどこで練習しているの。海岸さ、ベースかついでいって波の音聞きながらやるのだけど、今一人だから、思い立ったら真夜中でも夜明けでも、好きに練習しているんだ、ヒコさんも一人だろう。まあ、そんなとこだけど、キンちゃんも子供がいるって。そう、そいつが忘れられなくて、その気持ちで弦掻き鳴らしているみたいだけど、本当に気持ちのやり場がなくって、練習を今みたいにしてない時だけど、殺してやろうかって考えたこともあった、ワイフも一緒に、それ以外、あいつら二人を愛し続けることができないような気になって、もし、ベースなかったら、今頃臭い飯食っていたと思うな、ヒコさんならこのあたりのことわかってくれると思うけど。僕もそんな気持ちになったことあったけど、僕は言葉以前か以後か知らないけれど、とにかくキンちゃんと違うところで、殺すこと考えずに飛び出してきてしまった。何かあったの。別れ話ばかりやっていて全く進展のなかった時だったが、どこの坊主か忘れてしまったが、父親と釣りに出掛け、父親が誤って海に落ちた、それで竿を差し出して助けようとして、ふと、何を思ったのか竿につかまろうとする父親を力一杯水に沈めて殺してしまったというんだ、その坊主はこの瞬間に解脱したというのだけれど、そのあたりのことを考えながら眠れもせず、ウツラウツラしていた夜明け前だった、部屋を別にして僕は物置で寝起きしていたから、妻は血相変えて呼びにきた、大変なことをしてしまった、許して、悪かった、と言うのだけれど、僕の心は全く波ひとつ立たなかった、もういい加減疲れていたこともあったし、その頃心臓（ハート）は月の表面みたいに冷えきって動かなかったから、どうしたんだって静かに聞いた、しかし、とにかく来てくれというので、モゾモゾと起きて彼女について行ったんだ、彼女は僕を風呂場に連れていって、死ぬつもりだったって泣くわけ、見ると狭い風呂場に座布団が敷かれ、プロパンガスのボンベが持ち込まれているんだ、息子はどうしたかと聞いてみたら、ベッドだと言って泣き叫ぶ、僕は自分でも信じられないくらいに冷えきっていたんだろうね、何かの確信があったのだろう、彼女に何も出来るはずがないというような確信だったと思うが、息子の所に行かずに、そっとガスのコックが開けられたかどうか調べたんだ、ボンベは新品で、彼女はそんなことやったことなかったから知らなかったのだろうが、新品はちょっとやそっとで開けられるものじゃない、スパナか何かで開けないと開かないはずだった、座布団に鼻をつけても何も臭いはしない、で、ボンベを元の場所に戻し、座布団を片づけてから息子の所に出掛けた、息子はよく眠っていた、妻は僕が何の反応も示さないものだから、部屋の隅で顔をおおって泣くふりをしていたから、いつものように額にキスして、もらす前にトイレに連れていっておしっこをさせ、いつもみたいに抱いてベッドに戻した、息子の顔は、美しく澄んでいたし、いつもみたいにご褒美（ほうび）のキスをしてくれというから、もう一度抱き上げて額にキスしてから降ろし、パジャマの前を開けておなかに口でブーを鳴らしてやった、キャアキャア言って喜んでいたから、妻を振り返りもせず部屋を出て、次の朝早く家を出てしまった、何というか、僕の方の愛情と、妻の方の愛情のバランスがもう取り返しのつかない狂いを生じているような気になって、僕なら息子を殺せるが妻にはできまい、そう思い始めると気味悪くなってしまい、彼に向けての愛情が極限に結晶してしまわないうちに飛び出してきたんだ。そうか、やっぱり、いろいろあるんだな、僕だけかと思っていたけど、いつものヒコさん見ているとそんなところ少しも見えないから。キンちゃんだってそうだろう、ウイスキー片手でロックやラテン演奏してたって、実にのってる感じで、悩めるキンちゃんとは別人だよ、今、食うためにはエレキギター弾いているだろう、僕にはハッキリわからないけど、相当遊んでるんでしょう。やっぱり分かるか。他の人は知らないけれど、実にうまくアドリヴ放り込んでいる、あとのメンバーが通り一遍にラテンやロック演奏しているから、僕なんかあの遊びのたびによけい酒飲んでしまう。そうそうヒコさん、いよいよジャズだけで飯食うつもりなんだ、一度東京に呼ばれてしばらく働いてみたけど、なぜかメンバーとうまくいかなくて、すぐ戻ってきたのだけれど、今度は本格的や、メンバーもいよいよ揃って、ステージも確保できたんだ。そうか、それは良かった、いよいよジャズの天才ベーシスト登場、そんな感じだな。でも、僕が民謡クラブに行くこと、誰も知らないよ。だろうな。沖縄の民謡とジャズは本質的には同じだというか、近い種類の音楽だなんてあまり考えないものね。沖縄の民謡は僕等が学校で習った西洋音階にはのせられないって言うけど、インド音楽ならば、譜面作れるのじゃないだろうか。そう、僕もやらないと駄目だと思いながら放ってあるのだけど、何せ一オクターヴを二十三個の四分の一に分けられると言うからね、半音が十二しかない西洋音階ではとうてい無理だろう。以前ジャズ狂いしていた時に面白がってインド音楽について読んだことがあるのだけれど、サンスクリットの文献なかには、百二十種の拍子の取り方があるって書いてあったよ。それにハーモニーよりメロディの方が重要視されているだろう、だからいつかは僕の音楽でジャズと沖縄民謡とインド音楽を通底させてみたいものだ。それは凄いテーマだと思うよ、実はこの間も話した例の毛遊びの日に、やっぱりインド音楽のこと思い出してね、どうしてこれほどのれるのかって、それもまるで一種神聖なのり方が出来るわけね、だからインドの六つの基本音階みたいに民謡の音階が僕の精神や魂や感性や、たぶんセックスの琴線までも刺激するんだと思ったんだ。それそれ、もう少し聞かせてよ。ウン、これは最初読んだ時ショックで、いつか音楽する人に聞いてみたいと思っていたんだ、だから、ある程度は覚えているはずだけど、インドの六つの基本音階は、時間や四季や、沖縄風に言えば特別な能力のある精霊や神と一致しているというのだ、例えば、ヒンドラ・ラガは普遍的愛を目覚めさせるために春の曙、ディーパカ・ラガは憐れみの心を起こすため夏の夕方、メーガ・ラガは勇気を呼び起こすため雨期の真昼、バイラバ・ラガは静穏な雰囲気を醸しだすために八月、九月、十月の朝、シュリ・ラガは純粋な愛を実現するため秋の黄昏、マーラカウシャ・ラガは勇気を鼓舞するため冬の真夜中だというんだ。凄い話だね、じゃ、ヒコさんは今言った普遍的愛や純粋な愛を民謡でより一層高揚させられたって言うんだね。いや、もっと乱暴で全く最初から火つけられたような気がして思い出していたのだ、ジョン・コルトレーンがラビシャンカールに師事して、晩年に『至上の愛』とか『神の園』とかいうタイトルをつけただろう、あれは単にジョン・コルトレーンの当時の情緒的というか、精神的というか、魂の思いだけでタイトルをつけたのではなくて、実はもっと技術的な奏法にかかわっている気がしているんだ、この音階にのっとって。なるほどね、じゃ、沖縄民謡もそんな風に音階分けして調べてみると実におもしろいことがわかるだろうな。そうだと思うよ、僕は音痴で聞くばかりだけど、嫌な言い方したら、音楽というものはもっと生理的、感情的な琴線と共鳴することで、科学的というか、技術的な気がしないでもないね。なるほどね、それが永い間伝統的にと言うか、感性の確かさでうまい具合に伝えられてきたのだろうな。そう思いたいね。それでわかるような気がしてきた、行き詰まって頭をぶっつけてあのクラブに行くだろう、そうしたら妙にスーと解決する日と、全く駄目でよけいどうしようもなくなってしまう日があるのだ、その理由もこれでわかる、僕の欲しかったものが、実は民謡一般の雰囲気などという漠然としたものでなくて、もっと具体的な、技術的ヒントだったんだろうね。そうだと思う、だからキンちゃんの行き詰まりのテーマとその日の演奏のテーマが一致する日は、どんぴしゃりで穴が開く。ヒコさんはそんなに音楽が好きなの。いや、好きなこともあるし、いつも凄まじくインパクトを受けるのは音楽ばかりのような気がする。文字じゃないの。芸術に限ればそうだろうね。例えば……いや、こんな話を始めたら当分やめないよ。いいよ、少しぐらい聞かせてよ。そう、まず一番度肝を抜かれたのは、弟と二人でジョン・コルトレーンを聞いた日だった、もちろん来日のたびに無い金はたいて聴きに行ってはいたが、その日は丁度京都の祇園祭の宵山の日だった、演奏に完璧に酔いしれてすぐに家に帰る気がせず、四条通りに出てみたのだ、あの広い通りが何十万という人間でびっしり埋まっていた、普通なら僕も弟もそんな人込みを避けて通るはずなんだが、なぜか人にもまれたい気がしたんだ、それで弟の方を見ると彼もそんな雰囲気だった、二人してただ人間の渦の中を歩いただけなんだが、人間を見る気持ちがいつもと全く違うんだ、何と言うか、人間そのものがもう例えようもなく愛しく大事なものに思えて、で、弟を見ると彼の顔も輝いているわけ、二人して何度か四条通りをただ人に触れるためにだけ往復したんだ、弟が言うには、チクショウー、兄貴、フランスデモより感動的だって。なるほどね、人間の感性が変わってしまう、そんな凄さがあるのだろうな。もちろん、ジャズばかりでなく演歌だって好きだし、誰も聞いていないと自分で歌いもする、それに言語起源論と一緒で、僕はでたらめな発想をしているんだ。と言うと。日本の演歌とか、日本人の心の歌なんて言い、その源流は朝鮮半島だって言ってるけど、実はひとつのものがあってそれが多岐に別れたうちのひとつに過ぎず、太平洋を囲む島々の歌は、万歌同根って気がしているわけ、『哀愁波止場』とか『出船』とかをフィリッピンやインドネシアの漁港で大声で歌ってみると、妙にしっくりいくんだねこれが、そんな時に、ハッと気がついて、音楽は実に大変なジャンルだと。でも、初めに言葉ありきって言うぐらいだから、ヒコさんのやっていることもやっぱり凄いことだと思う。それはそうかもしれない、あの、初めに言葉ありきってこと、これさえバッチリわかれば字なんか書かないだろうけど、しかし、やっぱり音楽は神の言葉だよ、いくらジャズが労働歌から発生したと言っても、もとはと言えばアフリカの儀式歌だろう。ゴスペルなんかは全くそうだし、民謡もインド音楽も天の岩戸のストリップのバックミュージックもそうだろうし。ヴァガバッドギータなんかに出てくるクリシュナ神なんか、この間の僕のエクスタシー、そのまま言い当てているからね。何て。クリシュナは、その恍惚とするようなメロディで、幻影に彷徨う人間の魂をその本来の故郷に立ち返らせるって。いい言葉だな、やっぱり音楽やってきて良かった、それにゲンちゃんのアジ演説ともこれで合致しえる。そうだと思う、あいつは勘のいい男だから、どこかでそれが本当にわかっているのだと思うよ、だから僕は最初の日、ここのマスターに拾われてやつの演説聞いて、やっぱり同じテーマ持っている気がして、えらく感動してしまった。あ、そうだ、この間ヒコさんがゲンちゃんと話しているのをチラッと聞いて僕も度肝抜かれたんだけど、ゲンちゃんがヒコさんの書いたものを見せてくれって聞いたら、ヒコさんがシャーシャーと今見せてますって言っただろう。うん、覚えている。あの時さ、文体磨くより僕は自分自身磨くって言っていただろう、それで全く書いていないと思っていたのだ、ところが部屋に出掛けたら部屋中書き潰しの山で、目茶苦茶というほどに書きなぐっている。うん、それはそう、原稿用紙が買えない時は、枡目なんかどうでもいいから、もうとにかく書いて書いて書きまくる、ところが書けば書くだけ自分が取り残されるというか、言葉の方が先に走ってしまうわけ、だから、その遙(はる)か遠くを走っている言葉と現実の生活とのギャップに、次の自分自身を放り込んでは、その距離を埋めようとしている感じだ。じゃ、言葉に生そのものを力ずくでも引っ張らそうということだ、僕も実はそうなんだ、自分で今日はいい線まで来たな、そう思って家へ帰るとトラブルを起こしてしまうんだ、そのたびに自分の音に負け続けていると考えるよりしょうがなくなる、そうすると飲むんだ、飲むとまたこんなことではいけないとベースを弾きたくなる、弾くとまた飲みたくなる、まるで星の王子様と酔っぱらいの会話みたいだ。わかるわかる、でも、キンちゃんの方がまだ楽だよ、少なくとも不本意ながら音楽で食えるだろう。いや時々、いやいつもかな、止めたいと思っている、食うために弾いたって何にもならないからな。しかし、この間もバイトでトイレット・ペーパーを倉庫から積み出す仕事をしたんだけれど、この紙はインクものせないし、糞まみれにされてしまう、せめてこれが原稿用紙の積み出しなら少しは救われるって、馬鹿なこと考えていたよ。じゃ、ヒコさんは言葉では当分飯を食えない。たぶん無理だろう、唯一の希望は、言葉と僕と僕の実生活が一度でいいから一斉にゲートインしたいってことだ、そこからあとは、各馬懸命に疾走ってことになるのだろうけど、しかし、その時は、各馬一斉にゲートインというよりは、生活という馬場を、言葉の馬に跨がって、僕自身が走りたいね。それはそうだ、馬は当然千里馬。しかし赤くなく純白の。そうだね、そう願いたいが、じゃ僕のことをそういう意味で良かったと言ってくれたわけ。それはそう、特に妻子を放り出さねばならなかった男への同情半分。いつかそれを言い返してやりたいな、ところでヒコさん、コピーとオリジナルについてはどう思うの。どうって。いや、僕はコピーにコピー重ねて、その向こうでしか自分のものはできないと思っているのだけれど、東京で仕事をしていて、コピーなんかやっても自分の音楽は生まれないという考えの連中にこっぴどくやられたよ。だから、東京へ行くなと歌った詩人が、創造とは命がけの模倣のことだって言っただろう。あれは至言だね。僕もやってるよ、誰かの詩とか文章を一行写すわけ、その一行だけで次の行からは自分で作ってみるんだ、そうしたら自分の未熟さと、それにもかかわらず自分の表現の匂いがあることがわかってくるからね、それに僕は生活派だから、作品がどんなに凄いと言われていても、その創作者の生活が理解できない時は、妙に感動が薄いね。どうせヒコさんが理解する生活と言っても尋常でないことはわかるけど、どんな生活がヒコさんの言う理解出来る生活なの。今のところ、とうてい自分にはできそうにないから言えるのだけど、二四時間まともに自分と向き合ってて、逃げをうつことのよりすくない人間の生活だろうな。じゃ、大学に行ってとか、絵を描きながら片手間に書くなんてのは駄目なのだろう。片手間かどうかは知らないけれど、芸術ジャンルの綱渡りは、相互作用を生んだりしておもしろいかもしれないけれど、これは自分が経験してきたから言えるのだけど、教授会や研究室に耐えられる人間や、会社勤めなどして安定した生活をしている人間が美しい言葉なんてとうてい編めないという偏見は固持したいね。なるほどね、じゃ、凄いジャズメンが血と結びつくのも理解できるわけだね、ジョン・コルトレーンの晩年なんか全くすさまじいね、鬼気迫るという感じだろう、アリス・コルトレーンの書いたものを読んだら、まだまだ自分は駄目だって思ってしまう。僕もニュー・ヨークにいた時、ファラオ・サンダースがヴィレッジ・ヴァンガードでやっていると言うから出掛けて、店のマネージャーにお願いして最初のステージからラストまでずっと聞いていたんだ、曲は例の『因果律』だったけど、凄かったよ、とにかくその夜はサックス放さなかった、ステージまでのアプローチも、ステージとステージの合間の休憩も、強いて言えばステージの上でパーカッションやってた時ぐらいだろうね、だから同じ曲でもステージごとにどこか違ってくる感じだったね、それにトイレに行ったんだが、当時の店は楽屋の中を通らないと行けなかったから、気が引けてそーと入っていったんだ、そしたらサンダースはサックス放さないまま、サックスでトイレの方向教えてくれたからね。そうすると、ジョン・コルトレーンはそのあたりまでわかっていたんだろうな。邪道だろうけど、ジョン・コルトレーンのレコード聞く前に、インタビューのソノシート聞くことがあるんだ、すると彼はストレートに聖者になりたいと言ってるだろう、そのあたりを聞いてからレコード聞くと、あること思い出すんだ、いつだったかやはり来日した時、ファラオ・サンダースにソロをとらしている間、自分の大きな手をジーと見続けているんだ、それを僕の弟なんか、「兄貴あれは芭蕉だな、キット」って言うんだ。芭蕉って、あの松尾芭蕉のこと。そう、その中に『もの言えば唇寒し秋の風』って句あるけど、あの意味は僕等の学生時代では弟の解釈が最高だったね、あれはせこい世情の話じゃなくて、表現者の悲しみみたいな寒さなんだって言うのだ。なるほどね、表現したものと生との距離というか相剋というか疎外というか、その方が芭蕉らしくてよく分かる。だから寒くっても逃げは駄目なんだろう。生まるごと、生活まるごと抱え込まないと、ほんものはできないのだろうな。アメリカで、ガスリーやジミー・ヘンドリックスやジャニス・ジョップリンに惚れてしまったのも、そのあたりと関係あるのかもしれない。彼らもまた、変わらないために変わり続けた連中ばかり、だから沖縄民謡、いや琉球民謡と言うべきだろうが、すごい形で僕みたいな内地の人間をどんでん返しできるパワーを秘めているのは、生とか生活とかにまるごとかかわってでき、伝えられ、今もなおそう歌われているからだろうし、音楽そのものが一種神がかり的だからだ、それにいつも民謡聞いていて思うのだけど、実に個人的というか、主観的なんだね、テーマそのものは。そうだろうね。それが音楽という媒体で普遍性と超時間性にまで辿り着いている。そう、しかも他者にわからせようとか、こんなこと歌にしていいだろうかなんてくだらない発想が全くなくて、ただただ歌うことでしかなんともならないようなものだろうね。全くアナーキーな創作しかやって来なかったに違いない。だから僕はジャズにいつも負け続けていると思っているんだ。どうして。だってそうだろう、三人が三人とも全く自己表現の極限目指してのることでしか、コンボそのものの音楽性は高揚していかないのだろう。それはそうだ、あのステージの間は、やっぱり毛遊びの踊りと一緒だものね。だからいつ聞いても僕が感動するジャズは僕を煽動っているようにしか聞こえないし、いつも嫉妬しながらしか聞けない。そう言われると嬉しいね、やっぱり頑張ってジャズに食らいついていよう。そう、それだけだと思うよ、ヘンリー・ミラーが、『書くか、さもなくば飢えて死ぬだけだ』なんて思ってたらしいけど、全くそうだよ。飢え死にするつもりならなんだってできる。しかし、僕はそろそろ飢え死にしそうになっているけど。ヒコさん、コザにも出てきてくれよ、もうこちらにはあまりこれないから。ウン、出掛けるよ。メシぐらいは食わすから。いや、キンちゃんとなら飲むしかないみたいだけど。いや、酒もオチオチ飲んでられないし、体も鍛えないと、いい音出なくなってしまう。そうだと思うよ、ここの島歌がヨレヨレのスーツか、ダーク・スーツきた青白い顔のサラリーマンが歌うようになったら、それこそもうおしまい、赤銅色の無骨な手が、女抱くより優しく三弦弾く時しか、僕みたいな人間は酔えないね。そして女は限りなく優しく美しく踊り、そうだろうヒコさん。そう、方言もわからなかった僕でも、もう女にむしゃぶりつくより感動を表現する方法がないような陶酔。ヒコさんの話はもっぱらそこに落ちつく。しかし、これは今なお身震いするほど生々しい感動なんだ、それに女を抱けるというか、肉体だけでなく、魂も精神も感情も抱きしめられるようじゃないと、ものなんか創れっこないと思うよ。ところがその女を生活もろとも抱き損ねてしまった男が二人、必死でものを創ろうとしている。そうなんだ、そこのあたりがどう表現しえるかが、まず僕等の第一の難関。子供はいい、ヒコさんなんかもそうだろうけど、もうこれは純粋無垢な愛情。そう、それが透明過ぎるからタジタジとなってしまう。何も欲求しない愛ってやつか。キンちゃんだってそうだろう。そう、でも、あの名も知らぬ女との体験はそれにヒントというか、直観を与えてくれた気がする。えーと、六つの基本音階の。ヒンドラ・ラガ、普遍的愛を目指す毛遊び、そうだろう、キンちゃん。その通り、ね、今度必ず店に来てよ、店のマスターとケンカしてでも、ジョン・コルトレーンの沖縄風コピー、『至上の愛』やりまくってみるから、僕のバンドのメンバー一人では負けそうだから、コルトレーン狂いのツー・サックスでやらせてみよう。

俺は歌ってみよう。琴線を南溟(なんめい)の焔(ほむら)でゆっくりと温め、哭悲(こくひ)の雫(しずく)でたっぷりと湿らせ、張り過ぎて憤怒の爪が取り返しのつかない斬伐(ざんばつ)を呼び、俺の弁膜を閉じてしまわないように、静穏な雰囲気を醸し出すという、「バイラバ・ラガ」の音階を毀(こわ)れやすい硝子の朝に弾いてみよう。

だが、「吠える」情欲はない。普遍的愛を目覚めさせるという「ヒンドラ・ラガ」の音階や、純粋な愛を実現するための「シュリ・ラガ」の音階に転調しえる修辞もない。神々の歌声に馴染むハイビスカスの優婉(ゆうえん)な花弁を潤すことのできる天使の響きもないだろう。ポリープに侵され、羽根を毟(むし)り取られたカナリヤが歌うつもりで声帯を震わせ、翔ぶつもりで筋肉を痙攣(けいれん)させるだけかもしれない。ハーモニーもメロディーもなく、日溜まりで燻(くすぶ)る御詠歌(ごえいか)の幽冥(ゆうめい)な吐息に終わるだけかもしれない。

俺はただ歌ってみたいだけだ。
歌にも詩にもロマンにも拒まれ、
三弦の音階にものらないだろう鎮魂歌を!!
剥き出しの裸を炙(あぶ)り
陶酔のその時を結晶させようとして
愛の炎を求めて彷徨(さまよ)う男達の手配書を!!
華奢(きゃしゃ)な襟首(えりくび)を折られ

紅の唇を裂かれ
まろやかな乳房を踏み潰され
子宮に手榴弾ぶち込まれた女達の戒名を!!
　梯梧(あかゆら)咲く島のほんとうの『じけん』

「三弦弾く愛の乞食」

終日(ひねもす)、百花繚乱の海辺に坐り、爪に血を滲ませ、爪を剥ぎ、三弦を掻き鳴らし続けてみたが、三つ目の太陽も彼の胃袋を宥(なだ)めはしなかった。町に戻り、トラックを盗み、コーラの自動販売機を盗んで載せ、逃亡を装ってから警察に電話を入れ、わざわざ自分から捕まってしまった。三弦だけを差し入れてもらい、未決の男達にたっぷりと聞かせて、やんやの拍手を浴びた。やっと、生きているという実感がわき、初めて指の痛みに気がついた。すでに指に爪はなく、肉が崩れ始めてささくれだっていた。

「警官を殺してしまった男」

学生の投げた火炎瓶が一人の警官に命中して火達磨にしてしまった。見ていた男は驚いて飛び出し、火達磨の警官を抱き抱えて消そうとした。しかし消えそうにもなかったから、彼を抱き倒し、道路にうつ伏せにして背中にかぶさった。駆けつけた警官に現行犯で逮捕され、こずかれ、威（おど）され、誘導尋問され、セクトを聞かれ、動機を押しつけられ、自白を強要されながら、じっと黙秘して泣いた。やっぱり俺が殺したんだ、もっと早くに飛び出して、もっとうまく火を消してやれば、警官は死ぬことはなかっただろう、と。

「プロになれないプッシャー」

男に襲われて孕んでしまった女が、金が無く堕胎することができなかった。それを友人から聞いた男が、生まれて初めてＵＳＡに接し、白い粉を売りさばいて、堕胎費用を作ってやった。しかし、唇のないＵＳＡが、縄張りを荒らされると涎（よだれ）みたいに垂れ込んで、男は三カ月食らい込んだ。出所した日、友人を訪ねて男は聞いた。女はその後元気かと。友人は女がどんな金で堕ろしたかを知らないことを言えず、あー、感謝していたよ、と答え、男はそうか良かった、とにっこり笑って、三カ月の苦労を忘れた。

「宇宙を切り開いてみた男」

前も後ろも、上も下も、宇宙の縁のように闇で、どこにも手触りの感触もなく、そこがどこの虚空かも見えず、自分が生きているのか死んでいるのか、それさえも判然としなくなって、自分の体の中にこそ、海が咲き、花が香り、輝く太陽に濡れそぼつ我らの島が在るに違いないと、ナイフで内蔵を切り開いてみた。血の海に横たわり、駆けつけた女に抱かれ、目も見えず、感覚も失せながら、生まれて初めて生きていたことがわかった、と静かに漏らした。

「太陽が死を焼く島」

ある小島で巫女が死んだ。女の死の床から墓地までの長い道に、藺草の蓙が敷きつめられた。葬列を送る村人達が並び、太陽は悲しみを蹴散らし、仏桑華が風に揺らいで喪の献花。陽炎に揺れる蓙の向こうから、三人連れの村人が歩き始めた。水煙に揺れる水蓮。白衣で寄り添う三人が陽炎を跨いだ。白衣の男が二人、腕を貸して抱きながら一人の女を引きずって歩く。女は経帷子を着て首をうなだれ、まるで死人のように青ざめて宙を歩く。棺も通らず、葬列は終わり、蓙がたたまれ、太陽が再び道路を白く焼き始めた。

「畑で鍬を持った老人」

老衰で窶れ、巡り来た太陽の数ほど皺を刻み込んだ顔は、天井を凝視し、半年もの間見ていない太陽を求めているような烱眼だけが生きている唯一の証拠だった。立つこともできない骨と皮ばかりに痩せた体には。それでも垂れ流しの尿の匂いに混じって、どこか日向の香りを残していた。節くれだった手を上げ、苦瓜の苗を植えないと今年は苦瓜が食えないと譫言を繰り返していた。家人は笑いながらそれを聞き、眠り始めたことを見届けてから夕食の支度のために老人の床から離れた。しばらくして娘に見に行かせると、老人がいないと言う。そんな馬鹿な幽霊じゃあるまいし、老人の息子は自分の娘を叱りながら部屋に入った。老人の床には尿のしみだけが残っていた。隣の女が血相を変えて飛び込んできた。老人が畑で鍬によりかかって立ったままで死んでいる、と叫びながら。

「海は女の渡し船」

USA海兵隊五人に一晩かかりで目茶苦茶に遊ばれた処女がいた。吸い込んだ精液の量だけ大脳が腐り不透明に沈んだ。喫茶店からバーへ、バーから怪しげなクラブへ、島から本島へ、抱かれることが好きなくせに、行為の間中、ノー、ノーと叫ぶのが面白いと珍重がられ、あちこちに売られ廻され、台湾人が女を買い取った。海は広くて大きくて、北投（ペートロ）も九龍も波ひとつ超えればアジアは一つ。

「永遠の処女膜再生」

町外れの掘っ建て小屋に、USAに捨てられ、太陽に燻（いぶ）されて精神をからっきし漂白された女がいた。年がら年中蓬（よもぎ）だけを食べ、悪魔つきのように緑の涎（よだれ）を垂らしていた。ヤンキーや町の男達が面白がって襲い、女はそのたびに孕み、市役所の厚生課は、堕胎手術の費用を文句たらたら捻出した。ある日女は、手袋をはめた市役所職員に襲われた。三人で押さえつけられ、ねじ伏せられ、ペニスの代わりに麻酔注射をぶち込まれた。掘っ建て小屋で気がつくと、指を入れて遊ぶ穴が蟻の這い出る隙間もなく、きっちりと縫合手術されていた。

「強姦未遂男」

日本商社の妻が、マンションで若い男に襲われた。逃げ回り、抗(あらが)いながら非常用ベルを押して難を逃れた。男は取り調べの係官に一言も口を開かなかった。拘置されるとベッドの端に坐り、自分の一物を引き出して丹念に調べだした。男は日本(やまと)から戻ったところだった。仕事は商社の倉庫係だったが、同僚が誤って積み荷の上から彼を落とした。彼はフォークリフトの二本の鉄板の一方に、強かに尾骶骨(びていこつ)を打ち、それが原因で退職して島に戻った。その日以来、彼のものは二度と勃起することがなかった。

「九カ月の未熟児誕生」

産婆も駆けつけず、元気づける女もいなくて、沸騰するお湯も無く、子供は誕生した。後産を頭からかぶり、母親とへその緒で結ばれたままで、妙に宙ぶらりんの揺りかごの中で泣き叫んでいた。母親は基地のメイドで、妻の帰国中に主人のＵＳＡに犯され、妊娠九カ月の身重な体だった。産み落とした子供を抱き上げるはずの手は垂れ下がり、首は天井から吊るされたロープで縛られ、子供は硬直した膝で止まったパンティの揺りかごの中で血まみれで泣いていた。

マスター、どうしたんですか、床なんかに眠って。あー、ヒコさんか、もう何時だ。今、午後二時ですよ、通りがかったらドアが開いたままでしたから、のぞいてみたら、椅子は倒れ、テーブルは引っくり返され、店の中は目茶苦茶、驚いて飛び込んだのですが、何があったのですか、マスター。すまないけど、水一杯飲ませてくれないか。いいですよ、マスターが二日酔いなんて初めて見ました。いや、私だってあんなに飲んだのは生まれて初めてさ。手を貸しましょうか。大丈夫、頭がガンガンするだけだから、それよりヒコさんも最近顔見せなかったけど、どうしてました。とうとう三カ月まるっきりただ働きさせられました。例の会社で。確かにあの会社ですが、社長と専務と、それに僕とオサムだけになってしまいました。やっぱり駄目だったのか。もうほとほと呆れました、最初から覚悟はしていたのですが。じゃ、あのライヴ・スポットのプランはお流れ。お流れなんてものじゃないですよ、社長もとうとう自宅を手離さないと駄目みたいですし。ヒコさん給料は。エーと、確か二カ月前に五千円もらったきりです。でもよくやってきたね。最初は、沖縄文化の拠点という謳(うた)い文句に踊っていたのですが、途中から意地に変わりました、もうすこし忠告聞いてくれれば、ここまでひどくならなかったと思うのですが、社長が裸一貫で今日までやってきたから、何も失うことは怖くない、どんどん思ったようにやってくれ、って言ってましたから、全くそれを信じていたのですよ、僕みたいな琉球狂いの目にはそれが本音だと思い込みやすいですから、僕自信が甘かったのでしょう。どうしておかしくなってきたの。ライヴ・スポット開店の資金調達からうまく行かなかったのです。でも、銀行は金だすって言っていたのだろう。ええ、銀行・登記所走り回って、最後の段階になって家を抵当に入れるのを渋ってしまうのですね。そうすると、銀行が貸すと言ってくれましたから、その借入金当てにして準備していたことに金が払えない、回転するはずの金が動かなくなって、他で借りた借金の金利ばかりが嵩んできて。だんだん回転が悪くなって、身動き取れなくなって、遂にこんな有り様です。なんでまた、そんな仕事始めたの。いや始めたというより、例の歌謡ショー、民謡と沖縄出身の歌手のドッキングの企画立ててくれと頼まれて、オサムと二人で交渉している間に、社長に気に入られ、ほとんど泣きつかれるような状態で、何か沖縄に貢献できるものやりたい、自分の財産すべてを公開し、それで資金は捻出していくから、とまで言われたことと、沖縄云々にホロリとして渋々やり始めたのです。給料は幾らって言ってたかな。思い出すのも馬鹿らしいのですが、最初の約束はいい給料でした、もし貰っていたらの話ですが、しかし、最初は順調だったのですよ、歌手も本決まりになって、初めてなので前金の約束ですから送金したいのですが、と言ったら、社長が、そんな金払って入場者が少なくて回収できなかったらどうする、なんて言いだしたのです、その時点で止めておけば良かったのですが、とにかく金がいりますし、今後のためにもこれは成功させないと、としつこく食い下がって、ようやく家を抵当にして銀行から借りることになったんです、で、どうやら銀行はそうした単発のショーに金を貸さなかったようで、それで金融業社から借りたみたいです、借りてきたから俺が送っておく、と金見せて社長がいうから、とにかく任せて帰る、次の日事務所に出掛けたら、東京のプロダクションから送金がないのでキャンセルということに、という電話が入る、そんな馬鹿な送ったはずです、とにかく事情を調べまして明朝電話しますから一日だけ待ってください、と説得して、社長を探す、ようやく見つけると、あの金はよんどころの無いことがあって他に回したが、今日は間違いないからと言われて、それで信用するしかないから次の日まで待つ、こんなことを二週間ばかり繰り返して、とうとう送金できずにキャンセルになってしまったのです、そこで準備の労力に対する金は諦めて、今日で止めます、というと、給料を払わないままで止めてもらうと、俺の信用にかかわるとかなんとか言われ、今度は彼の持っているクラブや喫茶店の金の管理任されて、ああ、金はあるんだな、と思ったのです、大きなショーのように回収ができるかどうかが心配なものに金を出したくなかったんだ、というような納得をして、しばらく手伝うことにしたんです。じゃ、あのライヴ・スポットの話はそれ以降なの。はい、そのクラブをライヴ・スポットにしようということになって始めたのですが、どうもこちらも同じことを繰り返すようで、口では元気な希望も夢もあったんでしょうが金がなかったんです、それでいかにもお人好しの気がしてそんな自分に腹が立って先週で止めました。じゃ、五千円きり。そうです、しかも休日なしの三カ月、早朝から深夜まで働いて、いい修行をしました。その間、生活費はどうしたの。バイトの金を少々蓄えていたんです、もう少しアジアを南下しようと思ってましたから。それで生活していたの。いや、蓄えていたと言っても知れてます、一ヵ月ももちませんでした、後はそれまでちょこちょこ買っておいたものを質に入れ、最近は再び無一文無一物に戻って、友達に食べさせてもらってます。大変だなあ。いや、もうすっきりしました、幻想はしょせん幻想です、いろんな勉強をさせてもらいました、でも同じスッカラカンでも、今日は僕がマスターを起こしたのですから、僕も相当偉くなりましたね。それを言われると面目丸潰れだけど。一体、何があったのですか。ヒコさんが来なくなってから、連中にも同じようなドジばかりが始まって、それが積もり積もって、とうとう昨夜ゲンちゃんが爆発してしまった。爆発って。もう正体のないほど酔っぱらってきて、片っ端から殴り始めたんだ。どうしてまた。

最近、よほどしんどいらしく、いつも来るときはぐでんぐでんに酔ってからしか来なかったのだけど、例の琉球共和国もうまくいかないらしく、昨夜はもう一番ひどかった、手当たり次第物は投げるし、誰彼かまわずに殴りかかるし、それでみんなが鎮めようとしたのだけれど、どうにもならない、だから寄ってたかって殴り倒し、ボコボコにしてタクシーに突っ込んで帰らせてしまったのだ。どうしてそんなことになったのですか。最近、ここにみんながやって来なくなって。ええ、僕もバタバタしてましたから。それにアーキーも全く姿を見せなくなった、なんでも絶え間なく射ち続けているという話だ、それでここへ来ると誰かが忠告するだろう、だからよけい来なくなってしまったんだ、それからキンちゃんはコザで仕事始めて顔を見せない、ここに来る連中もそれぞれ何かあって連中みんなが苛立っている感じで、とげとげしい顔ばかりしている、ヒコさんぐらいだろう、海外に出掛ける金も、数カ月分の悪くない給料もフイにし、家財道具も売り払って、それで同じ顔していられるのは。いや、僕はいつも逃げを打つからじゃないですか、卑怯にも。いやいや、自分を知っているからだろう、逃げを打てない時は反撃をしないって。そんなスマートなものじゃないですよ、しかし、そんなにみんな来なくなってしまったのですか。いや、来るには来るんだが、以前のように気持ちいい過ごし方ができないんだ、もやもやを吹き飛ばそうとして酒を飲み、それでよけい自分の存在が曖昧になって、飲む前以上に淀んで濃いフラストレーションに襲われる、そんな悪循環に陥ってどうしょうもないようだ、沖縄も変わってきただろう、それに合わせて小器用に生きることを知らない連中ばかりで、物質文明と精神文明、あるいはここの情念文明のようなものが、共に生と生活に活かされないと未来なんか見えないと思うし、連中はそう思っている、しかし沖縄人すべてがそうでなく、小器用に大和風になったり、物質文明の恩恵で情念文化のようなものは時代遅れの黴臭いものだとさっさと捨ててしまう、精神の核が機械文明によって乾燥していない彼らは、どこに行ってもその辺で衝突するんじゃない、単純な懐古趣味に陥っているって思われて、それがよけい生活の足場を悪くしている気がする。そうですね、そのあたり実に重要ですよね、いかに物質文明が発達しようが、人間については今のところほとんど分かっていませんし、文明が二者択一なら楽ですが、そうもいかないのが人間ですから。その人間について考えるためにまた南に行こうとする男がいる。とんでもないですよ、そんなかっこよくないです。でも、これからどうするの。沖縄から出るつもりです、もちろん内地には戻りませんが、台湾からフィリッピンにでも行こうかと思っています。お金ないのでしょう。いや、土木作業一ヵ月もやれば、何も使わなくても沖縄は生きさせてくれますから、船代ぐらい作れます。じゃ、本気なんだ、行く時は声をかけてよ、少々のカンパぐらいはするから。いえ、マスターにはこれ以上迷惑はかけられません。とにかく今日はここを掃除します。いや、いいよ、うっとしいから放っておいて。いいえ、今日は任せてくださいさい、店もちゃんとやっておきます、最初の日の恩返しです。それじゃ、頼むことにして帰らせてもらおう。

あ、ヒコさんか、マスターは。今日はお休み、夕べ大変だったんだって。もうそれは凄まじかった、ゲンちゃん追い出してからも、マスターが珍しく飲むというし、連中はがぶ飲みするし、そのうちに、残っている連中がまた暴れ出して、まさに修羅場だった。で、ゲンちゃんは大丈夫か。そう思って今、家に行ってきたのだけれど、これがいないんだ、お母さんに聞いたら、朝からサングラスかけて、鬼みたいな顔してどこかに出掛けたと言うんだ。そうか、心配だな。他の連中はもうすぐ来るけど、どの顔もボコボコだよ、きっと。信じられないね、みんなが殴り合うなんて。いや、殴り合ったからといってケンカしていたわけじゃないんだ、ゲンちゃんをあんなに殴って可愛そうだってターちゃんが泣くだろう、そして俺も殴ってくれ、ゲンみたいボコボコにしてくれと言いだしたんだ、そうしたら俺も俺もで、全員が泣きながらボカスカやって、和雄なんか力が強いもんだから、殴るたびに殴られたヤツが壁までぶっ飛んでいくだろう、そうしたらそれが申しわけないって倒れたヤツを立たして、俺を殴ってくれと言うし、まるで女なしのサド・マゾの大饗宴、今朝になって気がついてみたら、テーブルが壁の方に避けられて、折り重なって皆ダウン、目が覚めたヤツからコソコソ逃げだしたんだ。普通のお客様は居なかったの。ゲンちゃんが入ってきた時に驚いて逃げだしたから誰もいなかった、しかし、内に籠もっていた苛立ちやら、何というか悲しみみたいなものを爆発させて、幾らかはスッキリしただろうけど、タブン連中は皆痣だらけだよ。じゃ、今日は照明落としておいてやろう、どうせ来るだろう。必ず来るよ、今日は一人ではいられないはずだから。民謡でもかけておいてやろう、少しは気分が良くなるだろう。ヒコさんらしいなあ、ネエ、ヒコさんは人を殴ったことはないでしょう。いや、一度だけ殴ったことがあった。どうして。くだらない話だから止そう。いや、聞きたい。そうか、それじゃ、あれは結婚して間もない頃だったが、俺のズボンが破れたんだ、それで何着もないから妻に早く繕ってくれって頼んだんだ、二度ばかり頼んだんだけど放っておくから、仕方ないから自分でやったんだ、そうしたらそれを見つけて、狂ったように怒りだしたんだ、私に冷たいと思ったら、どこかにいい女がいるんでしょう、こんなに上手に縫える女がいるんでしょうって、泡吹きながら体震わせて怒りだしたんだ、瘧ってわかるかな、熱病でブルブル震えるようなそんな状態で、自分の語調に自分で興奮して、あることないこと大声で泣き叫びだしたから、もう我慢ならなくて横っ面はり倒したんだ、そこまで自分を賤（いや）しくするなと言って、しかし、平手だったし、もう彼女に腹が立つことなんかなかったから、結局はその震えと興奮を止めたいための処置と言った方が正しいけれどね、だから恥ずかしいけど、生まれて今日まで怒ってとか憎んでとかで人を殴ったことも殴られたこともないんだ。じゃ、昨夜みたいなことになったら、どうしたと思う。逃げだすだろうな、それとも沖縄ならできることで民謡かけて皆に踊らしただろうね。なるほど。殴ったって冷えるばかりだろう。全くその通り、冷えるからよけいどうしょうもなくなって殴る、するとよけい冷えてしまう、だからまた殴る。偉そうに言わせてもらうと、殴る行為は極論すれば相手の存在を抹殺したい気持ちの表現だろう、それは愛とは全く逆の方向で、本来の人間の存在の意味を否定してかかるから、どんなに殴り合っても温かくはならない、それは気持ちだけでないような気もする、あの毛遊びの時に、酒以上に体温が上昇しっぱなしだったように思えたが、あれは人間の存在の意味に近づいていく行為だったからだと思っている。また毛遊びか、ヒコさんの話は必ずそこに戻る、でも分かるね、あれがある間は村中が本当に豊かな人間関係だったからね。したり顔の文化人のように、野蛮だの卑猥だの前近代的などと言いながら無くしてしまう前に、人間のあの瞬間のメカニズムを何か違ったものに翻訳するとか、さらに凄いものに変えていかないと、人間ってこれ以上進化しないと思うよ。人間の進化か、そうだね、いかに物質文明が発達しても、それが人間の進化だと言われても、では精神の方はどうかってことになるだろうからね。

　大変だー。どうしたオサム。ゲンちゃんに何かあったのか。ち、違う、この新聞、こここ、ちょっと電気つけて、それから音楽消して。どうしたんだ、青痣(あざ)だらけの顔をよけい青くして。ここ、ここ、ここを読んでみろよ。何があったんだ。いいから、早く読め、アーキーが……。

【那覇】二十四日午後六時二十分ごろ、那覇市国際通りの音楽喫茶『ブラック・ソウル』の便所内で若い男が死んでいるのが発見された。死亡した人はこの喫茶店の常連、住所不定国吉章さん（二八）で、この日午後六時の開店直後に来店、便所に入ったまま出てこないため、心配した同店マスターが扉をこじ開けて発見、那覇署に届け出た。心臓麻痺と推定されたが、死因に不審な点があるため琉球大学付属病院で解剖される予定。

〔第二部〕

（一）鮟鱇(あんこう)は空翔ぶ鴎(かもめ)を知らない　B

ドアをノックする音が俺に亀裂を入れようとしやがる。邪魔されてたまるもんか。俺は左手の注射器を動かさないように指に力を入れ、足で便器のノヴを激しくキックした。奔流がノックの音を蹴散らして、周囲にころがっていた音屑を掻き集め、一瞬に糞まみれの穴に引きずり込んでしまった。

　邪魔されてたまるもんか。ようやく辿り着いた俺だけの世界を毀されてたまるもんか。もうゲームにはすっかり厭きてしまった。逃げる場所などどこにもない。逃げ、精一杯走ったつもりでも、安息の一息を入れようとする前に、すでにすべてに追いつかれてしまっている。いつもすべてが予定され、待ち伏せされ、罠にかけられ、包囲され、袋叩きに遇い、毟(むし)られ、『世間』というレンジの中で、こんがりと目立たない狐色や茶泥色に焼かれ、赤であろうと黒であろうと、たとえどんな黄金を鏤めた極彩色であったとしても、焼かれて出てくるのは、すべて金糞色したブロイラーだけで、俺達は人生の初旬に、やつらの放屁の合間の暇を潰してやるために、余興の椀飯振舞(おうばんぶるまい)をさせられてしまう。吠え、叫び、泣き、わめき、出番きっかりだけ踊らされ、すべてスケジュール通りに、青春という高慢ちきな舞台で、跳ね、踊り、拗(す)ね、抗(あらが)い、亢進(たか)ぶり、俺達の感情のストリップは齧(かぶ)り付きの旦那方を楽しませたり、懐かしがらせたり、悔やませたりする。時には旦那方の機嫌を損ねたりする事だって起こる。そうすれば舞台から引きずり降ろされ、旦那方の老醜の嗜虐趣味の餌食にされ、苛酷で淫乱な責めが始まり、刻まれ、しゃぶり尽くされた骸は、マスコミの隠坊によって体よく社会の片隅に葬り去られるのが落だ。だから、舞台がはねるまでまともに顔さえあげる事もできず、おどおどと逃げ惑い、あわよくば巨大な緞帳の陰に隠れて出番を遣り過ごそうとする雛ばかりが喧しく楽屋の入口を塞ぐ。

　日本への定期航路の二等切符は雛達のオープンへの入場整理券であり、彼らにとっての希望のすべてであり、時には生のすべてでさえある。大阪の弁天埠頭や東京の晴海埠頭は、希望と欲望を上陸させ、失意と疲労を那覇に向けて船出させ、希望と欲望は予定通り減価償却期間一杯で失意と疲労に脱色され、腐蝕させられて放り出され、毒々しく彩色された二重橋や国会議事堂がプリントされた紙のショッピングバッグ一杯に軽い神経症を詰め込んで、故郷という敗者の流刑植民地に向けて送り返される。

　はねた舞台は次の道化達に占領され、ところてんのように押し出されてしまった俺達は、擦り切れた反抗の貸し衣装をさも得意気に見せびらかす次の一幕を、苦々しく見せられる事になる。

　もし、うまく観客席の片隅を当てがわれるような幸運にぶち当たれば、後生大事にその椅子を確保し続けなければならない。しかし、それとて交通事故に遭うようなものだから、手放しで喜ぶわけにもいかない。用心しないとやつらのおもう壺だ。うっかり座ろうものなら、今くっつけられたばかりのガムの上に座るはめになったり、形だけでスプリングの折れた椅子に勢いよく座り、したたかに尻をうちつけることになったりするものだ。それは二重にやつらを喜ばせてしまう。客席の笑いはいつでもバツが悪く、そのバツの悪さは嘲りの哄笑を巻き起こすだけだ。

だから、それがいかに小便臭く、どんなに場末の椅子であっても、これが幸せだという集団催眠にかけられ、数十年をじっと我慢する。湿って黴臭い煎餅を頬張るにも歯音をたてぬようにし、ムラムラと湧き上がる欲望もあてがわれた番いの穴にぶちまけた事ではぐらかされ、ひっそりと我慢と諦めで身を硬くして、音も立てず、朽ち果てるまで椅子にこびりついていなければならない。うまく途中で気分が悪くなったりする幸運があれば、銃弾のように薬品を浴びせられ、活け作りの刺身のように切り刻まれ、医者と坊主の独占企業のベルトコンベヤーで廃棄処分にされる。椅子を蹴倒したり、椅子から立ち上がって秩序を紊乱させないように、足腰を麻痺させる経を読んでいたやつらの獄吏が、犠牲者の怨念がやつらにまで届かないうちに再び奴隷の生をつかませるために、もったいぶった儀式で、腐蝕して爛れて臭い子宮にぶち込んでしまおうとする。坊主は二重三重に俺達を裏切り続ける。

だから、坊主の詐欺と恐喝で終わらされるこれは、ゲームなどでは決してない。ゲームにはいくらかの甘酸っぱい血の匂いか、硝煙のきな臭さがある。ところがこれはダラダラとだらしなく血の気を失せさせて死にまで腐敗していく軟禁でしかない。ゲームの開始を告げる血の匂いやきな臭さは、フィルムに焼き付けられ、活字に閉じ込められ、暴力は高い金網の向こうと、威張り散らす濃紺の制服達によって分担され独占されてしまって、俺達からは気の遠くなるほど幾重にも隔てられて遠い。

俺達はいつでも血を流し、血を主食にするやつらの生贄(いけにえ)になる事でしかゲームに参加できない……。

俺のゲームと呼べるものは、ある日突然、何の前触れもなく始まった。平和という不安に脅え、二十代後半の早熟の老衰にやつれかけ、故郷での流刑に厭（あ）き厭きしていたのだろう。銃火の暖もとれずに卑小に凍えた肉体に、血の色をして躍りかかった夜明けの太陽がけしかけたのかもしれない。まだ薄暗い間に野に出て、朝靄を切り裂くために鍬を振るっていた時だった。額に流れる汗が眼に入り、それを腕で拭った。腕に纏りついていた汗の匂いが微かによぎった。それはいつもの事だ。別段気に止める事もなかった。いつものように腕で汗を拭い、再び思い直して鍬を振るうのだった。が、その朝は違った。振りかぶって眼をあげた瞬間、世界の眠りを光で蹂躪して太陽が一条の刃となって朝靄に斬り込んできた。太陽の光が睫毛の水滴をとらえて光の輪を視界一杯に広げ、俺はその円形の虹に体ごと包まれていくような気がして、鍬を振り上げたままで一瞬動作を止めた。汗と土の匂いが静止した体を浸すように立ち登ってきて、俺を包み込もうとしていた虹の輪をパチンと破ってしまった。その瞬間、汗の匂いがこらえ難く疎ましく思えた。全身が鳥肌立ち、俺は血の色をして野にのさばろうとしていた太陽が我慢ならないほど憎らしくなって、今にも野の彼方から全身を現そうとして身構えていた太陽に向けて、力一杯鍬を投げつけて畑を捨てた。

　俺の労働という忌まわしい記憶はそこで突然プッツリ切れ、俺はその瞬間から初潮色して膨らんだ太陽を敵視し始めた。何故かすべてがやつのせいのような気がして、世界全体に広がるそれが、俺だけを押し潰そうと覆いかぶさってくるように思えた。いや、人間を誑（たぶら）かして社会の中に孵化させる恐ろしく巨大な孵化器の白熱灯だと信じ始めていた。だから、あのごたいそうな門中（むんちゅう）の墳墓の中の死者のように、幾重にも太陽を拒む事でしか窒息せずに生きられないようにも思えた。

そんなわけで、その日以来しばらくの間は、太陽があたりに熱気の伏兵を配して西にひき下ってしまうまで、かたくなに無為の甲羅に全身を縮めこんで耐えた。萎縮と自慰と自己抑圧だけが、始まったばかりのゲームで、俺の掛け替えのない生を闇雲に葬りさられない唯一の方法だと信じていた。だから仲違いしちまった太陽と俺が再び縒(よ)りを戻すのは、俺がすっかりこの陳腐なゲームに厭きてしまってからだ。

次の朝から、俺が全く起きようとせず、島酒ばかりを呷り、二度と鍬を手にしなくなってしまって、老いた両親はオロオロと布団の周りで詰(なじ)り泣いた。俺は言葉ごとからげて布団に潜ってしまうことで応対した。だから、かねてより激しい労働と貧困の唯一の褒賞のように大切に養ってきた病気と老齢ですっかり弱っていたせいもあって、俺が畑に出なくなってしばらくすると、失意と悲しみが手助けをしたのだろう、両親は相次いでくたばってしまった。俺はそれを幸いと太陽に抱かれて惚けているだけの故郷の島におさらばする事にした。

故郷と言う流刑植民地でオドオドと死という御赦免船を待ち続けるなんて、もはや一刻だって我慢ならなかった。だから俺は先祖伝来の、恥丘のように少し中央が盛り上がって海に落ち込んでいる田畑を売り払うことにした。日本の不動産業者が狡猾な笑いを仲介にして、俺の手に青黴色した一万円札の束を手渡した。すぐさま不動産業者と結託した日本にお釜掘られ、怯懦で艶の失せた茶褐色の顔色で、標準語に振り回されている銀行員がしゃしゃり出て、俺の顔色を窺っておずおずと預金を願いでるために名刺を差し出した。俺は彼の手の中のそれに日本の大手銀行の名を読み、銀行員は途端に虚勢で胸を張り、俺は札束を小脇にしたままで彼の手から名刺をひったくり、丁寧に細切れに破り、呆然と突っ立つ彼の手を取り、丁重に一片もこぼさずにごつごつした水呑百姓のてのひらに返してやった。彼の滑稽なダークスーツを蒸しあげるに充分すぎる太陽が影を溶かす正午だったが、俺の中には一陣の涼風が走り抜けていった。

次の日、俺はその風に促されて家と家財道具の全てを売り払う事にした。どこから聞きつけたか親戚がやって来て、いつのまにか法事の席のような無駄な賑わいが俺を取り囲んでいた。俺の無謀を詰り、罵り、家の売却を阻止しょうと躍起になった。俺は断固黙り続け、当惑顔の買手を促して領収証に署名捺印した。

流れる血は美しい。透明に輝き俺をわくわくさせる。が、淀んで凝固しそうな血は俺のすべてを駄目にする。俺は黙りこくって親戚の法事の肴や、茶飲み話の材料を作ってやった。俺は何を言われようと、連中が俺の事を脚色しやすいように黙り続けた。連中の、死にまで堕落していく生の中で連中の理解を超えためんどうを起こしてやる事は、せめてもの俺の優しい気持ちなのだ。適当な言葉を二つ三つ返してやる事で、彼らの脚色の楽しみを減らせることなどしたくなかった。ありとあらゆる誹謗や罵倒を動員させて俺を語る方がずっとおもしろいに違いない。そしてそれだけが、退屈な生の中で、心安まるアトラクションなのだから。

俺は黙々と手を動かせ、家財道具を片っ端から放り出して売り払ったが、最後に売り払ったタンスから妙な物を見つけた。家財道具と言っても、最低の必需品があるだけで、しかも疲れ果てた色で、汚れ、破れ、はずれ、欠け、歪んだ物ばかりだったから、古びてまともに引き出せない最上段のひきだしから、その禍々（まがまが）しく光る直径十センチ足らずの金色の球を見つけた時、俺は思わず手をよけた。金色の球は十センチほどの棒切れの先端にくっつけてあった。その横に丁寧に折りたたんであった白い布を広げてみて、ようやくそれが何であるかを理解した。折り目がつき、いくらか黄ばんではいたが、まだ一度も使われたことのない日の丸の旗だった。

俺は我が家の家財道具の中で唯一、いやらしく金ぴかに光っている球をなぜか捨てる気にはなれなかった。だから、その日の丸をネッカチーフにして、米軍払下げのグリーンのTシャツと迷彩ズボンを着て、手に金の球を持ち、一切合財が形を変えて閉じ込められた札束をポケットに捩じり込んで家を出た。

親戚の連中は、島の突端にある桟橋だけの小さな港まで、ある時は前に立ちはだかり、ある時は後ろで聞こえよがしに罵りながらついてきた。俺は一度も後ろを振り返らずに、桟橋の先から本島をつなぐ古びた上陸用舟艇に飛び移ってしまった。最後にはきっと何か言うだろうと期待してついてきた金魚の糞どもは、突然プイと切られて当惑の中に泳がされてしまったから、今度はオロオロと両親の臨終の時のように泣き声で俺の名を呼んだ。一度でも口を開こうものなら、船に飛び移ろうとする俺を誰かが力ずくでも止めただろうが、俺の沈黙はその隙すら与えなかった。

俺が島に背を向け、波の向こうの本島を見据えて彼らを無視し続けたから、彼らの声はついに泣き叫ぶような仰々しいものになった

「あーきーちゃーん、いかないでよー」

「あーきーさーん、ちょっと待ってよ」

御丁寧に幼い頃からの呼び名にさん付けし、慣れない標準語を投げてよこした。女どもの泣き落としの効果が全く無いと知ると、今度は男達の激しい怒声が後ろから降り注いだ。本島に戻る古道具屋の親父までがオロオロして、何とか俺に取り入ろうとへつらいで笑いをぎこちなく作って近寄ってきた。しかし、彼の媚(こび)の量では俺との距離を埋める事はできず、彼もまたおずおずと噛みつか

れない距離を取り戻した。

　エンジンの始動が島のちょっとしたアトラクションのフィナーレを告げ、船は俺と島を引きちぎるために桟橋を離れた。沖に出る前に向きを変えるために回転した船は、故郷の島に死ぬまでこびりついていようとする錆色した親戚の連中を俺の正面に向き合わせた。今度は眼をそらさずに、じっと連中を見据えた。敵意のためでなく、まして愛情などのためでなく、ただ精一杯の無視を永遠に向けて投げつけるためだ。故郷という母親の腰巻きに似たぬくみと臭みをすっぽりと脱ぎ捨ててしまいたかった。近親相姦にはすっかり厭き、全く立たなくなっていた。これ以上居続けることで、血の甘味を飲み過ぎて糖尿の病に取りつかれでもして、性欲までをも失せさせられてはたまらない。俺は俺だけの血で、立派に漲（みなぎ）り、意志だけでキリット尖立させ続けたいのだ。

　しかし、船が舳先を本島に向けてエンジン音を一気に上げると、全てが調和を取り戻した。俺にとってのこの船出、流刑植民地からの一足早い御赦免船は、全く時刻表通り寸分も狂いなく、次の世界に向けて俺を運び込むに違いない。しかも、かつてこんな場面があったような気がしてならない。人が行動を起こす時、それは予定通りのスケジュールに従っているだけなのだろう。人は夢が叶わないと嘆き悲しむ事に慣れている。しかし、夢は将来に必ず起こる事の予告に過ぎない。ただ、思い、夢見る事が将来に約束されている事だったとしても、それを行動に起こす勇気を持たないだけに違いない。

　今、俺の乗った船を見送るはめになった親戚の連中には俺の不在は何の変化も起こしはしない。確かに一瞬の風が生活の海面を少し騒がせてしまったが、再び労働と慣習の巨大な鉄塊を体にくりつけ直して、生の眠りの深い底に沈み込んでいくだけだ。

鮟鱇は空翔ぶ鴎を知らない。まして光輝く大空など夢見ることなど決してない。淀んで濃い、重くて暗い海底だけが、彼らを生きさせるすべてなのだから。

エンジンの音が一幕の終わりを決定づけ、本島が目の前に広がり始めた。俺は先程から手にしていた金の球をくるくる回していた。球は太陽の光の雨に玩ばれるミラーボールだった。陽のかけらが時折、船の中の陰りに走り込み、微かに波間をも舞い飛ぶ。手を止めた瞬間、金の球は素早く故郷の遠景を捕らえた。俺はその凸面に歪んで膨張している島が心の中でどんどん膨らんでのさばってくる事がめんどうになってきた。立ち上がり、渾身の力をこめて球を島に向けて放り投げた。俺と故郷の島は永遠に向けて裂け始めていたから、それは勢いよく青の中で光を集めて舞い上がり、頂上で一瞬キラリと光を発して宙返りをうち、くるくるくるくると棒を回しながら光を零し、音をたてて緑の波に呑み込まれてしまった。俺は海の中をゆっくりと落ち込んでいく金の球が見えるような気がして、金の球が消えたあたりにじっと目を釘づけにされたままで、しばらくぼんやりと運ばれていた。

海の中をゆらゆらと揺れながら沈み込む球が眠りの底まで到着したように思え、俺は故郷に最後の一瞥を与えて、目の前にぐんぐん大きく広がってきた本島と向き合った。

濃い眠りの底で金ピカの球も塩水に腐蝕し、金メッキが剥げ落ち、惨めに丸裸になれば、眠りにふさわしい色を纏うだろう。たとえメッキであろうと光る事はタブーだ。故郷は、疲れ、傷つき、敗れ、脱色されて一切の光を奪われた神経症と寡婦と老人と病人とアル中と、ありとあらゆる禁治産者が、ひっそりとお互いを侮蔑し合って傷嘗め合う流刑植民地だから、片隅の星屑の光でさえ輝くことは許されない。太陽がささやかな光を惨殺し、日本が踏みにじり、同じ島人がいたぶり、たかり、生の瑞々しさは太陽で凋らされ、日々の艶やか色彩は時間で漂白され、恐怖と不信が肉体を燭台にした生命の炎を老衰にまで細め、死にまで貶め、故郷は今日もまた昨日と同じように、光の欠けた淀んだ白昼の底で、太陽に威圧され……。

明日もまた、そしてあさってもまた……。

故郷の島と琉球本島をつなぐ米軍払下げの上陸用舟艇は、俺を薄汚れて濁った希望に上陸させた。日の丸のネッカチーフを粋に巻き、Tシャツと迷彩ズボンの俺は、故郷という流刑植民地での退却戦をかなぐり捨てて、今や攻撃戦に転じるつもりだった。青春の希望より高く育ってしまう甘藷の畑と、飢えと貧しさしか囲えなかった家を叩き売って作った軍資金がいくらかある。だから一切働くつもりはなかった。金がある事もあったが、俺は退却戦の末期に、労働という忌まわしい習慣が、巨大に組織されたやつらの詐欺のシステムに過ぎないと知ってしまったからだ。夜露に包（くる）まって野に鏤められた明星のかけらを拾い集めるために鍬を振るい、草花の輪郭に滴を落とす夕星の幽し光を拾い集めて家路を照らし、夜明け前から日没後までの激しい労働と島一番の実直さの報酬は、泥のように眠るための疲労と、筋肉を纏うだけの貧困だった。それに労働という詐欺のシステムをがっちりと手助けする時間という労務屋にも、とことん愛想が尽きていた。乙にすましていかなる不手際もないように、カチカチ、カチカチと動き続ける欺瞞のせいでもあったが、太陽が加勢して常に果てしない苛立ちに向けて焚きつけ、退却戦の惨めで単調な日々のスケジュールを正確に刻み、その五十年の堆積で血を凍らせ、骨を潰し、肉を拉（ひさ）ぐ死という逃げ場のない屠殺場に刻一刻堕落させてくれる時間の素顔に、泥と汗に塗れて出くわしてしまったからだ。

俺は時間というものが俺だけの時間でしかない事に気がついた。汗と泥に塗(まみ)れ畑を耕す時、時間は後手に突っ立って俺の勤勉さを嘲笑って急がない。太陽が中点にひっかかり、海の底に沈み込むまで、時間はニタニタと笑いながら焦らし続け、いったん労働を終え、俺の時間を生き始めるやいなや、時間は夜明けに向けて限りなく俺を裏切り続ける。俺が自分を忘れるほどに安らぎ、眠り、あるいは熱中している時、時間は精一杯急ぎ、時として二人の俺、始まりの俺とふと我に返る俺の間で、勢いに圧倒されてコソコソと逃げ、姿を隠し、最初の俺と再び気付いた俺は背中あわせにそこに立っているのだ。

俺は俺と時間の関係が不思議でならなかった。時間が俺を縛り、安らぎの床から剥ぎ、野に追い立てる。しかし、その時間は俺が感じているだけに過ぎないのに、俺は完全な時間の奴隷として労働に追いやられている。奴隷労働の報酬が五、六十年先で手ぐすね引いて待ち構えている死と呼ばれる賤しい休息だけだというのに。

だから時間は意識のちょっとした形式にすぎない。時間というコースをひた走る駄馬の足のように、意識の命ずるままに闇雲に労働したところで同じなのだ。額に汗して労働する事が美徳だなんて笑わせる。そいつは時間と結託したやつらの悪巧みにすぎない。まして労働が神聖だなんて誰にも言わせせない。釈迦やイエスが額に汗して働いた話しを俺は知らない。蒔く事も刈る事もしない烏の野郎だって充分に生きているではないか。

俺の労働は完璧に無駄だった。いや、信じたくはなかったが、作物の栽培という労働は有害でさえあったのだ。深く耕し、化学肥料を与え、雑草をとり、俺は大地を傷つけ、首を締め、なしくずしの死さえ目論（もくろ）んでいたに違いなかった。

俺は島を離れる朝、放置したままの甘藷畑に出掛けた。甘藷が枯れ、草が生い繁り、労働の価値を畑一杯に証明しているはずの大地は、太陽に笑いかけ、風に話しかけて、かつて見た事もないほどに豪奢に着飾っていた。草は背の高い甘藷の下では太陽が差し込むあたりだけに繁り、繁りすぎて自ら枯れ、甘藷の肥料となり、大地は生き物のように息づいていたのだった。

俺はくっきりと爽やかになった。すっぽりとすべてを捨てられる気がしてきたからだ。かつて俺の畑であった大地に立ち、噎（む）せかえる緑の匂いが周りに立ち籠めて俺を祝福している事を知った。それは今まで一度も味わったことのない好意の薫りがした。畑との闘いを終え、俺はようやく大地と俺が一体になれたような思いを抱いて、畑と甘藷達に声に出して別れを告げた。


そんな訳で、俺を果てしない苛立ちに向けて焚きつけていた時間は、俺の青臭い汗で腐り始めていたから、上陸後すぐさま世界中の時計の文字盤は曇り始めた。コザのごきぶり這うモーニング・サービスの喫茶店で時計は歪み、夜のカウンター・バーで悪臭を放って融けだした。時間を裏切ってやるためにカウンターの向こうのハーフの女を誘い、労働者が眠る深夜の中の町の民謡クラブで島酒を呷（あお）り始めた頃には、世界中の時計という時計は跡形もなく昇華してしまった。

いずれにしても労働という愚昧とのつきあいを止めてしまって、俺と時間の折り合いが悪くなり、ただギクシャクした関係を惰性で続けていただけだったから、世界中から時計が完璧に消え失せてしまった事は、薄汚れ濁った希望への上陸をいくらか快適なものにした。

だから俺は、まず一日を二つに引き裂いた。東支那海に浮かぶ唐薯の琉球列島を、食べごろまで蒸かし、ごりごりもしなく、苦味もないところばかりを米軍に食わせてきた太陽の昼間を断固として拒否して眠り、うずくまって避けた。日没後、どこからともなく流れる三絃を目覚ましのチャイムにして、俺はゴソゴソと徘徊するために戸外に出る。夜だけが血を温め、降る星々が煮え滾らせ、俺は次第に間抜け面した駄馬の筋肉を失い、夜行性の嗅覚を獲得していった。

俺の勃起する嗅覚は島酒に覚醒して、三絃のリズムで鍛え上げられ、夜の退潮の時刻を嗅ぎわけて、昆虫の本能で女共の噎せかえる巣の中に潜り込もうとする。俺という、嗅覚が異常に発達した昆虫は、引き裂いた二つの世界の淵に近づくと、女の巣から分泌されるフェロモンに呼応しょうとした。そして次第に二分法が積み重ねられれば重ねられるだけ、より複雑なフェロモンに嗅覚を移動させた。

俺は引き裂いた二つの世界の一方で終焉の時そばに居た女を捨て、まだ前の男の精液が乾かない穴を物色し、その中に溺れ込む事で朝を滲ませて消した。昆虫の本能でより腐敗し、醸成された匂いを求め、俺は一万円札の数だけ女を抱いた。それは二つに引き裂いた時間の儀式として生活のリズムを作り、俺はコザのシンコペートする夜を重ねた。

俺の札片は夜を奏でるための楽譜となって夜空に舞いながら消えていった。その束が手の中で握り潰せるほどになってしまった時、生のリズムが奇妙に軽快な音に変わっていく事に気付いた。奏でる音色が心なしか透明になってきたのだ。青黴色した一万円札はドル紙幣ほどに一面の腐蝕ではなかったが、それでも俺の生活を全面的に縛り上げる呪符には変わりなかったのだろう。今、人々が生の全ての局面を支配しえると信じて疑わない、いわば呪いの護符が手から夜の闇に吸い取られていくに従って、俺の中には明らかに刻々と生理的変化が起こってきた。それは流刑植民地からの脱獄がいよいよ完了しえる予感に満ちたもう一つの爽やかさだった。

今、握りしめている数枚の護符を失ってしまうと、俺は全ての退却路を絶たれてしまう。もはやおめおめと捕囚の民として、再び島に戻るわけにはいかない。かといって頼れるような一人の友人とてない。俺が求め続け、潜り込み、抱かれ、むしゃぶりついてきた多くの女達は、今夜は俺以外の誰か、青黴色した護符をひけらかす男達が必要だろうし、俺は女の記憶のために苦汁を濾過してくれる優しい肩を求めなかった。しかも俺はこの数枚の紙幣以外、着たきりのTシャツと迷彩ズボンと、首に巻いている日の丸のネッカチーフだけしか持っていない。そう思い始めるやいなや、本島に上陸して以来寸時も消さなかった酔いが、握りしめていた紙幣にまたたく間に吸い取られてしまった。俺は酔いの退潮を恐怖した。仮面と武装だらけの社会で酔いだけが俺の唯一の楯だったからだ。

俺は手の中で酒と精液をたっぷり吸い込んでじっとりと湿って重い紙幣を広げた。月光にかざすと古代大和の髭が卑猥に笑った。俺は魂の底から力をこめて紙幣を引き裂いた。しかし、今度は知らんふりをしている。さらに力をこめてもう二つに引き裂いた。半分ずつをもう二つに破り、こま切れの紙幣を両手で掬うように持って、月に向かって力一杯放り上げた。五月の涼やかな夜風がそれを舞いあげて散らし、紙幣は夜の彼方に持ち去られてしまった。

紙幣が視界から消え失せた時、俺はその分だけ軽くなった。全身が大地からスーと上昇していくような気持ちだった。いや、明らかに飛んでいた。紙幣が持ち去られた夜の彼方と反対の方向に、涼やかな風の起源に向けて飛び始めていた。俺は全身からこみ上げてくる笑いをどうしてもこらえることができなかった。首の日の丸のネッカチーフをはずし、両手で頭上に掲げ、大笑いでコザの夜の真っ只中を飛んだ。通りすがりの中年の女が胡散臭い目で俺をよけた。手をつないだカップルの後ろから思い切り大声を出して驚かせて、立ち竦んだ二人の後ろから日の丸を頭ごしに撫で、二人に悪魔の降霊儀式をふるまって走った。日本人のハネムーンらしき二人は、文明に漂白された顔から血の気を失せさせて俺を恐怖した。俺は走り続けた。アイヌのように叫び、インディアンのように吠え、オーストラリア・アボリジンのように震え、アメリカン・ニグロのように火をかざし、カチャーシーを踊り舞い、コザの大通りを一人でパレードした。

俺は路地から零れてきたジェムス・ブラウンの音を拾い集め、日の丸を首に巻き直してそのロック喫茶に侵攻した。ドアを開けると音と煙草の煙で濃く煮詰まった室内の空気がどっと俺に向かって流れてきた。俺は片っ端から客に挨拶をして、スピーカーの前に陣取った。ジミ・ヘンの手が俺の体内のすべての骨と神経と筋と血管と腺という腺を掻き鳴らして、体内にこびりついていた生活の宿便をふるい落としてくれる。ジャニスが迫り、やらせてやると体を開く。ミー・アンド・ボギー・マギー。ストレートのバーボンをがぶ飲みしてジャニスの愛咬に無条件降伏をする。生理のすべてが血だらけの音で湯灌され、社会というごたいそうな地下墓地で葬られる快感に酔い痴れた。

サマー・タイム、セックス・マシーン、クライ・オブ・ラブ、酔い痴れ座っている木製の椅子が次第次第に大きくなっていくように思えた。いや、妙に懐かしい座り心地と言うべきかもしれない。確かに今の俺にとってこの椅子だけが存在できる唯一の場所だ。それ以外には、眠り、食い、交尾し、ありとあらゆる生活をつなぎとめる港はなくなってしまった。しかし、逆にこの懐かしさを覚える椅子は、今の俺のすべてを引き受けてくれようとしているようだ。この椅子があるロック喫茶が、そしてこの店があるコザの町が、琉球列島が、東支那海が、アジアが、地球が、そして宇宙のすべてが、椅子に座った俺の存在を引き受けてくれるような気がする。いや、俺は今ようやく地球に一脚の椅子を見出して、初めて座ったのだ。すべてを売り払い、すべての紙幣を夜に貢いでしまう事で、この椅子を、この椅子につながる世界のすべてを手に入れたのかもしれない。肉体を纏う布切を除いて、全裸で世界に放り出されてしまったと感じた瞬間、俺は今までに一度だって感じた事のない確実性で、いや、重力で、俺の肉体が大地に腰を降ろしているのを知った。しかし、音で沸点にまで煮詰められながら、煙草の煙の不純さでようやく沸騰を免れているようなこの部屋の気体さえ、俺の肺には実に快かった。スチールギターやボンゴ、ドラムやサックスの音は筋腺を掻き鳴らし、体腔を打ち、脊髄で吹いた。俺はチベット人やインディアンが亡き愛人の骨で作るというフルートを手にしていた。そのクエナと呼ばれる笛のように、音は脊髄を貫き、全身を震わせる。アルコールで沸き始めていた血が音でぶつぶつと滾り、俺は俺が火柱となって炎上するような幻覚の只中に居た。メラメラと燃える感覚の中で、しかも不思議な鎮まりが腰から下をがっちりと大地に植え込んでいた。

目を閉じた。部屋の薄闇が消え、音に共鳴する光の坩堝にいるような気がする。強震のたびに体が浮き上がり、激しいリズムが体を坩堝にぶち込んだ。俺はグルグル回転しながら漂っている俺を見ていた。俺の全身は音波を光の波に変え増幅するアンプと化していくようだった。

しかし、夢幻遊泳も長くは続かなかった。音が極度に絞られ、闇を光が濁し、安住の椅子から追い立てを食らってしまった

「閉店でーす、ありがとうございましたー」

慣れないとってつけた日本語の口上だけマスターの顔が歪んで見えた。が、歪んだのは俺の方だった。レジスターの横を通り抜けようとして呼び止められ、二言、三言押し問答をしている間に、俺は激痛と眩暈を感じてコンクリートの床にぶっ倒れた。やがて頬の焼けつく熱が酔いの微温に溶け込み始め、火照り始めた肉体を打ちっ放しのコンクリートの冷気が宥め、俺は目を開いて天井を見ていた。

そうか、金を持っていなかったのだ。安住の椅子を剥がされてコンクリートに横たわると、背から全身を包み込もうとする冷気に抱かれ、俺は爬虫類に脱皮していた。熱い血が鎮まりまで冷え、ぬめぬめと大地に這いつくばって生きていく五体を感じていた。だが、オタオタと後生大事に甲羅をひっさげているばかりにいたぶり回される銭亀の卑屈さは御免こうむりたい。鎌首をもたげて死をプレゼントして這い回るハブの怒りなども、もちろん欲しくはない。天地創造の時代に大地を闊歩していたプレシオザウルスの生か、あるいは爬虫類の属性のすべてを持った一匹の哺乳類の一生もいいだろう。そして、もし永遠に冬眠できるならば、ずっとこのまま爬虫類になっていたい……。

俺は金などまるで持たない一匹の爬虫類となってコンクリートに横たわっていた。この店で、この町で、この世界で、金を持たない人間は、手足が退化し心臓を冷凍させた爬虫類でしかなく、人間などという存在は進化の彼方で遠く消えて見えない。店の奥から声がして、女ずれの黒人が俺の勘定を聞いている。千円札を四枚差し出した黒人が俺を人類に再登録するための手数料を払い、女の白い手が二足歩行動物に組み入れてくれるために、俺の頭を持ち上げた。

二人に促されて外に出た俺は、精一杯顔を歪めて「サンキュー」と言った。彼が俺に向かって何かを言ってくれたが、俺はとんと見当もつかず、女の顔に俺の答えを捜した。夜の灯の下では、彼女が日本人でも沖縄人でもない事しかわからず、俺は映画で見るように、肩を少し持ち上げてすくむ仕種をしながら、「ノー、マネー、ノー、ハウス、ノー、フレンド」と言ってみた。

二人は夜を揺すぶるほどに笑い転げた。ようやく笑いを止めると、呆然と突っ立つ俺の肩に手を置いて、

「OK、ウィー、アー、ユアー、フレンズ、ユー、シー」

そう一語一語をゆっくりと刻みながら言い、俺のうなずくのを待った。俺は笑いながら首を縦にふり、二人はそれを待っていたかのように自分達の車の方に俺を連れ出した。俺はバックシートに転がり込み、なりそこねの爬虫類のまま、二人の温帯の気候の中で短い冬眠に入ってしまった。

気がつくと大きな外人住宅の庭に立っていた。二人に呼ばれて中に入ると、インド香と妙に神経に懐かしいあの匂いが俺の嗅覚を引っ張った。故郷の島を抜け出て参加した野外ロック・コンサートで、隣にいたヴェトナム帰還兵に勧められて二度ばかりやった事がある。部屋に満ちる匂いが過去の匂いとの間にあった時間をゼロにして、感覚を瞬時に飢えさせた。

薄闇の宇宙の中で、ローソクのちっちゃな恒星を中心にして、五人の男女の惑星が星火を回し喫んでいる。俺を人類に再登録してくれたディックは、五人に軌道を広げる事を頼んで、俺をシャギーの絨毯の上に人間として座らせてくれた。二人の女の間に座った俺は、褐色の手から渡されたそれを全身で喫い込み、肺に貯え、巨大な口を開けてその美滴を待ち受けている小さな先端、俺の存在を編んでいる感覚の小さな先端を宥めながら、ゆっくりと沁み透らせ、反対側の白い手に渡した。労働で鍛え上げた奴隷の筋肉を纏う貧しい肉体は、美滴を触媒にして刻々と新しい世界に誕生する

ために震え戦き、肺を光源にした光の渦が細胞のひとつひとつを透明にしていく進化の暴力に打ちひしがれ始めた。

俺は褐色の手と白い手の間に、星火を鎖にして繋がり、椅子よりも穏やかに、コンクリートの床よりもしたたかに存在していた。俺はディックと、ジュディと呼ばれている彼の女についても、今、両側から俺を彼らの世界にガッチリと組み込んでくれた褐色の手と白い手についても、何も知らない。いや、それ以上に、突然舞い込んだ俺については、ここに座っているという事実以上の何についても誰一人として知るはずがなかった。ただ、ディックとジュディだけは、「ノーマネー、ノーハウスー、ノーフレンド」を俺のすべてとして知っているだけだ。

しかし、この肺に優しい空気は一体何なのだ。よそよそしさというものが全くない。両側の女達は、初対面から寸分違わず、俺というなりそこないの駄馬で、なりそこないの爬虫類を全面的に認めているようだ。ここに俺をはさんで座る事が有史以前より決められていたかのように、いや、今自分の隣に座っている男以上に大事な人間はいないかのように、彼女達は泰然と存在している。

一服目を全身に駆け巡らせ、半透明にまで進化した顔を上げると、ローソクの向こうに俺を拾ってきたディックがいた。定かでない俺の目の焦点でも、やつが俺の目を掴んでウインクした事が分かる。俺は二重にトリップし始めた。全身の生理をヒマラヤの清流に浸し透明にまで洗い清めるトリップは、肉体を大地二メートルに這いつくばらせて退化した哺乳類の群棲地を旅立たせ、遠い霊長目の王への道を一歩一歩確実に歩ませ始め、しかも同時に、ローソクの恒星をとりまく八つの惑星を浮かべているリビングルームの宇宙が、旅立ってきた錆びた故郷の島との距離を測る意識を強制してくるのだった。それはすべてに果てしなく遠い過去の東支那海にへばりついていた。

区別し、違いをつけ、ある時は自分だけを際立たせ、不利と見るや一目散に群棲の庇護の中に逃げ込み、なんとしてでも自分の領分を護り、所有し拡大する事にのみ眼を血走らせている世界からやってきた俺にとって、この七つの惑星は進化のコースを別に辿ってきたに違いなかった。国家だけでは飽き足らず、自分達の地方を、故郷を固守し、しがみつき、それでも安らげない群棲本能の人種は、血の流れで空間を固め、他の門中（むんちゅう）と優位を競い合う事で、内に向けて腐敗させ、肉体的障害、私生児、出戻り、精神障害、憑物（つきもの）を生贄にして、門中の外に風葬する事でごたいそうな門中墓をひたすら護り、へばりつく。そんな群からはみ出してきた俺は、異教徒の困惑を無重力状態の中に放っていた。

たぶん、今日だったのだろう、あの青黴色した紙幣を夜空に蛾のように舞わせて失せさせたのは。あの黴色の呪符でさえ、ここでは色ずくための湿気に欠けている。あの呪符を黴色に保って通用させるには、すべての物質を腐敗させるに充分な湿気と、それを握る神経症で小刻みに震える、汗で粘つく手が必要なのだ。今ここにはそのどちらもない。あの呪符なしには一刻も生きていけない人々の饐（す）えてむかつく口臭などなかった。

俺の驚きや頼り無さや疑問は、口から肺に滲み入る気体によって漂白され、俺を幽閉していた意識のありとあらゆる霞網が解け、かつてない無拘束の精神が、体のどんな隅々の小さな毛細管までも動員して、新たな光を放つ織物を織り始め、俺はその織物に抱かれながら、一つの死と、一つの生を同時に孵化するために、全身を液状にして車座の卵の中に溶け込んだ。

美しい地球に転生するために。

じっとりと陰湿に湿った地表二メートルの淀んだ空気を呼吸するための鰓しか持たず、攻撃本能を忘れた一匹の爬虫類を攫い、翔ぶための筋肉が逆三角形の肩甲骨に接木できる事を教えてくれたディックは、俺に新しい時計をさりげなくくれた。二本の針がただここに座り確固として存在している俺自身と、俺そのものを包み無限に向けて広がる宇宙の双方を指し示しているだけで、ちまちまと意識を刻むための文字盤はどこにも見あたらなかった。それは生の刻一刻が、呼吸のリズムと心臓の鼓動である生理の刻一刻の流れにちょうど重なり合いながら、俺自身を包む宇宙を同時に指し示せる魔法の時計だった。

だから俺はその一夜で、ディックのくれた時計がすっかり気に入り、太陽が俺を駄目にする時間が純白の文字盤の上に炙り出されないうちに、臓腑の奥深くしまいこんで、眠りで蓋を閉じてしまった。

太陽が唐薯を紅毛人の口に合うように蒸かしあげる陽盛りの一日を眠り、愚昧の労働に酷使された市民達が、明日の新たなより一層の愚かさの中に目覚めるために家路につく黄昏の所在なき時刻に目を開けた。それでも酔いは眠りの濾過器で濾され、俺は新しい時計がカチカチと臓腑の底で鳴る肉体を起こした。

昨夜一緒だった女達は消え、残り香だけが部屋にあった。ディックが気配を感じてやってきた。

「グッド、モーニング、ベイビー」

ディックのゆっくりした英語に、

「グッド、モーニング、ディック、サンキュー、ラスト、ナイト」と、学生時代の記憶の箱をぶちまけて答えた。

ディックは手にしたオレンジを丁寧にむき終えて投げてよこした。俺は手の中に飛び込んだ冷たいオレンジに食らいついた。オレンジの果汁は生のエッセンスみたいに俺を奮い立たせ、肉体は透明から鮮やかなオレンジ色に染め上げられる気がした。そういえば島に戻ってから一切の野菜や果物を食べた事がなかった。島でそれらは高価で少ないせいもあったが、それ以上に、野菜の緑に鍬を振るう男の汗の匂いがあり、果物の一つ一つが奴隷の大粒の涙のように思え、どうしても食べる事ができなかったのだ。比較的安い魚類や豚肉を食べる時、人間界で果たしえない恨みをこめて、強者の弱者への蔑みで引きちぎり、生存競争の勝者として飲み下した。だから俺の肉は家畜どもの怨みで肥り、血は文字通りやつらの血に違いなかった。

だが俺は、その日から肉食獣の自分を殺し、草食動物の穏やかな眼を胃袋にくっつけた。それは他にも理由があった。昨夜、翔ぶ気配に陶酔した事もあって、重く淀んだ動物の肉を排泄して、体を少しでも軽くしたかったからだ。だから俺はオレンジを食べ終えた後、ディックが依頼した仕事を二つ返事で引き受けてしまった。ただ翔べそうな予感だけで。

ディックは和英と英和の二冊の辞書を前に置いて、慎重に仕事を頼んだ。俺はすぐさま仕事の内容を理解した。ただ一点、俺とディックの間でなかなか通じなかった事は、他でもない報酬の事だった。少なくない金を受け取れというディックと、金は欲しくないから現物をくれという俺の間で、二冊の辞書が何度か往復した。ようやくディックが俺の望みを理解し、俺は仕事始めに報酬の半分だけを受け取り、昨夜覚えたばかりのやり方で全身を奮い起こした。

俺は心配顔のディックに昨夜と同じように「ノーマネー、ノーハウス、ノーフレンド」と言い、その後に「バッツ、ディック、イズ、マイ、フレンド」とくっつけて手を出した。ディックはすぐさま握り返して大きくうなずいた。

俺は送ってやろうというディックに、ジェスチャーでポリスのスタイルをして断った。こんな仕事は慎重すぎる位でちょうどいいのだから。俺はスーパーマーケットの袋に小さな包みを放り込んで、那覇行きのバスに飛び乗った。


俺はその日から週に一度、ディックの指定する人間の所へ、ただ包みを手渡すという簡単な仕事をする事になった。その仕事に必要な事は、平静を装う事だけだったから、何食わぬ顔で那覇を訪れ、那覇でしばらく時間を過ごして、再びディックの所に戻ればよかった。しかし、その日だけ出掛けるのでは怪しまれるかも知れない、というディックの心配から、残った六日間も那覇に出掛け、喫茶店で時間をつぶしたり、その時に知り合った友人達と気持ちのいい時間を持ったりして過ごした。だが、次第にすべての思いが注射器に収斂し始め、友人達とも離れ、那覇にでかけるのも面倒になり、部屋に籠もって報酬を打ち続ける日々が連なってきた。日がな一日、音楽を聞きながら、ほとんど果物以外の物を食べず、ただひたすら腕に突き立てている俺をディックは心配した。そのたびに俺は「ノーマネー、ノーハウス、ノーフレンド、バッツ、ユー」とゆっくり発音して心配をはぐらかせた。

ドロッパーから液が肉体に注がれると、俺はすべてを放り出して無条件降伏する事にしていた。ことごとくの俺が刻一刻壊滅し、俺は俺であって俺でない肉体の分離を楽しんだ。一方の俺が宇宙のように巨大に膨張し、もう一方の俺がその中を自由に飛び回っているような気分にもなっていた。

しかし、俺というまだ翼の生えない鴎は、アヒルのように泳ぎ回る事しかできなかった。

　それでも、まだ泳ぎ回れる間は良かった。巨大な宇宙はまたたく間に凋み、泳ぎ回れる空間が脈拍ごとに縮み、鍾乳洞ほどになってしまった空洞の底から肉体の部分部分の感覚が石筍となって水掻を邪魔し、天井から現実意識の鍾乳石が次第に巨大に垂れ下がり、快感そのものであった水までが妙に重たく、泳ぎ回ろうとする俺は、水掻を傷つけ、飛べない羽毛を引きちぎられ、どんどん下に沈み始める。ついには下から肉体の石筍に串刺しにされ、上からは意識の鍾乳石に押し潰され、打ちひしがれ、疲れ果てて身動きもできないままに、震える脈拍の音に痛みつけられるだけになる。窒息寸前の肺にせめて酸素でも送り込もうと精一杯呼吸しようとすれば必ず、俺は空洞そのものの肉体を残し、一気に荒れすさんだ世界の只中に放り出されてしまう。

　そんな時の俺は、全身の悪寒と胸糞悪い吐き気を懸命にこらえ、したたる油汗を嘗め、丸裸でズタズタに裂かれ、残酷な惨めさだけが肉体の襤褸を装飾するような存在に耐えねばならない。あらゆる価値とすべての歓喜が死に絶え、グロテスクなまでに完璧な灰色の世界にうずくまりながら、闇の向こうで光を放つドロッパーだけを捜し求める。手を伸ばし、その距離を一気に埋めて、せめてアヒルでもいい、もう一度泳ぎ回りたいと焦る。ドローパーがアヒルのための水を体内に注ぎこんでくれると、今度こそ泳ぎ回る事を止めて、翔んでみようと決心する。しかし、結果はさらに悲惨に俺を縛る事で終わる。

　そんな事の繰り返しの中で、時間はドロッパーに完全に支配され、俺のすべてが針一本で自由自在に死に絶え、蘇るだけで、俺は不死鳥の希望を抱いた哀れに悲しいアヒルでしかなかった。出口なしの空洞を泳ぎ回る事の馬鹿らしさが次第に時間を広げ、俺は死の灰色にうずくまる事の方を選び始めていた。だから、最も泳ぎ回りやすい時間を選んで那覇に出掛け、ぐったりと疲れ果てた死骸を引きずってディックの所に戻った。

　しかし、日がたつにつれ、肉体の要求する時間が、意志で作った時間の配分を攻撃し始めた。那覇にでかけ仕事を終え、ディックの所に戻りつくまでの時間と、翔べないアヒルが身動き取れずに窒息しかかる時間とが、日に日に分離し、距離を大きくしてきたのだ。肉体の暴力は俺が持ちえた最強の意志でさえ粉々に打ち砕き、俺はバスのバックシートで、青ざめ、震え、痙攣し始め、とうとうある日、バスの車輪の回転よりも脈拍が早くなってしまった時、肉体の暴力に自制力を失って大声で叫び始めた。俺は叫んでしまった自分に気付き、慌てて顔を思い切り殴りつけ、二人の俺を血みどろで格闘させる事で耐えた。

　そんな事があってから、ディックには秘密にして、そっとドロッパーを持ち歩く事にした。ただそれだけの事だったが、世界は突然構造を変え、俺は虹色して輝くパノラマを眺めながら、祭りのパレードのように浮き浮きして一号線をバスの中で行進した。俺を振り回すドロッパーの時間がポケットの中でいつも待機している、そう思うだけで、俺はすっかり世界と和解してしまった。

　バックシートに降りかかる透明の黄金、窓外に広がっている海や空の滑らかな青、ハイビスカスの陽色、草々の濡れる緑……俺が泳ぎ回っていた水が体外に溢れ出て、バスを、一号線を、大気を、海を、地球を、宇宙を浸し始めているに違いなかった。俺が固体のままでバックシートに座っている事が不思議だった。いっそ水そのものとして宇宙に流れ込んでしまいたい。その衝動を抑えながら、むずかる子供に笑いかけ、乗客を無垢な眼で眺め、口笛を吹いて堂々とパレードした。

　いつもの取り引きの相手にも不信を抱かせるほどに上機嫌の俺は、彼から受け取った残りの報酬をシャツのポケットに大事にしまいこんで外に出た。胸のポケットを抑え、ズボンのドローパーを確かめると、水が比重を増してこないうちに新たなより新鮮な水を注入してやる事にした。久々に華やいだ気分で足の遠のいている溜まり場に出掛け、いつもの連中と話しをしたい気分になっていたが、足の方は最近仕事の後で行き始めたブラック・ソウルに向いてしまった。今、俺は外からのインパクトを拒否したい。その思いがいつもの溜まり場を避けさせて馴染みの薄い方を選ばせた。

ブラック・ソウルに入り、優雅にコーヒーを注文してトイレに立った。焦る事はなかった。ゆっくりと充分に注ぎ込めばいいのだから、俺はそう思って腕を壁に固定し、ドロッパーにキスして針を突き立てた。

狭まりつつあった水域を泳いでいた俺というアヒルは、頭から注ぎ込まれた新たな水に驚いた。少しばかり重くなりかけた水の上にさらに新しい水が加わる事になったから、それだけ高く泳ぎ始め、ふと頭を上げるといつもの鍾乳石が消え、無色で半透明な天井が次第に高く遠のいていく事に気付いた。

俺はディックに止められている事に誘惑を感じ、ポケットからもう一つ取り出した。あの不透明から透明に変わった天井に、ポッカリと開く青い大空に飛び立てる出口があるに違いないと思ったからだ。俺はドローパーを突き立て全身が青一色に色ずくのを待った。

ところがどうだ。脈拍が機関車みたいに全身を引きずり回し始め、立ち続ける事さえできなくなってきた。俺は火達磨になりそうな体を慌ててトイレから吐き出し、いつもの隅の席に転がり込んだ。

長い間眠ったらしく、マスターが心配して揺り起こしてくれた。そういえば最近はまどろむ事はあっても熟睡する事はなかった。四六時中、翔ぶ事ばかりを考え続けていたからだ。俺は熟睡後の奇妙な快感の中で、眠りという感覚の虚無から夢のひとかけらでも捜そうとしたが、眠りに入る前の光景しか発見できず、今日の試みが全く無駄である事を知らされた。俺はコーヒー代のかわりに、いつもより多めの物をマスターに手渡した。マスターはすこぶる上機嫌で、タクシーを呼びその支払いを済ませ、コザに向けて送り返してしまった。

俺は饒舌なタクシーの運転手に適当に言葉を返しながら、俺の青空を俺の天井に穿ち抜く事ばかりを考えた。ドロッパーの間にもう少し時間さえおけばいいような気がする、少なくとも低く沈められて取り返しのつかなくなる前に、少しずつ位置を高揚させればいいのだ、とにかく、やってみるだけの価値はあるだろう、と。


俺はその次の那覇行きまでに二つの事をやった。ひとつは俺の位置を少しでも高揚させるために、正確に生理の時間を分析する事だった。脈拍と呼吸をきちんと計測し、一日一日ドロッパーの間隔を縮めていった。もうひとつは俺にふさわしい実験場をさがす事だった。ここではまずい。ディックがすでに俺の眈り方を本気で心配し始めている。このままではドロッパーという天使の弓を取り上げかねない。かといって俺がゆっくりと俺の上昇を観察できる場所はなかった。俺は世界中の眼から遮断されて、俺の体内に深く沈潜しなければならない。翔ぶためにはまず潜む事だ。そのためには俺をどこかに軟禁するしかないだろう。

自らによる自らの軟禁、これだけが俺を開き放ってくれるような気がする。俺は一切を放り出してドロッパーと取り換えてしまった。俺がそのドロッパーの針と肉体を番える時、腕を一ケ所に固定させる。そんな具合に俺の体をどこかに繋ぎとめねばならない。それに少しばかり贅沢を言えば、俺の儀式にふさわしい場所がほしい。

　俺の頭は島に戻り、かつて俺のものだった甘藷畑に立ってみた。しかしそこはさざめく草花の世界ではあっても、大地を離れてしまった俺にはもはや面映ゆかった。女達の巣を嘗め回したコザの安ホテルにも入ってみた。そこで俺はいつでも精液と引換えにいたたまれない寂しさを抱く事しかできなかった。女の上で、時にはパパイヤみたいな乳房に押し潰されそうになりながら女の下で、全身を駆け抜ける一瞬の快感の後に、俺はベッド一杯に広がってしまうドス黒い虚しさを引き受けねばならなかった。胸糞悪い薔薇色で垂れ下がるペニスを切り落としてやりたい衝動をいつも必死で抑えた。そのやり場のない、しかし、決して炎上しない火を、俺は性器に充填して再び女の上によじ登ってしまうよりなかった。次のエクスタシーは、さらに大きな黒いやり切れなさを投げつけるために待ち構えている。今度はベッドで大股開きになり精液を流しながらほくそ笑んでいる女の性器に鋭い殺意を感じてしまう。その卑猥な穴の奥でじっと俺を見詰めている子宮を、しゃにむに潰したくなる。俺は慌ててズボンをはき、女の膣に前金以上の一万円札を捩じり込んでホテルを逃げ出す羽目になる。

　俺が求めたのは女の肉体のすべてであり、女そのものであり、女のありとあらゆる過去であり未来であった。それに俺のすべてを没入させる事で、俺の過去も未来も白紙に戻し、至福の恍惚を得たかった。しかし女は肉体の一部を鬻ぐだけ、俺は俺でペニスだけをぶち込む事で終わってしまう。それは決して安らぎなど与えてはくれない。だから俺は、存在が性器に捕食されかかっているような、爛れ、頽れ、複雑な匂いを発する性器に夜毎鞍替えし続けた。しかし、結果は常により一層惨めで、女を抱く前以上の欲求不満を孕まされるだけだった。だからもうホテルは御免だ。全身をペニスみたいに尖立させて、俺自身を凌辱し、俺自身を嘗め回し、俺自身で永遠に向けて果てたい。その一瞬の至福のためにすべてを棄て去ったとしても、決して後悔などしない。今、この世界で、この人生が生きるに値するたなんて誰にも言わせない。卑怯未練にしがみついていたところで、ある日予告もなく世界から追放され、小さな陶器の壺の中にカルシウムのかけらとなって残るに過ぎない。執行猶予だけの日々に、価値を見出すことなんて到底できない。

先祖伝来の田畑と家屋を売り払い、血縁を強引にかなぐり棄ててきたが、それは人生の終局に誰か俺の死を密かに喜ぶやつがやるに違いない処理を、俺が俺の手でやったまでだ。俺は生きている間に死後の処理を俺自身でやり、やつらはそれに未練を残してくたばるだけの差だ。過去にも未来にも、まして今この瞬間にも未練などまるでない。過ぎゆく一切は他国のお祭りにすぎない。俺達は人生を堂々とパレードする事も、人々の拍手喝采を浴びる事も、まして歓声をあげて祝う事なども、どれもこれも決してできはしない。ただひたすらな徒労で時間を潰すだけなのだ。

俺は一万円札を棄てた後で座り込んだ一脚の椅子を思い出した。あの椅子は俺が夜に支払った数万円と引換えに、無一文で、汚らわしい哺乳類から心休まる爬虫類に進化させてくれたものだった。だから確かに大地と和解し、すべてが俺の生きる場所に変わったように思えた。だが、あの椅子にしろ、冷やかなコンクリートの上の放心にしても、外部からの束縛や他人の眼の呪縛から逃れて、世界のすべてに舌を出して俺自身に戻れる場所ではない。俺は今、脳髄に青空をぶち抜ける聖地が欲しい。

ふと、ブラック・ソウルのトイレを思い出した。そうかトイレも悪くはない。どんなに社会に追いまくられ、世界の一切にへつらい、媚を売るだけの人間達も、トイレでは束の間、自分に戻り、誰憚る事なく自分の創造物を表現できる。たとえ妖艶な女達をはべらせ、黄金鏤めた山海の珍味を口に入れる太鼓腹のやつらにしても、三日に一度涙とともに琉球そばを頬張る最良の精神達にしても、創造出来る作品は常に極めて糞色に近い。トイレだけがでたらめに平等で、かけがえのない自由な気持ちが臭気とともに立ち昇ってくる。

　しかし、人々は知らないだろう、洗面所にある一葉の鏡が、髪を直したり、化粧崩れを整えたりするためにあるのではない事を。俺達が鏡の前に立つ時、鏡の中に見るのはまぎれもない自分自身なのだ。社会に追いまくられてトイレに入り、自分が自分のために自分でしかできない事を終えて開放感に浸りながらじっと鏡の中を凝視する時、そこには生きたままでホルマリン漬にされた前頭葉しか持たない他人がいたり、薬物で爛れた肝臓が作ったどす黒くくすんで冴えない仮面があったりする。鏡の中に凛々しく眼も眩むばかりの自分を見い出す事など決してない。まして、薄汚れて皺だらけの顔に吐き気を催し、今来た道をキッパリと拒否して、人間の最も大切な新たな道に、真実の自分自身に限り無く近づく道に踏み出す事など決してなく、再び、まだ温かみを残している椅子に戻ったり、擦り切れたカバンの手を握り直して、ためらいもなくスタスタと奴隷の道に戻ってしまう。

　俺は今日まで、トイレを出てそのまま職場も生活も人間関係もすっぽりと脱ぎ捨ててしまった人間を知らない。一葉の鏡がどんなに危険な代物であるかが知れ渡る世界は、気の遠くなるほど俺達からは遠い。

　俺はキッパリと決心した。ブラック・ソウルのトイレこそ俺の離陸にふさわしいエアーポートなのだ。打ちっぱなしのコンクリートで囲まれ、だらしなく弛んだパッキンから絶え間なく水滴が床に飛び散るだけで、一切の虚飾のないトイレが、今の俺には一等都合よく思われた。あのトイレなら落書きのひとつひとつさえはっきりと知っている。俺はトイレを頭に描きながら、そこを飛翔にふさわしく豪奢に飾りたてたくなっていた。だが、俺には着たきりのTシャツと迷彩ズボン以外には、ドロッパーという愛人がいるだけだ。俺は俺にふさわしい飾り方をするために、殺風景なディックの部屋を見回して適当な物を物色した。壁のヌードのピンナップはいかにも貧しすぎる。ヤンキーガールの巨大な乳房の量だけ、俺の心が欠けていく気さえする。

ふと、部屋の隅に丸めてあった日の丸が眼についた。あのネッカチーフだけは、俺の、いや俺の先祖伝来のたった一つの財産だったものだ。俺はそれを取り、皺(しわ)をのばして広げてみた。白は黄ばんで汗臭く、赤は腑抜けに脱色されたようにくすみ卑しい色を円の中にかこっている。しかし俺は日の丸をきちんと葬ってやる事でエアーポートを飾り立てたかった。ヌード・ポスターのピンをはずし、壁にピンナップしてみたが、その前でドロッパーの操縦桿握りしめて翔ぶ俺は、日本の特攻兵士の空しい目付きしかできそうになかった。俺は皺で丸みを崩されたみみっちい赤が疎ましく思え、急いでバスルームに持っていって洗ってみた。

浴槽一杯に汚水を吐き出した日の丸はそれでもいくらかこざっぱりして、みみっちい空しさは消えた。乾き上がった日の丸に丁寧にアイロンをかけてやると、見違えるほどシャキットした。俺は再びそれをピンナップして、今度はディックの机から緑色の蛍光塗料を借りてきた。それで日の丸の赤い円の中に、ピース・マークの太い鳩の足跡を描いた。控え目に自己主張していたみみっちい赤の柄が分割されて地に変わり、日の丸の旗は平和の緑のシンボルを得て、全く新しい俺のためだけの、たった一人の国家の旗に生まれ変わった。

　これですべての準備は終わった。俺はいつになく優しい気持ちで、自分の体を抱きかかえるようにしドロッパーを突き立てた。


　扉をノックする音が俺に亀裂をいれようとしやがる。邪魔されてたまるもんか。俺は左手のドロッパーを動かさないように指に力をいれ、足で便器のノヴを激しくキックした。奔流がノックの音を蹴散らして、周囲にころがっていた音屑を掻き集め、一瞬に糞まみれの穴に引きずり込んでしまった。

　邪魔されてたまるもんか、ようやく辿り着いた俺の世界を毀(こわ)されてたまるもんか、今日で一週間慎重に肉体を飼い馴らし、食事もとらず水も飲まずに贅肉を削ぎ、血の一切の濁りを濾過してきたというのに。肉体を俺自身で調教して、俺自身の意志だけで、脳髄にぶち開けた穴を広げ、大空に舞い上がってみるのだ。それだけが執行猶予にピリオドを叩きつけ、やつらのお気に入りの道化のゲームをぶち壊してしまう唯一のやり方なのだから。

　もうとっくに体はドロッパーに動じなくなっている。一時的に高鳴り爆発寸前まで行ってしまった動悸も、喘ぎ喘ぎ急坂をよじ登る機関車の呼吸も、今はすっかり鎮まり、ドロッパーのたびに脈拍は体内の奥深く潜り込んでしまったように意識を打たず、呼吸さえ成層圏の飛翔に備えて次第に意識から遠のき、体のすべての生命機能はドロッパーごとに意志に追いやられ、それにつれて俺自身が襤褸襤褸(ぼろぼろ)の肉を脱ぎ捨て、鳥類の骨のように翔ぶための空洞を抱くだけの存在に変わっていった。

ただ不思議だった事は、開店早々のブラック・ソウルに入り、マスターにありったけの愛想を振りまいてトイレに飛び込み、大事に持ってきた俺一人のコンミューンの旗印を扉に張りつけ、くすんだ洗面台の鏡をトイレットペーパーで綺麗に拭き清めた時だった。眼をつむって鏡に向かい、恐る恐る俺自身を見るために眼を開けてみた。青ざめ、頬は落ち、血の気の失せた唇を不精髭が包んでいる顔は、それでも決して窶れ果てた貧素なものではなく、ましてうじうじとした弱さを隠すためにギラギラと執念の炎で脂ぎった顔でもなく、眼が完全に顔の表情を形作り、俺以外の一切を凍り付かせる異様に冷たい光を放ちながら、しかも鏡を見ている俺自身でさえ静かな平和を感じてしまうような顔があった。俺は思わず後ろを振り向き、もう一人誰かが俺の後ろから鏡を操っていないかを確かめ、再び鏡の中の眼をじっと見据えねばならなかった。

俺から発し、紛れもなく俺でしかない俺の中に、もう一人の支配者が俺を抱いていてくれるような感覚が俺の眼を鏡の中に釘付けにしてしまった。俺は自分の眼を視ながら、ドロッパーを注意深く突き立てた。確かな感覚が腕から全身に広がり始めると、鏡の中の眼から一条の光が輝き始め、それがみるみる大きな光の束になって俺に向かい、俺はその光に吸い込まれそうな頼りなさを感じていた。

「いかん」

そう声に出して光を殺し、鏡の前から便器の上に位置を変えた。翔び始める前に吸い込まれてしまう事はできない。俺は肉体から脱け落ちていこうとする生理機能に必死でしがみついて、俺自身を確実に知覚し直したかった。大きく深呼吸するつもりで、息を二度三度意識して吸ったり吐いたりしてみた。まだまだ打ち続けるのだ、とトロッパーを握りしめて懸命に言い聞かせようとするのだが、思うように手に伝わってくれない。もしかすると脳細胞が消え失せてしまったのだろうか。だが、たとえこのまま脳の運動を支配する部分を駄目にしたところで、後悔などすまい。俺の二十八年間に一度でもまともに生きさせてくれた脳細胞なら、後悔のふりをしてやっても構わない。しかし、お前はまるで裏切りの連続ではなかったか。俺を悲しませ、悩ませ、怒らせ、奴隷みたいにこき使い、俺から俺を追い出す事だけに働いてきたではないか。だからせめて今だけでいい、俺に協力しろ、曖昧さは不要だ。優柔不断や不透明、それになしくずしはやつらのやり方だ。俺はキッパリと翔ぶつもりだから、と俺は俺自身に言い聞かせつつ、ドロッパーを立てた。こうなると脳が眠り、死にきってしまわないうちに急がなければ、そう思いながらたて続けにドロッパーを刺し、矢継ぎ早に注ぎ込んだ。

ふと、手を止めて扉を見ると、俺一人のコンミューン旗が風にはためいている。馬鹿な、ここは換気扇だけで窓のないコンクリートの箱で、今、換気扇は止まっている。風にはためくはずがない、そう思い直してコンミューン旗を見ると、確かに扉に張りついている。幻覚などいらない。俺は本当の感覚で世界をありのままに見たいだけだ。眼を欺く幻などもう沢山だ。俺は自分の頬をひっぱたいて幻覚を捨てた。

すると、俺一人のコンミューン旗が身を捩った。いや、確かに動いた。俺は再び自分を力一杯ひっぱたいた。そして、コンミューン旗のピース・マークを凝視した。あれは俺が哀れな日の丸に緑で描いた鳩の足跡なのだ、動くはずがない、そう自分に言い聞かせてみると、緑の足跡は動かなかった。俺はホッとしてドロッパーを握り直そうとした。すると突然、足跡がスーと消え失せ、脱色された惨めな赤であったはずの場所に眩いばかりの真紅の円が現れ、それはすぐさま炎となって渦巻き状に動きながら、次第に扉一杯に広がろうとし始めた。俺は慌てて眼をそらしてドロッパーに意識をまとめようと必死になった。鳩の足は描かれていた真紅の中に一瞬に取り戻され、俺はいくらか安堵してもう一度ドロッパーを握りしめた。鳩の足跡がいくらか膨らんで見えるだけで、何も動かなかった。よし、俺は俺の中に戻っていこう、そう思いながら乱れそうな意識を一本に縒り合わせるために眼を閉じた。しかし、眼を閉じても闇はなく、先程見た炎がごうごうと渦を巻いて迫ってきた。俺は慌てた。もはや眼さえ閉じられなくなってしまったのだろうか。いや、今、確かに眼は閉じている。するとすでに眼をやられてしまったのだろうか。俺はそれを確かめるために両手で眼をふさいだ。ドロッパーが手から落ち、コンクリートの上で割れる音が小さく、「カシャ」と聞こえた。そうか、耳は大丈夫なのだ、と一瞬意識は耳に奪われながらも眼を両手でおおい、手の下でしっかりと眼を閉じた。渦巻く炎は消えた。しかし、闇が安堵を運んでくる前に、緑の鮮やかな線が現れ、みるみる大きくなったかと思うと、見覚えある三本の道となって渺々と広がり始めた。俺はたまげて、今度は手をはずし眼を開けて扉を見た。しかし、そこには扉はなく、緑の三本の道が嗷々と音をたてて俺に迫り、俺はついに俺自身にかかわり続ける事を断念して、視界一杯に広がり、ピース・マークのように一本に結ばれていく緑の発光帯を見続けた。

　もうどうなっても構うもんか、すべてを放り出してただ翔ぶ事だけを望んでいたのだ。地上二メートルの湿潤から、一度でもいい、青に燃える大空めざして翔び立ち、太陽の光だけを浴びて真の人間の輝きを纏ってみたかっただけだ。

　今、視界一杯に広がってしまった緑の発光帯は、眼を開けていようが閉じていようが、容赦なく俺に迫り、ぐんぐん速度を増し始めていた。その緑を越えた彼方に、紛れもなく青空が続いている、俺はそう確信して身を光の帯に投げ出すために新たな注入をしょうと思った。そしてドロッパーを探した。すると耳に微かに残っていた「カシャ」という音が大音響となって俺を愕然とさせた。緑の滑走路から一気に青空に向けて離陸するための操縦桿を失ってしまった事に気付いたからだ。眼の麻痺にとらわれる事で、俺は取り返しのつかない事をしてしまった。俺は呆然として眼を床に移動した。が、そこには毀(こわ)れたはずのドロッパーはなく、キラキラと緑の光を映して煌めくエメラルドの雫(しずく)が散乱しているだけだった。

　顔をあげても、もはや立ち続ける事のできない疲労が存在ごと転倒させようと俺を襲い、心臓は次第次第に縮みながら、肺を道連れにして今にも体の中から消え失せようとしている。俺はドロッパーが欲しかった。もう一度だけ俺の体を立ち直らせたい、そうしなければ、この緑の発光帯は俺を串刺しにしてしまうのだろう……そうか……ひょっとすると、このまま死んでしまうのかもしれない……そんな予感が拡散しょうとする意識の中を一瞬よぎった。このトイレで糞まみれの便器に頭を突っ込んで野垂れ死にするに違いない。しかし、そう思い始めても不思議に恐怖はなかった。不安も感じない。恐怖とか不安といったような日常の生を軟禁しようとする意識がとっくに飢え死にしてしまったのだろう。ただ、今、消え入ろうとする心臓や肺をもう一度俺の体に呼び戻すために扉を開け、再びノコノコと世界に出て助けを求める事だけはしたくない。糞まみれの穴に頭をぶち込んでくたばるジャンキー・アーキーの方が俺にはずっとふさわしいに違いない。俺の二十八年間が糞と一緒に下水道に流れ落ちていく光景も悪くはない。どうせ生き続けたところでやつらに糞まみれにされるだけで、俺の一生を御破産にするために自分の意志でノヴを蹴る事すらできはしない。

あれほど望み夢見た飛翔だったが、ドロッパーに見放されてすべての希望が絶たれてしまったから、それが便器での犬死に終わってしまっても一向に構わないとさえ思い始めていた。

「さあ、消え失せろ。消え失せるものなら、とっとと消え失せろ」

俺は極度に衰弱したらしい心臓に向けてそう怒鳴った。二十八年間の生にピリオドを打ってしまう事、俺はその方を選び、押しつけられ、欺かれ、騙されながら、なしくずしにやってくる死を拒否して、便器の中でくたばる事の方に清々しさすら感じていた。

俺は翔ぶ事を断念して、死から逃げる事も死に向かう事もなく立ち尽くす事に決め、まばたきもせず、光る緑の海を見詰めた。足が震え、体がぐらりとして、もうこれ以上立ち続けられなくなり、両手をコンクリートの壁に突っ張りながら、身を投げ出す瞬間を待っていた。この緑の海に浸って溺れて死ねるかもしれない。もしそうできれば、便器の中で糞まみれで窒息するよりも余程美しい。俺は最後の力をふり絞って立ちながら、海に、緑に光る海に抱かれて死ねる島人の至福に感動していた。涸れ尽くしたはずの体内から涙がしたたり落ち、涙は瞬時に真紅の、あの梯梧の花弁となって緑の海に浮かんだ。俺はその花弁を掬（すく）いあげて俺の頭に振り掛け、せめて一本の梯梧の樹になりたかった。青空を翔ぶ事はできなくても、青空に向かって、太陽の輝きを纏いながら、生命がけで咲けばいい、そう思って緑輝く海から真紅を掬いあげようとした。しかし体はすでに一切の意志を受け付けず、腰をかがめる事さえできなかった。このまま光の海に向かって全身を捨て去ってしまうより他ないようだった。

いいだろう、好きなようにしてくれ、どうせ俺には完璧に何も残されていないのだから。最後まで執着していたたった一つの財産のドロッパーを失い、最後にこだわるべき肉体でさえも、今では無きに等しい有り様で、肉体への執着などとっくに消え失せた。もはや、俺には失うべきなにものも残されてはいない。最後のたった一つの望みであった翔ぶ事も、海で死にたいという希望も、せめて梯梧となって咲きたいという祈りでさえ消えた。意識ですらすでに幻覚を見、やがて混濁しながら消え、あるいは狂い、俺の日常の意識は完璧になくなってしまうだろう。

今、俺の中で一切が死に、こざかしい意識の働きも止んだ。このまま立たしていてくれるのか、それとも　便器の中に倒れ込むのか、すべては次の瞬間が決めてくれるだろう。俺は今、ただこうして、ここにいればいいのだ。そして、ひょっとすると、この何も持たず、何も考えず、何もしようとしないで、今、ここで、ただ現在に存在しているだけの俺こそが本当の俺なのかもしれない。

そう思った瞬間、海の彼方から光の龍巻が起こり、みるみる海全体を天空にまで巻き上げながら、倒れ込もうとする俺をフワリと持ち上げてしまい、俺がそれに逆らって手足をばたつかせると、それは俺に急降下の窒息のような苦痛を与え、その苦痛に耐えられずに逆らうことを止めると、それは確実な力で俺を上昇させ始める。上昇の歓喜と、下降の苦痛を何度か繰り返しながら、俺はその光の力に逆らう事の愚かさを知った。これ以上、何のために逆らおうというのだ。すべてが死に絶えた今、俺にできる事はただこの現在に完璧に身も心も任せる事だけだったのだ。

その思いは確実な揚力となって、俺は一気に高みに持ち上げられ、次第に輝きを増す光の空間を泳ぎ、いつしかあの窒息しそうな苦しさも消え、消え入りそうに弱々しかった脈拍さえも失せ、肺の中の汚れた気体は強烈な光に引き出されて霧散し、心臓や肺だけでなく、ありとあらゆる俺の肉体を作り上げてきた臓器や骨格も、組織が光に溶け合うかのように体内から流れ出し、俺の眼には明らかに肉体が以前と同じようにそこにありながら、両手で抱き締めてみても、肉体は俺の手に抱かれて俺の中にありながら、俺の肉体は光綾なす一つの空間を占め、眩しく輝く光の塊粒が絹糸の人形の中に入っているだけのように存在し、俺の意識のままに過去のあらゆる俺の世界に自在に広がり下降する事ができ、緑の大海の底に意識の錨を降ろしてみると、そこには汗と泥で着飾った故郷の俺が脇目もふらずに鍬を大地に叩きつけ、少し高さを得て世界を眺めてみると、水圧に押しひしがれて間抜けな鮟鱇面した人間達が、犇（ひし）めき、群れ番（つが）い、泣き、叫び、怒り、悲しみ、光をくすませる毒ガス吐きながら生き死んでいくのが見え、慌ててあの高みに戻ろうと思い、上を見上げた瞬間、俺は元の高みで、俺の二十八年間のどの一瞬よりも充実し、誰にも妨害されず、血沸き肉躍る生の充実の只中で、俺の意識そのものとして浮かんでいるのだった。

いかなる過去も、いかなる人も、いかなる物も、そしていかなる愛でさえも、今の俺を邪魔する事はできまい。俺にはただ、今、ここに翔んでいるという思いだけがあり、その思いしかない俺を、もはや一瞬たりとも繋ぎ止めておく事はできない。

俺はさらに顔を高くあげ、光の渦が湧き起こる光源を凝視しようとすると、渦が一本の太い光の帯に収束し、光に奪われていた視界が一気に球状に拡大し、俺は一点の光となって、あの求め続けていた蒼穹を翔び続けているのだった。

その蒼穹を翔びながら、俺は新しい俺を孕むために光と交わり、全心全霊で歓喜を覚え、生そのものの実感を抱いて、昨日と全く違った光だけが充溢する青の高みを、微笑みながら、翔び続けるのだろう……。

そして、明日もまた……。

あさってもまた……。

（二）冬日の道は春に続きはしない。

友へ

梯梧（あかゆら）の花は、今年も空の青に鮮血を迸らせています。しかし、私の額は暗く、あの赤さえ正視することはできません。まして太陽の神に燔祭（はんさい）され、痩せた大地に黒焦げの花牌（はい）が撒き散らされてしまうさまを、異教徒の冷やかな眼で眺めることなど、もはや私にはできそうにありません。

異教徒といいましても、決してあなたが育ったこの島の文化に対して、あるいは最も広義に、生活のあり方、魂や感情、精神のあり方を含めた意味での宗教に対して、私の位置が違っている、いわば宗派を異にしているという意味ではありません。その程度のことなら、このように手紙を書き、この優しく痩せた島々から一人離脱して、さらなる南へ旅立つ必要などないでしょう。

異教徒とは、まさに花のありように対してであり、梯梧の熱狂に対する我が身の冷温ぶりにあるのでしょう。大地の地味の悪さや、大気の無情な乾燥のような状況の悪さに自分の怠惰を糊塗することもなく、むしろ、それゆえにこそ、一層艶やかな色をのせるこの花に、安易に同調できない自分の生のありように、そう感じてしまうのでしょう。

今私は、この花に対して異教徒の冷やかな眼しか持っていないことを恥じています。それゆえに、すっきりと正視し、この花に讃歌を捧げられるようになるために旅に出るのです。

知らぬ間に定着し固定化してしまう生活、それが作る視力の減退を潮風で洗い、網膜の霞を垂直に降る太陽で焼き、ただ血走っていただけの眼に、青空を写し取ってくるつもりです。

讃歌を歌うこと、それは同じ存在のありように生命がけでかかわった時だけに、ひとつの響きを奏でることができます。それ以外は、他者への傲慢な帰依にすぎませんし、どこか頽廃の匂いすらします。梯梧のありようを歌うことで、いかにも自分がそのように生きていると錯誤して、自悦の鳥に心臓を思いのまま啄ばませることだけは止めにしたい。寄り集い、冷温と怠惰の椅子に座って、凍りついた虚無の鍋を囲み、フツフツと滾る怒りや苛立ちや憤懣や悲哀の菜をつまみ上げたところで、狂おしい飢えは満たされはしないし、渇きは決して癒されはしません。

マズ、自分以外の何ものも変わりはしない、いや変わったところで何の意味もない、そう言い切ってみたいと思います。変えたいという願望が、もっと正確に言いますと、自分の外的世界を変えたい、それが生活の瑣事であろうと、世界的な構造であろうと、変えたいという願望が往々にして、自分は変わりたくないという防衛願望の裏返しにすぎないことに気がつかないことがあります。さらに正確に言えば、「いや、自分自身も変えたいのだ」と主張したところで、自分自身の変わる部分が、その生活の瑣事から世界構造にいたる外的な事象に深く根をおろし、影響を受けていることは否定できません。

誤解を承知で言えば、変わりたいことはその外的事象に対する自分自身の対応を変えたい、もっと言えば、自分自身が外的事象ともっとうまく対応できるように変えたいことにすぎないことだってありえます。ありえます、と言う言い方は全く控えめであり、殆どの変化願望がそうでしかない、と言ってもいいでしょう。極小の人々、何万人に一人、何百万人に一人という人が、このからくりの呪縛から解き放たれているにすぎないでしょう。

ちょっとしたプロテスト・ソングから、世界を一括りできる観念の力で物理的暴力を行使しえる人々までをひっくるめて、一言で反抗と言ってしまうことは許されないかもしれませんが、大量に排出される反抗人間たちが、いつの間にか、有耶無耶（うやむや）のままで消えてしまう理由は、まさに他でもない、この変化願望のからくりにあるのじゃないでしょうか。外に向かっての反抗が、反抗者自身が反抗すべき外的世界の根幹に依っている限り、世界どころか自分自身ですら寸分も変わることはないに違いありません。

反抗の代わりに新しい価値への傾斜、それは反抗が主としてベクトルを外的世界に向けているのに比して、いわば内面へ、自己自身に向けてのベクトル量を負荷していることだと理解しますと、それは芸術や宗教への自己投企だと考えられます。この生のありようもまた、明晰の限りでの点検を続けなければ、アルトー風に言えば、自分自身のいずれの十秒をも区別することを自らに禁ずるような、全的な永久革命でないとすれば、これもまた、すっぽりと変化願望のからくりに呪縛されてしまいます。すなわち、新しい価値への自己傾斜の始発に何があろうと、たとえ反抗の挫折であろうと、運命の魔手に翻弄された生からの救済であろうと、芸術を志向する止むに止まれぬ自己表現の動機であろうと、その経過や自己で納得のいく一つの区切りが、その始発を促した外的世界へのより良い対応に終始する時、それは反抗の結果よりは積極的であったとしても、決して新しい価値の発見にいたることはないに違いありません。

変わろうとして変わらなかったのじゃなく、変わろうとしていた、変えようとしていた自分自身の曖昧さが、最初から何も変える必要がなかったことを気づかせるのかもしれません。

それじゃ、何を変えようとすればいいのか、そんな不機嫌な言葉が聞こえてくるようです。その答を見いだしえないから、私もまた、変化願望のからくりに呪縛されかかっているのです。

しかし、手さぐりではありますが、この手紙で、現在私の考えていることだけは述べておきます。この答への道を発見するための前提を述べるに終わってしまうかもしれませんが、やってみる価値はあると思います。

今、発見すると書き、決して発明するとも、思考するとも書かなかったこともまた、この前提の一つかもしれません。論理的思考そのものだけに頼ることは、それだけでもう私の言いたい変化への道は閉ざされてしまいます。古来より幾多の貴重な発見、発明、創造などが、長年にわたる非妥協的な思考の彼方で、天啓のごときインスピレーションによって生まれたものであることはよく知られています。論理的な思考を極限にまで煮詰めることで、量が質を変えうるという現代物理学のあの一点が訪れたに違いありませんが、いずれにしても私の知る限りの人々にとって、反論理的ともいえる勘とか情緒的好悪感が、その論理を引っ張る一本の赤い糸であったことは忘れてはならないでしょう。

また、論理的思考の媒体そのものが、一つの歴史的、社会的産物であることを重大に警戒しなければなりません。もちろん、表層における感情の波などは、今、問題外としておきます。

前提の一つはこうです。今私たちの存在そのもの、生活の全般、社会的価値の総体を創りあげているものが、実は人間が多く持っている可能性のたった一つの成果に過ぎない、そう乱暴に言い切ってみることです。念のために言葉を付け加えておきます。政治、経済、社会、生活、及びそれの中に身を置いている人間、ひっくるめて現代物質文明が到達したものがたった一つの成果でしかないこと、これが前提ではありません。そう乱暴に言い切ってみること、それが前提です。

そう言い切ってみて、自分自身を細かく、まさに細胞や原子、さらには原子を構成する超微粒子のレベルにまで点検することが二つ目の前提でしょう。すなわち、人間の数多く持つ可能性のたった一つでしかないものの影響や恩恵をことごとく排除してみるわけです。それはまさに剥き出しの裸で、頭蓋骨は空っぽになって、まるで重力のない、しかも闇すらない薄明の虚空に、一人宙ぶらりんで漂うことだと思うかもしれません。しかし、そうは決してならないでしょう。私たちが存在の全てをすっかり侵食されていると思い込んでいるほどには、物質文明は私たちを組織することに成功していません。いや、もっと言えば、それが何と表層の部分にすぎないのかと、改めて人間の、自分自身の神秘さに感動さえするでしょう。

そうなればしめたもので、第一の前提から一気に変えるべき自分、いや、新たに発見すべき自分に出会うことになるでしょう。人間存在の、その本質的な価値が何であるのか、私にはいまだ見えません。しかし、毛遊びの一夜から、梯梧の咲く春を幾つか重ね、今日に到るまでの間に、微々たるものであっても、いくらかずつ匂ってきているような気はしています。人間存在の本質的価値、いわば人間の素晴らしさを生の全面に、しかも不断にかつ永遠に顕現しようとしない限り、すべては昨日と同じで、変えたつもりになりながら、何も変わるはずがないのだ、そう思い込み始めていることだけは確かです。

ただ、それが芸術的営為のようなものか、宗教的陶酔のようなものか、ジャズや毛遊びのように人間同士のかかわりあいによるものなのか、あるいはアーキーの道に続いてしまうもう一つの意識へのトリップのようなものか、そのすべてなのか、そのどれでもないのか、今の私には予見することは全く不可能です。

だが、アーキーの道も一つの道でしかなく、決して本質的価値そのものの全的展開ではないことは明白です。それが幻覚剤にしろ、麻薬と呼ばれているものにしろ、アルコール類にしろ、どれでもいい日常的に慣れ親しみ、自己を拘束している意識の領域と違う領域にトリップすることがあっても、そしてそれを、幻覚剤はアルコールと違って意識を拡張するとか、幻覚剤は習慣性がないから麻薬ではないとか言って合理化をしたところで、再び醒める、私流に言えば眠りこけた意識の中に回帰せざるをえない時、この種の方法もまた、ヒントにはなりえても、道の彼方に待つだろう至上の生にはなりえないのでしょう。アーキーのごとく、醒めることを拒否し続け、肉体そのものを生命の実験台として、死をも恐れず酷使し続けない限りは……。

また、最高の芸術的営為であっても、創造の時間そのものを全生に敷衍(ふえん)するもう一つの努力が要請されます。まして、ニーチェの言うごとく、芸術が人生の最高の課題であり、この人生の本来の形而上学的な活動であったとしても、その営為で、彼流に言えば、苦悩と恐怖に満ちた生を力強く肯定しなければならないとしたら、私の言う存在の本質的な価値は遙か彼方に遠ざかってしまいます。もちろん、生の存在価値が苦悩と恐怖であれば、それはそれで一つのサイクルを閉じてしまいますが、私は生の存在価値が、いわゆる実存主義的発想の彼方にしかないと高をくくっています。独断と偏見で言えば、西欧合理主義、論理的思考、物質文明等々、西欧が求めてきた一般的な価値と実存主義的思考は対極にあり、そのいずれもが、人間の持っている価値の総量の極めて微々たる部分でしかないと、再び前提をたてておきたいのです。

宗教もまた、真に人間的な、本質的価値そのものの現象としてあれば、他者や偶像を拝跪(はいき)することや、そのために組織化することや、組織が必然的に要請する教典や祭壇でさえありうるはずがないのでしょう。それでは宗教の何たるかを知らないというかもしれません。が、宗教的営為と宗教的儀式とは全く相いれないものだ、と誤解し続けようと思っています。自分以外の他者、外的世界への自己投射が、本質的価値の探究とは相いれないと前提したいからです。少なくとも世俗的御利益、現世的御利益が宗教への回心の端緒であったり、目的であったりする時、私はそれを宗教的営為とみなさないのです。

だから革命なのだ……そう言う声が私を二重に当惑させます。一つにはそう言い切れる位置と私の位置との遠さでしょうし、革命が永久に命を革(あらた)めることであれば、私の中に響く雷のような共鳴音が、私を再び内面的に遠ざけてしまうことを防ぎようがありません。

たとえば、ゲリラは正規軍に止揚されねばならないとゲバラが言う時、ボリビヤの山中から喘息の苦悶が聞こえるように思われ、ファノンが文化とはしょせん民族の一局面にすぎないと言い切り、徹底した闘争こそ次の文化の出現なのだと喝破する時、白血病が私の貧血を呼んでしまうのです。正規軍に止揚されうるようなゲリラ組織は、人間の本質的価値を開放区に組織することはできず、否定と肯定との二者択一だけを生の全面にまで及ぼしえる戦略論は、人間の本質的価値から手痛い竹篦(しっぺ)返しをされてしまうような気がします。

もう少しこのことを書いておかないと、あなたがたの寒い酒宴の席を立とうとする時のように、またまた冷やかな眼で旅立ちの背をねっちりと嘗め回されるのでしょう。

武器は敵が持ってくる。これはまさにゲリラ戦略の鋭利なテーゼでしょうが、私は、今敵の武器を使って勝ったとしても、武装闘争によるいわゆる「革命」は存在し終結するでしょうが、私が共鳴音を発しえる革命は始発もせず、また終結することもないと言いたいのです。このテーゼは、戦場における武装闘争のものでしかないのだから、私のように好き勝手に拡大解釈することは不遜だなんて思うこと、それだけでもう私の言いたかったことはすべて御破算にします。その種の鈍重な感性が私を傷つけることはもはやありません。私の言いたい武器が、ライフルや機関銃をたとえ含めていたとしても、それ以上のものであることが理解してもらえるなら、戦場もまた、ジャングルや都市のビル街などではないことをわかってもらえるでしょう。

かつて人間は自然という戦場で野獣と闘い、人間同士で戦い続けてきたのですが、今、この時代の戦場は、もはや自然ではなく、生の全局面だと言った方がいいでしょう。ひょっとすると、生そのものがよって立つ一種形而上学的な磁場なのかもしれません。

結論を急ぎます。敵の持ってくる武器は、敵の持っている価値の具体化でしかなく、それによる革命は、新たな価値の創造という革命ではなく、古い社会の基盤の上に立つもう一つの社会の、新しい支配者の出現にすぎないということです。

武器はどこに、戦略はどこに、そう問いかけてくれたとしても、私はただ私のどこかに未だ顕現もせず、具体化もせず秘められている、そう答えるしかありません。ただ、手をこまねいて自分が変わり続けないために、世界の方で少しぐらいは動いてくれるだろうと待つ腑抜けではありたくないのです。

梯梧のように冬を、この地の短い冬をじっと耐え忍べば、きっと春が来るようには、私たちには決してやってこない、そう覚悟することです。そうして自分自身に向けて、外のいかなる物や人間に対してやる以上に、厳しい眼を向けるべきではないでしょうか。そこからしか何も変わり始めない、そう思います。

　と言いながら、傲慢にも否定ばかりを積み重ねているじゃないか、そんな声が聞こえます。今、私にとって私が変わろうとする意志は、外部に向けての全否定、そしてそのはねかえりが当然私の内部にも食い込み、内部を原子レベル、あるいはそれ以上小さなものにまで溶解させてしまうだろう全否定以外にはないのです。私にとって安易な肯定は、異教徒の眼の膠着としか思えないのです。

　しかし、かつて私が否定よりも肯定を濫発して書き散らしたものを読んで、「言葉がはるか遠くを走りすぎている」と、そんな内容の批判を冷たい眼で投げつけてくれましたね。しかし、同じものを読んで、全く違う反応を示してくれた人もあります。

「言葉がはるか遠くを走っている。それもまるで死語とすら言いうる言葉をゴロゴロと吐き出し、宙に飛ぶ言葉を放り出し」と同じように言いながらも、彼は冷笑せずに、次の言葉を付け加えてくれました。

「しかし、その言葉と生活の間にバックリと口を開けている巨大な深淵におのが肉体を放り込んでは、生そのものを、はるかな死語、いや、未来の時間に押し潰されかかっている言葉に向けて、力ずくで引っ張っていこうとしている」と。私の言葉の非現実性を同じように語ったはずの二人の言葉は永久に出会わず、私はそう言ってくれた人の生そのものを信頼できるようになりました。

　あなた方は、書くことを現在の生の定点として、その浮軽ぶりを刺したつもりでしょうが、書くことは常に十全に生きるための手段としてであり、もっと言えば、本質的価値をめざすためのエネルギーの充填時間でしかない時、私と言葉のシーソーゲームは二つしてあなた方を十分に刺し殺せるでしょう。

考えられる限りの理想とロマンティシズムの極限にまで言葉の営為を引っ張り、それを現在只今の最悪の生の質が作る巨大な深みに、瞬間に死んでいく過去の私の屍をなにがなんでも放り込んでいくこと、今、その生の戦略すら私自身に対してよそよそしい気がします。少なくとも極限にいかなる言葉が光り輝いているのか、それすら予見しえない地平に立っているのでしょう。ですから、全否定だけが私をその不可視の言葉に向けて、少しずつでしょうが確実に押し出してくれるに違いありません。

その否定が単に言葉の営為だけでなく、私の生活そのものに向けられると、私は居ても立ってもおられなくなり、このような無責任な訣別をしなければならなくなってしまいます。

この島々には、そしてこの島に育った人々には、人間が持つ数多くの可能性のもう一つの成果が豊かに存在していたと考えるのは私の独りよがりでしょうか。今、存在していたと過去形で書きましたのは、正直なところ、この考えにすら自信が持てなくなってしまったからです。このことも今回の旅立ちの大きな理由の一つです。日本列島に連なる日本の南端としての琉球列島ではなく、アジアの北端としての琉球列島をもう一度見つめ直したいと思っています。

人間の持つ数多くの可能性の中から、物質文明に結実したものと違う、もう一本の糸をアジアの紡錘機から紡ぎだすことができないだろうか、それが私の成らざる夢につながってくれないだろうか、そう思って旅立ってみます。

一つの民族を離脱した者が、どうしてもう一つの民族と出会えるのか、そう私に言いたかったあなた方の声を、後ろ向きにポイと棄てます。安易なインターナショナルの構図が、ナショナルの重みに潰されてしまうことぐらい百も承知のつもりです。家族、いや夫婦から始まる人間関係の枠組みを民族や国家にまで広げていっても、そこには私の欲しいものは存在しないに違いありません。あるかもしれない、しかし、ないと言い切らずして、どうして新しい可能性が紡ぎだせるのでしょうか。ナショナルに、あるいはさらに小さく部族的に孕まれているものが、一つの可能性として存在しているかもしれません。しかし、それさえ否定したいのです。

一つの新たな意志の追求は、すべての全面的な否認から出発すると言ったのは、ポール・ニザンですが、その側面も確かにあるでしょう。しかし、今私が紡ぎだしたい糸は、他でもない私自身の内奥から、まだ見ぬ私自身を引きずり出すためのものでしかないのです。それが民族的なものであっても、垂直に降る太陽の下で咲く南国の花の色彩であっても、言葉も通じないアジアの僻村で娘たちと交わす微笑の会話でも、私にはその価値に一切の軽重はありません。ただ私は自分自身の中に新たな自分を発見したいのです。いわば、私自身の中心に向かう旅です。幻覚剤が私を運んでくれるインナー・トリップのように、しかし、決して醒めてしまうことのないトリップなのです。

そう、それじゃわざわざ外に向けて、おのが肉体を引きずり出すことはないのかもしれません。しかし、今はそれさえも自信がないのです。梯梧を見る私自身の眼に恐怖を感じています。一点に定着して自分の内部を必死で見つめることはできません。フラフラと異邦人の浮足だった歩みを続け、そこから何が得られるのか、とんと見当がつきません。観光旅行よりも軽薄に、知らない街を通り過ぎるだけかもしれません。それもまた覚悟の上です。

この手紙は空港に向かう途中、マスター宛に店に投げ込んでおきます。万が一、今日の夕暮れ、早過ぎる酒宴の席で読んでくれるならば、その時私は北回帰線をはるかに飛び越え、うまく連絡があれば、赤道に接するセレベス海の夕色に、ひっそりと旅愁を暖めているはずです。

フィリッピン南端のミンダナオ島のサンボアンガまでの往復の切符は買えました。帰路、香港、台湾に立ち寄ってくるつもりですから、空港税やヴィザ取得の費用を除けば、百ドル程度しか残りません。いや、百ドルも残ると言った方がいいのでしょう。無一文無一物で眠り込んでしまったマスターの店の入口に比べれば、これは持ちすぎている額に違いありません。もう何度目かのアジアです。そのたびに所持金は少なくなっています。しかし、そのたびにアジアの扉は少しずつ開かれてきているようです。金をばらまいての旅、これに対してアジアの人々は頑に扉を閉じてしまいます。百ドルが消え失せた時、私の旅はようやく始まるに違いありません。

しかし、明日の夜に戻ってくるかもしれません。あるいは永遠に戻らぬ旅になるかもしれません。どちらでも一向に構わないつもりです。

今年も梯梧が咲き、その色は私たちを感動させます。しかし、人はその美しさを愛でますが、梯梧自身はそれを自覚しているわけではありません。私がひたすら涵養しようと梯梧に学ぶ生のありようは、このことなのかもしれません。

次の春こそ、私はこの花に心よりの讃歌を捧げたい。私もまた透明な血の色に咲いて。

伊吹龍彦

(三) 夕陽に向かって駆ける女

南太平洋、ポリネシアの島々でジャングルの中の小道を行く時、人は太陽の子らに出会う。

これら原住民は、決して黙ってすれちがうことはしない。

「コアハ・エ」

きっとこう挨拶する。

直訳すれば「我が愛をあなたに……」

という意味である。

島の美しい娘は初めて会った男性に対しても微笑みながら、きっとこういう。

「コアハ・エ」

チャーチ・ワード

そこには光りがあった。天地創造の第一日目のように水の間に大空があって、大空の下の水と大空の上の水が分かれていた。

太陽はアッラーの神が創り成したように激しく燦爛たる輝きをなし、頭上には蒼穹が建立されている。海と名付けられた水の集まりも、大地の敷床も、潺潺(せんせん)と流れる河水も、神兆の緑の面紗を纏っている。島々の楽園には、芽を吹き、青葉をつけ、そこからぎっしりと粒のつんだ穂が、棗(なつめ)椰子からは花苞(づと)から枝もたわわの椰子の実りが、また見はるかす葡萄の園には黒真珠の輝きが、橄欖(かんらん)の実が、それに柘榴(ざくろ)など様々の果実が、神兆の緑の面紗の下で息づいているのが感じられる。

その光に塗(まぶ)されていると、狡猾の蛇(イブリース)に騙されて食べた木の実を吐き、精神に巻いていた無花果(いちじく)の葉を脱ぎ捨てて無垢の自分に戻れるような気がして、僕は先刻からずっと、機体の小さな窓に繙かれる一万メートルの上空の創世記を、飽かず読み耽っていた。フィリッピン航空のボーイング七二七がマニラを離陸して一時間がたっていた。

華やかな芳香が近づいてくる。

「あの濃い緑(ダーク・グリーン)がミンダナオです」

「美しい(マガンダ)……」

僕は窓にくっつけていた視線を声の方に返しながら、タガログ語でうなずいた。エアーホステスのエリーだ。

「マガンダ……」

瑠璃色から翠緑色へ、そして淡青色に、あるいは眩い白と、万華鏡となって刻々と光彩を変えて咲いているスル海に投げた言葉を、今度は間近で見る彼女に思わず零してしまった。

色白のこのエアーホステスはメスティソ（ハーフ）で、おそらく福建州の厦門（アモイ）か福州あたりから来た先祖を持っているに違いなかった。ユニフォームはライトブルーのラインの入ったピンクのミニだったから、彼女の豊かな肢体を包みきれず、僕の目の前に細くすっきりしたふくらはぎから、見事に引き締まって充実した大腿部をほとんど露にしていた。

エリーは手に小さなケースとペーパーカップを持って横に座った。この便はミンダナオの西端サンボアンガ半島の突端の町サンボアンガに向かっていた。乗客はまばらだった。戦火の拡大したミンダナオの宗教戦争のせいである。

「お腹すいているのじゃない。これ食べたら」

エリーは前のテーブルを出しながらそう言った。

「ありがとう。すぐに乗り継いでしまったから、何も食べていないんだ」

那覇からの便でマニラ国際空港に降り立ってすぐ、僕はちょっとした偶然から、自分の意志を引きずるようにして国内線に乗り継がざるをえなかった。

マニラ到着前にミンダナオ行きの便についてパーサーに尋ねた。飛行機はあったが、乗り継ぎの時間が心配だった。到着する国際空港から国内便の発着する空港まではかなりの距離があったからだ。パーサーは入国手続きを早く済ませ、タクシーを飛ばせばいいとアドバイスしてくれたが、問題はそのタクシーだった。マニラのタクシーはよほど注意しないと法外な料金をふっかけたり、時には身ぐるみ剥がしたりする。旅立ちの初日からトラブルは御免だ、そう思って到着前に乗り継ぎを諦めてしまった。

入国手続きを済ませ、通路に群がる客引きをはぐらかすために一度外へ出た。友人でも待つようなふりをして道路端に立っていた。そのままマニラ市内のホテルに直行する気にもなれず、ジリジリと焼きかかる太陽が頭をゆっくりと搦め捕るように、定まらない考えを疲労に焼き付け始めていた。よほどぼんやりしていたに違いない。マイクロバスが僕の前で止まったが、窓から声をかけている人が僕を呼んでいるとは全く思わなかった。その声の主がバスから降りて駆け寄ってきて、僕の両肩を掴んでバスに乗せようとして、ようやく事情が飲み込めた。

先刻のパーサーだった。フィリッピン航空の乗務員用バスが国内空港まで行くという。車内は乗務員で満員だったが、前の席にいた機長らしき人が席を立って座れと勧めてくれる。辞退する言葉を聞かないうちに彼は僕をシートに押しつけ、そのまま国内空港まで乗せてくれた。

バスは国内空港のターミナル・ビルを回り込んで止まり、機長らしき人がドアを開けて大声で誰かを呼んだ。係員が一人走ってきた。

「さあ、あの男がうまくやってくれますよ」

僕は機長の柔らかい大きな手を握りしめて、精一杯の感謝を伝えバスを降りた。バスは光の中を透明の炎をあげて走り去った。

偶然の乗り継ぎはそんな風に始まり、僕はターミナル・ビルの後ろから乗務員用の通路を通り事務室に案内された。浅黒い恰幅のいい紳士がコーラを持って入ってきた。僕に握手を求めコーラを勧めながら、先刻の機長が自分の親友で、ナイスガイだと話し始めた。僕は今知り合ったばかりだと言おうとしたが、彼はかまわず話し続けた。

「今、サンボアンガも大変だから」

そう言いながら名刺を出し、裏に何かを書いて僕に渡した。

「いつでもこれを見せてマニラに戻ってきて下さい」

名刺はマニラ国内空港長とあり、裏には、「この人に出来るかぎりの便宜をはかるように」と書かれて、サインがしてあった。

「助かります。本当にいろいろとありがとうございます」

僕はこうしてサンボアンガに直ぐさま行かざるをえなくなってしまった。現在のミンダナオの政情がどんなであるかは知っているつもりだった。だから、空港の外で太陽にたじろいで、サンボアンガ行きをキャンセルしようと決めていた。セブ島あたりでのんびりと泳ぐべきだ、拡大した紛争にあの花の街が傷ついているのは見るにしのびない。まして人々の流血の現場をしたり顔して歩くげびた気持ちなど持っていない、そう思ったからだ。だが、こう物事が運んでしまうと、もはやどうにもならなかった。

僕は名刺を押しいただいて、コーラの残りを飲みながら、この乗り継ぎの仕方は、僕の行く手に、希望の糸につながる何かが待っていてくれる証拠だとさえ思い始めていた。それが何であるかは予想もつかない。しかし、成らざる夢の希求が僕を見えざる手に委(ゆだ)ねようとしているのなら、それも甘受しようじゃないか、そう思って係員のくれた搭乗券を受け取っていた。

フィリッピンは、スペイン統治以来の熱心な布教で住民の九〇パーセント以上がクリスチャンと言われている。が、今向かっているミンダナオは、スマトラ、ジャワからカリマタンをへて、セレベス海に点在するスル諸島のホロ、バシラン島を飛び石伝いに海洋伝播したイスラーム教の北端の地でもあった。だから古くからミンダナオに根をおろしたイスラーム教徒と、このイスラームの北上を食い止めようとするキリスト教徒の間に紛争が絶えなかった。

しかし、ここ数年の「宗教戦争」は、かつてのそれとは違った様相を呈しているようだった。ルソン北部に勢力を広げているＮＰＡＳ（新人民軍）と政府軍の戦闘と同様、ミンダナオの戦火もイスラーム教徒の反政府独立ゲリラと政府軍の戦闘と考えられている。だから大統領は、カリマンタンあたりからアラブにまで通じるこの過激なイスラームゲリラに対して、ジュノサイド作戦を行使しようとしているらしかった。

が、今、この機の向かっていらサンボアンガシティだけは、まだ流血の惨事はなかった。「フラワータウン・サンボアンガ」と市が宣伝しているように、観光資源以外これといって産業もなく、イスラーム教徒も市中には住まず、郊外にある二、三のシージプシー集落という水上集落に住まうだけで、とりたてて表面的な対立をする理由がなかったからだ。コタバトシティ、ダバオシティとミンダナオの三大都市の二つまでが時々激しい戦闘を交えていたから、よほど治安のいい日以外、その二つの町には軍用機の他は飛ばなくなっていた。だが、それらミンダナオの都市から遠く離れ、陸の孤島とも言えるサンボアンガは、ミンダナオへの唯一の民間空路として、平常のスケジュールで運航していた。

エリーは持ってきたケースを開けた。中にはサンドイッチが入っていた。

「これはマサラップそうだ」と僕は英語の間にタガラグ語をサンドイッチにして言った。タガログ語ができるの。ほんの少し、それにこの「おいしい」という語は、沖縄の方言に似ているから。沖縄じゃどう言うの。「マーサン」だったかな、タガログ語の発音は日本人には難しくないから、前に来た時、タガログの辞書を買ったんだ、それに『エヴリィ・タガログ』という会話の本も。あの黄色い本でしょう。そう。でも、フィリッピンには七千も島があって、その全部が違う言葉を話しているわけじゃないけど、方言が多くて私たちの間でも通じないことがよくあるわ。顔や体つきだって全く違う種族もあるね、だから島によってはエリーみたいなマガンダな美人が多い所や、がっかりさせる所があって、飛行場に着くたびに賭けをしているみたいだ。そう、だからそれを一つのものに統一してしまおうなんて無理よ。じゃ、エリーはミンダナオのイスラーム独立を認めるわけ。そう言われると困るんだけど、でもみんなそれぞれに違う生活をし、違う信仰をしているのだから、それを武力で統一しようとしても駄目だと思っていることは確かかね。僕もそれに賛成だね、統一してはいけないものを統一してしまおうとし、統一して改善できそうなことは全く無視してしまう、そんな気がするね。私の友人にもNPASに加わった人がいるけど、彼の言うこともよくわかるつもりではあるの、でも、どこかフィリッピン的なものが消えていくような気がしてならないわ、たぶんNPASが勢力を拡大してきても、インドシナみたいにはならないと思うの、フィリッピンの人ってどこか陽性でしょう。わかる、マニラのジプニー（小型の乗り合いバス）には、イエスやマリアの写真がベタベタ貼ってあるだろう、あれを見ると不思議な気持ちになるからね、僕らの持っている宗教観はどこか暗い閉鎖的な匂いがするものだけど、それに比べるとまさに底抜けの陽気さだね。そうよ、私も他のアジアの国によく仕事で出掛けるけれど、どこか違うのね。大陸的なアジアと海洋的なアジアみたいな差があるのだろう、沖縄、台湾の土着人、フィリッピン、インドネシア、カリマンタン、ポリネシア、この人々に一つの人間性の特徴はあるみたいだよ、それに妙に言葉のニュアンスが近い、僕なんかいつも思うのだけど、一つの言葉があってそれが分岐してきたという考えを取りたいね、「バベルに主が下って一つの言葉を乱し、互いに言葉が通じないようにした」

と、そう思った方が分かりやすい。それ旧約聖書でしょう。そう。あなたはクリスチャン。タブン、そうかもしれない。タブンって。洗礼も受けてないし、今後も受けようとは思っていないから。どうして。僕の大学はキリスト教主義だったから、大学四年間と大学院の二年間にいろいろとキリスト教に接することはあったけれど、結局信仰というところまではいかなかった。じゃ、仏教徒。でもないだろう。それじゃ、まさかイスラーム。いや違うよ、釈迦もイエスもマホメットも僕にとっては最大の人間たちだけど、僕の中には何かが欠けているのだと思うよ。何かって。頭で学び知識としては知っているけれど、魂とか精神のレベルで揺り動かないんだ。それは逆だわ、まず洗礼を受けるべきね、そうしたらあなた自身が変わると思う。そうかもしれない、エリーの忠告として忘れずにおくよ。マニラに戻ったらこのアドレスに訪ねてきてね、いい教会に連れていくわ。ありがとう、必ずそうしよう。でも、サンボアンガにはどうして行くの。それが僕にもはっきりしないままなんだ、さっき言っただろう、乗り継いでしまってこうなったって、だから、二、三日ブラブラしてみるつもり。じゃ、気をつけないと大変よ。そうだろうけど、大丈夫、金もあまり持ってないし、どう見たって金持ちには見えっこないだろう。でも、あなたの顔ってアジア人には違いないでしょうけど、あまり日本人的でないみたいね。どうして。だって眼鏡かけてないし、日本のお客様だといつも何かイライラしているように見えるし、それに日本人の多くは顔に何か塗っているように表情がくすんでいるから。僕がこんな顔をしているのは何もしていないからだよ。そんなことはないわ、普通の人がやっているようなことに飽き足らないだけでしょう。それはそうかもしれない。ねえ、フィリッピンで何か危険なことにあったことあるの。一度だけある。どこで。サンボアンガで。何か取られたの。いや、最初に来た時だったけど、三日目だったかな、アストリヤホテルから港に向かう舗道を歩いていて、いきなり二人の男に路地に連れ込まれて。恐ろしかったでしょう。いや、何も持っていなかったから、どうにでもなれってすぐに諦めてしまった、そしたら部屋じゃなく路地を抜けて家に囲まれた広場に連れていかれ、五人位の男が囲んでいたテーブルに座らされ、椰子酒を飲めと言われて。なーんだ、悪い人じゃなかったの。うん、僕もその男の顔を良く見たら、前の日にも、「アミーゴ」なんて呼びかけられて、僕の方も「カイビガン（友達）」なんて答えていた人だったんで、安心して飲ませてもらった。あの椰子酒って強いでしょう。うん、とてつもなく強烈で帰りはフラフラだった、で、もう帰りますって言ったら、「ここに幸あり」を歌えって言われて。そう、あの歌はとってもヒットしたの。でも、あれは日本じゃ「女の道はなぜ険し」という歌詞だったけれど、こちらじゃ男の道になってしまっているね。この国は女性を大切にするからじゃない、女の人襲ったりしたら、友達からも相手にされなくなってしまうらしいのよ。じゃ、僕の顔は女みたいなのかな。違うわ、何て言ったらいいのでしょう、あまり人をイライラさせない顔をしているのよ、優しそうだし、噛みつきそうじゃないし。じゃ、エリーに噛みついてみたいね。そう言える人だからよ。でも、今度はそうはいかないだろう、よほど気をつけないと。そう思うわ、どこか訪ねる所でもあるの。別にこれといって無いけど、花が見たいね。そうね、花はたとえ戦火の下でも美しく咲いているのでしょうね、で、シージプシーの集落へは行ってみたの。行ったね、しかし、全くの観光名所になっていてがっかりしたな。あそこは特別よ、他の集落はそんなんじゃないわ、でも、今は危険だから行かない方がいいと思うわ、政府軍が壊滅作戦にでるかもしれない、って言われているから。うん、無理せずにセブーあたりまで戻ってくるつもりだ。それがいいわ、いつもこんなにガラガラだと、エアーホステスも楽しいのだけど、もうそろそろランディングだから戻るわ。いろいろありがとう、サンドイッチ助かった。じゃ、マニラで会いましょう。そうしたいね。

　エリーが立ち上がって前の方に消えても、僕は彼女の残り香の中から、この旅の風の色を感じることができた。今からサンボアンガの地に何が待ち受けているのか、あるいは何もないのか、それは全く予測できなかったが、その風が砂漠で旅人を襲い、時には生命さえ持ち去ってしまう竜巻の捍（おぞま）しい色は持っていない気がする。それが異教徒の播祭に終わったとしても、僕の血はイスラームに忌み嫌われる獣の屍色ではないだろう。あるいは身に突き刺さる烈風が送られてきたとしても、それは実りをもたらす恵みの嬉しい前触れなのかもしれない。

　窓外に繙かれた創世記の絵巻にしろ、今のエリーとの爽やかな会話にしろ、僕に吹くだろう風が、淀んだ血の生臭い匂いを持つことはないに違いない。

　目的のない、しかも数時間先ですら予測のつかない旅が、それゆえに偶然の連続ではなく、一本の必然の糸に導かれているような気がしてきた。その思いに慄然とした。あの日だってそうだった。痛風から逃げ、船底に座り、女性に席を譲り、バス停まで荷物を持ち、ただ梯梧の花の色に魅了されてバスを降りた。僕には目的のない、予測しようとすらしなかった旅ではなかったのか。それが彼女との出会いを必然とし、かつてなく生そのものに酔いしれる時間と、その価値の量を値踏みすることすらできない至福の時間を持てたのではなかったか。

　この旅、目的もなく予測もつかない旅こそ、今、僕が最も必要としている旅なのだろう。未来の時間に自分を呪縛してしまう空しい現在でもなく、しかも数時間先でさえ全く予測されない現在、僕は僕自身の全てをこの瞬間に賭けることができるに違いない。たぶん、それだけが僕と僕の内面に秘められている本当の僕自身との出会いのチャンスを作ってくれるのかもしれない。明日のために今日を犠牲にする、その日々の連続に馴染み始めた自分を断ち切るために、こんな旅に出てしまったのだから。

僕はもはや一切の懸念を持っていなかった。いや、持つ必要がなかった。何が待ち受けていようとも、決して逃げださなくてもいいのだろう。思いのままに肉体を引っ張ってみよう。そのためにパーサーがバスから声をかけ、僕の躊躇を国内空港まで運んでくれたのだ。しかし、もしバスがターミナルビルの前で僕を降ろしてくれたとしたら、僕はサンボアンガ行きを再考したに違いない。ゆっくりと食事でもして、セブー島行か、ミンドロ島、あるいはレガスピー行の便にでも乗って、マヨン火山の観光に出掛けてしまったのかもしれない。だが、パーサーがわざわざ空港内に入って、当然のことのようにサンボアンガに出かけるように係員に頼んでくれた。僕の意志の揺れは、何かによって強引に修正されたとしか考えられない。

このガラガラの便でさえ、まるで僕自身が乗るために待っていてくれたように、僕をサンボアンガに運ぶ。搭乗してすぐにエリーは気軽に声をかけ、サンドイッチまで食べさせてくれた。飲み物しかサービスされない午後の便だというのに。

僕は胸のポケットを抑えた。まだフィリッピンに着いて三時間もたっていなかったが、僕は求めずしてすでに二人の名刺を持っている。しかも一方はマニラに戻るための便宜をサンボアンガ空港の係員に依頼したものなのだ。

僕は全身が静かではあるが、したたかな興奮に沸きだし始めたことに気づいた。ベルト着用のサインが出ると、緑が窓一杯に匂い始めた。あの緑の面紗の奥にどんな神秘が隠されているのだろうか。そこがイスラームの島であるならば、コーランを片手にアッラーの導きにすべてを委ねてみるのだ。僕はメッカ啓示の言葉を思い出した。「アッラーのお手元には、目に見えぬ世界の鍵まで全て揃っている。陸上のこと、海上のこと一切ご存知で、木の葉がたった一枚落ちても必ずそれを知り給う。地下の暗闇にひそむ穀一粒も、青々としたものも、朽ち枯れたものも、一切は皓々(こうこう)たる天書に書きつけてある」と。

僕は僕のサンボアンガの啓示に、僕自身の天書を見つけねばならない。

ノー・スモーキングのサインは椰子の木々を、ジャングルの川を、棕櫚の屋根屋根を一気に近づけ、機は椰子林の緑したたる面紗に潜り込むために、サンボアンガ空港に着陸した。

機内の冷房で冷えきっていたサングラスが、タラップで酷熱の外気に急に触れ、一瞬視界にベールをかけてしまった。僕は立ち止まってハンカチを出そうとした。が、太陽は直ぐさまレンズを熱し、ベールはすっきりと拭われ、天の抜ける青の水と、沸き立つ大地の敷床をつなぐ椰子の緑がフェード・インしてきた。

僕はじっと椰子の林を見つめていた。僕に纏いついてきた迷妄(マーヤ)のベールが、この地の燦爛たる太陽の神によって払拭され、あの神兆の緑の奥で、一本の椰子糸の道が僕の前に顕現することを祈った。そして、僕に突き刺さって皮膚を焼く太陽を体の内奥にまで呼び込みたかった。そうすることで、今の緊張を僕自身の存在の全てに広げ、椰子糸一本編むための椰子皮一筋でさえ落とさないようにしたかった。

僕は熱光に震えた。外気の極寒と体温の差が僕の生理に震えを呼ぶ時のように、両手で体を抱きしめた。しかしそれは体温を逃さないためではなかった。体を小さくして、少しでも早く生理の冷温を大気の熱に放ち、僕自身が同じ温度にまで高揚するためだった。

ゆっくりとタラップを降りながら、僕自身の迷妄が焼き尽くされるような爽やかさを感じ始めていた。太陽が暑さに対する不快すら焼き尽くしてしまうのだろう。焼かれたアスファルトと瀑布となって降りかかる熱と光の刃に、上からと下からと煮詰められて、発火点にじわじわと登り詰めていくような気持ちだった。

小さなターミナルビルは、黄、紫、浅葱、真紅の原色の花々に縁取りされ、青の水底に置かれたブーケのように出迎えてくれた。僕は二時間たらずのフライトで、精神の空間を不透明な躊躇から離陸させて、透明の憑信にまで飛ばせてくれたジェット機がありがたく思えた。

「ボス！」

「プレジデント！」

「サー・プリーズ！」

花々が二つに別れる中央の通路に、陽に輝く褐色の若者の顔が犇（ひし）めいて叫んでいる。一メートル余りの通路の両側に作られた鉄柵から、茜色の手が数少ない乗客の荷物を奪い合う。

マハルリカ（フィリッピンの国名を表すタガログ語、尊厳ある国家の意味）の男たちは逞しく美しい。この島々で貧困の淘汰に生き残って、一人前の男として成長した若者は、まず、あらん限りの声で客を奪い合う仕事から始める。花々が太陽の恵みでゆったりと咲く場所を与えられている島々で、見事な大輪を咲かせるだろう若者たちは、犇（ひしめ）いて叫ぶしかない。しかも、この茜色の手に運ばれるべき荷物を持つ客の数はめっきり減ってしまった。

僕は手に何も持たず、荷物を引き換える券もなかったから、若者たちの目に憤懣の色をつけてしまった。僕は両側の輝く目の中で一段と輝いている目を漁った。犇めく顔の中で一等屈強そうな、しかも美しい顔だちの若者の肩を掴んだ。

「いいかい」

「イエス・サー」

そう答えると同時に、若者は両側の男を少し押し退けて、鉄柵に手をかけてひょいとジャンプすると軽々と飛び越えた。いい筋肉だ。

「荷物を取ってきましょう」と若者は今発見したばかりの主人に丁寧に聞いた。

「いや、いいんだ。荷物は持っていない。僕は君を二時間ばかり雇いたいのだ。幾ら払えばいいだろうか」

「二時間につき一ペソ」

「高いね。ここに居ても仕事はないだろう」

若者はまずかったという風に白い歯を出して笑った。その悪びれない笑いが堂々とした体格に不釣り合いでなかったから、僕は勘が旅に不可欠の鋭利さを取り戻したことを知った。一秒一秒が確実にその次の一秒を作ってしまうような旅において、勘という機能は唯一の有能で価値のあるガイドに違いなかった。まして今日の旅のように、未来によりかかれる特定の目的もなく、かといってブラブラと予定のなさを怠慢の足に移してばかりはいられないとしたら、僕の中から一つでも多く既成の感情や思考を剥ぎ取って、ストレートに行動をコントロールしえる鋭利な感性のガイドにすべてを委ねる他はなかった。

「OK、じゃ、一時間につき二ペソ払おう。いいかな」

「サンキュー・ベリー・マッチ・サー」

この言い方はその額が予想を越えていたことを教えてくれる。

「僕の名前はヒコ。君はどう呼べばいい」

「アリ」

「アリ、食事をしないか。もちろん僕が払うから」

「サンキュー・サー」

「アリ、もうサーはいらないよ」

「OK、ヒコ」

見知らぬ町に着いて、僕が最初にすることと決めているのは、こんな若者を捜し出すことだ。もし治安が良くないと言われている町なら、空港で若者を捜し出すことに雑作はない。しかし、勘に頼るしかないから、危険なことは確かだ。もっとも、たとえ危険な若者ややっかいな連中を選んでしまったとしても、ターミナルビル内の食堂や喫茶店で、お茶を飲んだり食事をしたりする限りは、さほど問題はない。

まず若者の人物評価をして、信頼するに足るかどうかを決める。その上で彼らからその地方の言葉を幾つか採集し、その町の情報を収集する。これらは未知の土地での滞在を出発から違うものにする。観光案内所やホテルのロビーや日本人関係者からの情報は、滞在そのものを単色に色づけてしまいやすい。それに信頼できる若者と友達になっておけば、何かのトラブルが生じた時も、彼ら流のやり方で解消してくれる。また、飛び道具での殺傷が日常茶飯事の町では、彼らは最も安全なボディガードたりえる。敵愾心（てきがいしん）を燃やし、恐怖をあからさまにぶら下げてひとりでそんな町を歩くことは、まるで危険を呼び込んでいるようなものだ。

それに、若者たちと語ることは旅に一つの光彩を加える。その町の、その国の矛盾が彼らの中でまだ諦めにまで固まっていない若者たちは、僕の中で固まり始めようとしている何かを強く撃ってくれる。

今度のサンボアンガは僕の精神にとっては処女地なのだ。そんな考えがアリを選ばせた。僕はアリとの一時間の食事で、この地方のスペイン語まじりの方言の幾つかを思い出し、この町の治安、闘いの情勢について多くの情報を得ることができた。アリは巧みにカモフラージュしていたが、そのフィリッピン・イングリッシュの端々に政府批判のニュアンスが匂った。たぶん彼はイスラームなのだろう。

僕は彼に今夜泊まるべきホテルを選んでもらった。イスラームに歯を剥き出して敵対しているオーナーのホテルは避けたかった。今夜はどうしても眠りたい。物価の極端に安いこの町ならホテル代に気づかうこともないだろうし、今夜きりで無一文になったところで、それもまたいいだろう、そう思ったからだ。

一時間の食事と会話は、僕とアリとの間をミンダナオの空のように濁りのないものに近づけた。アリはすっかり友人らしくなり、タクシーを手配して彼の指定したホテルまで案内してくれた。

空港からホテルまでの三十分間、アリは旧友に自分の町を案内するように話し続けた。そのガイドの一つ一つにアリの生活がくっつけられて、僕は荒っぽい運転に全身を弄(もてあそ)ばれながら笑いこけた。タクシードライバーも案内に加わった。いや、案内に加わったと言うより、アリの辛辣な批評に油を注ぐようだった。

彼のガイドはこんな風だ。あそこに見えるレストランは実に立派な建物だけど、味は悪い、いや、俺はまだ食べたことはないがそう思う。理由はあの表に立っているガードマンだ、あいつはあのライフルの撃ち方をまるで知らない、あんな男を雇っている店がうまいものを作れるはずがない。するとドライバーが口を挟む。いいや、やつは引き金の引き方は知っている。しかし、撃つ時の音が怖くて耳にいつも栓をしている、一度海岸で撃つところを見たことがあるが、やつは両目をつぶってぶっ放した、と。そんなガイドがホテルまで続いたが、街に入る頃には一層拍車がかかった。

あの小児科の医者はホモだから近寄らないほうがいい、あの店で買い物をしてはいけない、金持ちなのだけど旦那がインポで、もしあのデブのワイフがいたら、しつこく言い寄られる、あのタクシーは乗ってはいけない、ドアは針金で止めてあるだけだから、いつ外に放り出されるかわからない。あの角に座っている煙草売りの煙草はしけているから買わないほうがいい。そんな風に片っ端からやっつけていく。僕はアリとドライバーの示す方向をせわしく目で追わなければならなかった。

もう少しでホテルの前を通り過ぎそうになって、アリがドライバーに止まれと叫んだ。タクシーは急ブレーキで止まった。僕は運転手の背もたれに頭をぶつけてしまい、二人はシートから転げ落ちそうなほど陽気に笑った。

「アリ、サラマ(ありがとう)」

僕は逞しい手を握ってそう言い、十ペソを渡した。

「ヒコ、俺は釣り銭を持っていないよ」と、それを俺に突き返した。四ペソだけを取るつもりだったのだろう。

「いいんだ、アリ。また何か頼みたいことがあるかもしれないから、とっておいて」

「サンキュー、ヒコ。今度は金はいらないから、もし手伝うことがあればいつでも言ってほしい。空港で、アリって聞いてくれればすぐわかるから」

「そうしよう、じゃ」

アリは高々とVサインをすると、駆けだして人込みの中に消えた。


ホテルのチェック・インを済ませ、とりあえず一日分の料金を支払った。シャワーを浴びてからもう一度外へ出た。

日没までには時間があった。新しい土地に着いた最初の夜の外出はタブーだ。夜は昼間よりも色濃くその土地の色彩を纏う。まだ何も分からないままに新しい夜に身を任してしまうことは避けるべきだ。自分が運んできた感情や精神のはずみで夜の中に潜り込もうとする時、僕らは僕らの望む夜を作ってしまう。それは僕の旅にはルール違反でしかない。僕の精神のはずみを一度はぐらかし、僕自身を白紙にした上で、その土地の夜が差し出す美酒に味覚を合わせるべきだろう。しかも今日のように一日で緯度を二十度ばかり南下してしまった時には、まず生理をこの南の風土に馴染ませねばならない。その上でゆっくりと緑の面紗に指をかけて、旅の糸を探し始めればいい。

ミンダナオで、今、夜は新しい世界を孕むために顫動(せんどう)し始めている。いや、誕生の前の陣痛かもしれない。人々が汗くさいベッドに潜り込む頃、椰子の木陰から新しい世界を夢見る目がそっとのぞき、撃鉄をあげる音が明光の月にまで響くのだろう。それがいかなる名目にしろ、銃にまで結晶した人間の意志の前に、僕の脆弱な心臓は完璧に穿たれてしまう。たとえ引き金を引く指が、もう一つの、しかし、決して新しくも、より人間的でもない社会のためであったとしても、彼の指をそれにかけさせた内面の炎が、冷温の僕を焼き尽くしてしまうに違いない。

僕は自分の指にかけるべき何かを求め、彼らはすでに引き金に指をかけ、銃口が切り裂いてくれる新しい何かを求めているのだろう。そんな夜にノコノコと街を歩き回る不遜さを持ちたくない。夜は彼らの戦場であり、僕は異教徒の傍観者にすぎない。冷やかな目を眠りに閉じ込めてしまう方がよほどいいだろう。

港までの道は、太陽を避けて潜んでいた人々をどっと吐き出して賑わっていた。テーブルが運び出され、椰子酒やビールが並び、人々はあちこちで夕食前の宴を始めている。銃があのテーブルを蹴散らせてしまうのだろうか、それともあのテーブルを広場の中央に持ち出してくるのだろうか。手作りのギターを抱え、筋肉ごと弦にしえるこの国の、この島の人々にとって銃がもたらすだろう世界は、どんな夕暮れを運んでくるのだろうか。

フラワータウン、サンボアンガに咲き乱れる花々が、硝煙に花弁を閉じてしまわないような革命はやってこないか。流血が徒（いたずら）に大地にしみ込んで消え去らず、血の上に立つ人間たちの愛の繚乱の堆肥になるような、陶酔のその時はやってこないものか。僕は人々が囲むテーブルや、戦乱の影を落としていない笑顔や、ギターの音色や、ジュークボックスから溢れるロック・ミュージックに踊る若者たちのセクシーな腰や軽やかなステップから、僕の成らざる夢を編もうとして歩いた。僕を時々呼んでくれる声に笑顔を返し、さざめきを分けながら港に向かった。

町並みを過ぎると、空はすでにオレンジ色や黄色に変幻しながら黄金にまぶされた真紅になだれ込む光の渦と、緑紺から濃紺を越えて漆黒に重層していく夜の溶液に分かたれていた。椰子の林も濃い液状の夜に沈むために、緑の衣装を紺黒に変え始めている。熱光に先端を焼かれて空にまぎれていた葉は、一本一本を鮮やかに甦らせて、眠りの前に精一杯体を広げて夜の霊気を浴びようとしていた。

僕はこの港に立って夕陽を眺めることを確かに予測していたかもしれない。少なくとも、今、遠いアジアの北端で読まれているはずの僕の決別の手紙には、この夕色にひっそりと旅愁を暖めているだろうと書いておいた。

だが、予測されていた僕と、現在の僕の間には、地理的な距離からは推しはかることのできない大きな隔たりが横たわっている。すべてを放り出して逃げだすこと、それが今朝の僕にとっては唯一つの解決のような気がしていた。しかし、今は逃げだすべき場所も、失うべき物も、この肉体とサンボアンガという地球の一点を除いてもはや何も残されてはいない。僕は旅愁など抱きしめはすまい。退却のないこの旅で一歩でも僕の道に踏み出すこと以外には、何の望みもなくなってしまった。今の僕に、もし予定されている行動があるとすれば、ホテルに戻って眠ることだけかもしれない。それだって今の僕には何の拘束力もなく、ただ第一日目をそう終わらすべきだと考えただけなのだ。

僕は明日マニラに戻るかもしれない。そうしてマニラ湾の夕焼けを今日のように見るかもしれない。だが、その僕と今の僕が寸分も違わなかったとしたら、僕はこの旅を終えるべきなのだろう。

明日のために今日が、ただ徒（いたずら）に消費されるだけならば、生という旅ですら決別を告げた方が賢明なように。旅を知らぬ家畜の僕なら、細胞に淀む時間の澱（おり）の堆積で、死に向かってダラダラと衰弱していくことに耐えられるかもしれない。

だが、太陽は明日も東から夜を破り、また今日と同じように西に光をからげて没するに違いないだろうが、その夕色に染まる僕が今日と同じでしかなかったとしたら、僕の旅にいかなる意味があるというのだ。旅人の僕にとって、変わり続けることだけが唯一つの価値で、そうならない僕は、死以上に無駄で無価値な存在なのかもしれない。

港にひと気はなく、海に突き出た桟橋の先端は金色に燃えていた。桟橋の先端に立つと、今まさに没しようとする太陽は、波頭に金糸で編まれた一条の絨毯を足元まで続けている。それは和らいだ波に揺らめきながらも、不思議な実在感を与えた。今、その桟橋から海の上に一歩踏み出せば、その黄金の絨毯の上を太陽に向かって歩けるような、そんな思いを抱かせた。いや、歩けるかもしれない。鳥が空を飛び、ミズスマシが水面を旋回するように、人間だってこの上を沈むこともなく歩けるかもしれない。

足下の波は僕の思いを嘲笑うかのように、黄金を突き返して闇に沈み、再び顔を出して金糸の絨毯を足元につないだ。僕はペテロのように波の上に一歩を踏み出したかった。しかも、今は嵐ではなく、夕凪は海を鎮め、絨毯は僕を誘っている。たとえ水が僕の足を引きずり込もうとしても、私が歩かせてやる、そう太陽は光を投げて語りかけている。イカロスは陽に向けて飛び続けることを望み、その熱に翼を焼かれてしまったが、今消えようとする太陽は、大地と大空と大海原と和解するために熱の刃さえ納めているではないか。

僕は金色の落陽に憑依されていた。その神秘な光は、僕を快い眩惑で包んだ。僕はすでに大地に続く桟橋の上に立っているのではなかった。太陽が編んで波の上に敷いてくれた絨毯の端に、立っている気持ちだった。今、この桟橋に立って僕が望むことが、夕陽に向かって波の上を駆けることだけだとしたら僕はそうすべきだろう。今やりたいと望んだこと、それに肉体を従わせることが、僕の見えざる糸につなぐのではなかったのか、さあ、一歩を踏み出してみるのだ、飛び込むのじゃない、歩くのだ、陽に向かって黄金の絨毯の上をイエスのように歩いてみるのだ……

だが、目眩(めくる)めくファンタジーを太陽が脱色させ始めた。太陽はスル諸島を影絵のように残しながら静かに沈んでしまった。絨毯は一瞬にして海に消え、ヒタヒタと桟橋を打つ波音が夢の火照りを冷まし始めた。

僕は踵を返して桟橋を捨てた。それはまた先刻の僕自身に戻ることでしかなかった。空は今日という一日を焼くために炎上し尽くし、大気は夜に煙り始めている。今、太陽が持ち去ってしまった一日の向こうに、どんな一日が待っているのだろうか。明日ならば、僕の前に太陽は踏み出すべき絨毯を広げてくれるのだろうか。しかもそれが僕の生理にまで編まれた確信の桟橋を作ってくれるのだろうか。

振り返ると、すでに桟橋は夜の底に呑まれて消えていた。僕と絨毯をつなぐ桟橋はどこに、一歩を踏み出すべき黄金の絨毯はどこに、そして絨毯を編む太陽の輝きはどこに……

僕は港から町並みに戻った。人々のさざめきが僕を異国に連れ戻してしまった。今日は眠るべきだ、翼が運んでくれた太陽の国に染まるために、眠りの溶液の底で僕自身を無垢にまで脱色すべきだ。そうすることだけが、いつの日にかペテロの躊躇の足に、陽に向かって天駆ける麒麟の蹄(ひづめ)をつける夢を運んでくれるのだろう。

僕は朝の水面に浮かんでいた。谷川から注ぎ込む水は、いくらか太陽の侵食作用に微温(ぬる)み始めてはいたが、池はそれでも朝の霊気を深く湛え、僕の背は快い清冽さに横たわっていた。木立と草むらに囲まれた池は、名も知らぬ京紫や浅黄の花々で縁取りされ、陽のささぬ水面は濃い青緑に塗られ、水草は水中にビリジアンを広げ、水面に濡れた黄緑をのせ、淡いピンクと白い小花を浮かべている。

僕はそっと手首だけを水から出してみた。息を静かに吐き、呼吸を止めて、ジョン・エヴァレト・ミレーの『オフィーリア』のように浮かんでみた。それは死の静謐(せいひつ)に僕を浮かせ、水は僕を屍体の冷たさで抱いた。水煙が朝の霊気を孕んで僕を静かに埋葬するように包み始め、僕はそっと眼を閉じた。水に沈んだ耳は何も聞きはしない。僕が生きている証は、このままずっと浮かんでいることを望む気持ちだけだった。それさえも、もし故意に肉体に押しつけようとすると、僕の体はたちまち水の中に没してしまいそうだった。

ただ僕は死に寄り添うように呼吸を止め、感情を水に溶かせ、筋肉を朝に放って、すべてを無に近づけねばならなかった。そうすることだけが、「顕現」を約束してくれるような気がしていた。僕は水煙のように儚い望みを抱きながら、水の平安に漂っていた。

僕は早朝に目覚めた。朝の大気の震えの中でこの街に孵化するために、すぐに飛び出した。町はまだ夜明け前の熟睡から醒めず、微睡の朝を楽しんでいる平和が薫っていた。行き交う人もなく、僕は窓々に飾られた花々に朝の挨拶をしながら町を出た。以前来た時に出掛けた郊外の公園に向かった。

町を出ると大地の目覚めで眠りから引き剥がされた農夫たちに出会い始めた。僕に投げられる好奇の眼を、「マガンダウマガ」と言うタガログ語の朝の挨拶で笑顔と引換えにして歩き続けた。

町に向かうのか、果物を満載した荷車に出会うと、御者は物珍しそうに僕を眺めた。僕は手を挙げて、「マガンダウマガ」と声をかけた。すぐさまタガログ語が返ってきた。僕は慌てて手を横に振り、わからないと英語で告げた。御者は行き過ぎてから手綱を締めて荷車を止め、「日本人か」と英語で聞いた。僕は荷車に近づきながら、「そうだ」と答えた。

アジアの国々で日本人を名乗る時、僕はどこかに後ろめたさを感じてしまう。それがアジアでの日本人の様々な営みのせいだと分かっていて、今の僕自身に関係がないとしても、どこかに微かな鈍重さが加わってしまう。口が重く淀んで、できるだけ早く話題を変えたいと願う。しかし、御者は白い歯を見せながら行き先を尋ねた。僕は公園の名を言い、止めさせて悪かったと謝った。彼は笑いながら荷台に振り向き、僕にオレンジとマンゴーを手渡した。ひんやりと朝を結晶している果物を受け取りながら、「サラマッポ」とお礼を言った。彼は、「アリガトネ」と抑揚のおかしな日本語を残して馬に鞭を入れた。僕は両手にオレンジとマンゴーを握りしめて、荷車が見えなくなるまで見送った。

マンゴーの甘い香りが心を和ませた。僕は歩きながらマンゴーをかじった。濃い果汁の一滴一滴が僕をマンゴー色に染め、僕はようやくこの町を歩き始めたと思えた。それは旅人は神であるというアジアの人々の持つ誇りが作る崇高な味がした。僕はマンゴーとオレンジのためだけにでも旅を続けねばなるまい、そう思いながら華やいだ気分で公園に向かった。

まだ人の訪れていない早朝の公園は、緑の天幕の下で、妖しいまでの精妙な霊気に溢れていた。厚くおおわれた葉の隙間を光が巧みにとらえ、濃い緑の影の上で軽やかに舞い、公園は木の精と朝の霊気の宴のように神秘な音色に満ちていた。どこかの木陰から今にも森の精が現れ、僕を未知の国に案内してくれるような、そんな気配が取り巻いていた。鬼百合の花弁から朝露が零れ、草の一本一本が僕に朝の挨拶をするようになびいた。

微かな水音が小鳥たちの歌声にまじって届き、僕は立ち止まって音の来る方向を探した。薄い靄に包まれた木々の向こうに、静寂をこっそりと破る水音の源があった。僕は走りだした。急いでそこに行きたかったからではない。朝に和んだ筋肉が僕を飛ぶように促したからだ。

木立の中に小さな池が水煙に秘められて、ひっそりと水を湛えていた。岸辺に降り、手を水に浸すと、ひんやりとした感触が体の火照りを快く冷ました。僕は泳いでみようと思った。以前に来た時にもこの池を見たはずだったが、あの時はここで多くの子供たちが水遊びに興じていた。今は人影もなく、朝が水に溶け込んで、あたりは静穏だった。

僕はシャツをとり、ズボンも下着もとって岸辺に立った。爽やかな風が皮膚全体を撫で、僕は躊躇なく水に入った。静けさに浮かぶためにそっと体を横たえ、ゆっくりと泳ぎ始めた。僕の作る水紋が岸辺の葉むらを揺らせ、僕はできるだけ波をたてないように池を一周してみた。

全裸の体に水がしっくりと馴染み、水の精に抱かれているように清涼な気持ちだった。谷川の水が流れ込むあたりは、その水が作る水煙のベールで一層霊妙さを感じさせた。水がゆっくりと流れている。僕はオフィーリアのように浮かんでみたかった。胸にする芥子の花はなかったが、この神聖を湛えている水面に敬虔な死を漂わせてみたかった……いつの日にかの顕現のために……。

どれほどの時間、僕は水の精に抱かれていたのだろうか、眠りよりも荒立たない静穏な精神が時間さえ消してしまった。呼吸を鎮め、浅い呼吸ですべての感情の波も精神の風も納め、僕はひっそりと死に寄り添い続けた。

もし、木々を越え花々の露に光を投げかけた太陽が僕を捕らえなかったとしたら、僕は永遠に横たわることができたかもしれない。しかし、清冽の平安から、あたかも生の炎上に向けて目覚めさせるように、一条の熱光が僕を焼いた。僕は眼をあけ、静かに岸辺に泳ぎ帰った。

水から出て岸辺に立ち、衣服を着けようとすると、垂直に降る太陽の国で今にも凍え死にそうな寒さに襲われた。体が骨の髄まで冷え切ってしまったらしい。急いで衣服をつけ、太陽を求めて池を離れた。森を出ると、太陽はすでに一切の妥協をかなぐり捨てて、容赦なく降り注いでいた。僕は太陽に緑を煮えたぎらせている芝生を見つけ、体を横たえた。

じりじりと襲う熱光が皮膚に纏わりついていた寒さを剥ぎ始めると、不思議なことに気がついた。最初、全裸で体を水に浸した時、耐え難いまでに冷たいと思った。しかし、その冷たさは池の魔性のようなものに消え失せ、僕は寒さも冷たさも感じないで水の上に浮かんでいた。沈まないように呼吸を止め、それから浅い呼吸を静かに続け、たぶん脈拍も下がっていたのだろう、日常使っている全ての生命機能や感覚を死に寄り添わせればするだけ、逆に体の中心に幽(かそ)けき小さな灯のような一点が自覚されてきたのだった。冷たさを感じる感覚が死んでいたのか、あるいはその一点の火が、いわば生命の灯とでも呼ぶべきものが内部から暖め始めたのか、僕は水に抱かれながら、平穏で清冽な精神の仄かなぬくもりさえ感じて浮かんでいたのだ。岸に着き水から出て、衣服を着けようとした瞬間、急激に体の冷えを感じただけだった。

　もしあのまま水に浸り続けていたとしたら、水の精の羊水から新たな僕自身が誕生していたのかもしれない。あるいは逆に、オフィーリアのように、まごうかたなき完璧な死を浮かべることになってしまったのかもしれない。だが、いずれにしても、太陽が僕を刺すまでの間は、僕は僕の中心で日頃決して自覚したことのない生命の灯とでも呼ぶべき何かが、ひっそりとではあったが、確実に燃えていたことを知った。僕は横たわったままで、太陽が冷えた体を暖めてくれるのを待つことはなかった。生命の灯、その思いが一気に体温を上げてしまったからだ。

　僕は立ち上がり、公園の出口に向かって歩き始めた。同じ道を辿っていたのだが、木々や花々はすっかり違った世界に新しく誕生していた。僕の中に僕でさえ気づかなかった生命の核のようなものがあるように、木々にも花々にもそれがある、その思いが世界を透明に変えたからだ。いやそればかりか、木々や花々や自然と呼ばれる世界が、これほどまでに精緻（せいち）な美しさを顕現できるのは、彼らが僕のように日常の煩雑さに惑わされて内なる灯を見失うことがないからに違いない、そう思い始めていた。

　たぶん、僕はもはや梯梧を異教徒の冷やかな眼で眺めることはないだろう。今、木々や花々に水の中で抱いた生命の灯と同じ灯をみつけられる僕と、その顕現を見事に完成している梯梧は、種子において同じ宗派に属していることが確信できるからだ。ただ僕はその生命の灯を、あの真紅の花のように顕現する方法を知らないだけだ。だから、梯梧が痩せた大地からでも、いやむしろそれゆえにこそ輝く顕現を成しうることを、今の僕は心より讃歌として歌えるだろう。

公園の入口には、すでに人々がやってきていた。タクシーから降り、公園の中にそれぞれの時間を描くために歩き始める。タクシー・ドライバーは僕を見つけて乗らないかと勧める。僕はもうしばらく一人の時間を過ごしたかったから、乗る気にはなれず、公園の中に戻った。

入口近くの木陰にベンチを見つけ、前のめりの気持ちを鎮めるために座った。涼風が心地よく僕を宥め始めた。だが、昨日の朝には、まだ沖縄にいたことがどうしても信じられなかった。いつものように旅が寂しさとの追い駆けっこになることを覚悟していた。透明の青空が心を華やかに色づけるのじゃなく、透明がそのまま心を空虚に穿ち、夕陽が鼓舞するのではなく、あの落日の炎が寂しさを焚きつけるだろうと予想していた。だが、この二十四時間は、僕を少しずつ自由な思いに解き放つように時を刻み続けた。昨夜のホテルでさえ、僕は眠りに逃げることで寂しさを紛らわさずともよかった。

昨日、港からホテルに戻り、軽い夕食を済ませて部屋に入った。ベッドにころがって何を考えるのでもなく、ぼんやりと天井を眺めているとドアがノックされた。いつもなら必ず鍵をかけるのだが、昨夜の僕はそれすらどうでもよくなっていた。寝ころがったまま、「どうぞ」と叫んだ。ボーイにしては年配の男が失礼しますと入ってきた。僕はベッドの上に起き上がり、「何か御用ですか」とこちらから声をかけた。

男は僕を見ないようにして、ぼそぼそと、女を呼びましょうか、と聞いた。アジアの町々のホテル生活で、これだけが不愉快なことだった。一夜限りの女を買って獣みたいに抱き合い、寂しさを紛らわせるのならそれも悪くはないだろう。しかし、愛が欲しい時に女を買って何になるというのか。しかもやって来るのは優しい心根の女ではなく、腐爛した膣だけだというのに。

　だが、ボーイは夜な夜なしつこく女を勧める。それを幾日も断り続けると、いつの間にかホモにされてしまう。理由は明らかだった。僕が日本人の男で、しかも一人旅なのに、女を買おうとしないからだ。彼らにとってそんな客は、日本人でないか、あるいは男でないか、のどちらかだと言うのだ。

　台湾の花蓮でも嫌な経験がある。ボーイが二度三度やってきてしつこく勧め、それを断り続けるとホテルのオーナーの娘だと言う女がやってきた。甘ったるい声で、ここの女は素晴らしいから買えという。僕はＯＫをした。但し、あなた以外なら嫌だと付け加えた。女は憤然とドアを閉めて出ていった。安易なセックスで、旅で出会う女たちとの愛を薄めるのは我慢ならない。飢えているのは心臓（ハート）なのだ、魂（ソウル）に違いないのだ。性器はそれに比べれば、ちっちゃな不満で勃起しているだけだ。

　僕はうまく断る理由を見つけだそうとしてその男を見た。どこかに見覚えのあるような男だった。男も僕が何も言わないために、怪訝そうに見ようとした。

「トニーさん。トニーさんには、こんな仕事は不向きですよ」

　僕はそう言って立ち上がった。男は名前を呼ばれてギョッとして僕を見た。僕は握手をするために手を出して近づいた。

「まさか、ヒコか。そうだ。お前だ。お前ならこの商売は成立しない」

　トニーさんは顔を輝かせて僕の手を両手で握りしめた。

「どうしてここへ」

彼は僕をじっと見つめて、今にも泣きだしそうにそう言った。それはこちらが聞きたかった。

「トニーさんこそ、どうしてここへ」

「いや、ダバオの治安が悪くなってホテルの客が減ってしまい、しょうがないからこちらに移ってきたんだ」

彼はダバオの一流ホテルのボーイ長だった。前回ミンダナオに来た時、ダバオにも出掛けたが、そのホテルの食堂で彼と話している間に友人となり、彼の仕事が終わってから、あちこちのクラブで飲み明かした人だった。皮肉にも戦乱が僕に一つの出会いを作ってくれた。

「しかしトニーさん。今夜はあなたのお勧めだから買ってもいいんだけど、あいにく今度は金がないんだ」

彼は拳で僕の胸を幾つか叩く振りをして、それが信じられないことを告げた。確かに前回は幾らかの金は持っていた。だが、一夜の女を買うことの惨めさを二人で飲みながら話したことがあった。タブン今回は飲みに行くだけの資金の余裕がない。いや行く気持ちもなかった。

「ダバオでは、僕が誘っておきながらヒコが支払って、その上沢山のチップまでもらったから、どうです、今度は私におごらせて下さい。今日は仕事だから、明日の夜、ヒコが気に入るような安くて楽しい所に連れていきますよ」

「そうですか、じゃ、お願いします」

僕はダバオから帰ってから彼に礼状を出しておいた。次の日に仕事が控えていたにもかかわらず、朝までいろいろと語り合ってくれたことが嬉しかったからだ。今、その出会いに新たな一ページが加えられようとしている。

彼が部屋から出てしばらくすると、今度はルームサービスがやってきて、呆気にとられている僕にかまわず、サイドテーブルにウイスキーと氷のセットを置いた。僕は注文した覚えがなかった。そう言おうとする前にボーイが、「これはトニーさんの注文ですから、どうぞ飲んでください」と告げた。僕は慌てて起き上がって小銭を探した。ボーイはウイスキーを置くとすぐ部屋から出ようとした。僕はポケットに手を突っ込んだままで彼を呼び止めた。彼はドアの鍵を内側からセットしながら、「チップも頂いてますから、どうぞご心配なく」、そう言ってドアを閉めた。

トニーさんの好意は僕をすぐ酔わせた。港から帰る道のように、精神のいじけた屑が僕を濁すこともなかった。ベッドに寂しさを縛りつけて、はみ出す部分を眠りの斧でちょん切ることもなかった。僕はウイスキーの澄んだ琥珀色に全身を染め上げて、グラスに二杯も飲むと、すぐさま眠り込んでしまった。トニーさんの氷が砕ける音を鈴のように聞きながら。

「サー・プリーズ！」

可愛い声が僕を呼んでいる。僕は声の方を振り向いた。十歳位の子供が一人、クバの籠を持って僕の方に差し出している。中には芭蕉の葉で包まれた食物らしき物が入っている。子供の真剣な眼はじっと僕の反応を待っている。その眼を裏切るわけにはいかない。

「坊や、これ食べ物かい？」

その子供は眼を輝かせて大きく頷（うなず）いた。

「おいしいかい？」

この質問は子供の眼から輝きを消した。

「知らない」そう子供が答えた。僕は自分の売っている物の味を知らずに売るこの子供の商法が奇妙に思えた。たとえ不味くてもうまいと言って売りまくる日本の商法に慣れている僕は興味を持った。

「どうして味を知らないの？」

「これを食べたことがないからさ」

子供は別段躊躇もせずにそう言った。

「どうして食べたことがないの？」

「一つ食べれば、一日売って手に入る手数料が無くなってしまうからさ」

僕は恥じた、自分の愚かしい質問を。

「OK、じゃ二つもらおうか。幾らなの？」

「十センタボ」

僕は十センタボを子供に渡した。子供は大事そうに二つを取り出して僕の手の上に並べた。

「サンキュー・サー」

そう言って歩きだした子供を呼び戻した。

「ちょっと待って。そら君も食べろ」と、僕も彼のように大切に一つを小さなてのひらにのせてやった。子供はゆっくりと芭蕉の葉を取って食べ始めた。

「マーサラ（おいしい）」

僕も同じように大切に食べながら、これと同じ食べ物が琉球にもあったことを思い出した。

「もっと食べるかい？」

僕は五つ分の代金を払った。彼は何故か僕にここで待っているように頼んで駆け出し、どこかに消えた。

間もなく五人の子供がやってきて、僕に丁寧に礼を言ってから餅を頬張り始めた。

「僕の友達です」

「そうか、じゃ、みんなお腹がすいているんだな」

彼らは餅を食べながらこっくりと頷いた。僕は子供の籠をのぞきこんで中の餅の数を読んだ。その分を子供に支払ってみんなで食べるように言った。子供たちの大きなサンキューの声が通りすがりの人の足を止めた。僕はベンチから立ち上がって子供たちから離れた。

再び入口に向かって歩き始めると、誰かが後ろからついてくる。振り向くと今別れたはずの子供がニコニコ笑って立っている。

「どうしたの？」

「あの餅は夕方までかかって売るのです。でも今日は全部あなたが買ってくれました。だから僕は夕方まであなたのお仕事をします」

そんな訳で、僕は二日目のサンボアンガを、ハーシムという十歳の芭蕉餅売りの少年とともに過ごした。このちっちゃなガイドは実に有能だった。まず僕の行きたい所を聞き、ハーシムに任せると言うと、幾つかのコースを教え、その中から僕に選ばせた。町ではタクシーやサイドカー風のオートバイ・タクシーを手際よく止め、チップの額まで教えた。僕はすっかりこのチビッコガイドと意気投合して、サンボアンガの美しい郊外や、町のあちこちで太陽との一日を楽しんだ。

とりわけ、ハーシムが夕暮れ近くに連れていってくれた港に近い市場は、僕に新たな世界を見せてくれた。僕はどこの都市についても早い機会にその町最大の市場に出かけることにしている。そこにはその町の最も豊かな顔があるからだ。いろいろな物の値段を知っておくことも、その後の滞在には何かと好都合だった。

サンボアンガは、スル海とセレベス海に突き出た半島の突端にあったから、市場は海の幸で一杯だった。まるでカーニバルの賑わいを落ちゆく太陽に向けて沸騰させていた。その賑わいは僕を充分に酔わせてくれた。人々が呼びかけ、僕がそれに振り向くと笑い、物を買うと言って笑い、それを食べると笑い転げた。

僕はハーシムを促して岸壁に出てみた。岸壁には一目でそれとわかるイスラーム衣装の人々が、大きなびくから魚を取り出していた。高いコンクリートの岸壁の下には多くのカヌーが群れ集い、ちょうど足の下で一人の女がカヌーの中からビクに魚を移していた。マキシのスカートのようなイスラーム衣装をつけた長い髪の女が一心に魚を移していたが、ビクが一杯になると紐を引き上げる男に合図するため顔を上げた。ちょうど真上近くから見下ろしていた僕と一瞬眼が合ってしまった。中国系東洋人やフィリッピン人の顔だちとは違ったインド・アラブ系の混じった彫りの深い、鼻筋の通った褐色の美しい顔だった。僕はその夕陽に映える顔に思わず微笑んでしまった。その女も僕の微笑につられたのか、一瞬の戸惑いを美しい微笑で消した。黒い瞳が僕を危うく岸壁から落ちそうにさせた。それは僕自身からも、僕の生きてきた周囲の世界からも消え失せてしまった清純さそのもののきらびやかさを持っていた。

女は空になって戻ってきたビクに再び魚を移し始めた。もう一度あの煌(きら)めく眼を見たいと思った。

しかし、魚を移す手は先刻の伸びやかさを失い、いくらかぎこちなく動いている。僕は悪いことをしたと思い、ハーシムと連れ立って岸壁を離れた。

僕がかつて訪れたシージプシーの集落は、観光地となることで他人の眼を意識するぎこちない村になってしまっていた。だが、もし僕が明日人々の忠告を無視して伸びやかに生きているだろう村を訪ねたところで、あの眼のきらびやかさに出会えることはないだろう。それは誰のせいでもなく、僕自身が観光客の貪欲で卑猥な眼でしか人々を見ることができないからだ。

僕の沈黙をもう一つの輝く眼が下から見上げている。僕はハーシムにぎこちなく笑いかけ、二人で夕食をすることを提案して市場を出た。あの艶やかな肢体と煌めく眼は、僕にとっては遠い異国の女のものだろう。国籍とか人種とか民族とか、そんな人間によってでっちあげられた国家を異にするのではなく、その生のありようによって僕は未だ異邦人でしかないのだろう。その国に入るためのパスポートは、どうすれば自分のものにできるのだろうか。僕は二日目の夕陽が二人の前に作る長い影を踏みながら考え続けた。

僕はタブンくすんだ顔に腐爛した眼球をくっつけて、犇(ひし)めく北緯三十五度の国家から、ようやく出国手続きを始めただけなのだろう。僕の眼にあの輝きが、煌めく光が見られるまで、僕は母国のない異邦人として彷徨(さまよ)い続けるしかないのだろう。そうしていつの日にか、あの眼にじっと見つめられる恍惚の時が、僕のすべての時間に広がっていくような生そのものの顕現に辿り着けるのかもしれない。それまでは、たとえ徒労だとしても成らざる夢を追い続けてみよう。

僕は夕食後ハーシムとホテルの前で別れ、トニーさんとの約束の時間までをロビーで過ごした。

翌朝、僕はベッドサイドの電話で起こされた。モーニング・コールなど頼んだ覚えは無かった。

「はい、お早う……じゃないや、グッド・モーニング、もう一つ、マガンダ・ウマガ」

明るい笑い声が受話器の向こうから響いた。フロントのジャネット嬢だ。

「お早うございます。まだ眠っていたのでしょう。トニーさんも二日酔いだと言ってましたよ。ヒコ、お客さまです」

「僕に。おかしいなあ、僕がここにいることは誰も知らないのだけど……」

「小さなお友達です。お名前をハーシムと仰ってますが」

「ハイハイ、ハーシム様ですか。こちらに来てもらって下さい。ありがとうジャネット」

「起こしてごめんなさい。二日酔いでしょう。ジュースでも運ばせましょうか」

「ありがとう。でも彼と一緒にそちらに出ていきますから」

トニーさんが僕の話をしたのか、フロントのジャネットも、ルーム・サーヴィスのボーイたちもすこぶる愛想が良く、ホテルの滞在はより快適なものになっていた。

トニーさんと夜明けまで飲んだのだが、不思議に不快感はなかった。窓を開け放って朝の新鮮な空気を入れようとしたが、陽はすでに高く、深呼吸を一度だけして窓を閉めた。今日も外は溶鉱炉のように加熱し始めている。

三階の僕の部屋まで階段を駆け登ってきたのか、すぐさまノックの音がした。一体何の用事だろう、僕は鍵を開けながら考えた。

「お早う、ハーシム。どうしたの」

「お早うございます、私のご主人、起こしてしまってすみません」

「いや、構わないよ。しかし、ご主人って言うのは止めろよ。それは昨日で終わっただろう、マイ・フレンド、ハーシム」

「でも、昨日帰る時に、ヒコはガイド料だってお金くれたでしょう。ママにお餅のことやガイドのことや、それに夕食のことを話してお金を見せたら、ママがそんなに沢山貰っては悪いから、今日も何か手伝えることがないかどうか聞いてきなさいって言ったの」

僕はお金は大切に使わねばならないと思った。昨日ハーシムにあげたのは五ペソ紙幣だった。三百円に足らない金額だ。しかし、この地方でこの額は決して少なくないようだ。昨夜トニーさんと出掛けた深夜営業のレストランで朝まで働くウェイトレスでさえ、三千円に満たない月給だと聞いた。それでも、職があればいいほうで、現金収入のチャンスなど滅多にないようだった。ただその分だけ、物価やホテル代がべらぼうに安いのは助かる。今日の夕方の便でマニラに戻るつもりだったが、今夜ぐらいは泊まってもホテル代に困ることはないだろう。それにハーシムとハーシムのママの好意を無にしてはいけない。

「OK、じゃ、しばらく待ってくれないか。支度をするから」

「本当にいいのですね。もう帰ってしまったのじゃないかって心配だったけど、これでママとの約束を果たせる」

「約束って?」

「いいえ、いいんです」

僕は支度をして、フロントにキィを返した。ジャネットは相変わらず愛想良く、「今夜はどうなさいますか」と聞いた。僕はたぶん戻るでしょうが、わからない、と答えてウインクをした。彼女はハーシムに気をつけるように忠告した。ハーシムは「大丈夫さ、僕がついているから」と胸を張って答えた。

ハーシムは外に出ると、行くべき所があるかどうかを尋ねた。予定がないと答えると、ハーシムの顔が一層輝きを増した。しかし、今日は昨日のようにコースの提案はなかった。ハーシムは「どこでもかまわないか」と悪戯っぽく聞いた。僕はその可愛い顔に全てを任せてみようと思い、ハーシムの案内する所ならどこでもついていくよ、と答えた。

ハーシムは通りに出てタクシーを止めた。二人して乗り込むとハーシムはどこかの名を告げたようだった。タクシードライバーは不機嫌に返事をし、僕に向かってらしく、お客様はイスラームですか、と聞いた。僕が返事をしようとする前に、ハーシムが慌てて、この人は僕の家の友達だから大丈夫だと大声で叫んだ。

そうか、ハーシムはイスラームだったのか。そして今、自分の村に僕を連れていこうとしているらしい。彼は心配そうに僕の顔色を窺(うかが)っている。僕はその小さな手を握って、大丈夫だよ、心配しなくても一緒に行くよ、そう小声で言った。

運転手の不機嫌はそのままハンドルに伝わり、荒っぽい運転に二人は黙りこくって運ばれた。二十分ほど走るとタクシーは海岸沿いの道で止まり、ドライバーはここまでしか行きたくないと宣言した。僕は料金を払い、タクシーから降りた。タクシーは荒っぽく灌木の中に頭を突っ込み、凄まじい勢いでUターンして走り去った。

二人はタクシーが残した砂煙の中に突っ立っていた。ハーシムを見ると首をうなだれて、すっかりしょげている。

「どうした、ハーシム」

「だって、僕たち何も悪いことをしてないんだよ。でも、いつだってあんな風にするのだから」

「ハーシム、君はいつも町までどうして出るの」

僕はハーシムへの答をわざと外してそう聞いた。

「船に乗っけてもらうんだ。そして公園までは歩くんだ」

ホテルから公園までは相当の距離だった。そこを往復歩いて餅一個分の手数料を稼ぐ十歳のハーシム。前回訪ねたセブ島の子供たちもそうだった。よちよち歩きしかできないような幼い子供が僕のズボンのポケットにしがみついて、マニー、マニーとせがむ。ポケットの小銭を子供に与えると、彼は回りもしない舌で「サンチュー」と言って人込みに消える。僕は一度そんな子供の後をつけてみたことがあった。子供は手に入れた小銭をしっかりと握りしめて路地裏へ入って行った。そこにはゴミ箱から紙とナイロンの袋を選び道路に座って丁寧に延ばしている兄らしい五、六歳の子供がいた。小さい方の子供は手を握ったままでお金を差し出すと、ひとまわり大きな子供は両手で受け、道路に並べて金額を調べた。それから弟の手を引いてパン屋に出掛けてパンを買った。

僕は泣きべそをかいているハーシムを抱き上げた。

「ハーシム、タクシーに乗せてやろう」と言って海岸の大きな岩の上に彼を立たせた。驚いているハーシムの後ろから頭を突っ込んで肩車にした。ハーシムはヒヤーと叫んで怖がりはしたが、足を背に回して僕の両手を掴むと、思ったより安定していると知ったのか、子供のように笑った。十歳の子供に「子供のように笑う」と言うのはおかしな言い方だが、事実そうだ。昨日にしろ今日にしろ、彼は立派な社会人だったからだ。ただ、肩に乗せてみて、その重さが十歳の子供にしては余りの軽さに驚かされた。

歩き始めるとハーシムは一層明るく笑い始めた。しかし、どこにもシージプシーの集落らしきものは見えなかった。ハーシム、お家はまだ遠いのか、そう聞いてしまってハッとした。十歳の子供が公園まで毎日往復しているのに比べたら、一日中でさえ歩き続けるべきだろう。

「すぐそこだよ」

なるほど、海岸沿いに湾曲した道路を回り込むと、村はすぐそこにあった。平家の落人の村が里人の道からは常に隠され、山深い谷間でカーブを曲がった所にあることを思い出した。

村は海からはよく見える。しかし、陸から近づこうとしても、最後まで見つけることはできないように作ってある。ミンダナオの西端の、さらに海に突き出た小さな岬の突端に、風に吹かれて岩の割れ目に根を下ろしてしまった菫（スミレ）のように頼り無げに佇む集落は、波の打ち寄せる音と、風のそよぎだけが音の全てのように静まり返っていた。僕はその静けさに悲しみの音色を聞いたような気がして、たまらず「シー・ジプシー」と声に出してみた。しかし、アーチー・シェップが「ブラック・ジプシー」と吠えるような言い方だけが、「ジプシー」という言葉にふさわしいように、僕の声は沈黙（しじま）を深めただけだった。

シージプシーの集落は、三メートルもある柱を水面から出して、その上に棕櫚で葺（ふ）いた家々を連ねていた。家々は杭の上に渡されている板の橋で結ばれ、太陽の下でひっそりと固まっていた。

ハーシムは岩場の突端から渡されている一枚板の前で、降ろしてくれるように叫んだ。その声が村まで届いたのか、人影が窓に現れた。水の上の村まで一枚板が杭の上で次々につながれて道を作っている。ハーシムは駆けだして一軒の家の中に消えた。岩場は珊瑚礁でそれほどの高さではなかったが、村の家々は波をよけるために高く、そのために板の道は家々に近いあたりでは傾斜した坂の道だった。その上歩くための最小限の幅しかなく、しかも傾斜している坂の道に、僕はかなり手こずった。

集落に近づくと道はさらに急になり、僕は下に落ちることよりも、むしろそこを歩くことを恐怖している自分が不思議だった。落ちることが怖くなかったら普通に歩けるはずだったが、体を精一杯平衡に保つように緊張して、ようやく村に通じる二枚板の通路に出た。

僕はフーとため息をついて余裕を取り戻し、足元に釘付けになっていた視線を上げた。僕のすぐ前に、にこやかに笑っている一人の女性と、その手を握っているハーシムがいた。僕はその女性を一目見てどぎまぎした。やっと安定した体に代わって、今度は心が吊り橋のように激しく揺れた。揺れを止めようと手当たり次第に支えを探した。今、橋を渡る恐怖から開放されたせいだ、いや、僕の心がいつになく透明で何でも美しく見えるせいだ、たぶんこの強烈な太陽の照明のせいだ、潮風のせいかもしれない、きっと僕があまり見慣れていない美しさのせいなのだろう。

全く装飾のないイスラームの粗末な衣裳に、豊かに長い黒髪だけが美しさを引き立てる装飾の一切だった。化粧のない素肌は、太陽をまともに受けて眩く、その瞳は昨日市場で見た娘の美しさに優しさを加えていた。僕はまるで憑きものに会ったように呆然と突っ立っていた。

「ハーシムにいろいろして下さって、ありがとうございました」

その女は一瞬真剣な眼をして、ゆっくりと言った。彼女が言葉も語れず、ただ突っ立っているだけの彫刻だったとしても、充分に感動していたはずだった。だから、その濡れたように艶やかな唇から放たれた言葉は、一語一語で僕が懸命に探し出そうとしていた支えをすべて霧散させた。僕は波の上に立っているように揺れながら、ただ、「イ、イエス」としか答えることができなかった。

「僕のママです」

彼の母親だとしたら、どんなに若くても三十歳に近いはずだ。イスラームの衣裳は体の線をできるだけ外に出さないように作られているが、それでも彼女の胸元から腰の線は、若くて形の良い肢体を秘めているように思わせた。海からの風が彼女の髪を持っていこうとして流した。少し乱れた髪が彼女を一層妖艶にして、僕を吊り橋から振り落とそうとした。僕は充分に広い板の通路から危うく落ちそうによろめいた。ハーシムが大喜びで笑った。彼女はハーシムをたしなめてから、僕を彼らの家に招き入れた。

客人に対する歓待の念は、イスラーム教徒の美徳の中でも、人々がとりわけ大切にしているものの一つだった。それは彼女の全ての立ち居振る舞いに示されていた。部屋は能舞台のような板ばりで、家具らしきものはなく、彼女は柔和な微笑を欠かさないで、舞うように優雅に接待してくれた。それは太陽の昼間に、突如波の上に開かれた龍宮の宴のように夢幻の世界に僕を誘った。

彼女はハーシムの話を聞き、ここに招くように言いつけた。しかし、今のように不穏なサンボアンガで、人々が危険だと言いふらしているこの村に、わざわざ来ていただけるとは思ってもみなかった。だから何のもてなしもできない、と顔を曇らせて謝った。僕はそれに返す言葉を見つけることができなかった。ただ、彼女の眼に精一杯の感謝を伝えることだけだった。海の幸で料理された昼食は、僕の舌に馴染みのない味付けだったが、それが一層僕を現実から遊離したような甘美な時間に連れだすことになった。

その女はハーディジャといい、十六歳で結婚してハーシムをもうけた。今は夫と死別してハーシムとの二人住まいだった。彼女の夫は三年前に北ボルネオのサバに出掛け、北カリマンタン人民軍兵士として一年半ほどマレーシア軍と戦ったが、一年前にマレーシア軍に捕まって虐殺されたという。

僕は空港の食堂でアリからその軍隊のことは聞いていた。カリマンタン人民軍が、相当に広い地域にその勢力を伸ばしていると、彼はさりげなく教えてくれた。アリの話によれば、スル海に点在するスル諸島を結び付けて、ミンダナオにまで影響力を持ち始めているらしかった。僕はその人民軍の発展が、ハーディジャのように美しい多くの寡婦の悲しみと引換えであることを思い、心を痛めた。だが、ハーシムは戦いつつ死んだ父を誇りにし、ハーディジャも、闘うイスラームの女らしい淡白さで夫の死を語るのだった。

僕はハーディジャの出す食事を楽しみながら、彼女の舞うように美しい動作を眼で追い、ゆっくりとしたフィリッピン英語でのおしゃべりを聞き、僕自身までが彼女の光によって次第に透明になっていく時間の中にいた。美しいのは肉体だけじゃない、心はその何倍も美しい。いや逆なのだ。人にこれほどまでに安らぎを感じさせる心の美しさが、彼女の肉体に顕現しているに違いなかった。まるで咲いている。僕の食べ終えた食器を奥に運び込むハーディジャを窓から射す強い光がとらえて花弁が匂った。

子供たちの走る音がして、家の周囲が急に騒がしくなった。昨日ハーシムと一緒にいた子供たちと、その親たちがどやどやと入ってきた。僕はいつの間にか姿を消していたハーシムに気づき、二人だけの時間を壊されたことが腹立たしかった。が、腹を立てようとした自分に気がついてハッとした。僕はハーディジャに対する好意がこんなに早く深まっていることに自分で驚いた。しかし、人々のハーディジャにひけをとらない心尽くしの歓待が、すぐさまそれを忘れさせた。

働き手は海に出ているのか、あるいは闘うために村を離れているのか、女たちと老人だけが僕の横に座り、椰子酒が包囲した。僕は酒に対しては充分にコントロールできる自信はあった。それに習慣の違う国での泥酔は考えられなかった。どこか緊張の糸が精神の崩れを防いでくれるのか、昨夜のトニーさんとの飲み比べにも決して乱れることはなく、ホテルのベッドまでは、きちんと歩いて辿り着いた。

だが、今日は幾らか様子が違った。ココナッツ油で作る熱帯の強烈な椰子酒を大量に振る舞われたせいだった。いや、人々の好意があまりにも無垢で純粋だったからかもしれない。だが、それがハーディジャに対する自分の酩酊にあることはどうしても認めたくなかった。心を動かせてしまい、帰ったあとで何倍もの恋慕を抱くことなど堪え難い。しかも彼女は匂うように咲くことができる人だ。僕には手の届かない枝の先で咲き誇っている梯梧の花だ。いや、そればかりではない、行きずりの女は行きずりゆえに一層美しく見えるものだ、そう思い込もうとすればするほど、椰子酒は甘美に僕を酔わせてしまう。

僕は窓の外を見た。今なら陽は高い、あの道のりでも歩いて帰れるだろう。これ以上ここにいて失敗があってはならない。人々の善意に甘えてばかりはいられない。僕は精神の酔いが肉体を侵食し始めていることに気づいて、立ち上がろうとした。

まだ大丈夫だった。充分歩ける。僕は人々に感謝するために板の間にもう一度正座し、これが日本式の感謝ですと、丁重に頭を下げた。老人たちは夕方になれば船は戻ってくるから、それで町まで送り届ける、そう言って僕を引き止めてくれた。

　僕は少しよろめきながら立ち上がり、人々にお礼の言葉を繰り返しつつハーディジャの家を出た。外に立って帰るべき岬を眺めて動転した。そこには素面（しらふ）でさえ苦手の一枚板があったからだ。これだけはどうしようもなかった。高所と呼ぶほどの高さでもなかったが、恐怖症は歩きだそうとする前から足の筋肉を強張らせてしまった。僕は呆然と突っ立って、どうするものかと途方にくれた。僕を見送っていた人々の中から、ハーディジャが近づいてきた。

「どうなさいました」

　ハーディジャが側に来て、いたわるように腰に手を触れたからいけない、全身の血が一度に逆流する目眩を覚え、酔いが一度に肉体を浸した。ハーディジャに事情を説明し、彼女は見送っている人々に告げた。人々は口々にもう少し休んでから帰ったらいいですよ、と勧めてくれた。僕は甘えるより仕方がなかった。

「私もまた、酔いに残らない美酒を与えられる天国に住んでいません。思わぬ不覚をとりました。お許しください」と、コーランの中に、天国には地上で禁じられている酔いの残らない美酒があると書かれてあったことを思い出して、そう詫びた。

「ハーディジャの客人だ。ハーディジャの所で休まれたらいい」そう女たちはいい、老人は、「ハーディジャも四カ月と十日の何倍も寡婦を通したのだから、アッラーもお喜びになるだけ」と、ハーディジャに向けて言った。

　ハーディジャはその言葉を聞くと顔を隠して家の中に入ってしまった。女たちはそれをみて愉快そうに笑いながら自分たちの家に戻って行った。老人はコーランの中に、夫と死別した女が四カ月と十日間の喪に服せば、どのように身を処そうとも咎がないと書かれてあることを言ったのだった。

僕はハーディジャの家の入口に近い板の上にきちんと正座して、この不覚の酔いが覚めるのを待った。先刻の宴が嘘のように部屋は静まりかえり、シージプシーの集落は、柱とたわむれる波の音以外のすべての音を光に溶かせてしまっていた。壁板の節穴を盗んで一条の光が板の間に零れ、薄暗い部屋にともされたランプの炎のように静寂を刺している。

イスラーム、そう言葉に出してみた。確かにコーランには掠奪と闘争を必ずしも罪悪視しないような道徳観がある。しかし、「イスラーム」という語が「平和」を意味するように、人々が平和と静けさを何よりも大切にしていることが、今ひしひしと分かってくる。

僕はきちんと坐り、酔いと争いながらもしばしば陽の光を失いかけ、頬をつねり、膝を叩き、必死に睡魔と闘ってはいたが、静けさが酔いを一層濃くして、いつしか全てを失って眠ってしまった。

僕は天女の羽衣のように柔らかい、しかも潮の香りを含んだ人魚のように甘い芳香の上に眠っていた。眼を覚まさなければ、そう思って、さらに深い眠りに引きずり込もうとする酔いをはねのけようとして、急いで体を動かした。優しい手が胸の上に置かれて僕を制した。眼を開けてみた。どうやらハーディジャの膝枕で眠ってしまったらしい。僕は慌てた。

「何か私が失礼なことをしたのでしょうか」

その言い方がいかにも素っ頓狂だったのか、ハーディジャは体を揺らせて笑った。

「いいえ、きちんと坐ったままで眠っていらっしゃったのですが、さっきバタンという音がしましたから出てきてみますと、あなたは床に倒れてそのまま眠っておられました」

「本当に申し訳ありません。失礼、お許しください」

「いいえ、私が頭を膝に運んだのですから、あなたは何も悪くありません」

ハーディジャはようやく笑いを止めてそう言った。二人の間に一瞬沈黙が横たわり、それを眼の光が劈(つんざ)いていた。僕は胸の上に置かれた手をそっとよけた。柔らかいぬくもりが酔いを払った。僕は体を起こした。その位置があまりにもハーディジャに近いために、少し体をずらそうとした。だが、全身はハーディジャの眼に縛られたように動けなかった。

波のたゆとうゆっくりとしたリズムが二人を包んでいた。窓に寄り掛かっていたハーディジャの顔を太陽の光がとらえ始めた。ハーディジャはそっと眼を閉じ、僕の視界の隅に抜ける青と白い波頭がよぎった。ハーディジャは僕の背に手を回し、僕は陽の金粉をまぶされた紅玉(ルビー)の聖杯に唇を寄せ、ハーディジャを包む光の中に僕の顔が浸った時、僕は彼女の唇にそっと唇を重ねた。

光に濡れそぼつ薔薇の蕾は、僕の唇で静かに開き、僕の全身を蜜槽に酔わせるために、その花粉を鏤(ちりば)めた菂を与えた。ハーディジャは慎ましやかではあったが、決して冷淡なやり方ではなかった。僕はその艶美な花弁にすっぽりと抱かれて、花蜜に酣酔して蕩(とろ)けるような陶酔と安らぎを覚えた。ハーディジャは背に回した手をほどき、唇を離して体を少しずらせ、僕の腕の中に抱かれるために体を小さくした。僕はハーディジャを抱きかかえて、背に回した手に力を入れ、激しく唇を重ねた。

背に回した僕の手は彼女の肉体を感じていた。イスラームの衣裳の外観が見せている感じ以上に妖艶な豊かさを秘めているようだった。しかし僕は、彼女に向かうべき情欲のすべてが、唇と手だけで昇華してしまう不思議な官能に浸っていた。今の僕にとってハーディジャは、アラビヤの伝説にある天上の楽園に住む神女フールのように神聖な気がした。清浄無垢な妻と呼ばれ、あるいは白色の乙女たちと呼ばれる神女フールは、楽園に入った死者を迎え、地上においてラマザーン月に断食した日の数と、善事を行った数だけ歓を交えることを許し、しかも永遠に処女であると言われている。僕は唇を離し、ハーディジャの眼を見つめた。それは神女フールの眼のように僕を敬虔な気持ちにさせた。僕は彼女の額に唇を押しつけ、長い髪を愛撫した。

太陽の光が部屋の中に侵入し始め、僕と彼女はまだ衰えない陽に焼かれ始めたが、じっと長い間押し黙っていた。波と風だけが沈黙を色づけていた。

「ハーディジャ」

僕は彼女を呼ぶためではなく、その名前を口に出してみたかったから、そっと呟（つぶや）いた。ハーディジャはそれを聞いたに違いなかった。胸に顔を押しつけるようにして、僕の背に回した手に力を入れた。彼女に抱かれるためならば、死者となって天上に生まれ変わってみたい。だが、たとえ今そうしたところで、神女フールに歓を交えることは許されはしまい。生の全てをラマザーン月にし、永遠の光で善事を編み続けないとしたら、一度だって神女フールを抱くことはできないだろう。

「フール」

今度は彼女を呼ぶようにそう言った。ハーディジャは顔を上げ、僕の眼を見ながら静かに首を横に振った。僕はその顔を両手で包み、もう一度「フール」と言って唇を重ねた。

シージプシー集落を包んでいた波の音が、人々の叫び声で消された。人々の帰りを告げ、イスラームの一日の始まりを染める太陽は、その猛（たけ）る刃をいくらか弱めていたが、日没と呼ぶにはまだ時間を残していた。ハーディジャは身を離して立ち上がり、急いで外に出た。僕も彼女の後ろに続き、燦爛たる白銀の中に立った。

家々に声をかけて回る青年が、板の通路をせわしく走り、僕らの立っている所に近づいてきた。その青年はアリに似て逞しい体つきだった。陽を背にして走ってきた青年は、二人の前にくるまでに急に立ち止まってしまった。そしてゆっくりと近づきながら、「やっぱりそうだ。ヒコ、また会いましたね」そう言いながら手を出した。アリだった。ハーディジャが僕の顔を見た。僕はアリの手を握りしめ、アリはそれをさらに強く握り返した。しかし、顔が強張っている。

「どうしたんだ、アリ」

「大変なんです。俺が政府軍にいる友人から聞いたのだけど、今夜ここに政府軍がやってくるんだ」

「攻撃するの」

「いや、反乱分子を探しにくるんだ」

「じゃ、どうするんだ」

「ここにいても危険だから、バシラン島まで移動することになったんだ。どうせやつらはここに火をつけ、女に乱暴し、俺たちを拷問するに決まっているから」

「何か僕にも手伝えることがあるだろうか」

「ヒコはどうしてここに」

「ハーシムが連れてきてくれたんだ」

「そうか、それじゃハーディジャの手伝いを頼むよ」

そう言い終わらないうちに、彼は次の家に知らせるために走りだした。僕はハーディジャの肩にそっと手を置いて、家の中に彼女を促した。中に入ると彼女は僕に全身を投げてきた。僕は彼女の顔を自分の胸に押しつけるように抱きしめた。

「さあ、ハーディジャ。急いで荷物をまとめないと」

僕はそう言って顔を上げさせた。瞳には今にも涙が溢れんばかりだったが、じっと僕を見つめている間に、大粒の真珠のように結晶して頬を伝い始めた。僕はそれを拭くために腰をかがめた。彼女は今度は僕の顔を自分の胸に押しつけた。豊かな胸の息づかいが僕を狼狽させ、甘い匂いが昏倒させそうになった。僕はもうたまらなくなって彼女の胸に手を触れた。彼女はその手を上衣の下に誘い、僕は月の雫のふくらみに似た冷やかさを掬うように、そっと胸の隆起に触れた。

家の下からハーシムの声がした。ハーディジャは体を離し、じっと僕を見つめ、視線を剝(は)がすようにに体をかえして外に出た。下にはハーシムがカヌーを横付けにしていた。一軒一軒の家からは木製の梯子が海面までつけてあった。ハーディジャはそこに待つように言いつけて荷物を取りに戻った。僕も彼女に呼ばれ奥の部屋に入った。荷物はすでに小さくまとめられ、ただ運びだせばいいだけになっていた。

「ハーディジャ、いつもこうしているの」

「ええ、私たちは昔からいつでも追われ続けていたから、こうするように習慣づいてしまっているの」

「大変だねえ」

「だって私たちシージプシーにとって、家と呼べるものは海しかないの。だから海に帰って行くことは少しも苦痛じゃないわ。ただ……」

「ただ、どうしたの……」

ハーディジャは答えなかった。暗い部屋の中で瞳だけが光を放っている。僕は彼女の荷物を持ってやるために近づいた。だが、彼女は荷物を持ったままで僕の胸にしだれかかってきた。そして再び唇を重ねた。それは灼熱の陽に焼かれたマンゴーの果肉のように甘美な炎を秘めていた。

「ハーディジャ、戦争が終わったら、またここに戻ってくるだろう」

彼女はそれを自分に言いきかすためのように大きくうなずいた。僕は彼女の手から荷物を取り、ハーシムの待つカヌーに運び込んだ。荷物は幾らもなかった。たとえ大量の物があったところで、カヌーには積み込むことはできないだろうが。

ハーディジャは残った物を一カ所に集め、窓を閉め、振り返りもせずに家を捨てた。彼女が言ったように海に帰っていくことがまるで当然であるかのように。彼女は僕を連れ、一番海に突き出た家に出掛けた。海には沢山のカヌーが集まり、幾つかの船はすでに鮮やかに色分けられた帆さえあげていた。太陽は熱光を和らげ、波頭は銀糸で刺繍を始め、青、赤、緑の原色の帆は、大海原のアップリケのように浮かんでいた。集まっている人々には僕が予想した悲愴感などなく、今から村中でちょっとした旅行に出掛けるような顔つきだった。その平然としたそぶりに、シージプシーのこれまでの長い旅路の航跡が読めるような気がした。

先刻僕に椰子酒を振る舞ってくれた老人が村の長（おさ）らしく、僕が聞けない言葉で短い話をして、人々はそれぞれカヌーに向かった。ハーディジャが老人に近づき、そっと何かを耳打ちしている。老人は大きくうなずきながらその耳打ちを聞いていたが、彼女の心配そうな顔を和らげるためなのだろうか、両手で肩を押さえ、笑顔で何かを言った。ハーディジャの顔がいつもの優美な微笑に戻り、それは僕にさえ安堵を与えてくれた。

老人は一人の若者を呼んで指示を与え、ハーディジャはハーシムをそばに呼んで何かを伝えている。ハーシムは大きくうなずいてから母親のそばを離れ、ツカツカと僕の前に来た。小さな手を出して握手を求めた。僕はその手を取らずに、彼の腰に手を回してひょいと抱き上げたやった。

「ハーシム、ママを大切にして、パパみたいな立派な人間になるんだよ」

「ヒコ、またそれを見にきてくれるだろう」

「ウン、必ず来るよ」

ハーシムは僕の頬にキスをして、涙をためた眼で必死に笑いを作ろうとしていた。僕は彼を降ろし、人々を見送るために村の突端に立った。ほとんどの人が船に移り、船団の先頭はすでに傾きかけた太陽に向かって帆をあげ始めた。

振り返ってみてもハーディジャの姿が見当たらない。ハーシムと一緒にカヌーに乗り込んでしまったのだろうか。太陽がまともに僕を照らし、逆光の位置にあるカヌーの中にハーディジャを見つけることは困難だった。全ての人が村から離れ、一時の喧噪が去り、再び僕の周囲に静けさが立ち込めた。カヌーが少しずつ移動し始めた。もう一度だけハーディジャの顔が見たかった。さよならを言いたかった。僕は船に向かって、ハーディジャと大声で叫んでみた。海からの答えはなく、光だけが僕に届き、その光がみるみる涙で滲んだ。

「ハーディージャーーー」

それは叫びから嗚咽に変わっていた。すると誰もいないはずの村から声がして、僕を呼んでいる。僕は驚いて声の主を探した。海に一番近い家からハーディジャがそっと顔をだした。僕は駆け寄って彼女を抱きしめた。心臓の鼓動が早鐘のように僕を打ち、僕はそれを宥めるために言葉を見つけようとした。

「ハーディジャ、僕と残るつもり」

彼女はゆっくりと首を横に振った。

「いいえ、あなたとお別れしてから出発するのです」

この村にはもう船が一隻もないはずだった。彼女は足下の海を指さした。

「この下に一人乗りのカヌーが残っているの」

僕は外に出てそれを確かめた。間違いなくそこには童話の世界から運ばれてきたような、小さな一人乗りのカヌーが波と戯れていた。それを確かめるとすぐさま部屋に飛び込んだ。

傾き始めたとはいえ、南国の太陽は眼を焼くに十分な強さを残していた。僕は暗い部屋に眼が慣れるのを待たなければならなかった。部屋の奥に仄かな人影が淡い光の膜に包まれて立っていた。僕は人影に近づいて一瞬息をのんで立ち止まった。その淡い光の膜だと思ったものが、彼女の美しい肌の光沢だったからだ。ハーディジャは一糸纏わぬ姿で後ろ向きに立っていた。

僕は触れることが禁じられている聖像を前にしたように、彼女に近づくことを忘れて立ち尽くしていた。ハーディジャが後ろ向きに僕を呼んだ。僕は彼女に近づき、肩にそっと手を置いた。その手の上に彼女の手が重なり、僕は片手で後ろから強く胸を抱きしめた。僕は耳元に唇を寄せ、あなたを抱きたいが、遅れても大丈夫かと聞いた。彼女は前向きなって大きくうなずき、たった一人でも島に渡ったことがあるから大丈夫だと言った。僕は彼女を抱き上げ、奥の部屋のベッドに横たえ、肌を重ねるために僕もシャツを脱いだ。

「ハーディジャ、ちょっと待っていてくれる」

僕はシャツを脱ぎながら見つけた手斧をひっさげて村の入口に走った。あれほど恐怖していた細い橋だったが、ハーシムのように身軽に走り、橋板を村に遠い所から斧で叩き壊した。シージプシーの村は、まるで海に帰っていくように陸から切断された。これで、もし軍隊がやってきても時間はかせげる。二人のハネムーンを銃口なんかで壊されてたまるもんか、僕はそう思いながら力一杯板を叩き割ってしまった。

僕がズボンを脱ぐ間、ハーディジャは僕が一人残っても大丈夫かと聞いた。僕は泳ぎに自信はあるし、パスポートも、マニラ空港でもらった身分保証の名刺もあるから、たとえ捕まったとしても大丈夫だと言った。ハーディジャは安心したように笑い、僕はその笑顔にミンダナオの陽光のように凄まじく熱いキスを浴びせた。

「また会えるでしょうね」

官能の炎が二人を一つに熔かせ、恍惚の波は愛のカヌーを二人だけのノアの方舟のように、イブリースの住まぬ楽園の岸に運んでくれた。彼女は僕の唇を自分の唇で弄び（もてあそび）ながらそう聞いた。僕は天上で与えられた、酔いの残らない美酒に陶然と浸りながら、

「たとえこの地で会えなくても、僕はフールになるだろうあなたに会い、永遠の歓を交えるように生き直してみたい。だから、必ずどこかで会える」

そう言って唇を重ねなおした。彼女は僕の体に回していた手で、僕の体を自分の中に埋め込むように強く抱いた。彼女の情熱は燦爛たる太陽の光炎のように燃え上がり、彼女の肢体は潺々（せんせん）と流れる川のように愛の奔流を流し、波打った。彼女は僕に抱かれるために水となり、水となって僕を羊

水のように包み、水の清浄さと炎の激しさが、僕をめくるめく世界の彼方にまで攫っていった。

僕はもう何も考えていなかった。ただ、その瞳を見つめ、唇から花蜜を嘗め、豊かな胸を愛撫し、聖殿に拝跪するだけだった。過去も未来も消え失せ、ここがどこで、どうしてこの美しい人と夢幻の世界の狩人のように愛を貪り尽くしているのか、僕とハーディジャが今からどうなるのか、そんな思いの全てが彼女の内部で熔け去り、僕は彼女の熱光に肉体を抱かれ、清らかな水に精神を包まれていた。

その炎の激しさが静穏な月の光に変わるように、透明な月の雫が二人を朝露の中にくるんでしまう平和と清々しさが訪れ始めていた。その時だった。僕らを包んでいた露をはじき割り、楽園の底が二人をゲヘナの火にたたき込むために雷鳴の凄まじさで裂けた。銃声に違いなかった。僕は一瞬にして楽園を追われ、ゲヘナの劫火に包囲されていることに気づかねばならなかった。

僕はハーディジャの体をベッドに沈めるようにして、外の様子を窺うために窓辺に走った。斧で叩き割った板の通路の入口で、武装した兵士がいまいましそうに村を見ている。何を撃ったのだろう、単なる威しだったのだろうか。そう思った瞬間、背筋に冷たいものが走った。彼女のカヌーだ。あれが撃たれたに違いない。僕は裏口から水面に出されている梯子の所に走った。銃弾がカヌーを蜂の巣にして、今カヌーは夕陽の金色に追悼されながら静かに沈んでいこうとしていた。

「ハーディジャ、大変なことになった。カヌーが沈んでしまった。兵士も珊瑚礁まで来ている。逃げることはもうできないよ。僕と一緒においで。僕が君を安全な所まで連れていくから」

僕は衣服をつけ、ハーディジャの聖体にイスラーム衣裳を纏わせながらそう言った。

「あなたを愛しています。そして一緒に行ければどんなに幸せかとも思います。でも、村の人々が待っています。それにハーシムに悲しい思いをさせることはできません。本当にお別れは素晴らしかったわ」

「でも、ハーディジャ、あんなに遠くまで泳いでいくつもりなの」

僕のその言葉を聞いた時のハーディジャの顔を僕は決して忘れることはないだろう。ハーディジャはもはやハーディジャではなかった。その顔は優しい光を放ちながら、それを圧倒する厳粛な輝きを見せた。まさしく「あのまなざし」の顕現だった。

「私を見送って下さる」

そう言って僕の手をとり、裏口から海に向かって突き出た板の上に誘った。太陽は西空を舞台にして炎の舞を演じ、あの黄金の絨毯が二人の足元にまで続いていた。

「お願い、もう一度強く抱いて」

僕はもう言葉を失っていた。彼女に言われるままに全身全霊で抱きしめ、もう一度唇を重ねた。

「ありがとうございました。先程、あんなに泣いて下さった声を聞いて、もう私は死んでもいいと思いました。だから、もう泣かないで下さい。あなたのこと、決して忘れないわ。そして、また会いましょうね」

そう言い終わると僕の手を優しく離し、夕陽に向かってあのまなざしを投げかけた。波の音が聞こえなくなり静寂があたりを支配した。僕は泣くこともできない不思議な感覚に襲われていた。彼女が海に飛び込んで死ぬのかもしれない、という思いが一瞬過ったが、それは僕を全く動揺させなかった。僕は、光の呪縛の中にあって全てが鎮まりに向かうようだった。

夕陽と、波の上に敷かれた絨毯と、立ち尽くすハーディジャがまるで一つの世界に溶け合うように黄金に包まれた。そう思った瞬間、ハーディジャは、「コアハ・エ」と鋭く叫んだかと思うと、板の上から身を躍らせて海の中に飛び込んだ。

だが、水音はなかった。僕が海面をのぞきこもうとする一瞬早く、金色の波頭をまるで飛ぶように駆けているハーディジャの姿があった。

たなびく髪も、長いスカートも、金色の花弁のように波頭にヒラヒラさせながら、ハーディジャは沖合で待つ船団めざして、まるで夕陽に向かっているように駆けていった。

(四) 生命儚(はかな)く、夢は堅牢地天

……非天(アシュラ)のラーゲリから、「成らざる夢」の曼陀羅など見つけ出せるはずもない。風雨に晒された背表紙のタイトルが卒塔婆(そとうば)の字のように滲んで見える。知識の積み荷を載せた駱駝(ラクダ)が針の穴など通れようはずもない。輝ける宝焔の岸まで渡る筏(いかだ)でもないものだろうか。


どんな本をお探しでしょうか。

いえ、いいんです。自分で見つけますから。なんだゲンか、びっくりさせるなよ。

いや、あまり真剣に読んでいるから、おどかしてやろうと思って。

いつも立ち読みばかりして、買ったことがないから、てっきり店員かと思ったんだ。

それにしても、まさかヒコさんが宗教のコーナーにいるなんて思わなかった。

いろいろあって、無明の中で星屑の光でもころがっていないものかと探すのだけど、買う金もないし、それにもうひとつピッタリするものが見つからないんだ。

金なかったら貸すよ。しかし、このコーナーに立っているのも意外だけど、ヒコさんも随分変わったね。最初、横顔は似てるなと思ったんだけど、服装はボロボロだし、筋肉は隆々として、まるで土木工事やっているみたい陽にやけて。

いや、土木工事やっているみたいじゃなくて、そのものなんだ。靴だって、これ安全靴だよ。爪先に鉄板が入っているし、この紙袋の中はヘルメットだろう。君だって変わったよ。どこか、こう邪気みたいなものが無くなって。

さすが、ヒコさん、わかるか。俺の方もいろいろあって。どこかで話がしたいね。今日、予定あるの。

何もない。帰って泡盛（あわもり）でも飲んで寝ようかと思っている。やっぱり、いくら慣れても、しょせん僕の筋肉は肉体労働向きにはできていないらしい。

しかし、元気そうだよ。

いや、違うんだ。筋肉が辛うじて外形を保っているという有り様なんだ。またいつか話すけど、どうやら内臓がガラガラに荒廃してしまっているらしいんだ。

足の方はどうなの。

しばらく大丈夫だったけれど、この仕事をやり始めてから再発して。ところが、再発すると困るから制限されている量を越えて劇薬を飲むだろう。その分だけ内臓がやられる。内臓がやられると再発しそうになる。しょうがないからまた飲む。まるで悪循環。

大変だな。とにかくお茶でも飲みにいこうよ。

僕も今日の日当を持っているのだけど、これ医者代に必要だから残しておきたいんだ。

心配するな、俺が払うから。医者代って足の方。

それもあるけど、他にも厄介な病気らしいのだ。

東南アジアで変な病気もらって帰ったんじゃないか。

そんな贅沢な病気なら、こんなに苦しみはしないさ。また今度話すよ。

……水の泡、陽炎、芭蕉の幹、幻、夢、影、反響（こだま）、雲、雷光、土のように作用がなく、水のように無我で、火のように寿命なく、風のようにプトガラもない。老いが支配する古井戸、死刑執行人、毒のある蛇、空虚な村、影のように無感覚で、風車のように感受性もなく、膿や汚物の集まりで、やがて衰え解体する。これが花咲くための俺の肉体だなんて。成らざる夢の器だなんて。病気という低級な行為によって、医王への道をどう編めばいいのか。ヒマラヤに棲息するという魂の薬草はないものか。


しかし、久しぶりだな。もう一年近く会わなかっただろう。

そうだ。例の乱闘事件以来だ。あれからどうした。

あの時は本当に大変だった。あれが俺の地獄の底だったと思うね。あの乱闘の日、俺はあそこの大きな鉄の灰皿、びゅんびゅん投げていたんだ。もし誰かにあたっていたら、今頃俺は殺人罪で服役中だと思うよ。だけど、それは決してありえなかった。今はそう思う。確かに泥酔はしていたし、もはや何も信じられなくて、あんな愚挙に及んだのだけど、あのことがあってから、北海道に出掛けたんだ。別段、あてがあったわけじゃないけど、今思うと呼ばれていたんだ。誰にって顔しているけど、少し話させてほしい。あの前の日までの俺のことは知っているね。泥酔でもして正常な意識を殺していないと、自分で自分を殺しそうだったんだ。だから夜な夜な飲みまくった。そしてあの日、誰彼構わずぶん殴り始めて、そのあと俺を抑えるために連中が殴ってくれた。あれで俺はすっかり死んでしまったように思えた。殴り続け、殴られ続けることとで、自分の中の何かがすっかり変わってしまったのだろう。そのあとはまるで夢遊病者みたいだった。最初はあまり殴られたので頭がおかしくなったのかとも思った。しかし、それも別段悪くない。正常な意識でさえ死んでしまおうと思っていたのだから、少々頭がピンボケになってしまってもいいじゃないか、その方が生きていけるのだろう、なんて考えていた。でも、例えば吐き気がするとか、どこかの神経が痙攣するとか、視力が落ちるとか、幻覚や幻聴が起こるとか、そんな症状は全くなく、ただ身体がすこぶる軽いんだ。何て表現したらいいかな、高血圧の人が雲の上を歩いているみたいだって言うだろう、あんな感じさ。妙に存在感が乏しく、しかも決して不快じゃない、とにかくそんな状態だった。過去への後悔のようなものは殴りとばされたみたいに消え、かといって未来への展望があるわけでもなかった。ただ、ふと北海道へ出掛けてみよう、そう思ったんだ。この南の煮え切らない冬よりも、極寒の地の方が俺にはふさわしい気がしたんだ。だから北海道へ出かけ、その後どうするのかなんてことは自分でも全く見当もつかなかった。気がついたら、これは本当なんだ、信じてくれないかもしれないけれど、ここから北海道まで何を考え、どうしていたのか記憶喪失みたいに霧がかかってしまっているんだ。気がつくと雪の原野に立っていた。そうか、ここで凍死でもするのか、そう思いながら雪の中に突っ立っていたんだ。それからどれくらいたったかわからないけれど、雪の中にひっくりかえって、もういいかげん凍傷でも起こすだろう、そう思ってみても、不思議なんだ、少しも寒くないんだ。何も食べていないから腹もすいているはずだったが、まるで空腹感も疲労感もなかった。これは死んでいるのかもしれないなんて馬鹿なこと考えながら立ちあがったんだ。その後に起こったことがショックだった。……うまく言えないけれど、とにかく凄かった。雪の中に立っているのに、足の方から熱気が立ちのぼってきたんだ。その時もまだそれがどうしてかわからなかった。体が冷え過ぎて熱でも出てきたのか、そう思っているうちに、体の内部に火がついたみたいに、カーとなって全身が炎に包まれたように熱くなった。それっきりそこにぶっ倒れてしまったんだ。気がついた時、俺は雪の上に眠っていた。いや、気を失っていたのかもしれない。雪の冷たさが火照った体に快く、雪が本当に白銀というほどに光を放って純白に広がり、まだ夢の中にいるように世界が幻想的で美しかった。

……眼の輝きが変わった。「あのまなざし」なのだろうか。しかし、ハーディジャの眼とは違う。ただ、もはや僕を見ている現実的な眼ではない。蓮華の露が泥濘(ぬかるみ)に落ちるように、彼の眼の光が汚濁を洗い始めているのだろう。少なくとも彼の中で何かがその時、変わったに違いない。

どうやら、それが俺のコンバーションだったんだ。

コンバーションと言うと、信仰的目覚め。

そう、心の入替えというか、霊魂の顕現というか。それでその足で原始キリスト教団に行ったんだ。

じゃ、その後はずっと変わっていないんだね。

日によって強弱はあるが、一応平安(シャローム)な気持ちではある。

しかし、凄いね。そこまで虚無というか、荒廃というか、そんなものを煮詰めきることができたのは。

そう思ってくれるか。こんな話。誰にもしていないんだ。まず信じてくれないし、それに、信じると言ってくれても、本人は別世界の人間だという風に俺を切ってしまう。

僕もそんな風に切ってしまいたいと思う。しかし、今の僕は切ることすらできない位置にいるようだ。相変わらず全否定の拷問台に自分をのせ続けていても、行き着く先が君のようになるのか、あるいは、今すでに始まっている肉体とか、生とか、生活とかの否定にまで行き着いてしまうのか、あるいは第三、第四の道が発見できるのか皆目見当がつかないし、展望などたてようとも思っていないから。

それは危険だよ。だが、ヒコさんなら俺のようにコンバーションに辿り着くという確信はある。人それぞれに時期はあるが。

しかし、そのコンバーションそのものが果して僕の望んでいるものかどうかも自信はない。いや、それは違う。望む望まないにかかわらずやって来るのだ。しかも必ず。

僕の言いたいことは少し違うんだ。君の今のような状態が僕の望んでいるものかどうか、それが完全に理解できないいんだ。これが理解という言葉で示されるように、単に頭だけの問題じゃないことはわかっているつもりだ。まさに霊魂という問題だろう。しかも、オール・オア・ナッシングであって、君の位置から僕がわかっても、僕からは予想しかできない。君の位置に立たない限り、決してわかるはずがない。ところがそのコンバーションそのものが、虚無の密度と言うか、飽和量と言うか、とにかく限界点を突破するとか、荒廃と苦悩の極限に辿り着くとかしない限りやって来ないものなのか、あるいはそうでなくても、今すぐにでも君の位置に立てるものなのか、そのあたりこそが、僕にとって重大問題なのだ。もっと言えば、虚無の飽和量に達する以前に生の苦悩とか死の平安に鞍替えしてしまったり、荒廃とか虚無の限界点を突破するのじゃなく、逆に日常的に平安とまではいかなくとも静かに日々を送っていた人が、何かの瞬間に人を殺して、最後に苦悩に辿りついてしまったりする、そのあたりとコンバーションがいかにかかわってくるのか、という問題なのだ。いわば信仰の有無にかかわりなく、人間全てが可能性としてそうなのか、あるいはそうでないのか、ということなのだ。

何かもう少し具体的に話してくれないか。君の位置の方が分からないよ。

じゃ、こう言ってみよう。君はその位置にいる。僕はその以前なのか、あるいはもっと違う位置にいるのか、それはわからないが、例えば、君が僕にその話をしてくれても、それは僕には本当の意味では全く響かない。だから、君は別の世界の人間だと言い切ってしまう人間の方が、ずっと正直かもしれない。そうした時、君の位置と僕の位置をつなぐものが何なのか、ということなんだ。霊魂の顕現とか、信仰とか、そんな風な言葉で言い切る以外に何か残っていないか、ということだ。

それは全くわからない。

じゃ、君の位置から僕のような人間には、何を忠告したり、勧めたりすることができるか、という問題でもいい。例えば、僕はそれがどんな教会か知らないけれど、教会に来いとか聖書を読めとか、そんなこと以外には考えられないのだけど。

教会という建物はない。集会があって先生がいろいろ説教や聖書講読や按手や、そんなことはやる。

だろう。だから、もし一人の人間を傲慢にも救ってやろうなんて思うと、まずそこに連れていくより他ないだろう。

そう言われるとそうだ。俺の場合でも厳密には姉からの影響があった。一人狂っていた時にも、集会に来るように誘われていたんだが、見向きもしなかった。

だから、早い話が、ことコンバーションに関しても、それが訪れない人にとっては永遠の謎として、コンバーションした人は別世界の人間として、尊敬したり、否定したりするしかできないわけだろう。ここまで言わせてもらっても、君のことだから腹を立てたり、僕を今日で別の世界に放り込んでしまったりしないだろうから、もう少し続けてみよう。僕は自分の望んでいることを、自分で「成らざる夢」なんて言っているけど、全否定の彼方の全肯定のような生や生活がないものかという、全く傲慢不遜な夢なんだ。だから、革命の行為、これも肯定、幻覚剤の世界、これも肯定、君のようなコンバーションの世界も肯定、とにかく全肯定してみる。ところが、そのどれも僕の夢である全肯定とは違ってしまうんだ。僕の存在まるごと抱えてくれるような生のあり方、その未来点から眺めてみると、やはりそれは一本の道でしかなく、決して未来のある一点というようなものじゃないわけ。いわば生と生活の全面が輝くような、そんな生のあり方はないものか、というまさに夢なんだ。だからコンバーション後の君が、完璧な形で生が充実している、そう言い切れるとしたら、それこそ僕の望んでいる道かもしれない。ただ、そこの道では一切の自己へのごまかしなんか不要でないと困る。あるいは他者に対しても、決して手順など踏まずに、存在そのもので、何というか影響しえると言うか、救えると言うか、そんなあり方なんだ。

そう言われると理解できる。俺だって今、生活全般にわたってコンバーション後の変化が支配していると言い難い。集会に出たり、聖書を開けたりして、絶えず自己増殖させていないと、色褪せていくような気がする。

君の行く集会がどんなものなのかは知らない。ただ、君から想像して偶像崇拝や、今の一般の教会のようじゃないことは分かる。僕流に言えば、信仰は他者への帰依ではないと思うんだが、その意味ではなく、信仰と通常言われているような意味で言えば、あの信仰は、自己の最も自己らしい部分の未顕現によってしか不可能なんだ。僕のように戦闘的無神論者だった者が、六年間もキリスト教学の大学に籍を置いていたのは、どこかに微かな希望を持っていたんだと思う。自己の自己らしさと、いわゆる神そのものは一致しえるなんていう冒涜的な希望なんだけど。だから今日、久しぶりで会っただけでは分からないけど、コンバーション以来、君が透明になっていくことと、君らしさが薄まっていくことが同じ軌道を走っているとしたら、僕の夢からは全く遠いと思うね。もちろん君ならこんなことをいうのは蛇足だけど、君らしさなんてものには、マイナスの人格を含めてはいない。真にその人しか具現できない人間らしさ、他者との表現の差、しかもそれが人工的でなく、存在そのものであるようなものなんだ。

じゃ、単に霊魂の顕現なんてものじゃ片づかない何かなんだ。

いや、僕にはそのあたりのことは全く分からない。少なくとも僕にとっては未だ未顕現のものだから。ただ、君がかつて言っていた例の毛遊びの瞬間、あの時もまた人間にとっては至上の時間だと思うし、ジャズメンが相互にエネルギーと表現欲求を極限にまで鬩ぎあおうとして辿り着くあり方、あれもまた僕には至上の時間だと思う。そのあたりをつなぐ一本の糸のような人間の本質を、どう表現していいか全く分からない。その辺の生のあり方までをコンバーションでより高められるような、そんな信仰への転回なら、僕には望むべき未来なのかもしれない。

じゃ、ヒコさんは今、どんな生き方をしているんだ。

そう開き直ってもらうと実に困る。それが君のように虚無を煮詰める作業だとすれば、今まで言ってきたことと僕の生活とは矛盾してはいないんだが、ところがどっこい、全く低級極まりない日常かもしれない。

と言うと。

決して日雇いの土木作業が低級だと言う意味じゃないんだ。ここのところは今誤解してもらっては困るんだけど。仕事そのものは僕をマイナスの方向には引っ張っていない。むしろ殺されそうな炎天下で、全身の水分がすっからかんになるほど汗を流して、ふと、手を休めると、ゴッド・トリップのあとのように爽快そのものなのだ。ただ、僕の成らざる夢への希求から極限に近いほど遠ざかっているような気になっているんだ。早い話し、本当にあるべき自分から、取り返しのつかない距離まで来てしまっているようなんだ。今、ちょっと言いたくないんだけど、この筋肉の下で肉体は日々腐り始めているんだ。それを自分に引き受けたいのだけど、それさえ出来そうにないんだ。じゃ、相当悪戦苦闘しているんだな。

いや、見てもらってもわかるように、決して憔悴し切っているわけではない。それにこんな風に考え始めている。虚無と平安、実はそれは全く同じ存在の器なのだと。虚無の方はおそらく消極の極で一切の色を落としているのだろうし、平安の方は静的であっても何か積極的な色で塗られていると思う。その色が何であるかは今のところ分からないけれど、心はそれほど乱れてもいない。むしろ、淡々としていると言った方がいいくらいだ。

それはやっぱりひとつの時期なんだ。必ず闇の向こうにしか光がないという。

それもわかるつもりでいたんだけれど、どうしても肉体の腐敗が早すぎるようなんだ。だから、その精神と肉体のシーソーゲームが僕をして低級な日常と言わせたのかもしれない。さっき本屋で声をかけてくれた時も、全く逃亡の地図を探していたみたいだ。

どんな逃亡の。

仏教的思考さ。輪廻とか転生とか、その種の生と死の双方に跨（また）がるような逃亡の地図なのだ。それ以外、どうしても精神の気圧を上げることができなくなってしまっているんだ。

そんなにひどい病気なのか。

いや、はっきりは分からない。ただ、今通っている病院では風前の灯みたいなこと言われたけど。

そんなこと医者は言わないだろう。

そう、普通は言わない。しかし、ちょっとしたトラブルで、うっかり言ってしまったんだ。

そんな風には見えないけれど。

見えない方がいいよ。それに僕としても今日必要なのは死からの逃亡でもそれへの定款でもなく、生と死を一本につなぐような僕自身の何かだ。

じゃ、一度集会に来ないか。何かヒントになるようなことがあるかもしれないよ。

ひとつだけ約束してくれれば行くよ。僕が単なる友人で、興味本位の傍観者として来たことにしてくれるなら。

君がそう言うなら、そうしよう。ちょうど明日が集会だから。

……僕が手にしたいものは、生者のための天書なのだ。生が死からやってくる死者の書ではない。たとえ六道を迷転していくとしても、その輪廻の軸はなにか。六つに切り刻まれても続くという僕自身とは何なのか。しかもそれがこの瞬間の僕自身とどう結びついているのか。今、僕を虹の光の暈輪（うんりん）が包み、甘く香るインセンス持ったラセマや花を持つ女神が抱きしめないとしたら、僕自身が生を得た意味などどこにもありはしない。死という糞まみれの未来からしか、新たな誕生がないならば、今を除いて、そこにもまた誕生などくるものか。

どうだった、集会は。

いろいろ考えさせられたことは間違いない。今まで出席したキリスト教のどの集会よりも僕を感動させた。だが、やっぱり僕の求める道ではないみたいだ。

キリスト教そのものにか。

いや、僕はイエス・キリストとキリスト教とは全く別に考えている。あの新約聖書でさえ、どうしても僕には理解できない箇所がある。

と言うと。

例えば、今日の集会にしてもそうだ。神の沈黙じゃないけれど、あれだけ自己投企と言うか、悪く言えば自己放棄して神への信仰に生きている人々を見ていると、神そのものがあの種の信仰を要求しているのかどうかでさえ、疑問に思えてくるんだ。僕は神への信仰と、信仰への信仰を混同しているように思えるんだ。これと聖書の話がどう結びつくかと言うと、神への信仰者イエス・キリストが存在し、信仰への信仰者キリスト教者がいて、あたかもイエス・キリストの言葉のごとく書き記したとしか思えない箇所に出くわすからだ。

具体的に言ってくれないか。

ただ、断っておかねばならないことは、聖書すべてがそうであるとは思っていないことだ。むしろ、僕は聖書に描かれているイエス・キリストの生に対して、真の意味で信仰していると言いたい。だから、それ故にこそ納得しかねる所があるんだ。例えば、マタイによる福音書の二十七章に、イエスが十字架上で最後に叫ばれた言葉として、「エリ、エリ、レマ、サバクタニ」と記されている。それが訳されて、「わが神、わが神、どうして私をお見捨てになったのですか」となっている。これがヨハネ伝十七章で、「私は世に勝った」と言われたイエスの言葉であり、マタイ伝十五章で波の上を歩き、それに失敗したペテロに、「信仰の薄い者よ、なぜ疑ったのか」と言われたイエスの言葉だとは思えない。この言葉をこう訳し、こう伝えてしまうことで、聖書はイエスの磔刑（たっけい）の真の意味を混乱させてしまっていると思うんだ。

じゃ、どんな風に言われたと思うんだ。

それは僕には分からない。ただ、神の沈黙を女々しく悲しんだのではなく、神の意志に対して自らの死さえ栄化しえるような、そんな言葉を残されたに違いないのだろう。だから信仰の信仰である限り、それは神の沈黙への悲痛な叫びとしてしか聞こえないし、神への信仰であるならば、それはひとつの神の意志として聞こえているはずなんだ。だから、いついかなる時も、今生きている自分を離れて何もない、そう考えないことには、十字架上のイエスでさえ、未来の死を悲しみ、過去に捨てられたようにしか見えはしない。僕は集会で人々の陶酔を目の当たりにして、自分以外の者に、それがたとえ神といわれている存在であったとしても、その偶像であったとしても、他者に向けて完璧な自己放棄をする信仰は、おのれの死によってしか完遂しえないようなあり方だと思い、僕にとっての成らざる夢は、自分に向かうような信仰のあり方だとわかった気がした。

いや、あれは自分自身の信仰を外に表現しているだけなんだ。個人個人としては同じことだろう。そうは思えない。先生が死の瞬間の至福について語られただろう。あれが非常に僕をすっきりさせたんだ。至福の結末としての死、結果としての死と、死そのものによって神の御胸に抱かれるということは全く別なのだ。死という未来に向けて、死そのものの至福に向けて今を生きていくこと、今そのものの中に至福を求めようとすることは、似ているようで全く違う。未来の一点、今の場合死なのだが、これをひとつの点とすることで、生と死は不連続の存在の変化として見なければならない。が、逆に今しかありえないというように考えれば、生の結果として死があり、それ故に死に至福が存在しては困るので、たとえ死の一秒前でも至福に辿り着かねばならないんだ。そんな意味でもイエスの最後の言葉はどうしてもあんな言葉だとは信じたくない。あの言葉だけで、いや、あの言葉がヘブライ語から、あるいは何かから翻訳されたあの訳である限り、聖書はイエスの言葉を完璧な正確さで伝えているとは思えない。いずれにしても、釈迦にしろイエスにしろ一字だって書いたことはなく、弟子が言葉として受け取り、それを書いたものでしかない、そう傲慢に考えることにしている。

しかし、コンバーションそのものの意味は変わりはしないだろう。

それについては今分からない。ただ比喩で言えば、革命が起こりさえすればすべては変わる、変えられるという発想に近い気がする。未来の一点、革命にしろコンバーションにしろ、死にしろ、その一点をまず想定して、それに向けて生を編むことが僕にはできない、いや、してはいけないと思うだけだ。だから、君の立場と僕の立場の根本的な差は、君がコンバーションをし、僕がまだしていないということだけで、それが僕の未来に予定されているかどうかは、僕にとって問題ではないように思う。なぜならば、その未来点に向けて現在を編み込めば、そのオメガ点を通過した後は、今度は現在を過去のオメガ点増幅に費やさねばならない。増幅と言ったのは、これはいい時の話で、普通は過去のそれ、オメガ点、あるいはコンバーション、あるいは革命、それらは真の革命になりえなかった革命記念日ように、現在の全てを裁断する道具になってしまう。革命という変化をへた国家が、次第に退行していくのは、その後の世界情勢の変化などのためではなく、革命に到る道ですでに反革命的な要素を着々と準備してしまったからだと思う。だから、不連続のコンバーションでも、死の至福でもなく、永久革命的なそれがありえないか、そう思っているだけだ。

それじゃ、今日のルカ伝十五章の講義はどうだった。

僕はルカ伝のイエスの言葉が特に好きなんだ。だから今日はいい話が聞けた。

好きな言葉って。

いろいろあるけど、まずトップは、「神の国は見られるかたちで来るものではない」「見よ、ここにある、あそこにあるなどとも言えない。神の国は実にあなた方のただ中にあるのだ」という下りだね。それに労働をしない烏、ソロモンでさえ着飾ることのできない百合の花、後なるものは先なるべし、それに私は火を地上に投じるためにきた。それから死者を葬ることは死者に任せ、手をすきにかけてから後ろを見る者は神の国にふさわしくないものである。そうそう「不妊の女と子を産まなかった胎と、ふくませなかった乳房は幸いである」という日が今に来るという章。それから同じように十字架にかけられた犯罪人との会話、これぐらいかな。今、覚えているのは。

最近、読んだのか。

いや、ずっと昔から読んではいたが、今みたいにひとつひとつをはっきりと覚えたのは十年位前に大学で学んでからだろう。僕の大学はキリスト教主義だって言っただろう。だからキリスト教概説とか、聖書講読とかがあって、その授業の単位を取らないと進級できなかったんだ。もちろん、週二回のチャペル・アワーも出席しなければならなかった。で、そのテストの時に、何日かして必ず牧師から呼び出されて説教を喰ったんだ。もちろん、さぼっていてそうなったのじゃなくて、牧師の説明にいちいち反論して答案を書いたからなんだ。それも無神論とか、キリスト教反対とか、そんなのなら良かったのだけど、彼の解釈に対して、僕の独断と偏見でことごとく違った解釈を書いたんだ。彼が授業中に聖書のたとえ話を現実社会、あるいは社会生活に抵触しないように解釈する。これはたとえ話であり、これこれしかじかのことを言いたかったわけです、そう聞くと、そのこれこれしかじかに全く違う解釈を書いてしまうんだ。おかげで点数は合格点すれすれだった。さぼっていたわけじゃないから不合格にもできず、呼び出されるたびに、牧師さんは困った男だって顔していたけれど。

じゃ、どんな解釈だったのだ。

もうあまり覚えていないけれど、イエスが言われたことはたとえ話だというところを、僕はストレートに解釈すべきところはストレートに解釈すべきだと主張したのかな。少なくともストレートに解釈した方が僕の望む生には近かったんだろう。

なるほど。それならば今日の放蕩息子の章はどんな風に聞いたんだ。

今日の話だろ、子が放蕩の末、父のもとに帰ってくるのが、どうしても死のような瞬間、もっと言えば死後のように聞こえてしまう。だが、そのあたりがどうも食い違っているのだ。僕にとっては、彼岸じゃなく此岸が問題なのだ。だから、この現世で、この生を生き続けるどこかで、できればこの瞬間に肥えた子牛を屠らせて、放蕩息子を歓迎してくれる父がいると思いたいんだ。

そうすると、飢えて死にそうになって父の所に戻ろうとしたのは、明らかに生きている間に何かのチャンスで戻ろうとしないとダメなんだな。

そう。ただこの章で押さえておきたいポイントは、息子でありながら雇い人の一人として生きさせてほしいと言ったあたりだろう。これを押さえておかないと、兄の怒りも、それに対する父の歓迎も分からなくなってしまう。乱暴に言わせてもらえば、死んでは戻れないということなんだ。父の所に戻ることが何で、それが頭で理解するのじゃなく、まさに精神も肉体も、それから霊魂でもそう考えられることが何なのかが分からない。だから、今の僕にとって遊女どもと一緒になって父親の身代を食いつぶし、豚の食べるいなご豆で腹を満たしている状態は分かる気がするんだが、僕の戻るべき父とは何なのか、どうしてそう帰路を発見すべきなのかが、全く分からない。手掛かりすらない。

そうなるとやっぱり、今のままよりしかたがないということになってしまうんだね。

だろうね。しかし、今日集会に出掛けて、信仰についてのもうひとつの側面を改めて確認してしまった。

どんなことだ。

いや、これは君のように一応あの会のメンバーである人間には言い辛いことなんだ。

いいよ。気にしないで言ってみろよ。

それじゃ言うよ。信仰と言うような内面の問題は、いかなる時も個人の領域を越えてはいけないように思った。僕はいつもアナーキスト的な発想だけど、とりわけ信仰なんてものは、自分自身と内面にしろ外的な対象にしろ、神とは一人で対峙すべきだと思う。あの種の集まりに組織化できる時、これはやはり信仰の信仰みたいに自分を薄めざるをえない気がする。あの種の集まりはもっと違った形でない限り、僕にはとうていついていけない。他者への帰依を集めることで、その他者への帰依を深めることができるかどうか疑問だが、ルカ伝にあるごとく、神の国なるものが自分自身の内部においてしか発見できないとしたら、これはもう集団の中にいかなる価値も見つけることはできまい。コンバーションをした者ばかりがそれゆえに集まるならば、違う形になるだろうし、ましてコンバーションに到達できない時、人は一切のごまかしを切り捨てて、個人で神と直面すべきだろう。もちろん、その神が何であるのか、これは全くの未知数。ただ僕自身のあり方と深くかかわらない限り、僕はいかなる神も認めたくない。

　そう考えると、君の場合は全く仏教的なんだね。

　僕はそうは思っていない。本来本質はひとつで、それが種々の宗教現象としてあるだけで、もし、「成らざる夢」が何であるか、それが理解できた時、やはり仏教的でもあるだろうし、キリスト教的でもあるだろうし、また回教的でもあるはずだと思う。乱暴に並べてみると、「即身成仏」「悉有仏性」「衆生本来仏なり」という仏教的言葉と、例えばマタイ伝にある「あなたがたの天の父が完全であられるように、あなたがたも完全な者となりなさい」とか、ヨハネ伝にある「私は言う、あなたがたは神であると」などの言葉が意味するところは本質において全く一致していると思う。そうした時、三日後に建てることができる神の宮と言った言葉は、まさしくイエスの体そのものであることもはっきりしてくる。コーランだって、新旧両聖書を知っていないとなかなか読めない。しかし、おもしろいのは、コーランで、イエス・キリストに対しては神聖を与えていながら、マホメット自身は他とかかわりないただの人間だと言うことをしきりに強調している。聖地だって、最初マホメットはイェルサレムの方角に向かって祈祷させていたが、ユダヤ教徒と敵対してから、その方向をメッカに変えた。だから、宗教的現象とその本質とははっきり峻別しておきたい。その意味でなら、僕は宗派的には永遠に無神論者でアナーキストでありたい。今の僕にとっての最大の問題は、死が僕をからげてしまうまでに、何としてでも僕自身の「成らざる夢」を垣間見たいということだ。だが、生活の方が実に低級というか、地獄への下り坂というか、全く何ともならない有り様なんだ。僕は生活という生の現実が完璧に僕の「成らざる夢」に編み込まれない時、それは「成らざる夢」とは認められないのだ。その意味でも、目下の生活は取り返しのつかない距離に来てしまっているのだろう。

東南アジアはどうだったんだ。長い期間行っていたのだろう。

いや、一ヵ月位で戻って来たんだけれど、この旅は僕の生活をよけいに両極分離してしまったみたいだ。

おもしろくなかったのか。

旅そのものは、まるで「成らざる夢」に一歩一歩近づいているみたいに素晴らしかった。しかし、どうしてもそのまま居続けることができなかった。金をまるで持っていなかったこともあったけれど、それ以上に旅と普通の日常生活との間の分離に悩み始めたのだ。旅そのものは、いくらその地で生活を始めたとしても、やはりひとつの特殊状況だろう。だから、その中で醸成されてくるものが、果して本当にその夢なのかと疑問を持ち始めてしまったんだ。そうなると持ち前の実験癖がムクムクと頭をもたげてきて、一度帰ってみよう、そう思ったんだ。当たり前の日常生活、と言っても、今の僕の生活自体も怪しいものだけれど、とにかくかつてノーを言った生活に戻って、それを再びやり直しても、この夢への道は続くのだろうか、と思い始めたんだ。そんなわけでこちらに戻ってきてしまった。するとやはり駄目なんだ。あちらではなんとしてでも生きていけたのだが、ここではもはやそうもいかなくて。で、いろんな仕事をやってはものを書いたり考えたりしているうちに、とうとう一年が過ぎ、こんな悪足がきを始めているんだ。旅のように二十四時間を全く自分の内的な要求に従わせることもできず、旅立つ前とは違った形の落ち込みの中へズルズル、ズルズルと入っていくだけで。で、その生活の落ち込みが病気を誘発して発作が続く。発作が続くとまるで外へも出られず、仕事もできない。そうなると劇薬を大量に飲んでしまう。副作用が激しいから、当然肝臓や腎臓が駄目になってくる。もうこうなると、今までの目茶がどっとばかりに報復を始めてしまって。

病気のことは言いたくないのだろう。

言いたくないというよりは、自分の整理ができなくて言えないいんだ。

……病気と「成らざる夢」、肉体細胞の腐蝕、腐爛、夢への精神偏執狂、虚無の癌細胞、存在の壊疽(えそ)、霊魂という痕跡器官の疼き、膿河の世界、個人の乳白濁化、社会精神病理群、無知という葡萄状球菌、存在への愛着というスピロヘータ、過去世からの非実在で倒錯した業という遺伝、虚妄な分別の煩悩による心身症、蔓延した伝染する衆生の黒死病……

……個人の内部疾患なのか、世界の外科的手術の手遅れなのか、天法の薬はどこに、智恵の良薬はどこに、天書のカルテと処方箋はどこに……

……欲情に不浄観を、怒りに慈愛を、無知に縁起観を、観念に空性を、分別、妄想、認識、探究、注意の集中に無相を、欲界、色界、無色界に無願を、そして諸行無常を、一切皆苦を、諸法無を、涅槃寂静を……

……しかし、僕は巨人の骨をえぐって創った天来の法螺貝の音を聞きたい。白馬にひかれる大戦車に打ち乗って、マドウ鬼の殺戮者クリシュナの吹く音を……


東南アジアのことを話してくれよ。

それもあまり気が進まないんだ。今、あの時のことを話したとしても、現在の僕の生活との距離に落ち込んでしまうだけだから。もし、話すとしても、アジアの日々から純粋に抽出したものだけなのだ。

それでいいよ。

また聖書の話になるのだが、イエスが弟子に杖一本の他には何も持たないように、パンも袋も、帯の中に銭も持たずに、ただ、わらじをはくだけで、下着も二枚は持たないように命じられて旅に出しただろう。釈迦だってそうだ。水漉(こし)の鹿皮と托鉢する鉢しか持たずに修行しただろう。イエスの弟子や、おそれおおくも釈迦を気取るつもりなど毛頭ないけれど、僕も旅立って五日ほどで航空券とパスポート以外には、何も持たなくなってしまったんだ。無くなってしまったんだが、もちろん着替えの下着もなく着たままだった。ただ、時々誰もいない浜辺で洗って干したりして、一応最低限の清潔さは保ったつもりだけれど、だが、その生活状態とイエスの弟子や釈迦のそれを比較してみると、当然ながら根本的に違う。イエスの弟子の場合には、師と戻る場所があった。しかし、彼らはイエスの言葉を伝え、病人を癒し、多くの悪霊を追い出した。釈迦の場合は戻ることなんか考えもしなかった。出家したカピラ城を訪問したのは、確か十二年後だったと思う。ところが僕の場合はどうだ。最初からその日にでも戻るつもりででかけている。しかも、人々の世話になっても自分は何もすることがない。そう考え始めたら、「成らざる夢」どころではなくなってしまった。これは中途半端な流浪にすぎないのだと思い始めた。だが、その中途半端な流浪でも永遠に向けて続ければ、なんとかなることだってあるかもしれない。しかし、その自信もなくなってしまった。その旅の始発が単に過去の否定による逃亡じゃなく、現在のより高揚した未来への出立であるような旅以外、今の僕には何も得るところがない、そう思って出直すために帰って来たんだ。もちろん、それはそれなりに収穫はあった。具体的に言えば、まず物を持たないことが、いかに危険から身を守り、そればかりか、旅人である僕を学ばせ、生きさせてくれるかということだ。これはまさにイエスが弟子に学ばせようとしたひとつのことだったのだろう。香港の例の世界一の無法地帯と言われている九龍城でも、三日ばかり泊まることがあったのだけど、実にみんな優しくて親切だった。ただしつこく阿片を吸わせてやろうと勧めてくれる。これが大変で顔をみると一緒にやらないか、やらないかと言う。だからそこを逃げだして、今度は難民スタイルでビルの軒先で眠ることにしたんだ。ダンボール箱をもらってきて、それの底を破って四つほど並べるんだ。そうしたらうまい具合に眠れる。隣で同じように眠っている男がいて、彼の方は同じ難民スタイルでも相当豪華で、ダンボール箱には小さな窓さえくり抜いてあって、何とカーテンまでつけてある。夜眠る時に、よろしくと声をかけておいたら、次の朝起こしてくれて、粥（かゆ）のような物を振る舞ってくれた。そして仕事がないなら一緒に行こうと誘ってくれて、日本でいうタチンボに出掛けたり、ダンボール箱を拾って歩いたり、それから彼の考えつく得体のしれない商売を手伝ったりして、結構食べていけた。その時思ったんだ、僕はいつも逃げだせるからやっているので、彼の方はそれが死活問題なんだと。例えばニーチェが、「たとえ日雇い人としてでも生き続けたいと切に願うことは、最大の英雄にしたところで不名誉なことではない」と言った言葉の重みが全く無いことに耐え難くなってきた。今は望むと望まざるにかかわらず、正真正銘の日雇い人夫として生きてはいるが、当時はそうではなかった。しかし、逆にこの日雇い人夫の仕事でさえ、旅においては夢に一歩一歩近づくという感じはあった。肉体を含めて、自分の所有物がないような時間の連続も貴重だった。もちろん、このジレンマは旅という特殊な日常だったからで、旅そのものが一瞬間も油断のできない生活だったからだと思う。僕の求めている「成らざる夢」は、瞬間の思念と行為がひたすら夢に向けられる日々の彼方にしかないということと、微かに重なっていたのだろう。ただ一点、労働と旅、生活と托鉢、それらがうまく化学的置換のように置き換えることができれば、戻ってくることはなかった。その乞食（こつじき）の生活が誰はばかることなく「夢」を追う生活だとした時には、僕は手に鉢を持っただろうけれど。だから釈迦や仏教の修行僧が決して労働することなく、ただ托鉢で生きることがいくらかはわかってきたんだ。ランボーが言う「愚昧の労働」とイエスの言う「働かない鳥」の間には、いくらかの距離があるのじゃないかとも思った。しかし、このことは今の生活とどうしても合致しえない話しなので止めたい。ただ、労働というものが意識の停滞のような時間である限り、僕の求めている「成らざる夢」には決して到達できないだろうとは言える。それから自分の体験から推して、君のコンバーシションは、誰によって与えられたものでもなく、もちろん神が与えてくださったものだろうけれど、導師とか先生とかいうような人間が与えたものではなかった、そのことが僕にもよく分かる。自分を自分の求めるものに近づけ、それを顕現しえるのは自分以外にないってことだ。このことははっきりと分かったんだが、その頼るべき自分にもう少し確信が持てなかった。だが、これこそ他者に聞いたり、書物を手にしたりしては決して学べないことだ。僕を救う者が僕以外にないとしたら、たとえ僕が自分で納得のいく生のありように辿り着けたとしても、決して他者に教えたりすることはできないだろう。だから僕は人間の内面のことを組織化しえるとは思えない。それが集会や教会や教団である時、そこには僕への何の教えもありえない、そう確信した。マニラや台北で教会や寺院に出掛けたが、そうはっきり言える。今日も集会に出席させてもらってもそうだった。だから、僕はもう一度戻って、自分自身の内面と逃げることなく対話したかったのだ。それに欲望とか煩悩とか言われていることだって、決してそれに禁止とか制限を与えることで自らを律することなど必要ないことも分かった。それらはただ、より激しい欲望、僕の場合なら「成らざる夢」の追求のような、欲望と言うか欲求に全身全霊で向かうとすれば、まさに自ずから消えていってしまうということだ。

なるほどね。じゃ、今はむしろ安らぎと言えるようなところに精神はあるのか。

いや、決して安らいでいるとは思えない。

しかし、俺のようなジレンマはないだろう。

どんなジレンマ。

自分の霊的開顕と日々の生活が、全くと言っていいほどに分離してしまっているような、そんなジレンマさ。例えば、今君と話している。その時は自分のコンバーションが心から喜べる。しかし、俺は決して安らいではいない。集会に出たり、あるいは自分自身でコンバーションの瞬間をさらに高揚しようとしている時はいいのだが、それが自分の生全体にどう編み込まれ、どう生全体を高揚していくことができるかは、皆目見当がつかないのだ。まして日々の生活をコンバーションゆえに高揚させることができるとは、とうてい言えない。

そこまで言ってくれると、もう僕としては言わざるをえないので、言ってしまうと、僕の場合には、客観的にみて肉体の条件が死を前提にしている。しかもそれがいつ訪れるかといったような死ではなく、時間的に非常に短いという前提としてあり、それにどう自分の精神を納得させるかにかかっているんだ。だから、一刻一刻を慎重に検討していないと、失われる時間が取り返しのつかないことになってしまうという恐怖がある。僕の場合は、底部に完璧な諦念があって、その上に精神の混乱があるだけだが、君の場合には生そのものの高揚が底部にあって、その上でいかにそれを日常にまで浸透させるかということがあるのだろう。死は君の場合、例えば明日死ぬかもわからないだろうけれど、今、この瞬間には精神をがんじがらめにするようにはかかわってきていない。そこのところが大いに違っているのだろう。

じゃ、そんな形で死が宣告されているのか。

そこまでは行ってないけれど、似たりよったりの状況で、今のところ何十年単位で生を計画しえるような位置には、もういない。だから、全く今日だけなんだ。今日一日なんとしてでも自分の夢に近づけてやろう、そう思って生き始めている。しかし、現実にはなかなかそうはいかない。もし、朧気（おぼろげ）なものにしろ形を見せ始めたら、今、医者から重大な警告を受けているような病気ですら消えてしまうと思っている。そんな考えもつかない夢だからこそ「成らざる夢」なんだろう。だから、家出息子である自分が父なる何かの世界に戻りえた時、僕は紛れもなく再生しえる、そう信じているんだ。それも死による和解じゃない、生のこのままの世界の中で和解しないことには、あのルカ伝の放蕩息子の章は、僕にとっては死文に等しい。

それはやはりコンバーションのようなものだろうか。

たぶん、それもふくまれるだろうけれど、僕の生の存在価値の確認がまず最初にあるだろう。たとえ死が目前に待ち構えていても、生きている価値があると言える僕自身の発見だろうね。それこそ僕の中で僕自身が顕現することだろうし、僕と世界とのかかわりを真の意味で体感することなのだろう。それがしかも何によってそうなのか、それを知りえた時、僕はまさに死を前にして、生のただ中で復活しえる、そう信じているのだ。

じゃ、君にとって、今一番必要なものは何なのだ。

たぶん、僕自身のゴルゴダの丘だろうし、僕自身を磔（はりつけ）にする十字架なのだろう。

……僕はまた自分に向けてだけ話したようだった。いつものように僕自身が二つに乖離（かいり）してしまい、その二つを抱き抱えるようにして、彼と別れた。

（五）慈護呪

まこと　一切世間のうえに
限りなき存在のうえに
この思いをそそげ
高き所、深き所、また四方にわたり
怨みなき、敵意なき
限りなき思いをそそげ

立つにも、行くにも
座すにも、臥するにも
いやしくも眠りてあらざるかぎり
力をつくしてこの思いを抱くべし

阿含経

静かな午後の始まりだ。樹々は足元に影を絡げ、虫たちも葉室でしばしの午睡のために羽根を閉じ、大地も光の底に沈んでいる。亜熱帯の太陽が先制の刃をかざして世界を威しつけ、すべてが陽盛りをやり過ごすために、じっと息を密めている。

死んでゆくのは僕だというのに。

雑木林を切り開いただけの資材置場は、サーカスのテントがたたまれた後のように、賑わいの脱け殻を広げている。つい数分前まで、広場はさながら炎天下の音の祭りだった。クレーンの吠える音、鎖にきしられて呻く巨大な鉄パイプ、その間をせわしく動き回る同僚たちの叫び声や笑い声。近くの民家の犬までがそれを聞きつけて祭を盛り上げようと哮える。

そんな音の祭典も、正午を合図にきっかりと休息に変わった。昼食に町まで出掛ける同僚たちをのせたトラックは、食欲がないと言って断った僕を残して勢いよく広場から飛び出していった。砂塵を舞い上げて走り去ったトラックが、音の祭まで運び去ってしまい、広場は音の消えた光の器に変わった。トラックのエンジン音にひときわ狂ったように吠えた犬も、のそのそと自分の寝座に潜り込んだのだろう。前足に顎をのせ、耳を二度三度動かしてみて、ゆっくりと眼を閉じ始めているに違いない。時折聞こえた子供の声も、静けさの潮に飲み込まれてしまったように、ここまで届きはしない。太陽の残り香に染まった母親の胸で、清明な大空を胡蝶のように舞っているのかもしれない。

僕はトラックの砂塵が遠ざかり、雑木林の間で太陽に焼かれて白茶けた道が再び陽炎にゆれ動くのを確かめて、太い鉄パイプの山によじ登った。積み上げられたパイプの頂上で、崩れ落ちないように二本の鎖をつないでいる止め具のロックをはずし、梃子(てこ)になっている止め具の腕にロープをくくりつけ、慎重にパイプの山を降りた。ロープがピンと張り詰めるように調節して、その先端を足にくくりつけ、ロープを動かさないように、鉄パイプの山の下に静かに横たわった。

死に到る束の間の時間に、何を考えようとしているのだろうか。今さら何を考えつき、何を得たとしても、それが一体何になるというのか。僕はただ死んでいくだけなのだ。

だが、死を目前にしても、いまだ死に搦(から)め取られない時間は生のエピローグなのだろうか、それとも死のプロローグなのだろうか。今僕は確かに呼吸をし、心臓は規則正しく鼓動を伝えている。肉体は決して死んではいない。しかし、僕が生きて二度と立ち上がろうとしない限り、肉体の生の機能は、もはや死んだも同然ではないだろうか。日雇い人としてでも生き続けたいと切に願うはずの生の意志が、死への断固たる意志にとって代わられてしまっている以上、僕はやはり死のプロローグの幕を上げてしまったのだろう。そこに死への意志がなく、生への執着と固体の保存本能が、もはやボロボロで瀕死の生の機能にかじりつきながら辛うじて死を拒み続ける時、それはまさに生のプロローグを演じきろうとしているに違いない。

僕の祖母は、老衰の病床で三カ月間の昏睡を続けたあと薨(みまか)った。その三ヵ月の間、片時も眼を離すことができなかったから、僕が夜の看護を引き受けた。看護と言っても別段投薬するわけでもなく、眠り続ける祖母の枕辺に机を運び込み、書き始めていた修士論文の執筆に夜を過ごせばよかった。ただ、眠っているはずの祖母が、まるで元気だった頃のように突然口を開き、夜の無言(しじま)を破って僕を驚かすことにだけは閉口した。それがちょうど枕辺に用意してある駄菓子や果物を欲しがる時もあった。そんな時はペンを休め、要求した食べ物を口に運んでやれば、僕の役目は済む。祖母は眠り続けたままで、口に運ばれた物をろくすっぽ噛みもせず、餓鬼のように丸飲みしてしまうだけだった。それでも顔には笑みさえ浮かべて満足の表情をし、再び黄泉の旅路に戻るために深い眠りに落ち込んでいくのだった。

しかし、そのうわごとが季節外れの果物であったり、聞いたこともない人の話だったり、まるで見当もつかない奇妙な話題だったりすることもある。そんな時僕は、その言葉を聞き逃すまいと手を止め、じっと耳をすまし、書き損じた原稿用紙に手早くメモを取ることにしていた。祖母はうわごとのままでそれに対する返事を待っているように思えた。僕は祖母がいかにも独りぼっちのような気がして、耳元に口を寄せ、明日までに買っておくとか、その人にそう伝えるとか適当に言葉をかけておいて、朝になってからそのことを両親に尋ねてみた。始めの一ヵ月位は父親にもまるで見当がつかないことばかりだったから、欲しがった果物だけは手に入る限り次の夜に口に運んでやった。ところが一日置いて欲しがった果物を口に入れ、これは昨日欲しがった物だよと言ってやっても、決して満足した表情を見せることはなかった。

そんなことが何度か続く間に、僕は奇妙なことに気がついた。祖母は今、死を前にして自分の九十年の生を生きなおしているのじゃないだろうか、と思い始めたのだ。僕がこのことに気づいた頃、祖母の口走る言葉の幾つかを父が理解できるようになった。それは五十年も昔の我家の情景にあてはめてみると、一つ一つが納得のいくことに変わり始めたからだ。だからそれ以後、手に入らないような食物や果物を祖母が要求した時、枕辺に取り揃えてある物の中から適当に似た物を取って口に運んでやった。それでも祖母はさもうまそうに口に含んで、歯のない穴蔵のような口の奥に取り込んでしまって、充分に満足した様子だった。

祖母の生きている時間が突然スピードを上げているのに、昨夜欲しがった物を次の夜に食べさせたところで何の意味もなかったのだ。僕の一日は、彼女の一年にも相当していたに違いない。だから祖母の口走る言葉の内容が僕にでも理解できるようになった頃、僕は父に祖母の死期が近づいていることを告げた。祖母の言葉が僕の記憶にも新しい事件や日常に及ぶようになって、僕は父を起こし、医者を呼ばせた。医者と肉親の見守る中で、祖母は九十年の時間をたった三ヵ月で演じ終え、過去と現在が彼女の中で重なり始めたことを、荒々しい全身の呼吸で表現しながら臨終を迎えた。

それはまさに生のエピローグと呼ぶべきものだったのだろう。生きているとは言ってももはや人間と呼ぶにはあまりに死に過ぎている肉体の中で、必死に生の記憶をなぞり続けたに違いない。だが、今の僕は逆だ。残された時間は、僕自身がそう望む時間と三秒も違いはしない。肉体にしたところで祖母の状態に比べれば、まるで生そのもののように生きていると言える。たとえ内部に死を必然とする病巣が増殖し続けていたとしても、昏睡以外に生を持続させる方法がないほどには衰弱していない。その肉体の中で、死を死に始めているのは僕の精神の方なのだ。だから僕は自分の三十年をこの束の間の時間に演じ直そうなどとは決して思いはしない。僕の過去こそ僕より一足先に棺に入ってしまったに違いないからだ。

その棺の中に意志された死を思いとどまらせ、肉体の死のスピードに精神の死のスピードをきっちりと合致させるようなものがあるのだろうか。祖母が死を拒み、生に執着しようとして、彼女の歴史の中から掘り起こしたようなものが、死を断念させて、再び生に転換させることができうるのだろうか。僕は僕の歴史の中から掘り起こしたものが、ただ死に確信を与え、生をきっぱりと閉じてしまうことになるようにしか思えない。

僕はこの三十年が運命に翻弄されていたなどとは決して思いたくはない。だから、そのエピローグとしての生が、死のプロローグになってしまったとしても、生の悲劇などではない。僕はこの道を選んでしまったのだ。何事にも心から満足できず、常に自分自身を前へ前へと引きずって走ることしかなかった三十年が、それ相応の報いとしての死を送り届けてきたにすぎない。たとえこの考えが、ただ死を納得するためだとしても、僕は今そう思いたい。

だから僕は祖母とは逆の発想をしてみよう。九十年の人生で心残りのことがあったり、もう一度味わってみたい味覚や喜びの日々があったりして、祖母は三ヵ月のタイムトンネルをまるでメリーゴーランドに乗るように生き続けた。僕は望んでいたかもしれないことを、今、目の前に想定して、死に向かうことを躊躇したり、あるいは残されたわずかな寿命にキック・ターンしえるかどうかやってみればいいのだ。それが執行猶予だけの生に、再びノコノコと這い戻ることであっても、もはやそれにさえ拘泥しようとは思わない。

だが、それにしても生にかかわる望みの幾つかを、過去の棺から引きずり出してくることは、たぶん困難な無駄でしかないようだ。生にかかわる望みとして、かつて僕を呪縛していたであろう幾つかのことが、まるで不鮮明で形なく、生きながら冥土の影を追うように空しいことに思える。しかし、いいだろう、死への意志を固め、蹴り上げる足が完璧な透明の中に、スッキリと伸びてくれるように、僕は形の定かでない影の中に、もう一度自分を鋳込んでみよう。

僕は言葉を錬金することが望みだった。いや、正確に言えば、原稿用紙という無垢のフラスコの中に、その言葉に比べれば青銅もプラチナもダイヤモンドでさえ可延性があり、柔軟で浮薄で極めて影響されやすい物質でしかないような、そんな言葉を結晶させたかったこともある。しかし、それ以上にその結晶をソクラテスのように一気に呷ることで、昨日の僕に死を与え、今日の僕に生命の炎を爆発させる、いわば転生の触媒に出来るような言葉を念出させたかった。だが、それが果たされなかった今、死のプロローグにおいてはもはや遅すぎる望みでしかなく、僕を生の唯中にキック・ターンさせる言葉は見出しえない。この望みが、もし生のエピローグで残されていたならば、僕は自分の筋肉がペンを持つ力を失せさせるまで書き続け、その後は口述筆記でもして、何かを残そうとするに違いない。

僕には病弱の叔母があった。心臓弁膜症と腎臓病に冒され、結婚生活もままならず、実家である我が家に戻り、日陰者のように慎ましく生活し、薄幸のまま若くして死んだ。彼女の病状が悪化した時、僕は大学生活で家を離れていた時だったから、危篤の報せを受けてもすぐ戻るわけにはいかず、心騒ぐままに卒業試験を受け続けた。家から大学の事務室に試験終了次第戻るように連絡が入り、僕は試験場からそのまま急ぎ帰宅した。

尿毒症を併発し、心臓発作の苦しみに痛みつけられ、見る影もなく窶れ果てた叔母はそれでも僕の帰りを待ち続けていたという。僕には信じ難かった。確かに僕は不憫な叔母に優しかったかもしれない。しかし、肉体を引きずり込み始めた死に抗ってまで僕を待っていた理由が分からなかった。彼女は僕の手を握り、彼女の母である僕の祖母をよろしく頼む、と言ったあとで、枕の下から小さく折りたたんだ一枚の紙を取り出した。それを僕に手渡して間もなく、叔母は此岸に辛うじて舫ってあった命綱を切ってしまった。臨終の床を囲む人々はそれを見せるように言った。だが、僕はそれが何であるかを一目見て、見せることを拒んだ。折りたたんだ一枚の便箋には辞世とおぼしき三篇の短歌が記されていたからだ。それは稚拙な歌で僕にだけ見せようとする理由を見つけることは困難だった。が、言葉は妙に重厚で僕の書き散らしていた軽躁な言葉を鋭く突き刺す力があるように思えた。

僕はようやく彼女が待っていてくれた理由が分かった。前に帰宅した時、彼女を見舞い、僕は誰にも言ったことのなかった望みを打ちあけた。彼女が、そんなに本ばかり読んで一体何になりたいかって聞いた時のことだ。そんな質問を友人たちがする時、僕はただ趣味で読んでいるとしか答えたことはなかった。しかし、彼女の真剣な眼に嘘をつくことはできず、いつかは自分で自分の言葉を編んでみたい、そう答えたことを思い出したからだ。叔母は時々襲う痛みに顔をゆがめながら、死んでも言葉は残ってくれるのね、と寂しそうに笑ったのだった。

僕は、叔母と、あの毛遊びで僕を新しい世界に誘ってくれた名も知らぬ女の二人から、とっくに作家にされてしまった。一度だって発表できるとも思わず、ただ風化作用みたいに書き続けていたに過ぎなかったのに。だが、僕は今、二人の女性のように言葉を残す望みなど無い。僕は言葉で死をキャンセルしたかったのだ。彼女たちが死を凝視して言葉を編んだように、生を凝視して言葉を紡ぎたかった。書くことでなく、よりよく生きることだろうし、もし、生と死の狭間で僕自身の言葉が錬金できれば、決して自ら死ぬことなどないだろう。その言葉の錬金で生み出されたものこそが、成らざる夢なのだろうから。

今の僕には、死を凝視して生と引き換えられる言葉の重みはなく、二人の薄幸の女のように言葉と生を引き換えることなどできない。

僕の言葉が来るべき死を蹴散らすことができないとしたら、僕は過去の道程で道祖神のように僕を守護してくれた花御供（ごくう）を取り出してみよう。それを目前の死に挿頭（かざ）してみれば、愛の花弁の照り映えが死の虚色に再び愛色をのせてくれるかもしれない。

たとえば、ハーディジャ。彼女は夕陽の金鱗を鏤（ちりば）めたフールの聖白色の夕顔。その白に誘われて永遠の酔いの醒めない花蜜を味わうために立ち上がり、南冥漆黒の夜に抱かれ生を孕（はら）んで明日に生き延び、肉体の時間の容器に精神の死を注ぎ込んで、すっかり薄めてしまうことができるだろうか。

たとえば、あの名も知らぬ女。彼女は未熟の果実を抱く紅紫の芥子の花。彼女がまだ生きていて、僕の死のフェロモンを嗅ぎつけて、三弦（さんしん）の風に芥子の花弁をつけた揚羽蝶のように舞いながら、あの生のめくるめく陶酔で羽根を交わすために手を出したとしたら、僕はその手を受けて、生の踊りの輪に番（つが）うために立ち上がるのだろうか。しかも彼女が搔爬（そうは）する未熟の果実から滴（したた）る血は、阿片のようによく僕の死を眠らせることが出来るのだろうか。

僕はその時にはそうしたかった。しかし、今、その望みをこの体で表現しようとしても、花蜜に埋めるべき生の螺旋管はドップリと死に通底し、交わすべき羽根は今も刻々と腐り始め、僕を待ち受ける死臭はその花々に写り、ただ屍色の悲しみを二人で分けるためにのみ、立ち上がることになってしまうのだろう。もし僕が今でも花蕊に顔を埋め、花房を抱き締められる炎を燃やすことができるとしたら、僕は最初からこの広場に横たわって、巨大な鉄パイプに潰されることを選びはしなかった。僕が今致命的に欠落させているものは、他ならない生のエネルギーなのだ。ハーディジャのあのまなざしを見つめ続ける眼は、光源の減光ですっかり光を失くしてしまっている。名も知らぬ女との子供を抱き締める胸は、万座毛（まんざもう）の海よりも冷え切ってしまっている。

亜熱帯の太陽の下で惨めに氷結している生への意志を溶かせてくれる熱い風は何か、死を磔刑する南十字星の方向は何処なのか、僕が僕自身を、花々を、未熟の果実を、愛児を、大地を、大空を、人間を抱き締めるエネルギーの核を融合しえる原子炉は何なのか、それがわかりさえすれば、僕はここに死のために横たわらずに、女との夜を求めて町の灯の温もりに潜り込んでいくに違いない。

愛色に染まった生が、望んでいたにもかかわらず果たせなかったことだとしたら、僕が一体望んでいたことなのか、あるいは望んでいたにもかかわらずただうまくいかなかったことなのか、本当は望んでいなかったのだが、ただ勧められるままに努力しただけのことなのか、それさえ不確かなことがある。それは僕にとっての平安な生活なのだ。少なくともそれに向かって何度か努力したことは確かだ。こうしてすべてを過去の棺に封印してしまった今、もう一度封印を破り、その棺から平安の形見と流亡の六道銭を両手に持って、いずれかの呪力で僕が少しでも生に傾ぐことになるかどうかを天秤にかけてみよう。

しかし、僕の三十年間の後半は、むしろ天秤責めの引き廻しに過ぎなかったと言うべきかもしれない。それゆえにこそ、この広場で天秤責めのままの磔刑を自らに科さねばならなかったに違いない。よしんば、よりましな比喩があるとすれば、僕の三十年の後半は、双頭の怪獣にうっかり跨がってしまった不慣れな調教師が、初めて演じたサーカスのショーと言うべきだろう。一方の頭は肉体と生活だけをコントロールする機能しか持っていない陸生動物のそれであり、一方の頭は巨大に発達した前頭葉と退化することのなかった松果腺を持ち、ただ高みへ高みへと飛ぶことしか知らないイカロスの眼だけのそれであり、双方の頭は決して一つの方向を見ることもなく、ひたすら自らの重さを誇示して、天秤の両極で反目し続けるのだった。

　肉体を縛る痛風もなく、ようやく生活が安定しようとする時、もう一方の頭はただただ闇雲に反抗と否定と新たなる希望に全身を引っ張っていこうとし、ようやくその頭が望むべき方向に首を突っ込んだ時には、もう一方の頭は飢えと荒廃と寂寥にズタズタにされてしまっている。調教師の僕は、時には二本の鞭を一本は全肯定の方向に、一本は全否定の方向にと、まるで狂気のように使い分け、この何年間は、二本を一本に編み込む方法を考えながら、ただ遮二無二に二本をこんがからせて、双頭の怪獣を叩き続けてきたのだ。

　だが、僕が社会のまじめな一員になるべき方向に鞭を入れようとすると、夢や希望や理想やありとあらゆる光しか見ることのできない夜盲症の眼だけを持った頭は、進むべき道すら見出せず、陥穽(かんせい)に拿捕(だほ)され、罠にひっかかり、障害物にいやというほど全身をたたきつけてしまう。僕が踵(きびす)を返して僕自身の道に歩きだすために、全否定の方向に鞭を入れ始めるやいなや、足首には痛風の鉛球が枷(かせ)となり、飢えで一杯の飼葉桶に首を突っ込む羽目に陥ってしまう。たとえ剥き出しの裸で飼葉桶に横たわることが唯一の誕生の揺籃(かご)だとしても、桶の底は奈落に深く暗黒へ裂け、ベツレヘムの星などどこにも見えはしない。

　結婚、家庭、職業、そのどれもが双頭の怪獣には狭苦しく窒息しそうな檻でしかなかった。旅、蒸発、流浪、そのどれもが双頭の怪獣には旱魃(かんばつ)の荒野でしかなかった。双頭の唇がそれぞれの唇を求めて近づき、熱い抱擁ができることなら僕はどんなことだってしたに違いない。シッダルタのように川に学びながら渡し守にでもなったに違いない。スイカ畑のど真ん中で何の養分も吸収できずとも、朝露と陽光だけで充分に生き続けることはできただろう。あの双頭の怪獣が二つの頭で同じ愛を求め、その愛が双頭のいずれをも優しく愛撫して手なずけてくれたとしたら、僕は世界中から、腰抜けの、腑抜けの、卑怯物の、と罵られても厚い皮で内側を守り、スイカの中で小さな愛の種子を育て上げることに生き死に腐り果てていっただろう。

だが、たとえそうだったにしろ、僕は今ここで立ち上がることはできそうにもない。愛されること以上に、頭のそれぞれに向けて投げられる以上に、自分の愛を投げることができないとしたら、双頭の怪獣はおずおずと後ろに退きながら、双頭で共謀して逃げだしてしまうに違いない。僕が立ち向かうべきものは、社会ではなかったのだ。僕と社会を対置させてそれに馴応しようとしたり、それに刃向かっていこうとしたりすることでは、どちらにしても僕の希求する「成らざる夢」は求められない。僕も社会も、一方が一方を容認したり拒否したりすることからは何も生まれはしない。僕自身がその競合や敵対や馴応からすっぽりと抜け出し、天空めざしてひたすらに上昇しなければならなかったのだ。まさに僕は飛ばねばならなかった。だが、上昇を僕自身にもたらすことができる操縦桿が一体何であるのか、今の僕には全く見当もつかない。まして世界の荒廃から立ち昇るだろう上昇気流を待つことなどもはやできはしない。

だから、今、もしここに装備の完璧な背嚢（はいのう）が置かれ、自動小銃が手渡され、世界の辺境最深部に向かえと、マドウ鬼の殺戮者クリシュナの大音声が全身の毛細血管全てを震わそうとも、履くべき軍靴は正規軍のサイズで作られ、並ぶべき隊列は未来の幽霊軍の予備隊にすぎず、僕の指は引き金を引くためには凍えすぎてしまっているだろうから、僕は金属の冷やかさを心に沁みこませるためにだけ立ち上がってしまうことは決してない。あるいは、この臨終の大地に、ヘルメットをかぶり手拭いで顔を隠した若者たちが押しかけ、角材や鉄パイプで脇腹をこずこうとも、僕は表情も変えずに、銃なしで革命だなんて、とうそぶくに違いない。それが若者たちのガラス糸の神経を掻き撫で、火炎瓶を投げつけられ、心臓をめった打ちにされたとしたら、僕の死もいくらかの意味を持つかもしれない。たとえ敬称をつけたとしても呼び捨てにしたとしても、死者の非力は、生者の不遜に遠く及ばないことが活字に組まれ、三面記事の死がいつも理不尽に訪れることを人々に教えることはできるかもしれない。たとえそうでなかったとしても、少なくとも足を蹴り上げる手間は省けるだろう。また、この光の透明に、硝煙の匂いが立ちこめ、血に染まった手が僕を引き起こし、さあ一緒に闘おうと誘ってくれたとしても、僕は銃からしか始まらない革命にはつき合っておれないと、再びふてくされて横たわってしまうに違いない。

僕にとって敵は他でもない僕自身であり、闘うべき権力は僕の運命でしかなかった。それさえもできずに、どうして他者のために闘えるというのだ。僕自身が僕との闘いを永遠に続けること、それだけが唯一つの現実的な戦略だったように思える。

市民社会という煮え切らない大衆浴場での静かな日々も、ジャングルや都市の煮え拗(こじ)ける地獄の釜での闘いの日々も、今飛び込んでいこうとする死の絶対零度はどこにも僕の冷え切った肌に馴染みはしまい。ましていわんや、物質的なものすべては、眉さえ動かすことはできないだろう。生や生活に物質文明の所産たる油染んだ物が一つ加わるごとに、僕は人間の本質的な存在機能を一つ麻痺させ、退化させ、失っていくとしか思えなかった。それならばジャングルで無花果(いちじく)の葉すらかなぐり捨てて野獣のように生活すればいいのかもしれない。しかし、何のためにそうしてまで生きていくことが必要なのか、僕にはその理由を見つけることはできない。

ジョン・コルトレーンがやって来て、アーチー・シェップが、ファラオ・サンダースがやって来て、サックスを僕の耳にくっつけ、「さあ、起きろ。生きるんだ。俺たちだって生きたんだ。死ぬまで吹きまくったではないか」そう言って鼓舞してくれたとしても、僕には吹くべきサックスはなく、もしあったとしても、魂色の調べを天に向かって奏でる一つのテーマすら持ってはいない。しかし、できることならば僕自身をサックスにして、成らざる夢を奏でる楽器にしたかった。

今、残りうる望みがあるとすれば、インディアンが亡き愛人を偲(しの)んで死者の骨から作るという笛、クエナのために一本の脊髄を残すことだけかもしれない。それとて、骨揚(こつあげ)してくれる嫋(たおや)かな指がありえない今、ただ鳥葬の骨笛(ミルカン)を幻聴して死んでいけばいいのだ。

風が三弦のリズムを運び、僕の背から大地ごとはね起こそうと響いてきても、僕の琴線は共鳴する前に切れてしまっているから、緊張を欠いた波布(はぶ)の皮は、ドスドスと滑(ぬめ)る音で死にずり落ち、遂には生を完璧に溶かしてしまう死の猛毒に浸っていくより他ない。

たとえばここに愛児がやって来て、「パパ、起きろ。ここで死ぬなんて卑怯だぞ」そう言って僕の額にキスをしてくれたとしたら、僕は必ず飛び起きるに違いない。ただひたすら彼から逃げるために。今、このままで生き続けたとしても、一体彼に何を残せるというのか。そそり立つ山のように彼の前に立つこともできず、黒焦げのイカロスの翼の羽毛一つだに残すことはできない。

すべてが過去の棺の中で来るべき死を待つためにじっと息をひそめている。この静かな午後は、どんな意味でも死のプロローグでしかなく、僕はただ死というテーマを演じきるだけなのだ。

僕にとって生のエピローグがあるとすれば、それはあの朝始まったのかもしれない。自分だけの空間が欲しくなって、山の手に三畳の部屋を借りた次の朝だった。下腹部の異様な重みに目を覚まし、隆々とそそりたつ一物を握りしめてみた。その朝、僕のペニスがあんなに漲らなかったとしたら、僕は死のプロローグを演じなくて済んだのかもしれない。少なくとも、僕の生のエピローグの幕はその日に開けられることはなかったはずだ。

……香港から那覇空港に戻ってきた日、僕はもちろん無一文で、午後の酷熱の中を街まで歩かねばならなかった。いまさら友人たちの所に出かけて借金する気にもなれず、那覇空港の公衆便所で腹一杯の水を飲み込んで、夜の街「波の上」まで出かけた。その歓楽街で住み込みができるボーイの口でも探したかったからだ。一時間ほど歩き回ると、黄ばんだ紙に影の薄い字で、「皿洗い募集。経験不問。高給優遇。住込可」と書かれた貼り紙を見つけた。皿洗いに経験も何もあるものか、そう思って貼り紙のあるバーの白いドアを押した。ドアは鍵が柱ときしる音を返してきただけで、僕の逸る食欲をさりげなく阻んだ。僕は歩き疲れたこともあって、そのバーの入口に座り込んで待つことにした。太陽の烈光が僕の後ろの白い化粧板に反射して、まるで僕に焦点を合わせて焼き尽くそうとするかのように容赦なく突き刺さった。さっき飲んだ腹一杯の水が体内でふつふつと滾るように暑かった。だが立つ気にもなれなかった。あの地獄の尖光のように影だけを化粧板に残して、僕を跡形もなく昇華してくれても構いはしない。マニラのキアポ教会の脇で終日座り込んでいた失業者よりましだ。香港のフェリーの桟橋で陽に焼き殺されるのを待っているようにうずくまっていた難民の老婆よりましだ。老婆の薄い頭を焼く熱光が、今の光の上に重なって、僕を二重に焼いた。焼けるものなら焼いてみろ、僕は太陽に剥き出しの敵意で坐り続けた。

太陽が通りの向かい側の屋根に隠れ、僕を焼く光が影に変わると、僕は水をかぶった灰のように濃く淀んだ疲労と、太陽でふやけた飢えを抱かされて坐っていた。ようやくにして店のマスターらしき人間が現れ、僕はゆっくりと立ち上がりながら、オズオズと仕事が欲しいことを願い出た。薄汚れた服装で、真っ黒に陽焼けした顔の中に眼だけギョロつかせていた僕は、言葉を必死に軟弱さで包んだ。はじめは胡散臭い眼で鍵を開けていた男は、僕の言葉の軟弱さを鷲掴みにして、全身を濁った眼で嘗め廻した。僕はふやけた飢えがザラついた舌で幾つもに分解してしまいそうな腹立たしさに襲われた。頭の中にも、胃や腸や肛門にも水以外何も入ってないぜ、そうどなりつけたくなりながら男の後に続いた。名前は、年齢は、住所は、保証人は、男は矢継ぎ早に聞きたがった。僕は皿を洗うだけだ。皿が僕を洗おうとしているのではなかったはずだ。ただ、彼の疑惑を洗い落とす必要はあったのだろう。だが、僕はその一つ一つの質問に答えるのなら、あのドアの前で焼き殺された方がよほど良いように思えた。空っぽの臓腑にやり場のない怒りだけが満ち溢れ、ペラペラのタキシードを着て店の後ろ楯で横柄に構えるその男を床の上に叩き伏せたい気持ちになってきた。僕は全く勘違いしていた。職を、しかも皿洗いという命懸けの職を求めているのは僕の方で、彼は刑事でも税官吏でもなかった。だがやつの見下げ果て賤しむ目つきに、僕は犯罪者が黙秘権を行使するように黙り続けていた。

　一体僕は何を言うつもりだろう、いや言えばいいのだろう。皿洗いの職にありつくためには、いや何だっていい、胃の襞が少しは柔らいでくれるパン屑でも得るためには、全てを語らねばならないのだろうか。彼は全てを語れなどとは言っていない。カウンターに肘をつき、外国煙草の煙を吐きかけながら、お前がゲロしないことには事態は一向に進展しない、そう眼で言っているだけではないか。しかし、住所の質問に僕は答を持っていない。そうすると今日までのことをすっかり話さないわけにはいくまい。まして保証人の名前など言いたくもない。誰かのところにノコノコ出掛けて保証人を頼むぐらいなら、その人に今夜一晩の屋根と胃袋一杯の食物を頼めばいいのだ。

僕は何も言わずに外に出てしまった。後で男の罵倒する声が聞こえる。やつにこき使われるなら飢えて死んだ方がましだ。僕は僕を焼き損ねたドアを閉めて呆然と突っ立っていた。自分の内部にまで質問を食い込ませて、なんとかしてその場を取り繕う言葉を探すよりは、ピッタリと自分を閉じてしまって、物乞いの行為でもする方が楽なのかもしれない。たとえ人が蔑みの眼で見たところで、僕について質問を浴びせようとしない限り、僕は決して傷つきはしまい。いや、それどころか、物を乞う行為こそは今の僕に最適の生き方なのかもしれない。播くことも刈ることもせず、納屋も蔵も持たずに養われる一匹の鳥となることができるのか、耕作もせずして甘露の果報をもたらす農夫となることができるものか、あるいはそれゆえに忌むべき凶服を着て人々に石もて追われる存在になってしまうのか、青銅の鉢に乳粥を盛られる未来が待っていてくれるものか、それが唯一つの胃袋の賭けなのかもしれない。やってみるべきだ。そう思ってバーやクラブの並ぶ街路から、食堂や雑貨店のあるあたりに向かって歩き始めた。

僕の横を一人の男が通りかかった。服装と言ってもまるで布切れを体にくっつけていると言った方がいいような有り様で、全身に異様な臭気を纏っている。明らかに乞食だ。人々は彼の行進をよけて通り、遠目にしてありったけの嫌悪感を投げつけている。僕は彼の少し後ろからついていくことにした。手にコーラの空き瓶を持っていたその男は、つかつかと一軒の大衆食堂に入った。店の人が気づいて彼を追い出しにかかる前に、テーブルのヤカンからお茶を注いでいる。なるほど鮮やかなものだ、さすがはプロだ、僕はしきりに感心して彼の動作を見ていた。彼の仕種には強引な振舞い以上の何かがあった。その行為の罪悪感など微塵もなく、当然の権利さえ持っているように見える。烏の黒衣を人は忌むべきものとして嫌う。しかし、その黒衣も朝露や時雨に濡れた時、黒く青みのある艶色として美の装飾語に変わる。自分を貶めることなら誰にもできる。だが、人々に忌み嫌われ蔑まれながら自分を貶めないでプライドさえ持つように行為できなかったとしたら、僕には物乞いの資格も、彼ほどの人間らしさもないに違いない。

僕は物乞いを諦めた。濡れ羽色の喪服も着ることができず、まして青銅の鉢に盛られる乳粥と交換しえる甘露の果報など見当もつきはしない。もう一度仕事を探してみよう。今度は場末の方に向かって歩いた。最初から場所を選ぶべきだった。一枚目の貼り紙につられてすぐにでも何とかなるだろうと思うなんて全く甘い。今度はやり方を変えるべきだ。

街に灯が入り、水の使われたドアを女たちがくぐり始めた。僕は次第に億劫(おっくう)になってきた。あの中に入り、マスターとか呼ばれる横柄な男に質問されて黙りこくってしまう僕を、厚化粧が笑い、淫らに濃いルージュが陰口を漏らすに違いない。そんな馬鹿げたことを二度としたくない。もっと人通りの少ない安っぽい店でも捜そう、そう思いながらも僕は逃げだしたくなっていた。どこかの浜辺でも眠ることぐらいはできる。砂糖黍の一本ぐらい失敬したってどうってことはないだろう。それに別段今日眠れなくても、今日一日食べなくっても死ぬことはない。その思いは僕の夜を朝まで引き延ばして、僕は一度に気が楽になった。しかし、少しは何かを食べたかった。ここ一週間、ろくすっぽ食べたことがなかったからだ。

だが、職を求める場所であった時、胃を締めつける重苦しい気体を淀ませているようだった歓楽街は、職を得ることをすっぱり諦めてしまうと、またたく間に淀みを漉(こ)してしまった。飲む金どころか一銭も持っていなかったのだが、女たちの呼び声でさえ僕を呼んでいるように色を帯びて聞こえる。僕は海辺に出るために女たちの声を後ろに残して、歓楽街の奥に入り込んだ。まだ早い夜で人々がこのあたりまでやってくることはなかった。一軒のバーらしき店の前で、一人の和服の女性が着物を濡らさないように体をよけながら、必死でホースの水をドアにかけていた。まくり上げられた腕（かいな）が、薄闇に白を浮かべて花のように眼を引いた。僕は白い腕に眼を止めていたが、その花の放つ水が極上のシャンペンのように食欲をそそった。

「あの、すみませんが……」

不意に声をかけられて、その女性は慌ててホースを下に向けた。決して若くはなかったが、腕にふさわしい艶やかさが僕を見て微笑んだ。

「もしよろしかったら、その水を飲ませてもらえませんか。水を飲ませていただいたら、その掃除、僕がやりますから」

女性は突然の申し出に怪訝な顔で僕を見た。

「お水ぐらいなら差し上げますわ」

「いや、ただで飲みたくないのです。僕には乞食の資格すらありませんから。それにせっかくのお着物が濡れたら大変です」

「おかしなことを仰る方ね。じゃ、とにかく水をお飲みなさい」

僕はホースを受け取って口をつけ、腹一杯水を飲んだ。

「あなたお腹すいているんでしょう」

「いや、今大丈夫になりました。ここは僕にやらせてください」

「じゃ、お願いするとして、終わったら中に入ってらっしゃい」

僕はやりかけの掃除を精一杯やった。誰かがこのドアの前で坐るようなことになれば、完璧に焼き焦げるようにピカピカに磨いた。動くたびに腹の水がポチャポチャと音を立てた。入口のあたりにも散水し、ホースを片づけてから言われたように中に入った。店は深夜の営業らしく、まだ準備はされていなかった。しかし、店内にはどことなく人の気配がある。壁や天井から濃い煙草の匂いが人気のない室内に滲みだし、笑い声や嬌声の残香がただよっているようだった。

「あの、どうもありがとうございました。あれでいいのかどうかわかりませんが、とにかく終わりましたから、これで失礼します」

店の奥にいる女性にそう声をかけ、僕は細長い入口の通路を戻ろうとした。奥から声がして待つように言われた。

「今はこれぐらいしかないのだけれど、食べたら。お腹すいているんでしょう」

僕の前にサンドイッチが運ばれた。

「我慢できますから、これで失礼します」

「どうしてそう無理されるの。食べなさいよ」

彼女はサンドイッチの一切れを手渡しながらそう言った。僕はこの一切れと全てを交換してもいいような気持ちになってそれを受け取った。

「じゃ、いただきます」

僕は胃をしきりに宥めながら、ゆっくりと食べることに必死だった。胃の中に入ったサンドイッチは全身の血を逆流させせて、嘔吐のように全てを吐き出すことを強制した。僕はゆっくりと食べるふりをするために、自分のことを話し始めていた。今日、香港から戻ったこと、沖縄には友人が沢山いるが会いたくなくてここまで歩いてきたこと、仕事を探すためにドアの前で半日待ったこと、住所も保証人もないこと、そして物乞いすらできないほど落ちぶれていること、そう話すことを胃が命じ、空いた手はポケットからヨレヨレになったパスポートを出していた。

「ずいぶんあちこちにお出かけになったのね。良かったらここで働いて下さってもいいわよ。三日前までボーイさんがいたのだけど、辞めてしまって不自由していますから。もちろん日当は払いますわ」

「しかし、僕は皿洗いか掃除ぐらいしかできません」

「いいですよ。ここに来るお客様は女の娘目当てだから、誰もあなたのことなんか気にしないから」

「それじゃ、サンドイッチ代だけは働いて帰ります」

「帰るってどこへ」

「ここからどこかへ」

「じゃ、気の済むようになさい」

アジアでの善意に寄り掛かった日々が、乞食のプライドを見て一度に苦々しいものに変わってしまっていたので、僕は人々の好意に依怙地になり始めていた。そのこともあって、開店までの二時間にありったけの精力で、トイレと洗面所とキッチンを磨き上げた。彼女はもう何も言わなかった。時々こちらをみやりながら、テーブルを拭いたり灰皿を整えたりしていた。一通りの掃除が終わると彼女は近所の雑貨店で買ってきてくれたのか、沖縄独特のおにぎりを運んできた。

「これは掃除代金です。もし、多すぎると思ったら、そこにボーイのシャツとズボンがありますから、それに着替えて気の済むまで仕事をして帰って下さい」

僕は彼女の眼を見た。断固たる調子でそう言いながら、優しい笑みを浮かべていた。

「じゃ、着替えさせていただきます。何もできませんから、どんどん用事を言いつけて下さい」

「いいわ、せいぜい働いていただくから」

午前零時を過ぎると客のいる間に表のドアが閉められ、代わりに裏口から客が出入りし始めた。午前三時頃になると客は店の女の娘と消え、店は四時前に営業を終わった。その間僕は失敗しないことだけに気を配って懸命に働いた。酔ってからむ客を宥めながら裏口から追い出し、気がつくとチーズを切ったり胡瓜をあしらったりして酒の肴まで作っていた。客にあぶれた女二人とママの四人で軽い食事をして後始末を終えた。

「本当に良く働いてくださったわ。これ今日の日当です」

「いいえ、もう腹一杯食べさせていただきましたから、今日は充分です」

「じゃいいわ。これ明日の前払い。もし来てみようと思ったら受け取って下さい」

「わかりました。頂きます」

「でも、あなたこの仕事初めてじゃないでしょう」

「いろんなことをやってきましたが、この仕事は今夜が最初です。ただ、ママが作っている間に見ておいたのです」

「いつの間にか何でも作ってくださって、本当に驚いたわ」

「失敗しないかとそればかり考えてやらせていただきました。それじゃ帰ります」

「帰るってどこへ」

「どこか探します。こんなことには慣れていますから」

「ママ、この人寝る所ないの」

「そう。今日香港から帰ってらしたの」

「私たちのところへおいでよ。ママ、いいでしょう」

「いいけど、襲ったりしたら駄目よ」

「襲うなんて失礼ね。襲われるかもね」

「大丈夫、この人はママが保証します」


そんないきさつでママを保証人として、彼女たちのために借りてあるアパートに泊めてもらうことになった。泊めてもらうと言っても、すでに朝の気配が那覇の街に潮のように広がり始めていた。五人の女たちが共同生活している部屋は、厚手のカーテンで朝を拒みながら、薄まっていく夜を逃がさないように封印された隠花植物の匂いで満ちていた。僕は台所の板の間にシーツにくるまって眠ることにした。二人がこちらに来て眠りなさいと勧めてくれたが、彼女たちの奔放な立ち振る舞いを見て眠ることなどできそうにもなかった。僕は今日ようやく胃袋を満たしはしたが、烏にもなれず卑小な死肉を啄む鳶のように生に飢えていた。板の間の堅さも破れた羽根しかもたない鳶にはむしろ居心地のいい巣であり、疲労がやんわりと僕の全身を包んで眠りの中に送り込んだ。

女たちの声で眼を覚ますと、昨夜客と出ていった三人も帰っているらしく、盛んに客の悪口を言いながら、それをみんなして笑い転げて楽しんでいた。話の内容と言えばまるで開けっ広げな性の話ばかりで、隠花植物の園は眠りをはさんで大輪のハイビスカスの園に変わってしまったように、黒紅色を射し込む亜熱帯の光に解き放っていた。うっかりすると僕まで笑いに引きずり込まれそうで、僕は必死で眠りを装っていた。時々僕が眠っていることを思い出して誰かが制するのか、しばらくは声が小さくなるのだったが、すぐさま爆笑がそれを破ってしまった。僕は起きそびれていた。笑いの間になんとかして割って入って起きだそうと思った。そう思いながら笑いをこらえ、じっと体を動かさずにいる間に、何度も眠りの国に送り返されてしまうのだった。

眼を覚ますと一人の女を残してみんな出払っていた。彼女らはデートだと言う。夜の仕事が始まる前に、自分の恋人と逢瀬を楽しむらしい。彼女らは二つの種類の性愛を持っているのだろうか。自分の恋人だけに注ぐべき愛と、それを燃やすために抱かれる肉体、男たちという普通名詞に向けて鬻（ひさ）ぐ性愛、これが彼女たちの中で奇妙に同居し、領域を分けているように思えた。いずれにしても宿無しの鳶にはとうてい理解することもできず、ただ虚空を旋回するより他なかった。

二日目の夜、ママが彼女たちの前で昨夜のことを聞いた。僕は一日中眠らせてもらって非常に有り難かったとママに礼を言い、今夜は頂いた日当でどこかに泊まると告げた。すると、彼女たちが一斉に文句を言った。無駄使いは止めて今夜も泊まるべきだと言い、ママもそれに同調した。

こうして一ヵ月近くを女五人と同じアパートに眠ることになってしまった。彼女たちは自分の恋人以外には目もくれない、そんな風に僕を扱い、男として認めていないかのように肌を隠さずに動き回った。僕は奇妙に錯綜した性の王国で異邦人のように落ちつかなかった。彼女たちの恋人は彼女らの仕事を知っているはずだった。だが、彼らもまた彼女らの中に二つの愛の使い分けを理解しえるのだろうか。この島々がただ陽と海のバイブレーションだけに浸されていた時代、人々は毛遊（もうあそ）びの夜に日常の性を拘束している一夫一婦制の家族制度を三弦のリズムで飛び越え、神火から離れて、濃い夜の淵でもう一つの炎をメラメラと燃やしたと聞いている。個と群の性愛が極限に摩擦することで火を噴き、個と群のそれぞれへの炎がより一層激しく炎上するのだろうか。あるいは他の男たちと肉体を交えるぐらいで、汚れたり消えたりすることなんか到底あり得ないほどの愛を、彼女たちに注ぎえるのだろうか。

　そんな疑問が終始頭を離れず、僕という鳶はぐるりぐるりと彼女たちの存在を眺めながら旋回し続けるだけで、いつか一ヵ月を過ごしてしまった。ある日僕が女たちの出払った後で部屋を掃除したことがあった。次の日それを女たちからこっぴどくたしなめられた。掃除なんてことは私たちがやるから、あなたは自分のことをやればいい、と言うのだった。僕はこれには困ってしまった。自分のこと、僕にはこの一ヵ月間それが全く欠落していたからだ。虚空を旋回していただけの鳶は彼女たちの正確な照準で完璧に撃ち抜かれ、僕は真っ逆さまに墜落してしまった。彼女たちが示してくれる好意が、僕が何かをするためだとしたら、僕は誰よりも不逞に彼女たちを裏切ってきたのだ。そう思い始めると、じっとしておられなくなり、彼女たちの好意で貯えることができた金を持って、部屋を借りることにした。

　しかし、そのことをオズオズと言いだして、僕は二度驚かされた。あれほど無駄な金を使うな、そう言っていた女たちが、今度は何かをするために部屋を借りることを伝えると、まるで自分のことのように喜んでくれたからだ。二種類の性愛と言う彼女たちの行為の底が、どんなに広く深いかについて僕は予想もつかなくなってしまい、一ヵ月間の異邦人をさらに遠くに引き離されてしまうより他なかった。やはり僕は卑猥そのものの下種（げす）な鳶でしかなく、夜陰に紛れて死肉を食（は）む習性が骨の髄まで染み込んでいることを思い知らされた。彼女たちが見せる他者の生き方への尊重と思いやりは、僕が学んだいかなる方程式によっても、二種類の性愛を等号で結べることはないのだろう。

その次の朝に僕の性のエピローグは始まってしまった。前日の午後、米軍払い下げの鉄製のベッドを買い、それにダンボール箱を広げて並べ、女たちのくれたシーツをひくと、三畳の部屋に唯一の家具ができた。僕は自分だけの空間をようやく手にしてホッとしたこともあって、ベッドにひっくり返って休日をぼんやりと過ごした。外で夕食を済ますと、一ヵ月ぶりに早い時間から眠ってしまった。

明くる朝、充分に眠ったせいもあって、僕のペニスはそそり立っていた。この一ヵ月間自分の物を意識しなかったはずはなかったが、女たちとの共同生活で男としての生理が奇妙に中性化されているような感じはあった。下腹部の異様なほどの重さが、瑞々しい生への甦りのように快かった。僕は血の漲りを力一杯握りしめてみた。だが、不思議なことに、僕の手の中に緊張が移ってきても、その重い気分は残ったままだった。睾丸に手をやってみると何か手触りが違う。気のせいかもしれない。二、三度しごくように緊張を集めようとしても重苦しさは睾丸に滞っている。僕は薄い皮を引っ張って睾丸を丹念に調べた。二個の卵円形の他にもう一つその半分位の玉がある。指で押さえてみると石のように堅い。

僕は上半身をベッドに起こした。長い眠りの後で意識をくるんでいた薄い半透明の幕が、その小さな石で一瞬にして破られ、僕は禍々しい意識の坩堝に座っていた。小さな肉塊をはさむ指の間から精神のすべてが坩堝に向かい、それはすぐさま凄まじい勢いを持ち始めて、存在のすべてを吸い込んで消えてしまうブラック・ホールのように猛り始めた。この石は死という無の胚芽なのだろうか。そう思った瞬間、小さな肉塊は指を吸い込み、手を引き込み、瞬く間に肉体の大きさにまで膨張してしまった。血が脱色し、その肉塊が巨大なアメーバーのように世界を次から次ぎへと内部に取り込んで食い始め、僕は自分の意識に振り回され、翻弄され始め、たまらずベッドにひっくり返った。

雨漏りの染みが天井に広がり始めると、一瞬にして世界をその黴臭い色で包んでしまった。いや、それは肉塊そのものの巨大な膨張だった。太陽も星も月も、花も木も草も、過去も未来も現在でさえ、ありとあらゆる宇宙の存在物が鼓動のリズムで増殖する肉塊に押し潰され、その貧弱な偽足に捕らえられ、食い尽くされそうだった。それを呆然と見つめる僕だけが、肉塊の拡げた虚空の中を気球のように頼り無く浮かんでいた。僕は慌てた。この気球をせめて肉塊の底に辿り着かせて、精神を大地に着地させなければならない。脳の虚無のガスを放つために、僕は気球に穴を穿つ鋭利な刃物を捜した。これは癌のような悪性の腫瘍じゃない、ちょっとした炎症なのだ、たとえ悪性のものだとしても、睾丸ごと切り取ってしまえばいい、それもダメだとしたら、ただ死んでいけばいいじゃないか、どうせ一度は死なねばならないのだ。唯一絶対の平和、答えが聞けない永遠の解釈、それこそ死ではなかったか。生あるものはすべて死す、これこそ完璧な真理なのだ。何をオタオタしているのだ、これが癌と決まった訳ではないし、たとえそうだとしても、多くの人々がこの細胞に存在を食い尽くされたではないか、お前一人が翻弄されているなんてだらしないじゃないか……虚無を穿つべき刃物はより硬化な虚無になだれ込んでいくしかなかった……。

僕は勢いよく上半身を起こした。ジェットタービンのように回転をあげてしまった思考の推進力でたわいもない煩悶の雲海に突き進むことを拒否したかった。一体、この不安の原因は何なのか、それが死の胚芽だと思うからか、胚芽が肉体の隅々にまで触手を伸ばすことで結実してしまう死なのか。いやそうじゃない。今僕が不安なのはこの肉塊の種類なのだ、僕の体内で芽を出してしまったものが死そのものなのか、あるいは単なる炎症による健康状態の一時的な悪化なのか、それが判明しないことからくる不安ではないだろうか。それならばこの肉塊の種類が判明するまで、飛び過ぎる妄想に乗っかってしまうことなど全く愚かしいことだ。

僕はようやくにして精神の磁場を変え、ブラック・ホールのベクトルを逆にした。体内に血の重みが戻り、ゆっくりと深呼吸をした。思考の回転力で外に放射されてしまっていた時間を取り戻した。目覚めから今までに起こった精神と感情のパニックを振り返った。恐ろしいことは死ではない。死は恐怖さえ無に晒す。恐ろしいことは死への恐怖なのだ。死への恐怖という意識なのだ。死の恐怖は人間という全体的統一的な意識を氷結し、一気に瓦解させてしまう。人間は飢えて死ぬことは稀だという。飢えの恐怖で精神がパニックを起こし、全体的統一的な意識をバラバラにして死を招いてしまうだけだ。

僕は自分の精神の脆弱さを恥じた。もし、明日に死ぬとしても、その明日までの時間を死への恐怖で殺してしまうことはない。三十年後か五十年後に訪れるかもしれない死を、今から恐怖して煩悶することと変わりはしない。今、生きている限り、少なくともこの瞬間は生であり、死ではない。僕は死と闘うべきではない。死への恐怖と闘うのだ。死への恐怖こそいかなる苦悩よりも愚かしいものに違いない。恐怖し、苦悩し、悲しむことによって、その量だけ死の形式や色彩が変わるものであったとしたら、僕は残された一日を、あるいは残された三十年を死の恐怖で塗り潰していけばいいかもしれない。しかし、たとえ死そのものの意味が変わったところで、それを誰が見、誰が認め、誰が満足するというのか。死を見詰めるべき僕自身がもはやどこにもいないというのに、どうして未来の死という苦悩の結果のために、今日の生の貴重な時間を抹殺する必要があるのだろうか。もしその未来の結果が、ちょっとした日常の望みや目標であったとしたら、今日そのために悩み苦しんだところで、たとえ無駄にしろ、その結果の出た未来に過去の愚かさを笑う自分は存在する。死だけが一切の感情や思考を完璧に無視して省みない。人間の精神作用の中で最も愚かしく、報われることの決してないもの、それは死への恐怖なのだ。しかも、その恐怖が血液を酸性に毒し、恐怖の量だけ死を現在に近づけてしまうことになるのだろう。意識は明らかに肉体に影を落とし、その影の不透明さが肉体の内部で生の時間を淀ませていくに違いない。しかもなし崩しに。

初動を無視し、世界の構成が物だけの世界観の中で、世界は人間の意識を変えると言う。しかし、僕は逆でありたかった。意志が意識を変え、それが僕自身を変えることで、僕の世界を変えるような世界観を求め続けてきた。それはまさに青い鳥だった。チルチルとミチルの手にした籠は他でもない僕の肉体であり、精神であった。僕がそれをまだ見ぬ我が家の愛の錬金の炉端に発見した時、僕は僕という籠を解き放って、青い鳥そのもので飛びたかったのではなかったか。世界は鳥の羽毛を青や赤や黒に変えることはできない。しかし、鳥が世界を変える、そんな青い鳥を追い続けてきたのだ。

止めよう、死について考えるなんて。この愚かしく決して報われることのないものに、貴重な時間をたとえ一刻でも費やすことは止めにしよう。確かめてみるのだ。この肉塊が死の胚芽かどうかを。それからにしても、死について考えるなんて、全くの徒労で、永遠に早すぎるだけだ。今、この部屋で眼球にも満たない肉塊を宇宙の大きさにまで増殖させて、一体何になるというのだ。医者に会ってこの肉塊の正体を暴(あば)いてやるのだ。不埒な妖怪みたいに、人の生き血を吸いながら肥っていく僕の中の他者を、力づくでもたたき出してやるのだ。

　僕は残っていた紙幣をポケットにねじ込んで外へ出た。朝の太陽は無慈悲に平等だった。生を孕み、芽を出し、葉をつけ、花開く生きとし生けるものに生のエネルギーを無限に放射し、凋(しぼ)み、枯れ、腐り、消えていく死を死んでいるすべてのものに、より確固たる無に向かわせるために、そのエネルギーで生の残滓を焼きにかかっている。僕を温めている熱光は僕の生を育むためなのか、それとも死の胚芽にエネルギーを与えるためなのだろうか。今の僕にはそれがどちらなのかトント見当がつかなかった。

　生のただなかで生だけが充満している時、人間は花のように咲き、鳥のように飛ぶことができるのだろう。だが、生きているつもりの生の内部で、知らず知らずのうちに死を育んでしまっている。健康な肉体の内側で枯死した熱情と歓喜の屍を埋葬し、道徳とか善とかいう経帷子(きょうかたびら)の下で優しさの雛鳥(ひなどり)が窒息死し、観念や哲学や信仰や友情の包囲網の中心で愛と言う魂の泉が枯渇しきっている。僕がもし癌細胞を増殖し始めているとしても、ただ肉体の一部がちょっとした壊死(えし)を孕みかけているに過ぎない。熱情も歓喜も優しさの雛鳥も癌細胞のように死を増殖して、僕を存在の深奥から蝕んではいない。魂の愛の泉でさえ枯死にうずくまっている訳ではない。脈々とした地下の源流で僕自身の採掘を待っているのだろう。肉体の死さえも、噴出する炎によって光に変えることができる復活のチャンスを待ちながら、日盛りの生命たちのようにじっと息を密めているに違いない。

　僕は市街地に向かうバスに乗った。開けられた窓は熱風を吸い込むだけで、バスの中は濃密な熱気で温室のようにムッとしていた。この熱気は人々のどの生を伸ばし、どの死を助成しえるのだろうか。僕らはただ生きているだけの肉体を「植物人間」などと言い慣れている。その生ける屍に花が咲き実を結ぶことなど決してないと言うのに。植物は生を謳歌するために生命の真髄から赤や黄や緑や京紫や浅葱や純白を紡ぎ出し、その内に秘められた本質を種子や果実の中に結晶する。植物の生は透明な生そのものであり、人間のように内部に死の濁りなど孕みはしない。植物の死もその生のように完璧な死に終結する。誰も萎れ枯れた植物の遺骸などに拘泥しはしない。ただ呼吸し、心臓の鼓動だけが辛うじて生を予想させ、しかも此岸にも彼岸にも入港できずに彷徨い続ける人間に「植物」の名を冠して呼ぶことは、明らかに植物への冒涜であり、ひいては初動を無視し創造の神秘を省みない無智の時代に、徒に生き死んで行かねばならない人間存在への侮蔑としか言いようがない。

僕はバスに乗り合わせた人々を眺めた。この人々のどこかにも僕のように死の胚芽が孕まれているに違いない。それが熱情であれ、歓喜であれ、生の陶酔であれ、優しさや愛であれ、日々の生に花のように顕現させることができなかったとしたら、それは明らかな壊死なのだ。肉体の病気、機能の低下や衰弱、肉体の欠損や不要物の増殖に、人々は今朝の僕のように血相を変えて狼狽する。レントゲンを撮り、胃カメラを飲み、人間ドックに潜り込んで、濁り淀み腐敗し壊死し始めた細胞に宣戦布告のカルテを作る。だが、張り詰めた乳房の奥で優しさが敗血症を病み、規則正しく鼓動を伝える心臓の中枢で愛が凍傷で崩れ始め、盛り上がる筋肉に包まれた体液が熱情や歓喜を忘れた黒死病に染まっていることにはまるで気づかないふりをする。人間にとって恐怖すべき死が、ただ肉体だけであるかのように。

僕はバスを降りるまでに生と死のバランスを取り戻した。もし肉体に死が予告されるなら、僕は精神に溢れる生を予告してみるのだ。僕は太股をバーベキューに提供するのではない。背の肉をステーキ用として冷凍させるはずもなく、乳首を音楽仕掛けの搾乳器に吸わせることもない。肛門は排便の穴であり、卵を産み出すための穴ではない。僕は肉体の死だけを恐怖すべき家畜ではなかった。まっとうな感情の、精神の、魂の壊死こそ何よりも人間としての存在を危うくしてしまう。僕は死への恐怖の代わりに、バスの中の熱気に育まれる精神の生への欲情を感じ始めていた。

僕は外科病院の入り口を潜った。まだ診察開始の時間になっていなかったが、待合室は人で溢れていた。受付の窓をノックし、事務員に診察を頼んだ。どんな様子ですか。ちょっと言い辛いのですが、ある場所に固い肉塊ができました。わかりました、保険証をお持ちでしょうか。持っていません。じゃ、少し高くつきますがいいですか。かまいません。ここに住所、氏名、年齢を書いてください。僕は住所の欄に昨日引っ越したばかりの三畳の部屋を書き込んだ。財産とか所持品とかの欄が無くて良かった。米軍払い下げのベッドのみとは書けまい。さしずめ、直径五センチの鉄パイプ数本、長方形の鉄製ネット一枚、ダンボール紙数枚、シーツ一枚、これが住所の欄の後に待っていてくれる財産一式だった。じゃ、お名前をお呼びするまでお待ちください。

すでに座る場所は無かった。入り口のステップに腰を下ろして待つことにした。肉体を病む時、人間は幸福なのかもしれない。ごったがえす待合室を眺めながら、そんな突拍子もない考えが頭をよぎった。腕を首から吊るしている人、頭に痛々しく純白の包帯を巻いている人、足を折ったのか松葉杖でやってくる人、そのどの顔も決して絶望の色に淀んではいなかった。たとえ重体の人であろうと、一旦危機を脱しさえすれば、死から遠ざかる日々が始まる。そうすれば人は、自分の肉体に生の匂いが充満することを夢見ながら生きていける。うまいことには、痛みが感情や精神や魂の死を忘れさせてくれる。いや、人間としての死を自覚していないとしても、肉体の苦痛に翻弄されていればいるだけ、自分の生への疑問はしばし執行猶予で延期しておくことができる。

　だが肉体を病む前に自分の精神の老衰や魂の壊死に気づいたとしたら、その人にとっての肉体の病気は二重に不幸な苦痛になるだろう。精神の治療は誰に任せるわけにもいかず、自分自身で自分を切開手術しなければならないからだ。麻酔薬など何の役にも立たず、害悪でさえある。輸血など感性の肝炎をわずらうだけで、自らへの瀆神（とくしん）行為だ。苦痛に歯ぎしりしながら耐え、自分の壊死部分を切除したり回復させたりするために、太陽の光や、プラナや、宇宙の叡智に浸さなければならない。既成のいかなる知識や哲学も、その人の体質には必ずアレルギー反応を起すほどに感性を鋭敏にしなければならず、いかなる賢者や聖人の言葉も自分自身で生き始めない限りカンフル注射には決してなりはしない。苦痛の叫びをあげて誰かを呼ぼうとしても、忍耐の限界を超えて昏倒したとしても、人々がただ狂者の遊戯として嘲笑することに耐えねばなるまい。自分だけが自分の医王でしかなく、治療の初期から絶えざるリハビリテーションに精神を晒さなければならない。もちろん、リハビリテーションと言っても社会復帰や社会順応などを意味するのではなく、生命に、内なる生に順応することなのだ。その治療が遅々として進まない時、生命の器が病み始めるならば、その人は自分が決して医王になりえないことを知らされ、それどころか、貰い生命の器を卑猥な町医者に見せるという侮辱に耐えねばならない。これこそ二重の不幸な苦痛であり、存在そのものの瀕死の危機に違いない。もし生命の器が精神の治療期に何の支障もなく機能していれば、彼が精神のリハビリテーションを終えた時には、一切の病から開放されるだろうに。

　だが、この自己治療は生命の器を痛めつけることではない。おのれの肉体を苛（さいな）む苦行で自己の治療ができれば、手っ取り早く全てを消すために生命の器を死にゆだねればいいのだ。精神のどこかを窒息させて肉体の苦痛に耐えることで、どうして内なる生命に順応できよう。精神になし崩しの死を強要するものが、種々の偏見、盲信、常識、幻想などの自己を外から拘束している全ての意識の酸欠状態だというのに。

だから僕はもう一種類の病人になってみたい。精神の危篤状態から一気に生の匂いが充満する日々を生きるために、自己治癒を徹底して、肉体の治療に優先させてみるのだ。たとえ医者が「カンサー」とそっとカルテに書き込んだとしても、それを隠さず見せてくれるように頼んでみよう。そうした肉体の死を凝視しながら、その死のスピードに追いつかせないように、僕自身の生を、精神の生を生き抜いてみることだ。

名前が呼ばれた。僕は消毒液の匂いが封じ込められている診察室に入った。勧められてイスに座ると訊問(じんもん)が始まった。

どうしました。少し変なものが、変な場所にできたのですが、どこですか、睾丸です。それはまた大変な所に、じゃ、ちょっと見てみましょう、ズボンを降ろしてください、外側じゃないんだネ、これか……、なるほど大きいし、うーん、それに硬いし、心配だろう、よし、ズボンをあげて結構、この種の肉瘤ができる原因は幾つかの場合が考えられるのだが……一つは結核性、一つは性病、一つは各種の炎症による良性の腫瘍、さらに最後に少し面倒な悪性の腫瘍、しかし、単なる炎症にしては硬すぎるのだが、とにかくいろんな検査をしなければ何とも言えない、で、これはいつ頃からなんだ、そうだろう、こんな所は毎日いじりまわすわけでなく、重たい感じがして今朝初めて知ったのか、結核の罹病歴は、ないか……じゃ性病の方でも思い当たることもない、しかし、念のため慎重に検査してみよう、あのベッドで採血してもらいなさい、それから尿の方も、今日はこれしか手の打ちようがないんだ、この薬は少し高価だが炎症止めだからしばらく続けて飲むように、えーと、そうだな、手遅れにでもなったら大変だから、三日位で検査させよう、今週の木曜日か金曜日に来なさい、無理をしてはいけない、仕事も少し減らすように、うーん、それは難しい質問だ、悪性腫瘍かどうか、今のところ何とも言えない、しかし、もしその可能性があっても、少し組織を切除してがんセンターで精密検査をしなければ、はっきりしたことはわからない、それまでは心配しても同じだ、ま、今日のところはこれぐらいにしておこう、そこで採血して、それから尿を取って……はい、次の人を呼んで……。

　医者はカルテに何行か書きなぐった。最後の一行に「未決囚」と書いたような気がする。断頭台に登って、世界を見えなくするために目隠しをされ、首の下にひんやりとした刃物を感じ、スルスルと上の刃が巻き上げられる音を聞いて、もはやこれまでと観念してしまったというのに、今日は王様の気分がすぐれないから死刑は木曜日まで延期されると言う。血を抜きとられた以上に、体中から血の気が失せた。尿なんか一滴もでるもんか、トイレに立って懸命に絞り出してビーカーに貯めた。血液で僕の生の許容量を測り、尿で死の進行度を測るのだろう。だが、医者なら逆にしかねない。血の中に死の生臭い匂いを嗅ぎ取り、尿の中にアンモニア臭い生を分析するのかも知れない。

　僕らが医者の前に座ったり、ベッドに横になったりして診察を受け治療される時、僕らは飽きもせず心臓を動かせている肉塊に過ぎない。肉屋のショーウインドウの肉片みたいに、値段と等級を書かれたカルテをくっつけられて、品定めされ、切り刻まれ、再び肉のまとまりに戻すために縫合される。医者にとって患者は決して生きてはいない。ただ死んでいないだけなのだ。自分の目の前の肉塊の中に、悲しみや喜びや感動や陶酔を編める琴線などあろうはずもない。手足を動かせる神経と、それに屍色を淀ませないために血を運ぶ血管と、しちめんどうくさい繊維や骨があるだけで、心臓の秘奥で愛の灯が燃え上がったり、燃え出す時を待っていたりするなんて非科学的な考えなど微塵も持ち合わせてはいない。だが、医者は神ではない。僕らと同じように胃の不調を訴え、アルコール漬けの肝臓で吐き気を催し、糖尿病で妻の不満を煮詰めている病人の一人なのだ。まして精神的な存在としてみれば、同じように怒り、妬み、悲しみ、決して歓喜に酔いしれることもなく、熱情に生の充実を味わうこともなく、愛などという青春の玩具などはとっくに汚物室でホルマリン漬けにして。冷静というデスマスクの下で、野心や欲情に脂ぎった顔をひたすら育んでいるだけだ。それればかりか、わけのわからない石油の滓や金属の粉末を調合してなし崩しの死を盛るために日々手を汚し続けてさえいる。まるで靴など一足も作ったことのない鍛冶屋が、シンデレラの優雅なガラスの靴を、鉄鎚（てっつい）と鋏（やっとこ）で修繕しようとしているようなものだ。人間など一度も作ったことのない医者が、その神秘な被造物をどうして元通りに治療できるというのか。僕は来るべきではなかったのだろう。医者の診断がどれほど確信に満ちていたとしても、今日僕は一つだに新たなことを知ったわけではない。ただ三日ばかり引き伸ばされてしまっただけだ。血と尿が人質みたいに奪われて、三日後にノコノコやってきて死の取引をさせられてしまうのだろう。

僕は診察室を出て、料金を支払うために待合室に座った。名前が呼ばれ、薬を受け取りながら診察料を聞いた、健康保健証をお持ちじゃありませんし、この薬は高価ですから、そう言われながら僕の紙幣に侘しいコインの触れ合う音が返してよこされた。今度来ていただく時には、さらに検査料が必要ですからご用意ください、それではお大事に。

また双頭の怪獣が敵対し始めた。三日か四日後にあれ以上の金額を支払うことはとうてい無理だ。肉体の重みと、精神の浮力と、現実生活の困難が三つの力の方向を作って、僕の内部でぐるぐる回転し始めた。死の胚芽への危惧をならざる夢への思いが抑え、それを下から生活の困難が転倒させようとする。僕は歩きながら三つ巴の思考が勝手気ままに回転するに任せた。どの一つにも止めることはできない、その思いだけがあった。太陽の中を三つ巴のタービン・エンジンで突き進んでいるように歩いた。今朝みたいに宇宙の縁までそのタービンが拡大して僕を言い知れぬ不安に陥らせることはなかった。時間が死によって未来の一点で焦点を結びながら、視覚によって遠近いずれでも見えることがなくなったのかもしれない。少なくとも三日間という時間が確実に存在するように錯覚し始めたからだろう。死は時間を選びはしないはずだ。だが、僕のほうで三日間を確実な生の時間と錯覚し始めると、死でさえその胚芽に相応しい肉塊の大きさにまで縮小してしまうのだろう。僕の意識は死の恐怖どころか、死そのものでさえ変えてしまうのかもしれない、僕はつかみどころがなかったゆえにパニックに陥ってしまっていた意識の底に、形の定まらなかった不安を鎮めてそう思った。

とにかく稼がないことには三日間の生さえ保証されない。三日目か四日目にあの血と尿の人質の結果を手に入れるために生きねばならない。それが死の予告と引き換えであっても、少なくとも今日から三日間は死の胚芽で精神が蝕まれることはないだろう。僕がただそう考え始めただけで、医者から不安を除去する言葉を買ったわけではなかった。だから、僕の存在というものは、僕自身が演じる腹話術の人形のように、僕の意識で様々に生き死んでいくのかもしれない。その人形の意識操作でどうにでも世界を見ることができるに違いない。僕と人形は本来ひとつであったはずなのに、人形は僕自身と一体になることもなく、外界の動きにあわせて徒に目をキョロキョロさせていただけなのだろう。まるで世界という舞台装置の中で、存在するものが人形だけであるかのように。

僕にとっての生のエピローグは、たった一幕で中断し、三日間の幕間狂言を演じなければならなかった。舞台は工事現場で、太陽の照明は僕の全ての湿潤を絞り上げるために僕をとらえ、主役は筋肉だけだった。

あの日、ママに事情を説明して、しばらく仕事を休むことを伝え、次の朝早く、日雇い人夫の仕事がもらえるという場所に出かけた。何台かのトラックが人集めにやってきて、その中で危険手当つきという仕事にありついて、工事現場まで運ばれた。道路拡張のために岩場をブルドーザーとパワーシャベルで崩し、それをダンプカーに積み込む仕事を手伝うのだった。汗臭いヘルメットを配られ、仕事の要領を教えられた。不注意による怪我は一切保証ができないから、充分気をつけるように言い渡された。

仕事自体はそれほどきつくはなかった。ブルドーザーの行く手を阻む巨大な岩石に出会うと、それにワイヤーをかけ、パワーシャベルに持ち上げさせて、ダンプカーに積み込めるようにすればよかった。笛を持たされ、ワイヤーをうまくひっかけることができれば、準備完了の合図をする。だが、この仕事は思ったよりも難しく、なかなかうまくいかなかった。ワイヤーが岩にひっかからず、パワーシャベルで二度三度揺さぶる必要があったり、ブルドーザーで岩石の下の土を除いてワイヤーをかけられるようにしたりする必要があった。しかもしっかり固定したはずのワイヤーがたまたま岩の弱い部分だったりすると、パワーシャベルが勢いよく引き上げようとした瞬間に、岩がワイヤーの箇所で割れ、力一杯引かれていたワイヤーがものすごい勢いで空を走った。そうなるとワイヤーは鞭のようにしなって僕を襲うことになるから、僕は一瞬たりとも眼を離すことができなかった。そのたびに僕は赤土の中に這いつくばらねばならなかった。

監督の怒声がエンジンの音に乗って飛んでくる。僕は岩の硬質度や組成など知るはずもなかったが、岩が割れることはワイヤーをかけた僕のせいでしかなかった。僕はワイヤーをかけながら岩に懇願していた、頼むから腹を立てないで、ここから運ばれてくれと。

午前中の三時間がそんな緊張の中にぶっ飛んで、突然、昼の休憩がやってきた。朝のトラックで同じように運ばれてきた年配の男が顔を洗ってこいという。汗びっしょりのまま赤土の中にワイヤーを避けて顔を突っ込むことがあったから、顔は赤土でこわばってもう一枚の固い皮膚をつけたようだった。海岸に降り潮水で顔を洗うと顔一面にガソリンをぶっかけて火をつけたように焼ける。それもそのはずだった。僕が力一杯身を投げ出して顔を伏せる所は、厚いシャギーの絨毯でもなければ、クッションのきいたダブルベッドでもなかった。岩と小石と赤土の大地の傷ついた肌だったからだ。シャツで顔を拭こうとしたが、それにも赤土がこびりついていたから、僕は潮水を塗りたくった傷を太陽でもう一度痛めつけるよりなかった。近くの食堂に連れていかれ、日当を前借して昼食を取ることになった。洗面所で手を洗ってから真水で、塩分を取るために顔をごしごしこすってみた。顔中に擦り傷ができていたのだろう、顔は再び火に炙(あぶ)られたように焼けた。僕の肉体は焼ける顔と空腹を訴える胃袋だけで構成されているとしか思えず、その二つを一つに繋ぐように、口と胃袋を直結させて目の前のドンブリメシをただただ流し込んだ。

食事をしたという満足感は、胃に重みを詰め込んだという安堵感でしかなかったが、体はどうにか一つにつながった感じはあった。仕事開始までには時間があり、日雇いでない現場の人々は午睡のために食堂の畳に横になった。僕もそうしたかったが、新参者が横になれるような場所はどこにも残っていなかった。諦めて外に出て現場近くに戻り、横になれる場所を探した。今、切り開かれたばかりの海岸沿いの崖のあたりには横になれるような場所どころか、日陰すら見あたらなかった。しかし、ここを離れることもできない。僕は焼けたフライパンのように熱いコンクリートの堤防の上に横になるより仕方がなかった。

太陽はフライパンと共謀して僕を燻製にするために、一段と近づき躍りかかった。ヘルメットを顔の上に置き、汗臭さと熱気に窒息しそうになりながら、背と腹をジリジリと焼かれた。疲労と胃の安堵感が汗臭さや熱気までも抱え込んで、僕を燻製にするために意識を煙に巻き、やがて眠りに焼きこんだ。

同僚に揺すぶり起されると、すでにブルドーザーのエンジンは唸りをあげていた。骨の髄まで太陽に燻(いぶ)され、頭は焦げ色に混濁し、全身がふやけた火脹(ぶく)れみたいに感覚を失くしていた。それでもワイヤーを手にすると、あの空を切る音の残響が精神に鞭をいれ、全身が緊張を取り戻した。午後の仕事は予想以上にきつかった。太陽はでたらめに襲いかかり、汗がズボンまで赤土で染め上げてしまった。午前中の疲れと胃のもたれと寝苦しい午睡が、全身の筋肉に抜かりなく鉛を流し込んだように体全体が重く鈍かった。だから、筋肉に緊張を忘れさせないために、意識が汗に薄められて蒸発してしまうことを必死で止めなければならなかった。

極度の緊張と体の底から堆積し始めた疲労のバランスは、僕を奇妙な白昼のトリップに誘った。手と足は緊張の糸を隅々にまで張りつめ、意識は必要な情報系だけを抜け目なく動かしていたが、その緊張の糸はつかみどころのない乳白色の溶液に浮かんでいるとしか思えなかった。最初は必要なことだけを何も考えずにしようとしていた。それがいつの間にか必要な動きの方が無意識になり、乳白色の譫妄（せんもう）状態が僕の全てのように思えてきた。時間も空間も消え失せ、ただ乳白色に広がる霧の中にぼんやりと立っているとしか思えなかった。

突然、鋭い痛みと共に乳白色の世界がはじけ散り、僕は汗と赤土の太陽地獄の底に叩きつけられた。巨大な岩石が斜面をぐらりぐらりと落ちていくのが見える。感覚を消してしまったはずの僕の体の中で、足先だけが鋭い痛みで存在を主張している。監督が走り寄ってきた。僕は立ち上がろうとしたが、足の痛みがそれを許さなかった。もう一度注意して立ち上がった。

「大丈夫です。すみませんでした」

そう監督に言ってから痛みの方向に目を落とした。ブーツの先が破れ、親指の爪がなくなっているようだった。僕は乳白色の霧の中に戻って、手探りでこれを理解しようとした。……ワイヤーをかけ終わり、笛を吹こうとして手で汗をぬぐい……そこで痛みが僕の世界をどんでん返しにするために突き刺さっている。パワーシャベルが引く前に岩のほうで転がりだしたようだ。僕は笛を吹きながら飛びのくつもりだったが、一瞬早く岩の端が僕の足の上を通り過ぎたようだった。疲労でぼけてしまっている肉体に痛みは激しくなかった。大丈夫です、ただ靴が破れてしまいました。オイオイ、君は安全靴をはいていないのか、そんな靴じゃこの仕事は危険なことぐらいわからないのか、今日、事務所で安全靴を買っておくんだな。今度は靴のせいになった。僕のせいでなかっただけ幸せと思わなければ。僕は足を引きずって現場を離れ、海岸に降りて足を洗った。潮水が指を引きちぎるように痛い。爪はすっかりなくなっていた。僕は爪がはがれてしまったこと以上に、靴の破れが悲しかった。また今日の日当が靴に変わってしまう、そのことのほうが僕にとってはよほど重大な問題だった。

間もなく仕事は終わり、僕は市街地のはずれにある彼らの事務所までトラックに乗せてもらい、そこで今日の日当を受け取った。素足の指からはまだ血が滲んでいた。女子事務員が通りがかってそれを見た。僕は水道で洗っておくつもりだった。痛みなどなかった。疲れが薄めていたのかもしれない。いずれにしても痛風の痛みに比べれば物の数ではなかった。しかし、僕の足を見て事務所に引き返した女の人は、小さな救急箱を持ってやってきた。

「大丈夫ですから」

そう僕は断った。

「黴菌(ばいきん)でも入ったら大変ですよ。さあ、ここに座って」

僕は言われるままに石に腰を降ろし、彼女が指先に消毒液を塗ってくれるのをじっと見ていた。僕は思わず呻(うめ)いてしまった。僕の顔を心配そうな眼が見上げた。切り傷の顔を潮水で洗った時も、岩が僕の足の上を通っていった時も、爪のはがれてしまった指先を海水で洗った時も、こんなにまで痛いとは思わなかった。たとえ痛がったとしても誰も同情などしてはくれない、その思いが痛みを押さえていたのかもしれない。指先にしみる消毒液がそれほど痛いはずはなかった。痛風の激痛でさえ歯を食いしばって耐えたはずだった。だが、その女性の手の中の僕の指は、今、僕に耐えがたい痛みを運んできてしまう。黄色い薬品に浸っていたガーゼがおかれ、それが痛みの中心にもう一つの冷たい感覚を走らせた。僕は彼女に気づかれないように息を止めてそれに耐えた。彼女はシャボン玉に包帯をするようにありったけの慎重さで純白を足に巻いてくれた。鼓動に合わせて爪のはがれた箇所がズキズキと痛み始める。僕はそのたびに顔をしかめた。

「きついのでしょう」

「いいえ、大丈夫です」

「これ使ってもいいですよ」

彼女はゴムゾウリを足元に揃えながらそう言った。僕の全身を保っていた緊張の箍がはずれ、僕は太陽の下の氷の人形のように、華奢で脆い、今にも溶け出しそうな感情を隠さなければならなかった。

「痛むのでしょう」

「足の方は大丈夫です。ただ、どう言っていいのか、とにかく嬉しかったのです、本当にありがとうございました」

これだけがやっと言えた。もう感情が溶けて液化しようとしていた。

「大変ですね。明日の朝もやってあげますから、少し早めに来て下さい。じゃ、気をつけてね」

僕はあの岩石が爪もろとも感情の硬い表皮さえ剥ぎ取ってしまったように思い始めていた。いっそのこと、足ごともぎ取ってくれれば僕はどんなに救われたかもしれない。いや、睾丸のそばで誰にも知られずに芽を出し始めた死でさえ蹂躙して、全身をくちゃくちゃに潰してくれれば良かった。そうすれば僕の全身は、監督やブルドザーの運転手や一緒に仕事にやって来た同僚たちの哀れみの目で、すっぽりと埋葬されたに違いない。その方がどんなに嬉しかっただろう。今のように必死で涙をこらえることも、こらえようとする意志も、涙を分泌する涙腺も、目も、それを流す頬も赤土にまみれて消えてしまっただろうに。

僕は、今日の岩石よりも巨大で重く黒ずんだ死の意志が体内で転がり始める音を聞いた。あの死の胚芽を潰し、過去も未来も、青空も太陽も星々も、花々も木々も、あのまなざしへの恋慕も、ならざる夢への希望も、不安も恐怖も、歓喜も陶酔も、存在ごとひしゃげて、ガラガラと、時間と空間の奈落の底に転がり落ちる死の響きを聞いた。この地上に生ずる全ての音をひっさげる地籟（ちらい）でさえ、今体内で響き渡る死の虚雷に飲み込まれて消えてしまう。

つと、その音は戦場に響く機関銃の音に変わった。いや、戦場ではない。僕の過去の生活の中だった。耳を澄ますと過去でもないようだった。虚の銃座から時間に向けて、でたらめに発射される銃弾の連鎖だった。僕の目の前を走る息子も妻も友人も、肉親の全てと今、包帯を巻いてくれた女（ひと）も、名も知らず死んでいった女（ひと）も、あのハーディジャも、僕の引き金の前で撃ち抜かれ、即時に消え失せ始めた。未来に出会うだろう人間達や、世界中で僕と同じように生き死んで行くために存在している全ての人々を、僕は一瞬にして殺し、消し始めていた。

これが死の意志という巨大に暗黒の岩石がやってしまう残忍なジュノサイドなのだ。死ぬのは僕自身だが、僕が殺してしまうのは、すべての人間と、すべての自然と、今存在する宇宙の全てであり、過去と未来の世界の全部なのだ。僕は岩石の転がる機関銃の音を聞きながら、舌なめずりして冷ややかに笑う殺人狂の僕と、それに身震いして告発する言葉さえ飲み込んでしまった僕を、一つの僕自身に重ねるために立ち上がった。精神のようにびっこを引く足をかばいながら、バス停に向かうよりしようがなかった。

そんな筋肉の演技がタップリ三日続いた。もはや金などどうでも良くなっていた。あの女に包帯を巻きなおしてもらえる、その思いだけが水を含んだ綿のように重く正体を無くした肉体を運んだ。だから四日目の朝、再び病院の前に立つと、まるで死の胚芽が全身に膨張して外皮にまで及んできたかのように、顔は傷跡だらけで、褐色に腐蝕していた。しかも足ばかりでなく、手の甲にも裂傷を作ってしまった。ワイヤーが切れ、それを急いではずそうとして、ささくれだった切り口の太い針金の束で思い切り手の甲を刺してしまった。幸い軍手が傷を隠していたから、僕は血の滲んできた軍手に赤土をなすりつけて誤魔化して仕事を続けた。手の傷口はまだふさがらず、手当てもしていなかったから、これも治療してもらおう、そう思って診察室に入った。

椅子に座って医者の顔を見ると、医者はこの上なく不快な顔をしていた。いや、怒りの色さえ浮かべている。彼の注意を無視して節制もせず、傷だらけのドラムカンみたいになったことを怒っているのだろう。しかし、こうでもしなければ法外な治療費などとうてい作れません、僕はもし医者が顔や手を見て文句を言ったら、そう言い返すつもりだった。案の定、医者はそんなそぶりで口を開いた。

君のような人間を私が治療するわけにはいかない、最初からそう言ってくれれば、私の方もそのつもりで応対したのだが、残念ながら今日は診察をしたくない。しかし、と僕は治療費のことをいうつもりだった。だが、医者は僕をさえぎって言葉を続けた。しかも何もないよ、睾丸の肉腫がたとえ悪性、いわゆる癌であったとしても、それが君に死をもたらすまでは生きていないだろう。僕は自分の予測がはずれ、それ以上に奇怪な医者の発言に戸惑った。

と、おっしゃいますと、私の方に何か不都合でも。まだそんな風に言っているのか、君がどれくらいやり続けたかは知らないが、血液と尿から考えても相当ひどいものだ、君の腎臓や肝臓は、ほぼ数年の単位で、いやひょっとすると数ヶ月かもしれないが、とにかく機能低下し、急性発作、いわゆる肝硬変か尿毒症、悪くすればそれが原因で心臓発作のような事態を招きかねない。先生、恐れ入りますが、もう少し詳しくお話していただけないでしょうか。いや、私が話すより君自身が十分知っていることだろう。ですから、そこのところをはっきりとおっしゃってください、覚悟はできていますから。君も強情な男だな、よしわかった、ちょっと腕を見せたまえ。

僕は両腕を前に出した。医者はまるで棒切れを扱うようにそれを内側に回した。ひじの内側を見回し、指で注意深く皮膚を探っていたが、今度は医者の方が戸惑い始めた。

おかしいなあ、あそこまで肝臓や腎臓を荒廃させるにはよほどやり続けないと。そうか、わかりました、先生は私が麻薬中毒かなんかだと……ようやく認めたな、一体どこから入れているんだ。医者はこれ以上不機嫌になれないといった風に吐き出した。看護婦も医者の剣幕に遠くから立ち竦んで眺めているだけだった。

先生がそう判断されたことに対して、思い当たることはあります、タブン、これだと思うのですが。僕はポケットから常時携行している錠剤を出した。医者はそれを手の上にのせ、忌まわしい物に触れるように指先で摘み上げて見詰めた。

これは何と言う麻薬なんだ。医者は勝ち誇った刑事のように問いただした。たぶん麻薬と呼んだほうが正しいかもしれませんが、麻薬より損な物です、少しも気持ちよくなりませんから。医者は頰を痙攣させて僕を厳しい目で睨んだ。先生は外科がご専門ですからご存知ないかもしれません。

厳しい目があからさまな敵意に変わった。僕はかまわず続けた。これは痛風の発作時に飲むように言われた鎮痛剤です、それにこの薬も合わせて処方されました。あなたと同じ国家が認めた医者が、と言おうとして最後の言葉は言わずに、もう一種類の薬を取り出した。

医者は手にした薬を持ったまま席をはずした。診察室の中が時ならぬ不穏な空気で音を消した。看護婦も動こうとしなかった。僕はクレゾールの臭気に体中が染められてしまうようで不快この上もなかった。しばらくして医者はまったく別人になって戻ってきた。あの傲慢な言葉を吐き散らしていた権威者の顔はなく、自分をこれ以上貶められないというような力のない顔つきだった。

大変なことを申し上げてしまいました、あなたがてっきり麻薬患者だと思って脅かすつもりだったんですが……、肝臓や腎臓は確かに悪くなっています、しかし、申しあげたような危険な状態では決してありません。いや、先生、お気になさらないでください、間違いなく原因はあります、発作でもないのに発作を警戒して多量に服用したこともあります、タブン必要量以上とか、人体の許容量以上とかに服用していたんでしょう、はっきりおっしゃっていただいて、むしろスッキリしました、じゃ、あの肉瘤も当然悪性の腫瘍だと思った方がいいですね。そうとは決められませんが、ただ結核性でも、性病によるものでもないことははっきりしました。だと思いますよ、私にも少しはわかりますが、肝臓や腎臓がそこまで悪化しているとしますと、私の体質的な問題からもほぼ悪性に間違いないと思います。そう決めてしまわれると困るのですが、とにかく明日の午後来て下さい、二、三日の入院準備も忘れずにお願いします、あの部分から切片を取ってガンセンターに送ってみますから。

ちょっとした幕間狂言のつもりが、死というフィナーレに雪崩込む荒唐無稽のオペラに成り果てた。生のマチネーの束の間の暗転に、舞台のソデからしゃしゃり出た道化が、気のきいた台詞を言う間にも、スポットライトは濃い屍色のフィルターかけられ、絢爛たる生の大演舞のイントロも始まらず、「出」を間違えてしまったのかと、狼狽の目を向け指示をあおぐ舞台監督もいず、暗転のままの舞台にしらけきる客席に向けて、顔を引きつらせたまま、「へへへ」と笑い、きっと悪魔を調伏し、災いを消すために、乱声を奏し、常装束で鉾を執って舞う厭舞なのだ、そう思い込んで舞台の不吉な匂いを納得しようとしても、舞台も客席も楽屋も深夜の廃屋より気味悪く深閑として音もなく、全身の悪寒を止めることもできず、「駄目だ、逃げ出すのだ」そう思って闇の中を手探りしようとするより一瞬早く、フィナーレの緞帳が一気に切って落とされ、その断固たる否定の重みは、道化の厚化粧した首を刎ね、待ち受けて口を開いていた奈落の底に転がり落ちる。床下のコンクリートのたたきで、頭蓋骨がひしゃげる鈍い音だけが響き、静けさに押し殺され、全てが終わりを告げる。舞台には、もう一度確かめてみようと、ポケットから出した脚本を握り締めた首なし道化が横たわり、どこから迷い込んだのか羽音立てる金蠅が一匹、体内に蛆虫を繁殖させるために、首の切り口の苦い血を音をたてて啜る。

　タゴールのように愛想づかしする「天」とてなく、海に立つ慰安の十字架も見えず、「死を前にして歓喜の実践」など、演じきれなかった脚本にバタイユが書き込んだト書きに過ぎず、死は予告編にも試写会にも、初日にも楽日にも、拒否する事のできない電気椅子の指定券送ってよこし、スチール写真を横目で見て、オペラなどみたくもない、そう思って立ち去ろうとする足は切って落とされ、手足を無くした頭と胴体だけの体運び込まれ、眼を覚ます達磨大師の茶も飲めず、それじゃ舞台に立たしてくれと、指定券よこした魔神と談判し、忌まわしい笛の音で見よう見まねの道化の演技……。

　生のエピローグ、死のプロローグ、いずれにしてもフィナーレは死。脚本のどのページにも、扉にも奥付にも、一つの手抜かりもなく「死」という大きな一字が透かしで印刷されて、演じきれないプロットを追い、ト書きに台詞のしぐさを考えている幸福な目には、血に浸してしか見えない地獄のゲヘナの炙(あぶ)り出し。

メス、鑷子(せっし)、電気鋸、ドリル。プレパラート、顕微鏡、説物レンズ。靴を作ったことのない鍛冶屋の手つき、サバトのブッチャーの瞳の光。赤血球モネラ、リポイド性液胞、リンパ球状細胞、塩基好性核質、網膜状血球モネラ、癌細胞。切除、欠損、白蝋(しろめ)、アセチレンバーナー、豚の毛、キュンチャ釘、縫合。それで死の胚芽が摘み取れるとでもいうのだろうか。僕の細胞の全てが屍色のフィルターで生のホリゾントに沈みかかっているというのに。僕は三日間の幕間狂言のギャラと引き換えに手にした腎臓と肝臓の薬を外へ出るなり捨てた。薬漬けの肉体にこれ以上石油の滓や鉱物の塵など放り込んで、道化の契約を破棄できるとでも言うのだろうか。暗転の中で闇雲に生のせり出しを奈落の底まで下げられ、フィナーレの緞帳に魔神の刃が突きつけられているというのに。

　だから僕は、場違いの舞台でしらけきる観客を前にして、道化のやる絶望の笑い(デゼスポアール・スーリン)など止めよう。手探りで出口を探すことなど何の役に立とう。緞帳の真下に首を晒して、うまい具合に奈落に首が転げる位置にどっかりと座り込んでやるのだ。いや、頭が死の前に傷つけられたり、緞帳の重みに耐えかねて狂い出すことも避けねばならない。頭を奈落の上の虚空に突きだし、大の字に横たわって、まともに首だけを刎ねるような位置を捜そう。屍色のフィルターをかけたスポットライトが下腹部の睾丸と肝臓や腎臓に届いたとしても、心臓の中枢や頭にまでは届かない場所に横たわってみよう。絶望の笑いなど魔神を喜ばせるだけだ。闇の底で厚化粧に隠して静かに笑ってやろう。そのためにはまず心に化粧をしなければなるまい。霊鷲山の頂（いただき）で釈迦から花を受け取った摩訶迦葉（まかかしょう）のように黙って微笑むことだ。花を求めるのだ。僕に古拙の微笑（アルカイックスマイル）をさせることができる一本の真の花を探して見るのだ。

　もはや泣くことも叫ぶことも歌うことも踊ることも止めよう。まして狂い暴れ、椅子に縛られ、憎悪の叫びで事切れて、首をうなだれ、人々の哄笑や冷笑を集めることも止めにしよう。ただハーディジャのあのまなざしで、天に向かって咲きかかる梯梧（でいご）の花を握ってみよう。憎悪で濡れて重い言葉を、蛆虫のたかる地下の埋葬場から掘り出され、くたばり損ないの世界に向けて呪咀を売りつけて何になる。生そのものとも、世界とも、それゆえに言葉とすら和解できなかったからこそ死ぬより他になかったのだ。死んだ死を、死に損なっている死に向かって投げつけたところで、梵鐘は天には響かず、新しい世界を迎えるために百八煩悩を祓（はら）うことなどできはしない。響きは空疎に、木霊（こだま）も残さず、死者の霊弔うこともできずに、地獄第七圏に火の雨を降らせ、第八圏の炎をあおり、亡霊は彷徨い続ける。死者を弔うことは死者にまかせ、死んでもいない生の只中から、生のエピローグも死のプロローグも演じることは止めにしよう。

　僕はもはや死しか演じられない肉体などにかまっておれない。明日の切開によって肉片をガンセンターに送り、死の招待状を送り返されたところで、あるいは招待を丁重に延期されても、いつかは死ぬより他ないのだ。まして延期には肝臓や腎臓や、ひょっとすると僕の細胞の全ての承諾が必要なのだ。この承諾を取り付けることなど、もはやどんな意味でも手遅れらしい。だから死と和解など決してできない。ただできることは完璧に無視してやることだけだろう。ガンセンターから送り返される検査書が僕の演ずべき道化の時間を予測してくれたところで、それが今日でないことはタブン確かだろうし、いや、今日でさえ僕の脚本には死の透（すかし）が入っているのだが、明日か、三日後か、三ヶ月後か、三年先かもしれないが、いずれにしても百年先であるはずはない。明日から、いや、今からやってくる未来の時間のどこかなのだ。だから僕はそれを明日と決めよう。明日と決めることで今日一日を花を探す狩人になって、僕の「成らざる夢」に咲きかけるように生きてみよう。七十年や八十年の生を充分に生きないという神を冒涜する罪を犯しながら、バームクーヘンみたいに汚れた手で何度も世界の垢を塗りたくられて、じわじわ、じわじわと地獄の火で焼かれるよりはましだ。充分に生きることとは、ただ素っ裸の僕自身を咲かせること以外にはないのだから。

僕はもう二度と医者の所に行くことはあるまい。たとえ鍛冶屋の手がうまいぐあいにガラスの罅（ひび）をハンダでくっつけたとしても。僕はその危なっかしい靴で一体どこまで歩けるというのだろう。僕の生を、誰でもない僕にとって最も大切なこの生命を、神でもなく、ただ少し小器用に肉塊を解体しえる他者の手にゆだねて、何を救ってもらおうとしていたのか。切り刻まれ、モルモットみたいに調べ上げられ、生を修繕するよりは、僕は罅を無視して歩き続けるだけの道を歩き続け、ガラスそのものを錬金の火床に投げ込んで、水晶の輝きに変えればいいのだ。その道が森の闇の中であり、出口も見出せないままに右往左往して疲れ果て、錬金の火床も見出せず、ただ這いつくばってくたばることになったとしても、死はどのみち無慈悲に嘲笑しながら、パックリと全てを飲み込んでしまうだけだ。

さあ、生のエピローグも、死のプロローグも、幕間狂言も、荒唐無稽のオペラも、死のフィナーレでさえ僕は知らない。道化なんて真っ平御免だ。

僕は自分の脳髄にこびりついていた肉体の呪縛を解こう。「死」という透が入っている脚本を力一杯破り捨てよう。肉体が存在し、それを器として僕自身が存在するとしたら、僕はその器だけで生きてきたのではなかっただろうか。かつて、いや、今日まで僕は生きるために死にたくはなかった。器の中の僕自身を顕現することだけが夢だった。だが、僕はその夢のために、本当に生きてきたと言えるのだろうか。ただ器が痛まないように、器が滅びないようにすることで、僕の夢を顕現しようとすることをおろそかにしてこなかっただろうか。生きること、それは僕がこの世に生を受けた価値を知ることであり、その価値を生きることであり、十分に生きる事であり、僕しか表現できない生き方で顕現させることではないのか。胃袋の満足でも、死の執行猶予を少しでも延期することでも、肉体という器をただただ保存しようとすることでも、そのどの一つも生きることとは違うのだ。確かにそう理解していたかもしれない。だが、僕が今日死をはっきりと理解したように、生を、生きることを理解していたとは決して言えない。もしそれが真に理解できていたとしたら、今日を明日のためにムザムザと見捨てることなど、どうして自分に許すことができただろう。

僕の脳髄にこびりついていた肉体の呪縛が、僕の生を、生活をがんじがらめにしてきただけだ。だが、もう肉体にこだわることはないのだろう。僕の肉体は今日すっぱりと死を引き受けてしまった。この肉体のどの一部分も、どの感覚も、どの苦痛も、どの欲望も、生や生活を縛ることはしなくなるに違いない。僕は思いのままこの肉体を酷使してみよう。ただただ器の中から僕自身を顕現させるために。

　まず、僕は死亡診断書を作成しよう。肉体の所有者として、誰の手も借りずに、死にかかったこの身体に紙一枚の告別をしよう。棺などいらない。墓地など糞食らえ。これ以上生きている僕は僕の死にかまっておれない。手を鍬にかけておいて後ろなど見てしまっては、決して聖地に向かえはしない。死者を葬ることは死者に任せておこう。僕は今ようやく生き始めるのだ。僕は今ようやく僕という国家の支配者になることができるのだ。死という核兵器ちらつかせ、ピッタリと僕に照準を合わせ、四六時中脅し続けることで、今日まで僕を支配してきた肉体の王を退位させるのだ。

　僕の国家にクーデターを起こし、死をちらつかせてふんぞり返っていた肉体の王を、僕の奴隷として思うままにこき使うのだ。生活を変えよう、生を変えよう、肉体に引きずり回されていた過去よさらば、空蟬の肉体はその虚しい王位を退け。

　だが僕はその新しい国家もまた、死の礎石の上にある瞬時の蜃気楼にすぎないことを知っている。それはたぶん砂上の楼閣ほどにも確実性はないのだろう。もし砂上の楼閣ならば、まだしも転覆する起点としての砂粒を見出しえる。しかし、死の礎石は、暗黒でいかにも実在するかのように見せかけながら、いかなる物もその上に保つことなどできはしない。だが、それでもいいのだ。僕という存在は百年前にはなく、百年先にもありえないのだから、僕の今建国しようとする蜃気楼が死の礎石の上だとしても、あらゆる人間存在そのものだってそうなのだ。ただ感覚に訴えるものが、あたかも実在しているように思い込むことで、辛うじて自分自身も永遠に生きられるのだと信じようとしているだけだ。

だから僕は、それでもなお僕の城を建国しようとしているのではない。僕の存在が誕生と死の間の束の間の生だからこそ、僕は城を夢見ているのだ。死の、いや、無の、空の上の束の間の生が、束の間の無駄でないと信じているからこそ、僕は僕の城を建国してみたい。これこそが僕の信仰であり、僕の「成らざる夢」の正体なのだ。名を告げず、子供を孕んだままで、新聞紙以上になりたくて死んでいった女が残してくれたあの歌……

「花と知りなぎな、心尽くすしん
ときの間の縁ぬ、暗さあてど」

この歌こそ、僕の讃美歌なのだ。
僕は生を得てこの世界に出現し、死によって世界から消えていく人生という時間が、僕に与えられた開花のチャンスだと信じ始めている。僕の生の価値が、もし、そこにないとしたら、世界は初動からガラクタの山であり、宇宙の営為の全てが巨大な無駄の坩堝でしかありえない。
だから僕は、死を一つのチャンスとして考える全ての信仰と教義を、全ての思想と行為を一切拒否しよう。五穀を断ち、木の実を断ち、水を断って土中の棺の中で鈴を鳴らし続けて死んで行く修行も、木乃伊（みいら）信仰も、僕に新しい子宮をもたらすために交合している未来の両親の誘いの歌も、再生も輪廻も、死によって初めて神に抱かれるという信仰も、信念による自殺も、愛する二人の心中も、死がたとえ新たなる生のためだとしても、死を一つの契機とする全てのものを拒否しよう。この生がたとえ六道輪廻の一つだとしても、近い将来に訪れる死によってこの生を意味付けることを拒否したい。意義も価値も、誕生から死までのこの束の間の生の中に見つけ出したいと思う。まして彼岸のパラダイスや地獄は、今の僕の生の結果としてやってくるかもしれないが、今、そのことを考えることで僕の現世への信仰を微塵も薄めたくない。いや、それどころか、この現世こそ地獄でもあり、天国でもあるに違いないのだろう。

　だが僕はこの生のエピローグとも言うべき時間を、地獄絵を背景にしたり、あるいは地獄の底で蠢（うごめ）く事になってしまったりして終わりにはしたくない。奴隷としてかしずいているはずの肉体は、今日も刻々と叛乱の機をうかがっている。尿毒症かもしれない、癌の末期的症状による狂気と苦痛かもしれない、この叛乱の企ては、精神の譫妄とパニックを、そして遂には苦痛で編みこまれた昏睡を結果するに違いない。これこそ文字通りの地獄だろう。僕が生を得て大気に触れ、長い歳月をかけて一匹の動物から人間に変化してきたからといって、死に向かってそれを遡行することなど断じて許すことはできない。明晰のままで、生そのものを肉体で、精神で、魂ではっきりと意識しながら存在を消してしまいたい。だから僕はウカウカしておれない。絶えず奴隷の叛乱をチェックし続けねばなるまい。それが少しでも肉体に兆し始めたとしたら、たとえ開花できなくとも、一気に存在を消してしまうのだ。

　いや、そのやりかたならば、僕はまるで死を認めて、死に脅（おびや）かされて生き続けるに過ぎない。逆だ、逆にしないと駄目なのだ。精神に時間を与え、その間は何が何でも生き続け、たとえ完璧に包囲されてしまっても、あたかも世界の時代遅れの王のように、生の王位にしがみついてみるのだ。

　だから、僕が精神に期限を与えよう。死が僕に与えた生の執行猶予を死刑宣告で踏み躙ってやろう。医者は数ヶ月の命だとほのめかした。いいだろう、一年さえ生きられないと覚悟してやろう。

六ヶ月、一年の半分、これならばあの医者の言う「死なない」時間に違いない。たとえそうでなかったとしても、六ヶ月間は石にかじりついてでも生き延びてやる。

六ヶ月と言えば、次の春、まさに梯梧の開花期だ。その五月、僕は三十歳の誕生日を迎える。その日を僕の死刑執行の日に定めればいい。そうしてその日までに、梯梧と競ってありったけの養分を大地が痩せるほどに吸い上げ、大気がカラカラに乾燥するほどに甘露を得て、血を滲ませて咲いてみよう。それまでの半年の間にいかなる死がやってこようとも、僕は断固として拒否し続ける。僕の存在がよって立つ基底に逃れられない死がある限り、僕は決して勝てはしない。だが、たとえその意志が貫徹しなかったとしても、決して悔やむことはありえない。死がそんな僕さえ完璧に消し去ってしまうのだから。

生か、しかも狂気に近いほどに熱狂する生か、あるいは死か、これがただ一つの人間の選択なのだろう。

僕が医者によって軽はずみな死の託宣を受けた日、僕の生のエピローグも、死のプロローグも終わった。僕はただ死の中に一粒の種子を孕んだ。かつて母なる子宮の中で、内なる神秘な力を得て生命を形作ったように、死の子宮の中に一粒の種子を自覚した。種子こそが花の内なる神秘な力の結晶であるように、僕は来るべき開花の可能性を全て持っている種子を植え付けた。

花の種子を二つに割り、中に秘められている力を見ようとしても、ただ白い胚と胚乳しか見ることができないように、僕もまたその種子が何であるかを知ることはなかった。だが、僕が一粒の梯梧の種子を大地に播くことで、闇と湿潤から光に向けて芽を出し、闇に向けて養分を吸い上げるために根を伸ばし、双葉をつけ、緑したたる葉を繁らせ、やがては太陽に向けて高らかに賛歌を歌い咲くように、僕は六ヶ月の生の期間に薔薇（ばら）の聖者バーバンクとなり、種子を魂一杯で慈しんで花と咲くことによって、種子の神秘を知ってみたいと思う。それこそ生の価値であり、人間として生き死んでいく人間の意味だと思うからだ。

　僕は今日までの過去を大地とした。そこは僕という一粒の種子にとって、鳥が来て啄（つい）ばんでしまう道端であったのか、日が昇ると焼け、根がないために枯れてしまう土の薄い石地なのか、茨の地でたとえ根をつけ葉をつけたところで、茨が伸びてふさいでしまう土地なのか、良い土地で花をつけ、実を結べる畑なのか、今の僕には結論付ける事はできない。

　ただ一粒の種子が根を出し、たとえ岩だらけの痩せた土地であっても、根毛が岩に触れると岩を避け、ひたすら土を求めて闇をまさぐるように、僕は僕という種子から精一杯過去の大地に根を伸ばして、「成らざる夢」の花を咲かせるために、少しでも天に向かって枝を張れるように闇をまさぐってみよう。僕にとって大地は、「成らざる夢」を咲かすべき過去という時間の死の堆肥であり、僕の芽と、双葉と、葉は、常に過去と存在の中に根をおろしながら、一刻でも未来を一ミリでも高みを、星屑の光でも輝きを望み続けてきた意志であり、精神であり、感情の起伏であり、夢であり、僕の心の動きの全てなのだろう。茎となり幹となり枝となるものこそ、常にその時の僕自身であり、養分を運び、光合成の成果を根に貯えるために運搬し、やがては全存在をあげて開花する内なる神秘な力の媒体でもあるのだ。

　僕はまず過去の大地を耕すために鍬を持った。記憶にある限りの過去の体験を言葉にして、小さな紙切れに記入した。それは時間的連関も、それぞれの事項のつながりもなく、ただ過去という荷台に積まれていた膨大な量の砂を、ダンプカーがやるように一気にぶちまける作業として始まった。僕の事件を、かかわってきた人間達を、僕に時間を与えてきた空間と組織を、琴線が共鳴した出来事を、読んだ本を、見た映画を、聞いた音楽を、芝居を、職業を、趣味を、思想的色彩を、精神的苦闘を、心情的嗚咽（おえつ）を、慟哭を、酩酊を、陶酔を、初恋を、恋愛を、歓喜を、狂気を、詩を、歌を、踊りを、信仰を、友情を、決意を、希望を、夢を、他者の死を、生活の場面を、息子の誕生と成長を、家庭からの離脱を、流亡を、新たな出会いを、別離を、僕は血も涙も涸れ果てた人間のように、ただ黙々と手を動かすだけの労働としてやり続けた。ダンプカーが空になり、ふと手を休めると、僕は例の事務所に電話を入れて仕事を求めた。ヘルメットと安全靴が運ぶ炎熱のトリップで精神を白濁化する時間を作ると、不思議と記憶のダンプカーは大地から掘り起こした直後の土のように生々しい記憶で満たされた。

僕は過去から採集してきた紙切れを種子の培養土にするために書き続けた。それが段ボール箱一杯になると、過去の大地に広げるために三帖の部屋にぶちまけた。そこから時間の繊維に紙切れを巻きつかせて、一本の根を編む作業を始めた。同じ根だと思われる事項を片っ端から集めてゴムバンドでまとめた。一枚とて無駄にはしなかった。どんな事項でも僕の過去にある限り何らかの意味と関連を持っているはずだったからだ。それをまとめながら一本の根に編めない事項は、何枚も同じものを書いてそれぞれの根に同じように編みこんだ。その作業の中で紙切れが放つ過去の心情や、紙切れに対して抱いた感慨も逃がすことを警戒し、それはそれで根とは別に分類して固めた。作業の間に浮かんでくる事項も一つ残らず書き出して、それぞれの根に加えた。

種子を発芽させるための闇の手探りは、一ヶ月という時間を奪ってしまった。その間、何日かは日雇いの仕事に出た。下水道工事や道路拡張工事や、護岸工事や、そのための資材を運搬したりすることなどが仕事だったが、肉体と精神は同じように土を相手にした一ヶ月だった。だが、僕の方はパワーシャベルもブルドーザーもなく、ただ一つ一つの土くれや小石を丁寧に選別するより他なかった。それでも肉体の労働は精神の弦を弛め、精神の労働は筋肉をほぐした。

僕は花のために一本一本の根を形作っていると思われる紙切れの束を、大きな紙の上に時間でつなぎ合わせてみた。いくつかの主根と側根ができ、それに多数の根毛がつながった。一本は文学を主根とする芸術の根であり、一本は革命を主とする政治の根であり、一本は死や病いや自殺やありとあらゆる肉体にまつわる人間の苦へのかかわりと僕自身の苦にかかわる根であり、さらにそれとからみながらも決して一本に編み上げることのできなかった仏典や聖書や、僕が師と仰いだ僧や牧師達の言葉による宗教の根があり、それらと同じほど太く岩石や茨や鳥たちに邪魔されてしまった多くの根が複雑にからみ始めていた。

その根は、胃袋に直結した生活であり、闇の中でまさぐりながら光に到らずして焦げ付いてしまった女達との関係であり、西部の荒野を風に吹かれて転がるデラシネの旅であり、伸びるべき枝や葉を徒に摘み添え木して、盆栽のようにいじけて窒息したさまを鑑賞させるために、権威や組織や人間達に弄(もてあそ)ばれて圧死した不可視の花々であり、花が咲きかかる太陽を隠し、燻(いぶ)し、まるで太陽がブリキの円板のように薄っぺらなものにすぎないと大地をカバーし、根に届くべき酸素を欠乏させた血縁や地域社会や国家の呪縛であり、僕の種子を温室のように慈(いつく)しまずに、隔離し滅菌し、人工の光線が全てのように教えてくれた教育機関だった。これらの根が、僕の、誕生から思春期をへて結婚し、失敗していった生活の主根の周囲に次々と編まれていった。

それらを大きな紙に書き出し、部屋の天井といわず壁といわず、もちろんベッドにも床にも所狭しと広げ貼りつけてしまうと、僕はいよいよ芽を出し、茎をつける作業に取りかかれると思った。だが、いざやり始めてみると、作業は全く進展しなかった。何日間も言葉によって掘り尽くされ僕の前に広がっている過去を眺めてみても、そこから芽を出し、双葉をつける必然の力を種子に結びつけることはできなかった。種子は播かれはしたが、養分を吸収するパイプはどこにもなかった。僕が自覚した種子は過去の最深部で根に繋がってはいたが、根は種子から生れるはずにもかかわらず、種子とは無関係としてしか考えられず、バラバラに闇の中に伸び、その先端が現在に一番近い事項として種子から最も遠い時間を隔てていた。葉として僕自身の幹から枝を伸ばして光を受けるべきはずの、そして雨風に打たれながら涙の雫を落とすべきはずの紙切れの山も、空になった段ボールの苗床で放置されたままでしかなかった。それは過去という時間に甘えて、気紛れに感情を集めているに過ぎなかった。

僕の過去は、いや僕の生そのものは、闇の大地の中で何の意味もなく、矛盾と混乱だけだったとしか思えなかった。世界もまたその矛盾と混乱を広げるための暗黒の器でしかなかった。根は岩にあたり、方向を変え、地球の引力に向かうようにさらなる暗黒に先端を走らせていた。それぞれの根が辿り着くべき養分のありかさえ、個々の塊根を脹らませるように地下で貯えられるだけで、根の先端は全く無関係に放縦に伸びていた。一切が無駄だった。とりわけ僕が根を伸ばすことで書き出してしまった葉となるべき喜びや悲しみや怒りや憎しみや、全ての感情の起伏は、嵐に吹き寄せられた木っ葉のように段ボール箱の隅に固まっているだけで、ただ生の空しさを集めていた。

僕は紙を広げたままのベッドに横たわり、部屋一杯に外化し、展開した僕の過去の生のすべてを暗澹たる気持ちで眺めた。僕の生の価値がこの部屋に張り巡らされた蔦のように根か茎か判然としない時間の糸に包囲されて息の根を止められるならば、世界はまさにガラクタの山であり、宇宙の営為の全ては、巨大な塵芥焼却場のベルトコンベアーのように、ただただ時間の帯の上に無尽蔵な塵芥を運び続けるだけのものでしかない。たとえその茎か根かわからないような時間の糸に、段ボール箱にうずくまっている感情の葉をつけたとしても、生の嵐が吹きすさぶ夜は、それらを一枚残さず吹き飛ばしてしまうに違いない。僕は病み続ける少女の願いのように、一枚の葉を残すために、たとえ血で描き血糊でくっつけたとしても、生の証しになるような葉一枚でも書き込みたかった。そうしたら嵐の止んだ朝、全てが死に去った後でも、朝露に血を滲ませて光る一枚の葉は残ってくれるかもしれない。それを少女の瞳のように清らかに輝いているだろう息子の眼は、きっと見つけ出してくれるに違いない。その一枚は地衣類よりも無惨に這いつくばりながら、ただ天の高みに一ミリでも近づこうとして茎を伸ばし、がむしゃらに吸盤をくっつけて歩き、少しでも手がかりがあればすかさず巻き髭をからみつかせてきた僕の生の唯一つのアリバイにはなるだろう。それ以外、この蔦の這い回り包囲した部屋の中から、一輪のハコベの花さえ開花しえる可能性は見つけられない。

　大地は鳥兜の根を育み、時間は刻一刻と死の毒を合成し、遂には彼岸花となって赤色の奇形の茎を花と見紛わせて、死を血の色で咲かせてしまう。猛毒の鳥兜の塊根を乾燥させて痛風の鎮痛薬にするには、暗黒は涙と苦汁で湿り、太陽の光を得ることもできず、彼岸花は反巻する六片の花蓋で六道輪廻を表現しながら、春の陽光を待たずに、冬日の中で枯死してしまう。

過去はただ、いや、生はただ彼岸花（しびとばな）の赤色の奇形の茎を、春浅き弥生の野に枯死させるために毒を貯える。光溢れる野は遠く、ただ次の彼岸花の無駄な開花のために堆肥となり、営々と生まれ毒を孕んで死んでいく。それが僕の生であり、人間の意味であり、世界の真相であり、宇宙の法則なのだ。

僕は背の下で、動くたびにゴワゴワと音を立てる紙が、僕に死を勧め、生を嘲笑しているように聞こえてしかたなかった。今度は体を蛆虫みたいに動かせてみた。紙は僕の動きで音を荒げ、ビリビリビリビリと破れ始めた。それは僕の生の崩壊の音に思えた。僕はその音をさらに荒げ紙をビリビリに破れさせることで、あたかもそのまま生のクレバスを落下し、思うまま死に墜落することができるように体を動かせた。だが、紙の下のシーツと段ボールは、僕の蠢動ぐらいではただ左右に動くだけで、生に亀裂を与えることを拒み続けた。鉄製のベッドのキィキィと軋む音だけが、まるで魔神のように心を刺した。

僕は立ち上がって、紙を全て破り捨てることに決めた。僕が横たわっていた紙には、誕生から青春時代、結婚、子供の誕生、その後の流浪という根が書かれてあり、今、僕の心そのままにくしゃくしゃに破れちぎれていた。床から革命の根を取り上げた。戦後の混乱時の体験、友人の栄養失調、小学校の頃、朝鮮に帰ってしまった親友から学んだマルクスという名前、乞食の群れ、一家心中、鉄道自殺、夜逃げ、幼い頃の地方の小さな町で見聞きした体験が柔らかな羽毛のように根幹を包み、それが中学時代の疑問の渦から、高校時代の安保闘争への関心を経て、大学時代の活動に根の方向を変え、それと平行して伸びる根に、マルクス、レーニン、トロッキー、グラムシ、バクーニン、クロポトキン、サヴィンコフ、マフノ、サパタ、トウサン、ドルティ、マルコムX, ゲバラ、ファノン、林彪、マリゲーラ、カーマイケル、ヒューイなどの名前があり、それがアメリカ滞在と、アジア、オーストラリアの体験で一本に編まれて沖縄に続けてある。ロスアンジェルスのワッツの銃撃戦で昨日会った友人を殺され、アパラチア山脈で栄養失調で膨張した白人の子供の腹を撫で、ニューヨーク・バワリーで小便臭いジンにつきあい、オーストラリア・アボリジンの虚ろな眼に睨ま(にら)れ、台湾で、フィリッピンで、香港で、メキシコ国境のティファナで、オレゴンで、エル・パソで、ブルックリンで、ハーレムで、その根に栄養を与えたはずの根毛がびっしりと書き込まれ、闇の中に大根の根毛よりも弱々しく先端を失ってしまっている。

　僕はできればその紙を一瞬にして闇の黒に変色させたかった。最も太いはずのこの根でさえ僕の種子を発芽させる寸鉄の刺激すら与えられないのだろう。ぎっしりと書き込まれた壁の文字の根と、その横に革命をつなぐべく書き込まれた各種の書名と、天井にピンナップされた初恋からハーディジャまでの女との出会いと、神経痛、痛風を経て癌にまで延ばされた病名の一覧表と、ライヒと、コルトレーンと、ジュネと、マタイ伝と、ヒッピーと、炎天下沖縄での焼芋屋と、ロートレアモンと、碧巌録と、三池闘争と、二黒土星牡牛座と、精神病院の実習と、ポンテコルボの映画と、第五番と、役行者(えんのぎょうじゃ)と、ムイシュキン公と、農民一揆の卒論と、フォークナーと、太陽と花と優しい肩と、ウエーバーと、エンツェンスベルガーと、香港難民と、ＬＳＤと、唯識論と、金星人オーソンと、荒野の七人と、肝臓疾患と、ジミー・ヘンドリックスと、ムー大陸と、息子のヘルニアと、モナと、エリトリア解放戦線と、友人の自殺と、アジア的生産様式からみた日本農民の意識構造と、堀辰雄と、ジャニスのミー・アンド・ボギー・マビーと、クンダリニーと、大学のバリケードと、康子の唇と、デカルトの情念論と、チャクラと、ベルグソンの創造的進化と、気狂いピエロと、アイラーのゴーストと、三池コンミューンの生活と、教授会での弾劾と、夜間飛行と、フロイトと、蟹工船と、妻とのズボン破れの争いと、スパルタクスと、臨在録と、スーパーマーケットの売り子と、シャンバラと、イエスタディーと、アキの瞳と、ケラワックと、世界情報革命と、イッピーと、コンバーションと、過疎部落での生活と、ルロイ・ジョーンズと、死に至る病と、ソローと、パリ・コンミューンと、何でも落ちるワックスのセールスマンと、情報社会学と、ナジャと、チャーリー・パーカーと、ユキの美しい微笑みと、辻潤と、ハッシッシと、メイラーと、旧約聖書と、バーヨのゲリラ経典と、宮古島癩病院と、アルトーと、世直し天狗と、トイレ修繕屋と、嘉手苅林昌と、中国人老婆との愛と、社会学修士と、娼婦サチのはにかみと、アーサー・ヒューズの四月の恋と、芭蕉と、芋蔓（つる）炒めばかりの一ヶ月と、銀河系の花嫁と、ポリス・ヴィアンと、チェルキー・インディアンの娘と、谷川雁と、般若心経と、空き瓶回収業と、ユイスマンと、アジアは一つと、エジプトの死者の書と、ドン・キホーテと、エリのしなやかな脚と、沈黙の書と、フーリーエと、花の武器と、マチューリンと、高砂族の娘イーホンの涙と、アストゥリアスと、チベット開放戦線と、チャップリンの殺人狂と、空海と、世界最終戦争論と、プルーストと、キャバレーのコント作家と、コルヒチンと、ユングと、ミラレパの詩と、レチェル・カーソンと、ツパマロスと、阿含経と、勝手にしやがれと、コワルスキーと、サンドラスと、阿片の香りと、スル海の色と、夕陽と、南十字星と……。

　紙に書かれてあった数万個の署名や人名や事件や生活や病気や乳房や唇や職業や原稿や体感や思想や地名が一斉に部屋の中を舞い始めた。それは毒蛾となって頭を襲い、ヒルのように足首に纏わりつき、蝗(いなご)の大群となって肉を食い、ハブとなってペニスを食いちぎり、ヒチコックの鳥のように眼球を突き刺し、B52のように絨毯爆撃を全身に浴びせ、僕は亡霊を斬りまくる狂人のように紙をひきちぎり、破り、くしゃくしゃにして足で踏んづけ、床一面を紙屑の山にして、その上に倒れこんだ。倒れた勢いで蹴飛ばした段ボールの箱から、行き場のない吹き溜まりの木っ葉が一斉に飛び出して僕の上に降りかかった。それはまさしく生の呪符となって僕の精神を死に金縛りにした。

僕は心臓を病んでいたかった。涙で濡れた呪符が口の上にのって、弱りきった心臓に生命の気体を送らなくして、そのまま眠りから死へ、目覚めることの決してない死へ消えてしまいたかった。僕は体の下でくしゃくしゃになってしまった過去の生の上に横たわっていた。三十年に近い時間が握り潰されて一つの塊となってそこにあった。僕が過去の時間によって死に呪縛されてしまったように、逆に時間が僕によって一つの死に固められてしまい、僕は過去も未来も失せた時間のない世界に存在していた。過去の生も、未来の生もない一点、それが本当に生なのか、あるいはもはや死と呼ぶべきなのか、僕にはどうでもよくなっていた。未来の生が死によって消されてしまったのか。過去の生が無価値だと決めることで未来に死が確実となってしまったのか。あるいは、現在が時間を失ってしまって、過去と未来の双方に死を孕んでしまったのか。いや、逆に過去と未来のどちらにも生の意義を見失ってしまったから、現在に時間が消滅してしまったのだろうか。

僕は手を伸ばして部屋の隅に散らばっている紙屑を自分の体の方に寄せた。宙ぶらりんの存在を少しでも散乱させないようにするためだった。せめて体の下に過去を全部引き込むことで、今の存在の空しさを体に引き受けたかったからかもしれない。僕は過去の廃物の上に横たわって今の存在について思いをめぐらした。確かに僕の存在は厳としてここにあり、肉体はいまだ死んでいない。たとえ内部に死の胚芽や死の細胞を孕んでいたとしても、心臓は休みなく生を刻み、しかもここしばらくはいつになく体が軽い。自分の肉体に死を宣告して以来、奴隷達は叛乱の時期を息を潜めて待っているかのように静穏だった。もはや肉塊に何の執着もなく、気遣いも、そこから来る憂慮も哀惜もなかった。ただ精神の器としてそこに息づいているだけだった。だが、精神は死んでいるのだろうか。確かに死について考えないことはなかった。いや、死によって呪縛されてはいたが、昏睡のように精神の死を肉体が棺となって抱いていることもなく、狂気のように重症でもなく、譫妄のように危篤状態でもなく、心臓と同じように今の一刻だけを確実に感じていた。僕は言葉のどんな意味でも死んではいなかった。むしろ時間に束縛された精神からも、死の影に脅かされる肉体からも鎖を解かれて、しかも、奇妙に鎮まりかえっていた。

　僕はこの存在が今までになく静かなことが不思議だった。悲しみも、怒りも、憎悪も、喜びもなかった。全ての感情の波が時間の凪（なぎ）で鏡のように平穏だった。僕がこの状態を虚無と呼び、実在や真理を否定しようとしている僕を想定しても、僕にとって否定という思いすら必要でなかった。人々が虚無と呼び、無と錯覚しているあの不調和の充満でもなく、人間の魂が分け入る不気味に込み合った世界の闇の状態でもなかった。僕は充分に人間らしく生きているとは言いがたい状態ではあるが、決して死んでいるわけではない。死んでしまったのは時間のようだった。しかも、その時間ですら僕が勝手に僕自身に与えていた時間でしかなく、世界は時間が死んだからといって、寸分もそのありようを変えることなどなかった。

　ならば、全ては僕なのだ。時間が死んだと思うことも、過去が無駄でしかなかったと思うことも、未来に何の価値も見出しえないと思うことも、全てが僕の思考であり、認識であり、感覚にすぎない。この現在だけが僕の唯一の場だと思うことも、過去と未来に結ばれ、結ばれた量だけ質を変えてしまう現在が僕の存在の仮の場だと思うことも、過去の思い出を薄めながら現在を呼吸することも、未来のために今日を犠牲にしてしまうことも、すべて僕自身の考え方が変化するだけなのだ。そして、その変化した自分の考えや感覚に合うように、今度はどうにでも僕自身とこの現在を変えてしまっているだけなのだ。

僕は僕の下で死んでしまったはずの過去についても考えてみた。僕の過去は、今考えると時間の帯となって誕生から今日までにつながっているように思える。だが、誕生の日に今日を確信していたことなどありえないし、混乱と無秩序で生起してきた一つ一つの事件でさえ、その次の瞬間を予想こそすれ、決して確信していたわけではなかった。全ての事件はただその生起する場所を現在として生まれ、次の瞬間に消えていった。いや、誕生があったから現在が結果としてあるのかもしれないが、現在があるから誕生の意味が初めてありうるのだ。全ての事件もそうに違いない。誕生から今日に向かって時間の軸をとり、その上に時間の過去から現在に向かって事件を並べたところで、それは現在が結果としてあるだけで、その事件それぞれの意味も価値も見ることはできず、ただ運命に翻弄されて徒に無秩序と混乱を配置しているとしか見えはしまい。

人々は運命というものを、自分の望みや希望を阻む自分を超えた一つの権力として警戒しながら口に出す。だが、そうだろうか。運命という言葉で表現される生の流れや、一本の人間の糸もまた、単なる自分の生の見方そのものによるのではないだろうか。運命が人の身にめぐり来る善悪、吉凶の事情であり、そのような人生諸般の出来事が、必然の超人的威力によって支配されていることだとしても、それを運命だと判断するのは他でもない人間でしかなく、超人間的威力として仮想するものは、そのつもりでないのかもしれない。生から死に向けて一本の糸をつないでしまう時、その糸は深い死の渓谷に渡された朽ち果てた吊橋でしかなく、吹き上げる地獄の風に揺れ、谷を渡る世界の冷風に凍え、次の一足がうっかり丸太を蹴落としてしまうことで、自分もまた奈落に死んでいかねばならない破目を作ってしまう。たとえ生が吊橋の上の渡河に似ていても、今の一歩を確実に歩み続ければ、ひょっとすると目指す向こう岸には、生きたままで渡り終えるかもしれない。渡らねばならぬこと、吊橋の長さそのものといった時間の帯に自分の注意力を集中して、死を恐れながら足下も見ずにオズオズと渡ろうとする時、僕らは待ち受けるたった一本の腐った丸太を見落とし、その上に足をのせてしまう愚を、しかもまさに命取りの愚をおかして死んでいかねばならないのだろう。

　誕生から現在、現在を超えて未来に、その一本の時間の帯にとらわれる時、全ては結果として待ち受ける死に呪縛されて、生の価値も意味も、時には生きているということすらも見落としてしまわなければならない。過去から未来に繋がっているように見える時間にとらわれる時、現在もまた死が全てを無意味にするという悪魔の手練手管の罠に陥ってしまう。過去を時間の遠さから近さに向けて追っていけば、全ては混乱であり、無秩序であり、否定しがたい運命の波となって人間の生を翻弄し、ただ死だけが意味を持ってくる。全ての生がまるで無意味でしかないことを宣言するという意味を。

　だから僕には今をおいて、この現在をおいて、生はもちろん死すらもありえないに違いない。この現在にとって、全てがいかなる意味をもっているのか、それだけが僕の生の意味も価値も教えてくれるだろう唯一の質問なのかもしれない。

僕は植物すらも誤解していた。一粒の種子は根を出し、それを地中の闇に向けて伸ばしていったとしても、僕がやってしまったように、過去の時間の中に最初の根を固定させたとしたら、根は養分を吸い上げることもできずに枯死してしまうに違いない。現在という生命の時間を、根本に近づければ近づけるだけ、太く流しえるように存在していないとしたら、大木は次第に枯衰し、緑したたる葉は落ち、花は決して咲きはしない。現在という時間を根の先端において、過去の時間の中に奥深く根を伸ばしてしまった僕という木は、種子から根毛が、根毛から細い根が、細い根から次第に太い根が伸び、根の先端は現在の切り口をバックリあけて、グロテスクそのものでしかなかった。しかも僕が今必要としているものは根ではなく、根から吸収して花に結晶する内なる力なのだ。

僕は飛び起きた。急いで文房具屋に走り、大きな紙を何枚も買って、それを部屋に広げた。ベッドも邪魔だったから折りたたんで外に出した。三帖一杯に紙を並べ、それを一枚にするためにくっつけた。マジック・インキで中央に水平線をいれ、それで大地と天空を分かち、大地には太い根と、それから地中に広がる何本かの根を書いた。地上には幹と枝をつけ、冬を耐える梯梧の木を描いてみた。大地と天空の境界と木の交わる一点から同心円を数多く描いて地中を幾つかの半円で分割した。同心円の中心が現在であり、最も遠い外周を誕生の時とした。

僕は今日までの作業で、自分の三十年の出来事を言葉に絡げて外化することには慣れていた。一本の根に僕の誕生から現在までの個人的な出来事を記入してみた。文学の根にも、宗教の根にも、革命の根にも、病気の根にも、職業の根にも、現在から過去に向けて、根本から先端に向けて書き込み始めた。その作業から何が得られるのだろうか、そのことを理解していたわけではなかった。

ただ予感があった。ある程度の書き込みを終えると何かの手がかりを得ることができるに違いないという予感だった。僕はくしゃくしゃになって捨てられるのを待っていただけの紙屑の山を手元に寄せて、丁寧に皺をのばし、破れをつなぎながら内容を書き移した。

　僕はその作業を決して急がなかった。判然としなかったが、この作業の先に何かがあるという予感があったことは確かだった。が、それ以上に、一度全く無意味で無価値だと思った過去の全てを復活させることが楽しかったからだ。くしゃくしゃの紙を丁寧に延ばし、破れた相手の紙を探しだしてくっつけ、それから一つ一つの言葉を写し取る作業は、僕の過去そのものをもう一度今に生き返らせるような気がしていた。

　しかし、根本に集合した何本かの根は、その言葉面だけを並べてみると、まるででたらめに、しかも強引にまとめられているとしか思えなかった。逆に遠くで散り散りの根の先こそ生という始発に近く、一本にまとめ上げるほうが無理がないようにさえ思えた。だが僕はそうしなかった。現在の僕に近い事項ほど、僕という木を支える根本近くに集合させた。それは木に竹を接いだごとく、調和を欠き、生の不条理を証すために闇雲に集めたようにしか見えなかった。

　この作業を、漠然とした予感だけを羅針盤にしてひたすら進めている間に、僕は一つの確信を作り始めていた。過去をただ現在の時間でのみ見詰めるならば、未来もまた現在の時間の中にとらえ直さねばならず、未来に起るべき全てが、只今この瞬間に起ることとして考えるより他にないということだ。もちろん、そんなことは不可能なことだ。しかし、現在を越えたある未来の時間に何事かをなそうとしたり、希望を託したりするとすれば、現在はすでにその未来の一点にとって過去でしかなく、現在は二つの時間を持たされることで、真の「現在」でなくなってしまう。だから、過去からその生起した事象の現在性を剥奪して、その事象の生起した時点では未来でしかない現在に運び込む時、未来もまた、未来の現在性を剥奪しなければならないということだった。それは、未来も、希望も、「いつか」ということも、現在というこの瞬間に立つ限りあり得ないというべきかもしれない。

だから「収穫期にはまだ四ヶ月あるという必要はない。収穫期は今だ。目を上げて見よ。畑は熟した穀物で黄ばんでいる」という言葉こそ、過去を見詰めなおす現在の経典であり、現在を未来に仮託させない真の現在にするための秘義なのだろう。今、収穫期でなければいつがそうなのだ。もはや四ヶ月も残されていない誕生日まで待つとしたら、その日も今日のように未来のいつの日かのために、ただ待つだけに終わってしまう。収穫期、僕にとっての成らざる夢の開花期こそ、今日、この瞬間をおいていつがあろう。僕は冬を耐える梯梧の木を春の陽光の中に移植しなければならない。いや、梯梧にとって冬の日々がただ開花を待つだけだとしたら、あの木はあんなに赤く咲くことはないだろう。たとえ西風に木を震わせながら、今、咲く時期ではなかったとしても、今日咲こう、今咲こうと思いながら必死で養分を吸い上げ、力の限り葉をつけ光を受け、内なる力を精一杯貯えているのだ。梯梧にとって今日は咲くための一日であっても、待つための一日では決してない。

僕は紙の上に花をつけてみた。僕の花が必ず開花する、その信仰を紙に描いた。それが何であり、どんな色に咲き、どんな内なる力によってであるか、今この瞬間にはわかりはしない。だが、咲くことを現在確信しなくて、僕はいつ咲けるというのか。僕自身の内なる力への確信、それこそ僕の唯一の信仰であり、生のあり方なのだ。

僕は花を想定して、花のために光を受け力を増幅するための葉をつけねばならなかった。それぞれがただ混乱と無秩序に集合させられ、勝手に闇の中をまさぐってきたはずの根から、開花のための養分を吸い上げようとした時、僕の梯梧の木は存在のありようを変えた。ただ人為的に何の法則もなく集合させたはずの木の根元は、種々の事項からありとあらゆる意識や感情の反応を通し始めると、一つの運河のように同じ水を流し始めたのだ。大地の伸びた根は否定と肯定の浸透膜をもって、それぞれの時に、それぞれの思いを根の中に吸収していた。それは僕を狂喜させた。一つ一つの事項が一本の根の中で、一つの信仰とも呼ぶべき感情や思想の総体の反応を増幅するかのように根本に集め、それはそれぞれの中で別個に増幅されながら、同じ質のものであることがおぼろげながらわかってきた。

一枚の怒りの葉をつけるために、ゾラやフォークナーがカフカがボールドウインがゴーゴリがへッセが魯迅がセリーヌが思春期のはじめにあり、それはまた同じ年代に同じ質の怒りを吸収するために、種々の社会的な事項へのかかわりと一致していた。悲しみの葉が同じ事項から、他の違った根から集合し、喜びの色が全く遠い根の先から根本に集合し、まだ炎熱の陽には耐え難いような柔らかい黄緑の葉を次々につけ始めた。革命の根から一枚の葉をつけようとしても、根そのものの成長が微妙にチェックをし始めていた。反抗そのものでも、戦闘性そのものでも、単なる怒りでも、まして狂信的なイデオロギーでもなかった。子供時代の世界への淡い疑問や、形を成さない怒りは、社会的関心と、それにより大学進学の変更を生み、大学闘争への疑問は、さらに本質的な人間存在に眼を向けさせ、戦略とか戦術を超えた人間の生のありようとしてのゲリラへの関心に変わり、それが集団へのかかわりに新たな不信を作り、正規軍に止揚されるゲリラへの関心はアナーキズムに色を変え、人間そのものの価値の探求に向けてグイグイと太さを加えて現在の根本につながっていた。

いや、それればかりではなかった。根それぞれの中で、根の勢いによってのみ進んできたはずの事項が、僕の評価をはるかに超えて、他の根の事項と深い関連を持ち始めた。それらを線でつなぎ始めると、地下の大地は縦横無尽に根で結ばれ、網状に張り巡らされてしまって、現在にむけて一つのエネルギーを醸しだしながら、地下でしっかりと支えていた。そのエネルギーが一体何であるのか、この作業の段階では判然とはしなかったが、ただ、一つの勢いが決して根一本一本にあったわけではなく、地下の大地そのものに孕まれて、根を通じて天空に向けて吸い上げられるのを待っているように思えた。

混乱と無秩序で生起しているとしか思えなかった個々の事象を現在の眼で見詰めなおしてみると、一つの方向が、見事な一貫性が生まれ、秩序さえ読めるような気がしてきた。妻との不和でさえ、日常的な、単なる生の行き掛かり上の、いや彼女との感情的な不一致や対社会的な考え方の相違として、いわば一つの不運や不幸ややりきれなさだけの位置を与えておくわけにはいかなかった。過去の時間の中でそれは一つの結果として記入されてしまうが、今、この時点から眺めてみると、一つの出発点として日常的な生の底を貫き、何かへの希求の力に魅了された方向の基点としての意味を持ってくる。たとえ、その事件が停止や後退と見えたとしても、それはいわば標的も見出さないまま、ただ弓を引き絞ることに違いなかった。子供の誕生と成長がその引き絞りに一層の力を加え、名の知らぬ女との出会いとわけのわからない結末は、その弓の不可視の標的の方向を狭めることであり、それらの全てを一つの力がぐいぐいと引っ張り、何かが脈々と根本に流れ込むような気がしてきた。痛風の発作の時期でさえ、悶絶や苦闘の報酬としてあったものが、次の新たな展開のエネルギー充填に他ならないように思えた。

　言葉に外化され、僕を死に呪縛させるために部屋中を狂い舞った事項の一つ一つは、それを生じさせた生の一つの結果としてではなく、生の総体における希求の媒体として新たな展開の始発として甦った。現在の時点から過去を見る時、その事項の一つ一つは、日常の中で偶然に生起したことではなく、むしろ必然を裏返しにして秘められていたように思え、それを僕が伏字を起すように、最もふさわしい時期に日常の表面に裏返しにしたとしか思えなかった。しかもその事項に出会った前後を思い出してみると、まるで小さな出来事がそれに出会う準備をさせ、さらにその出来事にはもう一つ前の出来事が関連し、その関連の糸は気の遠くなるほどの過去の瑣末事につながっていた。

　僕はこの作業に憑かれたように没頭した。過去の全てが今、描き出したようにすでに描かれ、僕はその予定されていた図面の上を、まるで夢遊病者のように、だが、確実に歩んできたのだ。夢遊病者と言っても眠りながら突然起き上がって外出したり、あたりを徘徊するような意識の分裂を起していたのではなかった。日常的には、精一杯目を覚ましていたつもりだった。だが、予定された道を必然として生きている僕をはっきりと自覚したことはなかった。現在の意識をはるかに超えて、今、僕が過去に向けて意識できるような僕自身ではなかった。ただ、不可視の「成らざる夢」に誘導されて、闇の大地の中を這い回っていたに過ぎない。

　僕は今、はっきりと言える。過去のどの事象も、どんな些細なことも、現在の時点で取り消したり、変化させたりする仮定法の過去はありえないと。全てが起るべくして起こり、それだからこそ、今、僕はこのような生のありようで生きているのだ。生が混乱と無秩序の中に、苦悩と悲しみと闘争を生起させるだけのものでしかないと考えること、それは今の僕にはもはや認めることはできない。そう考えること、それは考えるしかない自分自身が存在するからで、全ては今日のために秩序立って予定され、僕がそれを夢遊病者のごとく生きてきただけなのだ。

僕は過去のどの一秒も現在にとって無駄で無価値だったとは思いたくはない。いや、事実そうだった。ただ悲しみと引き換えるだけのことであっても、怒りを作るためだけのことであっても、僕はそれによって次の方向を得られ、悲しみや怒りを一つのエネルギーとすることさえできたのだ。例えば、空腹で職を探さねばならない時だってそうだった。ゴミ箱で拾った新聞の求職欄でアルバイトの口を見つけた。仕事は、「何でも落ちるワックス」を戸毎に売り歩くセールスマンだったが、それが僕にルソン島やミンダナオ島への夢を作ってくれた。

というのは、その夢は、最初の日、一〇個ほどのワックスの缶を受け取り、バスに乗って糸満に出かけ、戸毎にセールスを始めようとした時に始まる。この家からにしよう、いや次の家からでいいや、もう一つ先からでもかまわないだろう、そう思いながら僕は街の中を徒（いたずら）に歩き続けた。胃袋がどうしても一個のワックスとパンを交換することを強要した。僕は死ぬ思いでアパートのドアをノックした。どの家も、どこの部屋も、どのドアも、どのインターフォンも、言下に断った。十何軒かをやってみたが一つとして売れることはなかった。僕は腹立ちから悲しみに色を変えてしまった感情を抱いて、とうとう売ることを諦め、村はずれの海辺に出てふてくされて寝転がってしまった。太陽が感情をすっかり漂白してしまう頃、近くの民家から一人の老人が魚網を持ってヨロヨロと出てきた。持つだけが精一杯の老人には僕の近くにある干し場の一番高い棒に、その網をひっかけることはどう見ても不可能だった。僕は起き上がり、老人が網を一番高い棒にひっかけるのを手伝った。その老人からルソン島やミンダナオ島にまで小舟（サバニ）で出かけた海人（うみんちゅう）の心を教えてもらった。

彼の語る島々は虹色に輝いて見えた。
蓬(フーチバー)の雑炊(ジューシー)をふるまってもらいながら回教のシージプシーの話を聞いた。もう少し若ければもう一度海に帰りたい、海は世界を繋ぎ、海だけが人間を差別しはしない、琉球の人間は昔から海と生きてきた、海を忘れたらこの島はおしまいだ、彼はそう言いながら僕を嗾(けしか)けた。だから僕は自分を見詰め直すために琉球に来て、琉球から人間の「夢」を紡ぎ出すためにミンダナオに出かけた。あのやり場のない悲しいワックス・セールスマンの日がなかったら、僕はハーディジャに邂逅(かいこう)することは決してなかったに違いない。

痛風がなかったら、僕は死を孕むことはなかった。日雇い人夫の日々がなかったら、足の爪を剥がしはしなかった。その怪我がなかったとしたら、僕の中で死への傾斜はなかった。それらのどの一つがなかっても、僕は自分の過去に意味や価値を見出すことはなかった。ただ、死の執行猶予の中で、なし崩しの死を生き続けてきたにすぎなかっただろう。

僕は核分裂を起こして、凄まじいエネルギーの場のように沸騰している過去の図を、名も知らぬ女のように抱きしめたかった。僕は死を孕んだために奴隷扱いされていた僕の肉体を、ハーディジャのあのまなざしで見詰めながら、彼女の優雅で優しい手のようにしっかりと、しかし、心からの愛で優しく抱きしめてやりたかった。

過去の全てが今日のために、この瞬間の感動のために僕を生きさせてきたのだ。僕は今こそ咲きたいと思う。この根から吸い上げるべき養分を葉に変え、燦爛たる太陽の光に光合成させて、内なる神秘な力を、今、顕現したいと思う。

その次の日から僕は葉の趨光性（すうこうせい）によって生活を変えた。過去からの根から天空に向けて大地を破り、緑したたる葉をつけねばならなかった。それに光を受けさせることで、開花のためのエネルギーを合成しなければならなかった。残された幾日かの日々を、未来志向などかなぐり捨てて、目覚めとともに、その日にやるべきだと思ったことに全精力を注ぎ込んだ。それは仕事をしなければならない日でさえ例外ではなかった。何の躊躇もなくあの事務所で日雇いの仕事をもらい、炎天下のトリップに決して精神を泳がせることなく、一秒一秒に全神経を集中させて働いた。おかげで怪我は擦り傷にいたるまでなくなり、今まで持てなかった重いものさえ持てるようになり、現場監督の覚えも良くなっていた。日当は光を孕んでいるだろう書物に消え、琉球民謡クラブでの泡盛に変わった。

過去の根から否定や肯定の浸透膜を通して、僕の中に養分を貯えようとする力が何なのか、そしてその養分そのものが何であるのか、その養分が血の色をして咲ける花となる神秘力は何なのか、僕はただそれを求め続けた。過去が混乱と無秩序の闇などではなく、今日の僕を支え、今日の僕を生かせるエネルギーである以上、僕が過去に向けてやったように、未来の一点から現在を見詰めれば、現在もまた何かのために予定された過去であり、それに向かって生きていることは確かだった。僕はその何かこそ自分の中から真実の自己を顕現することであり、それが「成らざる夢」の開花だと信じ始めていた。もしそうでないとしたら。現在はもちろんのこと、三十年の過去でさえ全く意味を失ってしまう。しかも、人間の生そのものも繰り返される無駄以上の何物でもなくなってしまい、地球は何よりも駄目な屑箱で、七十何億かの蛆虫のでたらめな巣でしかなくなってしまう。

だが、僕の信仰は日々確固たるものになり始めていた。信仰とは充分に生きないおのれ自身の運命に対する怠惰を断罪して、決して下がってくることのない天啓に対して、他の誰にもよらず自分自身で人間の条件を超えようとする希求の激しさであり、天啓と人間の条件を結ぶ一つの媒体の発見に違いない。僕は日常性や社会の歴史や生物学的存在から解き放たれて、僕がこの世界に誕生した意味と価値の中から、人間の本質という普遍性と永遠性に辿りつきたかった。

だが、冷たい雨が長い夏の大地の火照りを冷ます沖縄の短い冬は、西風と共に終わり、梯梧は力強く日一日と開花に向けて葉を煌かせ始めた。僕という梯梧は、未だ何の手掛かりもなく、すでに盲信になりそうな信仰の余力で、僕の体内で僕自身が孵化するための光を求め続けた。じっと過去の上に座り、未来を予見するために呼吸を鎮め、脈拍を宥め、自分の内部を掘り起こそうとしても鍬すら見出せなかった。街に出て本屋に入り、一本の鍬を買い求めようとしても、それはブルドーザーやパワーシャベルのように一気に知識の山を掘り出すだけで、玉石混交として僕自身をも埋め尽くしてしまいそうだった。注意深く選んでみても、それは葉の一枚一枚の葉脈や葉柄を太らせはしたが、僕の中の見えざる何かの雷鳴を増幅して、意識の中に顕現させることはできなかった。しかし、それさえもまるで少なく、手にした書物から受け取るものは、催眠の勧めであり、諦念による未来と現在と過去の切断であり、他者への帰依による自己の埋葬であり、社会の変革というメニューを前にしての肉体に編みこまれて血圧を下げる精神の飢餓であり、蓮華咲くパラダイスの彼岸への旅行手引書であり、闇の世界で狂い死ぬ人間がやる宿命へのやけくその合理化でしかなかった。イカロスの翼をニックスの巨大な翼に変え、金の翼を持った愛の神エロスの銀の卵を産むことはできず、シジフォスの労役を許すべきゼウスの天声はなく、限りない闇の深淵にあてどなく輪廻する呻き声しか届かず、狭き門こじ開けるアリババの神契の言葉もなく、綿々と続く経文が死にきれない死者を眠らせ、額の奥の太陽の眼を覚ます覚醒剤も見つからず、葉はただ無意味に繁るだけに思えた。

僕はコーランを捨てて、大上段にテセウスの刃を構え、マドウ鬼の殺戮者の法螺貝を合図にして片っ端から斬り殺すことにした。精神を掠めとる盗賊を切り、彼岸の幸福と此岸の苦難の二本の松の木に人間を縛りつけて、現在を真っ二つに引き裂くシニスを引き裂き、洗礼を受けさせて自己を盲信の海に溺れさせるスキロンを蹴落とし、革命という名の鉄製のベッドに無理矢理精神を抑え込みはみ出した部分をちょん切ってしまうプロクルステスを切り刻んだ。欲望の華燭の宴で魔女メディアが差し出す毒杯を叩き落した。僕が欲しかったのは僕の外にある華やかな灯火ではなかった。内にある神秘な生命の灯だった。しかも来世でも、新しいもう一つの世界でもなく、この今の瞬間、この世界で欲しかったのだ。生命の灯は、倫理や道徳という脳味噌の堕落でもなく、伝統的宗教がふりまく感性の麻痺でもなく、本能という獣の牙ふりかざして自堕落な生を弁護することでもない。罪の意識が希求する信仰でも、人間の不条理からの逃亡を受け入れる逃げ場としての信仰でも、生のつまずきが必然する回心でもなく、週に一度祈り、懺悔する趣味のような信仰生活でもなく、このまごまごと死に追い立てられる自己の超脱であり、現実そのものの祝祭であり、それによる宇宙との調和なのだ。だから彼岸もパラダイスも地獄でさえ認めたくない。この世の今の現実の中に、しかも他でもないこの僕の中に天国を建設したいのだ。僕の中に天国が創造されないで、どうして天の門に近づくことができよう。僕自身が開放と浄化の天啓に到らずして、どんな社会が僕を解放し、自由にするというのか。苦闘の果てで、もはや武器による革命以外はありえないとする自己解放のありようでさえ圧倒して、しかも猶予も制限もない自己解放、この「成らざる夢」こそ僕の望むただ一つの革命なのだ。

　僕はいかなる無神論者よりも、厳しく僕に対立する神など認めたくない。僕はキルケゴールのように神と人との間がいかに隔たれるものであるかを知ろうとは思わない。僕はいかなる性善説の輩よりも自分自身を、いやこの世界に生きる人間を信じている。僕は僕の知るどんな宗教家よりも万能の神を確信する。だから原罪など決して信じはすまい。生まれながらにして罪を持つという欠陥ある被造物を創造するほど神は稚拙な創造者だと思いたくない。罪を許すのは神ではない。まして一度も人間などという神秘なものを創造したことがない牧師や僧侶などでもあるはずもない。ガラスの靴を修繕しようとメスを持つ鍛冶屋の方がよほど詐欺の罪は軽い。万能の神が罪などという欠陥を創ることもなく、創造した人間が勝手に罪を許したりなどしない。人間が自分自身を納得させるために罪を作り、それから安易な逃亡を企てるために人間が許しを与えているにすぎない。旧約聖書には確かに人間を裁く神は出てくる。しかし、人間はエデンの園から追放されて、神に家畜のごとく飼われていたからなのだ。新約聖書ではすでに裁きの神はイエスを超えては出現していない。だが、いずれの時代にも奴隷制度は疑問の余地なく存在していた。

　今、時代は宝瓶宮であり、神に飼われている人間が人間に飼われることに甘んじている時代なのだ。この悍（おぞま）しき世界からの『出エジプト記』が今こそ必要なのだ。彼岸でも未来でもなく、現実のこの足下に、混乱と矛盾で煮え滾（たぎ）っている海に向かって、モーゼのように雄々しく叫ばねばならない。向こう岸がエデンの園であるという確固不抜の確信でもって叫ばねばならない。それこそが僕の信仰であり、それに向かって一歩一歩踏み出していくこと、これが僕の信仰生活なのだろう。しかも、誰に背を押されることもなく、前から手を引かれることもなく、自分自身で歩み始めねばならない。靴を作ったことのない鍛冶屋の医師のように、人間という創造物や、魂などという神秘なものを一度も創造したことのない、もう一人の迷える羊が人間を救うことなどありはしない。いつの時代だって、いついかなる場所であっても、自分は自分で救うしかないのだから。

罪も、地獄も、悪魔も、人間の外からやってくるものでもなければ、人間を個として存在させる世界でもなければ、まして人間を苦しめる他者などではない。

ペテロに向かって「サタンよ、引き下がれ」そうイエスが言った時、ペテロがサタンではなかった。ペテロの考えが、ペテロの感覚がサタンなのだ。「あなたは神のことを思わないで、人のことを思っている」そうイエスは言葉を続けた。仏陀は弟子羅陀（ラーダ）に対して、「羅陀よ、もし色（しき）あらばそれが悪魔である。羅陀よ、もし受（じゅ）あらば、それが悪魔である」と説いたが、悪魔はまさに人間の内的妨害や不安でしかありえまい。地獄もまた、自分が自分に対する罪の意識で作ってしまうものであり、自らの内奥に天の灯が燃えていることに気づかないことからやってくる。たとえ日常意識の層で自らの罪の意識を持たないとしても、幾重にも深い人間精神の底で、核廃棄物のごとく気の遠くなる半減期を燻（くすぶ）り続けていく。自分の外にあるものに限りなく執着して自らを失う時、そしてそれによって意識をがんじがらめにしてしまう時、それは生きながらの地獄として人間を苦しめ続けるに違いない。まさに「全てが外から人の中に入って人を穢（けが）しうるものはなく、かえって人の中から出てくるものが人を穢すのである」

だから、僕が信じる神は完璧に全能であり、全能であるがゆえに、僕自身もまた神の全能の一部であるのだろう。

僕は自分自身の信仰を創る職人のように、残された日々を闘い続けた。だが、テセウスの刃は、テセウス自身をミノタウロスの迷宮に追い込んでしまう破目になってしまった。神を求める上半身の人間と、下半身は死に飼い慣らされた牡牛の怪物ミノタウロスとなって、ラビントスの迷宮の奥へ奥へと迷い込んでしまった。

僕という半神半獣のテセウスは、ハーディジャが手渡してくれたであろうアリアドネの糸玉を握り締め、その糸口さえ見つからないままに、黒い帆をかかげて、アイギウスの海を死に向かって走っていかねばならなかった。


僕は半神半獣の生を広場に投げ出して、葉ばかりが繁って花の咲きそうにもない梯梧の木を大の字に広げた。足首にはすでに僕の生の一切を死に運び入れるためのロープが結ばれ、僕はいつでも鉄パイプの山を崩す準備を終えていた。

三十歳の誕生日が近づいてくると、僕はバースディケーキのデザインを考えるように死のデザインをいろいろと考えてはみた。ゴルゴダの丘に磔にされる栄光などなく、腹に十文字の死を刻み付けるほどに死に意味を見出せず、かといって入水することも、毒を呷ることも馬鹿らしかった。たとえ万座毛の崖っぷちから飛び込んでみたとしても、運良く岩場にたたきつけられるならば死ねるかもしれない。しかし、万が一、海が抱きとめてくれれば、僕は再び生に向かって泳ぎだしてしまうだろう。それに全身を死に向けて大地から投企するほど、僕は死ぬことに積極的ではない。崖から海に向けて落下する瞬間や、毒が全身に回る数秒間でも、生からは後ろ向かれ、かといって未だ死の手には届きもしないという中途半端な時間だけはどうしても拒否したかった。だが、死んでもいない間に死についていろいろ考えることなど全く無駄で馬鹿らしいことに思えてきた。バースディケーキのデザインを考えるように、少しでも心が華やいでくれれば、僕は生のエンディングを三文小説家みたいに、あれこれといじくりまわしただろう。

僕は死が人間を生からかっさらっていくあの唐突さと、死ゆえに全てが承諾されてしまう不自然さを装いたかった。予測も忌避も決してできない死のありように、そっと潜り込んでしまいたかった。昨日と変わらないはずの今日に、突然生の意味も価値も、未来も過去も、ありとあらゆるものを一瞬にして消してしまう死、それ以外にふさわしい死に方などあるはずもなかった。

僕が企てた死が遂行されるとしたら、昼食から戻った同僚たちは、積み上げたばかりの鉄パイプの山が、まるで故意に崩されたように散乱したことに驚くだろう。そして積み直す作業を終える直前、パイプの下で完璧にひしゃげた僕を見つけるだろう。彼らはたった一度の昼食と全生涯を引き換えてしまった愚かさを笑うかもしれない。よりによって危険なパイプの側で昼寝などしようとした軽率さを哀れんでくれるかもしれない。だが、僕の方は今でさえ、足を少し蹴り上げるだけで充分に死んでいけるのだ。死の意志を全身の筋肉に言いきかせ、大地から死に向けて跳躍することも、じっと盃を眺めながら意を決して飲み込むことも、突き立てた刃に生の営為の意味を渾身の力で凝集させて、薄れゆく意識の中でなんとしてでもやりおおせねばと悪戦苦闘することこともない。僕にとっての死は、下半身の牡牛が自分の排便をよけるように足を軽く蹴り出せばいいだけだった。

だがまだ蹴り上げることはできない。僕の生が一体何によって意味を持っているのか、それだけはどうしてもこの残された時間に知っておきたいからだ。たとえそれを知ったところで、ぼくはその一瞬後には死んでいこうと思う。いや逆なのだろう。この死の直前の時間だけが、生の価値を、意味を教えてくれる唯一の時間に違いない。肉体を横たえ、足を蹴り上げるという最後の意志を確認し終えて、一切の生の束縛からも、死の恐怖からも自由になることができるからだ。僕はアーキーの死や名も知らぬ女の死が、生の一瞬の光の後でやってきたと信じたい。もしそうでないとしたら、死を覚悟して書かれたであろう女の手記は、生の意味を完璧に無に投げ込んでしまっただけで、いや、手記だけではなく彼女自身もまた無意味な生を悲痛のままにとりこんだにすぎない。

僕は昔、墓守の老人から聞いた話を思い出した。彼には、遺骸が火葬場に運ばれてきた時、その死者の様子が手に取るようにわかると言う。それが病であれ自殺であれ、死に争(あらが)って死んでいった死者の顔は一様に醜く、また、事故や心臓発作などで瞬時に死に絡げられた死者の顔は眠るようにやさしい顔をしているからだそうだ。自分の予定されていた死を認めることすらできずに、予定されていたにその直前にも平安の港に辿り着こうとしてできなかった人々の顔が醜悪に歪み、まして、にもかかわらず、突然、死に絡げられたと思える人々の顔は、それすら知ろうとしなかった穏やかな心を映して安らぐ。だから老人はいつ死んでもいいように、いつも優しい顔ができるように生きていたいという。

しかし、この老人の言葉を今の僕の考えは全く修正してしまう。生の光輝さえ得られずに死んでいった交通事故や不慮の死者は、それでも限りなく死に近い一瞬か、生の終焉と死の始まりの一瞬の架橋に光を見たに違いない。その瞬間の光を見たまま死に取り込まれた人々は、眠るように平安な死顔を残すことができ、醜悪そのものの顔を死の彼岸にまで運んでしまった死者は、生への妄執のすさまじさで、その一瞬の光さえ見ることを拒み続けたに違いない。

だから僕は三十歳の誕生日が近づくにつれて、死そのものじゃなく、死を一瞬先に控えた生の最後の刹那に思いを寄せ始めた。生というバースディケーキの上の三十本の蝋燭を最後の一呼吸で一気に吹き消した時、蝋燭の芯から生命の灯が一瞬に消える寸前、世界から僕の誕生を祝う拍手が必ず聞こえてくると信じ始めていた。たとえ吹き消した後で、どこからも拍手がなかったとしても、僕はそれを待つ間に充分すぎるほど死んでいける。その闇の中には、誰も拍手をしてくれなかったと悔やむ僕も、それゆえ生が無意味だと結論づける僕もいはしない。

一人の孤児(みなしご)がケーキ屋の前に立って、生れてから一度も祝ってもらったことのないバースディケーキをじっと見詰めていた。その瞳の光を天使が見つけ、彼が知らない年齢の数だけの蝋燭を立てたバースディケーキをそっとプレゼントした。知らせる誰もいなかったが、孤児は突然手の中に降ってきたバースディケーキを誰かに見せて祝ってもらいたかった。ケーキを胸に抱いて彼は知らせたい誰かを探して路地から路地を走り続けた。いつもなら決してつまずいたことのない身軽な彼だったが、手の中のケーキに注意を払いすぎていたのか、ちっちゃな石につまずいて転んだ。バースディケーキは胸の下でぺちゃんこに潰れてしまった。

僕もまた拍手も聞こえない闇の中で、鉄パイプにぺしゃんこにされて死んでいけば、全てが始めから何もなかったように終わってくれるのだ……。

もう待つことはない。僕は梯梧が花を咲かせるためにやるように、緑したたる葉を落としていけばいいのだろう。最後に残るべき生への執着という葉でさえ、今、ここにこうして横たわり、生と死をロープでつないでしまうと、すっかり散ってしまったような気がする。だから僕は葉を引きちぎろうとは思わない。梯梧がやるようにサラリと落葉させたい。大地にくまなく広がった根は、タブン開花のエネルギーをどこかに秘めているに違いない。そのために僕は丸裸の幹だけを残せばいいのだ。葉を一枚も残さずに、蒼穹に血の色だけを咲かせたとしたら、それはまるでグロテスクな姿かも知れない。たとえそうだとしても、美しい死なんてものはどこにもありはしない。死は美を決して認めはしない。いや、美そのものに死の一切の影はないのだ。呪われた美、死臭漂う美、悪魔の美、死霊の美、それは彼岸花の茎を花と見紛うことにすぎない。自らの内部の死の部分がただそれに共鳴するだけなのだ。

だが僕は一本の梯梧の木ではなく、神に似せられて創造されたという人間なのだ。もし開花できるとすれば、幹や枝や全ての存在が花開くことができるのだろう。花を手折り花瓶に生けたとしても、その自然の姿より幾らか損なわれることはあっても、心に訴える美は残存しえる。しかし、人間はヘロディヤでない限り、ヨハネの首が盆に乗っていることに美を感じはすまい。いや、美どころではない。人間の生命は肉体を分断されることで全てを駄目にしてしまう。ヘロディヤにしたところで、その血に自分の憎悪の色を見ただけで、美など感じられるはずもない。

僕はもはや躊躇することはなかった。一切の葉をすっかり脱ぎ捨てるのだ。幹の年輪を三十に重ね合わすために繋ってきただろう葉を一枚残さず落としてしまおう。僕は根に光を落とさないように影の中で繁り続けたさまざまな知識の萎びた葉を容赦なく落とした。向光性であるべき葉は、いたずらに数を増やすだけで、互いが互いの上に重なり、光を遮り、天の慈雨さえも大地に落とさないよう繁りに繁るだけで、木の内なる生命力の勢いすら殺いできた。僕は知識を増やすために根を精一杯伸ばすことに努めてきた。沃土と見え、そこには真理の堆肥すら埋もれているはずの場所からも、僕の枝振りを畏縮させ、まるで添え木が欲しいといわんばかりに枝を捻じ曲げるものしか吸収してこなかった。

長い歳月で腐爛した知識の沃土は、その立ち上る麻痺のガスで人間を花のない枯れ木に甘んじさせることを教え、結晶した毒粒で、ある日突然に根こそぎ倒れ死んでしまう不条理を必死で教えようとしているみたいだった。僕はただその人工の沃土からの吸収を拒否することで、もう一つの生の側面がようやくにして始まったことを教えられたにすぎない。だから僕は、それらの葉をすっきりと落とすことで、いくらかのエネルギーを得たようにさえ思った。

僕はその根から葉をつけた一切、ただ真の意識の蕾を摘んでしまうだけの働きしかしてこなかった全てのものを脱ぎ捨てた。倫理、道徳、世界観、人間の分析、心理学、精神医学、社会科学の一切、宗教的知識、十戒、五戒、どの一つといえども死を前にしては、いかなる価値も見出しえなかった。僕はそれらを綺麗さっぱりと落とすことで、こころの束縛を一つ一つ解いた。

怒り、怨み、憎しみ、妬み、僕はそれらの感情を引き起こした根を引き摺り出し、人々の顔を一人一人思い浮かべてそれらを消した。今死んでいこうとする僕にとってどの一つも重荷にこそなれ決して開花のエネルギーには結びつかなかった。僕は根を次々に切断した。根の数を減らすことで、たとえ開花できなくても良かった。ただ一つ一つの葉に結晶してしまった怒りや怨みや憎しみや妬みの根にまつわる事項を取り除きたかった。僕は世界と過去と、そして人々と、自然と、一匹の虫や一輪の花とさえ和解したいと念じた。肉体の中に死を孕んだ癌腫のように、心情の中に他人を傷つけるだろう一切の感情を孕んでしまう事はもはや許しがたかった。僕はこれらの感情が開花には決して結びつかないことを体で感じ始めていた。どの感情の一つも美に結び付けられるとは思えなかった。美と相容れない一切のものは、死が美しくないゆえに、死の側にエネルギーを蓄えてしまうことはあっても、生の至上の美たろうとする花に、その神秘な力として参加することはありえない、そうこの瞬間に確信していた。

今僕は爽やかだ。静かな午後の熱光が心の中にまで照射されて、癌細胞のように影を孕んでいた怒りや憎しみを消してしまった。だが、光に影があるように、怒りや憎しみのような感情も、今日のためには決して無駄ではなかった。それによって生の勢いを得、方向を変え、葉の一枚一枚をより多く光に当てるようにしてきた気がするからだ。僕は怒りや憎しみの対象となって地下の大地で根に絡んでいた岩石とともに、怒りや憎しみとすら和解しえたように思えた。記憶の中で微笑を失っていた人々の顔が消えた。

僕は今の生にとって不要な物を一つ一つ消していくことで、何かの力が体内に動き初めている予感を手にしていた。下葉が僕自身から僕を遠ざけるために繋っているのだとしたら、その後に残った葉は、僕を僕自身に近づけるチャンスとしてあったような気がしていた。怒り、怨み、憎しみを感じる時、僕はサタンとして僕の信仰の背信者だったかもしれない。だが、今残っている悲しみや寂しさや空しさは、僕の信仰へのステップとしてあっても、それによって他者を傷つけたりすることはなかったからだ。僕が空しさを感じてしまった様々な出会いや仕事や事件を思い出してみた。寂しさに骨まで凍る時間を呼び戻してみた。しかし、慎重にならざるを得なかった。ケーキを胸の下で潰してしまった孤児のように、まだ潰されもしないケーキを持ちながら、それを見詰める僕自身が寂しさや悲しみや空しさを感じてしまうことは全く愚かしいことだったからだ。僕が潰れたケーキを見ることと、ケーキが潰れてしまうことは決して両立しえない。孤児は着たきりのシャツにべっとりとついてしまった生クリームを涙で塩辛い舌にのせてみる。悲しみさえ伝える人のいない寂しさも忘れ、ただケーキを台無しにしてしまったことを悲しむことはできる。だが、死はそれ以上に残忍な仕打ちをする。寂しさも空しさも悲しみも、ケーキを抱きしめる胸も、世界もろとも一瞬に潰し消してしまう。

だから僕は、過去の悲しみや寂しさや空しさを今の僕にまで色づけさせるわけにはいかない。それはただ死の予感にうちまかされるだけだ。まして僕の死が他者に悲しみを呼ぶことは避けたい。死者ですら悲しみえない死を、他者が悲しみ続けることは二重に無意味だ。死者の中におのれの未来の、しかもいつ襲ってくるかもしれない未来の死を感じて悲しむことも、死が生の帰結でしかない空しさで現在を穿たれてしまうことも、愛した死者を寂しさで愛し続けることも死者に微塵の慰めも与えはしない。死は僕らが慣れ親しんでいる死以上に残酷で無慈悲なのだ。

だから僕は全てを消してしまいたい。死が人々に呼び起こすかもしれない悲しみや寂しさや空しさの糸口すら消してしまいたい。死んでいくのは僕一人で充分なのだ。愛惜も憎悪も僕の耳には決して届きはしないのだから、僕は悲しみの涙も、憎悪の叫びも、たとえ聞き得ない耳であっても、たとえ見えない目であっても、決して感じたくはない。死が他者の心情の死を避けられないものとして誘ったとしても、死によって他者の生そのものを巻き添えにすることは我慢ならない。たとえ他者の死による巻き添えの死や、集団の死がその人に予定されていたものであったとしても、死は断固として孤独であるべきだ。死が数に読まれ、集団として処理される時、一つの死は人間の死という生の最低の意味すらも集計の数字の下に圧殺してしまう。一人の殺人が犯罪とされ、大量の殺人が正義の仮面をやすやすとかぶってしまうように、大量の死者の数は、それを受け入れる人間の中にも巨大な死という麻痺を抱かせてしまう。一人の死は人間の生の帰結となっても、集団の死は単なる事件や紛争の付録でしかなく、それ以上でもそれ以下でもない。死の数はその数の下に圧殺された人間の生の重量など決して伝えはしない。ただ、事件の規模を伝えるだけである。

死を前にして一人で死んでいく孤独が受け入れられないとしたら、死さえまともに死んでいくことができず、まして、死までの生を意義あるものと認めることなどとうていできない。僕は今、寂しさや空しさや悲しみを感じていない。それが今の僕にとって無駄でしかなく、この残された生の貴重な時間にとっては邪魔でさえあるからだ。だが、かつて僕が感じた悲しさや寂しさは、この最後の生の栄華に、僕自身の顕現に、きっと何かのヒントを与えてくれるだろうことは信じられる。

僕は過去の根に意識の触手を慎重に伸ばして、悲しみや寂しさの葉を繁らせた事項を一つ一つ考え直してみた。それは愛されなかったからだろうか、孤独を感じたからだろうか、自分の営為が無駄だと感じたからだろうか。しかし不思議なことにどの事項も少し違っていた。悲しみも寂しさも空しさも、まるで逆の心情の結果だった。愛されないことが悲しみを生んだのではなかった。孤独を感じたから寂しかったのではなかった。自分の営為が無駄だと感じたから空しさを抱きしめたのではなかった。確かに当時はそのように感じていたかもしれない。一つ一つの事件や人々との出会いや別離、子供の誕生や彼との別離、これらの生のもろもろを、今この時点から見詰め直してみると、決してそうではなかった。愛されないことが悲しいとしても、僕は子供からの愛は信じられた。妻の言行不一致の僕への心情の中からでも、幾らも愛を紡ぎ出せたかもしれない。友人や数々の女友達との出会いや別離も、それゆえにのみ悲しかったとしたら、僕はそのたびに生の方向を今に向かって方向転換することはなかった。愛されないことが悲しかったのではない。愛せないことが悲しかったんだ。愛を充分に、全身全霊で与えられないこと、それが寂しく悲しかったのだ。空しさは純粋無垢な子供への愛が、子供一人を愛することで決して満たされはしなかったことから生れてきたのだ。社会への怒りが反抗の根を革命にまで太らせはしたが、怒りや憎悪を軍靴にのせ、悲しみそのもので引き金に手をかけられたとしても、銃口が愛を放つことではなく、鉛の死を放つことでしかなかったから、その根から悲しみや空しさを吸収してしまったに違いない。職業の一つ一つもその仕事の馬鹿らしさよりも、それによって自分自身を顕現することには決して結びつきはしないという空しさで変化してきたように思える。

　だから僕は今日まで真に満足するということを知らなかった。僕の生を寂しさや悲しみがより大きく結晶してしまう方向にしか引っ張っていかなかったのは、僕に生の無意味さを教えるためではなかった。より大きな寂しさや悲しみを慰め、それを一つの力とできる何かを僕に求めさせるためだった。死がまさに消極の極限としての「無」であり、文字通り「死」でしかなく、それが完璧に静的な状態であるならば、生命は積極の極限に向かっていなければならず、まさにダイナミックであり、言葉のどんな意味からしても静的ではない。花々は刻々と生き、大自然の生命はすべて時間に停止を認めないゆえに、時間の拘束から解き放たれている。人間の死すらも、一つの有機体の死である限り、死から始まる腐朽は一刻の停止もなく、その肉体を刻々と変化させている。生きた人間の意識だけが、過去に呪縛された諦めや後悔や、未来に憑依された欲望や期待で現在という時間に停止を与えてしまう。宇宙の営みの全てが一刻とて変化を止めないことで時間の束縛から解き放たれて、死でさえその変化の法則から免れないとしたら、生命はいかなる永遠の本質を内に秘めているのだろうか。もし人間にその永遠の本質が秘められていないとしたら、そして人間の存在の変化がただ空蝉の肉体の生亡にすぎないとしたら、人間は路傍の一本の花よりも惨めに長く、蜻蛉よりも惚けて長い時間を与えられているにすぎない。神に似せられた崇高な万物の霊長どころか、創造主の営為の最低の作品として、繰り返し繰り返し無駄を生き死んでいる。

だが、僕が悲しみ、僕が寂寥を感じ、僕が満たされないのは、いや、僕が怒り、憎しみ、あるいは虚無の宙空で存在のはかなさに磔（はりつけ）にされてしまうことの全ては、僕の中の僕自身が充分に満たされていないことからやってくるのだ。僕が満たされ、性の充実を全身で感じられる時、僕は何よりも人間としての意識を充実させているはずだ。しかも、死者の屍（しかばね）でさえ刻一刻の変化を免れない万物流転の法の中で、人間の意識だけが唯一時間を停止させてしまう。もし、人間の本質の中に永遠な何かが存在するとすれば、この意識の中をおいてどこがあるのだろう。ただ僕は生命の器ともいうべき意識の中に、悲しみ、寂しさ、怒り、憎しみ、そしてある時は虚無感さえ貯えることで、しかもその器そのものですら沸騰させるほどに充溢させずに、不十分に貯えることで、満たされずに生きてきたのだ。この生命の器は、過去や未来に翻弄される感情を注ぐ時、時間の停止という消極性を装い、この器の中に生命そのものとでも言うべきものを満たす時、永遠の本質を顕現できるに違いない。だからたとえそれが怒りや憎しみであっても、器ごと沸騰させるほどに激越である時、人間は時として日常に人間存在を一気に超越して、神とおぼしき狂気の刹那を生きることができる。この器こそ、意識という器こそ、僕の生命の器であり、その中に最も積極的でダイナミックで、花に開花力を与え、鉱物に親和力を与え、全宇宙の存在と和合できるものが存在しているに違いない。誕生から死までに与えられる生の時間は、それを知り、それを顕現するチャンスに他ならないのだろう。

僕は肉体の死よりも変化を拒否し、時間の停止の中で蠢（うごめ）いていた全ての感情をすっかり払い落とした。そうして僕の生命の器に、生命の本質そのものである積極的でダイナミックなものを満たしていきたかった。三十年の生の中で、生きているという実感を与えられ、心底感動し、満足感に浸れたもの、それが僕を今日まで生きさせてきた生命の灯であり、アリアドネの糸玉に糸口を作るものであり、成らざる夢に辿り着くノアの手斧であり、イエスの血を飲むワインであり、チュダータ一が注いだ釈迦の鉢の牛乳なのだ。

それは優しさなのか……、いや、もっとダイナミックで激越であり、優しさの泉そのものなのだ。それは詩か……、その秘儀で世界と天秤にかけられる一つの言葉なのだ。歌か……、太陽に向って歌う黄金の歌詞なのだ。革命か……、銃口が放つ鉛じゃなく、引き金を引く指に力を込める意志の核であり、しかも銃口に一輪の花を生けられる魂の遊撃兵士なのだ。コンミューン、幻のコンミューンにかかる虹。信仰、全生活を律することのできる夢。しかも一つの行為なのだ。魂も肉体も総体でかかわることのできる信仰なのだ。その神は何か。偶像でも、人間に原罪を遺伝させるみみっちい神でもなく、全智全能足りうる神は何か。それは状態ではなく、行為の核であり、行為そのものなのだ。今、この一瞬に存在を開花させ、過去も未来も貫き、永遠に向けて唯一不変で実存するもの。安らぎと悦びと、至上の歓喜と、しかも怒りや憎しみや空しさでさえ包み解毒できる万能の秘薬。我が息子を、名も知らぬ女を、ハーディジャを、長血をわずらう女を、娼婦を、伝染病患者を、いや悪魔や悪霊でさえ抱きしめることができる永久勃起の媚薬。世界の総てと調和し、創造と破壊の一切を貫徹する唯一の律法。疥癬掻き、石もて追われる乞食が、一瞬にして栄華を極めるソロモンでさえおぼつかない至上の王たりえる魔法の杖。しかも誰もが等しく所有し、それに気づきさえすればいつでも顕現できる生命の唯一の財産なのだ。今日までの僕の否定の不可視の媒体であり、闇に根を伸ばしえた内なる力であり、混乱と無秩序の中にまぎれもなく貫かれていた一本のアリアドネの糸であり、天の網であるものなのだ。

僕と妻との不和の距離であり、しかもその距離そのものでさえ一気に融合させうるものであり、子供に感じた無償のいとおしさを誰はばかることなく振り撒くことができ、自分だけが幸せになっても決して満足できないといううしろめたさを根こそぎ払ってくれるものであり、梯梧の花の色であり、闘うという怒りの表現をかつて知らなかった琉球からシージプシーにいたる太平洋の人々を密かに支えていたものであり、今、そうであることで、全世界と一気に和解しえるものであり……


だが、もう時間がない。死の時間が迫っているわけではなかったが、今という時間がもはやなくなってしまう気がするのだ。今という時間に成らざる夢に目覚めなかったとしたら、いつその時に出会えるというのか。いや、もはやこの瞬間にここで、これ以上太陽に焼かれていることは苦痛だ。それにやがて静けさの午後を破るために同僚達を乗せたトラックが戻ってくるだろう。それまでに僕は生を埋葬しよう。たとえ一本の糸も見出せず、たとえ花という形をなさなかったとしても、あらゆる思いを光に放出して、それが光に透かれて清浄無垢な白蓮となって僕の上に降りかかってくれるだけでもいい。地上に最初に咲いた蓮華の千枚の花弁となって、僕の生をすっぽりと埋葬してくれればいい。そうすれば僕は、幻の花に包まれて摩訶迦葉のように、微笑しながら死んでいける。僕の血がその白蓮を真紅に染め上げるとしたら、僕の生も死によって意味を持ってくれるのかもしれない……

……僕の生の埋葬、摩訶迦葉の微笑、千枚の白蓮、成らざる夢……死の館への招待状・・陶酔のその時・・あのまなざし・・ハンナ、聞こえるかい、神の国は人間の中にあるのだよ・・ハーディジャ・・コ・アハエ・・私の愛をあなたに・・ハーフ・ムーン・・インドラ神に命を捧げた兎・・夜空に天の瞳の七ッ星が、七ッの海の七ッの歌があの人の愛を届けてくれる・・あたしは胸が一杯なのよ、あの人が海のように包んでくれる・・アクシャラの大海・・暗黒の海・・青いひまわりの刺青・・お金がなくともやっていけるが、愛がなくては生きていけない・・カイザルのものはカイザルに返せ・・彼ももと天のものだから、やがては天を究めよう・・魂はいずれ天のもの・・野性のすいかずら・・かつて無一文であったなら、お前には失うものもない・・死ねばもとの無一文・・未来を全部捨ててもかまわない・・自由なんて何も失うものがないことよ・・ブーベの白いスカーフ・・あの美しい愛を捜してマンチェスターを・・サマー・ワイン・・朝日の当たる家・・死ぬほど愛して・・フールの性器・・花と蝶・・野苺の唇・・ダーリー私は待っています・・描くとは再び愛すること・・後ろ向きの天使・・銃を持つといったエリ・・マティ茶を飲むゲバラ・・玉葱を刻むドルティ・・野良仕事をするマフノ・・アイ・エム・スパルタクス・・いつも勝ち続けるのは農民・・旦那がたの仲違い・・想像力の祭典・・パリ・コンミューン・・魔女の秘酒・・深夜の情愛・・熱き砂のベッド・・愛がほしい時に体を求めてもしかたがない・・いや愛とは常に一体になろうとする深遠な欲求なのだ・・神聖にして純粋な愛は一瞬にして四本の手足の男女両性に回帰する・・ダーキニ・・交合するアディ・ブッダ・・ヨーニとリンガ・・神聖なる交合・・天地創造の実演・・聖なる霊感の書・・天帝はその聖なる愛を自分の分身である人間に与えた・・その天なる父こそ偉大なる愛なのだ・・彼奴は愛情だよ・・イエスを誘惑した歌姫ミリアム・・ほかの人々すべてを忘れて、この美人に、我が生命を渡すべきか・・ヤシュダラ・ゴーパ、女達・・どれほど愛しても満たされるシッダルタの愛・・しかも、全世界は私が示そうとしている愛を待ちわびている・・聖愛（ラブ・デヴァイン）の叡智を知ったイエス・・ギゼーの大ピラミッド・・ミリアムとの再会・・永遠の性交・・トラスト・ミー・・愛は特別なものよ、犠牲をはらいたくなるものよ・・ジプシーの娘イザベラ・・テレサ・ノイマンの流血・・名も知らぬ女の新聞紙・・脱自の愛情・・顕現する至上の愛・・砂漠の性病者・・信仰は有効じゃない・・脱自ではないのだ・・今、顕現するのだ・・私は今までにこのように見事な信仰をみたことがありません・・ヴォワイヤンスの背信・・転向・・愛他主義糞食らえ・・黄金の空中楼閣・・錬金術師フリカネルリの求めた黄金・・最も大切なことは金属の変質ではなく、実験者自らの変質なのだ・・青銅も、プラチナも、ダイヤモンドも魂に比較すれば、つまり魂にそなわる恐るべき不変性に比較すれば、可延性があり、柔軟で、浮薄で、極めて影響されやすい物質である・・パピルス書アナナ・・生命の霊魂たる愛・・猫を描くセリーヌ・・蛆虫のサルトル・・世界中がユダヤ人と日本人・・音楽がなければ、夢がなければ、マクベスは「恐怖劇（グランギニョル）」にすぎない・・愛がなければ・・愛がなければ錬金の火床は冷えた虚無・・愛がなければ悲しみもない・・人は完全になればなるほど快感や悲哀の感じ方も完全になるんだ・・フレンジー・グラント・・ハーディジャの乳房・・ユキの瞳・・アキの歌声・・黄金の絨毯・・なぜ疑うのか、信仰の薄き者よ・・シメオンは言った、それは多くの人の心の中にある思いが現れるようになるためです・・ベアトリーチェの歌が聞こえる・・見られるだけでいつも愛に火をつける神の光が、もはやおん身の知恵の中に輝いているのを、私ははっきりと認めるのだ・・また他のむなしい幸福がおん身の愛を迷わすことがあったとしても、それはその中にさしこんだある光の残映を見誤ったにすぎない・・透明の愛・・光の残映・・白いブランコ・・オルフェスの金の竪琴・・ピグマリオンの石像の美女・・無言の愛・・南冥高砂族淑珍の涙・・ジャスミンの銀の星・・茉莉花・・波斯匿（パセーナーディ）との会話・・祇陀林の仏陀・・ドウナシェンゲのいそしぎのテーマ・・愛に飢え渇いたアメリカの精神の苦痛を吹くサキソフォン・・アメリカ毒性のトマトを食べるナオミ・・ディグ・ユア・ソウル・・花のサンフランシスコ・・ブラック・ガール・ジャネットの肌・・君は見ろ、クリエーター・ハズ・ア・マスター・プラン・・彼の送る愛の虹・・何より駄目なジャパン・・家畜人大和人（ヤマトンチュウ）・・僕の世代の最良の精神達はどこに・・アーキーの注射器・・ペルーのヤギ・・それなくして酔えトリップできる至上の美酒は・・大日本の人体解剖図には心臓（ハート）はない・・抗体反応のない文化・・チャクラも・・クンダリニーも・・噴出するペニスも・・蜜槽のヴァギナも・・モンローのアルカイック・スマイルも・・なく・・観念の禅・・愛なくして仏智なし・・セイロンの古都カンディーの古寺・・愛を殺すバラモン僧・・チュダータのミルク・・ラフラの唇・・小さいブルー坊や・・額に残る息子のキス・・首を吊った母親のパンティの中の息子・・僕のポケットに手を入れて小銭をまさぐる息子・・ヒルビリーで栄養失調のために死ぬ息子・・ドキュメンタリーのカメラの前で痙攣して死ぬ息子・・乳房を吸う息子・・愛を忘れた母親のすがる息子・・マリアに抱かれる息子・・愛に膨らんだ美しい乳房・・彼女の無償の愛・・無条件の愛・・人間の心には等しく神の愛が植え付けられているはずである・・愛・・プシケ、それは愛じゃない、ちょっとした好みにすぎない・・怨みがあってもなおかつ愛をもって報いよ・・老子の道・・荘子の遁天の刑を逃れ、帝の県解への道・・自然の道による束縛からの解放を与えてくれるもの・・エマーソンのオーバーソウル・・フーリエの普遍的調和の核・・原子から天体にいたるまでの総てのものは人間の情熱の一覧表・・ヒューイの革命的自殺・・一人に愛されることを退けて、全ての人々に愛され・・世界のクリスマス・・歴史の復活祭・・アニミズムの社会化・・天体音楽の砲声・・アナハッド・シャブド・・エーテルの世界音・・クエナの笛・・踊るツアラストラ・・文明の悪魔の宴・・ブーズー教・・アフリカの夜明け・・サン・ラのドラム・・大地の鼓動・・天籟（てんらい）のリズム化・・即興だけのジャズ・・ジャズより他に神はなし・・タクラマカン砂漠の砂塵・・チベットの黎明・・ヒマラヤの霊光・・無熱悩池・・デス・ヴァレーの太陽の道・・プエブロインディアンのケツアルコアルト・・ムーのシンボル日章旗の列島・・ジミー・ヘンドリックスの星条旗よ永遠なれ・・悪魔の葬列・・死の蔓延・・なし崩しの死・・パニックの羊の群れ・・革命の反革命・・真人民という家畜の群れ・・前頭葉の退化・・心臓の血液集配場・・革命的自殺という無駄死・・キリーロフ・・サド公爵の鞭・・死者の愛・・愛の死・・歌うべき愛・・踊るべき愛・・祭り・・革命・・革命の陰謀と取引してしまう愛・・愛の墓地列島・・詩を忘れたカナリアの幽霊群・・ラッシュ・アワー・・ひんまげられた聖書・・仏智を印刷し忘れた仏典・・とらわれないことにとらわれる雲水・・生のために死を実験してみる苦行僧・・御利益追求信仰・・煩悩具足・・煩悩の炎は内に燃えてなどいない・・冷えた錬金の火床で舞う灰・・貪欲、瞋恚（しんに）、愚痴・・ちょっとした欲望なのだ・・欲望は無記・・渇愛は地獄・・投愛は天国・・煩悩を滅しても平安などこない・・虚無に悟りのベールをかぶせるだけ・・滅とはニローダ・・心や感覚を支配する王・・仏性・・諸法実相・・衆生無辺誓願度・・即身成仏・・ヤコブの梯子・・念彼（ねんぴ）観音力とは・・サーラーム・・煩悩即菩提・・羊のコンミューンの夢の夢・・ヴォワイヤンスの破産・・息子への謝罪・・新聞紙に包まれた子供への謝罪・・血で染まったパンティの中の子供への謝罪・・砂糖隊員・・引き金を引きかない革命の企画・・花という武器・・三弦のメロディー・・シタールの神の声・・ヴィーナの天空の響き・・ハーモニーの法則・・花の神秘・・鉱物の親和力・・宝珠・・極微の脳砂・・原子ディスインテグレーター・・円盤のように光しか見せないハーフムーン・・ギゼーのピラミッド・・アステカ文明・・地の最初の女、たおやかなるコン・タン・カ・・欲情に膨らんだ乳房・・子宮で醸成された愛液・・康子の襟足・・アリスのガラスの青春・・ハーディジャのまなざし・・花蓮の娼婦・・オーストラリア・アボリジンの少女・・ロスの吹き溜まりで微笑むメスティソの美女・・民謡を歌うユキ・・アルバート・アイラーを聞く島女・・イエスタデーを歌う老婆・・ラーマとシータの口づけ・・クルシーの静かな日々・・慰安の十字架・・ゲッセマネの道・・ジャニスのベンツ・・ファドーの音色・・カルメンの薔薇・・フレイヤの天人花・・アドネスの血・・臨終の前に希望を咲かせる斑入龍胆（フイリリンドウ）の花・・おお、薔薇の好敵手、ロードーラーの花よ、私を生じた全く同じ「力」がお前をそこに生じたのであろう、「美しきもの」にはそれ自身の存在の理由がある・・美、生命、力、ダイナミックな魂、宇宙の法則・・唯一の律法・・大調和の大法・・属性も時間も空間も無く、迷妄という言葉、言葉にすぎない迷妄を醒ます媚薬、瞬間における死の完全な拒否、詩の霊魂、万物一切の適性、浜辺なき普遍の精、肉欲から精愛アガペーまでを貫く赤い糸、花における本質、動物の本性、本能の本能、オーバーソウル、白隠の仏性、革命の黄金規律、涙の芯、太陽の光炎、神の祭壇、人間の魂、悲哀の器、光のステンドグラス……

……言葉の連鎖が切れ、静寂の音が広がり……

……精神に死が、無が、滅亡が忍び寄る気配に身震いし、それでも僕はなんとしてでも死を一切の合一の点に求めるために、無の広がりに抵抗した。この無の広がりのままで死ぬとしたら、僕は精神の老衰でくたばってしまうことになるだろう。肉体に死をもたらす意志が、決して諦念でも自暴自棄でもなく、断固たる意志となって僕の中に結晶してほしかった。

僕は眼を閉じ、頭脳の極奥に向けて一切の精神の力を収斂させた。太陽が焦燥を煮立てて、僕の宇宙一杯に高周波の乱舞が始まり、それがすさまじい力で頭を破壊しにかかった。僕は大の字に広げていた手で頭を抱え込んでそれに耐えた。狂ったのかもしれない。死はたとえ表層の意識で承諾しても、意識の真底では断固として拒絶しようとするのだろうか、明晰の限りでの死と言っても、それは崖っぷちから肉体を投げ出す瞬間や、自分の肉体に刃を突き立てる瞬間、あるいは毒盃を呷るために唇に近づける瞬間までにすぎない。死のギリギリの直前まで、あたかも生が意味あるものであり、それゆえに死も一つの価値であることを納得しえるように、仰々しい葬儀に肉体を巻き込まねばならないのかもしれない。だから、足を蹴り上げるというような日常の動作と寸分も違わない行為で、無意味の生から無価値の死に渡渉することはできないに違いない。僕は一気に足を蹴り上げて狂気や老衰から逃げ出したかった。精神の老衰や狂気は僕の最も拒否したいものなのだ。

だが僕は頭を抱えながら、カーライルの言葉を思い出していた・・何でもよいから深いところへ入れ、深いところはことごとく音楽がある・・僕はこの言葉を信じ、すがりついて、手で強く頭を締め付けながら、狂気や老衰への恐怖を踏み躙って、さらに極奥に向けて精神を絞り込んだ。

そんな強引な意志は、高周波に似たうなりを少しずつ整序し始めた。極奥に向けて一つの流れが生まれ、頭は激しい痛みから次第に開放されていった。極奥に収斂して消滅していく高周波に替わって、知覚し得ない遠くの一点から、小さな金属音が、独楽（こま）が必死で回転しているような音が、しかし、決して不快でない響きで生まれ、それは頭の中の他のノイズを消しながら、知覚されうる距離に近づいてきた。

僕は再び両手を大地に広げ、大の字に横たわってこの音に聞き入った。その音は次第に大きくなりながら、一つのリズムを作っているように聞こえ始めた。いや、それは言葉のようにも思えた。かつて知識として記憶してあった言葉が、今、一つの天の響きとなって僕の全宇宙を震撼させた。

僕は聞いた、
愛が全宇宙の中心であり、この中より絶えざる愛の流れが全ての魂、生きとし生けるものを通じて流れている。花々を通じ、動物達を通じ、人間と天使たちとを通じて、この愛が中心の泉より絶え間なく流れ、愛自身の真実の相を永遠に表現している。

僕は聞いた、
天なる父とは、すなわち偉大なる愛であり、この愛は不滅で全宇宙を支配する、と。

僕は聞いた、
神の大いなる神殿は、すべての人間の中に、すべての存在物の中にある。まさに宇宙を支配するものは、広大無辺なる神の愛であり、人間の心には等しく神の愛が植え付けられている、と。

僕は聞いた、
愛という言葉を。

僕は聞いた、
その耳慣れたはずの言葉が、新たな一つの力として僕の中に噴出する天鈴の響きとなるのを。
僕は叫んだ、
メフィストーフェレスのように、これが、愛の元素というやつか、体中がかっかと燃えている、と。

愛なのだ、愛こそ神なのだ。神こそ愛なのだ。ただ一つの言葉でありながら、煩悩と魂を、知識と感情を、感性と生理を一つに溶かし込んで酔わせるワインこそ、愛だったのだ。
僕に生を与え、今日まで生きさせてきた神秘なる「力」、花に本質を与え、全ての創造の根底と始原であり、創造の過程であり、その結果である愛、今のようにただ輝きながら、自分の存在を喜んで「私は今ここにいる」と言うことができる愛、時間と他の一切の制限を越えて、自分の無窮の中にあって、好むままに自分を顕現しえる愛、一切の空間と一切の時間の集まる所、それはまさに現在であり、それが我が内なる愛であり、愛こそは神であり、その神殿こそ我がこの肉体の秘奥なのだ。

さあ光の刃よ、光の槍よ、僕を透明にまで射よ、貫け。鉄パイプよ、僕の最後の仇なる肉体を砕け。太陽よ、僕の全てを焼き尽くせ。もはや僕は、僕の内なる力を知った。僕の永遠をこの手で握り締めた。愛が「力」であり、愛だけが永遠であり、愛が僕を今日まで生かせてくれたのだ。愛こそが僕の信仰できる唯一の「神」であり、唯一の全知全能の神なのだ。いや、神こそは愛であり、神の愛こそが僕の内なる神秘な力であり、僕の生きてきた隠された真実であり、生命の、生の意味であり、価値なのだ。

神をいたずらに外に求め、偶像を刻み、群れ集いながら、神を一つの人格に祭り上げてしまうこと、これこそが最大の神への冒涜であり、神の愛を穢すことなのだ。神が全知能であるならば、神は遍在し、神の本質である愛を、今も、この瞬間にも顕現している。私は生命であり、愛であるといったイエスが、三日の後にこぼちたる神の宮を建てると言明しえたのはこのことだった。この宮の中に至福と平安が、考えられる限り至純の愛が現象しない限り、どうして神の愛に近づけることができるだろう。

神に似せられたと言われる人間こそ、いや全ての存在こそ愛の器である。この広場がワイン・グラスのように光を湛える器であるごとく、人間は肉を纏える神なのだ。ただ騒々しくこの広場を掻き混ぜている間、僕らはこの広場が光の器であることさえ忘れてしまっている。しかも、光の中で生き動いている中心が、他ならぬ自分であることなどすっかりうっちゃってしまって、ただ時間の経過の中をウロウロと走り回っているに過ぎない。労働という意志が光の器の存在を忘れさせてしまうように、愛の顕現を妨げる障壁は、僕の外にあるいかなるものでもなく、僕自身が時間にとらわれて過去や未来に思いをはせて作ってしまう恐れであり、憎しみであり、無智であり、怒りである。この障壁の中で顕現を妨げられる愛が、その量だけの悲しみを、寂しさを、空しさを作ってしまう。ただ愛だけがこの障壁を見事に消しうる唯一の解毒剤なのだ。悪魔とはまさに克服すべき偽我であり、感官こそサタンでしかない。

だが、恒星天でダンテの聞いたアダムの言葉は、未だアダムを救いはしまい。彼は言う、地上の楽園から追放された原因は、木の実を味わったそのこと自身ではなく、ただ節度を越えたということであった、と。節度、これこそ神の本質から最も遠い言葉なのだ。神の愛とは無条件で、無際限で、永遠と永遠を時間と空間をつなぐ唯一つの言葉としているだけだ。この広場に注ぐ光のように、今、この瞬間に全てを放射して輝き続けるのだ。アダムが追放されたのは、節度という無花果（いちじく）の葉を、創造の武器であり太陽のように輝くべき魂にくっつけてしまったからだ。木の実というちょっとした愛で、至高のでたらめに放射すべき愛の味を忘れてしまったからだ。しかも、愛されること、神々とイヴにただ愛されることは、アダムを楽園の住人としておくことを許しはしなかった。ただ愛されることは人の魂を腐蝕させる。もし、彼が愛される以上に愛そうとしなかったならば。愛されることは楽園の住人の報酬であったとしても、愛することだけが唯一の義務であり、人間としての権利なのだ。

ダンテはまたベアトリーチェに感覚界と天使の輪が一様でないことを尋ねてみる。官能の世界では、もろもろの回転は、その中心を遠ざかるにつれていっそう神に愛され、速やかになるのが見える、と。だが、たとえ官能の世界でも、もろもろの回転はその中心に到るほど神に愛されるに違いないのだ。ちっぽけな木の実の味に満足しきっている間は、神はただ沈黙している。官能の只中に向けて、存在の全てを、まるでブラック・ホールに投げ込むように生きる時、その投げ込みのスピードは暗闇の摩擦で光り、暗闇の向こうに光の輪が待ち受けている。たとえそれが官能の刺激や欲望への渇望から回転し始めたとしても、情欲や殺生でさえ、節度というブレーキで回転を遅くして限りなく神から遠ざかっていかないとしたら、生命がけの情欲の恍惚や、殺人に到るまでの全感覚の集中は必ずや光輝く一点に向かうに違いない。放蕩息子は肥えた仔牛をほふられ、祝宴に招かれ、ベアトリーチェが言うごとく、大なるものは大なるものへ、小なるものは小なるものへと対応していくだけだ。

悔い改めが許しに先行する。内なる神という愛に目覚めずして、どうして神の至上の愛に近づけよう。神は裁きはしない、裁くのは自分自身だ。悪魔も外からやってきて人を誘いはしない。愛の元素に焼けるほどの火を感じたことのない感覚そのものがサタンなのだ。

だから至福にいたるのは、自らの外にある神を見る行為ではない。自分の福祉を増すためには、神を見る行為が先行しはしない。愛する行為こそ全ての始発であり、永遠の愛こそ至上の到着点だ。神の玉顔を拝しようとする限り、永遠の愛に辿り着けることは決してない。しかも、この神たる愛の岸辺は、地上の、この現実の只中の愛であり、死後のそれでも、どこかに夢結ぶ天上のそれでもありえない。今、現世のこの地点で、一切の空間と、一切の時間の集まる僕自身の内部に愛の光を見ずして、いつ、どこで見られるというのか。

僕の花は、まごうかたなき愛だった。しかも、「成らざる夢」は、この地上で、この現在の只中で、愛を宇宙の極大にまで広げきった時に、虹の暈輪に包まれて幻視することができるに違いない。その時こそ、あの陶酔のその時なのだ。

僕は広場に横たわっていたが、まるでたんぽぽの綿毛となって舞い降りたように大地に軽やかに馴染んでいた。心は光に解き放たれたように平安だった。

僕は愛の正午の太陽を凝視した。グラス一杯に薫り溢れる清麗なワインを満たし、ブーゲンヴィリアに赤と緑のシースルーを纏わせるために、内なる神秘な目覚めの時を与え、粟粒の真珠にまぶされた小鳥に飛ぶ力の源を創り、鉄パイプに沈黙の優しさをこの広場に置くために、鉱物に親和力を醸し出させる太陽。永遠に変わることなく、無条件に、無際限に投げかける光。しかも刻々と変わる宇宙に死という停止を決して与えようとしない日輪。蒼穹を天鵞絨になめし、海に黄金と白銀で編まれた絨毯を敷き詰める。だが決して報酬を求めようとはしない。

まるで愛の至上の権化のように。

内心の光を受けようとする人々が、太陽のあり余る熱帯の住人ではなく、太陽のない国々の人々であったように、あり余る光は目をそらさせ、無条件の熱射は陽の翳りの中に安らぎを求めさせてしまう。だが、ダンテが言うように、太陽が夕方にも朝にも雲を彩る赤色が空全体にみなぎるのは、決して赤くなって怒るのではない。あの色そのものの愛を、太陽が一日に成し遂げるであろう、そして一日で成し遂げたであろう厖大かつ無際限な愛の放射を人々に思い出させるために違いない。東雲を破り、世界を緋色の処女膜で包む朝の霊気の中で、その昇り来る赤光の愛の矢に射抜かれる人々が、その一日を怒りや憎しみや怨みのおぞましい感情の怒気で塗りつぶしてみたいと考えるとは思えない。金鱗を西の海に鏤めて、世界を紅に染めて明日のために帰っていこうとする陽を眺めながら、神経や怒風に弄ばれる帆のように苛立たせる人間がいるとは信じがたい。それが悲しみであろうと、寂しさであろうと、空全体にみなぎる赤色は、むずかる魂を抱く聖母のように優しさで包んでくれる。太陽が絶対君主のように暴虐に生活に君臨する熱帯であればあるほど、太陽は放埒(ほうらつ)に投げかけた愛に向けられる敵意を鎮め、人々に愛の本質を思い出させるために、地球上のどこよりも清冽な朝と、どこよりも懐かしい夕暮れを演出しようとする。

僕は太陽に眼を焼かれてもいいと思った。僕は今充分に生きてきたと言える。もし僕が一人の人を心から愛することで、その人の傷心をたとえ瞬間にしろ夕陽のように包む事ができたとしたら、僕の生きることは無駄ではなかった。一羽の駒鳥が巣から落ちて助けを求めている時、両手で優しく抱いて再び母鳥の羽毛の待つ巣に戻してやることができたとしたら、人は無駄には生きてこなかったと言える。今、眼を焼かれたとしても、僕は充分に人間達――僕が恋し、愛し、抱き、怒り、憎しみ、怨み、僕に悲しみの胚芽を植付け、寂しさの荒野に立たせ、空しさの海に漂わせた全ての人間たち――に、新たなる愛を、しかも、一切の曇りを消した至純の愛を、三十年の罪過への贖罪(しょうくざい)として投げかけることができる。

僕は太陽を凝視し続けた。もはや瞳孔を刺す痛みはなく、太陽の真紅が蒼穹に滲み始めた。いや、そうではなかった。空はあくまで青く、太陽は色を零し始めたのではなかった。僕の視野が太陽に向けて次第に狭められていったのかもしれない。僕は眼が焼き尽くされることに快感さえ覚え始めていた。太陽の矢が僕の意志を焼き尽くさない限り、僕は真紅の世界の中心に飛び込むために足を蹴り上げるだけでよかったからだ。だが、明らかに太陽がその空全体を僕の死の直前に、いや生のフィナーレのクライマックスに顕現してやろうと思っているように、ワインを色づけ、愛の正午(まひる)に愛でみなぎる空全体を見ることを妨げている光炎を消していくのだった。金色の地に真紅を塗り込んだ赤色の円がみるみる視界一杯に広がり、またたく間に僕を真紅の球にとりこんでしまった。僕は眼を閉じているのではなかった。もはや何の恐れもなく、じっと球体の中心を凝視し続け、完璧に身を任せきっていた。僕もまた全精神の領域を愛の色に染めて、三十年の全時間と宇宙の全空間に向けるべき愛を感じていた。

もし神が僕の外にあるとしたら、それは僕に愛という生命そのものを与えたことによって、今僕が包まれている真紅のように僕を包み込んでいるに違いない。その只中で精神を緋色に染め上げることを拒む時、僕は世界のこの瞬間に、闇を、地獄を、サタンを作ってしまう。全てを受け入れるべき器、それが僕と言う人間であり、全てを受け入れることで全てを放射しえる愛の媒体、それこそ肉体が生を受け生き続ける意味であり、価値なのだ。僕は全身が燃え上がるような熱を覚えた。だがそれは僕を決して焼くことのない生命の灯だった。僕が三十年の生の間に、初めて交わした唇に伝わったそれであり、サンタ・クララに入城するゲリラ戦士を知った時の脳髄の疼きであり、ブルックリンのコーヒーショップで名も知らぬジャズメンがサックスで感電させた脊髄のスパークであり、毛遊びの夜に神火から飛火した魂の炎であり、マンゴーのように神秘に売れた果汁に愛撫された勃起の爆発であり、地上に平和をもたらすために私が来たと思うな、平和ではなく剣を投げ込むためにきたのである、というイエスの言葉が筋肉に与えた痙攣であった。だが、そのどれもが今のように僕の存在の全てを炎上させるほどに激しいものではなかった。今、僕は肉体と精神、生理と感覚と感情と魂と意識と、しかも時間と空間の広がりの全てにまで真紅の熱を感じていた。

視界の中心から、もはや耐え難いほどの華々しく眩しい透明で発光する赤光が現れ、太陽の中にもう一つの太陽のように光を放ち始めた。いや赤色ではなかった。光そのものの眩しさが僕にそう感じさせただけで、それはブルーであり、また白光であり、黄色の光に変じ、赤に回帰し、緑に貫かれ、紫に転じて、その中心から紅の暈輪を放ち始め、近づくに従って輪を広げ、ぐるぐると回転しながら、その渦の中心で僕の存在そのものを運び去ろうとするように迫ってきた。次第に速さを増した虹の暈輪は、たちまちのうちに光そのものの純白に見紛う透明に変わった。

　その虹の暈輪は、僕に近づくに従って明らかに粒子に見え、虹が水滴の浮游に光を受けてできるように、無数の粒子が回転していた。一粒一粒の粒子は、またたく間に膨張しながら、一つの形を創り始め、僕にはそれが人間の顔のように思え、どの粒子も一つ一つの違った顔をしながら、しかも同じように晴れやかに微笑して、僕の周囲で天使の舞を始めた。その顔は過去に僕を生きさせてくれたさまざまな人々の顔に似ていた。いや、その一つが巨大な天使となって僕の視界を舞いながら横切った時、僕は白銀の翼を持って飛ぶ天使の中に明らかに愛児の顔を発見した。子供たちは手を繋ぎながら、僕に最も近いあたりの光輪を作っていたが、そのどの顔も確かに見覚えがあった。セブの市場の幼い兄弟、エル・パソで僕から荷物をひったくろうとして友達になった子供、ヒルビリーの栄養失調の少女、香港で一冊の本を二つに破いて売っていた子供、どれもが現実で出会った子供ばかりだった。女たちの光輪もまたそうであった。幾重にも光輪を作っている光の天使たちの輪は、明らかに僕が心にとめた人々の顔ばかりであった。

　僕がそれに向けて、もはや何の濁りも無い愛を投げかけると、光輪は次第にスピードを増しながら、しかし、決して速度によって形を流すことなく、光の巨大な渦と化し始めた。光の渦は、渦の周辺から、いや宇宙の静寂（しじま）の彼方から呼び起こしたような麗しい響きを持っていた。僕はその音色が渦の中心に向かって注ぎ込まれるさまを見詰めていた。確かに耳で聞いていたのかもしれない。

しかし、その天鈴のヴァイブレーションは、僕の知る音域をはるかに越えた神秘さで響き渡り、僕の全身を抱擁しながら、渦の光源に向かって共鳴していくのだった。僕はより一層輝きを増し、光と音の波の重なりが作る燦爛（さんらん）たる渦から決して目をそらさなかった。大地に横たわっている感覚を音の波が攫（さら）い、僕は体ごとスーと光の渦に持ち上げられ、ひたすら渦の中心に向かって翔（と）んでいこうとしていた。

僕はその光の中心が一つの天球儀の中心にあることを知った。しかし、天球儀には、星辰も走道も黄道も描かれてはいなかった。そこには僕の過去が、三十年で生きてきた全ての世界が、僕と言う愛の惑星が至高の愛を巡って作ってきた宇宙全体が描かれていた。混乱と無秩序に生起してきたはずの諸々の物象が、今、一本のアリアドネの糸によって、星座表のように秩序正しく僕の軌道の周囲に配されていた。その星座から一人一人の人間が流星のごとく僕に向かって光を投げかける天使となって現れ、僕の周囲に光の渦を作っていた。

だが、僕の惑星軌道は、過去の星座の中を巡ってはいたが、決して現在にまでつながっていたわけではなかった。過去は光の周囲で愛の糸につながれて一枚の壁画として時間を失っていたし、僕の現在は過去から断絶した宙空の一点としてあるだけだった。まして未来の軌道などどこにも見つけることはできなかった。それは僕が今死んでいこうとするから当然のように思えた。だが、この光の渦の中で、全ての人間たちと和解し、愛し合える至福にありながら、僕は死とさえ和解しえないことに不満を抱き始めていた。予定されていた死だとすれば、今、この瞬間だけでいい、それを僕の天球儀に確認して、一切と和解して、死とさえ愛しあって死んでいきたい、僕はそう思い始めた。

ただ、そう思っただけだった。視線を光からそむけ、自分の周囲を見ようとしたわけでは決してなかった。ふとそう思ったにすぎなかったが、僕と言う天球儀を支配している絶対者が、あたかもそれを聞いてしまったように世界が変化し始めた。天球に溢れ満ち輝いていた光の量が減り、渦は緩慢になり、世界と存在を完璧に共鳴させていた優しいヴァイブレーションが宇宙の静寂（しじま）の縁に向けて退（ひ）き始めてしまった。天国に一番近い夜に座り、満天の星を眺めていた神秘が、突然場内に点（とも）されたライトでその星星がドームの天井に映されていたにすぎなかったことを知らされる、あのプラネタリウムを見終わった時の悲しみが襲った。僕は焦（あせ）った。たとえドームの天井に映されていた光であってもいい、この光の充溢の中に飛び込まねばならない、光を取り戻そう、僕はそう思いながら、再び光の源に激しい愛を注ぎ込もうとした。光が減じ始めるやいなや、視界の隅に一つの影がよぎった。あの影が全体を包んでしまうまでに、どうしても光の中に飛び込んでいきたい。

ばらばらになって宇宙の彼方に消えていこうとする光の粒子に向けて、それらを再び虹の光輪に編み直すために、愛を、ありったけの愛の想いを投げかけながら、刻々と僕に近づきつつある影を払うために……

花となって咲きながら死んでいくために……

今、ようやく手にした生の価値を屍色に淀ませてしまわないうちに……

愛を……

ありったけの愛を、僕にかかわってきた全ての人々に投げかけながら……

光が涙の河となって僕を流し始めた今、決して悲しみでも、苦しみでもなく、

まして寂しさや空しさでもなく……

生きてきた意味を知りえた至福が、
僕の体も心も光の渦に変えてくれる今……
光のワインの中に愛の血の一滴を注ぐために……
過去も、未来も、全てを今に結晶させるために……
愛を、永遠の愛を、無限の愛を感じながら……
愛を一つの意志として、ただ一つの意志として……
人々に、花々に、小鳥達に、大地に、海に、空に、星星に、月に、宇宙の全てに……
コアハ・エと叫びながら……
消えていこうとする光の中心に向けて……
勢い良く足を蹴り上げ……

足を蹴り上げようとした一瞬前に、天球は完全に色を変え、視界にはモスクの青天井が覆い被さった。だが、僕はもう充分だった。たとえ光の中に死んでいけなかったとしても、この正午(まひる)の愛の光の中で、愛に満たされた心で死んでいけるのならそれでよかった。だが、今、落下するであろう鉄パイプに眼をつむってしまうことだけは拒否したかった。死と生の狭間を、それがたとえ一秒の何万分の一だとしても、死によって生を支配させたくはなかった。僕は生のギリギリまで眼をあけ、世界に向かってコアハ・エと叫び続けていたかった。
蹴り上げた足のはずみで、足からロープの輪がはずれ、頂上の締め具のチエーンが音をたてて転がり落ち、青を塗りつぶすために、鉄パイプが積み上げていた暗黒がグラリと揺れ、頂上の一本が僕の全てを、過去も未来も愛しい人々も宇宙も潰し去るために、巨大な闇となって僕の上に落下しようとし、僕はモスクの青のドームの左右に、一方には死を孕んだ巨大な暗黒の鉄パイプの山を、一方には光の渦が消えようとした時に、光の中に侵入してきた小さな影を見ていた。それが近づいてきて青を塗りつぶし、一つの暗黒に、その底に花牌の黒ずんだ血の色を淀ませる暗黒に、時間と空間の終止符を引き摺り込むに違いなかった。

足を蹴り上げよう―決して眼をつぶらないでおこう―生のギリギリまで愛を感じていたい―そして足を蹴り上げ―足からロープがはずれ―チエーンの音がパイプの斜面を走り―頂上のパイプがグ・ラ・リと動き―あれが僕に死を出発させる―鉄パイプの山と、もう一方の影を絡み上げて―青を―生を―僕を―光を―時間を消すために―死が……死を……死に……。

だが、ブルーを完璧に窒息させるために積み上げられていた死の山がグ・ラ・リと動き、僕の頭上におおいかぶさろうとした直前、落下するパイプの暗黒に忍び寄るもう一つの影が激しくスパークして、一条の稲妻が僕を弾き飛ばすために炸裂した。

世界が一瞬銀白色の中に定着して、ゆっくりとスローモーション・フィルムの中で動き始めた。僕の背後で銀白色の雨がゆっくりと静かに降り、まるで一秒の何万分の一かが僕の体の中に一気に流れ込んで、そのエネルギーが日常の時間を極限にまで拡大したように思えた。祖母が日常の三ヶ月間に、生の九十年を圧縮してしまったちょうど逆の時間が僕をとらえた。確かにパイプの山がグ・ラ・リと動いた瞬間には僕は横たわっていたことを覚えている。死の山がグ・ラ・りと揺れ、視界におおいかぶさるために、スローモーション・フィルムの中を今にも落下しようとしてくる鉄パイプを見ていた。だが、視界の隅にもう一つの影がスローモーションの映像の中で鮮明な図柄に絞り撮られた瞬間、僕の三十年の生と、一秒の何万分の一かの時間が凄まじくショートし、電光となって僕の全存在をスパークさせた。僕は死の直前の意識の完璧な放電を筋肉に落雷させて弾き飛ばされ、僕に近づいてきていた影に向かって黒豹のごとく躍り懸かり、獲物を一瞬にして攫ってしまう鷹となって影をつかみ、胸にしっかりと抱きしめて、ありったけの力で、全身を広場の中央に向けて投げ出した。

雷鳴はすぐさまやってきた。大地が裂けんばかりに震撼し、舞い上がった土埃は愛の正午の太陽を隠した。広場は掻きまわされたワインのように透明を失ってしまった。

僕の腕の中の子供は何が起こったのかもわからず、ただ呆然として僕の顔を見詰めていた。最後の一本の動きが止まると、舞い上がっていた埃が光に宥められて鎮まり始め、広場は再び光に満ち溢れた。回教寺院のブルーに燦爛たる陽の神が君臨し、花々は何事も無かったかのように光を透かせ、輝くステンドグラスとなって広場の周囲を色づけていた。

土埃が鎮まり、太陽が子供の顔に降り始めると、子供はようやく我に返って泣き出した。この子供は広場のすぐ横にある農家の子供だったが、僕はこの子供と昼の休憩時間によく遊ぶことがあった。僕は彼をあやしながらどこか痛いところがないかと尋ねた。子供は泣きじゃくりながら、首だけは懸命に横に振ってくれる。

僕は子供に頬ずりをし、涙を舌でぬぐってやった。この生命が、幼気な身体が、澄んだ瞳が、陽に映える頬が、額にキスしてくれるかもしれない野苺の唇が、息子と同じ聖なる魂が、もう一瞬で僕によって消されてしまうところだった。僕は背筋に冷たい刃が突き刺さった思いだった。あの光の中で僕に近づいていた影はこの子供だったのだ。僕が恍惚として光に埋葬されることに全てを忘れようとする瞬間に、この子供が近づいてきていたのだ。いつものお昼のように、昼寝を貪る大人達から離れ、僕と遊ぶことを楽しみにしていてくれた子だった。僕はこの子によって死にぞこなってしまった。だが、この子に腹を立ててみてもしようがない。いつものように昼食後に木蔭で昼寝をする僕だとしか思っていなかったのだから。それが死のために、いや、死を直前にした生の歓喜のために、太陽の矢に射抜かれ、大の字に横たわっていたことなど知るはずもなかった。

ステンドグラスの煌きが揺れた。爽やかな風音が僕を宥め、時折、静けさの水面に子供のしゃくりあげる声が細波をたてた。僕は恥じた。子供には全く罪が無いと言うのに、一瞬でも子供に恨みに似た感情を持とうとしたからだ。できることなら僕は、細波を鎮める水澄（みずすまし）となって、子供の心の中をそっと撫でてやりたかった。息子が脆弱な手に優しいものを必死で撫でるように、春浅き聖なるブルーを、太陽に焼かれて黒く、光に煮詰められて革質で堅い、紡錘形の優しさで旋回したかった。

そう思った瞬間、水澄の僕は、二対の複眼を太陽の矢によって射抜かれてしまった。子供の心の中を見ようとした水中の目と、モスク・ブルーの天を見ようとした空中の目が、一本の矢によって串刺しにされてしまった。それは子供の真奥の魂から放たれたものか、太陽神によって射抜かれたものか、僕には判然としなかったが、矢は僕の複眼を、心臓を、三十年を完璧に射抜いた。矢の唸りと、眼球への衝撃と、時間の結晶とが、一瞬にして重なり合って一つの言葉を創造し、それは優しさのヴァイブレーションの震源地のように僕の世界に轟き渡った。

「死は、僕の死は知られていたんだ」

いや、単なる偶然なのだ、子供はただ無邪気に近づいてきたにすぎない、そんな否定の潮を、射抜かれた心臓から噴出する血が押し返した。光の銃弾が僕の血を掩護（えんご）した。

そうだ、この子は知っていたんだ、たとえ子供が意識していなくても、子供の中に秘められている神秘な力が僕の死を知っていたのかもしれない。いや、子供じゃなくともいい、すべての存在にる神秘な力が僕の死を知っていたのかもしれない。いや、子供じゃなくともいい、すべての存在に愛の本質を顕現させようとするもうひとつの遍在する至上の愛が、僕の死を確知していたのだ。雀一羽地に落ちることも知られているように、僕の死は知られていたのだ。まるで僕に死の直前の歓喜と、死からの逃亡の双方を与えようとしているように、この子供を近づけさせたに違いない。僕が今、鉄パイプの落下から子供を衝動的に助け出してしまったように、僕自身もまた、それによってもうひとつ大きな胸の中に抱かれて助け出されたに違いない。僕が子供を抱き、子供が僕に抱かれることで僕を助けたように、僕もまた抱かれることで子供を抱くことができたのだ。

僕は放蕩息子となって生を蕩尽し、生を放逸に死に絡めさせるために死の床に横たわり、死を直前にして自分自身の愛こそが神であり、それが生の意味であり、価値であることを知らされ、今、この光の祝宴に招かれるために飛び起きてしまった。僕が生を受けた時に肉体が継承した生命の灯という財産を蕩尽することは許されなかったのかもしれない。しかし、今、抱いている子供の生命の灯までも散財できるはずはなかった。しかも、僕はこの幼い子を抱くことで、僕自身が生命を与えられた原因者に抱かれたことを感じることができる。僕に抱かれて泣くのを止めた子供に代わって、僕の眼からは大粒の涙が溢れ出した。子供は小さな手で僕の涙をぬぐいながら、僕がしたと同じように頬ずりをして、野苺の唇を開いた。

「どこか痛いの」

全身を大地にたたきつけ、子供を傷つけまいとして無理なポーズで身を投げ出し、腰と背をしたたかに打ちつけたのか、立ち上がるのも辛いほど痛んでいた。だが、僕も子供がやったように泣きながら首を横に振って、彼を抱いたまま懸命に立ち上がった。できれば僕がしているように子供に抱かれたかった。甘えてみたかった。しかし、僕は今こそ抱きとめられたのだ。本当の生を、しかも充分に生きるという生の価値をまっとうするために、至高者の愛に抱き上げられたのだ。

そうだ、今こそ僕のために準備された祝宴を受け入れるべきだ。それだけが僕の生の価値の一切なのだろう。愛を行為とすることのために死を拒絶され、意識よりも先に反応した筋肉を支配し、それに命令した愛に僕自身の全てをゆだねるべきだろう。望むことであり、いや決して望んでいなかったのかもしれない死、覚悟していた死、必然と諦めていた死は、僕の現在から完全に姿を消してしまった。僕はこの現在に、僕が意識するがままに世界を創造しえるのだ。僕を通じて、僕の肉体に受け継がれてきた生命の根源の灯である愛を、梯梧のようにただ無償に宇宙に向けて咲きかけること、そのことでのみ、僕は世界と調和し、一切と和解して、生を、一瞬の生を生き続けることができるのだ。

僕は自分の体内に巣食っているのかもしれない癌腫や、僕をなし崩しに死に引きずり込もうとしているかもしれない内臓の荒廃でさえ、生命の証しと思い始めていた。今、全身が一足ごとに疼きを発して僕の顔をゆがめようとする。笑顔を取り戻した子供の顔が曇ってしまうだろう表情は、決して見せてはいけない。僕は生きている。痛みもまた僕の生命のかけがえのない証しなのだ。根を潰されてしまった一輪の菫でさえ、明日のない夕陽に向けて精一杯咲いていたではないか。しかし、菫はその夕暮れでさえ、僕によって奪われてしまった。僕はせめて菫が生きるはずだった夕暮れまでの束の間の生だけでも懸命に生きねばなるまい。

　子供の表情が急に変わった。顔をゆがめて降ろしてくれと言う。僕はそっと彼を降ろした。彼は僕に座れと言う。僕は言われるままに片膝をついた。彼は僕の頭のあたりを怯えた眼で見詰めていた。

「ここ、ここ、ここ」

　彼は僕の手をとって注意深く僕の額の上に導いた。怪我をしているようだった。手にべっとりと血が戻されてきた。子供は再び泣き出しそうな顔をして手の血を見詰めている。

「大丈夫、こんな傷ぐらい。さあ、おうちへお帰り」

　僕はそう言って彼を片手で抱き寄せて、額に唇をつけた。子供の顔にあの懐かしい笑みが蘇った。

「さあ」

　僕は彼を後ろ向きにしてお尻を軽くたたき、家の方に押しやった。子供は振り返って以前教えた投げキスをし、家を目指して駆け出していった。僕は子供の後ろ姿に向かって、世界の果てにまで染み透るように、愛児の枕辺に一枚の貘（バク）の毛皮を送り届けるように、心を尽くして祈りを捧げた。

ただ、コアハ・エ……と。

　僕は立ち上がった。太陽が光の衣で全身を包んでくれた。この饗宴（もてなし）に応えるために、野葡萄のワインを飲み干すため、注意深く一歩を踏み出さねばならない。

僕は鉄パイプが散乱する広場に向かって手を払った。手のひらから血が飛び散って、僕の死に血の封印を刻した。

僕は再び両手を傷口に当てた。新しい血が手を真っ赤に染めた。僕はその両手を大空に精一杯かざした。紺碧に真紅が、血の色で咲き誇れるように。

【完】

人間の進化シリーズ

紺碧（こんぺき）の磔刑（たっけい）

伊吹龍彦（いぶきたつひこ）

明窓出版

平成二十年六月十六日初版発行

発行者 —— 増本　利博

発行所 —— 明窓出版株式会社

〒一六四—〇〇一二
東京都中野区本町六—二七—一三
電話　（〇三）三三八〇—八三〇三
ＦＡＸ（〇三）三三八〇—六四二四
振替　〇〇一六〇—一—一九二七六六

印刷所 —— 株式会社　シナノ

落丁・乱丁はお取り替えいたします。
定価はカバーに表示してあります。

ISBN978-4-89634-236-9

http://meisou.com/